चन्द्रकान्ता

चन्द्रकान्ता

देवकीनंदन खत्री

First published in India in 2022 by
Rudra Publishers & Distributors

ISBN: 978-93-93458-05-6

Rudra Publishers & Distributors
S-1, 5/587, Sector-5, Vaishali,
Ghaziabad- 201002, Mobile: 8447279204
Email: rudrapubdis@gmail.com

Printed and Bound in
Delhi

₹ 999/-

अनुक्रम

पहला भाग

दूसरा भाग

तीसरा भाग

चौथा भाग

पहला भाग

पहला बयान

शाम का वक्त है, कुछ–कुछ सूरज दिखायी दे रहा है, सुनसान मैदान में एक पहाड़ी के नीचे दो शख्स बीरेन्द्रसिंह और तेजसिंह एक पत्थर की चट्टान पर बैठे आपुस में कुछ बातें कर रहे हैं।

बीरेन्द्रसिंह की उम्र इक्कीस या बाईस वर्ष की होगी। यह नौगढ़ के राजा सुरेन्द्रसिह का इकलौता लड़का है। तेजसिंह, राजा सुरेन्द्रसिंह के दीवान जीतसिंह का प्यारा लड़का और कुँअर बीरेन्द्रसिह का दिली दोस्त, बड़ा चालाक और फुर्तीला, कमर में सिर्फ खंजर बाँधे, बगल में बटुआ लटकाये, हाथ में एक कमन्द लिये बड़ी तेजी के साथ चारों तरफ देखता और इनसे बातें करता जाता है। इन दोनों के सामने एक घोड़ा कसा–कसाया दुरुस्त पेड़ में बँधा हुआ है।

कुँअर बीरेन्द्रसिंह कह रहे हैं, "भाई तेजसिंह, देखो मुहब्बत भी क्या बुरी बला है, जिसने इस दर्जे तक पहुँचा दिया। कई दफे तुम विजयगढ़ से राजकुमारी चन्द्रकान्ता की चीठी मेरे पास लाये और मेरी चीठी उन तक पहुँचायी जिससे साफ मालूम होता है कि जितनी मुहब्बत मैं चन्द्रकान्ता से रखता हूँ उतना ही चन्द्रकान्ता मुझसे रखती है, और हमारे राज्य से उसके राज्य के बीच सिर्फ

पाँच कोस का फासला भी है, इस पर भी हम लोगों के किये कुछ नहीं बन पड़ता। देखो इस खत में भी चन्द्रकान्ता ने यही लिखा है कि 'जिस तरह बने जल्द मिल जाओ'।''

तेजसिंह ने जवाब दिया, ''मैं हर तरह से आपको वहाँ ले जा सकता हूँ मगर एक तो आजकल चन्द्रकान्ता के पिता महाराज जयसिंह ने महल के चारों तरफ सख्त पहरा बैठा रखा है, दूसरे उनके मन्त्री का लड़का क्रूरसिंह उस पर आशिक हो रहा है, ऊपर से उसने अपने दोनों ऐयारों* को, जिसका नाम नाजिमअली और हमदखाँ है, इस बात की ताकीद कर दी है कि बराबर वे लोग महल की निगहबानी किया करें क्योंकि आपकी मुहब्बत का हाल क्रूरसिंह और उसके ऐयारों को बखूबी मालूम हो गया है। चाहे चन्द्रकान्ता क्रूरसिंह से बहुत ही नफरत करती है और राजा भी अपनी लड़की, अपने मन्त्री के लड़के को नहीं दे सकता, फिर भी उसे उम्मीद बँधी हुई है और अपनी लगावट बहुत बुरी मालूम होती है। अपने बाप के जरिये उसने महाराज जयसिंह के काम तक आपकी लगावट का हाल पहुँचा दिया है और इसी सबब से पहरे की यह सख्त ताकीद हो गयी है। आपको ले चलना अभी मुझे पसन्द नहीं, जब तक कि मैं वहाँ जाकर फसादियों को गिरफ्तार न कर लूँ।

''इस वक्त मैं फिर विजयगढ़ जाकर चन्द्रकान्ता और चपला से मुलाकात करता हूँ क्योंकि चपला ऐयारा चन्द्रकान्ता की प्यारी सखी है और चन्द्रकान्ता को जान से ज्यादा मानती है। सिवाय इस चपला के मेरा साथ देनेवाला वहाँ कोई नहीं है। जब मैं अपने दुश्मनों की चालाकी और कार्रवाई देखकर लौटूँ तब अपने चलने के बारे में राय दूँ। कहीं ऐसा न हो कि बिना समझे–बूझे काम करके हम लोग वहाँ ही गिरफ्तार हो जायें।''

---

* ऐयार उसको कहते हैं जो हर एक फन जानता हो, शक्ल बदलना और दौड़ना उसका मुख्य काम है।

बीरेन्द्र : जो मुनासिब समझो करो, मुझको तो सिर्फ अपनी ताकत का भरोसा है लेकिन तुमको अपनी ताकत और ऐयारी दोनों का।

तेजसिंह : मुझे यह भी पता लगा है कि हाल ही में क्रूरसिंह के दोनों ऐयार नाजिम और अहमद यहाँ आकर पुनः हमारे महाराज का दर्शन कर गये हैं। न मालूम किस चालाकी में आये थे? अफसोस उस वक्त मैं यहाँ न था।

बीरेन्द्र : मुश्किल तो यह है कि तुम क्रूरसिंह के दोनों ऐयारों को फँसाना चाहते हो और वे लोग तुम्हारी गिरफ्तारी की फिक्र में हैं, परमेश्वर ही कुशल करे। खैर अब तुम जाओ ओर जिस तरह बने चन्द्रकान्ता से मेरी मुलाकात का बन्दोबस्त करो।

तेजसिंह फौरन उठ खड़े हुए और बीरेन्द्रसिंह को वहीं छोड़ पैदल विजयगढ़ की तरफ रवाना हुए। बीरेन्द्रसिंह भी घोड़े को दरख्त से खोल उस पर सवार हुए और अपने किले की तरफ चले गये।

दूसरा बयान

विजयगढ़ में क्रूरसिंह* अपनी बैठक के अन्दर नाजिम और अहमद दोनों ऐयारों के साथ बैठा बातें कर रहा है।

क्रूर : देखो नाजिम, महाराज को तो यह खयाल है कि मैं राजा होकर मन्त्री के लड़के को कैसे दामाद बनाऊँ, और चन्द्रकान्ता बीरेन्द्रसिंह को चाहती है। अब कहो कि मेरा काम कैसे निकले? अगर सोचा जाये कि चन्द्रकान्ता को लेकर भाग जाऊँ तो कहाँ जाऊँ और कहाँ रहकर आराम करूँ? फिर ले जाने के बाद, मेरे बाप की महाराज क्या दुर्दशा करेंगे? इससे तो यही मुनासिब होगा कि पहिले बीरेन्द्रसिंह और उसके ऐयार तेजसिंह को किसी तरह गिरफ्तार कर किसी ऐसी जगह ले जाकर खपा डाला जाय कि हजार वर्ष तक पता न लगे, और इसके बाद मौका पाकर महाराज को मारने की फिक्र की जाय, फिर तो मैं झट गद्दी का मालिक बन जाऊँगा और तब अलबत्ते अपनी जिन्दगी में चन्द्रकान्ता से ऐश कर सकूँगा। मगर यह तो कहो कि महाराज के मरने के बाद मैं गद्दी का मालिक कैसे बनूँगा? लोग कैसे मुझे राजा बनायेंगे?

---

* इसकी उम्र २१ या २२ वर्ष की थी, इसके ऐयार भी कमसिन थे।

नाजिम : हमारे राजा के यहाँ बनिस्बत काफिरों में मुसलमान ज्यादा हैं, उन सभों को आपकी मदद के लिए मैं राजी कर सकता हूँ और उन लोगों से कसम खिला सकता हूँ कि महाराज के बाद आपको राजा मानें मगर शर्त यह है कि काम हो जाने पर आप भी हमारे मजहब मुसलमानी को कबूल करें?

क्रूरसिंह : अगर ऐसा है तो तुम्हारी शर्त मैं दिलोजान से कबूल करता हूँ।

अहमद : तो बस ठीक है, आप इस बात का इकरारनामा लिखकर मेरे हवाले करें, मैं सब मुसलमान भाइयों को दिखलाकर उन्हें अपने साथ मिला लूँगा।

क्रूरसिंह ने काम हो जाने पर मुसलमानी मजहब अख्तियार करने का इकरारनामा लिखकर फौरन नाजिम और अहमद के हवाले किया, जिसपर अहमद ने क्रूरसिंह से कहा, ''अब सब मुसलमानों को एकदिल कर लेना हम लोगों के जिम्मे है इसके लिए आप कुछ न सोचिए, हाँ हम दोनों आदमियों के लिए भी एक इकरारनामा इस बात का हो जाना चाहिए कि आपके राजा होने पर हमीं दोनों वजीर मुकर्रर किये जायेंगे, और तब हम लोगों की चालाकी का तमाशा देखिये कि बात–की बात में जमाना कैसे उलट–पलट कर देता हैं!''

क्रूरसिंह ने झटपट इस बात का भी इकरारनामा लिख दिया जिससे वे दोनों बहुत ही खुश हुए। इसके बाद नाजिम ने कहा, ''इस वक्त हम लोग चन्द्रकान्ता के हालचाल की खबर लेने जाते हैं। क्योंकि यह शाम का वक्त बहुत अच्छा है, चन्द्रकान्ता जरूर बाग में गयी होगी और अपनी सखी चपला से अपनी विरह–कहानी कहती होगी, इसलिए हमको इसका पता लगाना कोई मुश्किल न होगा कि आजकल बीरेन्द्रसिंह और चन्द्रकान्ता के बीच में क्या हो रहा है।''

यह कहकर दोनों ऐयार क्रूरसिंह से बिदा हुए।

तीसरा बयान

कुछ–कुछ दिन बाकी है, चन्द्रकान्ता, चपला और चम्पा बाग में टहल रही हैं। भीनी–भीनी फूलों की महक धीमी हवा के साथ मिलकर तबीयत को खुश कर रही है। तरह–तरह के फूल खिले हुए हैं। बाग के पश्चिम की तरफवाले आम के घने पेड़ों की बहार और उसमें से बैठते हुए सूरज की किरणों की चमक एक अजीब ही मजा दे रही है। फूलों की क्यारियों की रविशों में अच्छी तरह छिड़काव किया हुआ है और फूलों के दरख्त भी अच्छी तरह पानी से धोये हैं। कहीं गुलाब, कहीं जुही, कहीं बेला, कहीं मोतिए की क्यारियाँ अपना–अपना मजा दे रही हैं। एक तरफ बाग से सटा हुआ ऊँचा महल और दूसरी तरफ सुन्दर–सुन्दर बुर्जियाँ अपनी बहार दिखला रही हैं। चपला जो चालाकी के फन में बड़ी तेज और चन्द्रकान्ता की प्यारी सखी है अपने चंचल हाव–भाव के साथ चन्द्रकान्ता को संग लिये चारों ओर घूमती और तारीफ करती हुई खुश्बूदार फूलों को तोड़–तोड़कर चन्द्रकान्ता के हाथ में दे रही है मगर चन्द्रकान्ता को बीरेन्द्रसिंह की जुदाई में ये सब बातें कब अच्छी मालूम होती हैं, उसे तो दिल बहलाने के लिए उसकी सखियाँ जबर्दस्ती बाग में

खींच लायी हैं। चन्द्रकान्ता की सखी चम्पा तो गुच्छा बनाने के लिए फूलों को तोड़ती हुई मालती लता के कुंज की तरफ चली गयी लेकिन चन्द्रकान्ता और चपला धीरे–धीरे टहलती हुई बीच के फौवारे के पास जा निकलीं और उकसी चक्करदार टूटियों से निकलते हुए जल का तमाशा देखने लगीं।

चपला : न मालूम चम्पा किधर चली गयी।

चन्द्रकान्ता : कहीं इधर–उधर घूमती होगी।

चपला : दो घड़ी से ज्यादे हुआ कि हम लोगों के साथ नहीं है।

चन्द्रकान्ता : इस वक्त तो इसकी चाल में फर्क मालूम होता है।

इतने में चम्पा ने आकर फूलों का एक गुच्छा चन्द्रकान्ता के हाथ में दिया और कहा, "देखिए यह केसा अच्छा गुच्छा बना लायी हूँ, अगर इस वक्त कुँअर बीरेन्द्रसिंह होते तो इसको देख मेरी कारीगरों की तारीफ करते और मुझको कुछ इनाम देते।"

बीरेन्द्रसिंह का नाम सुनते ही यकायक चन्द्रकान्ता का अजब हाल हो गया। भूली हुई बात फिर याद आ गयी, कमल–मुख मुरझा गया, ऊँची–ऊँची साँस लेने लगी, आँखों से आँसू टपकने लगे। धीरे–धीरे कहने लगी, "न मालूम विधाता ने मेरे भाग्य में क्या लिखा है? न मालूम मैंने उस जन्म को क्या धुन समायी है। कहते हैं कि चन्द्रकान्ता को कुँआरी ही रखूँगा। हाय बीरेन्द्र के पिता ने शादी करने के लिए कैसी–कैसी खुशामदें कीं मगर दुष्ट क्रूर के बाप कुपथसिंह ने उसको ऐसा कुछ अपने बस में कर रखा है। कि कोई काम होने नहीं देता, और इधर कम्बख्त क्रूर मुझसे अपनी ही लसी लगाना चाहता है।"

यकायक चपला ने चन्द्रकान्ता का हाथ पकड़कर जोर से दबाया मानों चुप रहने के लिए इशारा किया।

चपला के इशारे को समझ चन्द्रकान्ता चुप हो रही और चपला का हाथ पकड़कर फिर बाग में टहलने लगी, मगर अपना रूमाल उसी जगह जान–बूझकर गिराती गयी। थोड़ी दूर आगे बढ़कर उसने चम्पा से कहा, ''सखी देख तो फौवारे के पास कहीं मेरा रूमाल गिर पड़ा है।''

चम्पा रूमाल लेने फौवारे की तरफ चली गयी तब चन्द्रकान्ता ने चपला से पूछा, ''सखी तूनी बोलते समय मुझे यकायक क्यों रोका?''

चपला ने कहा, ''मेरी प्यारी सखी, मुझको चम्पा पर सुबहा हो गया है। उसकी बातों और चितवनों से मालूम होता है कि वह असली चम्पा नहीं है।'' इतने में चम्पा ने रूमाल लाकर चपला के हाथ में दिया। चपला ने चम्पा से पूछा, ''सखी, कल रात को मैंने तुझको जो कहा था सो तैंने किया?'' चम्पा बोली, ''नहीं मैं तो भूल गयी!'' तब चपला ने कहा, ''भला यह बात तो याद है या वह भी भूल गयी!'' चम्पा बोली, ''बात तो याद हैं।'' तब फिर चपला ने कहा, ''भला दोहरा के मुझसे कह सो सही तब मैं जानूँ कि तुझे याद है।''

इस बात का जवाब न देकर चम्पा ने दूसरी बात छेड़ दी जिससे शक की जगह यकीन हो गया कि यह चम्पा नहीं है। आखिर चपला यह कहकर कि 'मैं तुझसे एक बात कहूँगी' चम्पा को एक किनारे ले गयी और कुछ मामूली बातें करके बोली, ''देख तो चम्पा मेरे कान से कुछ बदबू तो नहीं आती? क्योंकि कल से कान में दर्द है!'' नकली चम्पा, चपला के फेर में पड़ गयी और फौरन कान सूँघने लगी। चपला ने चालाकी से बेहोशी की बुकनी कान में रखकर नकली चम्पा को सुँघा दिया, जिसके सूँघते ही चम्पा बेहोश होकर गिर पड़ी। चपला ने चन्द्रकान्ता को पुकारकर कहा, ''जाओ सखी अपनी चम्पा का हाल देखो।''

चन्द्रकान्ता ने पास आकर चम्पा को बेहोश पड़ी हुई देख चपला से कहा, ''सखी कहीं ऐसा न हो कि तुम्हारा खयाल धोखा ही निकले और पीछे चम्पा से शरमाना पड़े!'' ''नहीं ऐसा न होगा'' कहकर चपला, चम्पा को पीठ पर लाद फौवारे के पास ले गयी और चन्द्रकान्ता से बोली, ''तुम फौवारे से चिल्लू–भर पानी इसके मुँह पर डालो, मैं धोती हूँ!'' चन्द्रकान्ता ने ऐसा ही किया और चपला खूब रगड़–रगड़कर उसका मुँह धोने लगी। थोड़ी देर में चम्पा की सूरत बदल गयी ओर साफ नाजिम की सूरत निकल आयी। देखते ही चन्द्रकान्ता का चेहरा गुस्से से लाल हो गया और वह बोली, ''सखी इसने तो बड़ी बेअदबी की!''

''देखो तो अब मैं क्या करती हूँ।'' कहकर चपला नाजिम को फिर पीठ पर लाद बाग के एक कोने में ले गयी जहाँ बुर्ज के नीचे एक छोटा–सा तहखाना था। उसके अन्दर बेहोश नाजिम को ले जाकर लिटा दिया और अपने ऐयारी के बटुए में से मोमबत्ती निकालकर जलायी। एक रस्सी से नाजिम के पैर और दोनों हाथ पीठ की तरफ खूब कसकर बाँधे और डिबिया ले लखलखा निकाल उसको सुँघाया जिससे नाजिम ने एक छींक मारी और होश में आकर अपने को कैद और बेबस देखा। चपला कोड़ा लकर खड़ी हो गयी और मारना शुरु किया।

''माफ करो, मुझसे बड़ा कसूर हुआ, अब मैं ऐसा कभी न करूँगा बल्कि इस काम का नाम भी न लूँगा!'' इत्यादि कहकर नाजिम चिल्लाने ओर रोने लगा, मगर चपला कब सुनती थी? वह कोड़ा जमाये ही गयी और बोली, ''सब्र कर, अभी तो तेरे पीठ की खुजली भी मिटी न होगी! तू यहाँ क्यों आया था? क्या बाग की हवा अच्छी मालूम हुई थी? क्या बाग की सैर को जी चाहा था? क्या तू नहीं जानता था कि चपला भी यहाँ होगी? हरामजादे के बच्चे, बेईमान, अपने बाप के कहने से तूने यह काम किया? देख मैं उसकी

भी तबीयत खुश कर देती हूँ!'' यह कहकर फिर मारना शुरु किया, तब पूछा, ''सच बता तू कैसे यहाँ आया और चम्पा कहाँ गयी?''

मार के खौफे से नाजिम को असल हाल कहना ही पड़ा। वह बोला, ''चम्पा को मैंने बेहोश किया था, बेहोशी की दवा छिड़ककर बालों का गुच्छा उसके रास्ते में रख दिया, जिसके सूँघकर वह बेहोश हो गयी, तब मैंने उसे मालती–लता के कुंज में डाल दिया और उसकी सूरत बन उसके कपड़े पहिर, तुम्हारी तरफ चला आया। लो मैंने सब हाल कह दिया, अब छोड़ दो!''

चपला ने कहा, ''ठहर छोड़ती हूँ।'' मगर फिर भी दस–पाँच खूबसूरत कोड़े और जमा ही दिये, यहाँ तक कि नाजिम बिलबिला उठा, तब चपला ने चन्द्रकान्ता से कहा, ''सखी तुम इसकी निगहबानी करो, मैं चम्पा को ढूँढ़कर लाती हूँ। कहीं यह पाजी झूठ न कहता हो!''

चम्पा को खोजती हुई चपला मालती–लता के पास पहुँची और बत्ती जलाकर ढूँढ़ने लगी। देखा कि सचमुच चम्पा एक झाड़ी में बेहोश पड़ी है और बदल पर उसके एक लत्ता भी नहीं है। लखलखा सूँघाकर होश में लायी और पूछा ''क्यों मिजाज कैसा है, खा न गयी धोखा!''

चम्पा ने कहा, ''मुझको क्या मालूम था कि इस समय यहाँ ऐयारी होगी? इस जगह फलों को एक गुच्छा पड़ा था, जिसको उठाकर सूँघते ही मैं बेहोश हो गयी, फिर न मालूम क्या हुआ, हाय–हाय, न जाने किसने मुझे बेहोश किया, मेरे कपड़े भी उतार लिये, बड़ी लागत के कपड़े थे!''

वहाँ पर नाजिम के कपड़े पड़े हुए थे जिनमें से दो–एक लेकर चपला ने चम्पा का बदन ढाँका और तब यह कह के कि 'मेरे साथ आ मैं उसे दिखलाऊ जिसने तेरी ऐसी हालत की' चम्पा को साथ ले

उस जगह आयी जहाँ चन्द्रकान्ता और नाजिम थे। नाजिम की तरफ इशारा करके चपला ने चम्पा से कहा, ''देख इसी ने तेरे साथ यह भलाई की थी!'' चम्पा को नाजिम की सूरत देखते ही बड़ा गुस्सा आया और वह चपला से बोली, ''बहिन अगर इजाजत दो तो मैं भी दो–चार कोड़े लगाकर अपना गुस्सा निकाल लूँ।''

चपला ने कहा, ''हाँ–हाँ, जितना जी चाहे इस मूए को जूतियाँ लगाओ!'' बस फिर क्या था चम्पा ने मनमानते कोड़े नाजिम को लगाये, यहाँ तक कि नाजिम घबड़ा उठा ओर जी में कहने लगा, 'खुदा क्रूरसिंह को गारत करे जिसकी बदौलत मेरी यह हालत हुई!''

आखिरकार नाजिम को उसी तहखाने में क़ैद कर तीनों महल की तरफ रवाना हुईं। यह छोटा–सा बाग जिसमें ऊपर लिखी बातें हुईं महल के संग सटा हुआ उसके पिछवाड़े की तरफ पड़ता था और खासकर चन्द्रकान्ता के टहलने और हवा खाने के लिए ही बनवाया गया था। इसके चारों तरफ मुसलमानों का पहरा होने से सबब से ही अहमद और नाजिम को अपना काम करने का मौका मिल गया था।

चौथा बयान

तेजसिंह, बीरेन्द्रसिंह से रुखसत होकर विजयगढ़ पहुँचे और चन्द्रकान्ता से मिलने की कोशिश करने लगे, मगर कोई तर्कीब न बैठी क्योंकि पहरेवाले बड़ी होशियारी से पहरा दे रहे थे। आखिर सोचने लगे कि अब क्या करना चाहिए। रात चाँदनी है, अगर अँधेरी रात होती तो कमन्द लगाकर ही महल के ऊपर जाने की कोशिश की जाती।

खर तेजसिंह एकान्त में गये और वहाँ अपनी सूरत एक चोबदार की–सी बना महल की ड्योढ़ी पर पहुँचे। देखा कि बहुत से चोबदार और प्यादे बैठे पहरा दे रहे हैं। एक चोबदार से बोले, ''यार, हम भी महाराज के नौकर हें, आज चार महीनें से महाराज ने हमको अपनी अर्दली में नौकर रखा है, इस वक्त छुट्टी थी, चाँदनी रात का मजा देखते–टहलते इस तरफ आ निकले, तुम लोगों को तम्बाकू पीते देख जी में आया कि चलो दो फूँक हम भी लगा लें, अफियूम खानेवालों को तम्बाकू की महक जैसी मालूम होती है आप लोग भी जातने ही होंगे!'' ''हाँ हाँ, आइए, बैठिए, तम्बाकू पीजिये!'' कहकर चोबदार और प्यादों ने हुक्का तेजसिंह के आगे रखा।

तेजसिंह ने कहा, "मैं हिन्दू हूँ, हुक्का तो नहीं पी सकता, हाँ हाथ से जरूर पी लूँगा।" यह कह चिलम उतार ली और पीने लगे।

दो फूँक भी तम्बाकू के नहीं पीये थे कि खाँसना शुरु किया, इतना खाँसा कि थोड़ा–सा पानी भी मुँह से निकाल दिया और तब कहा, "मियाँ तुम लोग अजब कड़वा तम्बाकू पीते हो। मैं तो हमेशे सरकारी तम्बाकू पीता हूँ। महाराज के हुक्काबरादर से दोस्ती हो गयी है, वह बराबर महाराज के पीनेवाले तम्बाकू में से मुझको दिया करता है, अब ऐसी आदत पड़ गयी है कि सिवाय उस तम्बाकू के और कोई तम्बाकू अच्छा नहीं लगता!"

इतना कह चोबदार बने हुए तेजसिंह ने अपने बटुए में से एक चिलम तम्बाकू निकालकर दिया और कहा, "तुम लोग भी पीकर देख लो कि कैसा तम्बाकू है।"

भला चोबदारों ने महाराज के पीने का तम्बाकू के पीने का तम्बाकू कभी काहे को पीया होगा। पीना क्या सपने में भी न देखा होगा। झट हाथ फैला दिया और कहा, "लाओ भाई तुम्हारी बदौलत हम भी सरकारी तम्बाकू तो पी लें। तुम बड़े किस्मतवर हो कि महाराज के साथ रहते हो, तुम तो खूब चैन लिया और खूब डबल जमाकर तेजसिंह के सामने लाये। तेजसिंह ने कहा, "तुम लोग सुलगाहो, फिर मैं भी ले लूँगा।"

अब हुक्का गुड़गुड़ाने लगा और साथ ही गप्पें भी उड़ाने लगीं।

थोड़ी ही देर में सब चोबदार ओर प्यादों का सर घूमने लगा, यहां तक कि झुकते–झुकते सब औंधे होकर गिर पड़े और बेहोश हो गयो।

अब क्या था, बड़ी आसानी से तेजसिंह फाटक के अन्दर घुस गये और नजर–बाग में पहुँचे। देखा कि हाथ में रोशनी लिये सामने से एक लौंडी चली आ रही है। तेजसिंह ने फुर्ती से पास जाकर

उसके गले में कमन्द डाली और ऐसा झटका दिया। कि वह चूँ तक न कर सकी और जमीन पर गिर पड़ी। तुरन्त उसे बेहोशी की बुकनी सुँघाई और जब वह बेहोश हो गयी तो उसे वहाँ से उठाकर किनारे ले गये। बटुए में से समान निकाल मोम बत्ती जलायी और सामने आइना रख अपनी सूरत उसी के जैसी बनायी इसके बाद उसको वहीं छोड़, उसी का कपड़ा पहिन महल की तरफ रवाना हुए और वहाँ पहुँचे, जहाँ चन्द्रकान्ता, चपला और चम्पा दस–पाँच लौंडियो के साथ बैठी बातें कर रही थीं। लौंडी की सूरत बने हुए तेजसिंह भी एक किनारे जाकर बैठ गये।

तेजसिंह को देख चपला बोली, ''क्यों केतकी, जिस काम के लिए मैंने तुझको भेजा था, क्या वह काम तू कर आयी हूँ उसका नाम केतकी है।

नकली केतकी : हाँ काम करने तो गयी थी मगर रास्ते में एक नया तमाशा देश, तुमसे कुछ कहने के लिए लौट आयी हूँ।

चपला : ऐसा! अच्छा तैंने क्या देखा, कह?

नकली केतकी : सभों को हटा दो तो तुम्हारे और राजकुमारी के सामने बात कह सुनाऊँ।

सब लौडियाँ हटा दी गयीं और केवल चन्द्रकान्ता, चपला और चम्मा रह गयीं। अब केतकी ने हँसकर कहा, ''कुछ इनाम दो तो खुशखबरी सुनाऊँ।''

चन्द्रकान्ता ने समझा कि शायद वह कुछ बीरेन्द्रसिंह की खबर लायी है, मगर फिर यह भी सोचा कि मैंने तो आज तक कभी बीरेन्द्रसिंह का नाम भी इसके सामने नहीं लिया तब यह क्या मामला है? कौन–सी खुशखबरी है जिसके सुनाने के लिए यह पहिले ही से इनाम माँगती है? आखिर चन्द्रकान्ता ने केतकी से कहा, ''हाँ हाँ, इनाम दूँगी, तू कह तो सही क्या खुशखबरी लायी है?''

केतकी ने कहा, "पहिले दे दो तो कहूँ, नहीं तो जाती हूँ!" यह कह उठकर खड़ी हो गयी।

केतकी के ये नखरे देख चपला से न रहा गया और वह बोल उठी, "क्यों री केतकी, आज तुझको क्या हो गया है कि ऐसी बढ़–बढ़ के बातें कर रही है। लगाऊँ दो लात उठ के!"

केतकी ने जवाब दिया, "क्या मैं तुमसे कमजोर हूँ जो तू लात लगावेगी और मैं छोड़ दूँगी!"

अब तो चपला से न रहा गया और केतकी का झोंटा पकड़ने के लिए दौड़ी, यहाँ तक कि दोनों आपुस में गुथ गयीं। इत्तिफाक से चपला का हाथ नकली केतकी की छाती पर जा पड़ा, जहाँ की सफाई देख वह घबरा उठी और झट अलग हो गयी।

नकली केतकी : (हँसकर) क्यों, भाग क्यों गयी, आओ लड़ो!

चपला कमर से कटार निकाल सामने हुई और बोली, "ओ ऐयार, सच बता तू कौन है नहीं तो अभी जान ले डालती हूँ।"

इसका जवाब नकली केतकी ने चपला को कुछ न दिया और बीरेन्द्रसिंह की चीठी निकालकर चन्द्रकान्ता के सामने रख दी। चपला की नजर भी इस चीठी पर पड़ी और गौर से देखने लगी। बीरेन्द्रसिंह के हाथ की लिखावट देख समझ गयी कि यह तेजसिंह हें क्योंकि सिवाय तेजसिंह के और किसी के हाथ बीरेन्द्रसिंह कभी चीठी नहीं भेजेंगे। यह सोच–समझ चपला शर्मा गयी और गर्दन नीची कर चुप हो रही मगर जी में तेजसिंह की सफाई और चालाकी की तारीफ करने लगी बल्कि सच तो यह है कि तेजसिंह की मुहब्बत ने उसके दिल में जगह पकड़ ली।

चन्द्रकान्ता ने बड़ी मुहब्बत से बीरेन्द्रसिंह का खत पढ़ा और तब तेजसिंह से बातचीत करने लगी—

चन्द्र : क्यों तेजसिंह, उनका मिजाज तो अच्छा है?

तेज : मिजाज कया खाक अच्छा होगा? खाना–पीना सब छूट गया, रोते–रोते आँखें सूज आयीं, दिन–रात तुम्हारा ध्यान है, बिना तुम्हारे मिले उनको कब आराम है। हजार समझाता हूँ मगर कौन सुनता है। अभी उसी दिन तुम्हारी चीठी लेकर मैं गया था आज उनकी हालत देख फिर यहाँ आना पड़ा। कहते थे कि मैं खुद चलूँगा, किसी तरह समझा–बुझाकर यहाँ आने से रोका और कहा कि आज मुझको जाने दो, मैं जाकर वहाँ बन्दोबस्त किसी तरह समझ गये और तुम्हारी चीठी का जवाब देकर मुझे इधर बिदा किया।

चन्द्र : अफसोस तुम उनको अपने साथ न लाये, भला मैं उनका दर्शन तो कर लेती। देखो यहाँ क्रूरसिंह ने दोनों ऐयारों ने इतना ऊधम मचा रखा है कि कुछ कहा नहीं जाता। पिताजी को में कितना रोकती और समझाती हूँ कि क्रूरसिंह के दोनों ऐयारों मेरे दुश्मन हैं मगर महाराज कुछ नहीं सुनते, क्योंकि क्रूरसिंह ने उनको अपने वश में कर रखा है। मेरी और कुमार की मुलाकता के हाल बहुत कुछ बढ़ा कर महाराज को न मालूम किस तरह समझा दिया है कि महाराज उसे सच्चों का बादशाह समझ गये हें, वह हरदम महाराज के काम भरा करता है। अब वे मेरी कुछ भी नहीं सुनते, हाँ आज बहुत कुछ कहने का मौका मिला है क्योंकि आज मेरी प्यारी सखी चपला ने नाजिम को इस पिछवाड़ेवाले बाग में गिरफ्तार किया है, कल महराज के सामने उसको ले जाकर तब कहूँगी कि आप अपने क्रूरसिंह की सचाई को देखिए। अगर मेरे पहरे पर मुकर्रर किया ही था तो बाग के अन्दर जाने की इजाजत इसे किसने दी थी?

यह कहकर चन्द्रकान्ता ने नाजिम के गिरफ्तार होने और बाग के तहखाने में कैद करने का बिलकुल हाल तेजसिंह से कहा सुनाया।

तेजसिंह चपला की चालाकी सुनकर हैरान हो गये और दिल में उसको प्यार करने लगे पर कुछ सोचने के बाद बोले, "चपला ने चालाकी तो खूब की मगर धोखा खा गयी।"

यह सुन चपला हैरान हो गयी कि या राम मैंने क्या धोखा खाया, पर कुछ समय में नहीं आया। आखिर न रहा गया, तेजसिंह से पूछा, "जल्दी बताओ मैंने क्या धोखा खाया?" तेजसिंह ने कहा, "क्या तुम इस बात को नहीं जानती थीं कि नाजिम बाग में पहुँचा तो अहमद भी जरूर आया होगा? फिर बाग ही में नाजिम को क्यों छोड़ दिया? तुमको मुनासिब था कि जब उसको गिरफ्तार ही किया था तो महल में लाकर कैद करतीं या उसी वक्त महाराज के पास भेजवा देतीं, अब जरूर अहमद नाजिम को छुड़ा ले गया होगा।"

इतनी बात सुनते ही चपला के होश उड़ गये और बहुत शर्मिंदा होकर बोली, "सच है, बड़ी भारी गलती हुई, इसका किसी ने खयाल न किया!"

तेजसिंह : और कोई क्या खयाल करता। तुम तो चालाक बनती हो, ऐयारा कहलाती हो, इसका खयाल तुमको होना चाहिए कि दूसरों को? खैर जा के देखो भी तो है या नहीं!

चपला दौड़ी हुई बाग की तरफ गयी। तहखाने के पास जाते ही देखा कि दरवाजा खुला पड़ा है। बस फिर क्या था? यकीन हो गया कि नाजिम को अहमद छुड़ा ले गया। तहखाने के अन्दर जाकर देखा तो खाली पड़ा हुआ।

अपनी बेवकूफी पर अफसोस करती लौट आयी और बोली, "क्या कहूँ, सचमुच अहमद नाजिम को छुड़ा ले गया।" अब तेजसिंह ने छेड़ना शुरु किया, "बड़ी ऐयार बनती थीं, कहती थीं हम चालाक हैं, होशियार हैं, ये हैं, वो हैं! बस एक अदने ऐयार ने नाकों दम कर डाला!" चपला झुंझला उठी और चिढ़कर बोली, "चपला नाम नहीं

जो अभी दोनों को गिरफ्तार कर इसी कमरे में ला बेहिसाब जूतियाँ न लगाऊं।''

तेजसिंह ने कहा, ''बस तुम्हारी कारीगरी देखी गयी अब देखो मैं कैसे एक–एक को गिरफ्तार कर अपने शहर में ले जा के कैद करता हूँ।''

इसके बाद तेजसिंह ने अपने आने का पूरा हाल चन्द्रकान्ता और चपला से कह सुनाया और यह भी बतला दिया कि फलानी जगह पर मैं केतकी को बेहोश करके डाल आया हूँ तुम जाकर उसे उठा लाना। उसके कपड़े मैं न दूँगा क्योंकि इसी सूरत से बाहर चला जाता हूँ। देखो सिवाय तुम तीनों के यह सब हाल और किसी को न मालूम हो नहीं तो सब काम बिगड़ जायेगा।

चन्द्रकान्ता ने तेजसिंह से ताकीद की कि 'दूसरे–तीसरे तुम जरूर यहाँ आया करो, तुम्हारे आने से ढाढ़स बनी रहती है'।

''बहुत अच्छा, मैं ऐसा ही करूँगा!'' कहकर तेजसिंह चलने को तैयार हुए, चन्द्रकान्ता उन्हें जाते देख रोकर बोली, ''क्यों तेजसिंह, क्या मेरी किस्मत में कुमार की मुलाकात नहीं बदी है?'' इतना कहते ही गला भर आया और फूटकर रोने लगी। तेजसिंह ने बहुत समझाया और कहा कि देखो यह सब बखेड़ा इसी वास्ते किया जा रहा है, जिसमें तुम्हारी, उनकी हमेशा के लिए मुलाकात हो, अगर तुम ही घबड़ा जाओगी तो कैसे काम चलेगा? बहुतकुछ समझा–बुझाकर चन्द्रकान्ता को चुप कराया, तब वहाँ से रवाना हो केतकी की सूरत में दरवाजे पर आये। देखा तो दो–चार प्यादे होश में आये हैं, बाकी चित्त पड़े हैं, कोई औंधे पड़ा है, कोई उठा तो है मगर फिर भी झुका ही जाता है। नकली केतकी ने डपटकर दरबानों से कहा, ''तुम लोग हरा देते हो या जमीन सूँघते हो। इतनी अफीम क्यों खाते हो कि आँखें नहीं खुलतीं और सोते ही तो मुर्दों से बाजी

लगाकर! देखो, मैं बड़ी रानी से कहकर तुम्हारी क्या दशा कराती हूँ!'' जो जोबदार होश में आ चुके थे केतकी की बात सुनकर सन्न हो गये और लगे खुशामद करने—

''देखो केतकी माफ करो, आज एक नालायक सरकारी चोबदार ने आकर धोखा दे ऐसा जहरीला तम्बाकू पिला दिया कि हम लोगों की यह हालत हो यगी। उस पाजी ने तो जाने से ही मारना चाहा था, अल्लाह ने बचा दिया, नहीं जो मारने में क्या छोड़ा था। देखो रोज तो ऐसा नहीं होता था, आज धोखा खा गये। हम हाथ जोड़ते हैं, अब कभी ऐसा देखना तो जो चाहे सजा देना!''

नकली केतकी ने कहा, ''अच्छा आज तो छोड़ देती हूँ मगर खबरदार जो फिर कभी ऐसा हुआ!'' यह कहते हुए तेजसिंह बाहर निकल गये। डर के मारे किसी ने यह भी न पूछा कि केतकी तू कहाँ जा रही है?

पाँचवाँ बयान

अहमद ने जो बाग के पेड़ पर बैठा हुआ था जब देखा कि चपला ने नाजिम को गिरफ्तार कर लिया और महल में चली गयी तो सोचने लगा कि चन्द्रकान्ता, चपला और चम्पा बस यही तीनों महल में गयी है, नाजिम इन सभों के साथ नहीं गया तो जरूर वह इस बगीचे में ही कहीं कैद होगा, या सोच वह पेड़ से उतर इधर–उधर ढूँढ़ने लगा। जब उस तहखाने के पास पहुँचा जिसमें नाजिम क़ैद था तो भीतर से चिल्लाने की आवाज आयी जिसे सुन, उसने पहिचान लिया कि नाजिम की आवाज है। तहखाने के किवाड़ खोल अन्दर गया, नाजिम को बँधा पा झट उसकी रस्सी खोली और तहखाने से बाहर लाकर बोला, "चलो जल्दी, इस बगीचे के बाहर हो जायँ तब सब हाल सुनें कि क्या हुआ!"

नाज़िम और अहमद बगीचे के बाहर आये और चलते–चलते आपुस में बातचीत करने लगे। नाजिम ने चपला के हाथ फँस जाने और कोड़ा खाने का पूरा हाल कहा।

अहमद : भाई नाजिम, जब तक पहिले चपला को हम लोग न पकड़ लेंगे तब तक कोई काम न होगा क्योंकि चपला बड़ी चालाक

है और धीरे–धीरे चम्पा को भी तेज कर रही है। अगर वह गिरफ्तार न की जायेगी तो थोड़े ही दिनों में एक की दो हो जायँगी यानी चम्पा भी इस काम में तेज होकर चपला का साथ देने के लायक हो जायगी।

नाजिम : ठीक है खैर आज तो कोई काम नहीं हो सकता मुश्किल से जान बची है हाँ कहल पहिले यही काम करना है यानी जिस तरह हो चपला को पकड़ना और ऐसी जगह छिपाना कि कहाँ पता न लगे और अपने ऊपर भी किसी को शक न हो।

ये दोनों आपुस में धीरे–धीरे बातें करते चले जा रहे थे, थोड़ी देर में जब महल के अगले दरवाजे के पास पहुँचे तो देखा कि केतकी जो कुमारी चन्द्रकान्ता की लौंडी है सामने से चली आ रही है।

तेजसिंह ने भी जो केतकी के भेष में चले आ रहे थे नाजिम और अहमद को देखते ही पहिचान लिया और सोचने लगे कि भले मौके पर ये दोनों मिल गये हैं और अपनी भी सूरत अच्छी है, इस समय इन दोनों से कुछ खेल करना चाहिए और बन पड़े तो दोनों नहीं एक को तो जरूर ही पकड़ना चाहिए।

तेजसिंह जान–बूझकर इन दोनों के पास से होकर निकले। नाजिम और अहमद भी यह सोचकर उसके पीछे हो लिये कि देखें कहाँ जाती है। नकली केतकी (तेजसिंह ने फिरकर देखा और कहा, ''तुम लोग मेरे पीछे–पीछे क्यों चले आ रहे हो? जिस काम पर मुकर्रर हो उस काम को करो!'' अहमद ने कहा, ''किस काम पर मुकर्रर हैं और क्या करें? तुम क्या जानती हो!'' केतकी ने कहा, ''मैं सब जानती हूँ! तुम वहीं काम करो जिसमें चपला के हाथ की जूतियाँ नसीब हों! जिस जगह तुम्हारी मददगार एक लौंडी तक नहीं है वहाँ तुम्हारे किये क्या होगा!''

नाजिक और अहमद केतकी की बात सुनकर दंग हो गये और सोचने लगे कि यह तो बड़ी चालाक मालूम होती है, अगर हम लोगों के मेल में आ जाये तो बड़ा काम निकले, और इसकी बातों से मालूम भी होता है कि कुछ लालच देने पर हम लोगों का साथ देगी।

नाजिम ने कहा, "सुनो केतकी, हम लोगों का तो काम ही चालाकी करने का है। हम लोग अगर पकड़ जाने और मरने–मारने से डरे तो कभी काम न चले, इसी की पैदा खाते हैं, बात–की–बात में हजारों रुपये इनाम मिलते हैं, खुदा की मेहरबानी से तुम्हारे ऐसे मददगार भी मिल जाते हैं, जैसे आज तुम मिल गयीं। अब तुमको भी मुनासिब है कि हमारी मदद करो, जो कुछ हमको मिलेगा, उसमें से हम तुमको भी हिस्सा देंगे।"

केतकी ने कहा, "सुनोजी मैं उम्मीद के ऊपर जाने देनेवाली नहीं हूँ, वे कोई दूसरे होंगे, मैं तो पहिले लेकर काम करती हूँ। अब इस वक्त अगर कुछ मुझको दो मैं अभी तेजसिंह को तुम्हारे हाथ गिरफ्तार करा दूँ। नहीं तो जाओ जो कुछ करते हो करो।"

तेजसिंह की गिरफ्तारी का नाम सुनते ही इन दोनों की तबीयत खुश हो गयी। नाजिम ने कहा, "अगर आज तेजसिंह को पकड़ा दो तो जो कहो हम तुमको दें!"

केतकी : एक हजार रुपये से कम मैं हरगिज न लूँगी। अगर मंजूर हो तो लाओ रुपये मेरे सामने रखो।

नाजिम : अब इस वक्त आधी रात को मैं कहाँ से रुपये लाऊँ। हाँ, कल जरूर दे दूँगा।

केतकी : ऐसी बातें मुझसे न करो। मैं पहिले ही कह चुकी हूँ कि उधार सौदा नहीं करती, लो मैं जाती हूँ।

नाजिम : (आगे से रोककर) सुनो तो, तुम खुफा क्यों होती हो? अगर तुमको हम लोगों का एतबार न हो तो तुम इसी जगह ठहरो, हम लोग जाकर रुपये ले आते हैं।

केतकी : अच्छा एक आदमी यहाँ मेरे पास रहो और एक आदमी जाकर रुपये ले आओ।

नाजिम : अच्छा अहमद यहाँ तुम्हारे पास ठहरता है, मैं जाकर रुपये ले आता हूँ।

यह कहकर नाजिम ने अहमद को तो उसी जगह छोड़ा और आप खशी–खुशी क्रूरसिंह की तरफ रुपये लेने को चला।

नाजिम के चले जाने बाद थोड़ी देर तक केतकी और अहमद इधर–उधर की बातें करते रहे। बात करते–करते केतकी ने दो–चार इलायची बटुए से निकालकर अहमद को दीं और आप भी खायीं। अहमद को तेजसिंह के पकड़े जाने की उम्मीद में इतनी खुशी थी कि कुछ सोच न सका और इलायची खा गया, मगर थोड़ी ही देर बाद उसका सर घूमने लगा। तब वह समझ गया कि बेशक यह कोई ऐयार (चालाक) है जिसने धोखा दिया। झट कमरे से खंजर खींचा बिना कुछ कहे केतकी को मारा, मगर केतकी पहिले से होशियार थी, दाँव बचाकर उसने अहमद की कलाई पकड़ ली जिससे अहमद कुछ न कर सका बल्कि जरा ही देर बाद बेहोश होकर गिर पड़ा। तेजसिंह ने उसकी मुश्कें बाँधकर चादर में गठरी कसी ओर पीठ पर लाद नौगढ़ का रास्ता लिया। खुशी के मारे जल्दी–जल्दी कदम बढ़ाते चले गये, यह भी खयाल था कि कहीं ऐसा न हो कि नाजिम आ जाय और पीछा करे।

इधर नाजिम रुपये लेने के लिए गया तो सीधे क्रूरसिंह के मकान पर पहुँचा। उस वक्त क्रूरसिंह गहरी नींद में सो रहा था। जाते ही नाजिम ने उसको जगाया, क्रूरसिंह ने पूछा, ''क्या है जो इस वक्त आधी रात के समय आकर मुझे उठा रहे हो?''

नाजिम ने क्रूरसिंह से अपनी पूरी कैफियत यानी चन्द्रकान्ता के बाग में जाना और गिरफ्तार होकर कोड़े खाना, अहमद का छुड़ा

लाना, फिर वहाँ से रवाना होना, रास्ते में केतकी से मिलना ओर हजार रुपये पर तेजसिंह को पकड़वा देने की बातचीत तै करना वगैरह सब खुलासा कह सुनाया। क्रूरसिंह ने नाजिम को पकड़े जाने का हाल सुनकर कुछ अफसोस तो किया मगर पीछे तेजसिंह के गिरफ्तार होने की उम्मीद सुनकर उछल पड़ा और बोला, "लो अभी हजार रुपये देता हूँ बल्कि मैं खुद तुम्हारे साथ चलता हूँ।" यह कहकर हजार रुपये सन्दूक में से निकाले और नाजिम के साथ हो लिया।

जब नाजिम क्रूरसिंह को साथ लेकर वहाँ पहुँचा, जहा अहमद और केतकी को छोड़ गया था तो दोनों में से कोई न मिला। नाजिम तो सन्न हो गया और उसके मुँह से झट यह बात निकल पड़ी कि 'धोखा हुआ'।

क्रूरसिंह : कहो नाजिम, क्या हुआ?

नाजिम : क्या कहूँ, वह जरूर केतकी नहीं कोई ऐयार था, जिसने पूरा धोखा दिया और अहमद को तो ले ही गया।

क्रूरसिंह : खूब! तुम तो बाग ही में चपला के साथ से पिट चुके थे, अहमद बाकी था सो वह भी इस वक्त कहीं जूते खाता होगा, चलो छुट्टी हुई।

नाजिम ने शक मिटाने के लिए थोड़ी देर तक इधर–उधर खोज भी की पर कुछ पता न लगा, आखिर रोते–पीटते दोनों ने घर का रास्ता लिया।

छठवाँ बयान

तेजसिंह को विजयगढ़ की तरफ बिदा कर बीरेन्द्रसिंह अपने महल में आये मगर किसी काम में उनका दिल न लगता था। हरदम चन्द्रकान्ता की याद में सर झुकाए बैठे रहना और जब कभी निराला पाना तो चन्द्रकान्ता की याद में सर झुकाए बैठे रहना और चन्द्रकान्ता की तस्वीर अपने सामने रखकर बातें किया करना, या पलंग पर लेट मुँह ढाँप खूब रोना, बस यही तो उनका काम था। अगर कोई पूछता तो बातें बना देते। बीरेन्द्रसिंह के बाप सुरेन्द्रसिंह को बीरेन्द्रसिंह का सब हाल मालूम था। मगर क्या करते, कुछ बस नहीं चलता था, क्योंकि विजयगढ़ का राजा उनसे बहुत जबर्दस्त था और हमेशा उन पर हुकूमत रखता था।

बीरेन्द्रसिंह ने तेजसिंह को विजयगढ़ जाती दफे कह दिया था कि तुम आज ही लौट आना। रात बारह बजे तक बीरेन्द्रसिंह ने तेजसिंह की राह देखी, जब न आये इनकी घबराहट और भी ज्यादे हो गयी। आखिर किसी तरह अपने को संभाला और मसहरी पर लेट दरवाजे की तरफ देखने लगे। सवेरा हुआ ही चाहता था कि तेजसिंह पीट पर एक गट्ठर लादे आ पहुँचे। पहरेवाले इस हालत

में इनको देख हैरान थे मगर खौफ से कुछ कह नहीं सकते थे। तेजसिंह ने बीरेन्द्रसिंह के कमरे में पहुँचकर देखा कि अभी तक वे जाग रहे हैं। बीरेन्द्रसिंह तेजसिंह को देखते ही उठ खड़े हुए और बोले, "कहो भाई क्या खबर लाये?"

तेजसिंह ने वहाँ का सब हाल सुनाया, चन्द्रकान्ता की चीठी हाथ पर रख दी, अहमद की गठरी खोलके दिखा दिया और कहा, "यह चीठी है और यह सौगात!"

बीरेन्द्रसिंह बहुत खुश हुए। चीठी को कोई मर्तबा पढ़कर आँखों से लगाया, फिर तेजसिंह से कहा, "सुनो भाई, इस अहमद को ऐसी जगह रखो जहाँ किसी को मालूम न हो, अगर जयसिंह को खबर लगेगी तो फसाद बढ़ जायेगा।"

यह कहकर तेजसिंह ने फिर अहमद की गठरी बाँधी और एक प्यादे को भेजकर देवीसिंह नामी ऐयार को बुलाया जो तेजसिंह का शागिर्द, दिली दोस्त, और रिश्ते में साला भी लगता था, तथा ऐयारी के फन में भी तेजसिंह से किसी तरह कम न था। जब देवीसिंह आ गये, तेजसिंह ने अहमद की गठरी अपनी पीठ पर लादी और देवीसिंह ने कहा, "गुरुजी, यह गठरी मुझको दो मैं ले चलूँ, मेरे रहते यह काम आपको अच्छा नहीं लगता।"

आखिर देवीसिंह ने यह गठरी पीठ पर लाद ली और तेजसिंह के पीछे चल निकले। ये दोनों शहर के बाहर हो जंगल और पहाड़ियों के घूम–घुमौवे पेंचीदे रास्तों से जाते–जाते दो कोस के करीब पहुँचकर एक अँधेरी खोह में घुसे। थोड़ी देर चलने के बाद कुछ रोशनी मिली। वहाँ जाकर तेजसिंह ठहर गये और दवीसिंह से बोले, "गठरी रख दो।"

देवीसिंह : (गठरी रखकर) गुरुजी, यह तो अजीब जगह है, अगर कोई आवे भी तो यहाँ से जाना मुश्किल हो जाय।

तेजसिंह : सुनो देवीसिंह, इस जगह को मेरे सिवाय कोई नहीं जानता, तुमको अपना दिली दोस्त समझकर ले आया हूँ तुम्हें अभी बहुत कुछ काम करना होगा।

देवीसिंह : मैं तुम्हारा तावेदार हूँ तुम गुरु हो क्योंकि ऐयारी तुम्हीं ने मुझको सिखायी है, अगर मेरी जान की भी जरूरत पड़े तो मैं देने को तैयार हूँ।

तेजसिंह ' सुनो और–मैं जो बातें तुमसे कहता हूँ उनको अच्छी तरह खयाल रखो। यह सामने जो पत्थर का दरवाजा देखते हो इसको खोलना सिवाय मेरे कोई भी नहीं जानता या फिर मेरे ओस्ताद जिन्होंने मुझको ऐयारी सिखायी वे जानते थे। वे तो अब हैं नहीं, मर गये, इस समय सिवाय मेरे कोई नहीं जानता, और मैं तुमको इसका खोजना बतलाये देता हूँ। जिस–जिसको मैं पकड़कर लाया करूँगा, इसी जगह लाकर कैद किया करना, जिसमें किसी को मालूम न हो और कोई छुड़ा के भी न ले जा सके। इसके अन्दर कैद करने से कैदियों के हाथ–पैर बाँधने की जरूरत नहीं रहेगी, सिफ हिफाजत के लिए एक खुलासी बेड़ी उनके पैर में डाल देनी पड़ेगी, जिसमें धीरे–धीरे चल–फिर सकें। कैदियों के खाने–पीने की भी फिक्र तुमको नहीं करनी पड़ेगी क्योंकि इसके अन्दर एक छोटी–सी कुदरती नहर है जिसमें बराबर पानी रहता है और मेवों के दरख्त भी बहुत हैं। इस ऐयार को इसी में कैद करते हैं, बाद इसके महाराज से यह बहाना करके कि आज कल मैं बीमार रहता हूँ अगर एक महीने की छुट्टी मिले तो आबोहवा बदल आऊँ, महीने–भर की छुट्टी ले लो। मैं कोशिश करके तुम्हें छुट्टी दिला दूँगा। तब तुम भेष बदलकर विजयगढ़ जाओ और बराबर वहीं रहकर इधर–उधर की खबर लिया करो, जो कुछ हाल हो मुझसे कहा करो और जब मौका देखो तो बदमाशों को गिरफ्तार करके इसी जगह ला उनको कैद भी कर दिया करो।

और भी बहुत–सी बातें देवीसिंह को समझाने के बाद तेजसिंह दरवाजा खोजने चले। दरवाजे के ऊपर एक बड़ा–सा चेहरा शेर का बना हुआ था जिसके मुँह में हाथ बखूबी जा सकता था। तेजसिंह ने देवीसिंह से कहा, "इस चेहरे के मुँह में हाथ डालकर इसकी जुबान बाहर खींचो।" देवीसिंह ने वैसा ही किया और हाथ भर के करीब जुबान खैंच लिया। उसके खैंचते ही एक आवाज हुई और दरवाजा खुल गया। अहमद की गठरी लिये हुए दोनों, अन्दर गये। देवीसिंह ने देखा कि खूब खुलासी जगह बल्कि कोस–भर का साफ मैदान है। चारों तरफ ऊँची–ऊँची पहाड़ियाँ जिन पर किसी तरह आदमी चढ़ नहीं सकता, बीच में एक छोटा–सा झरना पानी का बह रहा है और बहुत–से जंगली मेवो के दरख्तों से अजब सोहावनी जगह मालूम होती है। चारों तरफ की पहाड़ियाँ नीचे से ऊपर तक छोटे–छोटे करजनी घुमची, बेर, मकोइचे, चिरौंजी, वगेरह के घने दरख्तों और लताओं से भरी हुई हे, बड़े–बड़े पत्थर के ढोंके मस्त हाथी की तरह दिखायी देते हैं। ऊपर से पानी गिर रहा है जिसकी आवाज बहुत भली मालूम होती है। हवा चलने से पेड़ों की घनघनाहट और पानी की आवाज तथा बीच में मोरों का शोर और भी दिल को खींचे लेता है। नीचे जो चश्मा पानी का पश्चिम से पूरब की तरफ घूमता हुआ बह रहा है उसके दोनों तरफ जामुन के पेड़ लगे हुए हैं और पक्के जामुन उस चश्मे के पानी में गिर रहे हैं। पानी भी चश्मे का इतना साफ है कि जमीन दिखायी देती है, कहीं हाथ–भर कहीं कमर बराबर कहीं उससे भी ज्यादा होगा। पहाड़ों में कूदरती खोह बने हैं जिनकें देखने से मालूम होता है मानों ईश्वर ने यहाँ सैलानियों से रहने के लिए कोठरियाँ बना दी हैं। चारों तरफ की पहाड़ियाँ ढालवीं और बनिस्बत नीचे के ऊपर से ज्यादे खुलासी थीं और उन पर बादल के टुकड़े छोटे–छोटे शामियानों का मजा दे रहे थे। यह जगह ऐसी सुहावनी थी कि वर्षों रहने पर भी किी की

तबीयत न घबराए बल्कि खुशी मालूम हो। सुबह हो गयी। सूरज निकल आया। तेजसिंह ने अहमद की गठरी खोली।

उसका ऐयारी का बटुआ और खंजर को कमर में बँधा था ले लिया और एक बेड़ी उसके पैर में डालने के बाद होशियार किया। जब अहमद होश में आया और उसने अपने को इस अजब दिलचस्प मैदान में देखा तो यकीन हो गया कि मैं मर गया हूँ और फरिश्ते मुझको यहाँ ले आये हैं। लगा कमला पढ़ने। तेजसिंह को उसके कलमा पढ़ने पर हँसी आयी, बोले, ''मियाँ साहब आप हमारे कैदी हैं, इधर देखिए!'' अहमद ने तेजसिंह की तरफ देखा, पहिचानते ही जान सूख गयी, समझ गया कि तब न मरे तो अब मरे। बीबी केतकी की सूरत आँखों के सामने फिर गयी, खौफ ने उसका गला ऐसा दबाया कि एक हर्फ भी मुँह से न निकल सका।

अहमद को उसी मैदान में चश्मे के किनारे छोड़ दोनों ऐयार बाहर निकले आये। तेजसिंह ने देवीसिंह से कहा, ''इस शेर की जुबान जो तुमने बाहर खींच ली है, उसी के मुँह में डाल दो।'' देवीसिंह ने वैसा ही किया। जुबान उसके मुँह में डालते ही जोर से दरवाजा बन्द हो गया और दोनों आदमी पेचीली राह से घर की तरफ रवाना हुए।

पहर–भर दिन चढ़ा होगा जब ये दोनों लौटकर बीरेन्द्रसिंह के पास पहुँचे। बीरेन्द्रसिंह ने प्दू, ''अहमद को कहाँ कैद करने ले गये थे जो इतनी देर लगी?'' तेजसिंह ने जवाब दिया, ''एक पहाड़ी खोह में कैद कर आया हूँ आज आप को भी वह जगह दिखाऊँगा, पर अब मेरी राय है कि देवीसिंह थोड़े दिन भेष बदलकर विजयगढ़ में राहें। ऐसा करने से मुझको बड़ी मदद मिलेगी।'' इसके बाद वे बातें भी बीरेन्द्रसिंह को कह सुनायीं जो खोह में देवीसिंह को समझायी थीं और जो कुछ राय ठहरी थी वह भी कहीं जिसे बीरेन्द्रसिंह ने बहुत पसन्द किया।

स्नान पूजा और मामूली कामों से फुरसत पा दोनों आदमी देवीसिंह को साथ लिये राजदरबार में गये। देवीसिंह ने छुट्टी को अर्ज किया। राजा देवीसिंह को बहुत चाहते थे, छुट्टी देना मंजूर न था, कहने लगे—"यहाँ ही हम तुम्हारी दवा करायेंगे।" आखिर बीरेन्द्रसिंह और तेजसिंह की सिफारिश से छुट्टी मिली। दरबार बर्खास्त होने पर बीरेन्द्रसिंह राजा के साथ महल में चले गये और तेजसिंह अपने पिता जीतसिंह के साथ घर आये, देवीसिंह को भी साथ लाये और सफर की तैयारी कर उसी समय उनको रवाना कर दिया। जाती दफे और कई बातें समझा दीं।

दूसरे दिन तेजसिंह अपने साथ बीरेन्द्रसिंह को उस घाटी में ले गयो, जहाँ अहमद को कैद किया था। कुमार उस जगह को देखकर बहुत ही खुश हुए और बोले, "भाई इस जगह को देखकर तो मेरे दिल में बहुत–सी बातें पैदा होती हैं।" तेजसिंह ने कहा, "पहिले–पहल इसी जगह को देखकर मैं तो आपसे भी ज्यादा हैरान हुआ था मगर गुरुजी ने बहुत कुछ हाल यहाँ का समझाकर मेरी दिलजमई कर दी जो किसी दूसरे वक्त आपसे कहूँगा।"

बीरेन्द्रसिंह इस बात को सुनकर और भी हैरान हुए और उस घाटी की कैफियत जानने के लिए जिद्द करने लगे। आखिर तेजसिंह ने वहाँ का हाल जो कुछ अपने गुरु से सुना था कहा, जिसे सुन बीरेन्द्रसिंह बहुत प्रसन्न हुए। तेजसिंह ने बीरेन्द्रसिंह से क्या कहा, वे इतना खुश क्यों हुए, ओर वह घाटी जैसी थी यह सब हाल किसी दूसरे मौके पर बयान किया जायेगा।

दोनों यहाँ से रवाना हो अपने मकान पर आये। कुमार ने कहा, "भाई अब तो मेरा हौसला बहुत बढ़ गया और जी में आता है कि जयसिंह से लड़ जाऊँ।' तेजसिंह ने कहा, "आपका हौसला ठीक है मगर जल्दी करने से चन्द्रकान्ता की जान का खौफ है। आप इतना

घबड़ाते क्यों है देखिए तो क्या होता है, कल मैं फिर जाऊँगा और मालूम घबड़ाते क्यों है देखिए तो क्या होता है, कल मैं फिर जाऊँगा और मालूम करूँगा कि अहमद के पकड़े जाने से दुश्मनों की क्या कैफियत हुई, फिर दूसरी दफे आपको ले चलूँगा।'' बीरेन्द्रसिंह ने कहा, ''नहीं अबकी मैं जरूर चलूँगा, इस तरह एकदम से डरपोक होकर बेठे रहना मर्दों का काम नहीं।''

तेजसिंह ने कहा, ''अच्छा आप भी चलिए, हर्ज क्या हे, मगर एक काम होना जरूरी है जो यह कि महाराज में पाँच–चार रोज के लिए शिकार की छुट्टी लीजिए और अपनी सरहद पर खेमा–डेरा डाल दीजिए, वहाँ से कुल ढाई कोस चन्द्रकान्ता का महल रह जायेगा, तब बहुत तरह का सुभीता होगा।' इस बात को बीरेन्द्रसिंह ने भी पसन्द किया, आखिर यही राय पक्की ठहरी।

कुछ दिन बाद बीरेन्द्रसिंह ने अपने पिता राजा सुरेन्द्रसिंह से शिकार के लिए आठ दिन की छुट्टी ले ली और थोड़े से अपने दिली आदमियों को जो खास उन्हीं के खिदमती थे और उनको जान से ज्यादा चाहते थे, साथ ले रवाना हुए। थोड़ा–सा दिन बाकी था जब नौ गढ़ और विजयगढ़ के सिवाने पर इन लोगों का डेरा पड़ गया। रात–भर वहाँ मुकाम रहा ओर यह राय ठहरी कि पहिले तेजसिंह विजयगढ़ जाकर हाल–चाल ले आवें।

सातवाँ बयान

अहमद के पकड़े जाने से नाजिम बहुत उदास हो गया और क्रूरसिंह को तो अपनी ही फिक्र पड़ गयी कि कहीं तेजसिंह मुझको न पकड़ ले जाये! इस खौफ से वह हरदम चौकन्ना रहता था, मगर महाराज जयसिंह के दरबार में रोज जाता और बीरेन्द्रसिंह की तरफ से उनको भड़काया करता।

एक दिन नाजिम ने क्रूरसिंह को यह सलाह दी कि जिस तरह हो सके अपने बाप कुपथसिंह को मार डालो, उसके मरने के बाद जयसिंह जरूर तुमको मन्त्री (वजीर) बनायेंगे, उस वक्त तुम्हारी हुकूमत हो जाने से सब काम बहुत जल्द होगा। आखिर क्रूरसिंह ने जहर दिलवाकर अपने बाप को मरवा डाला। महाराज ने कुपथसिंह के मरने पर अफसोस किया और कई दिन दरबार में न आये। शहर में भी कुपथसिंह मन्त्री के मरने का गम छा गया।

क्रूरसिंह ने जाहिर में अपने बाप के मरने का बड़ा भारी मातम (गम) किया और बारह रोज के वास्ते अलग बिस्तर जमाया। दिन–भर तो अपने बाप को रोता पर रात को नाजिम के साथ बैठकर चन्द्रकान्ता के मिलने तथा तेजसिंह और बीरेन्द्रसिंह को गिरफ्तार

करने की फिक्र करता। इन्हीं दिनों बीरेन्द्रसिंह ने भी शिकार के बहाने विजयगढ़ की सरहद पर खेमा डाल दिया था, जिसकी खबर नाजिम ने क्रूरसिंह को पहुँचायी और कहा—"बीरेन्द्रसिंह जरूर चन्द्रकान्ता की फिक्र में आया है, अफसोस इस समय अहमद न हुआ नहीं तो बड़ा काम निकलता, खैर, देखा जाएगा।" यह कह क्रूरसिंह से विदा हो बालादवी* के वास्ते चला गया।

तेजसिंह बीरेन्द्रसिंह से रुखसत हो विजयगढ़ पहुँचे और मन्त्री के मरने तथा शहर—भर में गम छाने का हाल लेकर बीरेन्द्रसिंह के पास लौट आये, यह खबर लाये कि दो रोज में सूतक निकल जाने पर महाराज जयसिंह क्रूर को अपना दीवान बनावेंगे।

बीरेन्द्रसिंह : देखो क्रूर ने चन्द्रकान्ता के लिए बाप को मार डाला। अगर राजा को भी मार डाले तो ऐसे आदमी का क्या ठिकाना है!

तेजसिंह : सच है, वह नालायक जहाँ तक होगा, राजा पर भी बहुत जल्द हाथ फेरेगा, अस्तु अब मैं दो दिन चन्द्रकान्ता के गहल में न जाकर दरबार ही का हाल—चाल लूँगा। इस बीच में मौका मिल जायेगा तो देखा जाएगा।

बीरेन्द्रसिंह : सो सबकुछ नहीं चाहे जो हो आज चन्द्रकान्ता से जरूर मुलाकात करूँगा।

तेजसिंह : आप जल्दी न करें, जल्दी ही सब कामों को बिगाड़ती है।

बीरेन्द्र : जो भी हो मैं तो जरूर जाऊँगा!

तेजसिंह ने बहुत समझाया मगर चन्द्रकान्ता की जुदाई में उनको भलाबुरा क्या सूझता था, एक न मानी और चलने को तैयार

---

* बालादवी—टोह लेने के लिए गश्त करना।

ही हो गये। आखिर तेजसिंह ने कहा, ''खैर तो चलिए जब आपकी ऐसी ही मर्जी है तो हम क्या करें, जो कुछ होगा देखा जायेगा!''

शाम के वक्त ये दोनों टहलने के लिए खेमे से बाहर निकले और अपने प्यादों से कह गये कि अगर हम लोगों के आने में देर हो तो घबराना मत। टहलते हुए दोनों विजयगढ़ की तरफ रवाना हुए।

कुछ रात गयी जब चन्द्रकान्ता के उसी नजरबाग के पास पहुँचे, जिसका हाल पहिले लिख चुके हैं।

रात अँधेरी थी, इसलिए इन दोनों को बाग में जाने के लिए कोई तरद्दुद न करना पड़ा पहरेवालों को बचाकर कमन्द फेंका और उसके जरिये बाग के अन्दर जा दोनों एक घने पेड़ के नीचे खड़े हो इधर–उधर निगाह दौड़ाकर देखने लगे।

बाग में बीचोबीच संगमर्मर के साफ चिकने चबूतरे पर मोमी शमादान जल रहा था, जहाँ चन्द्रकान्ता, चपला और चम्पा बैठी बातें कर रही थीं। चपला बातें भी करती जाती थी और इधर–उधर तेजी के साथ निगाह भी दौड़ा रही थी।

चन्द्रकान्ता को देखते ही बीरेन्द्रसिंह का अजब हाल हो गया, बदन में कँपकँपी होने लगी यहाँ तक कि बेहोश होकर गिर पड़े। मगर बीरेन्द्रसिंह की यह हालत देख तेजसिंह को कोई तरद्दुद न हुआ, झट अपने ऐयारी के बटुए से लखलखा निकाल सुँघा दिया और होश में लाकर कहा, ''देखिए दूसरे के काम में आपको इस तरह बेसुध न होना चाहिए। अब आप अपने को सम्हालिए और इसी जगह ठहरिए, मैं जाकर बात कर आऊँ तब आपको ले चलूँ।'' यह कहकर उन्हें उसी पेड़ के नीचे छोड़ उस जगह गये जहाँ चन्द्रकान्ता, चपला और चम्पा बैठी थी। तेजसिंह को देखते ही चन्द्रकान्ता बोली, ''क्यों जी, इतने दिन कहाँ रहे? क्या इसी का नाम मुरौवत है? अबकी भी आये तो अकेले ही आये। वाहद्व ऐसा ही था तो हाथ में चूड़ी पहन

लेते, जवाँमर्दी की डींग क्यों मारते हैं? जब उनकी मुहब्बत का यही हाल है तो मैं जीकर क्या करूँगी?'' कहकर चन्द्रकान्ता रोने लगी, यहाँ तक कि हिचकी बँध गयी। तेजसिंह उसकी यह हालत देख बहुत घबड़ाये और बोले, ''बस इसी को नादानी कहते हैं! अच्छी तरह हाल भी न पूछा और लगीं रोने, ऐसा ही है तो मैं अभी उनको लिए आता हूँ!''

यह कहकर तेजसिंह वहाँ गये जहाँ बीरेन्द्रसिंह को छोड़ा था और उनको अपने साथ ले चन्द्रकान्ता के पास लौटे। चन्द्रकान्ता को बीरेन्द्रसिंह के मिलने से बड़ी खुशी हुई, दोनों मिलकर खूब रोये यहाँ तक कि बेहोश हो गये मगर थोड़ी देर बाद होश में आ गये और आपस में शिकायत मिलीं मुहब्बत की बातें करने लगे।

अब जमाने का उलट–फेर देखिए। घूमता–फिरता टोह लगाता नाजिम भी उसी जगह आ पहुँचा और दूर से इन सभों की खुशी–भरी मजलिस देखकर जल मरा। तुरन्त ही लौटकर क्रूरसिंह के पास पहुँचा। क्रूरसिंह ने नाजिम को घबड़ाया हुआ देखा और पूछा, ''क्यों क्या है जो तुम इतना घबड़ाये हुए हो?''

नाजिम : है क्या, जो मैं सोचता था वही हुआ! यही वक्त चालाकी का है, अगर अब भी कुछ बन न पड़ा तो बस तुम्हारी किस्मत फूट गयी, ऐसा ही समझना पड़ेगा।

क्रूरसिंह : तुम्हारी बातें तो कुछ समझ में नहीं आतीं, खुलासा कहो क्या बात है।

नाजिम : खुलासा बस यही है बीरेन्द्रसिंह, चन्द्रकान्ता के पास पहुँच गया और इस समय बाग में चहचहे उड़ रहे हैं।

यह सुनते ही क्रूरसिंह की आँखों के आगे अँधेरा छा गया, दुनिया उदास मालूम होने लगी, कहाँ तो बाप के जाहिरी गम में वह सर मुड़ाये बरसाती मेढ़क बना बैठा था, तेरह रोज कहीं बाहर

जाना हो ही नहीं सकता था, मगर इस खबर ने उसको अपने आपे में न रहने दिया, फौरन उठ खड़ा हुआ और उसी तरह नंग–धड़ंग औंधी हाँडी–सा सर लिये महाराज जयसिंह के पास पहुँच। जयसिंह क्रूरसिंह को इस तरह आते देख हैरान जयसिंह के पास पहुँचा। जयसिंह क्रूरसिंह को इस तरह आते देख हैरान हो बोले, ''क्रूरसिंह, सूतक और बाप का गम छोड़कर तुम्हारा इस तरह आना मुझको हैरानी में डाल रहा है!''

क्रूरसिंह ने कहा, ''महाराज हमारे बाप तो आप हैं, उन्होंने तो पैदा किया; परवरिश आप ही की बदौलत होती है। जब आप ही की इज्जत में बट्टा लगा तो मेरी जिन्दगी किस काम की है और मैं किस लायक गिना जाऊँगा?''

क्रूरसिंह : एक अदना आदमी।

जयसिंह : (दाँत पीसकर) जल्दी बताओ वह कौन है, जिसके सर पर मौत सवार हुई है!!

क्रूरसिंह : बीरेन्द्रसिंह!

जयसिंह : उसकी क्या मजाल सो मेरा मुकाबला करे, इज्जत बिगाड़ना तो दूसरी चीज है! तुम्हारी बात कुछ समझ में नहीं आती, साफ–साफ जल्द बताओ, क्या बात है? बीरेन्द्रसिंह कहाँ है?

क्रूर : आपके चोर–महल में बाग में!

यह सुनते ही महाराज का बदन मारे गुस्से के काँपने लगा। तड़पकर हुक्म दिया, ''अभी जाकर बाग को घेर लो, मैं कोट की राह वहाँ जाता हूँ!''

आठवाँ बयान

बीरेन्द्रसिंह चन्द्रकान्ता से मीठी–मीठी बातें कर रहे हैं, चपला से तेजसिंह उलझ रहे हैं, चम्पा बेचारी इन लोगों का मुँह ताक रही है। अचानक एक काला–कलूटा आदमी सिर से पैर तक आबनूस का कुन्दा, लाल–लाल आँखें, लँगोटा कसे, उछलता–कूदता इन सभों के बीच में आ खड़ा हुआ। पहिले तो ऊपर नीचे के दाँत खोल तेजसिंह की तरफ दिखाया, तब बोला–"खबर भई राजा को तुमरी सुनो गुरुजी मेरे।" इसके बाद उछलता–कूदता चला गया। जाती दफे चम्पा की टाँग पकड़ थोड़ी दूर घसीटता ले गया, आखिर छोड़ दिया। यह देख सब हैरान हो गये और डरे कि यह पिशाच कहाँ से आ गया, चम्पा बेचारी तो चिल्ला उठी मगर तेजसिंह फौरन उठ खड़े हुए और बीरेन्द्रसिंह का हाथ पकड़ के बोले, "चलो जल्दी उठो, अब बैठने का मौका नहीं!" चन्द्रकान्ता की तरफ देखकर बोले, "हम लोगों के जल्दी चले जाने का रंज तुम मत करना और जब तक महाराज यहाँ न आयें इसी तरह सब–की–सब बैठी रहना!"

चन्द्रकान्ता : इतनी जल्दी करने का सबब क्या है। और यह कौन था जिसकी बात सुनकर भागना पड़ा?

तेज : (जल्दी से) अब बात करने का मौका नहीं रहा।

यह कहकर बीरेन्द्रसिंह को जबर्दस्ती उठाया और साथ ले कमन्द के जरिये बाग के बाहर हो गये।

चन्द्रकान्ता को बीरेन्द्रसिंह का इस तरह चला जाना बहुत बुरा मालूम हुआ। आँखों में आँसू भर चपला से बोली, ''यह क्या तमाशा हो गया कुछ समझ में नहीं आता। उस पिशाच को देखकर मैं कैसे डरी, मेरे कलेजे पर हाथ रखकर देखो अभी तक धड़धड़ा रहा है? तुमने क्या खयाल किया?''

चपला ने कहा, ''कुछ ठीक समझ में नहीं आता, हाँ इतना जरूर है कि इस समय बीरेन्द्रसिंह को यहाँ आने की खबर महाराज को हो गयी वे जरूर आते होंगे।''

चम्पा बोली, ''न मालूम मुए को मुझसे क्या दुश्मनी थी!''

चम्पा की बात पर चपला को हँसी आ गयी मगर हैरान थी कि यह क्या खेल हो गया। थोड़ी देर तक इसी तरह की ताज्जुब–भरी बातें होती रहीं, इतने में ही बाग के चारों तरफ आदमियों के शोरगुल की आवाज आने लग। चपला ने कहा, ''रंग बुरे नजर आने लगे, मालूम होता है कि इस बाग को सिपाहियों ने घेर लिया।'' बात पूरी भी न होने पायी थी कि सामने से महाराज आते दिखायी पड़े।

देखते ही सब–की–सब उठ खड़ी हुईं। चन्द्रकान्ता ने बढ़कर पिता के आगे सिर झुकाया और कहा, ''इस समय आपके यकायक आने...!''इतना कहकर चुप हो रही। जयसिंह ने कहा, ''कुछ नहीं, तुम्हें देखने को जी चाहा इसी से चले आये। अब तुम भी महल में जाओ, यहाँ क्यों बैठी हो, ओस पड़ती है, तबीयत तुम्हारी खराब हो जाएगी।'' यह कहकर महल की तरफ रवाना हुए।

चन्द्रकान्ता, चपला और चम्पा भी महाराज के पीछे–पीछे महल में गयीं। जयसिंह अपने कमरे में आये और जी में बहुत शर्मिन्दा

होकर कहने लगे, "देखो हमारी भोली–भाली लड़की के क्रूरसिंह झूठमूठ बदनाम करता है। न मालूम इन नालायक के जी में कया समायी है, बेधड़क उस बेचारी को ऐब लगा दिया, अगर लड़की सुनेगी तो क्या कहेगी? ऐसे शैतान का तो मुँह न देखना चाहिए बल्कि सजा देना चाहिए जिसमें फिर ऐसा कमीनापन न करे।" यह सोच हरीसिंह नामी एक चोबदार को हुक्म दिया कि बहुत जल्द क्रूर को हाजिर करे।

हरीसिंह क्रूरसिंह को खोजता और पता लगाता हुआ बाग के पास पहुँचा जहाँ वह बहुत से आदमियों के साथ खुशी–खुशी बाग को घेरे हुए था। हरीसिंह ने कहा, "चलिए महाराज ने बुलाया है।" क्रूरसिंह घबड़ा उठा कि महाराजा ने क्यों बुलाया, "क्या चोर नहीं मिला?" महाराज तो मेरे सामने महल में चले गये थे। हरीसिंह से पूछा, "महाराज क्या कर रहे हैं?" उसने कहा, "अभी महल से आये हैं, गुस्से में भरे बैठे हैं, आपको जल्दी बुलाया है।" यह सुनते ही क्रूरसिंह की नानी मर गयी, डरता–काँपता हरीसिंह के साथ महाराज के पास पहुँचा।

महाराज ने क्रूरसिंह को देखते ही कहा, "क्यों बे क्रूर! बेचारी चन्द्रकान्ता को इस तरह झूठमूठ बदनाम करना और हमारी इज्जत में बट्टा लगाना यही तेरा काम है। यह इतने आदमी जो बाग को घेरे हुए हैं अपने जी में क्या कहते होंगे? नालायक, गदहा, पाजी, तैंने कैसे कहा कि महल में बीरेन्द्र है!!"

मारे गुस्से के महाराज जयसिंह के होठ काँप रहे थे, आँखें लाल हो रही थीं। यह कैफियत देखकर तो जान सूख गयी, घबड़ा के बोला, "मुझको तो यह खबर नाजिम ने पहुँचाई थी जो आजकल महल के पहरे पर मुकर्रर है।" यह सुनते ही महाराज ने हुक्म दिया, "बुलाओ नाजिम को।" थोड़ी देर में नाजिम भी हाजिर किया गया। गुस्से में भरे हुए महाराज के मुँह से साफ आवाज नहीं निकलती

थी। टूटे–फूटे शब्दों में नाजिम से पूछा, "क्यों बे तैंने कैसी खबर पहुँचायी?" उस वक्त डर के मारे उसकी क्या हालत थी, वही जानता होगा, जान से ना उम्मीद हो चुका था, डरता हुआ बोला, "मैंने तो अपनी आँखों से देखा था हुजूर शायद किसी तरह भाग गया होगा।"

अब जयसिंह से गुस्सा बर्दाश्त न हो सका, हुक्म दिया, "पचास कोड़े क्रूर को और दो सौ कोड़े नाजिम को लगाये जायं ! बस इतने ही पर छोड़े देता हूँ, आगे फिर कभी ऐसा होगा तो सिर उतार लिया जायगा। क्रूर, तू वजीर होने लायक नहीं है।"

अब क्या था, लगे दोतर्फी कोड़े पड़ने। उन लोगों के चिल्लाने से महल गूँज उठा मगर महाराज का गुस्सा न गया। जब दोनों पर कोड़े पड़ चुके, उनके महल के बाहर निकलवा दिया और महाराज आराम करने चले गये मगर मारे गुस्से के रात–भर नींद न आयी।

क्रूरसिंह और नाजिम दोनों घर आये और एक जगह बैठकर लगे झगड़ने। क्रूर नाजिम से कहने लगा–"तेरी बदौलत आज मेरी इज्जत मिट्टी में मिल गयी! कल दीवान होंगे यह उम्मीद भी न रही, मार खायी उसकी तकलीफ मैं ही जानता हूँ, यह सब तेरी ही बदोलत हुआ!!" नाजिम कहता था–"मैं तुम्हारी बदौलत मारा गया, नहीं तो मुझको क्या काम था? जहन्नुम में जाती चन्द्रकान्ता और बीरेन्द्र, मुझे क्या पड़ी थी जो जूते खाता!" ये दोनों आपुस में यों ही पहरों झगड़ते रहे।

अन्त में क्रूरसिंह ने कहा, "हम तुम दोनों को लानत है अगर इतनी सजा पाने पर भी बीरेन्द्र को गिरफ्तार न किया।"

नाजिम ने कहा, "इसमें तो कोई शक नहीं कि बीरेन्द्र अब रोज महल में आया करोगा क्योंकि इसी वास्ते आप अपना डेरा सरहद पर ले आया है, मगर अब कोई काम करने का हौसला नहीं पड़ता,

कहीं फिर मैं देखूँ और खबर करने पर वह दुबारा निकल जाये तो अब की जरूर ही जान से मारा जाऊँगा।''

क्रूरसिंह ने कहा, ''अब तो कोई ऐसी तरकीब करनी चाहिए जिसमें जान भी बचे और बीरेन्द्रसिंह को अपनी आँखों से महाराज जयसिंह महल में देख भी लें।''

बहुत देर सोचने के बाद नाजिम ने कहा, ''चुनारगढ़* के महाराज शिवदत्तसिंह के दरबार में एक पण्डित जगन्नाथ नामी ज्योतिषी हैं, जो रमल भी बहुत अच्छा जानते हैं। उसके रमल फेंकने में इतनी तेजी है कि जब चाहे पूछ लो कि फलाना आदमी इस समय कहाँ है। क्या कर रहा है या कैसे पकड़ा जायेगा? वह फौरन बतला देते हैं। उनको अगर मिलाया जाय और वे यहाँ आकर और कुछ दिन रहकर तुम्हारी मदद करें तो सब काम ठीक हो जाय। चुनारगढ़ यहाँ से बहुत दूर भी नहीं, कुल तेईस कोस है, चलो हम तुम चलें और जिस तरह बन पड़े उन्हें ले आवें।''

आखिर क्रूरसिंह बहुत कुछ जवाहिरात अपने कमरे में बाँध, दो तेज घोड़े मँगवा नाजिम के साथ सवार हो उसी समय चुनार की तरफ रवाना हो गया और घर में सबसे कह गया कि अगर महाराज के यहाँ से कोई आवे तो कह देना कि बहुत बीमार हैं।

नौवाँ बयान

बीरेन्द्रसिंह और तेजसिंह बाग के बाहर हो खेमे की तरफ रवाना हुए। जब खेमे में पहुँचे तो आधी रात बीत चुकी थी मगर तेजसिंह को कब चैन पड़ता था। बीरेन्द्रसिंह को पहुँचाकर फिर लौटे और अहमद की सूरत बन क्रूरसिंह के मकान पर पहुँचे। क्रूरसिंह चुनार की तरफ रवाना हो चुका था, जिस आदमी को घर में हिफाजत के लिए छोड़ गया था और कह गया था कि अगर महाराज पूछें तो कह देना बीमार हैं उन लोगों ने यकायक अहमद को तेजा तो ताज्जुब से पूछा, ''कहो अहमद, तुम कहाँ थे अब तक?'' नकली अहमद ने कहा, ''मैं जहन्नुम की सैर करने गया था, अब लौटकर आया हूँ। यह बताओ कि क्रूरसिंह कहाँ है?'' सभों ने उसका पूरा–पूरा हाल सुनाया और कहा, ''अब चुनार गये हैं, तुम भी वहीं जाते तो अच्छा होता!''

अहमद ने कहा, ''हाँ मैं भी जाता हूँ, अब घर न जाऊँगा, सीधे चुनार ही पहुँचता हूँ।'' यह कह वहाँ से रवाना हो अपने खेमे में आये और बीरेन्द्रसिंह से सब हाल कहा। बाकी रात आराम किया, सवेरा होते ही नहा–धो कुछ भोजन कर, सूरत बदल, विजयगढ़ की तरफ रवाना हुए। नंगे सिर, हाथ–पैर–मुँह और धूल डाले राते–पीटते

महाराज जयसिंह के दरबार में पहुँचे। इनकी हालत देखकर सब हैरान हो गये। महाराज ने मुंशी से कहा, ''पूछो कौन है और क्या कहता है?''

तेजसिंह ने कहा, ''हुजूर मैं क्रूरसिंह का नौकर हूँ, मेरा नाम रामलाल है। महाराज से बागी होकर क्रूरसिंह चुनारगढ़ के राजा के पास चला गया है। मैंने मना किया कि महाराज का नमक खाकर ऐसा न करना चाहिए, जिस पर मुझको खूब मारा और जो कुछ मेरे पास था, सब छीन लिया। हाय रे, मैं बिल्कुल लुट गया, एक कौड़ी भी नहीं रही, अब मैं और जो कुछ मेरे पास था, सब छीन लिया। हाय रे, मैं बिल्कुल लुट गया, एक कौड़ी भी नहीं रही, अब मैं क्या खाऊँगा, घर कैसे पहुँचूँगा, लड़के बाले तीन बरस की कमाई खोजेंगे, कहेंगे कि रजवाड़े की कमायी क्या लाये हो? उनको क्या दूँगा! दोहाई महाराज की, दोहाई, दोहाई, दोहाई!!''

बड़ी मुश्किल से सभों ने चुप कराया। महाराज को बड़ा गुस्सा आया। हुक्म दिया, ''क्रूरसिंह कहाँ है?'' चोबदार खबर लाया, ''बहुत बीमार हैं उठ नहीं सकते।'' रामलाल (तेजसिंह) बोला, ''दोहाई महाराज की! यह भी उहीं की तरफ मिल गया, झूठ बोलता है! मुसलमान सब उसके दोस्त हैं, दोहाई महाराज की! खूब तहकीकात की जाय!'' महारज में मुंशी से कहा, ''तुम जाकर पता लगाओ कि क्या मामला है?'' थोड़ी देर बाद मुंशी वापस आये और बोले, ''महाराज क्रूरसिंह घर में तो नहीं हैं, और घरवाले कुछ बताते नहीं है कहाँ गये हैं।'' महाराज ने कहा, ''जरूर चुनारगढ़ गया होगा! अच्छा उसके यहाँ के किसी प्यादे को बुलाओ।'' हुक्म पाते ही चोबदार गया और एक बदकिस्मत प्यादे को पकड़ लाया। महाराज ने पूछा, ''क्रूरसिंह कहाँ गया है?'' प्यादे ने ठीक पता नहीं दिया। रामलाल ने फिर कहा, ''दोहाई महाराज की, बिना मार खाये न बतायेगा!'' महाराज ने मारने का हुक्म दिया। पिटने के पहिले ही उस बदनसीब

ने बतला दिया कि चुनार गये हैं। महाराज जयसिंह को क्रूर का हाल सुनकर जितना गुस्सा आया बयान। के बाहर है। हुक्म दिया—

१. क्रूरसिंह के घर के सब औरत—मर्द घण्टे—भर के अन्दर जान बचा के हमारी सरहद के बाहर चले जायँ।

२. उसका मकान लूट लिया जाय।

३. उसकी दौलत में से जितना रुपया अकेला रामलाल उठा ले जा सके ले जाय, बाकी सरकारी खजाने में दाखिल किया जाय।

४. रामलाल अगर नौकरी कबूल करे तो दी जाय।

हुक्म पाते ही सबसे पहिले रामलाल क्रूरसिंह के घर पहुँचा। महाराज के मुंशी को जो हुक्म तालीम करने गया था रामलाल ने कहा, "पहिले मुझको रुपये दे दो कि उठा ले जाऊँ और महाराज को आशीर्वाद करूँ। बस जल्दी दो, मुझ गरीब को मत सताओ!!" मुंशी ने कहा, "अजब आदमी है, इसको अपनी ही पड़ी है! ठहर जा, जल्दी क्यों करता है!" नकली रामलाल ने चिल्लाकर कहना शुरु किया, "दुहाई महाराज की, मेरे रुपये मुंशी नहीं देता।" कहता हुआ महाराज की तरफ चला। मुंशी ने कहा, "लो लो, जाते कहाँ हो, भाई पहिले इसको दे दो!"

रामलाल ने कहा, "हत्तेरे की, मैं चिल्लाता नहीं तो सभी रुपये डकार जाता!" इस पर सब हँस पड़े। मुशी ने दो हजार रुपया आगे रखवा दिया और कहा, "ले, ले जा! रामलाल ने कहा, "वाह कुछ याद है? महाराज ने क्या हुक्म दिया है? इतना तो मेरे जेब में आ जायगा, मैं उठा के क्या ले जाऊँगा?" मुंशी झुंझला उठा, नकली रामलाल को खजाने के सन्दूक के पास ले जाकर खड़ा कर दिया और कहा, "उठा देखें कितना उठाता है!" देखते—देखते उसने दस हजार रुपया उठा लिये। सिर पर, बटुए में, कमर में, जेब में, यहाँ

तक कि मुँह में भी कुछ रुपये भर लिये और रास्ता लिया। सब हँसने और कहने लगे, ''आदमी नहीं इसे राक्षस समझना चाहिए!''

महाराज ने हुक्म की तालीम हो गयी, घर लूट लिया गया, औरत–मर्द सभों ने रोते–पीटते चुनार का रास्ता पकड़ा।

तेजसिंह रुपया लिये हुए बीरेन्द्रसिंह के पास पहुँचे और बोले, ''आज तो मुनाफा कर लाये मगर यार माल शैतान का है, इसमें कुछ आप भी मिला दीजिए, जिसमें पाक हो जाय!'' बीरेन्द्रसिंह ने कहा, ''यह तो बताओ कि लाये कहाँ से'' उन्होंने सब हाल कहा। बीरेन्द्रसिंह ने कहा, ''जो कुछ मेरे पास यहाँ है मैंने सब दिया!'' रुतबा उससे कहीं ज्यादे है।'' बीरेन्द्रसिंह ने कहा, ''तो इस वक्त कहाँ से लावें?'' तेजसिंह ने जवाब दिया, ''तमस्सुक लिख दो!'' कुमार हँस पड़े और ऊँगली से हीरे की अगूँठी उतार के दे दी। तेजसिंह ने खुश होकर ले लिया और कहा, ''परमेश्वर आपकी मुराद पूरी करे। अब हम लोगों को भी यहाँ से अपने घर चले–चलाना चाहिए क्योंकि अब मैं चुनार जाऊँगा, देखूँ शैतान का बच्चा वहाँ क्या बन्दोबस्त कर रहा है।''

दसवाँ बयान

क्रूरसिंह की तबाही का हाल शहर–भर में फैल गया। महारानी रत्नगर्भा (चन्द्रकान्ता की माँ) और चन्द्रकान्ता इन सभों ने भी सुना। कुमारी और चपलार को बड़ी खुशी हुई। जब महाराज महल में गये हँसी–हँसी में महारानी ने क्रूरसिंह का हाल पूछा। महाराज ने कहा, "वह बड़ा बदमाश तथा झूठा था, मुफ्त में लड़की को बदनाम करता था।"

महारानी ने बात छेड़कर कहा, "आपने क्या सोचकर बीरेन्द्रसिंह का आना–जाना बन्द कर दिया! देखिए यह वही बीरेन्द्र है जो लड़कपन से, जब चन्द्रकान्ता पैदा भी नहीं हुई थी, यहाँ आता और कई–कई दिनों तक रहा करता था। जब यह पैदा हुई तो दोनों बराबर खेला करते और इसी से इन दोनों की आपुस में मुहब्बत भी बढ़ गयी। उस वक्त यह भी नहीं मालूम होता था कि आप और राजा सुरेन्द्रसिंह कोई दो है या नौगढ़ और विजयगढ़ दो रजवाड़े हैं।

सुरेन्द्रसिंह भी बराबर आप ही के कहे मुताबिक चला करते थे। कई दफे आप कह भी चुके थे कि चन्द्रकान्ता की शादी बीरेन्द्र के साथ कह देनी चाहिए।

ऐसे मेल–मुहब्बत और आपुस के बनाव को दुष्ट क्रूर ने बिगाड़ दिया और दोनों के चित्त में मैल पैदा कर दिया!''

महाराज ने कहा, ''मैं आप हैरान हूँ कि मेरी बुद्धि को क्या हो गया था। मेरी समझ पर पत्थर पड़ गये! कौन–सी बात ऐसी हुई जिसके सबब से मेरे दिल से बीरेन्द्रसिंह की मुहब्बत जाती रही। हाय, इस क्रूरसिंह ने तो गजब ही किया। इसके निकल जाने पर अब मुझे मालूम होता है!''

महारानी ने कहा, ''देखें, अब वह चुनार में जाकर क्या करता है? जरूर महाराज शिवदत्त को उभाड़ेगा। और कोई नया बखेड़ा पैदा करेगा।'' महाराज ने कहा, ''खैर देखा जाएगा, परमेश्वर मालिक है, उस नालायक ने तो अपने भरसक बुराई में कुछ भी कमी नहीं की।''

यह कहकर महाराज महल के बाहर चले गये। अब उनको यह फिक्र हुई कि किसी को दीवान बनाना चाहिए नहीं तो काम न चलेगा। कई दिन तक सोच–विचार कर हरदयालसिंह नामी नायब दीवान को मन्त्री की पदवी और खिलअत दी। यह शख्स बड़ा ईमानदार, नेकबख़्त रहमदिल और साफ तबीयत का था, कभी किसी का दिल इसने नहीं दुखाया।

ग्यारहवाँ बयान

क्रूरसिंह को बस एक यही फिक्र लगी हुई थी कि जिस तरह बने बीरेन्द्रसिह और तेजसिंह को मार डालना चाहिए बल्कि नौगढ़ का राज्य ही गारत कर देना चाहिए। नाजिम को साथ लिये हुए चुनार पहुँचा और महाराज शिवदत्त के दरबार में हाजिर होकर नजर दिया। महाराज इसे बखूबी जानते थे इसलिए नजर लेकर हाल पूछा। क्रूरसिंह ने कहा, ''महाराज, जो कुछ हाल है मैं एकान्त में कहूँगा।''

दरबार बर्खास्त हुआ, शाम को तखलिए (एकान्त) में महाराज ने क्रूर को बुलाया और हाल पूछा। उसने जितनी शिकायत महाराज जयसिंह की करते बनी की और यह भी कहा कि—''लश्कर का इन्तजाम आजकल बहुत खराब है, मुसलमान सब हमारे मेल में हैं अगर आप चाहें तो इस समय विजयगढ़ को फतह कर लेना कोई मुश्किल बात नहीं है। चन्द्रकान्ता, महाराज जयसिंह की लड़की, भी जो खूबसूरती में अपना सानी नहीं रखती आप ही के हाथ लगेगी।''

ऐसी—ऐसी बहुत—सी बातें कह उसने महाराज शिवदत्त को पूरे तौर से भड़काया। आखिर महाराज ने कहा, ''हमको लड़ने की अभी

कोई जरूरत नहीं पहले हम अपने ऐयारों से काम लेंगे फिर जैसा होगा देखा जाएगा। मेरे यहाँ छः ऐयारों से काम लेंगे फिर जैसा होगा देखा जाएगा। मेरे यहाँ छः ऐयार हैं जिनमें से चार ऐयारों के साथ पण्डित जगन्नाथ ज्योतिषी को तुम्हारे साथ कर देते हैं। इन सभों को लेकर तुम चलो, देखो तो ये लोग क्या करते हैं, पीछे जब मौका होगा, हम भी लश्कर लेकर पहुँच जाएँगे।''

उन ऐयारों के नाम ये थे—पण्डित बद्रीनाथ, पन्नालाल, चुन्नीलाल, रामनारायण, रामनारायण, और भगवानदत्त और घसीटासिंह। महाराज ने पण्डित बद्रीनाथ, पन्नालाल, रामनारायण, और भगवानदत्त इन चारों को जो मुनासिब था कहा और इन लोगों क्रूरसिंह के हवाले किया।

अभी ये लोग बैठे ही थे कि एक चोबदार ने आकर अर्ज किया, ''महाराजद्व डयोढ़ी पर कई आदमी फरियादी खड़े हैं, कहते हैं, कि हम लोग क्रूरसिंह के रिश्तेदार हैं, इनके चुनार जाने का हाल सुनकर महाराज जयसिंह ने घर—बार लूट लिया और हम लोगों को निकाल दिया। उन लोगों के लिए क्या हुक्म होता है?''

यह सुनकर क्रूरसिंह के तो होश उड़ गये। महाराज शिवदत्त ने सभी को अन्दर बुलाया और हाल पूछा। जो कुछ हुआ था उन्होंने बयान किया, इसके बाद क्रूरसिंह और नाजिम की तरफ देखकर कहा, ''अहमद भी तो आपके पास आया है!'' नाजिम ने पूछा, ''अहमद! वह कहाँ है? यहाँ तो नहीं आया!'' सभी ने कहा, ''वाह, वहाँ तो घर पर गया था और यह कहकर चला गया कि मैं भी चुनार जाता हूँ!''

नाजिम ने कहा, ''बस, मैं समझ गया, वह जरूर तेजसिंह होगा, इसमें कोई शक नहीं! उसी ने महाराज को भी खबर पहुँचायी होगी, यह सब फसाद उसी का है!'' यह सुन क्रूरसिंह रोने लगा। महाराज

शिवदत्त ने कहा, "जो होना था सो हो गया, सोच मत करो। देखो इसका बदला जयसिंह से मैं लेता हूँ। तुम इसी शहर में रहो, हमाम के सामनेवाला मकान तुम्हें दिया जाता है, उसी में अपने कुटुम्ब को रखो, रुपये की मदद सरकार से हो जायेगी।" क्रूरसिंह ने महाराज के हुक्म–मुताबिक उसी मकान में डेरा जमाया।

कई दिन बाद दरबार में हाजिर होकर क्रूरसिंह ने महाराज से विजयगढ़ जाने के लिए अर्ज किया। सब इन्तजाम हो ही चुका था। महाराज ने मय चारों ऐयार और पण्डित जगन्नाथ ज्योतिषी के क्रूरसिंह और नाजिम को बिदा किया। ऐयार लोग भी अपने–अपने सामान से लैस हो गये। कई तरह के कपड़े लिये, बटुआ ऐयारी का अपने–अपने कन्धे से लटका लिया, खंजर बगल में लिया। ज्योतिषीजी ने भी पोथी–पत्रा, पटड़ी और कुछ ऐयारी का सामान ले लिया क्योंकि वह थोड़ी–बहुत ऐयारी भी जानते थे। अब यह शैतानों का झुण्ड विजयगढ़ की तरफ रवाना हुआ। इन लोगों का इरादा नौगढ़ जाने का भी था। देखिए, कहा जाते हैं और क्या करते हैं।

बारहवाँ बयान

बीरेन्द्रसिंह और तेजसिंह नौगढ़ के किले से बाहर निकल बहुत से आदमियों के साथ लिये चन्द्रप्रभा नदी के किनारे बैठे शोभा देख रहे हैं। एक तरफ से चन्द्रप्रभा, दूसरी तरफ से करमनासा नदी बहती हुई आयी है और किले के नीचे दोनों का संगम हो गया है। जहाँ कुमार और तेजसिंह बैठे हैं नदी बहुत चौड़ी है और उस पर साखू का बड़ा भारी जंगल है जिसमें हजारों मोर तथा लंगूर अपनी–अपनी बोलियों पर किलकारियों से जंगल की शोभा बढ़ा रहे हैं। कुँअर बीरेन्द्रसिंह उदास बैठे हैं, चन्द्रकान्ता के बिरह में मोरों की आवाज तीर–सी लगती है, लंगूरों की किलकारी वज्र–सी मालूम होती है, शाम की धीमी–धीमी ठण्डी हवा लू का काम करती है। चुपचाप बैठे नदी की तरफ देख ऊँची साँस ले रहे हैं।

इतने में एक साधू रामरज से रँगी हुई कफनी पहरे, रामानन्दी तिलक लगाये, हाथ में खंजरी लिये कुछ दूसर नदी के किनारे बैठा यह गाता हुआ दिखायी पड़ा :—

"गये चुनार क्रूर बहुरंगी, लाये चार चितारी*।

---

* चितारी—ऐयार।

संग में उनके पण्डित देवता, जो हैं सगुन विचारी
इनसे रहना बहुत सम्हल के, रमल चले अति कारी।
क्या बैठे हो तुम बेफिकरे, काम करो कोई भारी ''

यह आवाज कान में पड़ते ही तेजसिंह ने गौर के साथ उस तरफ देखा। वह साधु भी इन्हीं की तरफ मुँह करके गा रहा था। तेजसिंह को अपनी तरफ देखते देख दाँत निकालकर दिखला दिया और उठके चलता बना।

बीरेन्द्रसिंह अपनी चन्द्रकान्ता के ध्यान में डूबे हैं, उनको इन सब बातों की कोई खबर नहीं वे नहीं जानते कि कौन गा रहा है या किधर से आवाज आ रही है। एकटक नदी की तरफ मुँह करके गा रहा था। तेजसिंह को अपनी तरफ देखते देख दाँत निकालकर दिखला दिया और उठके चलता बना।

बीरेन्द्रसिंह अपनी चन्द्रकान्ता के ध्यान में डूबे हैं, उनको इन सब बातों की कोई खबर नहीं। वे नहीं जानते कि कौन गा रहा है या किधर से आवाज आ रही है। एकटक नदी की तरफ देख रहे हैं। तेजसिंह ने बाजू पकड़कर हिलाया, कुमार चौंक पड़े। तेजसिंह ने धीरे से पूछा, ''कुछ सुना?'' कुमार ने कहा, ''क्या? नहीं तो, कहो!'' तेजसिंह ने कहा, ''उठिए, अपनी जगह पर चलिए, जो कुछ कहना है, वहीं एकान्त में कहेंगे!'' बीरेन्द्रसिंह सम्हल गये और उठ खड़े हुए। दोनों आदमी धीरे–धीरे किले में आये और अपने कमरे में जाकर बैठे।

अब निराला है, सिवाय इन दोनों के इस समय इस कमरे में कोई नहीं है। बीरेन्द्रसिंह ने तेजसिंह से पूछा, ''कहो क्या कहने को थे?'' तेजसिंह ने कहा, ''सुनिए, यह तो आपको मालूम हो ही चुका है कि क्रूरसिंह महाराज शिवदत्त से मदद लेने चुनार गया है, अब उसके वहाँ जाने का क्या नतीजा निकला वह भी सुनिए! वहाँ से

महाराज शिवदत्त ने चार ऐयार और एक ज्योतिषी को उसके साथ कर दिया है, वह ज्योतिषी बहुत अच्छा रमल फेंकता है, नाजिम पहिले ही से उसके साथ है। अब इन लोगों की मण्डली भारी हो गयी, ये लोग कम फसाद नहीं करेंगे इसलिए मैं अर्ज करता हूँ कि आप सम्हले रहिए। मैं अब काम की फिक्र में जाता हूँ, मुझे यकीन है कि उन ऐयारों में से कोई–न–कोई जरूर इस तरफ भी आवेगा और आपको फँसाने की फिक्र करेगा। आप होशियार रहियेगा, सिवाय मेरे और किसी के साथ कहीं न जाइयेगा, न किसी का दिया कुछ खाइयेगा, बल्कि इत्र–फूल वग़ैरह भी कुछ कोई दे तो न सूँघियेगा और इस बात का भी ख्याल रखिएगा कि मेरी सूरत बनके भी वे लोग आवें तो ताज्जुब नहीं। इस तरह आप मुझको पहिचान लीजियेगा, देखिये मेरी आँ के अन्दर नीचे की तरफ यह एक तिल है जिसको कोई नहीं जानता। आज से लेकर दिन में चाहे जै दफे हो जब भी मैं आपके पास आया करूँगा इस तिल को छिपे तौर से दिखलाकर अपना परिचय आपको दिया करूँगा। अगर यह काम मैं न करूँ तो समझ लीजियेगा कि धोखा है।''

और भी बहुत–सी बातें तेजसिंह ने समझायीं जिनको खूब गौर के साथ कुमार ने सुना और तब पूछा, ''तुमको कैसे मालूम हुआ कि चुनार से इतनी मदद उसको मिली?'' तेजसिंह ने कहा, ''किसी तरह मुझको मालूम हो गया, उसका हाल भी कभी आप पर जाहिर हो जायेगा, अब मैं रुखसत होता हूँ, राजा साहब या मेरे पिता पूछें तो जो मुनासिब हो सो कह दीजियेगा।''

पहर रात रहे तेजसिंह ऐयारी के सामान से लैस हो वहाँ से रवाना हो गये।

तेहरवाँ बयान

चपला बालादेवी के लिए मर्दाने भेष में शहर के बाहर निकली। आधी रात बीत गयी थी। साफ छिटकी हुई चाँदनी देख यकायक जी में आया कि नौगढ़ चलूँ और तेजसिंह से मुलाकात करूँ। इसी ख्याल से कदम बढ़ाये नौगढ़ की तरफ चली। उधर तेजसिंह अपनी असली सूरत मे ऐयारी के सामान से सजे बहुत विजयगढ़ की तरफ चले आ रहे थे। इत्तिफाक से दोनों की रास्ते ही में मुलाकात हो गयी। चपला ने पहिचान लिया और नजदीक जाकर अपनी असली बोली में पूछा, "कहिए, आप कहाँ जा रहे हैं?"

तेजसिंह ने बोली से चपला को पहिचाना और कहा, "वाह–वाह, क्या मौके पर मिल गयीं, नहीं तो मुझे बड़ा तरद्दुद तुमसे मिलने के लिए करना पड़ता क्योंकि बहुत–सी जरूरी बातें कहनी थीं, आओ इस जगह बैठो।"

एक साफ पत्थर की चट्टान पर दोनों बैठे गये। चपला ने कहा, "कहो वह कौन–सी बातें हैं? तेजसिंह ने कहा, "सुनो, यह तो तुम जानती ही हो कि क्रूर चुनार गया है। अब वहाँ का हाल सुनो, चार ऐयार और एक पण्डित जगन्नाथ ज्योतिषी का महाराज शिवदत्त ने

मदर के लिए उसके संग कर दिया है और वे लोग यहाँ पहुँच गये हैं। उनकी मण्डली अब भाारी हो गयी और इधर हम तुम दो ही हैं, इसलिए अब हम दोनों को बड़ी होशियारी करनी पड़ेगी। वे ऐयार लोग महाराज जयसिंह को भी पकड़ ले जाँय तो ताज्जुब नहीं और चन्द्रकान्ता के वास्ते तो आये ही हैं, इन्हीं सब बातों से तुम्हें होशियार करने मैं चला था।'' चपला ने पूछा, ''फिर अब क्या करना चाहिए?'' तेजसिंह ने कहा, ''एक काम करो, मैं हरदयालसिंह नये दीवान को पकड़ता हूँ और उसकी सूरत बनकर दीवान का काम करूँगा। ऐसा करने से फौज और सब नौकर हमारे हुक्म में रहेंगे और मैं बहुत कुछ कर सकूँगा। तुम भी महल में होशियारी के साथ रहा करना और जहाँ तक हो सके एक दफे मुझसे मिला करना। मैं दीवान तो बना रहूँगा ही मिलना कुछ मुश्किल न होगा, बराबर असली सूरत में मेरे घर अर्थात हरदयालसिंह के यहाँ मिला करना, मैं उसके घर में भी उसी की तरफ रहा करूँगा।''

इसके अलावे और भी बहुत–सी बातें तेजसिंह ने चपला को समझायीं। थोड़ी देर तक चुहल रही इसके बाद चपला अपने महल की तरफ रुखसत हुई। तेजसिंह ने बाकी रात उसी जंगल में काटी और सुबह होते ही अपनी सूरत एक गन्धी की बना कई शीशी इत्र की कमर और दो–एक हाथ में ले विजयगढ़ की गलियों में घूमने लगे। दिन–भर इधर–उधर फिरते रहे, शाम के वक्त मौका देख हरदयालसिंह के मकान पर पहुँचे। देखा कि दीवान साहब लेटे हुए हैं और दो–चार दोस्त सामने बैठ गप्पें उड़ा रहे हैं बाहर–भीतर खूब सन्नाटा है।

तेजसिंह इत्र की शीशियाँ लिये सामने पहुँचे और सलाम कर बैठे गये, तब कहा, ''लखनऊ का रहनेवाला गन्धी हूँ, आपका नाम सुनकर आप ही के लायक अच्छे–अच्छे इत्र लाया हूँ!'' यह कह शीशी खोल फाहा बना–बना देने लगे। हरदयालसिंह बहुत रहमदिल

आदमी थी, इत्र सूँघने लगे और फाहा सूँघ–सूँघ अपने दोस्तों को भी देने लगे। थोड़ी देर में हरदयालसिंह और उनके सब दोस्त बेहोश होकर जमीन पर लेट गये। तेजसिंह ने सभों को उसी तरह छोड़ हरदयालसिंह की गठरी बाँध पीठ पर लादी और मुँह पर कपड़ा ओढ़ नौगढ़ का रास्ता लिया, राह में अगर कोई मिला भी तो धोबी समझकर न बोला।

शहर के बाहर निकल गये और बहुत तेजी के साथ चलकर उस खोह में पहुँचे, जहाँ अहमद को कैद किया था। किवाड़ खोल के अन्दर गये और दीवान साहब को उसी तरह बेहोश वहाँ रख अँगूठी मोहर की उनकी ऊँगली से निकाल ली, कपड़े भी उतार लिये और बाहर चले आये। बेड़ी डालने और होश में लाने की कोई जरूरत नहीं देखी। तुरन्त लौटे और विजयगढ़ आ हरदयालसिंह की सूरत बनाकर उनके घर पहुँचे।

इधर दीवान साहब के भोजन करने का वक्त आ पहुँचा। लौंडी बुलाने आयी, देखा की दीवान साहब तो मैं नहीं, उनके पाँच–चार दोस्त गाफिल पड़े हैं। उसे बड़ा ताज्जुब हुआ और यकायक चिल्ला उठी। उसकी चिल्लाहट सुन नौकर और प्यादे आ पहुँचे तथा यह तमाशा देख हैरान हो गये, दीवान साहब को इधर–उधर ढूँढ़ा मगर कहीं पता न लगा।

तीन पहर रात गुजर गयी, उनके दोस्त सब जो बेहोश पड़े थे, वह भी होश में आये मगर अपनी हालत देख–देख हैरान थे। लोगों ने पूछा, ''आप लोग कैसे बेहोश हो गये और दीवान साहब कहाँ हैं?'' उन्होंने कहा, ''एक गन्धी इत्र बेचने आया था, जिसका इत्र सूँघते–सूँघते हम लोग बेहोश हो गये, अपनी खबर न रही, क्या जाने दीवान साहब कहाँ हैं। इसी से कहते हैं कि अमीरों की दोस्ती में हमेशा जान जोखिम की रहती है, अब कान उमेठते हैं कभी अमीरों

का संग न करेंगे!'' ऐसी–ऐसी ताज्जुब–भरी बातें हो रही थीं और सवेरा हुआ ही चाहता था कि सामने से दीवान हरदयालसिंह आते दिखायी पड़े जो दरअसल श्री तेजसिंह बहादुर थे।

दीवान साहब को आते देख सभों ने घेर लिया और पूछने लगे कि 'आप कहाँ गये थे?'' दोस्तों ने पूछा, ''वह नालायक गन्धी कहाँ गया और हम लोग बेहोश कैसे हो गये?'' दीवान साहब ने कहा, ''वह चोर था, मैंने पहिचान लिया। अच्छी तरह से उसका इत्र नहीं सूँघा, अगर सूँघता तो तुम्हारी तरह मैं भी बेहोश हो जाता। मैंने उसके पहिचान कर पकड़ने का इरादा किया तो वह भाग, मैं भी गुस्से में उसके पीछे चला गया लेकिन वह निकल ही गया, अफसोस!!''

इतने में लौंडी ने अर्ज किया, ''कुछ भोजन कर लीजिए, सब–के–सब घर में भूखे बैठे हैं, इस वक्त तक सभों को रोते ही गुजरा!'' दीवान साहब ने कहा, ''अब तो सवेरा हो गया, भोजन क्या करूँ? मैं थक भी गया हूँ, सोने को जी चाहता है।'' यह कहकर पलंग पर जा लेटे, उनके दोस्त भी अपने घर चले गये।

सवेरे मामूली वक्त पर दरबारी पोशाक पहिन गुप्त रीति से ऐयारी का बटुआ कमर में बाँध दरबार की तरफ चले। दीवान साहब को देख रास्ते में बराबर दोपट्टी लोगों के हाथ उठने लगे, यह भी जरा–जरा सिर हिला सभों के सलामों का जवाब देते हुए कचहरी में पहुँचे। महाराज अभी नहीं आये थे। तेजसिंह हरदयालसिंह की खसलत से वाफिफ थे। उन्हीं के मामूल के मुताबिक यह भी दरबार में दीवान की जगह बैठ काम करने लगे, थोड़ी देर में महाराज भी आये।

दरबार में मौका पाकर हरदयालसिंह धीरे–धीरे अर्ज करने लगे, ''महाराजाधिराज, ताबेदार को पक्की खबर मिली है। कि चुनार के राजा शिवदत्तसिंह ने क्रूरसिंह की मदद की है और पाँच ऐयार साथ

करके सरकार से बेअदबी करने के लिए इधर रवाना किया है बल्कि यह भी कहा है कि पीछे हम भी लश्कर लेकर आवेंगे। इस वक्त बड़े तरद्दुद का सामना है क्योंकि सरकार में आजकल कोई ऐयार नहीं, नाजिम और अहमद थे सो भी क्रूर के साथ हैं, बल्कि सरकार के यहाँ वाले मुसलमान भी उसी की तरफ मिले हुए हैं। आजकल वे ऐयार लोग जरूर सूरत बदलकर शहर में घूमते और बदमाशी की फिक्र करते होंगे।''

महाराज जयसिंह ने कहा, ''ठीक है, मुसलमानों का रंग हम भी बेढब देखते हैं। फिर तुमने क्या बन्दोबस्त किया?'' धीरे–धीरे महाराज और दीवान में बातें हो रही थीं कि इतने में दीवान साहब की निगाह एक चोबदार पर पड़ी जो दरबार में खड़ा छिपी निगाहों से चारों तरफ देख रहा था। वे गौर से उसकी तरफ देखने लगे। दीवान–साहब को गौर से देखते हुए पा वह चोबदार चौकन्ना हो गया और कुछ सम्हल गया। बात छोड़ कड़क के दीवान साहब ने कहा, ''पकड़ों उस चोबदार को!'' पाते ही लोग उसकी तरफ झुके लेकिन वह सिर पर पैर रख के ऐसा भागा कि किसी के हाथ न लगा। तेजसिंह चाहते तो उस ऐयार को जो चोबदार बनके आया था पकड़ लेते मगर इनको तो सब काम बल्कि उठना–बैठना भी उसी तरह से करना था जैसा हरदयालसिंह करते थे, इसलिए वह अपनी जगह से न उठे। वह ऐयार भाग गया जो चोबदार बना हुआ था, जो लोग पकड़ने गये थे, वापस आये।

दीवान साहब ने कहा, ''महाराज, देखिए जो मैंने अर्ज़ किया था और जिस बात का मुझको डर था वह ठीक निकली।'' महाराज को यह तमाशा देखकर खौफ हुआ, जल्दी दरबार बर्खास्त कर दीवान को साथ ले तखलिये में चले गये। जब बैठे तो हरदयालसिंह से पूछा, ''क्यों जी, अब क्या करना चाहिए? उस दुष्ट क्रूर ने तो एक बड़े भारी को हमारा दुश्मन बनाकर उभाड़ा है। महाराज शिवदत्त

की बराबरी हम किसी तरह भी नहीं कर सकते।'' दीवान साहब ने कहा, ''महाराज मैं फिर अर्ज करता हूँ कि हमारे सरकार में इस समय कोई ऐयार नहीं, नाजिम और अहमद थे सो क्रूर ही की तरफ जा मिले हैं, ऐयारों का जवाब बिना ऐयार के कोई नहीं दे सकता।

वे लोग बड़े चालाक और फसादी होते हैं, हजार पाँच–सौ की जान ले लेना उन लोगों के आगे कोई बात नहीं है। इसलिए जरूर कोई ईमानदार ऐयार मुकर्रर करना चाहिए, पर यह भी यकायक नहीं हो सकता। सुना है कि राजा सुरेन्द्रसिंह के दीवान का लड़का तेजसिंह बड़ा भारी ऐयार निकला है, मैं उम्मीद करता हूँ कि अगर महाराज चाहेंगे और तेजसिंह को मदद के लिये माँगेंगे तो राजा सुरेन्द्रसिंह को देने में उज्र न होगा क्योंकि वे महाराज को दिल से चाहते हैं। क्या हुआ अगर महाराज ने बीरेन्द्रसिंह का आना–जाना बन्द कर दिया, अब भी राजा सुरेन्द्रसिंह का दिल महाराज की तरफ से वैसा ही है जैसा पहिले था।''

हरदयालसिंह की बात सुन के थोड़ी देर तक महाराज गौर करते रहे, फिर बोले, ''तुम्हारा कहना ठीक है, सुरेन्द्रसिंह और उनका लड़का बीरेन्द्रसिंह दोनों बड़े लायक हैं। इसमें कुछ शक नहीं कि बीरेन्द्रसिंह वीर और राजनीति भी अच्छी तरह जानता है, हजार सेना लेकर दस हजार से लड़नेवाला है और तेजसिंह की चालाकी में भी कोई फर्क नहीं जैसा तुम कहते हो वैसा ही है, मगर मुझसे उन लोगों के साथ बड़ी ही बेमुरौवती हो गयी है, जिसके लिए मैं बहुत शर्मिन्दा हूँ, मुझे उनसे मदद माँगते शर्म मालूम होती है, इसके अलावा क्या जाने उनको मेरी तरफ से रंग हो गया हो, हाँ तुम जाओ और उनसे मिलो, अगर मेरी तरफ से कुछ मलाल उनके दिल में हो तो उसको मिटा दो और तेजसिंह को लाओ तो काम चले।'' हरदयालसिंह ने कहा, ''बहुत अच्छा महाराज, मैं खुद ही जाऊँगा और इस काम को करूँगा। महाराज अपनी मोहर करके

एक मुख्तसर चिट्ठी महाराज सुरेन्द्रसिंह के नाम लिख दें फिर मैं बना लूँगा और किसी के साथ न ले जाकर अकेले ही जाऊँगा।'' महाराज ने हरदयालसिंह की बात पसन्द की और एक चिट्ठी अपने हाथ से लिख और अँगूठी की मोहर कर उनके हवाले किया।

हरदयालसिंह महाराज से बिदा हो अपने घर आये मगर अन्दर जानने में न जाकर बाहर ही रहे, खाने को वहाँ ही मँगवाया। खा–पीकर बैठे और बाकी था जब चपला आयी। एकान्त में ले जाकर हरदयालसिंह ने सब हाल कहा और वह चिट्ठी भी दिखायी जो महाराज ने लिख दी थी। चपला बहुत ही खुश हुई और बोली, हरदयालसिंह तुम्हारे मेल में आ जायेगा, वह बहुत ही लायक है। अब तुम जाओ, इस काम को जल्दी करो।'' चपला तेजसिंह की चालाकी की तारीफ करने लगी, अब बीरेन्द्रसिंह से मुलाकात होगी यह उम्मीद दिल में हुई।

नकली हरदयालसिंह नौगढ़ की तरफ रवाना हुए, रास्ते में अपनी सूरत असली बना ली।

चौदहवाँ बयान

नौगढ़ और विजयगढ़ का राज पहाड़ी है, जंगल भी बहुत भारी और घना है, नदियाँ चन्द्रप्रभा और कर्मनाश घूमती हुई इन पहाड़ों पर बहती हैं। जाबजा खोह और दर्रे पहाड़ों में बड़े सूबसूरत कुदरती बने हुए हैं। पेड़ों में साखू, तेंद, विजयसार, सनई, कोरया, गो, खाजा, पेयार, जिगना, आसन बग़ैरह और सिवाय इसके जंगली पेड़ों में पारिजात के पेड़ भी बहुत हैं। वह पहाड़ी अजब दिलचस्प है, अभी तो आप गाँव में पड़े हैं, मील–भर इधर–उधर जाइए, घने जंगल में फँ जाइयेगा, कहीं रास्ता न मालूम होगा कि कहाँ से आये और किधर जायँगे। बरसात के मौसम में तो अजब ही कैफियत रहती है, कोस–भर जाइए, रास्ते में दम नाले मिलेंगे। जंगली जानवरों में साँभर, बाहरसिंहा, चीता, भालू, तेंदुआ, चिक्कारा, लंगूर, बन्दर वगैरह के अलावे कभी–कभी शेर भी दिखायी देते हैं मगर बरसात में नहीं क्योंकि नदी–नालों में पानी ज्यादा हो जाने से उनके रहने की जगह खराब हो जाती है और तब वे ऊँची पहाड़ियों पर चले जाते हैं। इन पहाड़ों पर हिरन नहीं होते मगर पहाड़ के नीचे बहुत से दीख पड़ते हैं। परिन्दों में सिवाय तीतर–बटेर, जिनिक वगैरह के मोर ज्यादे

होते हैं। गरज किये सुहावने पहाड़ अभी तक लिखे मुताबिक मौजूद हैं और हर तरह से देखने काबिल हैं।

उन ऐयारों ने जो चुनार से क्रूर और नाजिम के संग आये थे, शहर में न जाकर इसी दिलचस्प जंगल में मय क्रूर के अपना डेरा जमाया और आपुस में यह राय हो गयी कि अब अलग–अलग जाकर ऐयारी करें तथा जब जरूरत हो जंगल में जफील बजाकर इकट्ठे हो जाया करें। बद्रीनाथ ने जो इन ऐयारों में सबसे ज्यादे चालाक और होशियार था यह राय निकाली कि एक दफे सब कोई अलग–अलग भेष बदलकर शहर में घुस, दरबार और महल के सब आदमियों तथा लौंडियों बल्कि रानी तक को देख के पहिचान आवें तथा चाल–चलन तजबीज कर नाम भी याद कर लें जिसमें वृक्त पर ऐयारी करने के लिए सूरत बदलने बौर बातचीत करने में फर्क न पड़े। इस राय को सभों ने पसन्द किया, नाजिम ने सभों का नाम बताया और जहाँ तक हो सका पहिचनवा भी दिया। वे ऐयार लोग तरह–तरह के भेद बदलकर महल में भी घुस गये और सबकुछ देख–भाल आये, मगर ऐयारी करना मंजूर भी न था जब तक कि हर तरह से देखभाल न लेते।

जब वे लोग हर तरह से होशियार और वाकिफ हो गये तब ऐयारी करना शुरु किया। भगवानदत्त चपला की सूरत बन नौगढ़ में बीरेन्द्रसिंह को फँसने के लिए चला। वहाँ पहुँचकर जिस कमरे में बीरेन्द्रसिंह थे उसके दरवाजे पर पहुँच पहरेवाले से कहा, ''जाकर कुमार से कहो कि विजयगढ़ से चपला आयी है।'' उस प्यादे ने जाकर खबर दी। कुछ रात गुजर गयी थी, कुँअर बीरेन्द्रसिंह चन्द्रकान्ता की याद में बैठे तबीयत से हजारों तर्कीबें निकाल रहे थे, बीच–बीच में ऊँची साँस भी लेते जाते थे, उसी वक्त चोबदार ने आकर अर्ज किया—''पृथ्वीनाथ, विजयगढ़ से चपला आयी हैं और ड्योढ़ी पर खड़ी हैं, क्या हुक्म होता है?'' कुमार चपला का नाम सुनते ही चौंक

उठे और खुश होकर बोले, ''उसे जल्दी अन्दर लाओ।'' हुक्म के बमूजिब चपला हाजिर हुई, कुमार चपला को देखकर उठ खड़े हुए और हाथ में पकड़ अपने पास बैठा बातचीत करने लगे, चन्द्रकान्ता का हाल पूछा। चपला ने कहा, ''अच्छी हैं, सिवाय आपकी याद के और किसी तरह की तकलीफ नहीं है, हमेशा कहा करती हैं कि बड़े बेमुरौवत हैं, कभी खबर भी नहीं लेते कि जीती है या मर गयी। आज घबड़ाकर मुझको भेजा है और यह दो नासपातियाँ अपने हाथ से छील–काटकर आपके वास्ते भेजी हैं तथा अपने सर की कसम दी है कि इन्हें जरूर खाइयेगा!'' बीरेन्द्रसिंह चपला की बातें सुन बहुत खुश हुए। चन्द्रकान्ता का इश्क पूरे दर्जे पर था, धोखे में आ गये, भले–बुरे की कुछ तमीज न रही, चन्द्रकान्ता की कसम कैसे टालते, झट नासपाती का टुकड़ा उठा लिया और मुँह से लगाया था कि सामने से आते हुए तेजसिंह दिखायी पड़े। तेजसिंह ने देखा बीरेन्द्रसिंह बैठे हैं, सामने चपला भी बैठी है, आगे नासपाती के टुकड़े रखे हैं, एक टुकड़ा हाथ में हैं देखते ही आग हो गये। ललकारकर बोले, ''खबरदार, मुँह में मत डालना!'' इतना सुनते ही बीरेन्द्रसिंह रुक गये और बोले, ''क्यों, क्यों है?'' तेजसिंह ने कहा, ''मैं जाती दफे हजार बार समझा गया, अपना सर मार गया, मगर आपको ख्याल न हुआ! कभी आगे भी चपला है या कोई ऐयार! बस सामने रण्डी को देख मीठी–मीठी बातें सुन मजे में आ गये!''

तेजसिंह की घुड़की सुन बीरेन्द्रसिंह तो शर्मा गये और चपला के मुँह की तरफ देखने लगे मगर नकली चपला से न रहा गया, फँस तो चुकी ही थी, झट खंजर निकालकर तेजसिंह पर दौड़ी। बीरेन्द्रसिंह भी जान गये कि यह ऐयार है, उसको खंजर ले तेजसिंह पर दौड़ते देख लपककर एक हाथ से उसकी कलाई पकड़ी जिसमें खंजर था, दूसरा हाथ कमर में डाल उठा लिया और सिर से ऊँचा कर चाहते थे कि फेंकें जिसमें हड्डी–पसली सब चूर हो जाय कि

तेजसिंह ने आवाज दी, "हाँ हाँ, पटकना मत कर जाएगा, ऐयार लोगों का काम ही यही है, छोड़ दो, मेरे हवाले करो।" यह सुन कुमार ने उसे धीरे से जमीन पर पटककर मुश्कें बाँध तेजसिंह के हवाले किया। तेजसिंह ने जबर्दस्ती उसके नाम में दवा ठूँस बेहोश किया और गठरी में बाँध किनारे रख बातें करने लगे।

तेजसिंह ने कुमार को समझाया और कहा, "देखिए जो हो गया सो हो गया, मगर अब धोखा मत खाइयेगा।" कुमार बहुत शर्मिन्दा थे, इसका कुछ जवाब न दे विजयगढ़ का हाल पूछने लगे। तेजसिंह ने सब खुलासा ब्यौरा कहा और चीठी भी दिखायी जो महाराज जयसिंह ने राजा सुरेन्द्रसिंह के नाम लिखी थी। कुमार यह सब सुन और चीठी देख उछल पड़े, मारे खुशी के तेजसिंह को गले से लगा लिया और बोले, "अब जो कुछ करना हो जल्दी कर डालो।"तेजसिंह ने कहा, "हाँ, देखो सब कुछ हो जाता है, घबराओ मत।" इसी तरह दोनों को बातें करते तमाम रात गुजर गयी।

सवेरा हुआ चाहता था जब तेजसिंह उस ऐयार की गठरी पीठ पर लादे उसी तहखाने की तरफ रवाना हुए जिसमें अहमद को कैद कर आये थे। तहखाने का दरवाजा खोल अन्दर गये। टहलते–टहलते चश्मे के पास जा निकले। देखा कि अहमद नहर के किनारे सोया है और हरदयालसिंह एक पेड़ के नीचे पत्थर की चट्टान पर सर झुकाये बैठे हैं। तेजसिंह को देखकर हरदयालसिंह उठ खड़े हुए और बोले, "क्यों तेजसिंह, मैंने क्या कसूर किया जो मुझको कैद कर रखा है?" तेजसिंह ने हँसकर जवाब दिया, "अगर कोई कसूर किया होता तो पैर में बेड़ी पड़ी होती, जैसा कि अहमद को आपने देखा होगा। आपने कोई कसूर नहीं किया सिर्फ एक दिन आपको रोक रखने से मेरा बहुत काम निकलता था इसलिए मैंने ऐसी बेअदबी की, माफ कीजिए। अब आपको अख्तियार है चाहे जहाँ जाँए मैं ताबेदार हूँ। विजयगढ़ में नेक, ईमानदार, इन्साफपसन्द

सिवाय आपके और कोई नहीं है, इसी सबब से मैं भी मदद का उम्मीदवार हूँ।''

हरदयालसिंह ने कहा, ''सुनो तेजसिंह तुम खुद जानते हो कि मैं हमेशा से तुम्हारा और कुँअर बीरेन्द्रसिंह का दोस्त हूँ मुझको तुम लोगों की खिदमत करने में कोई उज्र नहीं। मैं तो हैरान था कि दोस्त आदमी को तेजसिंह ने क्यों कैद किया! पहिले तो मुझको यह भी नहीं मालूम हुआ कि मैं यहाँ कैसे आया, मर के आया हूँ या जीते जी, पर जब अहमद को देखा तो समझ गया कि यह तुम्हारी ही करामात है, भला यह तो कहो मुझको यहाँ रखकर तुमने क्या कार्रवाई की और अब मैं तुम्हारा क्या काम कर सकता हूँ?''

तेज : मैं आपकी सूरत बनकर आपके जनाने में कोई गया इससे आप खातिरजमा रखिए।

हरदयाल : तुमको तो मैं अपने लड़के से ज्यादा समझता हूँ, अगर जनाने में जाते ही तो क्या था! खैर हाल कहो।

तेजसिंह ने महाराज जयसिंह की चीठी दिखायी, हरदयालसिंह के कपड़े जो पहिरे हुए थे, उनको दे दिये और सब खुलासा हाल कहकर बोले, ''अब आप अपने कपड़े सहेज लीजिए और यह चीठी लेकर दरबार में जाइए, राजा से मुझको माँग लीजिए मैं आपके साथ चलूँ, नहीं तो वे ऐयार जो चुनार से आये हैं विजयगढ़ में कर लेंगे। मैं आपके संग चलकर उन ऐयारों को गिरफ्तार करूँगा।

आप दो बातों का ज्यादा ख्याल रखियेगा, एक यह कि जहाँ तक बने मुसलमानों को बाहर कीजिए और हिन्दुओं को रखिए, दूसरे यह कि कुँअर बीरेन्द्रसिंह का हमेशा ध्यान रखिए और महाराज से बराबर उनकी तारीफ किया कीजिए जिसमें महाराज मदद के वास्ते उनको भी बुलावें!'' हरदयालसिंह ने कसम खाकर कहा, ''मैं हमेशा से तुम लोगों का खैर–खाह हूँ, जो कुछ तुमने कहा है उससे ज्यादे

कर दिखाऊँगा।'' तेजसिंह ने ऐयार की गठरी खोली और एक खुलासा बेड़ी उसके पैर में डाल तथा ऐयारी का बटुआ और खंजर उसके कमर से निकालने बाद उसे होश में लाये। उसके चेहरे को साफ किया तो मालूम हुआ कि भगवानदत्त है।

ऐयार होने के कारण चुनार के सब ऐयारों को तेजसिंह पहिचानते थे और वे सब लोग भी उनको बखूबी जानते थे। तेजसिंह ने भगवानदत्त को नहर के किनारे छोड़ा और हरदयालसिंह को साथ ले खोह के बाहर चले। दरवाजे के पास आये, हरदयालसिंह से कहा कि, ''आप मेहरबानी करके मुझे इजाजत दें कि मैं थोड़ी देर के लिए आपको फिर बेहोश करूँ, तहखाने के बाहर होश में ले आऊँगा।'' हरदयालसिंह ने कहा, ''इसमें मुझको कुछ हज्र नहीं है, मैं यह नहीं चाहता कि इस तहखाने में आने का रास्ता देख लूँ, यह तुम्हीं लोगों का काम है, मैं देखकर क्या करूँगा!''

तेजसिंह हरदयालसिंह को बेहोश करके बाहर लाये और होश में लाकर बोले, ''अब आप कपड़े पहिर लीजिए और मेरे साथ चलिए।'' उन्होंने वैसा ही किया।

शहर में आकर तेजसिंह के कहे मुताबिक हरदयालसिंह अलग होकर अकेले राजा सुरेन्द्रसिंह के दरबार में गये। राजा ने उनकी बड़ी खातिर की और हाल पूछा। उन्होंने बहुत कुछ कहने बाद महाराज जयसिंह की चीठी दी जिसको राजा ने इज्जत के साथ लेकर अपने वजीर जीतसिंह को पढ़ने के लिए दिया, जीतसिंह ने जोर से खत पढ़ा। राजा सुरेन्द्रसिंह चीठी सुनकर बहुत खुश हुए और हरदयालसिंह की तरफ देखकर बोले, ''मेरा राज्य महाराज जयसिंह का है, जिसे चाहें बुला लें, मुझे कुछ उज्र नहीं, तेजसिंह आपके साथ जायेगा।'' यह कह अपने वजीर जीतसिंह को हरदयालसिंह की मेहमानी का हुक्म दिया और दरबार बर्खास्त किया।

दीवान हरदयालसिंह की मेहमानी तीन दिन तक बहुत अच्छी तरह से की गयी जिससे वे बहुत ही खुश हुए। चौथे दिन दीवान साहब ने राजा से रुखसत माँगी, राजा ने बहुत कुछ दौलत जवाहिरात से उनकी बिदाई की और तेजसिंह को बुला समझा–बुझाकर दीवान साहब के संग किया।

बड़े साज–समान के साथ ये दोनों विजयगढ़ पहुँचे और शाम के दरबार में महाराज के पास हाजिर हुए। हरदयालसिंह ने महाराज की चीठी का जवाब दिया और सब हाल कह सुरेन्द्रसिंह की बड़ी तारीफ की जिससे महाराज बहुत ही खुश हुए और तेजसिंह को उसी वक्त खिलअत देकर हरदयालसिंह को हुक्म दिया कि 'इनके रहने के लिए मकान का बन्दोबस्त कर दो और इनकी खातिरदारी और मेहमानी का बोझ अपने ऊपर समझो'।

दरबार उठने पर दीवान साहब तेजसिंह को साथ ले बिदा हुए और एक बहुत अच्छे कमरे में डेरा दिलवाया। नौकर और पहरेवाले तथा प्यादों का भी बहुत अचछा इन्तजाम कर दिया जो सब हिन्दू ही थे। दूसरे दिन तेजसिंह महाराज के दरबार में हाजिर हुए, दीवान हरदयालसिंह के बगल में एक कुर्सी उनके वास्ते मुकर्रर की गयी।

पन्द्रहवाँ बयान

हम पहिले यह लिख चुके हैं कि महाराज शिवदत्त के यहाँ जितने ऐयार हैं सभी को तेजसिंह पहिचानते हैं। अब तेजसिंह को यह जानने की फिक्र हुई कि उनमें से कौन–कौन चार आये हैं, इसलिए दूसरे दिन शाम के वक्त उन्होंने अपनी सूरत भगवानदत्त की बनायी जिसको तहखाने में बन्द कर आये थे और शहर से निकल जंगल में इधर–उधर घूमने लगे, पर कहीं कुछ पता न चला। बरसात का दिन आ चुका था, रात अँधेरी और बदली छायी थी, आखिर तेजसिंह ने एक टीले पर खड़े होकर जफील बजायी।

थोड़ी देर में तीनों ऐयार मय पण्डित जगन्नाथ ज्योतिषी के उसी जगह पहुँचे और भगवानदत्त को खड़े देख बोले, "क्यों जी, तुम नौगढ़ न गये थे? क्या किया, खाली क्यों चले आये?"

तेजसिंह ने सभों को पहिचानने के बाद जवाब दिया, "वहाँ तेजसिंह की बदौलत कोई कार्रवाई न चली, तुम लोगों में से कोई एक आदमी हमारे साथ चले तो काम बने!"

पन्ना : अच्छा कल हम तुम्हारे साथ चलेंगे, आज चलो महल में कोई कार्रवाई करें।

तेज : अच्छा चलो, मगर मुझको इस वक्त भूख बड़े जोर की लगी है, कुछ खा लूँ तो काम में जी लगे। तुम लोगों के पास कुछ हो तो लाओ।

जगन्नाथ : पास में तो जो कुछ है बेहोशी मिला है, बाजार में जाकर कुछ लाओ तो सब कोई खा–पीकर छुट्टी करें।

भगवान : अच्छा एक आदमी मेरे साथ चलो।

पन्नालाल साथ हुए, दोनों शहर की तरफ चले। रास्ते में पन्नालाल ने कहा, ''हमलोगों को अपनी सूरत बदल लेनी चाहिए क्योंकि तेजसिंह कल से इसी शहर में आया है और हम सभों को पहिचानता भी है, शायद घूमता–फिरता कहीं मिल जाय।''

भगवानदत्त ने यह सोचकर कि सूरत बदलेंगे तो रोगन लगाते वक्त शायद यह पहिचान ले, जवाब दिया, ''कोई जरूरत नहीं, कौन रात को मिलता है।'' भगवानदत्त से इनकार करने से पन्नालाल को शक हो गया और गौर से इनकी सूरत देखने लगा अगर रात अँधेरी थी पहिचान न सका, आखीर को जोर से जफील बजायी। शहर के पास आ चुके थे, ऐयार लोग दूर थे जफीन न सुन सके; तेजसिंह भी समझ गये कि इदको शक हो गया, अब देर करने की कुछ जरूरत नहीं, झट उसके गले में हाथ डाल दिया, पन्नालाल ने भी खंजूर निकाल लिया, दोनों में खूब हो गयी। आखिर को तेजसिंह ने पन्नालाल को उठा के दे मारा और मुश्कें कस बेहोश करके गठरी बाँध ली तथा पीठ पर लाद शहर की तरफ रवाना हुए।

असली सूरत बनाये हुए डेरे पर पहुँचे। एक कोठरी में पन्नालाल को बन्द कर दिया और पहरेवालों को सख्त ताकीद कर आप उसी कोठरी के दरवाजे पर पलँग बिछवा सो रहे, सवेरे पन्नालाल को साथ ले दरबार की तरफ चले।

इधर रामनारायण, बद्रीनाथ और ज्योतिषीजी राह देख रहे थे कि अब दोनों आदमी खाने का सामान लाते होंगे मगर कुछ नहीं,

यहाँ तो मामला ही दूसरा था। उन लोगों को शक हो गया कि कहीं दोनों गिरफ्तार न हो गये हों मगर यह ख्याल में न आया कि भगवानदत्त असल में दूसरे ही कृपा–निधान थे।

उस रात तो कुछ न कर सके पर सवेरे सूरत बदलकर खोज में निकले। पहिले महाराज जयसिंह के दरबार की तरफ चले, देखा कि तेजसिंह दरबार में जा रहे हैं और उनके पीछे–पीछे दस–पन्द्रह सिपाही कैश्दी की तरह पन्नालाल को लिये चल रहे हैं। उन ऐयारों ने भी साथ–ही–साथ दरबार का रास्ता पकड़ा।

तेजसिंह पन्नालाल को साथ लिये दरबार में पहुँचे, देखा कि कचहरी खूब लगी हुई है, महाराज बैठे हैं, यह भी सलाम कर अपनी कुर्सी पर जा बैठे, कैदी को सामने खड़ा कर दिया। महाराज ने पूछा, ''क्यों तेजसिंह किसको लाये हो!'' तेजसिंह ने जवाब दिया, ''महाराज, उन पाँचों ऐयारों में से जो चुनार से आये हैं एक गिरफ्तार हुआ है, इसको सरकार में लाया हूँ। जो इसके लिए मुनासिह हो हुक्म किया जाए।''

महाराज गौर के साथ खुशी–भरी निगाहों से उसकी तरह देखने लगे और पूछा, ''तेरा नाम क्या है?'' उसने कहा, ''मक्कार खाँ उर्फ ऐयार खाँ'' महाराज उसकी ढिठाई और बात पर हँस पड़े, हुक्म दिया, ''बस इससे ज्यादे पूछने की कोई जरूरत नहीं, सीधे कैदखाने में ले जाकर इसको बन्द करो और सख्त पहरा बैठा दो।'' हुक्म पाते ही प्यादों ने उस ऐयार के हाथों में हथकड़ी और पैरों में बेड़ी डाल दीं और कैदखाने की तरफ ले गये। महाराज ने खुश होकर तेजसिंह को सौ अशर्फी इनाम दी। तेजसिंह ने खड़े होकर महाराज को सलाम किया और अशर्फियाँ बटुए में रख लीं।

रामनारायण, बद्रीनाथ और ज्योतिषीजी भेष बदले हुए दरबार में खड़े यह सब तमाशा देख रहे थे। जब पन्नालाल को कैदखाने

का हुक्म हुआ वे लोग भी बाहर चले आये और आपसे में सलाह कर भारी चालाकी की। किनारे जाकर बद्रीनाथ ने तो तेजसिंह की सूरत बनायी और रामनारायण और ज्योतिषीजी प्यादे बनकर तेजी के साथ उन सिपाहियों की तरफ चले जो पन्नालाल को कैदखाने की तरफ लिये जा रहे थें पास पहुँचकर बोले, ''ठहरो–ठहरो, इस नालायक ऐयार के लिए महाराज ने दूसरा हुक्म दिया है, क्योंकि मैंने अर्ज किया था कि कैदखाने में इसके संगी–साथी इसको किसी–न–किसी तरह छुड़ा ले जायेंगे, अगर मैं इसको अपनी हिफाजत में यह रह भी सकेगा, सो तुम लोग इसको मेरे हवाले करो।''

प्यादे तो जानते ही थे कि इसको तेजसिंह ने पकड़ा है, कुछ इनकार न किया और उसे उनके हवाले कर दिया। नकली तेजसिंह ने पन्नालाल को ले जंगल का रास्ता लिया। उसके चले जाने पर उसका हाल अर्ज करने के लिए प्यादे फिर दरबार में लौट आये। दरबार उसी तरह से लगा हुआ था तेजसिंह भी अपनी जगह बैठे हुए थे। उनको देख प्यादों के होश उड़ गये और अर्ज करते–करते रुक गये। तेजसिंह ने उनकी तरफ देखकर पूछा, ''क्यों क्या है, उसे ऐयार को कैद कर आये?'' प्यादों ने डरते–डरते कहो, ''जी उसको तो आप ही ने हम लोंगों से ले लिया।'' तेजसिंह उनकी बात सुनकर चौंक पड़े और बोले, ''मैंने क्या किया, मैं तो तब से इसकी जगह बैठा हूँ!''

प्यादों की जान डर और ताज्जुब से सूख गयी, कुछ जवाब न दे सके, पत्थर की तस्वीर की तरह जैसे–के–तैसे खड़े रहे। महाराज ने तेजसिंह की तरफ देखकर पूछा, ''कयों, क्या हुआ?'' तेजसिंह ने कहा, ''महाराज, ऐयार चालाकी खेल गये, मेरी सूरत बन उस कैदी को इन लोगों से छुड़ा ले गये।'' यह सुन महाराज को बड़ा रंज हुआ और उन प्यादों पर बहुत खफा हुए। तेजसिंह ने अर्ज किया, ''महाराज इन लोगों को कोई कसूर नहीं, ऐयार लोग ऐसे ही होते

हैं, बड़े बड़ों को धोखा दे जाते हैं, इन लोगों की क्या हकीकत है।'' तेजसिंह के कहने से महाराज ने उन प्यादों का कसूर माफ किया, मगर उस ऐयार के निकल जाने का रंज देर तक रहा।

बद्रीनाथ वगैरह पन्नालाल को लिये हुए जंगल में पहुचे, एक पेड़ के नीचे बैठकर उसका हाल पूछा, उसने सब हाल कहा। अब इन लोगों को मालूम हुआ कि भगवानदत्त को भी तेजसिंह ने कपड़ के कहीं छिपाया है, यह सोच सभों ने पण्डित जगन्नाथ से कहा, ''आप रमल के जरिये दरियाफ्त कीजिए कि भगवानदत्त कहाँ हैं?'' ज्योतिषीजी ने रमल फेंका और कुछ गिन–गिनाकर कहा, ''बेशक भगवानदत्त को भी तेजसिंह ने पकड़ा है और यहाँ से दो कोस उत्तर की तरफ एक खोह में कैद कर रखा है।'' यह सुन सभों ने उस खोह की तरफ का रास्ता लिया। जयोतिषीजी बार–बार रमल उजाला नजर आया तो देखा सामने एक फाटक है मगर यह नहीं मालूम होता कि किस तरह खुलेगा। ज्योतिषीजी ने फिर रमल फेका और सोचकर कहा, ''यह दरवाजा एक तिलिस्म के साथ मिला हुआ है और रमल तिलिस्म में कुछ काम नहीं कर सकता, इसके खोलने की कोई तरकीब आये और ऐयारी की फिक्र करने लगे।

सोलहवाँ बयान

एक दिन तेजसिंह बालादवी के लिए विजयगढ़ के बाहर निकले। पहर दिन बाकी था जब घूमते–फिरते बहुत दूर निकल गये। देखा कि एक पेड़ के नीचे कुँअर बीरेन्द्रसिंह बैठे हैं। उनकी सवारी का घोड़ा पेड़ से बँधा हुआ है, सामने एक बारहसिंघा मरा पड़ा है, उसके एक तरफ आग सुलग रही है, और पास जाने पर देखा कि कुमार के सामने पत्तों पर कुछ टुकड़े गोश्त के के भी पड़े हैं।

तेजसिंह को देखकर कुमार ने जोर से कहा, ''आओ भाई तेजसिंह, तुम तो विजयगढ़ ऐसा गये कि फिर खबर भी न ली, कया हमको एकदम ही भूल गये?''

तेजसिंह : (हँसकर) विजयगढ़ में मैं आप ही का काम कर रहा हूँ कि अपने बाप का?

बीरेन्द्रसिंह : अपने बाप का।

यह कहकर हँस पड़े। तेजसिंह ने इस बात का कुछ जवाब न दिया और हँसते हुए पास जा बैठे। कुमार ने पूछा, ''कहो चन्द्रकान्ता से मुलाकात हुई थी?''

तेजसिंह ने जवाब दिया, "इधर जब से मैं गया हूँ चन्द्रकान्ता से मुलाकात नहीं हुई, मैं अपने काम के खयाल में पड़ा रहता हूँ। इसी बीच में एक ऐयार को पकड़ा था। महाराज ने उसको कैद करने का हुक्म दिया मगर कैदखाने तक पहुँचने न पाया था कि रास्ते ही में मेरी सूरत बन उसके साथी ऐयारों ने उसे छुड़ा लिया, फिर अभी तक कोई गिरफ्तार नहीं हुआ।

कुमार : वे लोग भी बड़े शैतान है!

तेजसिंह : और तो जो हैं हुई हैं, बद्रीनाथ भी चुनार से इन लोगों के साथ आया है, वह बड़ा भारी चालाक है। मुझको अगर खौफ रहता है तो उसी का! खैर देखा जायेगा, क्या हर्ज है। यह तो बताइए आप यहाँ क्या कर रहे हैं? कोई आदमी भी साथ नहीं है।

कुमार : आज मैं कई आदमियों को साथ ले सवेरे ही शिकार के लिए निकला दोपहर तक तो हैरान रहा कुछ हाथ न लगा, आखिर को यह बारहसिंघा सामने से निकला और मैंने इसके पीछे घोड़ा फेंका। इसने मुझको बहुत हैरान किया, संग के सब साथी छूट गये, अब इस समय तीर खाकर गिरा है। मुझको भूख बड़ी जोर की लगी थी इससे जी में आया कि कुछ गोश्त भून के खाऊँ! इसी फिक्र में बैठा था कि सामने से तुम दिखायी पड़े, अब लो तुम ही इसको भूनो। मेरे पास कुछ मसाला था उसको मैंने धो–धाकर इन टुकड़ों में लगा दिया है अब तैयार करो, तुम भी खाओ, मैं भी खाऊँ मगर जल्दी करो आज दिन–भर से कुछ नहीं खाया।

तेजसिंह ने बहुत जल्द गोश्त तैयार किया और एक सोते के किनारे जहाँ साफ पानी निकल रहा था बैठकर दोनों खाने लगे। बीरेन्द्रसिंह मसाला पोंछ–पोंछकर खाते थे, तेजसिंह ने पूछा, "आप मसाला क्यों पोंछ रहे हैं?" कुमार ने जवाब दिया, "फीका अच्छा मालूम होता है।" दो–तीन टुकड़े बीरेन्द्रसिंह ने सोते में से चिल्लू

भर–भर के खूब पानी पिया और कहा, ''बस भाई मेरी तबीयत भर गयी, दिन–भर भूखे रहने पर कुछ खाया नहीं जाता।'' तेजसिंह ने कहा, ''आप खाइए चाहे न खाइए मैं तो छोड़ता नहीं, बड़े मजे का बन पड़ा।'' आखिर जहाँ तक बन पड़ा खूब खाया और तब हाथ–मुँह धोकर बोले, ''चलिए अब आपको नौगढ़ पहुँचा–कर फिर फिरेंगे।'' बीरन्द्रसिंह 'चलो' कहकर घोड़े पर सवार हुए और तेजसिंह पैदल साथ चले।

थोड़ी दूर जाकर तेजसिंह बोले, ''न मालूम क्यों मेरा सिंह घूमता है।'' कुमार ने कहा, ''तुम माँस ज्यादे खा गये हो, उसने गर्मी की है।'' थोड़ी दूर गये थे कि तेजसिंह चक्कर खाकर जमीन पर गिर पड़े। बीरेन्द्रसिह ने झट घोड़े पर से कूद कर उनके हाथ–पैर खूब कसके गठरी में बाँध पीठ पर लाद लिया और घोड़े की बाग थाम विजयगढ़ का रास्ता लिया। थोड़ी दूर जाकर जोर से जफील (सीटी) बजायी जिसकी आवाज जंगल में दूर–दूर गूँज गयी। थोड़ी देर में क्रूरसिंह पन्नालाल, रामनारायण और ज्योतिषीजी आ पहुँचे। पन्नालाल ने खुश होकर कहा, ''वाह जी बद्रीनाथ, तुमने तो बड़ा भारी काम किया। बड़े जबर्दस्त को फाँसा! अब क्या है, ले लिया!!'' क्रूरसिंह मारे खुशी के उछल पड़ा। बद्रीनाथ ने जो अभी तक कुँअर बीरेन्द्रसिंह बना हुआ था गठरी पीठ से उतार जमीन पर रख दी और रामनारायण से कहा, ''तुम इस घोड़े को नौगढ़ पहुँचा दो, जिस अस्तबल से चुरा लाये थे उसी के पास छोड़ आओ, आप ही लोग बाँध लेंगे।'' यह सुनकर रामनारायण घोड़े पर सवार हो नौगढ़ चला गया। बद्रीनाथ ने तेजसिंह की गठरी फिर अपनी पीठ पर लादी और ऐयारों को कुछ समझा–बुझाकर चुनार का रास्ता लिया।

तेजसिंह का मामूल था कि रोज महाराज जयसिंह के दरबार में जाते और सलाम करके अपनी कुर्सी पर बैठ जाते। दो एक दिन महाराज ने तेजसिंह की कुर्सी खाली देखी, हरदयालसिंह से पूछा

कि 'आजकल तेजसिंह नजर नहीं आते क्या तुमसे मुलाकत हुई थी'? दीवान साहब ने अर्ज किया, दरबार बर्खास्त होने के बाद दीवान साहब तेजसिंह के डेरे पर गये, मुलाकात न होने पर नौकरों से दरियाफ्त किया। सभों ने कहा, "कई दिन से वे यहाँ नहीं हैं, हम लोगों ने बहुत खोज की मगर पता न लगा।"

दीवान हरदयालसिंह यह सुनकर हैरान हो गये। अपने मकान पर जाकर सोचने लगे कि अब क्या किया जाय? अगर तेजसिंह का पता न लगेगा तो बड़ी बदनामी होगी, जहाँ से हो खोज लगाना चाहिए। आखिर बहुत से आदमियों को इधर–उधर पता लगाने के लिए रवाना किया और अपनी तरफ से एक चीठी नौगढ़ के दीवान जीतसिंह के पास भेजकर ले जानेवाले को ताकीद कर दी कि कल दरबार के पहिले इसका जवाब लेकर आ जाना। वह आदमी खत लिये शाम को नौगढ़ पहुँचा और दीवान जीतसिंह के मकान पर जाकर अपने आने की इत्तिला करवायी। दीवान साहब ने अपने सामने बुलाकर हाल पूछा, उसने सलाम करके खत दिया जिसको दीवान साहब ने गौर से पढ़ा। दिल में यकीन हो गया कि तेजसिंह जरूर ऐयारों के हाथ पकड़ गया। यह जवाब लिखकर कि 'वह यहाँ नहीं है' आदमी को तो बिदा कर दिया और अपने कई जासूसों को बुलाकर पता लगाने के लिए इधर–उधर रवाना किया। दूसरे दिन दरबार में दीवान जीतसिंह ने राजा सुरेन्द्रसिंह से अर्ज किया, "महाराज, कल विजयगढ़ से दीवान हरदयालसिंह का पत्र लेकर एक आदमी आया था, यह दरियाफ्त किया था कि तेजसिंह नौगढ़ में है कि नहीं क्योंकि कई दिनों से वह विजयगढ़ में नहीं है! मैंने जवाब में लिख दिया है कि 'यहाँ नहीं है'।"

राजा को यह सुन ताज्जुब हुआ और दीवान से पूछा, "तेजसिंह वहाँ भी नहीं है और यहाँ भी नहीं आया तो कहाँ चला गया? कहीं ऐसा तो नहीं हुआ कि ऐयारों के हाथ पड़ गया हो, क्योंकि महाराज

शिवदत्त के कई ऐयार विजयगढ़ में पहुँचे हुए हैं और उनसे मुकाबला करने के लिए अकेला तेजसिंह ही गया था!" दीवान साहब ने कहा, "जहाँ तक मैं समझता हूँ वह ऐयारों के ही हाथ में गिरफ्तार हो गया होगा, खैर जो कुछ होगा दो–चार दिन में मालूम हो जायेगा। "

कुँअर बीरेन्द्रसिंह भी दरबार में राजा के दाहिने तरफ कुर्सी पर बैठे यह बात सुन रहे थे। उन्होंने अर्ज किया, "अगर हुक्त हो तो मैं तेजसिंह का पता लगाने जाऊँ।" दीवान जीतसिंह ने यह सुन कुमार की तरफ देखा और हँसकर जवाब दिया, "आपकी हिम्मत और जवाँमर्दी में कोई शक नहीं, मगर इस बात को सोचना चाहिए कि तेजसिंह के बास्ते जिसका काम ही ऐयारी है और ऐयारों के हाथ फँस गया है आप हेरान होने जायें इसकी क्या जरूरत? यह तो आप जाने ही हैं कि अगर किसी ऐयार को कोई ऐयार पकड़ता है तो सिवाय कैद रखने के जान से नहीं मारता, अगर तेजसिंह उन लोगों के हाथ में पड़ गया है तो कैद होगा, किसी तरह छूट ही जायगा क्योंकि वह अपने फन में बड़ा होशियार है, सिवाय इसके जो ऐयारी का काम करेगा चाहे वह कितना ही चालाक क्यों न हो कभी–न–कभी फँस ही जायेगा, फिर इसके लिए सोचना क्या? दस–पाँच दिन सब्र कीजिए देखिए क्या होता है इस बीच में अगर वह न आया तो आपको जो कुछ करना हो कीजियेगा।"

बीरेन्द्रसिंह ने जवाब दिया, "हाँ आपका कहना ठीक है मगर पता लगाना जरूरी है, यह सोचकर कि वह चालाक है खुद छूट आवेगा–खोज न करना मुनासिब नहीं।" जीतसिंह ने कहा, "सच है, आपको मुहब्बत के सबब से उसका ज्यादे खयाल है, खैर देखा जायेगा।" यह सुन राजा सुरेन्द्रसिंह ने कहा, "और कुछ नहीं तो किसी को पता लगाने के लिए तो भेज ही दो।" इसके जवाब में दीवान साहब ने कहा, "कई जासूसों को पता लगाने के लिए मैं भेज चुका हूँ।" राजा और कुँअर बीरेन्द्रसिंह चुप हो रहे मगर खयाल इस

बात का किसी के दिल से न गया। विजयगढ़ में दूसरे दिन दरबार में महाराज जयसिंह ने फिर हरदयालसिंह से पूछा, "कहीं तेजसिंह का पता लगा?"

दीवान साहब ने कहा, "यहाँ तो तेजसिंह का पता नहीं लगता शायद नौगढ़ में हों। मैंने वहाँ भी आदमी भेजा है, अब आता ही होगा, जो कुछ है मालूम हो जायेगा।" ये बातें हो ही रही थीं। कि खत का जवाब लिये वह आदमी आ पहुँचा जो नौगढ़ गया था। हरदयालसिंह ने जवाब पढ़ा और बड़े अफसोस के साथ महाराज से अर्ज किया कि 'नौगढ़ में भी तेजसिंह नहीं है, यह उनके बाप जीतसिंह के हाथ का खत, मेरे खत के जवाब में आया है'। महाराज ने कहा, "उसका पता लगाने की कुछ फिक्र की गयी है या नहीं? हरदयालसिंह ने कहा "हाँ कई जासूस मेंने इधर–उधर भेजे हैं।"

महाराज को तेजसिंह का बहुत अफसोस रहा, दरबार बरर्खास्त करके महल में चले गये। बात–ही बात में महाराज ने तेजसिंह का जिक्र महारानी से किया और कहा, "किस्मत का फेर इसे कहते हैं! क्रूरसिंह ने तो हलचल मचा ही रखी थी मदद के वास्ते एक तेजसिंह आया था सो कई दिन में उसका भी पता नहीं लगता, अब मुझे उसके लिए सुरेन्द्रसिंह से शर्मिन्दगी उठानी पड़ेगी। तेजसिंह की चाल–चलन, बातचीत, इल्म और चालाकी पर जब ख्याल करता हूँ तबीयत उमड़ आती है। बड़ा ही लायक लड़का है। उसके चेहरे पर उदासी तो कभी देखी ही नहीं।" महारानी ने भी तेजसिंह के हाल पर बहुत अफसोस किया। इत्तिफाक से चपला उस वक्त वहीं खड़ी थी। यह हाल सुन वहाँ से चली और चन्द्रकान्ता के पास पहुँची। तेजसिंह का हाल यह कहना चाहती थी जी उमड़ आता था कुछ कह न सकती थी चन्द्रकान्ता ने उसकी ऐसी दशा देख पूछा, "क्यों क्या है? इस वक्त तेरी अजब हालत हो रही थी कुछ मुँह से तो कह।" इस बात का जवाब देने के लिए चपला ने मुँह खोला ही

था कि गला भर आया, आँखों से आँसू टपक पड़े, कुछ जवाब न दे सकी। चन्द्रकान्ता को और भी ताज्जुब हुआ, पूछा "तू रोती क्यों है, कुछ बोल भी तो।"

आखिर चपला ने अपने को सम्हाला और बहुत मुश्किल से कहा, "महाराज की जुबानी सुना है कि तेजसिंह को महाराज शिवदत्त के ऐयारों ने गिरफ्तार कर लिया। अब बीरेन्द्रसिंह का आना भी मुश्किल होगा क्योंकि उनका वही एक बड़ा सहारा था।' इतना कहा ही था कि पूरे तौर से आँसू भर आये और खूब सुलकर रोने लगी। इसकी हालत से चन्द्रकान्ता समझ गयी कि चपला भी तेजसिंह को चाहती है, मगर सोचने लगी कि चलो अच्छा ही है, इसमें भी हमारा ही भला है, मगर तेजसिंह के हाल और चपला की हालत पर बहुत अफसोस हुआ। फिर चपला से कहा, "उनको छुड़ाने की यही फिक्र हो रही है? क्या तेरे रोने से वे छूट जायेंगे? तुझसे कुछ नहीं हो सकता तो मैं ही कुछ करूँ!" चम्पा भी वहाँ बैठी यह अफसोस भरी बातें सुन रही थी, बोली, "अगर हुक्म हो तो मैं तेजसिंह की खोज में जाऊँ?" चपला ने कहा, "अभी तू इस लायक नहीं हुई है?" चम्पा बोली, "क्यों अब मेरे में क्या कसर है? क्या मैं ऐयारी नहीं कर सकती?" चपला ने कहा, "हाँ ऐयारी तो कर सकती है मगर उन लोगों को मुकाबला नहीं कर सकती जिन लोगों ने तेजसिंह ऐसे चालाक को पकड़ लिया, हाँ मुझको राजकुमारी हुक्म दे तो मैं खोज में जाऊँ।" चन्द्रकान्ता ने कहा, "इसमें भी हुक्म की जरूरत! मेरी मेहनत से अगर वे छूटेंगे तो जन्म–भर उनको कहने लायक रहेगी! अब तू जाने में देर मत कर जा।" चपला ने चम्पा से कहा, "देख मैं जाती हूँ, पर ऐयार लोग बहुत से आये हुए हैं, ऐसा न हो कि मेरे जाने के बाद कुछ नया बखेड़ा मचे। खैर और तो जो होगा देखा जायेगा, तू राजकुमारी से होशियार रहियो। अगर तुझसे कुछ भूल हुई या राजकुमारी पर किसी तरह की आफत आयी तो

मैं जन्म–भर तेरा मुँह न देखूँगी!" चम्पा ने कहा, "इस बात से आप खातिर जमा रखें मैं बराबर होशियार रहा करूँगी।"

चपला अपने ऐयारी के सामान से लैस हो और कुछ दक्षिणी ढंग के जेवर तथा कपड़े साथ ले तेजसिंह की खोज में निकली।

सत्रहवाँ बयान

चपला कोई साधारण औरत न थी। खूबसूरती और नजाकत के सिवाय उसमें ताकत भी थी। दो–चार आदमियों से लड़ जाना या उनको गिरफ्तार कर लेना उसके लिए एक अदना काम था। शास्त्र–विद्या को पूरे तौर से जानती थी। ऐयारी के फन के अलावे इस भी कई गुण उसमें थे। गाने और बजाने में उस्ताद, नाचने में कारीगर, आतिशबाजी बनाने का बड़ा शौक, कहाँ तक लिखें—कोई फन ऐसा न था, जिसको चपला न जानती हो। रंग उसका गोरा, बदन हर जगह से सुडौल, नाजुक हाथ–पाँव की तरफ खयाल करने से यही जाहिर होता था कि इसे एक फूल से मारना खून करना है। उसको जब कहीं बाहर जाने की जरूरत पड़ती थी तो अपनी खूबसूरती जान–बूझकर बिगाड़ डालती या भेष बदल लेती थी।

अब इस वक्त शाम हो गयी बल्कि कुछ रात भी बल्कि कुछ रात भी जा चुकी है। चन्द्रमा अपनी पूरी किरणों से निकला हुआ है। चपला अपनी असली सूरत में चली जा रही है ऐयारी का बटुआ बगल में लटकाये कमन्द कमर में कसे और खंजर भी लगाये हुए जंगल–ही–जंगल कदम बढ़ाये जा रही है। तेजसिंह की याद ने

उसको ऐसा बेसुध कर दिया है कि अपने बदन की भी खबर नही है। उसको यह मालूम नहीं कि वह किस काम के लिए बाहर निकली है या कहाँ जा रही है, उसके आगे क्या पत्थर है या गड़हा, नदी है या नाला, खाली पैर बढ़ाये चले जाना, यही उसका काम है। आँखों में आँसू की बूँदें गिर रही हैं, सारा कपड़ा आगे से भींग गया है। थोड़ी–थोड़ी दूर पर ठोकर खाती है, उँगलियों से खून निकल रहा है मगर उसको इसका कुछ खयाल नहीं। आगे एक नाला आया जिस पर चपला ने कुछ ध्यान न दिया और धम्म से उस नाले में गिर पड़ी, सिर फट गया, खून निकलने लगा, कपड़े बदन से सब भींग गये। अब उसको इस बात का खयाल हुआ कि तेजसिंह को छुड़ाने या खोजने चली है। उसके मुँह से झट यह बात निकली–"हाय प्यारे, मैं तुमको बिल्कुल भूल गयी, तुम्हारे छुड़ाने की फिक्र मुझको जरा भी न रही, उसी की तरह सजा मिली!" अब चपला सम्हल गयी और सोचने लगी कि किस जगह है। खूब गौर करने से उसे मालूम हुआ कि रास्ता बिलकुल भूल गयी और एक भयानक जंगल में आ फँसी। एकदफे तो डर गयी मगर फिर दिल को सम्हाला, उस खतरनाक नाले से पीछे फिरी और सोचने लगी इसमें तो कोई शक नहीं कि तेजसिंह को महाराज शिवदत्त के ऐयारों ने पकड़ लिया है, तो जरूर चुनार ही ले भी गये होंगे। पहिले वहीं खोज करनी चाहिए जब न मिलेंगे तो दूसरी जगह पता लगाऊँगी।" यह विचार कर चुनार का रास्ता ढूँढने लगी। हजार खराबी से आधी रात गुजर जाने के बाद रास्ता मिला तब सीधे चुनार की तरफ पहाड़–ही–पहाड़ चल निकली, जब सुबह करीब हुई उसने अपनी सूरत एक मर्द सिपाही की–सी बना ली। नहाने–धोने खाने–पीने की कुछ फिक्र नहीं सिर्फ रास्ता तय करने की उसकी धुन थी। आखिर भूखी–प्यासी शाम होते चुनार पहुँची। दिल में ठान लिया था कि जब तक तेजसिंह का पता न लगेगा, अन्न–जल न करूँगी। कहीं आराम न लिया, इधर–उधर

ढूँढ़ने और तलाश करने लगी। यकायक उसे कुछ चालाकी सूझी, उसने अपनी सूरत पन्नालाल की बना ली और घसीटासिंह ऐयरा के डेरे पर पहुँची।

हम पहिले लिख चुके हैं कि छः ऐयारों में से चार ऐयार विजयगढ़ गये हैं और घसीटासिंह और चुन्नीलाल चुनार में ही रह गये हैं। घसीटासिंह पन्नालाल को देखकर उठ खड़े हुए और साहब सलामत के बाद पूछा, "कहो पन्नालाल, अबकी किसको लाये?"

पन्ना : अबकी लाये तो किसी को नहीं सिर्फ इतना पूछने आये हैं कि नाजिम यहाँ है या नहीं? उसका पता नहीं लगता।

घसीटा : यहाँ तो नहीं आया।

पन्ना : फिर उसको पकड़ा किसने? वहाँ तो अब कोई ऐयार नहीं है!

घसीटा : यह मैं नहीं कह सकता कि वहाँ और भी कोई ऐयार है या नहीं, सिर्फ तेजसिंह का नाम तो मशहूर था सो कैद ही हो गये, इस वक्त किले में बन्द पड़े रोते होंगे।

पन्ना : खैर कोई हर्ज नहीं, पता लग ही जायेगा, अब जाता हूँ रुक नहीं सकता।

यह कह नकली पन्नालाल वहाँ से रवाना हुआ।

अब चपला का जी ठिकाने हुआ। यह सोचकर कि तेजसिंह का पता लग गया और वे यहीं मौजूद हैं कोई हर्ज नहीं, जिस तरह होगा छुड़ा ही लूँगी, वह मैदान में निकल गयी और गंगाजी के किनारे बैठ अपने बटुए में से कुछ मेवा निकाल के खाया, गंगाजल पी के निश्चिन्त हुई और तब अपनी सूरत एक गानेवाली औरत की बनायी। चपला को खूबसूरत बनने की कोई जरूरत न थी, वह खुद ऐसी थी कि हजार खूबसूरतों का मुकाबला करे, मगर इस सबब से कि कोई

पहिचान न ले उसको अपनी सूरत बदलनी पड़ी। जब हर तरह से लैस हो गयी, एक बंशी हाथ में ले राजमहल के पिछवाड़े की तरफ जा एक साफ जगह देख बैठ गयी और चढ़ी आवाज से बिरहा गाने लगी, एक दफे गाकर फिर उसी गीत को बंशी पर बजाती।

रात आधी से ज्यादे बीत चुकी थी, राजमहल में शिवदत्तसिंह महल की छत पर महारानी के साथ मीठी–मीठी बातें कर रहे थे, यकायक गाने की आवाज उनके कानों में गयी और महारानी ने भी सुनी। दोनों ने बातें करना छोड़ दिया और कान लगाकर गौर से सुनने लगे। थोड़ी देर के बाद बंशी की आवाज आने लगी जिसका बोल साफ मालूम पड़ता था। महाराज की तबीयत बेचैन हो गयी, झट लौंडी को बुलाकर हुक्म दिया, "किसी को कहो, अभी जाकर उसको इस महल के नीचे ले आये, जिसके गाने की आवाज आ रही है।"

हुक्म पाते ही पहरेदार दौड़ गये, देखा कि एक नाजुक बदन बैठी गा रही है। उसकी सूरत देखकर लोगों के हवास ठिकाने न रहे, बहुत देर के बाद बोले, "महाराज ने महल के करीब आपको बुलाया है और आपका गाना सुनने के बहुत मुश्तहक हैं।" चपला ने कुछ इनकार न किया, उन लोगों के साथ–साथ महल के नीचे चली आयी और गाने लगी। उसके गाने ने महाराज को बेताब कर दिया। दिल को रोक न सके, हुक्म दिया कि उसको दीवानखाने में ले जाकर बैठाया जाये और रोशनी का बन्दोबस्त हो, हम भी आते हैं। महारानी ने कहा, "आवाज से यह औरत मालूम होती है, क्या हर्ज है अगर महल में बुला ली जाय।" महाराज ने कहा, "पहिले उसको देख–समझ लें तो फिर जैसा होगा किया जायेगा, अगर यहाँ आने लायक होगी तो तुम्हारी भी खातिर कर दी जायेगी।" हुक्म की देर थी, सब सामान लैस हो गया। महाराज दीवानखाने में जा विराजे। बीबी चपला ने झुककर सलाम किया।

महाराज ने देखा कि एक औरत निहायत हसीन, रंग गोरा, सुरमई रग की साड़ी और धानी बूटीदार चोली दक्षिणी ढंग पर पहिने पीछे से लाँग बाँधे, खुलासा गड़ारीदार जूड़ा काँटे से बाँधे जिस पर एक छोटा–सा सोने का फूल, माथे पर एक बड़ा–सा रोली का टीका लगाये, कानों में सोने की निहायत खूबसूरत जड़ाऊबालियाँ पहिरे, नाक में सरजा की नथ, एक टीका सोने का और घुँघरुदार पटड़ी गूथन की गले में पहिरे हाथ में बिना घुंडी का कड़ा वो छन्देली जिसके ऊपर काली चूड़ियाँ कमर में खच्छेदार कर्धनी और पैर में सांकड़ा पहिरे अजब आनबान से सामने खड़ी है। गहना तो मुख्तसर ही है मगर बदन की गँठाई और सुडौली पर इतना ही आफत हो रहा है। गौर से निगाह करने पर एक छोटा–सा तिल ठुड्डी के बगल में देखा जो चेहरे को और भी रौनक दे रहा था। महाराज के होश जाते रहे, अपनी महाराजनी साहब को भूल गये जिस पर रीझे हुए थे, झट मुँह से निकल पड़ा, ''वाह क्या कहना है!'' टकटकी बँध गयी। महाराज ने कहा, ''आओ यहाँ बैठो।'' बीबी चपला कमर को बल देती हुई अठखेलियों के साथ कुछ नजदीक जा सलाम करके बैठ गयी। महाराज उसके हुस्न के रोआब में आ गये, ज्यादे कुछ कह न सके, एकटक सूरत देखने लगे। फिर पूछा, ''तुम्हारा मकान कहाँ है? कौन हो? काम क्या है? तुम्हारी–सी औरत का अकेली रात के समय घूमना ताज्जुब में डालता है।'' उसने जवाब दिया, ''मैं ग्वालियर की रहनेवाली पटलापा कत्यक की लड़की हूँ। रम्भा मेरा नाम है। मेरा बाप बड़ा भारी गवैया था। एक आदमी पर मेरा जी आ गया, बात–ही–बात में वह मुझसे रंज हो के चला गया, उसी की तलाश में मारी–मारी फिरती हूँ। क्या करूँ अक्सर दरबारों में जाती हूँ कि शायद कहीं मिल जाये क्योंकि वह भी बड़ा भारी गवैया है सो ताज्जुब नहीं किसी दरबार में हो, इस वक्त तबीयत की उदासी में यों ही कुछ गा रही थी कि सरकार ने याद किया,

हाजिर हुई।'' महाराज ने कहा, ''तुम्हारी आवाज बहुत भली है कुछ गाओ तो अच्छी तरह सुनूँ!'' चपला ने कहा, ''महाराज ने इस नाचीज पर बड़ी मेहरबानी की जो नजदीक बुलाकर बैठाया और लौंडी को इज्जत दी। अगर आप मेरा गाना सुनना चाहते हैं तो अपने मुलाजिम सफर्दाओं को तलब करें, वे लोग साथ दें तो कुछ गाने का लुत्फ आये, वैसे तो मैं हर तरह से ही गाने को तैयार हूँ।'' यह सुन महाराज बहुत खुश हुए और हुक्म दिया कि 'सफर्दा हाजिर किये जायँ'। प्यादे दौड़ गये और सफर्दाओं को सरकारी हुक्म सुनाया। वे सब हैरान हो गये कि तीन पहर रात गुजरे महाराज को यह क्या सूझी है। मगर लाचार होकर आना ही पड़ा। आकर जब एक चाँद के टुकड़े को सामने देखा तबीयत खुश हो गयी। कुढ़े हुए आये थे मगर अब खिल गये। झट साज मिला करीने से बैठे, चपला ने गाना शुरू किया। अब क्या था, साज व समाज के साथ गाना, पिछली रात का समां, महाराज को बुत बना दिया, सफर्दा भी दंग हो गये। तमाम इल्म आज खर्च करना पड़ा। बेवक्त की महफिल थी तिस पर भी बहुत–से आदमी जमा हो गये। दो चीज दरबारी की गायी थी कि सुबह हो गयी। एक भैरवी गाने के बाद चपला ने गाना बन्द करके अर्ज किया, ''महाराज, अब सुबह हो गयी, मैं भी कल की थकी हुई हूँ क्योंकि दूर से आयी थी, अब हुक्म हो तो रुखसत होऊँ।'' चपला की बात सुनकर महाराज चौंक पड़े। देखा तो सचमुच सबेरा हो गया है। अपने गले से मोती की माला उतारकर इनाम में दी और बोले, ''अभी हमारा जी तुम्हारे गाने से बिल्कुल नहीं भरा है, कुछ रोज यहाँ ठहरो, फिर जाना!'' रम्भा ने कहा, ''अगर, महाराज की इतनी मेहरबानी लौंड़ी के हाल पर है तो मुझको कोई उज्र रहने में नहीं!''

महाराज ने हुक्म दिया कि रम्भा के रहने का पूरा बन्दोबस्त हो और आज रात को आम महफिल का सामान किया जाय। हुक्म पाते ही सब सरंजाम हो गया, एक सुन्दर मकान में रम्भा का डेरा

पड़ गया, नौकर–मजदूर सब तैनात कर दिये गये। आज रात को आम महफिल थी। अच्छे आदमी सब इकट्ठे हुए, रम्भा भी हाजिर हुई, सलाम करके बैठ गयी। महफिल में कोई ऐसा न था, जिसकी निगाह रम्भा की तरफ न हो। जिसको देखिए लम्बी साँसें भर रहा है, आपुस में सब यही कहते हैं कि 'वाह, क्या भोली सूरत है, क्यों कभी आज तक ऐसी हसीन तुमने देखी थी!'

रम्भा ने गाना शुरू किया। अब जिसको देखिए मिट्टी की मूरत हो रहा है। एक गीत गाकर चपला ने अर्ज किया, "महाराज एक दफे नौगढ़ में राजा सुरेन्द्रसिंह की महफिल में लौंड़ी ने गाया था। वैसा गाना आज तक मेरा फिर न जमा, वजह यह थी कि उनके दीवान के लड़के तेजसिंह ने मेरी आवाज के साथ मिलाकर बीन बजायी थी। हाय, मुझको वह महफिल कभी न भूलेगी! दो–चार रोज हुआ मैं फिर नौगढ़ गयी थी, मालूम हुआ कि वह गायब हो गया। तब मैं भी वहाँ न ठहरी तुरन्त वापस चली आयी।" इतना कह रम्भा अटक गयी। महाराज तो उस पर दिलोजान दिये बैठे थे। बोले, "आजकल तो वह मेरे यहाँ कैद है पर मुश्किल तो यह है कि मैं उसको छोड़ूँगा नहीं और कैद की हालत में वह कभी बीन न बजायेगा!" रम्भा ने कहा, "जब वह मेरा नाम सुनेगा जरूर इस बात को कबूल करेगा, मगर उसको एक तरीके से बुलाया जाय तो वह अलबत्ते मेरा संग देगा, नहीं तो मेरी भी न सुनेगा क्योंकि वह बड़ा जिद्दी है।" महाराज ने पूछा, "वह कौन–सा तरीका है?" रम्भा ने कहा, "एक तो उसको बुलाने के लिए ब्राह्मण जाय और वह उम्र में बीस वर्ष से ज्यादे न हो, दूसरे जब वह उसको लावे, दूसरा कोई संग न हो, अगर भागने का खौफ हो तो बेड़ी उसके पैर में पड़ी रहे इसका कोई मुजायका नहीं, तीसरे यह कि बीन कोई उम्दा होनी चाहिए।" महाराज ने कहा, "यह कौन बड़ी बात है।" इधर–उधर देखा तो एक ब्राह्मण का लड़का चेतराम नामी उस उम्र का नजर आया, उसे हुक्म दिया कि

तू जाकर तेजसिंह को ले आ, मीर मुंशी से कहा कि ''तुम जाकर पहरेवालों को समझा दो कि तेजसिंह के आने में कोई रोक–टोक न करें। हाँ, एक बेड़ी उसके पैर में जरूर पड़े रहे''।

हुक्म पा चेतराम तेजसिंह को लेने गया और मीर मुंशी ने भी पहरेवालों को महाराज का हुक्म सुनाया। उन लोगों को क्या उज्र था, तेजसिंह को अकेले रवाना कर दिया। तेजसिंह तुरन्त समझ गये कि मेरा कोई दोस्त जरूर यहाँ आ पहुँचा तभी तो उसने ऐसी चालाकी और शर्त से मुझको बुलाया है। खुशी–खुशी चेतराम के साथ रवाना हुए। जब महफिल में आये अजब तमाशा नजर आया। देखा कि एक बहुत ही खूबसूरत औरत बैठी है और सब उसी की तरफ देख रहे हैं। जब तेजसिंह महफिल के बीच में पहुँचे, रम्भा ने आवाज दी—''आओ, आओ तेजसिंह, रम्भा कब से आपकी राह देख रही है! भल वह बीन कब भूलेगी जो आपने नौगढ़ में बजायी थी!'' यह कहते हुए रम्भा ने तेजसिंह की तरफ देखकर बायी आँख बन्द की। तेजसिंह समझ गये कि यह चपला है, बोले, ''रम्भा तू आ गयी! अगर मौत भी सामने नजर आती हो तब भी तेरे साथ बीन बजा के मरूँगा, क्योंकि तेरे–सी गानेवाली भला काहे को मिलेगी!'' तेजसिंह और रम्भा की बात सुनकर महाराज को बड़ा ताज्जुब हुआ मगर धुन तो यह थी कि कब बीन बजे और रम्भा गाये। बहुत उम्दा बीन तेजसिंह के सामने रक्खी गयी और उन्होंने बजाना शुरू किया, रम्भा भी गाने लगी। अब जो समां बँधा है, उसकी क्या तारीफ की जाय। महाराज तो सकते की–सी हालत में हो गये। औरों की कैफियत दूसरी हो गयी।

एक ही गीत का साथ देकर तेजसिंह ने बीन हाथ से रख दी महाराज ने कहा, ''क्यों, और बजाओ!'' तेजसिंह ने कहा, ''बस मैं एक रोज में एक ही गत या बोल बजाता हूँ इससे ज्यादा नहीं। अगर आपको सुनने का ज्यादा शौक हो तो कल फिर सुन

लीजियेगा!'' रम्भा ने भी कहा, ''हाँ महाराज, यही तो इनमें ऐब है! राजा सुरेन्द्रसिंह जिनके यह नौकर थे, कहते–कहते थक गये मगर इन्होंने एक न मानी, एक ही बोल बजाकर रह गये। क्या हर्ज है कल फिर सुन लीजियेगा।'' महाराज सोचने लगे कि यह भी अजब आदमी है, भला इसमें इसने क्या फायदा सोचा है। अफसोस मेरे दरबार में यह न हुआ। रम्भा ने भी कुछ बहुत उज्र करके गाना मौकूफ किया। सभी के दिल में हसरत बनी रह गयी। महाराज ने अफसोस के साथ मजलिस बर्खास्त की और तेजसिंह फिर उसी चेतराम ब्राह्मण के साथ जेल में भेज दिये गये।

महाराज को तो अब इश्क हो गया कि तेजसिंह के बीन के साथ रम्भा का गाना सुनें। फिर दूसरे रोज महफिल हुई और उसी चेतराम ब्राह्मण को भेजकर तेजसिंह बुलाये गये। उस रोज भी एक बोल बजाकर उन्होंने बीन रख दी। महाराज का दिल न भरा, हुक्म दिया कि कल पूरी महफिल हो। दूसरे दिन फिर महफिल का सामान हुआ, सब कोई आकर पहिले ही से जमा हो गये, मगर रम्भा महफिल में जाने के वक्त से घण्टे–भर पहिले ही दाँव बचा चेतराम की सूरत बन कैदखाने में पहुँची। पहरेवाले जानते ही थे कि चेतराम अकेला ही तेजसिंह को ले जायेगा, महाराज का हुक्म ही ऐसा है। उन्होंने ताला खोलकर तेजसिंह को निकाला और पैर में बेड़ी डाल चेतराम के हवाले कर दिया। चेतराम (चपला) उनको लेकर चलते हुए। थोड़ी देर जाकर चेतराम ने तेजसिंह की बेड़ी खोल दी। अब क्या था, दोनों ने जंगल का रास्ता लिया।

कुछ दूर जाकर चपला ने अपनी सूरत बदल ली और असली सूरत में हो गयी, अब तेजसिंह उसकी तारीफ करने लगे। चपला ने कहा, ''आप मुझको शर्मिन्दा न करें क्योंकि मैं अपने को इतना चालाक नहीं समझती जितना आप तारीफ कर रहे हैं, फिर मुझको आपके छुड़ाने की कोई गरज भी न थी, सिर्फ चन्द्रकान्ता की मुरौवत

से मैंने यह काम किया।'' तेजसिंह ने कहा, ''ठीक है, तुमको मेरी गरज काहे को होगी! गरजी तो मैं ठहरा कि तुम्हारे साथ सफर्दा बना, जो काम बाप–दादा ने न किया था सो करना पड़ा!'' यह सुन चपला हँस पड़ी और बोली, ''बस माफ कीजिए, ऐसी बातें न करिए।'' तेजसिंह ने कहा, ''वाह, माफ क्या करना है, मैं बगैर मजदूरी लिए न छोड़ूँगा।'' चपला ने कहा, ''मेरे पास क्या है जो मैं दूँ!'' उन्होंने कहा, ''जो कुछ तुम्हारे पास है मेरे लिए वही बहुत है।'' चपला ने कहा, ''खैर इन बातों को जाने दीजिए और यह कहिए कि यहाँ से खाली ही चलियेगा या महाराज शिवदत्त को कुछ हाथ भी दिखाइयेगा?'' तेजसिंह ने कहा, ''इरादा तो मेरा यही था आगे तुम जैसा कहो।'' चपला ने कहा, ''जरूर कुछ करना चाहिए!''

बहुत देर तक आपुस में सोच–विचारकर दोनों ने एक चालाकी ठहरायी जिसे करने के लिए ये उस जगह से दूसरे घने जंगल में चले गये।

अट्ठारहवाँ बयान

अब महाराज शिवदत्त की महफिल का हाल सुनिए। महाराज शिवदत्त सिंह महफिल में आ विराजे। जब रम्भा के आने में देर हुई तो एक चोबदार को कहा कि जाकर उसकी बुला लाये और चेतराम ब्राह्मण को तेजसिंह के लाने के लिए भेजा। थोड़ी देर बाद चोबदार ने आकर अर्ज किया कि महाराज रम्भा तो अपने डेरे में नहीं है, कहीं चली गयी। महाराज को बड़ा ताज्जुब हुआ क्योंकि उसको जी से चाहने लगे थे, दिल में रम्भा के लिए अफसोस करने गले और हुक्म दिया कि फौरन उसे तलाश करने के लिए आदमी भेजे जायें। इतने में चेतराम ने आकर दूसरी खबर सुनायी कि कैदखाने में तेजसिंह नहीं है। अब तो महाराज के होश उड़ गये। सारी महफिल दंग हो गयी कि अच्छी गानेवाली आयी जो सभों को बेवकूफ बनाकर चली गयी। घसीटासिंह और चुन्नीलाल ऐयार ने अर्ज किया, "महाराज बेशक वह कोई ऐयार था जो इस तरह आकर तेजसिंह को छुड़ा ले गया।" महाराज ने कहा, "ठीक है, मगर काम उसने काबिल इनाम के किया। चालाकों ने भी तो उसका गाना सुना था, महफिल में मौजूद ही थे, उन लोगों की अक्ल पर क्या पत्थर पड़ गये थे कि

उसको न पहिचाना! लानत है तुम लोगों के ऐयार कहलाने पर!'' यह कह महाराज गम और गुस्से से भरे हुए उठकर महल में चले गये। महफिल में जो लोग बैठे थे उन लोगों ने अपने घर का रास्ता लिया, तमाम शहर में यह बात फैल गयी जिधर देखिए यही चर्चा थी।

दूसरे दिन जब गुस्से में भरे हुए महाराज दरबार में आये एक चोबदार ने अर्ज किया, ''महाराज वह जो गानेवाली आयी थी असल में वह औरत ही थी। वह चेतराम मिश्र की सूरत बनाकर तेजसिंह को छुड़ा ले गयी। मैंने अभी उन दोनों को उस सलईवाले जंगल में देखा है।'' यह सुन महाराज को और भी ताज्जुब हुआ, हुक्म दिया कि बहुत से आदमी जायँ और उनको पकड़ लावें पर चोबदार ने अर्ज किया—''महाराज इस तरह वे गिरफ्तार न होंगे भाग जायँगे। हाँ, घसीटासिंह और चुन्नीलाल मेरे साथ चलें तो मैं दूर से इन लोगों को दिखला दूँ, ये लोग कोई चालाकी करके उन्हें पकड़ लें।'' महाराज ने इस तरकीब को पसन्द करके दोनों ऐयारों को चोबदार के साथ जाने के लिए हुक्म दिया। चोबदार उन दोनों को लिये हुए उस जगह पहुँचा जिस जगह उसने तेजसिंह का निशान दिया था, पर देखा कि वहाँ कोई नहीं है। तब घसीटासिंह ने चोबदार से पूछा, ''अब किधर देखें?'' उसने कहा, ''क्या यह जरूरी है कि वे तब से अब तक इसी पेड़ के नीचे बैठे रहें? इधर–उधर देखिए कहीं होंगे!'' यह सुन घसीटासिंह ने कहा, ''अच्छा चलो तुम ही आगे चलो।''

वे लोग इधर–उधर ढूँढ़ने लगे, इसी समय एक अहिरिन सिर खँचिए में दूध लिये आती नजर पड़ी। चोबदार ने उसको अपने पास बुलाकर पूछा कि ''तूने इस जगह कहीं एक औरत और एक मर्द को देखा है''? उसने कहा, ''हाँ हाँ, उस जंगल में मेरा अड़ार है, बहुत गाय–भैंस मेरी वहाँ रहती हैं, अभी मैंने उन दोनों के हाथ दो पैसे का दूध बेचा है और बाकी दूध लेकर शहर में बेचने जा रही हूँ।'' यह सुनकर चोबदार बतौर इनाम के चार पैसे कमर से निकाल

उसको देने लगा, मगर उसने इनकार किया और कहा कि मैं तो सेंत के पैसे नहीं लेती, हाँ चार पैसे का दूध आप लोग लेकर पी लें तो मैं शहर जाने से बचूँ और आपका अहसान मानूँ।'' चोबदार ने कहा, ''क्या हर्ज है तू दूध ही दे दे।'' बस अहिरिन ने कहा, ''आइये आप भी पी लीजिए।'' उन दोनों ऐयारों ने कहा, ''हमारा जी नहीं चाहता!'' वह बोला, ''अच्छा आपकी खुशी।'' चोबदार ने दूध पिया और तब फिर दोनों ऐयारों से कहा, ''वाह क्या दूध है। शहर में तो रोज आप पीते ही हैं, भला आज इसको भी तो पीकर मजा देखिए।'' उसके जिद्द करने पर दोनों ऐयारों ने भी दूध पिया और चार पैसे दूध वाली को दिये।

अब वे तीनों तेजसिंह को ढूँढ़ने चले, थोड़ी दूर जाकर चोबदार ने कहा, ''न जाने क्यों मेरा सर घूमता है।'' घसीटासिंह बोले, ''मेरी भी वही दशा है।'' चुन्नीलाल तो कुछ कहा ही चाहते थे कि गिर पड़े। इसके बाद चोबदार और घसीटासिंह भी जमीन पर लेट गये। दूध बेचनेवाली बहुत दूर नहीं गयी थी, उन तीनों को गिरते देख दौड़ती हुई पास आयी और लखलखा सुँघाकर चोबदार को होशियार किया। वह चोबदार तेजसिंह थे, जब होश में आये अपनी असली सूरत बना ली, इसके बाद दोनों की मुश्कें बाँध गठरी कस एक को चपला और दूसरे को तेजसिंह ने पीठ पर लादा और नौगढ़ का रास्ता लिया।

उन्नीसवाँ बयान

तेजसिंह को छुड़ाने के लिए जब चपला चुनार गयी तब चम्पा ने जी मैं सोचा कि ऐयार तो बहुत से आये हुए हैं और मैं अकेली हूँ, कहीं ऐसा न हो कि कोई आफत आ जाय। ऐसी तरकीब करनी चाहिए जिसमें ऐयारों का डर न रहे और रात को भी आराम से सोने में आये। यह सोचकर उसने एक मसाला बनाया। जब रात को सब लोग सो गये और चन्द्रकान्ता भी पलंग पर जा लेटी तब चम्पा ने उस मसाले को पानी में घोलकर जिस कमरे में चन्द्रकान्ता सोती थी उसके दरवाजे के दो गज इधर–उधर लेप कर दिया और निश्चिन्त हो राजकुमारी के पलंग के नीचे जा लेटी। इस मसाले में यह गुण था कि जिस जमीन पर इसका लेप किया जाये सूख जाने पर अगर किसी का पैर उस जमीन पर पड़े तो जोर से पटाखे की आवाज आवे मगर देखने से यह न मालूम हो कि इस जमीन पर कुछ लेप किया गया है। रात–भर चम्पा आराम से सोयी रही, कोई आदमी उस कमरे के अन्दर न आया, सुबह को चम्पा ने पानी से वह मसाला धो डाला। दूसरे दिन उसने दूसरी चालाकी की। मिट्टी की एक खोपड़ी बनायी और उसको रंग रँगा, ठीक चन्द्रकान्ता की मूरत

बनाकर जिस पलंग पर कुमारी सोया करती थी तकिए के सहारे वह खोपड़ी रख दी, और धड़ की जगह कुछ कपड़ा रखकर एक हलकी चादर उस पर उड़ा दी, मगर मुँह खुला रक्खा और खूब रोशनी करके उस चारपाई के चारों तरफ वही लेप कर दिया। कुमारी से कहा, "आज आप दूसरे कमरे में आराम करें।" चन्द्रकान्ता समझ गयी और दूसरे कमरे में जा लेटी। जिस कमरे में चन्द्रकान्ता सोयी उसके दरवाजे पर भी लेप कर दिया और जिस कमरे में पलंग पर खोपड़ी रखी थी उसके बगल में एक कोठरी थी चिराग बुझाकर आप उसमें सो रही।

आधी रात गुजर जाने के बाद उस कमरे के अन्दर से जिसमें खोपड़ी रक्खी थी, पटाखे की आवाज आयी। सुनते ही चम्पा झट उठ बैठी और दौड़कर बाहर से किवाड़ बन्द कर खूब गुल करने लगी, यहाँ तक कि बहुत–सी लौंडियाँ वहाँ आकर इकट्ठी हो गयीं और एक ने जाकर महाराज को खबर दी कि चन्द्रकान्ता के कमरे में चोर घुसा है। यह सुन महाराज खुद दौड़ आये और हुक्म दिया कि महल के पहरे से दस–पाँच सिपाही अभी आवें। जब सब इकट्ठे हुए कमरे का दरवाजा खोला गया। देखा कि रामनारायण और पन्नालाल दोनों ऐयार भीतर हैं। बहुत से आदमी उनको पकड़ने के लिए अन्दर घुस गये, उन ऐयारों ने भी खंजर निकाल चलाना शुरू किया। चार–पाँच सिपाहियों को जख़्मी किया, आखिर पकड़े गये। महाराज ने उनको कैद में रखने का हुक्म दिया और चम्पा से हाल पूछा। उसने अपनी कार्रवाई कह सुनायी। महाराज बहुत खुश हुए और उसको इनाम देकर पूछा कि 'चपला कहाँ है'? उसने कहा, "वह बीमार है।" फिर महाराज ने और कुछ न पूछा, अपने आरामगाह में चले गये। सुबह को दरबार में महाराज ने उन ऐयारों को तलब किया। जब वे आये, पूछा, "तुम्हारा नाम क्या है?" पन्नालाल बोला, "सरतोड़सिंह।" महाराज को इस ढिठाई पर बड़ा गुस्सा आया, कहने

लगे कि 'ये लोग बदमाश हैं, जरा भी नहीं डरते। खैर ले जाकर इन दोनों को खूब होशियारी से कैद रक्खो'। हुक्म के मुताबिक वे कैदखाने में भेज दिये गये।

महाराज ने हरदयालसिंह से पूछा, "कुछ तेजसिंह का पता लगा?" हरदयालसिंह ने कहा, "महाराज अभी तक तो पता नहीं लगा। ये ऐयार जो पकड़े गये हैं उन्हें खूब पीटा जाय तो शायद ये लोग कुछ बतावें।" महाराज ने कहा, "ठीक है मगर तेजसिंह आवेगा तो नाराज होगा कि ऐयारों को क्यों मारा, ऐसा कायदा नहीं है। खैर कुछ दिन तेजसिंह की राह देख लो फिर जैसा मुनासिब होगा। किया जायगा। मगर एक बात का ख्याल रखना, वह यह है कि तुम फौज के इन्तजाम से होशियार रहना क्योंकि शिवदत्तसिंह का चढ़ आना अब ताज्जुब नहीं है।" हरदयालसिंह ने कहा, "मैं इन्तजाम से होशियार हूँ, सिर्फ एक बात महाराज से इस बारे में पूछनी थी जो एकान्त में अर्ज करूँगा।"

जब दरबार बर्खास्त हो गया महाराज ने हरदयालसिंह को एकान्त में बुलाया और पूछा–"वह कौन–सी बात है?" उन्होंने कहा, "महाराज, तेजसिंह ने कई दफे मुझसे कहा था बल्कि कुँअर बीरेन्द्रसिंह और उनके पिता ने भी फरमाया था कि यहाँ के सब मुसलमान क्रूर के तरफदार हो रहे हैं, जहाँ तक हो इनको कम करना चाहिए। मैं देखता हूँ तो यह बात ठीक मालूम होती है, इसके बारे में जैसा हुक्म हो किया जाय।" महाराज ने कहा, "ठीक है, हम खुद इस बात के लिए तुमसे कहनेवाले थे, ख़ैर अब कहे देते हैं कि तुम धीरे–धीरे सब मुसलमानों को नाजुक कामों से बाहर कर दो।" हरदयालसिंह ने कहा, "बहुत अच्छा, ऐसा ही होगा।" यह कह महाराज से रुखसत हो अपने घर चले आये।

बीसवाँ बयान

महाराज शिवदत्तसिंह ने घसीटासिंह और चुन्नीलाल को तेजसिंह के पकड़ने के लिए भेजकर दरबार बर्खास्त किया और महल में चले गये मगर दिल उनका रम्भा की जुल्फों में ऐसा फँस गया था कि किसी तरह निकल ही नहीं सकता था। उस दिन महारानी से भी हँसकर बोलने की नौबत न आयी। महारानी ने पूछा, ''आपका चेहरा सुस्त क्यों है?'' महाराज ने कहा, ''कुछ नहीं, जागने से ऐसी कैफियत है।'' महारानी ने फिर से पूछा, ''आपने वादा किया था कि उस गानेवाली को महल में लाकर तुझको भी उसका गाना सुनवायेंगे सो क्या हुआ?'' जवाब दिया, ''वह हमीं लोगों का उल्लू बनाकर चली गयी, तुमको किसका गाना सुनावें?'' यह सुनकर महारानी कलावती को बड़ा ताज्जुब हुआ, पूछा, ''कुछ खुलासा कहिए क्या मामला है!'' ''इस समय मेरा जी ठिकाने नहीं है, मैं ज्यादे नहीं बोल सकता।'' यह कहकर महाराज वहाँ से उठकर अपने खास कमरे में चले गये और पलंग पर लेटकर रम्भा को याद करने और मन में सोचने लगे यह रम्भा कौन थी? इसमें तो कोई शक नहीं कि वह थी औरत ही, फिर तेजसिंह को क्यों छुड़ा ले गयी। क्या इसी

पर तो वह आशिक नहीं थी जैसा कि उसने कहा था! हाय रम्भा तूने मुझे घायल कर डाला। क्या इसी वास्ते तू आयी थी! क्या करूँ कुछ पता भी नहीं मालूम जो तुमको ढूँढूँ!

दिल की बेताबी और रम्भा के खयाल में रात–भर नींद न आयी। सुबह को महाराज ने दरबार में आकर दरियाफ्त किया, ''घसीटासिंह और चुन्नीलाल तेजसिंह का पता लगाकर आये या नहीं!'' मालूम हुआ कि अभी तक वे लोग नहीं आये। यह सुन महाराज को और भी तरद्दुद हुआ। अर्जियाँ तो सभों की सुनते थे मगर खयाल रम्भा की ही तरफ लगा था। इतने में बद्रीनाथ, नाजिम, ज्योतिषीजी और क्रूरसिंह पर नजर पड़ी। उन लोगों ने सलाम किया और एक किनारे बैठ गये। उन लोगों के चेहरे पर सुस्ती और उदासी देख और भी रंज बढ़ गया, मगर कचहरी में कोई हाल उनसे न पूछा। दरबार बर्खास्त करके तखलिए में गये और पण्डित बद्रीनाथ क्रूरसिंह, नाजिम और जगन्नाथ ज्योतिषी को तलब किया। जब वे लोग आये और सलाम करके अदब के साथ बैठ गये तब महाराज ने पूछा, ''कहो तुम लोगों ने विजयगढ़ जाकर क्या किया?'' पण्डित बद्रीनाथ ने कहा, ''हुजूर काम तो यही हुआ है कि भगवानदत्त को तेजसिंह ने गिरफ्तार कर लिया और पन्नालाल और रामनारायण को एक चंपा नामी औरत ने बड़ी चालाकी और होशियारी से पकड़ लिया, बाकी मैं बच गया। उनके आदमियों में सिर्फ तेजसिंह पकड़ा गया जिसको ताबेदार ने हुजूर में भेज दिया था, सिवाय इसके और कोई काम नहीं हुआ।'' महाराज ने कहा, ''तेजसिंह को भी एक औरत छुड़ा ले गयी। काम तो उसने सजा पाने लायक किया मगर अफसोस। यह तो मैं जरूर कहूँगा कि वह औरत ही थी जो तेजसिंह को छुड़ा ले गयी, मगर कौन थी यह न मालूम हुआ। तेजसिंह को तो लेती ही गयी, जाती दफे चुन्नीलाल और घसीटासिंह पर भी मालूम होता है, हाथ फेरती गयी, वे दोनों

उसकी खोज में गये थे मगर अभी तक नहीं आये। क्रूर की मदद करने से मेरा नुकसान ही हुआ। खैर, अब तुम लोग यह पता लगाओ कि वह औरत कौन थी जिसने गाना सुनाकर मुझे बेताब कर दिया और सभों की आँखों में धूल डालकर तेजसिंह को छुड़ा ले गयी। अभी तक उसकी मोहनी सूरत मेरी आँखों के आगे फिर रही है।''

नाजिम ने तुरन्त कहा, ''हुजूर मैं पहिचान गया। वह जरूर चन्द्रकान्ता की सखी चपला थी, यह काम सिवाय उसके दूसरे का नहीं!'' महाराज ने पूछा, ''क्या चपला, चन्द्रकान्ता से भी ज्यादे खूबसूरत है!'' नाजिम ने कहा, ''महाराज चन्द्रकान्ता को तो चपला क्या पावेगी मगर उसके बाद दुनिया में कोई खूबसूरत है तो चपला ही है, और वह तेजसिंह पर आशिक भी है।'' इतना सुन महाराज कुछ देर तक हैरानी में रहे फिर बोले, ''चाहे जो हो, जब तक चन्द्रकान्ता और चपला मेरे हाथ न लगेंगी मुझको आराम न मिलेगा। बेहतर है कि मैं इन दोनों के लिए जयसिंह को चीठी लिखूँ।'' क्रूरसिंह बोला, ''महाराज जयसिंह चीठी को कुछ न मानेंगे।'' महाराज ने जवाब दिया, ''क्या हर्ज है, अगर चीठी पर कुछ खयाल न करेंगे तो विजयगढ़ को फतह ही करूँगा।'' यह कह मीर मुंशी को तलब किया, जब वह आ गया तो हुक्म दिया, ''राजा जयसिंह के नाम मेरी तरफ से खत लिखो कि 'चन्द्रकान्ता की शादी मेरे साथ कर दें और दहेज में चपला को दे दें।'' मीरमुंशी ने बमूजिब हुक्म के खत लिखा जिस पर महाराज ने मोहर करके पण्डित बद्रीनाथ को दिया और कहा, ''तुम्हीं इस चीठी को लेकर जाओ यह काम तुम्हीं से बनेगा।'' पण्डित बद्रीनाथ को क्या उज्र था, खत लेकर उसी वक्त विजयगढ़ की तरफ रवाना हुए।

इक्कीसवाँ बयान

दूसरे दिन महाराज जयसिंह दरबार में बैठे हरदयालसिंह से तेजसिंह का हाल सुन रहे थे कि अभी तक पता लगा या नहीं, कि इतने में सामने से तेजसिंह एक बड़ा भारी गट्ठर पीठ पर लादे हुए आ पहुँचे। गठरी तो दरबार के बीच में रख दी और झुककर महाराज को सलाम किया। महाराज जयसिंह तेजसिंह को देखकर बहुत खुश हुए और बैठने के लिए इशारा किया। जब तेजसिंह बैठ गये तो महाराज ने पूछा, ''क्योंजी, इतने दिन कहाँ रहे और यह क्या लाये हो? तुम्हारे लिए हम लोगों को बड़ी भारी परेशानी रही, दीवान जीतसिंह भी बहुत घबराये होंगे क्योंकि हमने वहाँ भी तलाश करवाया था,'' तेजसिंह ने अर्ज किया, ''महाराज, ताबेदार दुश्मनों के हाथ फँस गया था, अब हुजूर के इकबाल से छूट आया है, बल्कि आते दफे चुनार के दो ऐयारों को भी, जो वहाँ थे, लेता आया है।'' महाराज यह सुन बहुत खुश हुए और अपने हाथ का कीमती कड़ा तेजसिंह को इनाम देकर कहा, ''यहाँ भी दो ऐयारों का महल में चप्पा ने गिरफ्तार किया जो कैद किये गये हैं। इनको भी वहीं भेज देना चाहिए!'' यह कहकर हरदयालसिंह की तरफ देखा। उन्होंने

प्यादों को गठरी खोलने का हुक्म दिया, प्यादों ने गठरी खोली। तेजीसिंह ने उन दोनों को होशियार किया और प्यादों ने उनको ले जाकर उसी जेल में बन्द कर दिया जिसमें रामनारायण और पन्नालाल थे।

तेजसिंह ने महाराज से अर्ज किया, ''मेरे गिरफ्तार होने से नौगढ़ में सब कोई परेशान होंगे, अगर इजाजत हो तो मैं जाकर सभों से मिल आऊँ!'' महराज ने कहा, ''हाँ जरूर तुमको वहाँ जाना चाहिए, जाओ मगर जल्दी वापस चले आना।'' इसके बाद महाराज ने हरदयालसिंह को हुक्म दिया, ''तुम भी मेरी तरफ से तोहफा लेकर तेजसिंह के साथ नौगढ़ जाओ!'' बहुत अच्छा'' कहके हरदयालसिंह ने तोहफे का सामना तैयार किया और कुछ आदमी संग ले तेजसिंह के साथ नौगढ़ रवाना हुए।

चपला जब महल में पहुँची उसको देखते ही चन्द्रकान्ता ने खुश होकर उसे गले लगा लिया और थोड़ी देर बाद हाल पूछने लगा लिया और थोड़ी देर बाद हाल पूछने लगी। चपला ने अपना पूरा हाल खुलासा तौर पर बयान किया। थोड़ी देर तक चपला और चन्द्रकान्ता में चुहल होती रही। कुमारी ने चम्पा की चालाकी का हाल बयान करके कहा कि ''तुम्हारी शार्गिद ने भी दो ऐयारों को गिरफ्तार किया है।'' यह सुनकर चपला बहुत खुश हुई और चम्पा को जो उस जगह मौजूद थी गले लगाकर बहुत शाबाशी दी।

इधर तेजसिंह जो नौगढ़ गये थे रास्ते में हरदयालसिंह से बोले, ''अगर हम लोग सबेरे दरबार के समय पहुँचते तो अच्छा होता क्योंकि उस वक्त सब कोई वहाँ रहेंगे।'' इस बात को हरदयालसिंह ने भी पसन्द किया और रास्ते कोई वहाँ रहेंगे।'' इस बात को हरदयालसिंह ने भी पसन्द किया और रास्ते में ठहर गये, दूसरे दिन दरबार के समय ये दोनों पहुँचे और सीधे कचहरी में चले

गये। राजा साहब के बगल में बीरेन्द्रसिंह भी बैठे थे, तेजसिंह को देखकर इतने खुश हुए मानों दोनों जहान की बदौलत मिल गयी हों हरदयालसिंह ने झुककर महाराज और कुमार को सलाम किया और जीतसिंह से बराबर की मुलाकात की। तेजसिंह ने राजा सुरेन्द्रसिंह के कदमों पर सर रखा, राजासाहब ने प्यार से उनका सर उठाया। तब अपने पिता को पालागन करने तेजसिंह कुमार की बगल में जा बैठे। हरयालसिंह ने तोहफा पेश किया और एक पोशाक जो कुँअर बीरेन्द्रसिंह के वास्ते लाये थे वह उनको पहिनाया जिसे देख राजा सुरेन्द्रसिंह बहुत खुश हुए और कुमार की खुशी का तो कुछ ठिकाना ही न रहा। राजा ने तेजसिंह से गिरफ्ताल होने का हाल पूछा, तेजसिंह ने पूरा हाल अपने गिरफ्तार होने का तथा कुछ बनावटी हाल अपने छूटने का बयान किया और यह भी कहा, "आती दफे वहाँ के दो ऐयारों को भी गिरफ्तार कर लाया हूँ जो विजयगढ़ में क़ैद हैं।" यह सुनकर राजा ने खुश होकर तेजसिंह को बहुत कुछ इनाम दिया और कहा, "तुम अभी जाओ, महल में सबसे मिलकर अपनी माँ से भी मिलो। उस बेचारी का तुम्हारी जुदाई में क्या हाल होगा वही जानती होंगी।" बमूजिब मर्जी के तेजसिंह सभों से मिलने के वास्ते रवाना हुए। हरदयालसिंह की मेहमानी के लिए राजा ने जीतसिंह को हुक्म देकर दरबार बर्खास्त किया। सभों से मिलने के बाद तेजसिंह कुँअर बीरेन्द्रसिंह के कमरे में गये। कुमार ने बड़ी खुशी से उठकर तेजसिंह को गले लगा लिया और जब बैठे तो कहा, "अपने गिरफ्तार होने का हाल तो तुमने ठीक बयान कर दिया मगर छूटने का हाल बयान करने में झूठ कहा था, अब सच–सच बताओ तुमको किसने छुड़ाया?" तेजसिंह ने चपला की बड़ी तारीफ की और उसकी मदद से अपने छूअने का सच्चा–सच्चा हाल कह दिया। कुमार ने कहा, "मुबारक हो! तेजसिंह बोले, "पहले आपको मैं मुबारकबाद दे लूँगा तब कहीं यह नौबत पहुँचेगी कि आप मुझे मुबारकबाद दें।" कुमार

हँसकर चुप हो रहे। कई दिनों तक तेजसिंह हँसी–खुशी से नौगढ़ में रहे मगर बीरेन्द्रसिंह का तकाजा रोज होता ही रहा कि फिर जिस तरह से हो चन्द्रकान्ता से मुलाकात कराओ। यह भी धीरज देते रहे।

कई दिन बाद हरदयालसिंह ने दरबार में महाराज से अर्ज किया, ''कई रोज हो गये ताबेदार को आये, वहाँ बहुत हर्ज होता होगा, अब रुखसत मिलती तो अच्छा था, और महाराज ने यह भी फरमाया था कि आती दफे तेजसिंह को साथ लेते आना, अब जैसी मर्जी हो।'' राजा सुरेन्द्रसिंह ने कहा, ''बहुत अच्छी बात है, तुम उसको अपने साथ लेते जाओ।'' यह कह एक खिलअत दीवान हरदयालसिंह को दिया और तेजसिंह को भी उसके साथ बिदा किया। जाते समय तेजसिंह कुमार से मिलने आये, कुमार ने रोकर उनको बिदा किया और कहा, ''मुझको ज्यादा कहने की जरूरत नहीं है, मेरी हालत देखते जाओ।'' तेजसिंह ने बहुत कुछ ढाढ़स दिया और यहाँ से बिदा होकर उसी रोज विजयगढ़ पहुँचे। दूसरे दिन दरबार में दोनों आदमी हाजिर हुए और महाराज को सलाम कर अपनी–अपनी जगह पर बैठे। तेजसिंह से महाराज ने राजा सुरेन्द्रसिंह की खैर वाकफियत पूछी जिसको उन्होंने बड़ी बुद्धिमानी के साथ बयान किया। इसी समय बद्रीनाथ भी राजा शिवदत्त की चीठी लिये हुए आ पहुँचे और आशीर्वाद देकर चीठी महाराज के हाथ में दे दी जिसको पढ़ने के लिए महाराज ने दीवान हरदयालसिंह को दिया। खत पढ़ते–पढ़ते हरदयालसिंह का चेहरा मारे गुस्से के लाल हो गया। महाराज और तेजसिंह हरदयालसिंह के मुँह की तरफ देख रहे थे, उसकी रंगत देखकर समझ गये कि खत में कुछ बेअदबी की बातें लिखी हैं। खत पढ़कर हरदयालसिंह ने अर्ज किया कि यह खत तखलिए में सुनने लायक है। महाराज ने कहा, ''अच्छा पहिले बद्रीनाथ के टिकने का बन्दोबस्त करो फिर हमारे पास दीवानखाने में आओ, तेजसिंह को भी साथ ले आना।''

महाराज ने दरबार बर्खास्त कर दिया और महल में चले गये। दीवान हरदयालसिंह पण्डित बद्रीनाथ के रहने और जरूरी सामानों का इन्तजाम कर तेजसिंह को अपने साथ ले कोट में महाराज के पास गये और सलाम करके बैठ गये। महाराज ने शिवदत्त का खत सुनाने के लिए हुक्म दिया। हरदयालसिंह ने खत को महाराज के सामने ले जाकर अर्ज किया कि अगर सरकार खुद पढ़ लेते तो अच्छा था। महाराज ने खत पढ़ा, पढ़ते ही आँखें मारे गुस्से के सुर्ख हो गयीं। खत फाड़कर फेंक दिया और कहा, ''बद्रीनाथ से कह दो कि इस खत का जवाब यही है कि यहाँ से चला जाय।'' इसके बाद थोड़ी देर तक महाराज कुछ सोचते रहे तब जरा धीमी आवाज से बोले, ''क्रूर के चुनार चले जाने ही से हमने सोच लिया था कि जहाँ तक बनेगा वह आग लगाने से न चूकेगा, और आखिर यही हुआ। खैर मेरे जीते जी तो उसकी मुराद पूरी न होगी, साथ ही आप लोगों को भी अब पूरा–पूरा बन्दोबस्त रखना चाहिए।''

तेजसिंह ने हाथ जोड़कर अर्ज किया, ''इसमें कोई शक नहीं कि शिवदत्त अब जरूर फौज लेकर चढ़ आवेगा इसलिए तुम लोगों को भी मुनासिब है कि अपनी फौज का इन्तजाम और लड़ाई का सामान पहिले से कर रक्खें। यों तो शिवदत्त की नीयत तभी मालूम हो गयी थी, जब उसने ऐयारों को भेजा था, पर अब तो कोई शक नहीं रहा।'' महाराज ने कहा, ''मैं इस बात को खूब जानता हूँ कि शिवदत्त के पास तीस हजार फौज है और हमारे पास सिर्फ दस हजार, मगर क्या मैं डर जाऊँगा!''

तेजसिंह ने कहा, ''दस हजार फौज महाराज की और पाँच हजार हमरो सरकार की, पन्द्रह हजार हो गयी, ऐसे गीदड़ों के मारने को इतनी फौज काफी है। अब महाराज दीवान साहब को एक खत देकर मेरे साथ नौगढ़ भेजें, मैं जाकर तमाम फौज ले आता हूँ, बल्कि महाराज की राय हो तो कुँअर बीरेन्द्रसिंह को भी बुला लें

और फौज का इन्तजाम उनके हवाले करें फिर देखिए क्या कैफियत होती है।'' दीवान हरदयालसिंह बोले, ''कृपानाथ, इस राय को तो मैं भी पसन्द करता हूँ।''

महाराज ने कहा, ''सो तो ठीक है मगर बीरेन्द्रसिंह को अभी लड़ाई का काम सुपुर्द करने को जी नहीं चाहता! चाहे वह इस फन में होशियार हो मगर क्या हुआ, जैसा सुरेन्द्रसिंह का लड़का वैसा मेरा, मैं कैसे उसको लड़ने के लिए कहूँगा और सुरेन्द्रसिंह भी इस बात को कब मंजूर करेंगे?'' तेजसिंह ने जवाब दिया, ''महाराज इस बात की तरफ जरा भी खयाल न करें! ऐसा नहीं हो सकता कि महाराज तो लड़ाई पर जायँ और बीरेन्द्रसिंह घर बैठे आराम करें! उनका दिल कभी न मानेगा। राजा सुरेन्द्रसिंह भी वीर हैं कुछ कायर नहीं, बीरेन्द्रसिंह को घर में बैठने न देंगे बल्कि खुद भी मैदान में बढ़कर लड़ें तो ताज्जुब नहीं!''

महाराज जयसिंह तेजसिह की बात सुनकर बहुत खुश हुए और दीवान हरदयालसिंह को हुक्म दिया कि ''तुम राजा सुरेन्द्रसिंह को शिवदत्त की गुस्ताखी का हाल और जो कुछ हमने उसका जवाब दिया है वह भी लिखो और पूछो कि आपकी क्या राय है। इस बात का जवाब आ ले तो जैसा होगा किया जायेगा। और खत भी तुम्हीं लेकर जाओ और कल ही लौट आओ क्योंकि अब देरी करने का मौका नहीं है।'' हरदयालसिंह ने बमुजिब हुक्म के खत लिखा और महाराज ने उस पर मोहर करके उसी वक्त दीवान हरदयालसिंह को बिदा कर दिया। दीवान साहब महाराज से बिदा होकर नौगढ़ की तरफ रवाना हुए। थोड़ा–सा दिन बाकी था जब वहाँ पहुँचे। सीधे दीवान जीतसिंह के मकान पर चले गये। दीवान जीतसिंह खबर पाते ही बाहर आये, हरदयालसिंह को लाकर अपने यहाँ उतारा और हाल–चाल पूछा। हरदयालसिंह ने सब हाल खुलासा कहा। जीतसिंह गुस्से में आकर बोले, ''आजकल शिवदत्त के दिमाग में खलल आ

गया है, हम लोगों को उसने साधारण समझ लिया है, खैर देखा जायेगा कुछ हर्ज नहीं, आप शाम को राजा साहब से मिलें।"

शाम के वक्त हरदयालसिंह जीतसिंह के साथ राजा सुरेन्द्रसिंह की मुलाकात को गये। वहाँ कुँअर बीरेन्द्रसिंह भी बैठे थे। राजा साहब ने बैठने के लिए इशारा किया और हालचाल पूछा। उन्होंने महाराज जयसिंह का खत दे दिया, महाराज ने खुद उस चीठी को पढ़ा, गुस्से के मारे कुछ बोल न सके और खत कुँअर बीरेन्द्रसिंह के हाथ में दे दिया। कुमार ने भी उसको बखूबी पढ़ा, इनकी भी वही हालत हुई, क्रोध से आँखों के आगे अँधेरा छा गया। कुछ देर तक सोचते रहे, इसके बाद हाथ जोड़कर पिता से अर्ज किया, "मुझको लड़ाई का बड़ा हौसला है, यही हम लोगों का धर्म भी है, फिर ऐसा मौका मिले या न मिले, इसलिए अर्ज करता हूँ कि मुझको हुक्म हो तो अपनी फौज लेकर जाऊँ और विजयगढ़ पर चढ़ाई करने के पहिले ही शिवदत्त को कैद कर लाऊँ।" राजा सुरेन्द्रसिंह ने कहा, "उस तरफ जल्दी करने की कोई जरूरत नहीं है, तुम अभी विजयगढ़ जाओ, क्षत्रियों को लड़ाई से ज्यादा प्यारा बाप, बेटा, भाई, भतीजा कोई नहीं होता, इसलिए मैं तुम्हारी मुहब्बत छोड़कर हुक्म देता हूँ कि अपनी कुल फौज लेकर महाराज जयसिंह को मदद पहुँचाओ और नाम पैदा करो।" फिर जीतसिंह की तरफ देखकर कहा, "फौज में मुनादी करा दो कि रात–भर में सब लैस हो जायें, सुबह को कुमार के साथ जाना होगा।" इसके बाद हरदयालसिंह से कहा, "आज आप रह जायें और कल अपने साथ ही फौज तथा कुमार को लेकर तब जायें।" यह हुक्म दे राजमहल में चले गये।

जीतसिंह दीवान हरदयालसिंह को साथ लेकर घर गये, और कुमार अपने कमरे में जाकर लड़ाई का सामान ठीक करने लगे। चन्द्रकान्ता को देखने और लड़ाई पर चलने की खुशी में रात किधर गयी कुछ मालूम ही न हुआ।

बाईसवाँ बयान

सुबह होते ही कुमार नहा–धो जंगी कपड़े पहिर हथियारों को बदन पर सजा बाप–माँ से बिदा होने के लिए महल में गये। रानी से महाराज ने रात ही सब हाल कह दिया था। वे इनका फौजी ठाठ देखकर दिल में बहुत खुश हुईं। कुमार ने दण्डवत कर बिदा माँगी, रानी ने आँसू भरकर कुमार को छाती से लगाया और पीठ पर हाथ फेरकर कहा, "बेटा जाओ, वीर पुरुषों में नाम करो, क्षत्री कुल का नाम रख फतह का डंका बजाओ। शूरवीरों का धर्म है कि लड़ाई के वक्त माँ–बाप, ऐश–आराम, किसी की मुहब्बत नहीं करते, सो तुम भी जाओ, ईश्वर करे लड़ाई में बैरी तुम्हारी पीठ न देखें!"

माँ–बाप से बिदा होकर कुमार बाहर आये, दीवान हरदयालसिंह को मुस्तैद देख, आप भी एक घोड़े पीर सवार हो रवाना हुए। पीछे–पीछे फौज भी समुद्र की तरह लहर मारती चली। जब विजयगढ़ के करीब पहुँचे तो कुमार घोड़े से उतर पड़े और हरदयालसिंह से बोले, "मेरी राय है कि इसी जंगल में अपनी फौज को उतारूँ और सब इन्तजाम कर लूँ तो शहर में चलूँ।" हरदयालसिंह ने कहा, "आपकी राय बहुत अच्छी है। मैं भी पहिले से चलकर आपके आने

की खबर महाराज को देता हूँ फिर लौटकर आपको साथ लेकर चलूँगा।'' कुमार ने कहा, ''अच्छा जाइए।'' हरदयालसिंह विजयगढ़ पहुँचे, कुमार के आने की खबर देने के लिए महाराज के पास गये और खुलासा हाल बयान करके बोले, ''कुमार सेना सहित यहाँ से कोस–भर पर उतरे हैं।'' यह सुन महाराज बहुत खुश हुए और बोले, ''फौज के वास्ते वह मुकाम बहुत अच्छा है मगर बीरेन्द्रसिंह को यहाँ ले आना चाहिए। तुम यहाँ से सब दरबारियों को ले जाकर इस्तकबाल करके कुमार को यहाँ ले आओ!''

बमूजिब हुक्म के हरदयालसिंह बहुत से सरदारों को लेकर रवाना हुए। यह खबर तेजसिंह को भी हुई, सुनते ही बीरेन्द्रसिंह के पास पहुँचे और दूर से बोले, ''मुबारक हो!'' तेजसिंह को देखकर कुमार बहुत खुश हुए और हालचाल पूछा, तेजसिंह ने कहा, ''जो कुछ है सब अच्छा है, जो बाकी है अब बन जायगा!'' यह कह तेजसिंह लश्कर के इन्तजाम में लगे। इतने में दीवान हरदयालसिंह मय दरबारियों के आ पहुँचे और महाराज ने जो हुक्म दिया था, कहा। कुमार ने मंजूर किया और सज–सजाकर घोड़े पर सवार हो एक–सौ फौजी सिपाही साथ ले महाराज की मुलाकात को विजयगढ़ चले, शहर भर में मशहूर हो गया कि महाराज की मदद को कुँअर बीरेन्द्रसिंह आये हैं, इस वक्त किले में जायेंगे। सवारी देखने के लिए अपने–अपने मकानों पर औरत–मर्द पहले ही से बैठ गये और सड़कों पर भी बड़ी भीड़ इकट्ठी हो गयी। सभों की आँखें उत्तर की तरफ सवारी के इन्तजार में थीं। यह खबर महाराज को भी पहुँची कि कुमार चले आ रहे हैं। उन्होंने महल में जाकर महारानी से सब हाल कहा जिसको सुनकर वे प्रसन्न हुईं और बहुत–सी औरतों के साथ, जिनमें चन्द्रकान्ता और चपला भी थीं सवारी का तमाशा देखने के लिए ऊँची अटारी में जा बैठीं। महाराज भी सवारी देखने के लिए दीवानखाने की छत पर जा बैठे। थोड़ी ही देर बाद उत्तर की

तरफ कुछ धूल उड़ती दिखायी दी और नजदीक आने पर देखा कि थोड़ी–सी फौज (सवारों की) चली आ रही है। कुछ अरसा गुजरा तो साफ दिखायी देने लगा।

कुछ सवार जो धीरे–धीरे महल की तरफ आ रहे थे फौलादी ज़ेर: पहने हुए थे जिस पर डूबते हुए सूर्य की किरण पड़ने से अजब चमक–दमक मालूम होती थी। हाथ में झण्डेदार नेजा लिये ढाल–तलवार लगाये, जवानी की उमंग में अकड़े हुए बहुत ही भले मालूम पड़ते थे। उनके आगे–आगे एक खूबसूरत ताकतवर और जवरों से सजे हुए घोड़े पर जिस पर जड़ाऊ जीन कसी हुई थी और अठखेलियाँ कर रहा था, कुँवर बीरेन्द्रसिंह सवार थे। सिर पर फौलादी टोप जिसमें एक हुमा के पर की लम्बी कलगी लगी थी, बदन में बेशकीमती लिबास के ऊपर फौलादी जेर: पहिरे हुए थे। गोरा रंग, बड़ी–बड़ी आँखें, गालों पर सुर्खी छा रही थी। बड़े–बड़े पन्ने के दानों का कण्ठा और भुजबन्द भी पन्ने का था जिसकी चमक चेहरे पर पड़कर खूबसूरती को दूना कर रही थी। कमर में जड़ाऊ पेटी जिसमें बेशकीमत हीरा जड़ा हुआ था, और फिल्ली तक का जूता जिस पर कोदैये मोती का काम था चमड़ा नजर नहीं आता था, पहिरे हुए थे, ढाल–तलवार खंजर, तीर–कमान लगाये एक गुर्ज करबूस में लटकता हुआ, हाथ में नेजा लिये घोड़ा कुदाते चले आ रहे थे, ताकत, जवाँमर्दी, दिलेरी और रोआब उनके चेहरे ही से झलकता था, दोस्तों के दिलों में मुहब्बत और दुश्मनों के दिल में खौफ पैदा होता था। सबसे ज्यादे लुत्फ तो यह था कि जो सौ सवार संग में चले आ रहे थे वे सब भी उन्हीं के हमसिन थे। शहर में भीड़ लग गयी, जिसकी निगाह कुमार पर पड़ती थी आँखों में चकाचौंध–सी आ जाती थी। महारानी ने जो बीरेन्द्रसिंह को बहुत दिनों पर इस ठाठ और रोआब से आते देखा, सौगुनी मुहब्बत आगे से ज्यादा बढ़ गयी। मुँह से निकल पड़ा, "अगर चन्द्रकान्ता के लायक वर है तो

बीरेन्द्र। चाहे जो हो मैं तो इसी को दामाद बनाऊँगी।'' चन्द्रकान्ता और चपला भी दूसरी खिड़की से देख रही थीं। चपला ने टेढ़ी निगाहों से कुमारी की तरफ देखा। वह शर्मा गयी, दिल हाथ से जाता रहा, कुमार की तस्वीर आँखों में समा गयी, उम्मीद हुई कि अब पास से देखूँगी, उधर महाराज की टकटकी बँध गयी।

इतने में कुमार किले के नीचे आ पहुँचे। महाराज से न रहा गया, खुद उतर आये और जब तक वे किले के अन्दर आवें महाराज भी वहाँ पहुँच गये। बीरेन्द्रसिंह ने महाराज को देखकर पैर छुआ, उन्होंने उठाकर छाती से लगा लिया और हाथ पकड़े सीधे महल में ले गये। महारानी उन दोनों को आते देख आगे तक बढ़ आयीं। कुमार ने चरण छूआ, महारानी की आँखें में प्रेम का जल भर आया, बड़ी खुशी से कुमार को बैठने के लिए कहा, महाराज भी बैठ गये। बायें तरफ महारानी और दाहिनी तरफ कुमार थे, चारों तरफ लौंडियों की भीड़ थी जो अच्छे–अच्छे गहने और कपड़े पहिरे खड़ी थीं। कुमार की नीची निगाहें चारों तरफ घूमने लगीं मानो किसी को ढूँढ रही हैं। चन्द्रकान्ता भी किवाड़ की आड़ में खड़ी उनको देख रही थी, मिलने के लिए तबीयत घबड़ा रही थी मगर क्या करे लाचार थी। थोड़ी देर तक महाराज और कुमार महल में रहे, इसके बाद उठे और कुमार को साथ लिये हुए दीवानखाने में पहुँचे। अपने खास आरामगाह के पासवाला एक सुन्दर कमरा उनके लिए मुकर्रर कर दिया। महाराज ने बिदा होकर कुमार अपने कमरे में गये। तेजसिंह भी पहुँचे, कुछ देर चुहल में गुजरी, चन्द्रकान्ता को महल में न देखने से इनकी तबीयत उदास थी, सोचते थे कि कैसे मुलाकात हो इसी सोच में आँख लग गयी।

सुबह जब महाराज दरबार में गये, बीरेन्द्रसिंह स्नान–पूजा से छुट्टी पा दरबारी पोशाक पहिरे, कलंगी सरपेच समेत सर पर रख, तेजसिंह को साथ ले दरबरा में गये। महाराज ने अपने सिंहासन

के बगल में एक जड़ाऊ कुर्सी पर कुमार को बैठाया। हरदयालसिंह ने महाराज की चीठी का जवाब पेश किया जो राजा सुरेन्द्रसिंह ने लिखा था। उसको पढ़कर महाराज बहुत खुश हुए। थोड़ी देर बाद दीवान साहब को हुक्म दिया कि कुमार की फौज में हमारी तरफ से बाजार लगाया जाय और गल्ले वगैरह का पूरा इन्तजाम किया जाय, किसी को किसी तरह की तकलीफ न हो। कुमार ने अर्ज किया, ''महाराज, सामान सब साथ आया है।'' महाराज ने कहा, ''क्या तुमने इस राज्य को दूसरे का समझा है! सामान आया है तो क्या हुआ, वह भी जब जरूरत होगी काम आवेगा। अब हम कुल फौज का इन्तजाम तुम्हारे सुपुर्द करते हैं, जैसा मुनासिब समझो बन्दोबस्त और इन्तजाम करो।'' कुमार ने तेजसिंह की तरफ देखकर कहा, ''तुम जाओ मेरी फौज के तीन हिस्से करके दो–दो हजार विजयगढ़ के दोनों तरफ भेजो और हजार फौज के दस टुकड़े करके इधर–उधर पाँच–पाँच कोस तक फैला दो और खेमे वगैरह का पूरा बन्दोबस्त कर दो। जासूसों को चारों तरफ रवाना करो। बाकी महाराज के फौज की कल कवायद देखकर जैसा होगा इन्तजाम करेंगे'' हुक्म पाते ही तेजसिंह रवाना हुए, इस इन्तजाम और हमदर्दी को देखकर महाराज को और भी तसल्ली हुई। हरदयालसिंह को हुक्म दिया कि फौज में मुनादी कर दो कि कल कवायद होगी। इतने में महाराज के जासूसों ने आकर अदब से सलाम कर खबर दिया कि शिवदत्त सिंह अपनी तीस हजार फौज लेकर सरकार से मुकाबला करने के लिए रवाना हो चुका है, दो–तीन दिन तक नजदीक आ जायेगा। कुमार ने कहा, ''कोई हर्ज नहीं समझ लेंगे, तुम फिर अपने काम पर जाओ।''

दूसरे दिन महाराज जयसिंह और कुमार एक हाथी पर बैठकर फौज की कवायद देखने गये। हरदयालसिंह ने मुसलमानों को बहुत कम कर दिया था तो भी एक हजार मुसलमान रह गये थे। कवायद देख कुमार बहुत खुश हुए मगर मुसलमानों की सूरत देख त्योरी

चढ़ गयी। कुमार की सूरत से महाराज समझ गये और धीरे–से पूछा, "इन लोगों को जवाब दे देना चाहिए?" कुमार ने कहा, "नहीं, निकाल देने से ये लोग दुश्मन के साथ हो जायेंगे! मेरी समझ में तो बेहतर होगा कि दुश्मन को रोकने के लिए पहले इन्हीं लोगों को भेजा जाय। इनके पीछे तोपखाना और थोड़ी फौज हमारी रहेगी, वे लोग इन लोगों की नीयत खराब देखने या भागने का इरादा मालूम होने पर पीछे से तोप मारकर इन सभों की सफाई कर डालेंगे। ऐसा खौफ रहने से ये लोग एक दफे तो खूब लड़ जायेंगे, मुफ्त मारे जाने से लड़कर मरना बेहतर समझेंगे।" इस राय को महाराज ने बहुत पसन्द किया और दिल में कुमार के अक्ल की तारीफ करने लगे।

जब महाराज फिरे तो कुमार ने अर्ज किया, "मेरा जी शिकार खेलने को चाहता है, अगर इजाजत हो तो जाऊँ।" महाराज ने कहा, "अच्छा दूर मत जाना और दिन रहते जल्दी लौट आना।" यह कहकर हाथी बैठवाया। कुमार उतर पड़े और घोड़े पर सवार हुए। महाराज का इशारा पा दीवान हरदयालसिंह ने नौ सवार साथ कर दिये। कुमार शिकार के लिए रवाना हुए। थोड़ी देर बाद एक घने जंगल में पहुँचकर दो साँभर तीर से मारे और फिर शिकार ढूँढने लगे इतने में तेजसिंह भी पहुँचे, कुमार ने पूछा, "क्या सब इन्तजाम हो चुका जो तुम यहाँ चले आये।" तेजसिंह ने कहा, "क्या आज ही हो जायगा? कुछ आज हुआ, कुछ कल दुरुस्त हो जायगा। इस वक्त मेरे जी में आया कि चलें जरा उस तहखाने की सैर कर आवें जिसमें अहमद को कैद किया है, इसलिए आपसे पूछने आया हूँ कि अगर इरादा हो तो आप भी चलिए।"

"हाँ, मैं चलूँगा।" कहकर कुमार ने उस तरफ घोड़ा फेरा। तेजसिंह भी घोड़े के साथ रवाना हुए। बाकी सभों को हुक्म दिया कि वापस जायें और दोनों साँभरों को जो शिकार किए हैं उठवा ले जायें। थोड़ी देर में कुमार और तेजसिंह तहखाने के पास पहुँचे और

अन्दर घुसे। जब अँधेरा निकल गया और रोशनी आयी तो सामने एक दरवाजा दिखायी देने लगा। कुमार घोड़े से उतर पड़े। अब तेजसिंह ने कुमार से पूछा, "भला यह कहिए कि आप यह दरवाजा खोल भी सकते हैं कि नहीं?" कुमार ने कहा, "क्यों नहीं, इसमें क्या कारीगरी है!" यह कह झट आगे बढ़ शेर के मुँह से जबान बाहर निकाल ली, दरवाजा खुल गया। तेजसिंह ने कहा, "याद तो है!" कुमार ने कहा, "क्या मैं भूलनेवाला हूँ।" दोनों अन्दर गये और सैर करते–करते चश्मे के किनारे पहुँचे। देखा कि अहमद और भगवानदास एक चट्टान पर बैठे बातें कर रहे हैं, पैर में बेड़ी पड़ी है। कुमार को देख दोनों उठ खड़े हुए, झुककर सलाम किया और बोले, "अब तो हम लोगों का कसूर माफ होना चाहिए।" कुमार ने कहा, "हाँ थोड़े रोज और सब्र करो।"

कुछ देर तक बीरेन्द्रसिंह और तेजसिंह टहलते और मेवों को तोड़कर खाते रहे। इसके बाद तेजसिंह ने कहा, "अब चलना चाहिए देर हो गयी।" कुमार ने कहा, "चलो।" दोनों बाहर आये। तेजसिंह ने कहा, "इस दरवाजे को आपने खोला है, आप ही बन्द कीजिए।" कुमार ने यह कहकर कि "अच्छा लो हम ही बन्द कर देते हैं" दरवाजा बन्द कर दिया और घोड़े पर सवार हुए। जब विजयगढ़ के करीब पहुँचे तेजसिंह ने कहा, "अब आप जाइए मैं जरा फौज की खबर लेता हुआ आता हूँ।" कुमार ने कहा, "अच्छा जाओ।" यह सुन तेजसिंह दूसरी तरफ चले गये और कुमार किले में चले आये, घोड़े से उतर कमरे में आराम किया। थोड़ा रात बीते तेजसिंह कुमार के पास आये। कुमार ने पूछा, "कहो क्या हाल है?" तेजसिंह ने कहा, "सब इन्तजाम आपके हुक्म मुताबिक हो गया, आज दिन–भर में एक घण्टे की छुट्टी न मिली जो आपसे मुलाकात करता।" यह सुन बीरेन्द्रसिंह हँस पड़े और बोले, "दोपहर तक तो हमारे साथ रहे तिस पर कहते हो कि मुलाकात न हुई!" यह सुनते ही तेजसिंह चौंक

पड़े। और बोले, ''आप क्या कहते हैं!'' कुमार ने कहा, ''कहते क्या हैं, तुम मेरे साथ उस तहखाने में नहीं गये थे, जहाँ अहमद और भगवानदास बन्द हैं?''

अब तो तेजसिंह के चेहरे का रंग उड़ गया और कुमार का मुँह देखने लगे। तेजसिंह की यह हालत देखकर कुमार को भी ताज्जुब हुआ। तेजसिंह ने कहा, ''भला यह तो बताइए कि मैं आपसे कहाँ मिला था, कहाँ तक साथ गया और कब वापस आया!'' कुमार ने सबकुछ कह दिया। तेजसिंह बोले, ''बस आपने चौका फेरा। अहमद और भगवानदत्त के निकल जाने का तो इतना गम नहीं है मगर दरवाजे का हाल दूसरे को मालूम हो गया इसका बड़ा अफसोस है।'' कुमार ने कहा, ''तुम क्या कहते हो कुछ समझ में नहीं आता।'' तेजसिंह ने कहा, ''ऐसा ही समझते तो धोखा क्यों खाते। तब न समझे तो अब समझिए कि शिवदत्त के ऐयारों ने धोखा दिया और तहखाने का का रास्ता देख लिया। जरूर यह काम बद्रीनाथ का है, दूसरे का नहीं, ज्योतिषी उसको रमल के जरिये से पता देता है।''

कुमार यह सुन दंग हो गये और अपन गलती पर अफसोस करने लगे। तेजसिंह ने कहा, ''अब तो जो होना था हो गया उसका अफसोस काहे का! मैं इस वक्त जाता हूँ, कैदी तो निकल गये होंगे मगर मैं जाकर ताले का बन्दोबस्त करूँगा।'' कुमार ने पूछा, ''ताले का बन्दोबस्त क्या करोगे?'' तेजसिंह ने कहा, ''उस फाटक में और भी ताले हैं जो इससे ज्यादे मजबूत हैं मगर लगाने और बन्द करने में बड़ी देर लगती है इसलिए उन्हें नहीं लगाता था मगर अब लगाऊँगा।'' कुमार ने कहा, ''मुझे भी वह ताला दिखाओगे?'' तेजसिंह ने कहा, ''अभी नहीं, जब तक चुनार पर फतह न पा लेंगे न बतावेंगे नहीं तो फिर धोखा होगा।'' कुमार ने कहा, ''अच्छा मर्जी तुम्हारी।''

तेजसिंह उसी वक्त तहखाने की तरफ रवाना हुए और सवेरा होने के पहिले ही लौट आये। सुबह को जब कुमार सोकर उठे तो तेजसिंह से पूछा, ''कहो तहखाने का क्या हाल है?'' उन्होंने जवाब दिया, ''कैदी तो निकल गये मगर ताले का बन्दोबस्त कर आया हूँ।''

नहा–धोकर कुछ खाकर कुमार को तेजसिंह दरबार में ले गये। महाराज को सलाम करके दोनों आदमी अपनी–अपनी जगह बैठ गये। आज जासूसों ने खबर दी कि शिवदत्त की फौज और पास आ गयी, अब दस कोस पर है। कुमार ने महाराज से अर्ज किया, ''अब मौका आ गया कि मुसलमानों की फौज दुश्मनों को रोकने के लिए आगे भेजी जाय।'' महाराज ने कहा, ''अच्छा भेज दो।' कुमार ने तेजसिंह से कहा, ''अपना एक तोपखाना भी इस मुसलमानी फौज के पीछे रवाना करो।'' फिर कान में कहा, ''अपने तोपखानेवालों को समझा देना कि जब फौज की नीयत खराब देखें तो जिन्दा किसी को न जाने दें।''

तेजसिंह इन्तजाम करने के लिए चले गये, हरदयालसिंह को भी साथ लेते गये। महाराज ने दरबार बर्खास्त किया और कुमार को साथ ले महल में पधारे। दोनों ने साथ ही भोजन किया, इसके बाद कुमार अपने कमरे में चले गये। छटपटाते रह गये मगर आज भी चन्द्रकान्ता की सूरत न दिखी लेकिन चन्द्रकान्ता ने आड़ से इनको बखूबी देख लिया।

तेईसवाँ बयान

शाम को महाराज से मिलने के लिए बीरेन्द्रसिंह गये। महाराज ने उन्हें अपने बगल में बैठाकर बातचीत करने लगे। इतने में हरदयालसिंह और तेजसिंह भी आ पहुँचे। महाराज ने हाल पूछा, उन्होंने अर्ज किया 'कि फौज मुकाबले में भेज दी गयी है'। लड़ाई के बारे में राय और तरकीबें होने लगीं। सब सोचते–विचारते आधी रात गुजर गयी, यकायक कई चोबदारों ने आकर अर्ज किया, ''महाराज, चोर–महल में से कुछ आदमी निकलकर भागे जिनको दुश्मन समझ पहरेवालों ने तीर मारा, मगर वे जख्मी होकर भी निकल गये।''

यह खबर सुन महाराज गौर में पड़ गये। कुमार और तेजसिंह भी हैरान थे। इतने में ही महल में से रोने की आवाज आने लगी। सभी का ख़्याल उस रोने पर चला गया। पल–पल में रोने और चिल्लाने की आवाज बढ़ने लगी, यहाँ तक कि तमाम महल में हाहाका मच गया। महाराज और कुमार वगैरह सभों के मुँह पर उदासी छा गयी। उसी समय लौंडिया दौड़ती हुई आयीं और रोते–रोते बड़ी मुश्किल से बोलीं, ''चन्द्रकान्ता और चपला का सिर काटकर कोई ले गया।'' यह खबर तीर के समान सभो को छेद गयी। महाराज

तो एक दफे हाय कहके गिर पड़े, कुमार की भी अजब हालत हो गयी, चेहरे पर मुर्दनी छा गयी। हरदयालसिंह की आँखों से आँसू जारी हुआ, तेजसिंह काठ की मूतर बन गये। महाराज ने अपने को सम्हाला और कुमार की अजब हालत देख गले लगा लिया, इसके बादा रोते हुए कुमार का हाथ पकड़े महल में दौड़े चले गये। देखा कि हाहाकार मचा हुआ है, महारानी चन्द्रकान्ता की लाश पर पछाड़े खा रही हैं, फिर फट गया है, खून जारी है। महाराज भी जाकर उसी लाश पर गिर पड़े। कुमार को तो इतनी भी ताकत न रही कि अन्दर जाते। दरवाजे पर ही गिर पड़े, दाँत बैठ गया, चेहरा जर्द और मुर्दे की–सी सूरत हो गयी।

चन्द्रकान्ता और चपला की लाशें पड़ी थीं, सिर नहीं था, कमरे में चारों तरफ खून–ही–खून दिखायी देता था। सभों की अजब हालत थी, महारानी रो–रोकर कहती थीं, "हाय बेटी तू कहाँ गयी। उसका कैसा कलेजा था जिसने तेरे गले पर छुरी चलायी! हाय–हाय, अब मैं जीकर क्या करूँगी। तेरे ही वास्ते इतना बखेड़ा हुआ और तू ही न रही तो अब यह राज्य क्या हो?" महाराज कहते थे–"अब क्रूर की छाती ठण्डी हुई, शिवदत्त को मुराद मिल गयी। कह दो अब आवे विजयगढ़ का राज्य करे, हम तो लड़की का साथ देंगे।"

यकायक महाराज की निगाह दरवाजे पर गयी। देखा बीरेन्द्रसिंह पड़े हुए हैं, सिर से खून जारी है। दौड़े और कुमार के पास आये, देखा तो बदन में दम नहीं, नब्ज का पता नहीं, नाक पर हाथ रक्खा तो साँस ठण्डी चल रही है। अब तो और भी जोर से महाराज चिल्ला उठे, बोले, "गजब हो गया! हमारे चलते नौगढ़ का राज्य भी गारत हुआ। हम तो समझे थे कि बीरेन्द्रसिंह को राज्य दे जंगल में चले जायेंगे, मगर हाय, विधाता को यह भी अच्छा न लगा, अरे कोई जाओ, जल्दी तेजसिंह को लिवा लाओ, कुमार को देखें! हाय हाय!

अब तो इसी मकान में मुझको भी मरना पड़ा। मैं समझता हूँ राजा सुरेन्द्रसिंह की जान भी इसी मकान में जायगी! हाय, अभी क्या सोच रहे थे क्या हो गया। विधाता तैंने क्या किया?''

इतने में तेजसिंह आये। देखा कि बीरेन्द्रसिंह पड़े हैं और महाराज उनके ऊपर हाथ रक्खे रो रहे हैं। तेजसिंह की जो कुछ जान बची थी वह भी निकल गयी। बीरेन्द्रसिंह की लाश के पास बैठ गये और जोर से बोले, ''कुमार, मेरा जी तो रोने को भी नहीं चाहता क्योंकि मुझको अब इस दुनिया में रहना नहीं है, मैं तो खुशी–खुशी तुम्हारा साथ दूँगा!'' यह कहकर कमर से खंजर निकाला और पेट में मारना ही चाहते थे कि दीवार फाँद एक आदमी ने आकर हाथ पकड़ लिया।

तेजसिंह ने उस आदमी को देखा जो सिर से पैर तक सिन्दूर से रंगा हुआ था। उसने कहा–

काहे को देते हौ जान। मेरी बात सुनो दे कान।

यह सब खेल ठगी को मान। लाश देख कर लो पहिचान।

उठो देखो भालो, खोजो खोज निकालो ''

यह कह दाँत दिखलाता, उछलता, कूदता भाग गया।

दूसरा भाग

पहला बयान

इस आदमी को सभों ने देखा मगर हैरान थे कि यह कौन है, कैसे आया और क्या कह गया! तेजसिंह ने जोर से पुकार के कहा, ''आप लोग चुप रहें, मुझको मालूम हो गया कि यह सब ऐयारी हुई है, असल में कुमारी और चपला दोनों जीती हैं, यह लाशें उन लोगों की नहीं हैं!''

तेजसिंह की बात से सब चौंक पड़े और एकदम सन्नाटा हो गया। सभों ने रोना–धोना छोड़ दिया और तेजसिंह के मुँह की तरफ देखने लगे। महारानी दौड़ी हुई उनके पास आयीं और बोलीं, ''बेटा, जल्दी बताओ यह क्या मामला है। तुम कैसे कहते हो कि चन्द्रकान्ता जीती है? यह कौन था जो यकायक महल में घुस आया?'' तेजसिंह ने कहा, ''यह तो मुझे मालूम नहीं कि यह कौन था मगर इतना पता लग गया कि चन्द्रकान्ता और चपला को शिवदत्तसिंह के ऐयार चुरा ले गये हैं और यह बनावटी लाश यहाँ रख गये हैं जिससे सब कोई जानें कि वे मर गयीं और खोज न करें।'' महाराज बोले, ''यह कैसे मालूम कि यह लाश बनावटी हैं?'' तेजसिंह ने कहा, ''यह कोई बड़ी बात नहीं है, लाश के पास चलिए मैं अभी बतला देता हूँ!''

यह सुन महाराज तेजसिंह के साथ लाश के पास गये, महारानी भी गयीं। तेजसिंह ने अपने कमर से खंजर निकालकर चपला के लाश की टाँग काट ली और महाराज को दिखलाकर बोले, ''देखिए इसमें कहीं हड्‌डी है?'' महाराज ने गौर से देखकर कहा, ''ठीक है बनावटी लाश है।'' इसके पीछे चन्द्रकान्ता की लाश को भी इसी तरह देखा, उसमें भी हड्‌डी नहीं पायी। अब सभों को मालूम हुआ कि चन्द्रकान्ता जीती है, मगर दुश्मनों के हाथ पड़ गयी इसका गम क्या कम है?'' तेजसिंह बोले, ''कोई हर्ज नहीं, अब तो जो होना था हो चुका। मैं चन्द्रकान्ता और चपला को खोज निकालूँगा।''

तेजसिंह के समझाने से सभों को कुछ ढाँढ़स हुई, मगर कुमार बीरेन्द्रसिंह अब भी तक बदहवास पड़े हैं, उनको इन सब बातों की कुछ खबर नहीं। अब महाराज को यह फिक्र हुई कि कुमार को होशियार करना चाहिए। वैद्य बुलाये गये, सभों ने बहुत–सी तरकीबें कीं मगर कुमार को होश न आया। तेजसिंह भी अपनी तरकीबें करके हैरान हो गये मगर कोई फायदा न हुआ, यह देख महाराज बहुत घबड़ाये और तेजसिंह से बोले, ''अब क्या करना चाहिए?'' बहुत देर तक गौर करने के बाद तेजसिंह ने कहा कि 'कुमार को उठवा के उनके रहने के कमरे में भेजवाना चाहिए, वहाँ अकेले में मैं इनका इलाज करूँगा'। यह सुन महाराज ने इन्हें खुद उठाना चाहा मगर तेजसिंह ने कुमार को गोद में ले लिया और उनके रहनेवाले कमरे में चले। महाराज भी संग हुए। तेजसिंह ने कहा, ''आप साथ न चलिए, ये अकेले ही में अच्छे होंगे।'' महाराज उसी जगह ठहर गये। तेजसिंह कुमार को लिये हुए उनके कमरे में पहुँचे और चारपाई पर लिटा दिया, चारों तरफ से दरवाजे बन्द कर दिये और उनके कान के पास मुँह लगाकर बोलने लगे—''चन्द्रकान्ता मरी नहीं, जीती है, वह देखो महाराज शिवदत्त के ऐयार उसे लिये जाते हैं। जल्दी दौड़ो, छीनो, नहीं तो बस ले ही जायँगे!! क्या इसी को वीरता कहते

हैं। छिः, चन्द्रकान्ता को दुश्मन लिये जाएँ और आप देखकर भी कुछ न बोलें? राम राम राम!!''

इतनी आवाज कान में पड़ते ही कुमार ने आँखें खोल दीं और घबराकर बोले, ''हैं! कौन लिये जाता है? कहाँ है चन्द्रकान्ता?'' यह कहकर इधर–उधर देखने लगे। देखा तो तेजसिंह बैठे हैं। पूछा, ''अभी कौन कह रहा था कि चन्द्रकान्ता जीती है और उसको दुश्मन लिये जाते हैं?'' तेजसिंह ने कहा, ''मैं कहता था और सच कह रहा था। कुमारी जीती हैं मगर दुश्मन उनको चुरा ले गये हैं और उनकी जगह नकली लाश रख इधर–उधर रंग फैला दिया है, जिससे लोग कुमारी को मरी हुई जानकर पीछा और खोज न करें।''

कुमार ने कहा, ''तुम हमें धोखा देते हो! हम कैसे जानें कि वह लाश नकली है?'' तेजसिंह ने कहा, ''मैं अभी आपको यकीन करा देता हूँ।'' यह कह कमरे का दरवाजा खोला। देखा कि महाराज खड़े हैं, आँखों से आँसू जारी हैं। तेजसिंह को देखते ही पूछा, ''क्या हाल है?'' जवाब दिया, ''अच्छे हैं, होश में आ गये, चलिए देखिए।'' यह सुन महाराज अन्दर गये, उन्हें देखते ही कुमार उठ खड़े हुए। महाराज ने गले से लगा लिया। पूछा, ''मिजाज कैसा है!'' कुमार ने कहा, ''अच्छा है।'' कई लौंडियाँ भी उस जगह आयीं जिनको कुमार का हाल लेने के लिए महारानी ने भेजा था। एक लौंडी से तेजसिंह ने कहा, ''दोनों लाशों में से जो टुकड़े हाथ–पैर के मैंने काटे थे उन्हें ले आ।'' यह सुन लौंडी दौड़ी गयी और वे टुकड़े ले आयी। तेजसिंह ने कुमार को दिखलाकर कहा, ''देखिए यह बनावटी लाश है या नहीं! इसमें हड्डी कहाँ है?'' कुमार ने देखकर कहा, ''ठीक है, मगर उन लोगों ने बड़ी बदमाशी की!'' तेजसिंह ने कहा, ''खैर जो होना था हो गया, देखिए अब हम क्या करते हैं।''

सबेरा हो गया। महाराज, कुमार और तेजसिंह बैठे बातें कर रहे थे कि हरदयालसिंह ने पहुँचकर महाराज को सलाम किया। उन्होंने

बैठने का इशारा किया। दीवान साहब बैठ गये। और सभों को वहाँ से हट जाने के लिए हुक्म दिया। जब निराला हो गया हरदयालसिंह ने तेजसिंह से पूछा, ''मैंने सुना है कि वह बनावटी लाश थी जिसको सभी ने कुमारी की लाश समझा था?'' तेजसिंह ने कहा, ''जी हाँ, ठीक बात है!'' और तब बिलकुल हाल समझाया। इसके बाद दीवान साहब ने कहा, ''और गजब देखिए! कुमारी के मरने की खबर सुनकर सब परेशान थे, सरकारी नौकरों मे से जिन लोगों ने यह खबर सुनी दौड़े हुए महल के दरवाजे पर रोते–चिल्लाते चले आये, उधर जहाँ ऐयार लोग कैद थे पहरा कम रह गया, मौका पाकर उनके साथी ऐयारों ने वहाँ धावा किया और पहरेवालों को जख्मी कर अपनी तरफ के सब ऐयारों को जो कैद थे छुड़ा ले गये।''

यह खबर सुनकर तेजसिंह कुमार और महाराज सन्न हो गये। कुमार ने कहा, ''बड़ी मुश्किल में पड़ गये। अब कोई भी ऐयार उनका हमारे यहाँ न रहा, सब छूट गये। कुमारी और चपला को ले गये यह तो गजब ही किया! अब नहीं बर्दाश्त होता, हम आज ही कूच करेंगे और दुश्मनों से इसका बदला लेंगे।'' यह बात कर ही रहे थे, कि एक चोबदार ने आकर अर्ज किया कि 'लड़ाई की खबर लेकर एक जासूस आया है, दरवाजे पर हाजिर है, उसके बारे में क्या हुक्म होता है'? हरदयालसिंह ने कहा, ''इसी जगह हाजिर करो।'' जासूस लाया गया। उसने कहा, ''दुश्मनों को रोकने के लिए यहाँ से मुसलमानी फौज भेजी गयी थी। उसके पहुँचने तक दुश्मन चार कोस और आगे बढ़ आये थे। मुकाबले के वक्त वे लोग भागने लगे, यह हाल देखकर तोपखानेवालों ने पीछे से बाढ़ मारी जिससे करीब चौथाई आदमी मारे गये। फिर भागने का हौसला न पड़ा और खूब लड़े, यहाँ तक कि लगभग हजार दुश्मनों को काट गिराया लेकिन वह फौज भी तमाम हो चली, अगर फौरन मदद न भेजी जायगी तो तोपखानेवाले भी मारे जायेंगे।''

यह सुनते ही कुमार ने दीवान हरदयालसिंह को हुक्म दिया कि पाँच हजार फौज जल्दी मदद पर भेजी जाय और वहाँ पर हमारे लिए भी खेमा रवाना करो, दोपहर को हम भी उस तरफ कूच करेंगे'। हरदयालसिंह फौज भेजने के लिए चले गये। महाराज ने कुमार से कहा, "हम भी तुम्हारे साथ चलेंगे।" कुमार ने कहा, "ऐसी जल्दी क्या है? आप यहाँ रहें, राज्य का काम देखें। मैं जाता हूँ, जरा देखूँ तो राजा शिवदत्त कितनी बहादुरी रखता है, अभी आपको तकलीफ करने की कुछ जरूरत नहीं।"

थोड़ी देर तक बातचीत होने के बाद महाराज उठकर महल में चले गये। कुमार और तेजसिंह भी स्नान और सन्ध्या पूजा की फिक्र में उठे। सबसे जल्दी तेजसिंह ने छुट्टी पायी और मुनादीवाले को बुलाकर हुक्म दिया कि तू तमाम शहर में इस बात की मुनादी कर आ कि—"दन्तारवीर का जिसको इष्ट हो वह तेजसिंह के पास हाजिर हो'। बमूजिब हुक्म के मुनादीवाला मुनादी करने चला गया। सभों को ताज्जुब था कि तेजसिंह ने यह क्या मुनादी करवायी है।

दूसरा बयान

मामूली वक्त पर महाराज ने दरबार किया। कुमार और तेजसिंह भी हाजिर हुए। आज का दरबार बिलकुल सुस्त और उदास था, मगर कुमार ने लड़ाई पर जाने के लिए महाराज से इजाजत ले ली और वहाँ से चले गये। महाराज भी उदासी की हालत में उठके महल में चले गये। यह तो निश्चय हो गया कि चन्द्रकान्ता और चपला जीती हैं मगर कहाँ हैं, किस हालत में हैं, सुखी हैं या दुःखी, इन सब बातों का खयाल करके महल में महारानी से लेकर लौंडी तक सब उदास थीं, सभों की आँखों से आँसू जारी था, खाने–पीने की किसी को फिक्र न थी, एक चन्द्रकान्ता का ध्यान ही सभों का काम था। महाराज जब महल में गये महारानी ने पूछा कि 'चन्द्रकान्ता का पता लगाने की कुछ फिक्र की गयी'। महाराज ने कहा, "हाँ तेजसिंह उसकी खोज में जाते हैं, उनसे ज्यादे पता लगानेवाला कौन है जिससे मैं कहूँ? बीरेन्द्रसिंह भी इस वक्त मुझसे लड़ाई पर जाने के लिए विदा हो गये, अब देखो क्या होता है।"

तीसरा बयान

कुछ दिन बाकी है, एक मैदान में हरी–हरी दूब पर पन्द्रह–बीस कुर्सियाँ रक्खी हुई हैं और सिर्फ़ तीन आदमी कुँअर बीरेन्द्रसिंह, तेजसिंह और फतहसिंह सेनापति* बैठे हैं, बाकी कुर्सियाँ खाली पड़ी हैं। उनके पूरब तरफ सैकड़ों खेमे अर्धचन्द्रकार खड़े हैं। बीच में बीरेन्द्रसिंह के पलटनवाले अपने–अपने हरबों को साफ और दुरुस्त कर रहे हैं। बड़े–बड़े शामियानों के नीचे तोपें रक्खी हैं जो हर एक तरह से लैस और दुरुस्त मालूम हो रही हैं। दक्षिण तरफ घोड़ों का अस्तबल है जिसमें अच्छे–अच्छे घोड़े बँधे हिनहिना रहे हैं। उसके कुछ आगे फीलखाना है जहाँ बड़े–बड़े मस्त हाथी सिक्कड़ों से बँधे दिखायी देते हैं। पश्चिम तरफ बाजेवालों, सुरंग खोदनेवालों, पहाड़ उड़ानेवालों और जासूसों का डेरा तथा रसद के भण्डार है। कुमार ने फतहसिंह सिपहसालार से कहा, "मैं समझता हूँ कि मेरा डेरा खेमा सुबह तक 'लोहरा' के मैदान में दुश्मनों के मुकाबले में खड़ा हो जायगा?" फतहसिंह ने कहा, "जी हाँ, जरूर सुबह तक वहाँ सब सामान लैस हो जायगा! हमारी फौज भी कुछ रात रहे यहाँ से

---

* फतेहसिंह की उम्र पच्चीस वर्ष से ज्यादा न होगी।

कूच करके पहर दिन चढ़ने के पहिले हीवहाँ पहुँच जायगी। परसों हम लोगों के हौसले दिखायी देंगे, बहुत दिन तक खाली बैठे–बैठे तबीयत घबरा गयी थी।'' इसी तरह की बातें हो रही थीं कि सामने से देवीसिंह ने कुमार और तेजसिंह को सलाम किया।

देवीसिंह को देखकर कुमार बहुत खुश हुए और उठकर गले लगा लिया, तेजसिंह ने भी देवीसिंह को गले लगाया और बैठने के लिए कहा। फतहसिंह सिपहसलार ने भी उनको सलाम किया। जब देवीसिंह बैठ गये, तेजसिंह उसनकी तारीफ करने लगे। कुमार ने पूछा, ''कहो देवीसिंह तुमने यहाँ आकर क्या–क्या किया?'' तेजसिंह ने कहा, ''इनका हाल मुझसे सुनिए, मैं मुख्तसर में आपको समझा देता हूँ।'' कुमार ने कहा, ''कहो!'' तेजसिंह बोले, ''जब आप चन्द्रकान्ता के बाग में बैठे थे और भूत ने आकर कहा था कि 'खबर भई राजा को तुमरी सुनो गुरुजी मेरे', जिसको सुनकर मैंने जबर्दस्ती आपको वहाँ से उठाया था, वह भूत यही थे।

नौगढ़ में भी इन्होंने जाकर क्रूरसिंह के चुनार जाने और ऐयारी को संग लाने की खबर खंजरी बजाकर दी थी। जब चन्द्रकान्ता के मरने का गम महल में छाया हुआ था और आप बेहोश पड़े थे तब भी इन्होंने ही चन्द्राकान्ता और चपला के जीते रहने की खबर मुझको दी थी, तब मैंने उठकर लाश पहिचानी नहीं तो पूरे घर का नाश हो चुका था। इतना काम इन्होंने किया। इन्हीं को बुलाने के वास्ते मैंने सुबह मुनादी करवायी थी, क्योंकि इनका कोई ठिकाना तो था ही नहीं।'' यह सुनकर कुमार ने देवीसिंह की पीठ ठोंकी और बोले, ''शाबाश! किस मुँह से तारीफ करें, दो घर तुमने बचाय।'' देवीसिंह ने कहा, ''मैं किस लायक हू+ जो आप इतनी तारीफ करते हैं, तारीफ सब कामों से निश्चिन्त होकर कीजियेगा, इस वक्त चन्द्रकान्ता के छुड़ाने की फिक्र करनी चाहिए, अगर देर होगी तो न जाने उनकी जान पर क्या आ बने! सिवाय इसके इस बात का

भी ख्याल रखना चाहिए कि अगर हम लोग बिल्कुल चन्द्रकान्ता ही की खोज में लीन हो जाएँगे तो महाराज की लड़ाई का नतीजा बुरा हो जाएगा!'' यह सुन कुमार ने पूछा, ''देवीसिंह, यह तो बताओ चन्द्रकान्ता कहाँ है, उसको कौन ले गया!'' देवीसिंह ने जवाब दिया कि ''यह तो नहीं मालूम कि चन्द्रकान्ता कहाँ है, हाँ इतना जानता हूँ कि नाजिम और बद्रीनाथ मिलकर कुमारी और चपला को ले गये, पता लगाने से लग ही जाएगा।''

तेजसिंह ने कहा, ''अब तो दुश्मन के सब ऐयार छूट गये, वे सब मिल के नौ हैं और हम दो आदमी ठहरे। चन्द्रकान्ता और चपला को खोजें, चाहे फौज में रहकर कुमार की हिफाजत करें, बड़ी मुश्किल हैं'' देवीसिंह ने कहा, ''कोई मुश्किल नहीं है सब काम हो जायगा।'' तेजसिंह ने कहा, ''अब तो दुश्मन के सब ऐयार छूट गये, वे सब मिल के नौ हैं और हम दो आदमी ठहरे। चन्द्रकान्ता और चपला को खोजें, चाहे फौज में रहकर कुमार की हिफाजत करें, बड़ी मुश्किल है।'' देवीसिंह ने कहा, ''कोई मुश्किल नहीं है सब काम हो जायगा देखिए तो सही। अब पहिले हमको शिवदत्त के मुकाबले में चलना चाहिए। उसी जगह से कुमारी के छुड़ाने की फिक्र की जायगी।'' तेजसिंह ने कहा, ''हम लोग महाराज से विदा हो आये है, कुछ रात रहते यहाँ से पड़ाव उठेगा, पेश खेमा जा चुका है।''

आधी रात तक ये लोग आपुस में बातचीत करते रहे, इसके बाद इसके कुमार उठकर अपने खेमे में चले गये। कुमार की बगल में तेजसिंह का खेमा था, जिसमें देवीसिंह और तेजसिंह दोनों ने आराम किया। चारों तरफ फौज का पहरा फिरने लगा, गश्त की आवाज आने लगी । थोड़ी रात बाकी थी कि एक छोटी तोप की आवाज हुई, कुछ देर बाद बाजा बजने लगा, कूच की तैयारी हुई और धीरे–धीरे फौज चल पड़ी। ज सब फौज जा चुकी, पीछे एक हाथ पर कुमार सवार हुए जिन्हें चारों तरफ से बहुत से सवार घेरे

हुए थे। तेजसिंह और देवीसिंह अपने ऐयारी के समान से सजे हुए कभी आगे, कभी पीछे, कभी साथ, पैदल चले जाते थे। पहर दिन चढ़े कुँवर बीरेन्द्रसिंह का लश्कर शिवदत्तसिंह की फौज के मुकाबले में जा पहुँचा, जहाँ पहिले से महाराज जयसिंह की फौज के मुकाबले में जा पहुँचा, जहाँ पहिले से महाराज जयसिंह की फौज डेरा जमाये हुए थी। लड़ाई बन्द थी और मुसलमान सब मारे जा चुके थे, खेमा डेरा पहिले ही से खड़ा था, कयदे के साथ पल्टनों का पड़ाव पड़ा।

जब सब इन्तजाम हो चुका, कुँअर बीरेन्द्रसिंह ने अपने खेमे में कचहरी की और मुंशी को हुक्म दिया, "एक चीठी शिवदत्त को लिखो कि मालूम होता है आजकल तुम्हारे मिजाज में गर्मी आ गयी है। जो बैठे–बैठाये एक नालायक क्रूर के भड़काने पर महाराज जयसिंह से लड़ाई ठान ली है। यह भी मालूम हो गया कि तुम्हारे ऐयार चन्द्रकान्ता और चपला को चुरा लाये हैं, सो बेहतर है कि चन्द्रकान्ता ओर चपला को इज्जत के साथ महाराज जयसिंह के पास भेज दो और तुम वापस जाओ, नहीं तो पछताओगे, जिस वक्त हमारे बहादुरों की तलवारें मैदान में चमकेंगी, भागते राह न मिलेगी।"

बमूजिब हुक्म के मीर मुंशी ने चीठी लिखकर तैयार की। कुमार ने कहा, "यह खत कौन ले जाएगा?" यह सुन देवीसिंह सामने आ हाथ जोड़कर बोले, "मुझको इजाजत मिले कि इस खत को ले जाऊँ, क्योंकि शिवदत्तसिंह से बातचीत करने की मेरे मन में बड़ी लालसा है।" कुमार ने कहा, "इतनी बड़ी फौज में तुम्हारा अकेला जाना अच्छा नहीं है।" तेजसिंह ने कहा, "कोई हर्ज नहीं जाने दीजिए।" आखिर कुमार ने अपनी कमर से खंजर निकलकर दिया जिसे देवीसिंह ने लेकर सलाम किया, चीठी बटुए में रख ली और तेजसिंह का चरण छूकर रवाना हुए। महाराज शिवदत्त सिंह के पल्टनवालों में कोई भी देवीसिंह को नहीं पहिचानता था। दूर से इन्होंने देखा कि बड़ा–सा कारचोबी का खेमा खड़ा है। समझ गये

कि यही महाराज का खेमा है, सीधे धड़धड़ाते हुए खेमे के दरवाजे पर पहुँचे और पहरेवालों से कहा, "अपने राजा को खबर करो कि कुँअर बीरेन्द्रसिंह का एक ऐयार खत लेकर आया है, जाओ जल्दी जाओ!" सुनते ही प्यादा दौड़ा गया और महाराज शिवदत्त से इस बात की खबर की। उन्होंने हुक्म दिया, "आने दो।" देवीसिंह खेमे के अन्दर गये। देखा कि बीच में महाराज शिवदत्त सोने के जड़ाऊ सिंहासन पर बैठे हैं, बायीं तरफ दीवान साहब और बाद इसके दोनों तरफ बड़े–बड़े बहादुर बेशकीमत पोशाकें पहिने और उम्दे हरबे लगाये चाँदी की कुर्सी पर बैठे हैं, जिसके देखने से कमजोरों का कलेजा दहलता है। बाद इसके दोनों तरफ नीम–कुर्सियों पर ऐयार लोग विराजमान हैं। इसके बाद दरजे–ब–दरजे अमीर और ओहदेदार लोग बैठे हैं, बहुत से चोबदार हाथ बाँधे सामने खड़े हैं। गरज कि बड़े रोआब का दरबार देखने में आया।

देवीसिंह किसी को सलाम किये बिना ही बीच में जाकर खड़े हो गये और एक दफे चारों तरफ निगाह दौड़ाकर गौर से देखा, फिर बढ़कर कुमार की चीठी महाराज के सामने सिंहासन पर रख दी। देवीसिंह की बेअदबी देखकर महाराज शिवदत्त मारे गुस्से के लाल हो गये और बोले—"एक मच्छर को इतना हौसला हो गया कि हाथी का मुकाबला करे! अभी तो बीरेन्द्रसिंह के मुँह से दूध की महक भी गयी न होगी।" यह कह चीठी हाथ में ले फाड़कर फेंक दी। चीठी का फटना था कि देवीसिंह की आँखें लाल हो गयी। बोले, "जिसके सिर पर मौत, सवार होती है उसकी बुद्धि पहिले ही हवा खाने चली जाती है।" देवीसिंह की बात तीर की तरह शिवदत्त के कलेजे के पार हो गयी। बोले, "पकड़ो इस बेअदब को!!" इतना कहना था कि कई चोबदार देवीसिंह की तरफ झके। इन्होंने खंजर निकाल दो–तीन चोबदारों की सफाई कर डाली और फुर्ती से अपने ऐयारी के बटुए में से एक गेंद निकालकर जोर से जमीन पर मारा,

जिसके बड़ी आवाज हुई। दरबार दहल उठा, महाराल एकदम चौंक पड़े जिससे शमला सिर का, जिस पर हीरे का सरपेंच था जमीन पर गिर पड़ा। लपक के देवीसिंह ने उसे उठा लिया और कूदकर खेमे के बाहर हो गये। सब–के–सब देखते रह गये, किसी के किये कुछ न बन पड़ा।।

सारा गुस्सा शिवदत्त ने ऐयारों पर निकाला जो कि उस दरबार में बैठे थे। कहा–"लानत है तुम लोगों की ऐयारी पर जो तुम लोगों के देखते दुश्मन का एक अदना ऐयार हमारी बेइज्जती कर जाय!" बद्रीनाथ ने जवाब दिया, "महाराज हम लोग ऐयार हैं, हजार आदमियों में अकेले हम लोगों के कायदे के बाहर हैं। बड़े–बड़े पहलवान तो बैठे थे, इन लोगों ने क्या कर लिया?" बद्रीनाथ की बात का जवाब शिवदत्त ने कुछ न देकर कहा, "अच्छा कल हम देख लेंगे!"

चौथा बयान

महाराज शिवदत्त का शमला लिये हुए देवीसिंह कुँअर बीरेन्द्रसिंह के पास पहुँचे और जो कुछ हुआ था बयान किया। कुमार यह सुन हँसने लगे और बोले, ''चलो सगुन तो अच्छा हुआ!'' तेजसिंह ने कहा—''सबसे ज्यादा अच्छा सगुन तो मेरे लिए हुआ कि शागिर्द पैदा कर लाया।'' यह कह शमले में से सरपेंच खोल बटुए में दाखिल किया। कुमार ने कहा, ''भला तुम इसको क्या करोगे, तुम्हारे किस मतलब का है?'' तेजसिंह ने जवाब दिया, ''इसका नाम फतह का सरपेंच है, जिस रोज आपकी बारात निकलेगी महाराज शिवदत्त की सूरत बन इसी को माथे पर बाँध मैं आगे—आगे झण्डा लेकर चलूँगा।'' यह सुनकर कुमार ने हँस दिया, पर साथ ही इसके दो बूँद आँसू आँखों से निकल पड़े, जिसको जल्दी से कुमार ने रूमाल से पोंछ लिया। तेजसिंह समझ गये कि यह चन्द्रकान्ता की जुदाई का है। इनको भी चपला का बहुत कुछ ख्याल था, देवीसिंह से बोले, ''सुनो देवीसिंह, कल लड़ाई जरूर होगी इसलिए एक ऐयार का यहाँ रहना जरूरी है और इससे जरूरी काम चन्द्रकान्ता का पता लगाना है।'' देवीसिंह ने तेजसिंह से कहा, ''आप यहाँ रहकर

फौज की हिफाजत कीजिए मैं चन्द्रकान्ता की खोज में जाता हूँ।'' तेजसिंह ने कहा, ''नहीं चुनार की पहाड़ियाँ तुम्हारी अच्छी तरह देखी नहीं हैं और चन्द्रकान्ता जरूर उसी तरफ होगी, इससे यही ठीक होगा कि तुम यहाँ रहो और मैं कुमारी की खोज में जाऊँ।'' देवीसिंह ने कहा, ''जैसी आपकी खुशी।'' तेजसिंह ने कुमार से कहा, ''आपके पास देवीसिंह है। मैं जाता हूँ, जरा होशियारी से रहियेगा और लड़ाई में जल्दी न कीजियेगा।'' कुमार ने कहा, ''अच्छा जाओ, ईश्वर तुम्हारी रक्षा करें।''

बातचीत करते शाम हो गयी बल्कि कुछ रात भी चली गयी, तेजसिंह उठ खड़े हुए और जरूरी चीजें ले ऐयारी के सामान से लैस हो वहाँ से एक घने जंगल की तरफ चले गये।

पाँचवाँ बयान

"चन्द्रकान्ता को ले जाकर कहाँ रखा होगा? अच्छे कमरे में या अँधेरी कोठरी में? उसको खाने को क्या दिया होगा और वह बेचारी सिवाय रोने के क्या करती होगी! खाने–पीने की उसे कब सुध होगी। उसका मुँह दुःख और गम से सूख गया होगा। उसको राजी करने के लिए तंग करते होंगे कहीं ऐसा न हो कि उसने तंग आकर जान दे दी हो।" इन्हीं सब बातों को सोचते और ख्याल करते कुमार को रात–भर नींद न आयी। सबेरा हुआ कि चाहता था कि महाराज शिवदत्त के लश्कर के डंके की आवाज आयी। मालूम हुआ कि दुश्मनों की तरफ लड़ाई का सामान हो रहा है, कुमार उठ बैठे हाथ–मुँह धोयां इतने में हरकारे ने आवाज खबर दी कि 'दुश्मनों की तरफ लड़ाई का सामान हो रहा है'। कुमार ने कहा, "हमारे यहाँ भी जल्द तैयारी की जाय।" हुक्म पाकर हरकारा रवाना हुआ। जब तक कुमार ने स्नान–संख्या से छुट्टी पायी तब तक दोनों तरफ की फौजें भी मैदान में जा डटीं, बेलदारों ने जमीन साफ कर दी। कुमार भी अपने अरबी घोड़े पर सवार हो मैदान में आ गये और देवीसिंह से कहा, "शिवदत्त को कहना चाहिए कि बहुत से आदमियों

का खून करना अच्छा नहीं, जिस–जिसको बहादुरी की घमण्ड हो पर–पर–एक लड़ के जल्दी मामला तै कर ले। शिवदत्तसिंह अपने को अर्जुन समझते हैं, उनके मुकाबले के लिए मैं मौजूद हूँ, क्यों बेचारे गरीब सिपाहियों की जान जाय। देवीसिंह ने कहा, ''बहुत अच्छा, अभी इस मामले को तै कर डालता हूँ।'' यह कह मैदान में गये और अपनी चादर हवा में दो तीन दफे उछाली। चादर उछालनी थी कि झट बद्रीनाथ ऐयार महाराज शिवदत्त के लश्कर से निकल के मैदान में देवीसिंह के पास आये और बोले, ''जय माया की!'' देवीसिंह ने भी जवाब दिया, ''जय माया की!'' बद्रीनाथ ने पूछा, ''क्यों, क्या है जो मैदान में आकर ऐयारों को बुलाते हो?''

देवी : तुमसे एक बात कहनी है।

बद्री : कहो।

देवी : तुमारी फौज में मर्द बहुत है कि औरत?

बद्री : औरत की सूरत भी दिखायी नहीं देती!

देवी : तुम्हारे यहाँ कोई बहादुर भी है कि सब गरीब सिपाहियों की जान लेने और तमाशा देखनेवाले हैं?

देवी : तुम्हारे कहने से तो मालूम होता है कि सब खेल की मूली ही हैं।

बद्री : हमारे यहाँ खंचियों बहादुर भरे हैं?

बद्री : यह तो मुकाबला होने से ही मालूम होगा।

देवी : तो क्यों नहीं एक–पर–एक लड़ के हौसला निकाल लेते। ऐसा करने से मामला भी जल्द तै हो जायगा और बेचारे सिपाहियों की भी जानें मुफ्त में न जाँयेगी! हमारे कुमार तो कहते हैं कि महाराज शिवदत्त को अपनी बहादुरी का बड़ा भरोसा है, आवें पहिले हमसे भी भिड़ जाँय, या वही जीत जाँय या हम ही चुनार की

गद्दी के मालिक हों, बात–की–बात में मामला तय होता है।

बद्री : तो इसमें हमारे महाराज कभी पीछे न हटेंगे, वह बड़े बहादुर हैं तुम्हारे कुमार को तो चुटकी से मसल डालेंगे।

देवी : यह तो हम भी जानते हैं कि उनकी चुटकी बहुत साफ है, फिर आवें मैदान में!

इस बातचीत के बाद बद्रीनाथ लौटकर अपनी फौज में गये और जो कुछ देवीसिंह से बात हुई थी जाकर महाराज शिवदत्त से कहा। सुनते ही महाराज शिवदत्त तो लाल हो गये और बोले, "यह कल का लड़का मेरे साथ मुकाबला किया चाहता है!" बद्रीनाथ ने कहा, "फिर हियाब ही तो है, हौसला ही तो है, इसमें रंज होने की क्या बात है? मैं जहाँ तक समझता हूँ उनका कहना ठीक है!" यह सुनते हो महाराज शिवदत्त झट घोड़ा कुदा के मैदान में आ गये और भाला उठाकर हिलाया, जिसको देख बीरेन्द्रसिंह ने भी अपने घोड़े को एड़ मारी और मैदान में शिवदत्त के मुकबले में पहुँचकर। ललकारा, "अपने मुँह अपनी तारीफ करता है और कहता है कि मैं वीर हूँ लड़ाई क्या बहादुर लोग चोट्टे भी होते हैं? जवाँमर्दी से लड़कर चन्द्रकान्ता न ली गयी। लानत है ऐसी बहादुरी पर!" बीरेन्द्रसिंह की बात तीर की तरह महाराज शिवदत्त के कलेजे में लगी। कुछ जवाब तो न दे सके। गुस्से में भरे हुए बड़े जोर से कुमार पर नेजा चलाया, कुमार ने अपने नेजे से ऐसा झटका दिया कि उनके हाथ से नेजा झटक के दूर जा गिरा।

यह तमाशा देख दोस्त–दुश्मन दोनों तरफ से 'वाह' वाह की आवाज आने लगी। शिवदत्त बहुत बिगड़ा और तवार निकालकर कुमार पर दौड़ा, कुमार ने तलवार का जवाब तलवार से दिया। दो पहर तक दोनों में लड़ाई होती रही, बाद दोपहर कुमार की तलवार से शिवदत्त का घोड़ा जख्मी होकर गिर पड़ा, बल्कि खुद महाराज

शिवदत्त को कई जगह जख्म लगे। घोड़े से कूदकर शिवदत्त ने कुमार के घोड़े को मारना चाहा मगर मतलब समझ के कुमार भी झट घोड़े पर से कूद पड़े और आगे होकर एक कोड़ा इस जोर का शिवदत्त की कलाई पर मारा कि हाथ से तलवार छूटकर जमीन पर गिर पड़ी जिसको दौड़ के देवीसिंह ने उठा लिया। महाराज शिवदत्त को मालूम हो गया कि कुमार हर तरह से जबर्दस्त हैं, अगर थोड़ी देर और लड़ाई होगी तो हम बेशक मारे जाएँगे या पकड़े जाएँगे। यह सोच अपनी फौज को कुमार पर धावा करने का इशारा किया। बस एकदम से कुमार को दुश्मनों ने घेर लिया। यह देख कुमार की फौज ने भी मारना शुरु किया। फतहसिंह सेनापति और देवीसिंह कोशिश करके कुमार के पास पहुँचे और तलवार तथा खंजर चलाने लगे। दोनों फौजें आपस में खूब गुँथ गयीं और गहरी लड़ाई होने लगी।

शिवदत्त के बड़े–बड़े पहलवानों ने चाहा कि इस लड़ाई में कुमार का काम तमाम कर दें मगर कुछ बन न पड़ा। कुमार के हाथ से बहुत दुश्मन मारे गये। शाम को उतारे का डंका बजा और लड़ाई बन्द हुई। फौज ने कमर खोली। कुमार अपने खेमे में आये मगर बहुत सुस्त हो रहे थे, फतहसिंह सेनापति की जख्मी हो गये थे। रात को सभों ने आराम किया।

महाराज शिवदत्त ने अपने दीवान और पहलवानों से राय ली कि अब क्या करना चाहिए। फौज तो बीरेन्द्रसिंह की हमसे बहुत कम है मगर उसकी दिलावरी से हमारा हौसला टूटा जाता है क्योंकि हमने भी उसे लड़ के बहुत जक उठायी। हमारी तो यह राय है कि रात को कुमार के लश्कर पर धावा मारें। इस राय को सभों ने पसन्द किया। थोड़ी रात रहे शिवदत्त ने कुमार की फौज पर पाँच–सौ सिपाहियों के साथ धावा किया, बड़ा ही गड़बड़ मचा, अँधेरी रात में दोस्त–दुश्मनों का पता लगाना मुश्किल था। कुमार की फौज

दुश्मन समझ अपने ही लोगों को मारने लगी। यह खबर बीरेन्द्रसिंह कों भी लगी। झट अपने खेमे से बाहर निकल आये। देवीसिंह ने बहुत से आदमियों को माहताबा* जलाने के लिए बाँटी। यह महताब तेजसिंह ने अपनी तरकीब से बनायी थी। इसके जलाते ही उजाला हो गया और दिन ती तरह मालूम होने लगा। अब क्या था। कुल पाँच सौ आदमियों का मारना क्या, बहुत होते–होते शिवदत्त के पाँच सौ आदमी मारे गये। हो चुके थे जिसका रंच बीरेन्द्रसिंह को बहुत हुआ और सुबह को लड़ाई बन्द न होने दी।

दोनों फौजें फिर गुँथ गयीं कुमार ने जल्दी से स्नान किया और सन्ध्या पूजा करके हर्बों को बदन पर सजा दुश्मन की फौज में घुस गये। लड़ाई खूब हो रही थी, किसी को तनोबदन को खबर न थी। एकाएक पूरज और उत्तर के कोने से कुछ फौजी सवार तेजी से आते हुए दिखायी दिये जिनके आगे–आगे एक सवार बहुत उम्बा पोशाक पहिने, अरबी घोड़े पर सवार घोड़ा दौड़ाये चला आता था, उसके पीछे और भी सवार जो करीब–करीब पाँच सौ के होंगे फेंके चले आ रहे थे। अगले सवार की पोशाक ओर हर्बों से मालूम होता था कि यह सभों का सरदार है। यह सरदार मुँह पर नकाब डाले हुए था और उसके साथ जितने सवार पीछे चले आ रहे थे उन सभों के मुँह पर भी नक़ाब** पड़ी हुई थी।

इस फौज ने पीछे से महाराज शिवदत्त की फौज पर धावा किया और खूब मारा। इधर से बीरेन्द्रसिंह की फौज ने जब देखा कि दुश्मनों को मारनेवाला एक और आ पहुँचा, तबीयत बढ़ गयी और हौसले के साथ लड़ने लगे। दो तरफी चोट महाराज शिवदत्त

* फौज में माहताब बहुत से बनाये जाते थे, इसलिए कि शायद रात को लड़ाई हो तो रोशनी की जाय।

** नकाब एक कपड़े का नाम है जो मुँह पर परदे की तरह पड़ा रहता है, बन्द से बाँधते हैं, आँखों की जगह खाली रहती है।

की फौज सम्हाल न सकी और भाग चली। फिर तो कुमार की बन पड़ी, दो कोस तक पीछे किया, आखिर फतह का डंका बजाते अपने पड़ाव पर आये, मगर हैरान थे कि ये नकाबपोश सवार कौन थे, जिन्होंने बड़े वक्त पर हमारी मदद की और फिर जिधर से आये उधर ही चले गये। कोई किसी की जरा मदद करता है तो अहसान जताने लगता है मगर इन्होंने हमारा सामना भी नहीं किया, यह बड़ी बहादुरी का काम है। बहुत सोचा मगर कुछ समझ न पड़ा।

महाराज शिवदत्त का कुल माला–खजाना और खेमा वगैरह कुमार के हाथ लगा। जब कुमार निश्चिन्त हुए उन्होंने देवीसिंह से पूछा, "क्या तुम कुछ बता सकते हो कि वे नकाबपोश कौन थे। जिन्होंने हमारी मदद की?" देवीसिंह ने कहा, "मेरे कुछ भी ख्याल में नहीं आता, मगर वाह! बहादुरी इसको कहते हैं!!" इतने में एक जासूस ने आकर खबर दी कि दुश्मन थोड़ी दूर जाकर अटक गये हैं और फिर लड़ाई की तैयारी कर रहे हैं।

छठवाँ बयान

तेजसिंह चन्द्रकान्ता और चपला का पता लगाने के लिए कुँअर बीरेन्द्रसिंह से विदा हो फौज के हाते से बाहर आये और सोचने लगे कि अब किधर जायँ, कहाँ ढूँढें? दुश्मन की फौज में देखने की तो कोई जरूरत नहीं क्योंकि वहाँ चन्द्रकान्ता को कभी नहीं रखा होगा, इससे चुनार ही चलना ठीक है। यह सोचकर चुनार ही की तरफ रवाना हुए और दूसरे दिन सबेरे वहाँ पहुँचे। सूरत बदलकर इधर–उधर घूमने लगे। जगह–जगह पर अटकते और अपना मतलब निकालने की फिक्र करते थे मगर कुछ फायदा न हुआ, कुमारी की खबर कुछ भी मालूम न हुई। रात को तेजसिंह सूरत बदल किले के अन्दर घुस गये और इधर–उधर ढूँढ़ने लगे। घूमते–घूमते मौका पाकर वे एक काले कपड़े से अपने बदन को ढाँक कमन्द फेंक महल पर चढ़ गये। इस समय आधी रात जा चुकी होगी। छत पर से तेजसिंह ने झाँककर देखा तो सन्नाटा मालूम पड़ा मगर रोशनी खूब हो रही थी। तेजसिंह नीचे उतरे और एक दालान में खड़े होकर देखने लगे। सामने एक बड़ा कमरा था जो कि बहुत खूबसूरती के साथ बेशकीमत असबाबों और तस्वीरों से सजा हुआ था। रोशनी

ज्यादे न थी, सिर्फ दो शमादान जल रहे थे, बीच में ऊँची मसनद पर एक औरत से रही थी। चारों तरफ उसके कई औरतें भी फर्श पर पड़ी हुई थीं। तेजसिंह आगे बढ़े और एक–एक करके रोशनी बुझाने लगे, यहाँ तक कि उस कमरे में सिर्फ, एक रोशनी रह गयी और सब बुझ गयीं। अब तेजसिंह उस कमरे की तरफ बढ़े, दरवाजे पर खड़े होकर देखा तो पास से वह सूरत बखूबी दिखायी देने लगी जिसको दूर से देखा था। तमाम बदन शबनमी से ढँका हुआ मगर खूबसूरत चेहरा खुला था, करवट के सबब कुछ हिस्सा मुँह का नीचे के मखमली तकिये पर होने से छिपा हुआ था; गोरा रंग, गालों पर सुर्खी, जिस पर एक लट खुलकर आ पड़ी थी जो बहुत ही भली मालूम होती थी। आँख के पास किसी जख्म का घाव था मगर यह भी भला मालूम होता था। तेजसिंह को यकीन हो गया कि बेशक महाराज शिवदत्त की रानी यही है। कुछ देर सोचने के बाद उन्होंने अपने बटुए में से कलम–दवात और एक टुकड़ा कागज का निकाला और जल्दी से उस पर यह लिखा :–

'न मालूम क्यों इस वक्त मेरा जी चन्द्रकान्ता से मिलने को चाहता है। जो हो मैं तो उससे मिलने जाती हूँ। रास्ता और ठिकाने का पता मुझे लग चुका है।' बाद इसके पलँग के पास जा बेहोशी का धूरा रानी की नाक के पास ले गये जो साँस लेती दफे उसके दिमाग पर चढ़ गया और वह एकदम से बेहोश हो गयी। तेजसिंह ने नाक पर हाथ रखकर देखा, बेहोशी की साँस चल रही थी, झट रानी को तो पकड़े में बाँधा ओर पुर्जा जो लिखा था वह तकिये के नीचे रखकर वहाँ से उसी कमन्द के जरिये से बाहर हुए और गंगा किनारेवाली खिड़की, जो भीतर से बन्द थी, खोल तेजी के साथ पहाड़ी की तरफ निकल गये। बहुत दूर जा एक दर्रे में रानी को और ज्यादे बेहोश करके रख दिया ओर फिर लौटकर किले के दरवाजे पर आ एक तरफ किनारे छिपकर बैठ गये।

सातवाँ बयान

अब सबेरा हुआ ही चाहता है, महल में लौडियों की आँखें खुलीं तो महारानी को न देखकर घबड़ा गयीं, इधर–उधर देखा, कहीं–नहीं। आखिर खूब गुल–शोर मचा, चारों तरफ खोज होने लगी, पर कहीं पता न लगा। यह खबर बाहर तक फैल गयी, सभो को फिक्र पैदा हुई। महाराज शिवदत्त लड़ाई से भागे हुए दस–पन्द्रह सवारों के साथ चुनार पहुँचे, किले के अंदर घुसते ही मालूम हुआ कि महल में से महारानी गायब हो गयीं। सुनते ही जान सूख गयीं, दोहरी चपेट बैठी धड़धड़ाते हुए महल में चले आये, देखा कि कुहराम मचा हुआ है, चारों तरफ से रोने की आवाज आ रही है।

इस वक्त महाराज शिवदत्त की अजब हालत थी, हवास ठिकाने नहीं थे, लड़ाई से भागकर थोड़ी ही देर पर फौज को तो छोड़ दिया था और सब ऐयारों को कुछ समझा–बुझा आप चुनार चले आये थे, यहाँ यह कैफियत देखी। आखिर उदास होकर महारानी के बिस्तर के पास आये और बैठकर रोने लगे। तकिए के नीचे से एक कागज का कोना निकला हुआ दिखायी पड़ा जिसे महाराज ने खोला, देखा कुछ लिखा है। यह वहीं कागज था जिसे तेजसिंह ने लिखकर

रख दिया था। अब उस पुर्जे को देखकर महाराज कई तरह की बातें सोचने लगे। एक तो महारानी का लिखा नहीं मालूम होता है, उनके अक्षर इतने साफ नहीं है। फिर किसने लिखकर रख दिया? अगर रानी ही का लिखा है तो उन्हें यह कैसे मालूम कि चन्द्रकान्ता फलानी जगह छिपायी गयी है? अब क्या किया जाय? कोई ऐयार भी नहीं जिसको पता लगाने के लिए भेजा जाय। अगर किसी दूसरे को वहाँ भेजूँ जहाँ चन्द्रकान्ता कैद है तो बिल्कुल भण्डा फूट जाय।

ऐसी–ऐसी बहुत–सी बातें देर तक महाराज सोचते रहे, आखिर जी में यही आया कि चाहे जो हो मगर एक दफे जरूर जाकर उस जगह देखना चाहिए जहाँ चन्द्रकान्ता कैद है। कोई हर्ज नहीं अगर हम अकेले जाकर देखें मगर दिन में नहीं शाम हो जाय तो चलें। यह सोचकर बाहर आये और अपने दीवानखाने में भूखे–प्यासे चुपचाप बैठे रहे, किसी से कुछ न कहा मगर बिना हुक्म महाराज के बहुत से आदमी महारानी का पता लगाने जा चुके थे।

शाम होने लगी, महाराज ने अपनी सवारी का घोड़ा मँगवाया और सवार हो अकेले ही किले के बाहर निकले और पूरब की तरफ रवाना हुए। अब बिल्कुल शाम बल्कि रात हो गयी मगर चाँदनी रात होने के सबब साफ दिखायी देता था। तेजसिंज जो किले के दरवाजे के पास ही छिपे हुए थे। महाराज शिवदत्त को अकेले घोड़े पर जाते देख साथ हो लिये, तीन कोस तक पीछे–पीछे तेजी के साथ चले गये मगर महाराज को यह न मालूम हुआ कि साथ–साथ कोई छिपा हुआ आ रहा है। अब महाराज ने अपने घोड़े को एक नाले में चलाया जो बिल्कुल सूखा पड़ा था। जैसे–जैसे आगे जाते थे, नाला गहरा मिलता जाता था और दोनों तरफ के पत्थर के कगार ऊँचे होते जाते थे। दोनों तरफ बड़ा भारी डरावना जंगल तथा बड़े–बड़े साखू और आसन के पेड़ थे। खूनी जानवरों की आवाजें कान में पड़ रही थीं। जैसे–जैसे आगे बढ़ते जाते थे कगार ऊँचे और नाले

के किनारेवाले पेड़ आपुस में ऊपर से मिलते जाते थे। इसी तरह से लगभग एक कोस के चले गये। अब नाले में चन्द्रमा की चाँदनी बिल्कुल नहीं मालूम होती क्योंकि दोनों तरफ से दरख्त आपुस में बिल्कुल मिल गये थे, अब वह नाला नहीं मालूम होता बल्कि कोई सुरंग मालूम होती है।

महाराज का घोड़ा पथरीली जमीन और अँधेरा होने के सबब धीरे–धीरे जाने लगा, तेजसिंह बढ़कर महाराज के और पास हो गये। यकायक कुछ दूर पर एक छोटी–सी रोशनी नजर पड़ी जिससे तेजसिंह ने समझा कि शायद यह रास्ता यहीं तक आने का है और यही ठीक भी निकला। जब रोशनी के पास पहुँचे देखा कि एक छोटी–सी गुफा है जिसके बाहर दोनों तरफ लम्बे–लम्बे ताकतवर, सिपाही नंगी तलवार हाथ में लिये पहरा दे रहे हैं जो बीस के लगभग होंगे। भीतर भी साफ दिखायी देता था कि दो औरतें पत्थरों पर ढासना लगाये बैठी हैं। तेजसिंह ने पहिचान तो लिया कि दोनों चन्द्रकान्ता और चपला है मगर उनकी सूरत साफ–साफ नहीं नजर पड़ी।

महाराज को देखकर सिपाहियों ने पहिचाना और एक ने बढ़कर घोड़ा थाम लिया, महाराज घोड़े पर से उतर पड़े। सिपाहियों ने दो मशाल जालाये जिनकी रोशनी में तेजसिंह को अब साफ चन्द्रकान्ता और चपला की सूरत दिखायी देने लगी, चन्द्रकान्ता का मुँह पीला हो रहा था, सिर के बाल खुले हुए थे और सिफ फटा हुआ था, मिट्टी में सनी हुई बदहवास एक पत्थर से लगी पड़ी थी और चपला बगल में एक पत्थर के सहारे उठंगी हुई चन्द्रकान्ता के सिर पर हाथ रखे बैठी थी। सामने खाने की चीजें रखी हुई थीं, जिनके देखने ही से मालूम होता था कि किसी ने उन्हें छुआ तक नहीं। इन दोनों की सूरत से नाउम्मीदी बरस रही थी, जिसे देखते ही तेजसिंह की आँखों से आँसू निकल पड़े।

महाराज ने आते ही इधर–उधर देखा, जहाँ चन्द्रकान्ता बैठी थी वहाँ भी चारों तरफ देखा, मगर कुछ मतलब न निकला क्योंकि यह तो रानी को खोजने आये थे, उस पुर्जे पर जो रानी के बिस्तर पर पाया था महाराज को बड़ी उम्मीद थी मगर कुछ न हुआ, किसी से कुछ पूछा भी नहीं, चन्द्रकान्ता की तरफ भी अच्छी तरह नहीं देखा और लौटकर घोड़े पर सवार हो पीछे फिरे, सिपाहियों को महाराज के इस तरह आकर फिर जाने से ताज्जुब हुआ मगर पूछता कौन? मजाल किसकी थी? तेजसिंह ने जब महाराज को फिरते देखा तो चाहा कि कहीं बगल में छिप रहें मगर छिप न सके क्योंकि नाला तंग था और ऊपर चढ़ जाने को कहीं जगह न थी, लाचार नाले के बाहर होना ही पड़ा। तेजी के साथ महाराज के पहिले नाले के बाहर हो गये और एक किनारे छिप रहे। महाराज वहाँ से निकल शहर की तरफ रवाना हुए।

अब तेजसिंह सोचने लगे कि यहाँ से मैं अकेला चन्द्रकान्ता को कैसे छुड़ा सकूँगा। लड़ने का मौका नहीं, करूँ तो क्या करूँ? अगर महाराज की सूरत बनकर जाऊँ और कोई काम करूँ तो भी ठीक नहीं होता क्योंकि, महाराज अभी यहाँ से लौटे हैं, दूसरी कोई तरकीब करूँ और काम न चले, बेरी को मालूम हो जाय, तो यहाँ से फिर चन्द्रकान्ता दूसरी जगह छिपा दी जायगी, तब और मुश्किल होगी। इससे यही ठीक है कि कुमार के पास लौअ चलूँ और वहाँ से कुछ आदमियों को लाऊँ क्योंकि इस नाले में अकेले जाकर इन लोगों का मुकाबला करना ठीक नहीं।

यही सबकुछ सोच तेजसिंह विजयगढ़ की तरफ चले, रात–भर चले गये दूसरे दिन दोपहर को बीरेन्द्रसिंह के पास पहुँचे। कुमार ने तेजसिंह को गले लगाया और बेताबी के साथ पूछा, ''क्यों कुछ पता लगा?'' जवाब में 'हाँ' सुनकर कुमार बहुत खुश हुए और सभों को बिदा किया; केवल कुमार, देवी–सिंह, फतहसिंह सेनापति और

तेजसिंह रह गये। कुमार ने खुलासा हाल पूछा, तेजसिंह ने सब हाल कह सुनाया और बोले, "अगर किसी दूसरे को छुड़ाना होता या किसी गैर को पकड़ना होता तो मैं अपनी चालाकी कर गुजरता, अगर काम बिगड़ जाता तो भाग निकलता, मगर मामला चन्द्रकान्ता का है जो बहुत सुकुमार हैं। न तो मैं अपने हाथ से उनकी गठरी बाँध सकता हूँ और न किसी तरह की तकलीफ दिया चाहता हूँ। होना ऐसा चाहिए कि वार खाली न जाय। मैं सिर्फ देवीसिंह को लेने आया हूँ और अभी लौट जाऊँगा, मुझे मालूम हो गया कि आपने महाराज शिवदत्त पर फतह पायी हैं अभी कोई हर्ज भी देवीसिंह के बिना आपका न होगा।"

कुमार ने कहा, "देवीसिंह भी चलें और मैं भी तुम्हारे साथ चलता हूँ, क्योंकि यहाँ तो अभी लड़ाई की कोई उम्मीद नहीं और फिर फतहसिंह हुई हैं, कोई हर्ज भी नहीं।" तेजसिंह ने कहा, "अच्छी बात है आप भी चलिए।" यह सुनकर कुमार उसी वक्त तैयार हो गये। और फतहसिंह को बहुत–सी बातें समझा–बुझाकर शाम होते–होते वहाँ से रवाना हुए। कुमार घोड़े पर, तेजसिंह और देवीसिंह पैदल कदम बढ़ाते चले। रास्ते में कुमार ने शिवदत्त पर फतह पाने का बिल्कुल हाल कहा और उन सवारों का हाल भी कहा जो मुँह पर नकाब डाले हुए थे और जिन्होंने आगे वक्त पर मदद की थी। उनका हाल सुन तेजसिंह भी हैरान हुए मगर कुछ ख्याल में न आया कि वे नकाबपोश कौन थे।

यही सब सोचते जा रहे थे, रात चाँदनी थी, रास्ता साफ दिखायी दे रहा था, कुल चार कोस के लगभग गये होंगे कि रास्ते में पण्डित बद्रीनाथ अकेले दिखायी पड़े और उन्होंने भी कुमार को देख पास आ सलाम किया। कुमार ने सलाम का जवाब हँसकर दिया। देवीसिंह ने कहा, "अजी बद्रीनाथ–जी आप क्या उस डरपोक गीदड़, दगाबाज और चोर का संग किये हैं। हमारे दरबार में आइए

देखिए हमारा सरदार क्या शेरदिल और इन्साफ पसन्द है!'' बद्रीनाथ ने कहा, ''तुम्हारा कहना बहुत ठीक है और एक दिन ऐसा ही होगा, मगर जब तक महाराज शिवदत्त से मामला तै नहीं होता मैं कब आपके साथ हो सकता हूँ, और अगर हो भी जाऊँ तो आप लोग कब मुझ पर विश्वास करेंगे, आखिर मैं भी ऐयार हूँ!'' इतना कह और कुमार को सलाम कर जल्दी दूसरा रास्ता पकड़ एक घने जंगल में जा नजर से गायब हो गये। तेजसिंह ने कुमार से कहा, ''रास्ते में बद्रीनाथ का मिलना ठीक न हुआ, अब वह जरूर इस बात की खोज में होगा कि हम लोग कहाँ जाते हैं।'' देवीसिंह ने कहा, ''हाँ इसमें कोई शक नहीं कि यह शगुन खराब हुआ।'' यह सुनकर कुमार का कलेजा धड़कने लगा। बोले, फिर अब क्या किया जाय?'' तेजसिंह ने कहा, ''इस वक्त और कोई तरकीब तो हो ही नहीं सकती, हाँ एक बात है कि हम लोग जंगल का रास्ता छोड़ मैदान–मैदान चले। ऐसी करने से पीछे का आदमी आता हुआ मालूम होगा।'' कुमार ने कहा, ''अच्छा तुम आगे चलो।''

अब वे तीनों जंगल छोड़ मैदान में हो लिये। पीछे फिर–फिर से देखते जाते थे मगर कोई आता हुआ मालूम न पड़ा। रात–भर बेखटके चले गये। जब दिन निकला एक नाले के किनारे तीनों आदमियों ने बैठ जरूरी कामों से छुट्टी पा स्नान सन्ध्या किया और फिर रवाना हुए। पहर दिन चढ़ते–चढ़ते एक बड़े जंगल में ये लोग पहुँचे। जहाँ से वह नाला जिसमें चन्द्रकान्ता और चपला थी दो कोस बाकी था। तेजसिंह ने कहा, ''दिन इसी जंगल में बिताना चाहिए शाम हो जाय तो वहाँ चलें, क्योंकि काम रात ही में ठीक होगा।'' यह कह एक बहुत बड़े सलई के पेड़ तले डेरा जमाया। कुमार के वास्ते जीनपोष बिछा दिया और घोड़े को खोल गले में लम्बी रस्सी डाल एक पेड़ से बाँध चरने के लिए छोड़ दिया। दिन–भर बातचीत और तरकीब सोचने में गुजर गया, सूरज अस्त होने पर ये लोग वहाँ

से रवाना हुए। थोड़ी देर में उस नाले के पास जा पहुँचे, पहले दूर ही खड़े होकर चारों तरफ निगाह दौड़ाकर देखा, जब किसी की आहट न मिली तब नाले में घुसे।

कुमार इस नाले को देख बहुत हैरान हुए और बोले, ''अजब भयानक नाला है!'' धीरे–धीरे आगे बढ़े जब नाले के आखीर में पहुँचे जहाँ पहिले दिन तेजसिंह ने चिराग जलते देखा था तो वहाँ अन्धेरा पाया। तेजसिंह का माथा ठनका कि यह क्या मामला है। आखिर उस कोठरी के दरवाजे पर पहुँचे जिसमें कुमार हौर चपला थीं। देखा कि कई आदमी जमीन पर पड़े हैं। अब तो तेजसिंह ने अपने बटुए में से सामान निकाल रोशनी की जिससे साफ मालूम हुआ कि जितने पहरेवाले पहिले दिन देखे थे सब जख्मी होकर मरे पड़े हैं। अन्दर घुसे, कुमारी और चपला का पता नहीं, हाँ दोनों के गहने टूटे–फूटे पड़े थे और चारों तरफ खून जमा हुआ था। कुमार से न रहा गया, एकदम 'हाय' करके गिर पड़े और आँसू बहाने लगे। तेजसिंह समझाने लगे कि 'आप इतने बेताब क्यों हो गये। जिस ईश्वर ने हमें यहाँ तक पहुँचाया वहीं फिर उस जगह पहुँचावेगा जहाँ कुमारी है'! कुमार ने कहा, ''भाई, अब मैं चन्द्रकान्ता के मिलने से ना उम्मीद हो गया, जरूर वह परलोक को गयी।'' तेजसिंह ने कहा, ''कभी नहीं, अगर ऐसा होता तो इन्हीं लोगों में वह भी पड़ी होती।'' देवीसिंह बोले, ''कहीं बद्रीनाथ की चालाकी तो नहीं भई!'' इन्होंने जवाब दिया, ''यह बात भी जी में नहीं बैठती, भला अगर हम यह भी समझ लें कि बद्रीनाथ की चालाकी हुई तो इन प्यादों को मारनेवाला कौन था? अजब मामला है, कुछ समझ में नहीं आता। खैर कोई हर्ज नहीं वह भी मालूम हो जायगा, अब यहाँ से जल्दी चलना चाहिए।''

कुँअर बीरेन्द्रसिंह की इस वक्त कैसी हालत थी उसका न कहना ही ठीक है। बहुत समझा–बुझाकर वहाँ से कुमार को उठाया और नाले के बाहर लाये। देवीसिंह ने कहा, ''भला वहाँ तो चलो,

जहाँ शिवदत्त की रानी को रक्खा हैं'' तेजसिंह ने कहा, ''चलो'' तीनों वहाँ गये, देखा कि महारानी कलावती भी वहाँ नहीं हैं, और तबीयत परेशान हुई।

रात आधी से ज्यादा जा चुकी थी, तीनों आदमी बैठे सोच रहे थे कि यह क्या मामला हो गया। यकायक देवीसिंह बोले, ''गुरुजी, मुझे एक तरबीक सूझी है जिसके करने से सब पता लग जायगा कि यह क्या मामला हैं आप ठहरिए, इसी जगह आराम कीजिए, मैं पता लगाता हूँ अगर बन पड़ेगा तो ठीक पता लगने का सबूत भी लेता जाऊँगा।'' तेजसिंह ने कहा, ''जाओ, तुम ही कोई तारीफ का काम करो हम दोनों इसी जंगल में रहेंगे।'' देवीसिंह एक देहाती पण्डित की सूरत बन रवाना हुए वहाँ से चुनार करी ही था, थोड़ी देर में पहुँचे। दूर से देखा एक सिपाही टहलता हुआ पहरा दे रहा है। एक शीशी हाथ में ले उसके पास गये और एक अशर्फी दिखाकर देहाती बोली में बोले, ''इस अशर्फी को आप ले लीजिए और इस इत्र को पहिचान दीजिए कि किसी चीज का है। हम देहात में रहनेवाले हैं, वहाँ एक गन्धी गया और उसने यह इत्र दिखाकर हमसे कहा कि अगर इसको पहिचान दो तो हम पाँच अशीर्फी तुमको दें, सो हम देहाती आदमी क्या जानें कौन चीज का इत्र है इसलिए रातों–रात यहाँ चले आये, परमेश्वर ने आपको मिला दिया है, आप राजदरबार के रहनेवाले ठहरे, बहुत इत्र देखा होगा, इसको पहिचान के बता दीजिए तो हम इसी समय लौट के गाँव पहुँच जायँ, सवेरे ही जवाब देने का उस गन्धी से वादा है।'' देवीसिंह की बात सुन और पास ही एक दुकान के दरवाजे पर चलते हुए चिराग की रोशनी में अशर्फी को देख खुश हो वह दिल–ही–दिल में सोचने लगा कि अजब बेवकूफ आदमी से काम पड़ा है। मुफ्त की अशर्फी मिलती है ले लो, जो कुछ जी में आवे बता दो, क्या कल मुझसे अशर्फी फेरने आयेगा? यह सोच अशर्फी तो अपने खलीते में रख ली और कहा, ''यह कौन

बड़ी बात है, हम बता देते हैं!'' उसी शीशी का मुँह खोलकर सूँघा, बस फिर क्या था, सूँघते ही जमीन पर लेट गया, दीन–दुनिया की खबर ही न रही, बेहोश होने पर देवीसिंह उस सिपाही की गठरी बाँध तेजसिंह के पास ले आये और कहा कि 'यह किले पर पहरा देनेवाला है, पहिले इससे पूछ लेना चाहिए, अगर काम न चलेगा तो फिर दूसरी तरकीब की जाएगी'। यह कह उस सिपाही को होश में लाये। वह फौरन हो गया कि यकायक यहाँ कैसे आ फँसे, देवीसिंह को उस देहाती पण्डित की सुरत में सामने खड़े देखा, दूसरी तरफ दो बहादुर और दिखायी दिये। कुछ कहा ही चाहता था कि देवीसिंह ने पूछा, ''यह बताओ कि तुम्हारी महारानी कहाँ है? बताओ जल्दी।'' उस सिपाही ने हाथ–पैर बँधे रहने पर भी कहा कि 'तुम महारानी को पूछनेवाले कौन हो, तुम्हें मतलब'? तेजसिंह ने उठकर एक लात मारी और कहा, ''बताता है कि मतलब पूछता है!'' अब तो उसने बेउज्र कहना शुरु कर दिया कि महारानी कई दिनों से गायब हैं, कहीं पता नहीं लगता, महल में गुलगपाड़ा मचा हुआ है, इससे ज्यादे कुछ नहीं जानते।

तेजसिंह ने कुमार से कहा, ''अब पता लगाना कई रोज का काम हो गया। आप अपने लश्कर में जाइए, मैं ढूँढ़ने की फिक्र करता हूँ!'' कुमार ने कहा, ''अब मैं लश्कर में न जाऊँगा।'' तेजसिंह ने कहा, ''अगर आप ऐसा करेंगे तो भारी आफत होती, शिवदत्त को यह खबर लगी तो फौरन लड़ाई शुरु कर देगा, महाराज जयसिंह यह हाल पाकर और भी घबड़ा जायेंगे, आपके पिता सुनते ही सूख जाएँगे।'' कुमार ने कहा, ''चाहे जो हो, जब चन्द्रकान्ता ही नहीं है तो दुनिया में कुछ हो मुझे क्या परवाह!'' तेजसिंह ने बहुत समझाया कि ऐसा न करना चाहिए, आप धीरज को न छोड़िए नहीं तो हम लोगों का भी जी टूट जाएगा, फिर कुछ न सकेंगे। आखिर कुमार ने कहा, ''अच्छा कल–भर हमको अपने साथ रहने दो, कल तक अगर

पता न लगा तो हम लश्कर में चले जाएँगे और फौज लेकर चुनार पर चढ़ जाएँगे। हम लड़ाई शुरु कर देंगे, तुम चन्द्रकान्ता की खोज करना।'' तेजसिंह ने कहा, ''अच्छा यही सही!'' ये सब बातें इस तौर पर हुई थीं कि उस सिपाही को कुछ भी नहीं मालूम हुआ जिसको देवीसिंह पकड़ लाये थे।

तेजसिंह ने उस सिपाही को एक पेड़ के साथ कस के बाँध दिया और देवीसिंह से कहा, ''अब तुम यहाँ कुमार के पास ठहरो, मैं जाता हूँ और जो कुछ हाल है पता लगा जाता हूँ'' देवीसिंह ने कहा, ''अच्छा जाइए।'' तेजसिंह ने देवीसिंह से कई बातें पूछीं और उस सिपाही का भेष बना किले की तरफ रवाना हुए।

आठवाँ बयान

जिस जंगल में कुमार और देवीसिंह बैठे थे और उस सिपाही को पेड़ से बाँधा था वह बहुत ही घना था। वहाँ जल्दी किसी की पहुँच नहीं हो सकती थी। तेजसिंह के चले जाने पर कुमार और देवीसिंह एक साफ पत्थर की चट्टान पर बैठे बातें कर रहे थे। सवेरा हुआ ही चाहता था कि पूरब की तरफ से किसी का फेंका हुआ। एक छोटा–सा पत्थर कुमार के पास आ गिरा। ये दोनों ताज्जुब से उस तरफ देखने लगे कि एक पत्थर और आया। मगर किसी को लगा नहीं। देवीसिंह ने जोर से आवाज दी, "कौन है जो छिप के पत्थर मारता है, सामने क्यों नही आता?" जवाब में आवाज आयी "शेर की बोली, बोलनेवाले गीदड़ों को दूर से ही मारा जाता है।" यह आवाज सुनते ही कुमार को गुस्सा चढ़ आया, झट तलवार के कब्जे पर हाथ रखकर उठ खड़े हुए। देवीसिंह ने हाथ पकड़कर कहा, "आप क्यों गुस्सा करते हैं, मैं अभी उस नालायक को पकड़ लाता हूँ, वह है क्या चीज?" यह कह देवीसिंह उस तरफ गये जिधर से आवाज आयी थी। इनके आगे बढ़ते ही एक और पत्थर पहुँचा जिसे देख देवीसिंह तेजी के साथ आगे बढ़े। एक आदमी दिखायी

पड़ा मगर घने पेड़ों में अँधेरा ज्यादे होने के सबब उसकी सूरत नहीं नजर आयी। वह देवीसिंह को अपनी तरफ आते देख एक और पत्थर मारकर भागा। देवीसिंह भी उसके पीछे दौड़े मगर वह कई दफे इधर–उधर लोमड़ी की तरह चक्कर लगाकर उन्हीं घने पेड़ों में गायब हो गया। देवीसिंह भी इधर–उधर खोजने लगे, यहाँ तक कि सवेरा हो गया, बल्कि दिन निकल आया। लेकिन साफ दिखायी देने पर भी कहीं फिर आये जिस जिगह कुमार को छोड़ गये थे। देखा तो कुमार नहीं। इधर–उधर देखा कहीं पता नहीं। उस सिपाही के पास आये जिसको पेड़ के साथ बाँध दिया था, देखें तो वह भी नहीं। जी उड़ गया आँखों में आँसू भर आये, उसी चट्टान पर बैठ गये और सिर पर हाथ रखकर सोचने लगे– "अब क्या करें, किधर ढूँढ़े, कहाँ जायें अगर ढूँढ़ते–ढूँढ़ते कहीं दूर निकल गये और इधर तेजसिंह आये न देखा तो कुमार नहीं। इधर–उधर देखा कहीं पता नही। उस सिपाही के पास आये जिसको पेड़ के साथ बाँध दिया था, देखें तो वह भी नहीं। जी उड़ गया, आँखों में आँसू भर आये, उसी चट्टान पर बैठ गये और सिर पर हाथ रखकर सोचने लगे– "अब क्या करें, किधर ढूँढ़ें, कहाँ जायें। अगर ढूँढ़ते–ढूँढ़ते कहीं दूर निकल गये और इधर तेजसिंह आये और हमको न देखा तो उनकी क्या दशा होगी?" इन सब बातों को सोच देवीसिंह और थोड़ी देर इधर–उधर देखा–भाली कर फिर उसी जगह चले आये और तेजसिंह की राह देखने लगे। बीच–बीच में इसी तरह कई दफे देवीसिंह ने उठकर खोज की मगर कुछ काम न निकला।

नौवाँ बयान

तेजसिंह पहरेवाले सिपाही की सूरत में किले के दरवाजे पर पहुँचे। कई सिपाहियों ने जो सबेरा हो जाने के सबब जाग उठे थे तेजसिंह की तरफ देखकर कहा, "जैरामसिंह, तुम कहाँ चले गये थे? यहाँ पहरे में गड़बड़ पड़ गया। बद्रीनाथ जी ऐयार पहरे की जाँच करने आये थे, तुम्हारे कहीं चले जाने का हाल सुनकर बहुत खफा हुए और तुम्हारा पता लगाने के लिए आप ही कहीं गये हैं, अभी तक नहीं आये। तुम्हारे सबब से हम लोगों पर भी खफगी हुई।" जैरामसिंह (तेजसिंह) ने कहा, मेरी तबीयत खराब हो गयी थी, हाजत मालूम हुई सब सबब से मैदान चला गया, कई दस्त आये जिससे देर हो गयी और फिर भी कुछ पेट में गड़बड़ मालूम पड़ता है। भाई जान है तो जहान है, चाहे कोई रंज हो या खुश हो, यह जरूरत तो रोकी नहीं जाती, मैं फिर जाता हूँ और अभी आता हूँ!" यह कह नकली जैरामसिंह तुरन्त वहाँ से चलता बना।

पहरेवालों से बातचीत करके तेजसिंह ने सुन लिया कि बद्रीनाथ आये थे और उनकी खोज में गये हैं, इससे वे होशियार हो गये। सोचा कि अगर हमारे यहाँ होते बद्रीनाथ लौट आवेंगे तो जरूर

पहिचान जाएँगे, इससे यहाँ ठहरना मुनासिब नहीं। आखिर थोड़ी दूर जा एक भिखमंगे की सूरत बना सड़क के किनारे बैठ गये और बद्रीनाथ के लौट आने की राह देखने लगे। थोड़ी देर गुजरी थी कि दूर से बद्रीनाथ आते दिखायी पड़े, पीछे–पीछे पीठ पर गट्ठर लादे नाजिम था जिसके पीछे वह सिपाही भी था जिसकी सूरत बना तेजसिंह आये थे।

तेजसिंह इस ठाठ से बद्रीनाथ को आते देख चकरा गये। जी में सोचने लगे कि ढंग बुरे नजर आते हैं। इस सिपाही को जो पीछे–पीछे चला आता है मैं पेड़ के साथ बाँ आया था, उसी जगह कुमार और देवीसिंह भी थे। बिना कुछ उपद्रव मचाये इस सिपाही को ये लोग नहीं पा सकते थे। जरूर कुछ–कुछ उपद्रव मचाये इस सिपाही को ये लोग नहीं पा सकते थे। जरूर कुछ–न–कुछ बखेड़ा हुआ है। जत्र्यर उस गट्ठर में जो नाजिम की पीठ पर है कुमार होंगे या देवीसिंह, मगर इस वक्त बोलने का मौका नहीं, क्योंकि यहाँ सिवाय इन लोगों के हमारी मदद करनेवाला कोई न होगा। यह सोचकर तेजसिंह चुपचाप उस तरह बैठ रहे। जब ये लोक गट्ठर लिये हुए किले के अन्दर चले गये तब उठकर उस तरफ कार रास्ता लिया जहाँ कुमार और देवीसिंह को छोड़ आये थे। देवीसिंह, उसी जगह पत्थर पर उदास बैठे कुछ सोच रहे थे कि तेजसिंह आ पहुँचे। देखते ही देवीसिंह दौड़कर पैरों पर गिर पड़े और गुस्से–भरी आवाज में बोले, "गुरुजी, कुमार तो दुश्मनों के हाथ पड़ गये।'

तेजसिंह पत्थर पर बैठे गये और बोले, "खैर खुलासा हाल कहा, क्या हुआ!" देवीसिंह ने जो कुछ बीता था, सब हाल कह सुनाया। तेजसिंह ने कहा, देखा आजकल हम लोगों का नसीब कैसा उल्टा हो रहा है, फिक्र चारों तरफ की ठहरी, मगर करें तो क्या करों? बेचारी चन्द्रकान्ता और चपला न मालूम किस आफत में फँस गयीं और उनकी क्या देशा होगी उसकी फिक्र तो थी ही मगर

कुमार का फँसना तो गजब हो गया।'' थोड़ी देर तक देवीसिंह और तेजसिंह बातचीत करते रहे, इसके बाद उठकर दोनों ने एक तरफ का रास्ता लिया।

दसवाँ बयान

चुनार के किले के अन्दर महाराज शिवदत्त के खास महल में एक कोठरी के अन्दर जिसमें लोहे के छड़दार किवाड़ लगे हुए थे हाथों में हथकड़ी पैरों में बेड़ी पड़ी हुई, दरवाजे के सहारे उदास मुख बीरेन्द्रसिंह बैठे हैं। पहरे पर कई औरतें कमर से छुरा बाँधे टहल रही हैं। कुमार धीरे–धीरे भुनभुना रहे हैं, ''हाय चन्द्रकान्ता का पता लगा भी तो किसी काम का नहीं। भला पहिले तो यह मालूम हो गया था कि शिवदत्त चुरा ले गया, मगर अब क्या कहा जाय! हा चन्द्रकान्ता, तू कहाँ है? मुझको बेड़ी और यह कैद कुछ तकलीफ नहीं देता जैसा तेरा लापता हो जाना खटक रहा है। हाय, अगर मुझको इस बात का यकीन हो जाय कि तू सही–सलामत है और अपने माँ–बाप के पास पहुँच गयी तो इसी कैद में भूखे प्यासे मर जाना मेरे लिए खुशी की बात होगी मगर जब तक तेरा पता नहीं लगता, जिन्दगी बुरी मालूम होती है। हाय! तेरी क्या दशा होगी, मैं कहाँ ढूँढ़ू! यह हथकड़ी–बेड़ी इस वक्त मेरे साथ काटे पर नकम का काम कर रही है। हाय, क्या अच्छी बात होती अगर इस वक्त कुमारी की खोज में जंगल–जंगल मारा–मारा फिरता, पैरों में काँटे

गड़े होते, खून निकलता होता, भूख–प्यास लगने पर भी खाना–पीना छोड़कर उसी का पता लगाने की फिक्र होती। हे ईश्वर! तूने कुछ न मजबूत हूँ, तूने तो मेरे हाथ–पैर की जकड़ डाले। हाय, जिसको पैदा करके तूने हर तरह का सुख दिया उसका दिल दुखाने और उसको खराब करन में तुझे क्या मजा मिलता है?''

ऐसी–ऐसी बातें करते हुए कुँअर बीरेन्द्रसिंह की आँखों से आँसू जारी थे और लम्बी–लम्बी साँस ले रहे थे। रात आधी के लगभग जा चुकी थी। जिस कोठरी में कुमार कैद थे उसके सामने सजे हुए दालान में चार–पाँच शीशे जल रहे थे, कुमार का जी जब बहुत घबड़ाया सिर उठाकर उस तरफ देखने लगे। एकबारगी पाँच–सात लौंडियाँ एक तरफ से निकल आयीं और हाँड़ी, डोल, दीवारगीर झाड़, बैठकी, कंवल, मृदंगी वगैरह शीशों को जलाया जिनकी रोशनी से एकदम दिन–सा हो गया। बाद इसके दालान के बीचोंबीच एक बेशकीमत गद्दी बिछायी और तब, सब लौंडियाँ खड़ी होकर एकदम दरवाजे की तरफ देखने लगीं। मानों किसी के आने का इन्तजार कर रही हैं। कुमार बड़े गौर से देख रहे थे, क्योंकि इनको इस बात का बड़ा ताज्जुब था कि वे महल के अन्दर जहाँ मर्दों की बू तक नहीं जा सकती, क्यों कैद किये गये और इसमें राजा शिवदत्त ने क्या फायदा सोचा!

थोड़ी देर बाद महाराज शिवदत्त अजब ठाठ से आते दिखायी पड़े, जिसको देखते ही बीरेन्द्रसिंह चौंक पड़े। अजब हालत हो गयी, एकटक देखने लगे। देखा कि महाराज शिवदत्त के दाहिनी तरफ चन्द्रकान्ता और बायी तरफ चपला है, दोनों के हाथों में हाथ दिये धीरे–धीरे आकर उस गद्दी पर बैठ गये जो बीच में बिछी हुई थी। चन्द्रकान्ता और चपला भी दोनों तरफ साथ सटकर महाराज के पास बैठ गयी।

चन्द्रकान्ता और कुमार का साथ तो लड़कपन ही से था मगर आज चन्द्रकान्ता की खूबसूरती और नजाकत जितनी चढ़ी–बढ़ी थी इसके पहिले कुमार ने कभी नहीं देखी थी नहीं देखी थी। सामने पानदान, इत्रदान वगैरह सब सामान पेश का रखा हुआ था।

यह देख कुमार की आँखों में खून उतर आया, जी में सोचने लगे, "यह क्या हो गया! चन्द्रकान्ता इस तरह खुशी–खुशी शिवदत्त के बगल में बैठी हुई हाव–भाव कर है, यह क्या मामला है? क्या मेरी मुहब्बत एकदम उसके दिल से जाती रही, सात ही माँ–बाप की मुहब्बत भी बिल्कुल उड़ गयी? जिसमें मेरे सामने उसकी यह कैफियत है! क्या वह यह नहीं जानती कि उसके सामने ही मैं उस कोठरी मैं कैदियों की तरह पड़ा हुआ हूँ? जरूर जानती है, वह देखो मेरी तरफ तिरछी आँखों से देख मुँह बिचका रही है। साथ ही इसके चपला को क्या हो गया हो गया। जो तेजसिंह पर जी दिये बैठी थी और हथेली पर जान रख इसी महाराज शिवदत्त को छकाकर तेजसिंह को छुड़ा ले गयी थी। उस वक्त महाराज शिवदत्त की मुहब्बत इसको न हुई और आज इस तरह अपनी मालकिन चन्द्रकान्ता के साथ बराबरी के दर्जे पर शिवदत्त के बगल में बैठी है। हाय–हाय, स्त्रियों का कुछ ठिकाना नहीं, इन पर भरोसा करना बड़ी भारी भूल है। हाय क्या मेरी लड़की ऐसा काम करे! हाय अब मेरा जीना व्यर्थ है, मैं जरूर अपनी जान दे दूँगा, मगर क्या चन्द्रकान्ता और चपला को शिवदत्त के लिए जीता छोड़ दूँगा। कभी नहीं।

यह ठीक है कि बीर पुरुष, स्त्रियों पर हाथ नहीं छोड़ते पर मुझको अब अपनी वीरता दिखानी नहीं, दुनिया में किसी के सामने मुँह करना नहीं है, मुझको यह सब सोचने से क्या फायदा? अब यही मुनासिब है कि इन दोनों को मारा डालना और पीछे अपनी भी जान दे देना। तेजसिंह भी जरूर मेरा साथ देंगे, चलो अब बखेड़ा ही तय डालो!" इतने में इठलाकर चन्द्रकान्ता ने महाराज शिवदत्त

के गले में हाथ डाल दिया, अब तो बीरेन्द्रसिंह सह न सके। जोर से झटका दे हथकड़ी तोड़ डाली, उसी जोश में एक लात सींखनेवाले किवाड़ में भी मारी और पल्ला गिरा शिवदत्त के पास पहुँचे। उसके सामने जो तलवार रखी थी, उसे उठा लिया और खींच के एक हाथ चन्द्रकान्ता पर ऐसा चलाया कि खट से सर अलग जा गिरा और धड़ तड़पने लगा, जब तक महाराज शिवदत्त सम्हले तब तक चपला के भी दो टुकड़े कर दिये, मगर महाराज शिवदत्त पर वार न किया।

महाराज शिवदत्त सम्हल कर उठ खड़े हुए, यकायकी इस तरह की ताकत और तेजी कुमार की देख सकते में हो गये, मुँह से आवाज तक न निकली, जवाँमर्दी हवा खाने चली गयी, सामने खड़े होकर कुमार का मुँह देखने गये।

कुँअर बीरेन्द्रसिंह खून–भरी नंगी तलवार लिये खड़े ही थे कि तेजसिंह और देवीसिंह धम्म से सामने आ मौजूद हुए। तेजसिंह ने आवाज दी, "वाह शाबाश, खूब दिल को सम्हाला।" यह कह झट से महाराज शिवदत्ते के गले में कमन्द डाल झटका दिया। शिवदत्त की हालत पहिले से ही खराब हो रही थी कुमन्द से गला घटते ही जमीन पर गिर पड़े। देवीसिंह ने झट गट्ठर बाँध पीठ पर लाद दिया। तेजसिंह ने कुमार की तरफ देखकर कहा, "मेरे साथ चले आइए अभी कोई दूसरी बात मत कीजिए, इस वक्त जो हालत आपकी है, मैं खूब जानता हूँ!"

इस वक्त सिवाय लौंडियों के कोई मर्द वहाँ पर नहीं था। इस तरह का खून–खराबा देखकर कई तो बदहवास हो गयीं, बाकी जो थीं उन्होंने चूँ तक न किया, एकटक देखती ही रह गयीं और ये लोग चलते बने।

ग्यारहवाँ बयान

कुमार का मिजाज बदल गया। वे बातें जो उनमें पहिले थीं, अब बिल्कुल न रहीं। माँ–बाप की फिक्र, विजयगढ़ का खयाल, लड़ाई की धुन, तेजसिंह की दोस्ती, चन्द्रकान्ता और चपला के मरते ही सब जाती रहीं, किले से ये तीनों बाहर आये आगे शिवदत्त की गठरी लिये देवीसिंह और उनके पीछे कुमारो के बीच में लिये तेजसिंह चले जाते हैं। कुँअर बीरेन्द्रसिंह को इसका कुछ भी खयाल न था कि वे कहाँ जा रहे हैं। दिऩ चढ़ते–चढ़ते ये लोग बहुत दूर घने जंगल में जा पहुँचे जहाँ तेजसिंह के कहने से देवीसिंह ने महाराज शिवदत्त की गठरी जमीन में रख दी और अपनी चादर से एक पत्थर खूब झाड़कर कुमार को बैठने के लिए कहा, मगर वे खड़े ही रहे, सिवाय जमीन देखने के कुछ भी न बोले।

कुमार की ऐसी देशा देखकर तेजसिंह बहुत घबड़ाये। जी में सोचने लगे कि अब इनकी जिन्दगी कैसे रहेगी? अजब हालत हो रही है, चेहरे पर मुर्दनी छा रही है, तनोबदन की सुंध नहीं, बल्कि पलकें नीचे को बिल्कुल नहीं गिरतीं, आँखों की पुतलियाँ जमीन देख रही हैं, जरा–भी इधर–उधर नहीं हटतीं। यह क्या हो गया! क्या

चन्द्रकान्ता के साथ ही इनका भी दम निकल गया! यह खड़े क्यों हैं! तेजसिंह ने कुमार का हाथ पकड़ बैठाने के लिए जोर किया, मगर घुटना बिल्कुल न मुड़ा, धम्म से जमीन पर गिरा पड़े सिर फूट गया खून निकलने लगा मगर पलकें उसी तरह खुली––की–खुली, पुतलियाँ ठहरी हुईं, साँस रुक–रुककर निकलने लगी।

अब तेजसिंह कुमार की जिन्दगी से बिल्कुल ही नाउम्मीद हो गये, रोकने से तबीयत न रुकी, जोर से पुकार–पुकारकर रोने लगे। इस हालत को देख देवीसिंह की भी छाती फटी, रोने में तेजसिंह के शरीक हुए। तेजसिंह पुकार–पुकारकर कहने लगे कि–"हाय कुमार, क्या सचमुच अब तुमने दुनिया छोड़ ही दी! हाय, न मालूम वह कौन–सी बुरी सायत थी कि कुमारी चन्द्रकान्ता की मुहब्बत तुम्हारे दिल में पैदा हुई जिसका नतीजा ऐसा बुरा हुआ, अब मालूम हुआ कि तुम्हारी जिन्दगी इतनी ही थी!" तेजसिंह इस तरह की बातें कहकर रो रहे थे कि इतने में एक तरफ से आवाज आयी–

"नहीं, कुमार की उम्र कम नहीं है, बहुत बड़ी है, इनको मारनेवाला कोई पैदा नहीं हुआ। कुमारी चन्द्रकान्ता की मुहब्बत बुरी सायत में नहीं हुई बल्कि बहुत अच्छी सायत में हुई, इसका नतीजा बहुत अच्छा होगा कुमारी से शादी तो होगी ही, साथ इसके चुनार की गद्दी भी कुँअर बीरेन्द्रसिंह को मिलेगी, बल्कि और भी कई राज्य इनके हाथ में फतह होंगे। बड़े तेजस्वी और इनसे भी ज्यादे नाम पैदा करनेवाले दो वीर पुत्र चन्द्रकान्ता के गर्भ से पैदा होंगे। हुआ क्या है जो रो रहे हो!"

तेजसिंह और देवीसिंह का रोना एकदम बन्द हो गया, इधर–उधर देखने लगे। तेजसिंह सोचने लगे कि 'हैं यह कौन है ऐसी मुर्दे को जिलाने–देखने लगे। तेजसिंह सोचने लगे कि 'हैं, यह कौन है, ऐसी मुर्दे को जलाने–वाली आवाज किसके मुँह से निकली!

क्या कहा! कुमार को मारनेवाला कौन है! कुमार के दो वीर पुत्र होंगे! यह कैसी बात है! तेजसिंह और देवीसिंह इधर–उधर देखने लगे पर कहीं कुछ पता न चला। फिर आवाज आयी, ''इधर देखो।' आवाज की सीध पर एक तरफ सिर उठाकर तेजसिंह न देखा कि पेड़ पर से जगन्नाथ ज्योतिषी नीचे उतर रहे हैं।

जगन्नाथ ज्योतिषी उतरकर तेजसिंह के सामने आये और बोले, ''आप हैरान मत होइए, ये सब बातें जो ठीक होने वाली हैं मैंने ही कही है! इसके सोचने की भी जरूरत नहीं कि मैं महाराज शिवदत्त का तरफदार होकर आपके हित की बातें क्यों कहने लगा! इसका सबब भी थोड़ी देर में मालूम हो जायगा और आप मुझको अपना सच्चा दोस्त समझने लगेंगे, पहिले कुमार की फिक्र कर लें, तब आपसे बातचीत हो!''

इसके बाद जगन्नाथ ज्योतिषी ने तेजसिंह और देवीसिंह के देखते–देखते एक बूटी जिसकी तिकानी पत्तियाँ और आसमानी रंग का फूल लगा हुआ था, डण्ठल का रंग बिल्कुल सफेद और खुरदुरा था, उसी जगह पास ही से ढूँढ़कर तोड़ी और हाथ में खूब मल के दो–दो बूँद उसके रस की कुमार की दोनों आँखों ओर कानों में टपका दीं, बाकी जो सीठी बची उसको तालू पर रख अपनी चादर से एक टुकड़ा फाड़कर बाँध दिया और बैठकर कुमार के आराम होने की राह देखने लगे।

आधी घड़ी भी नहीं बीतने पायी थी कि कुमार की आँखों का रंग बदल गया, पलकों ने गिरकर कौड़ियों को ढाँक लिया, धीरे–धीरे हाथ–पैर भी हिलने लगे, दो–तीन छींके भी आयीं जिसके साथ ही कुमार होश में आकर उठ बैठे। सामने ज्योतिषीजी के साथ तेजसिंह और देवीसिंह को बैठे देखकर पूछा, ''क्यों मुझको क्या हो गया था!'' तेजसिंह ने सब हाल कहा। कुमार ने जगन्नाथ ज्योतिषी को दण्डवत

किया और कहा, "महाराज आपने मेरे ऊपर क्यों कृपा की, इसका हाल जल्द कहिए, मुझको कई तरह के शक हो रहे हैं!"

ज्योतिषीजी ने कहा, "कुमार, यह ईश्वर की माया है कि आपके साथ रहने को मेरा जी चाहता है। महाराज शिवदत्त इस लायक नहीं है कि मैं उसके साथ रहकर अपनी जान दूँ। उसको आदमी की पहिचान नहीं है, वह गुणियों का आदर नहीं करता, उसके साथ रहना अपने गुण की मिट्टी खराब करना है। गुणी के गुण को देखकर कभी तारीफ नहीं करता। वह बड़ा भारी मतलबी है। अगर उसका काम किसी से कुछ बिगड़ जाय तो उसकी आँखें उसकी तरफ से तुरन्त बदल जाती हैं, चाहे वह कैसा ही गुणी क्यों न हो। सिवाय इसके वह अधर्मी भी बड़ा भारी है। कोई भला आदमी ऐसे के साथ रहना पसन्द नहीं करेगा, इसी से मेरा जी फट गया। मैं अगर रहूँगा तो आपके साथ रहूँगा। आप–सा कदरदान मुझको कोई दिखायी नहीं देता। मैं कई दिनों से इस फिक्र में था मगर कोई ऐसा मौका नहीं मिलता था कि अपनी सचाई दिखाकर आपका साथी हो जाता, क्योंकि में चाहे कितनी ही बातें बनाऊँ मगर ऐयारों की तरफ से ऐयारों का जी साफ होना मुश्किल है। आज मुझको ऐसा मौका मिला, क्योंकि आज का दिन आप पर बड़े संकट का था, जो महाराज, शिवदत्त के धोखे और चालाकी ने आपको दिखाया!" इतना कह ज्योतिषीजी चुप हो रहे।

ज्योतिषीजी की आखिरी बात ने सभों को चौंका दिया। तीनों आदमी धसककर उनके पास आ बैठे। तेजसिंह ने कहा, "हाँ ज्योतिषीजी जल्दी खुलासा कहिए, शिवदत्त ने क्योंकर धोखा दिया!" ज्योतिषीजी ने कहा, "महाराज शिवदत्त का यह कायदा है कि जब कोई भारी काम किया चाहता है तो पहिले मुझसे जरूरी पूछता है लेकिन मैं चाहे राय दूँया मना करूँ मगर करता है अपने ही मन की और धोखा भी खाता है। कई दफे पण्डित बद्रीनाथ भी इन्हीं बातों

से रंज हो गये कि जब अपने मन ही की करनी है तो ज्योतिषीजी से पूछने की जरूरत ही क्या है। आज रात को जो चालाकी उसने आपसे की उसके लिए भी मैं तब कहूँगा जब आप इस बात का वादा कर लें कि मुझको अपना ऐयार या साथी बनावेंगे।''

ज्योतिषीजी की बात सुन कुमार ने तेजसिंह की तरफ देखा। तेजसिंह ने कहा, ''ज्योतिषीजी में बड़ी खुशी से आपको साथ रखूँगा, परन्तु आपको इसके पहिले अपने साफ दिल होने की कसम खानी पड़ेगी!''

ज्योतिषीजी की बात सुन कुमार ने तेजसिंह की तरफ देखा। तेजसिंह ने कहा, ''ज्योतिषीजी मैं बड़ी खुशी से आपको साथ रखूँगा, परन्तु आपको इसके पहिले अपने साफ दिल होने की कसम खानी पड़ेगी!''

ज्योतिषीजी ने तेजसिंह के मन में शक मिटाने के लिए जनेऊ हाथ में लेकर कसम खायी, तेजसिंह ने उठके उन्हें गले लगा लिया और बड़ी खुशी से अपने ऐयारों की पतंग में मिला लिया। कुमार ने अपने गले से कीमती माला निकालकर ज्योतिषीजी को पहिना दी। ज्योतिषीजी ने कहा, ''अब मुझसे सुनिए कि कुमार महल में क्यों कैद किये गये थे और जो रात को खून–खराबा हुआ उसका असल भेद क्या है?''

''जब आप लोग लश्कर से कुमारी की खोज में निकले थे तो रास्ते में बद्रीनाथ ऐयार ने आपको देख लिया था। लोग लोगों के पहिले वे वहाँ पहुँचे और चन्द्रकान्ता को दूसरी जगह छिपाने की नीयत से उस खोह में उसको लेने गये मगर उनके पहुँचने के पहिले ही कुमारी वहाँ से गायब हो गयी थी और वे खाली हाथ वापस आये, तब नाजिम को साथ ले आप लोगों की खोज में निकले और आपको इस जंगल में पाकर ऐयारी की। नाजिम ने ढेला फेंका था, देवीसिंह

उसको पकड़ने गये, तब तक बद्रीनाथ जो पहिले ही से तेजसिंह बनकर आये थे न मालूम किस चालाकी से आपको बेहोश कर किले में ले गये और जिसमें आपकी तबीयत से चन्द्रकान्ता की मुहब्बत जाती रहे और आप उसकी खोज न करें तथा उसके लिए महाराज शिवदत्त से लड़ाई न ठानें इसलिए भगवानदत्त और घसीटासिंह जो हम सभों में कम उम्र थे चन्द्रकान्ता और चपला बनाये गये जिनको अपने खत्म किया, बाकी हालत तो आप जानते ही हैं।''

ज्योतिषीजी की बात सुन कुमार मारे खुशी के उछल पड़े। कहने लगे, ''हाय, क्या गजब किया था! कितना भारी धोखा दिया! अब मालूम हुआ कि बेचारी चन्द्रकान्ता जीती जागती है, मगर कहाँ है, इसका पता नहीं, खैर यह भी मालूम हो जायेगा!''

अब क्या करना चाहिए इस बात को सभों ने मिलकर सोचा और यह पक्का किया कि १—महाराज शिवदत्त को तो उसी खोह में जिसमें ऐयार लोग पहिले क़ैद किये गये थे डाल देना चाहिए और दोहरा ताला लगा देना चाहिए क्योंकि पहिले ताले का हाल जो शेर के मुँह में से जुबान खींचने से खुलता है* बद्रीनाथ को मालूम हो गया है मगर दूसरे ताले का महल सिवाय तेजसिंह के अभी कोई नहीं जानता। २—कुमार को विजयगढ़ चले जाना चाहिए क्योंकि जब तक महाराज शिवदत्त कैद है लड़ाई न होगी, मगर हिफाजत के लिए कुछ फौज सरहद पर जरूर रहनी चाहिए। ३—देवीसिंह कुमार के साथ रहें। ४—तेजसिंह और ज्योतिषीजी कुमारी की खोज में जायें।

कुछ और बातचीत करने बाद सब कोई उठ खड़े हुए और वहाँ से चल पड़े।

---

* पहिले भाग में आपने पढ़ा होगा कि खोह का दरवाजा जिसमें ऐयारों को तेजसिंह के कैद किया था शेर के मुँह में हाथ डालकर जुबान खींचने से खुल जाता था। ऐसा दरवाजा या ताला यदि कोई चाहे तो बना सकता है। असम्भव नहीं, खूब गौर कर देखिए।

बारहवाँ बयान

दोपहर के वक्त एक नाले के किनारे सुन्दर साफ चट्टान पर दो कमसिन औरतें बैठी हैं। दोनों की मैली फटी साड़ी, दोनों के मुँह पर मिट्टी, खुले बाल, पैरों पर खूब धूल पड़ी हुई और चेहरे पर बदहवासी और परेशानी छायी हुई है। चारों तरफ भयानक जंगल, खूनी जानवरों की भयानक आवाजें आ रही हैं। जब कभी जोर से हवा चलती है तो पेड़ों की घन–घनाहट से जंगल और भी डरावना मालूम पड़ता है।

इन दोनों औरतों के सामने नाले के उस पार एक तेंदुआ पानी पीने के लिए उतरा, इन्होंने इस तेंदुए को देखा मगर वह खूनी जानवर इन दोनों को न देख सका, क्योंकि जहाँ वे दोनों बैठी थीं। सामने ही एक मोटा जामुन का पेड़ा था।

इन दोनों में से एक जो ज्यादे नाजुक थी उस तेंदुए को देख डरी और धीरे–से दूसरी से बोले, "प्यारी सखी, देखो कहीं वह इस पार न उतर आवे।" उसने कहा "नहीं सखी वह इस पार न आवेगा, अगर आने का इरादा भी करेगा तो मैं पहिले ही इन तीरों से उसको मार गिराऊँगी जो उस नाले के सिपाहियों को मारकर

लेती आयी हूँ। इस वक्त हमारे पास दो सौ तीर हैं और हम दोनों तीर चलानेवाले हैं, लो तुम भी एक तीर चढ़ा लो।" यह सुन उसने भी ही तीर–कमान पर चढ़ाई मगर उसकी कोई जरूरत न पड़ी वह तेंदुआ पानी पीकर तुरन्त ऊपर चढ़ गया और देखते–देखते गायब हो गया, तब इन दोनों में यों बातें होने लगीं :–

एक : क्यों चपला, कुछ मालूम पड़ता है हम लोग किस जगह आ पहुँचे और वह कौन–सा जंगल है तथा विजयगढ़ की राह किधर है?

चपला : कुमारी, कुछ समझ में नहीं आता, बल्कि अभी तक मुझको भागने की धुन में यह भी नहीं मालूम कि किस तरफ चली आयी, विजयगढ़ किधर है, चुनार कहाँ छोड़ा, और नौगढ़ का रास्ता कहाँ है! सिवाय तुम्हारे साथ महल में रहने या विजयगढ़ की हद्द में घूमने के कभी इन जंगलों में तो आना ही नहीं हुआ। हाँ चुनार से सीधे विजयगढ़ का रास्ता जानती हूँ, मगर उधर मैं इस सबब से नहीं गयी कि आजकल हमारे दुश्मनों का लश्कर रास्ते में पड़ा है, कहीं ऐसा न हो कोई देख ले, इसलिए मैं जंगल–ही–जंगल दूसरी तरफ भागी। खैर देखो ईश्वर मालिक है, कुछ–न–कुछ रास्ते का पता लग ही जाएगा। मेरे बटुए में मेवा है, लो इसको खा लो और पानी पी लो फिर देखा जाएगा।

कुमारी : इसको किसी और वक्त के वास्ते रहने दो। क्या जाने हम लोग को कितने दिन दुःख भोगना पड़े। यह जंगल खूब घना है, चलो बेर, मकोय तोड़कर खाँय। अच्छा तो न मालूम पड़ेगा मगर क्या करें समय काटना है।

चपला : अच्छा जैसी तुम्हारी मर्जी।

चपला और चन्द्रकान्ता दोनों वहाँ से उठी। नाले के ऊपर चढ़ इधर–उधर घूमने लगीं। दिन दोपहर से ज्यादा ढल चुका था।

पेड़ों की छाँह में घूती जंगली बेरों तो तोड़ती–खातीं वे दोनों एक टूटे–फूटे उजाड़ मकान के पास पहुँचीं जिसके देखने से मालूम होता था कि यह मकान जरूर किसी बड़े राजा को बनाया होगा मगर अब टूट–फूट गया है। चपला ने कुमारी चन्द्रकान्ता से कहा, ''बहिन, तुम मकान के टूटे दरवाजे पर बैठो, मैं फल तोड़ लाऊँ तो इसी जगह बैठकर दोनों खायें और इसके बाद तब इस मकान के अन्दर घुसकर देखें कि कैसा हैं जब तक विजयगढ़ का रास्ता न मिले यही खण्डहर हम लोगों के रहने के लिए अच्छा होगा, इसी में गुजारा करेंगे। कोई मुसाफिर या चरवाहा इधर से आ निकलेगा तो विजयगढ़ का रास्ता पूछ लेंगे और तब यहाँ से जायँगे।'' कुमारी ने कहा, ''अच्छी बात है, मैं इस जगह बैठती हूँ तुम कुछ फल तोड़ों लेकिन दूर मत जाना।'' चपला ने कहा, ''नहीं, मैं दूर न जाऊँगी इसी जगह तुम्हारी आँखों के सामने रहूँगी।'' यह कह चपला फल तोड़ने चली गयी।

तेरहवाँ बयान

चपला खाने के लिए कुछ फल तोड़ने चली गयी, इधर चन्द्रकान्ता अकेली बैठी–बैठी घबड़ा उठी। जी में सोचने लगी कि जब तक चपला फल तोड़ती है, तब तक इस टूटे–फूटे मकान की खैर करे, क्योंकि यह मकान चाले टूटकर खण्डहर हो रहा है। मगर मालूम होता है किसी समय में अपना सानी न रखता होगा।

कुमारी चन्द्रकान्ता वहाँ से उठकर उस खण्डहर के अन्दर गयी। फाटक इस टूटे–टूटे मकान का दुरुस्त और मजबूत था। यद्यपि उसमें किवाड़ न लगे थे मगर देखनेवाला यही कहेगा कि पहिले इसमें लकड़ी या लोहे का फाटक जरूर लगा रहा होगा।

कुमारी ने अन्दर जाकर देखा कि बड़ा भारी चौखूटा मकान है। बीच की इमारत तो टूटी–फूटी हैं मगर होता चारों तरफ का दुरुस्त मालूम पड़ता है। और आगे बढ़ी, एक दालान में पहुँची जिसकी छत गिरी हुई थी मगर खम्भे खड़े थे। इधर–उधर पत्थर के ढेर थे जिन पर धीरे–धीरे पैर रखती और आगे बढ़ी। बीच में एक मैदान देख पड़ा जिसको बड़े गौर से कुमारी देखने लगी। साफ मालूम होता था कि पहले यह बाग था क्योंकि अभी तक संगमर्मर की क्यारियाँ

बनी हुई थीं। छोटी नहरें जिनसे छिड़काव का काम निकलता होगा अभी तक तैयार थीं। बहुत से फौवारे बेमरम्मत दिखायी पड़ते थे, मगर उन सभों पर मिट्ट की चादर पड़ी हुई थी। बीचो–बीच उस खँडहर के एक बड़ा भारी पत्थर को बगुला बना हुआ दिखायी दिया जिसको अच्छी तरह से देखने के लिए कुमारी उसके पास गयी और उसकी सफाई और कारीगरी को देख उसके बनानेवाले की तारीफ करने लगी। वह बगुला सफेद संगमर्मर का बना हुआ था और काले पत्थर कमर बराबर ऊँचे तथा मोटे खम्भे पर बैठाया हुआ था। टाँगें उसकी दिखायी नहीं देती थीं, यही मालूम होता था कि पेट सटाकर इस पत्थर पर बैठा है। कम–से–कम पन्द्रह हाथ के घेरे में उसका पेट होगा। लम्बी चोंच, बाल और पर उसके ऐसी कारीगरी के साथ बनाये हुए थे कि बार–बार उसके बनानेवाले कारीगर की तारीफ मुँह से निकलती थी। जी में आया कि और पास जाकर बगुले को देखें। पास गयी, मगर वहाँ पहुँचते ही उसने मुँह खोल दिया। चन्द्रकान्ता यह देख घबड़ा गयी कि यह क्या मामला है, कुछ डर भी मालूम हुआ, सामना छोड़ बगल में हो गयी। अब उस बगुले ने पर भी फैला दिये।

कुमारी को चपला ने बहुत ढीठ कर दिया था। कभी–कभी जब जिक्र अर जाता तो चपला यही कहती थी कि दुनिया में भूत–प्रेत कोई चीज नहीं, जादू–मन्त्र सब खेल कहानी है, जो कुछ है ऐयारी है। इस बात का कुमारी को भी पूरा यकीन हो चुका था। यही सबब था कि चन्द्रकान्ता इस बगुले के मुँह खोलने और पर फैलाने से नहीं डरी, अगर किसी दूसरी ऐसी नाजुक औरत को कहीं ऐसा मौका पड़ता तो शायद उसकी जान निकली जाती। जब बगुले को पर फैलाते देखा तो कुमारी उसके पीछे हो गयी, बगुले के पीछे की तरफ एक पत्थर जमीन में लगा था जिस पर कुमारी ने पैर रक्खा ही था कि बगुला एक दफे हिला और जल्दी से घूम अपनी चोंच से

कुमारी को उठाकर निकल गया, तब घूमकर अपने ठिकाने हो गया। पर समेट लिये और मुँह बन्द कर लिया।

चौदहवाँ बयान

थोड़ी देर में चपला फलों से झोली भरे हुए पहुँची, देखा तो चन्द्रकान्ता वहाँ नहीं है, इधर–उधर निगाह दौड़ायी, कहीं नहीं। इस टूटे मकान (खँडहर) में तो नहीं गयी है? यह सोचकर मकान के अन्दर चली। कुमारी तो बेधड़क उस खँडहर में ची गयी थी मगर चपला रुकती हुई चारों तरफ निगाह दौड़ाती और एक–एक चीज तजबीज करती हुई चली। फाटक के अन्दर घुसते ही दोनों बगल दो दालान दिखायी पड़े। ईंट, पत्थर के ढेर लगे हुए, कहीं–कहीं से छट टूटी हुई, मगर दीवारों पर की चित्रकारी और पत्थरों की मूर्तियाँ अभी तक नयी मालूम पड़ती थीं।

चपला ने ताज्जुब की निगाह से उन मूर्तियों को देखा, कोई भी उसमें पूरे बदन की नजर न आयी। किसी का सिर नहीं, किसी की टाँग नहीं, किसी का हाथ कटा, किसी का आधा धड़ नहीं। सूरत भी इन मूर्तियों की अजब डरावनी थी और आगे बढ़ी, बड़े–बड़े मिट्टी–पत्थर के ढेर, जिनमें जंगली पेड़ उगे हुए थे, लाँघती हुई मैदान में पहुँची, दूर से वह बगुला दिखायी पड़ा जिसके पेट में कुमारी पड़ चुकी थी।

सब जगहों को देखना छोड़ चपला उस बगुले के पास धड़धड़ाती हुई पहुँची। उसने मुँह खोल दिया। चपला को बड़ा ताज्जुब हुआ, पीछे हटी। बगुले ने मुँह बन्द कर लिया। सोचने लगी कि अब क्या करना चाहिए? यह तो कोई बड़ी भारी ऐयारी मालूम होती है। क्या भेद है इसका पता लगाना चाहिए। मगर पहिले कुमारी को खोजना उचित है क्योंकि यह खँडहर कोई पुराना तिलिस्म मालूम होता है, कहीं ऐसा न हो कि इसी में कुमारी फँस गयी हो। यह सोच उस जगह से हटी और दूसरी तरफ खोजने लगी।

चारों तरफ हाता घिरा हुआ था, कई दालान और कोठरियाँ टूटी–फूटी और कई साबूत भी थीं, एक तरफसे देखना शुरू किया। पहिले एक दालान में पहुँची जिसकी छत बीच में टूटी हुई थी, लम्बाई दालान की लगभग सौ गज के होगी, बीच में मिट्टी हुई थी, लम्बाई दालान के लगभग सौ गज के होगी, बीच में मिट्टी–चूने का ढेर, इधर–उधर बहुत–सी हड्डियाँ पड़ी हुई और चारों तरफ मकड़े जाले लगे हुए थे। मिट्टी के ढेर में से छोटे–छोटे बहुत से पीपल वगैरह के पेड निकल आये थे। दालान के एक तरफ छोटी–सी कोठरी नजर आयी जिसके अन्दर पहुँचने पर देखा एक कुआँ है। झाँकने से अँधेरा मालूम पड़ा। इस कुएँ के अन्दर क्या है? यह कोठरी बनिस्बत और जगहों के साफ क्यों मालूम पड़ती है! कुआँ भी साफ दीख पड़ता है, क्योंकि जैसे अक्सर पुराने कुओं में पेड़ वगेरह उग जाते हैं, इसमें नहीं है। कुछ–कुछ आवाज भी इसमें से आती है जो बिल्कुल समझ नहीं पड़ती।

इसका पता लगाने के लिए चपला ने अपने ऐयारी के बटुए में से काफूर* निकाला और उसके टुकड़े बालकर कुएँ में डाले। अन्दर तक पहुँचकर उन बलते हुए काफूर के टुकड़ों ने खूब रोशनी की।

---

* काफूर का दस्तूर है कि बालकर किसी गड़हे या कूएँ में डाली तो बराबर जलता हुआ चला जाएगा और नीचे भी जलता रहेगा।

अब साफ मालूम पड़ने लगा कि नीचे से कुआँ बहुत चौड़ा और साफ है, मगर पानी नहीं है बल्कि पानी की जगह एक साफ–सफेद बिछावन मालूम पड़ता है, जिसके ऊपर एक बूढ़ा आदमी बैठा है। उसकी लम्बी दाढ़ी लटकती हुई दिखायी पड़ती है, मगर गर्दन नीची होने सबब चेहरा मालूम नहीं पड़ता। सामने एक चौकी रखी हुई है, जिस पर रंग–बिरंग के फूल पड़े हैं। चपला यह तमाशा देखकर डर गयी। फिर जी को सम्हाला और कूएँ पर बैठ गौर करने लगी मगर कुछ अक्ल ने गवाही न दो। वह काफूर के टुकड़े भी बुझ गये जो कुएँ के अन्दर जल रहे थे फिर अँधेरा हो गया।

इस कोठरी में से एक–दूसरे दालान में जाने का रास्ता था। इस राह से चपला दूसरे दालान में पहुँची, वहाँ इससे भी ज्यादा भी दहलाने ओर डरानेवाला तमाशा देखा। कूड़ा–करवट, हड्डी और गन्दगी में यह दालान पहिले दालान से कहीं बढ़ा–चढ़ा था, बल्कि एक साबुत पंजर (ढाँचा) हड्डी का भी पड़ा हुआ था जो शायद गदहे या टट्टू का हो। उसी के बगल से लाँघती हुई चपला बीचोबीच दालान में पहुँची।

एक चबूतरा संगमर्मर का पुरसा–भर ऊँचा देखा जिस पर चढ़ने के लिए खूबसूरत नौ सीढ़ियाँ बनी हुई थीं। ऊपर उसके एक आदमी चौकी पर लेटा हुआ हाथ में किताब लिये कुछ पढ़ता मालूम पड़ा, मगर ऊँचा होने के सबब साफ दिखायी न दिया। इस चबूतरे पर चढ़े या न चढ़े? चढ़ने से कोई आफत तो न आवेगी। भला सीढ़ी पर एक पैर रखकर देखूँ तो सही? यह सोचकर चपला ने सीढ़ी पर एक पैर रखकर देखूँ तो सही? यह सोचकर चपला ने सीढ़ी पर एक पैर रखा। पैर रखते ही बड़े जोर से आवाज हुई और सन्दूक के पल्ले की तरह खुलकर सीढ़ी के ऊपरवाले पत्थर ने चपला के पैर को जोर से फेक दिया जिसकी धमक और झटके से वह जमीन पर गिर पड़ी। सम्हलकर उठ खड़ी हुई, देखा तो वह सीढ़ी का

पत्थर जो सन्दूक के पल्ले की तरह खुल गया था ज्यों–का–त्यों बन्द हो गया है।

चपला अगल खड़ी होकर सोचने लगी कि यह टूटा–फूटा मकान तो अजब तमाशे का है। जरूर यह किसी भारी ऐयार का बनाया हुआ होगा इस मकान में घुसकर सैर करना कठिन है, जरा चूके और जान गयी। पर मुझको क्या डर क्योंकि जान से ज्यादे प्यारी मेरी चन्द्रकान्ता इसी मकान में कहीं फँसी हुई है जिसका पता लगाना बहुत जरूरी है। चाहे जान चली जाये मगर बिना कुमारी का पता लिये इस मकान से बाहर कभी न जाऊँगी। देखूँ इस सीढ़ी और चबूतरे में क्या–क्या ऐयारियाँ की गयी हैं? कुछ देर तक सोचने के बाद चपला ने एक दस सेर का पत्थर सीढ़ी पर रखा। जिस तरह पैर को उस सीढ़ी ने फेंका था उसी तरह इस पत्थर को भी भारी आवाज के साथ फेंक दिया।

चपला ने हर एक सीढ़ी पर पत्थर रखकर देखा, सभों में यही करामात पायी। इस चबूतरे के ऊपर क्या है इसको जरूर देखना चाहिए, यह सोच अब वह दूसरी तरकीब करने लगी। बहुत से ईंट–पत्थर उस चबूतरे के पास जमा किया और उसके ऊपर चढ़कर देखा कि संगमर्मर की एक चौकी पर एक आदमी दोनों हाथ में किताब लिये हुए पड़ा है, उम्र लगभग तीस वर्ष के होगी। खूब गौर करने से मालूम हुआ कि यह भी पत्थर का है। चपला ने एक छोटी–सी कंकड़ी उसके मुँह पर डाली, था तो पत्थर का है। चपला ने एक छोटी–सी कंकड़ी उसके मुह पर डाली, था तो पत्थर का पुतला मगर काम आदमी का किया। चपला ने जो कंकड़ी उसके मुँह पर डाली थी, उसको एक हाथ से हटा दिया और फिर उसी तरह वह हाथ अपने ठिकाने में गया। चपला ने तब एक कंकड़ उसके पैर पर रखा, उसने पैर हिलाकर कंकड़ गिरा दिया। चपला थी तो बड़ी चालाक और निडर मगर इस पत्थर के आदमी का

तमाशा देख बहुत डरी और जल्द वहाँ से हट गयी। अब दूसरी तरफ देखने लगी। बगल के एक और दालान में पहुँची, देखा कि बीचोबीच दालान के एक तहखाना मालूम पड़ता है, नीचे उतरने के लिए सीढ़ियाँ बनी हुई हैं और ऊपर की तरफ दो पल्ले किवाड़ के हैं जो इस समय खुले हैं।

चपला खड़ी होकर सोचने लगी कि इसके अन्दर जाना चाहिए या नहीं! कहीं ऐसा न हो कि इसमें उतरने के बाद यह दरवाजा बन्द हो जाय तो इसी में रह जाऊँ, इससे मुनासिब है कि इसको भी अजमा लूँ। पहिले एक ढोंका इसके अन्दर डालूँ। लेकिन अगर आदमी के जाने से यह दरवाजा बन्द हो सकता है तो जरूर ढोंके के गिरते ही बन्द हो जाएगा तब इसके अन्दर जाकर देखना मुश्किल होगा, अस्तु ऐसी कोई तरकीब की जाय जिसमें उसके जाने से किवाड़ बन्द न होने पावे, बल्कि हो सके तो पल्लों को तोड़ ही देना चाहिए।

इन बातों को सोचकर चपला दरवाजे के पास गयी। पहिले उसके तोड़ने की फिक्र की मगर न हो सका, क्योंकि वे पल्ले लोहे के थे। कब्जा उसमें नहीं था सिर्फ पल्ले के बीचोबीच में चूल बनी हुई थी जो जमीन के अन्दर घुसी हुई मालूम पड़ती थी। वह चूल जमीन के अन्दर जहाँ जाकर अड़ी थी इसका पता न लग सका।

चपला ने अपने कमर से कमन्द खोली और चौहरा करके एक सिरा उसका उस किवाड़ के पल्ले में खूब मजबूती के साथ बाँधा, दूसरा सिरा उस कमन्द का उसी दालान के एक खम्भे में जो किवाड़ के पास ही था बाँधा, इसके बाद एक ढोंका पत्थर का दूर से उस तहखाने में डाला। पत्थर पड़ते ही इस तरह की आवाज आने लगी जैसे किसी भाथी में से जोर से हवा निकलने से आवाज आती है, साथ ही इसके जल्दी से एक पल्ला बन्द हो गया, दूसरा पल्ला भी

बन्द होने के लिए खिंचा मगर वह कमन्द से कसा हुआ था, उसको तोड़ न सका, खिंचा का खिंचा ही रह गया। चपला से सोचा—'कोई हर्ज नहीं, मालूम हो गया कि यह मकन्द इस पल्ले को बन्द न होने देगी। अब बेखटके इसके अन्दर उतरो, देखो तो क्या होता!' यह सोच चपला उस तहखाने में उतरी।

पन्द्रहवाँ बयान

चम्पा बेफिक्र नहीं है, वह भी कुमारी की खोज में घर से निकली हुई है। जब बहुत दिन हो गये और राजकुमारी चन्द्रकान्ता की कुछ खबर न मिली तो महारानी से हुक्म लेकर चम्पा घर से निकली। जंगल–जंगल पहाड़–पहाड़ मारी फिरी मगर कहीं पता न लगा। कई दिन की थकी–माँदी जंगल में एक पेड़ के नीचे बैठकर सोचने लगी कि अब कहाँ चलना चाहिए और किस जगह ढूँढ़ना चाहिए क्योंकि महारानी से मैं इतना वादा करके निकली हूँ कि कुँअर बीरेन्द्रसिंह और तेजसिंह से बिना मिले और बिना उसके कुछ खबर लिये कुमारी का पता लगाऊँगी मगर अभी तक कोई उम्मीद पूरी न हुई और बिना काम किये मैं विजयगढ़ भी न जाऊँगी चाहे जो हो, देखूँ कब तक पता नहीं लगता।

जंगल में एक पेड़ के नीचे बैठी हुई चम्पा इन सब बातों को सोच रही थी कि सामने से चार आदमी सिपाहियाना पोशाक पहिने, ढाल–तलवार लगाये, एक–एक तेगा हाथ में लिये आते दिखायी दिये। चम्पा को देखकर उन लोगों ने आपुस में कुछ बातें कीं जिसे दूर होने से सबब चम्पा बिल्कुल सुन न सकी मगर उन लोगों के

चेहरे की तरफ गौर से देखने लगी। वे लोग कभी चम्पा की तरफ देखते, कभी आपुस की बातें करके हँसते, कभी ऊँचे हो–होकर अपने पीछे की तरफ देखते, जिससे यह मालूम होता था कि ये लोग किसी की राह देख रहे हैं। थोड़ी देर बाद वे चारों चम्पा के चार तरफ हो गये और पेड़ों के नीचे छाया देखकर बैठ गये।

चम्पा का जी खटका और सोचने लगी कि ये लोग कौन हैं, चारों तरफ से मुझको घेरकर क्यों बैठ गये और इनका क्या इरादा है? अब यहाँ बैठना न चाहिए। यह सोच उठ खड़ी हुई और एक तरफ का रास्ता लिया, मगर उन चारों ने न जाने दिया। दौड़कर फिर घेर लिया और कहा, ''तुम जाती कहाँ हो? ठहरो हमारे मालिक दम–भर में आना ही चाहते हैं, उनके आने तक बैठो, वे आ जायें तब हम लोग उनके साने ले चलके सिफारिश करेंगे और नौकर रखा देंगे, खुशी से तुम रहा करोगी। इस तरह से कहाँ तक जंगल–जंगल मारी फिरोगी!''

चम्पा : मुझे नौकरी की जरूरत नहीं जो मैं तुम्हारे मालिक के आने की राह देखूँ, मैं नहीं ठहर सकती।

एक : नहीं–नहीं, तुम जल्दी न करो, ठहरो, हमारे मालिक को देखोगी तो खुश हो जाओगी, ऐसा खूबसूरत जवान तुमने कभी न देखा होगा, बल्कि हम कोशिश करके तुम्हारी शादी उनसे करा देंगे।

चम्पा : होश में आकर बातें करो नहीं तो दुरुस्त कर दूँगी! खाली औरत न समझना, तुम्हारे ऐसे दस को मैं कुछ नहीं समझती!

चम्पा की ऐसी बात सुनकर उन लोगों को बड़ा अचम्भा हुआ, एक का मुँह दूसरा देखने लगा। चम्पा फिर आगे बढ़ी। एक ने हाथ पकड़ लिया। बस फिर क्या था, चम्पा ने झट कमर से खंजर निकाल लिया और बड़ी फुर्ती के साथ दो को जख्मी करके भागी। बाकी के दो आदमियों ने उसका पीछा किया मगर कब पा सकते थे।

चम्पा भागी तो मगर उसकी किस्मत ने भागने न दिया। एक पत्थर से ठोकर खा बड़े जोर से गिरी, चोट भी ऐसी लगी कि उठ न सकी, तब तक ये दोनों भी वहाँ बहुँच गये। अभी इन लोगों ने कुछ कहा भी नहीं था कि सामने से एक काफिला सौदागरों का आ पहुँचा जिसमें लगभग दो सौ आदमियों के होंगे। उनके आगे–आगे एक बूढ़ा आदमी था जिसकी लम्बी, सुफेद दाढ़ी, काला रंग, भूरी आँखें, उम्र लगभग अस्सी वर्ष की होगी। उम्दे कपड़े पहिने, ढाल–तलवार लगाये, बर्छी हाथ में लिये एक बेशकीमत मुश्की घोड़े पर सवार था। साथ में उसके एक लड़का जिसकी उम्र बीस वर्ष से ज्यादे न होगी; रेख तक न निकली थी, बड़े ठाठ के साथ एक नेपाली टाँगन पर सवार था, जिसकी खूबसूरती और पौशाक देखने से मालूम होता था। कि कोई राजकुमार है। पीछे–पीछे उनके बहुत–से आदमी घोड़ों पर सवार और कुछ पैदल भी थे, सबसे पीछे कई ऊँटों पर असबाब और उनका डेरा लदा हुआ तथा साथ में कई डोलियाँ थीं जिनके चारों तरफ बहुत से प्यादे तोड़ेदार बन्दूके लिये चले आते थे। दोनों आदमियों ने जिन्होंने चम्पा का पीछा किया था, पुकारकर कहा, ''इस औरत ने हमारे दो आदमियों को जख्मी किया...!'' जब तक और कुछ कहें तब तक कई आदमियों ने चम्पा को घेर लिया और खंजर छीन हथकड़ी–बेड़ी डाल दी।

उस बूढ़े सवार ने जिसके बारे में हम कह सकते हैं कि शायद सभों का सरदार होगा, दो–एक आदमियों की तरफ देखकर कहा, ''हम लोगों का डेरा इसी जंगल में पड़े। यहाँ आदमियों की आमदरफ्त कम मालूम होती है, क्योंकि कोई निशान पगडण्डी का जमीन पर दिखायी नहीं देता।''

डेरा पड़ गया, एक बड़ी रावटी में कई औरतें कैद की गयी जो डोलियों पर थीं। चम्पा बेचारी भी उन्हीं में रखी गयी। सूरज अस्त हो गया, एक चिराग उस रावटी में जलाया गया, जिसमें कई

औरतों के साथ चम्पा भी थी। दो लौंडियाँ आयी जिन्होंने औरतों से पूछा कि "तुम लोग रसोई बनाओगी या बना बनाया खाओगी?" सभों ने कहा, "हम बना–बनाया खायेंगे।" मगर दो औरतों ने कहा, "हम कुछ न खायेंगे!" जिसके जवाब में वे दोनों औरतों में से एक तो बेचारी आफत की मारी चम्पा ही थी और दूसरी एक बहुत ही नाजुक और खूबसूरत औरत थी जिसकी आँखों से आँसे जारी था ओर जो थोड़ी–थोड़ी देर पर लम्बी–लम्बी साँस ले रही थी। चम्पा भी उसी के पास बैठी हुई थी।

पहर रात चली गयी, सभी के वास्ते खाने को आया मगर उन दोनों के वास्ते नहीं, जिन्होंने पहिले इनकार किया था। आधी रात बीतने पर सन्नाटा हुआ, पैरों की आवाज डेरा के चारों तरफ मालूम होने लगी। जिससे चम्पा ने समझा कि इस डेरा के चारों तरफ मालूम होने लगी जिसके चम्पा ने समझा कि इस डेरा के चारों तरफ पहरा घूम रहा हैं धीरे–धीरे चम्पा ने अपने बगलवाली खूबसूरत नाजुक औरत से बातें करना शुरू किया–

चम्पा : आप कौन हैं और इन लोगों के हाथ क्योंकर फँस गयीं?

औरत : मेरा नाम कलावती है, मैं महाराज शिवदत्त की रानी हूँ, महाराज लड़ाई पर गये थे, उनके वियोग में जमीन पर सो रही थी, मुझको कुछ मालूम नहीं, जब आँख खुली अपने को इन लोगों के फन्दे में पाया। बस और क्या कहूँ। तुम कौन हो?

चम्पा : हैं, आप चुनार की महारानी हैं! हा, आपकी यह दशा! वाह विधाता तू धन्य है! मैं क्या बताऊँ, जब आप महाराज, शिवदत्त की रानी हैं तो कुमारी चन्द्रकान्ता को भी जरूर जानती होंगी, मैं उन्हीं की सखी हूँ, उन्हीं की खोज में मारी–मारी फिरती थी कि इन लोगों ने पकड़ लिया।

ये दोनों आपुस में धीरे–धीरे बातें कर रही थीं कि बाहर से एक आवाज आयी, "कौन है? भागा, भागा निकल गया!!" महारानी डरीं, मगर चम्पा को कुछ खौफ न मालूम हुआ। बात–ही–बात में रात बीत गयी, दोनों में से किसी को नींद न आयी। कुछ–कुछ दिन भी निकल आया, वही दोनों लौंड़ियाँ जो भोजन कराने आयी थीं इस समय फिर आयीं। तलवार दोनों के हाथ में थी। इन दोनों ने सभों से कहा, "चलो पारी–पारी से मैदान हो आओ।"

कुछ औरतें मैदान गयीं, मगर ये दोनों अर्थात् महारानी और चम्पा उसी तरह बैठी रहीं, किसी ने जिद्द न की। पहर दिन चढ़ गया था कि इस काफिले का बूढ़ा सरदार एक बूढ़ी और ताक लिए इस डेरा में आया जिसमें सब औरतें कैद थीं।

बुड्डी : इतनी ही हैं या और भी?

सरदार : बस इस वक्त तो इतनी ही हैं, अब तुम्हारी मेहरबानी होगी तो और भी आयेंगी।

बुड्ढी : देखिए तो सही मैं कितनी औरतें फँसा लाती हूँ। हाँ, अब बताइए किस मेल की औरत लाने पर कितना मिलेगा?

सरदार : देखो ये सब एक मेल में हैं, इस किस्म की अगर लाओगी तो दस रुपये मिलेंगे। (चम्पा की तरफ इशारा करके) अगर इस मेल की लाओगी तो पूरे पचास रुपये। (महारानी की तरफ बताकर) अगर ऐसी खूबसूरत होगी तो पूरे सौ रुपये मिलेंगे, समझ गयीं?

बुड्ढी : हाँ, अब मैं बिल्कु समझ गयी, इन सभों को आपने कैसे पाया।

सरदार : यह जो सबसे खूबसूरत है, इसको तो एक खोह में पाया था, बेहोश पड़ी थी, और यह कल इसी जगह पकड़ी गयी है, इसने मेरे दो आदमी मार डाले हैं, बड़ी बदमाश है।

बुड्ढी : इसकी चितवन ही से बदमाशी झलकती है, ऐसी–ऐसी अगर तीन–चार आ जायें तो आपका काफिला बैकुण्ठ चला जाय।

सरदार : इसमें क्या शक है! और वे सब जो हैं, वह कई तरह से पकड़ी गयी है। एक तो वह बंगाले की रहनेवाली है, इसके पड़ोस ही में मेरे लड़के न डेरा डाला था, अपने पर आशिक करके निकाल लाया। ये चारों रुपये की लालच में फँसी हैं, और बाकी सभों को मैंने उनकी माँ, नानी या बारिसों से खरीद लिया। बस चलो अब अपने डेरा में बातचीत करेंगे। मैं बुड्ढा आदमी बहुत देर तक खड़ा नहीं रह सकता।

बुड्ढी : चलिए!

दोनों उस डेरे से रवाना हुए। इन दोनों के जाने के बाद औरतों ने खूब गालियाँ दीं–"मुए को देखो, अभी और औरतों को फँसाने की फिक्र में लगा है! न मालूम यह बुड्ढी इसको कहाँ से मिल गयी, बड़ी शैतान मालूम पड़ती है। कहती है 'देखो मैं कितनी औरतें फँसा लाती हूँ। हे परमेश्वर, इन लोगों पर भी तेरी कृपा बनी रहती है? न मालूम यह डाइन कितने घर चौपट करेगी!"

चम्पा ने उस बुढ़िया को खूब गौर करके देखा और आधे घण्टे तक कुछ सोचती रही, मगर महारानी को सिवाय रोने के और कोई धुन न थी। "हाय, महाराज की लड़ाई में क्या दशा होगी, वे कैसे होंगे, मेरी याद करके कितने दुःखी हो रहे होंगे!" धीरे–धीरे यही कहके रो रही थीं। चम्पा समझाने लगी।

"महारानी, सब्र करो, घबड़ाओ मत, मुझे पूरी उम्मीद हो गयी, ईश्वर चाहेगा तो हम लोग बहुत जल्द छूट जायेंगे! क्या करूँ मैं हथकड़ी में पड़ी हूँ किसी तरह यह खुल जाती तो इन लोगों को मजा चखाती, लाचार हूँ कि यह मजबूत बेड़ी सिवाय कटने के दूसरी तरह खुल नहीं सकती और इसका काटना यहाँ मुश्किल है।"

इस तरह रोते–कलपते आज का दिन भी बीता। शाम हो गयी। बुड्ढा सरदार फिर उस डेरे में आ पहुँचा, जिसमें औरतें कैद थीं, साथ में वही सवेरेवाली बुढ़िया आफत की पुड़िया एक जवान खूबसूरत औरत को लिए हुए थी।

बुढ़िया : मिला लीजिए, अव्वल नम्बर की है कि नहीं?

सरदार : अव्वल नम्बर की तो नहीं, हाँ दूसरे नम्बर की जरूर है, पचास रूपये की आज तुम्हारी बोहनी हुई, इसमें शक नहीं!

बुढ़िया : खैर पचास ही सही, यहाँ कौन गिरह की जमा लगती है, कल फिर जाऊँगी, चलिए।

इस समय इन दोनों की बातचीत बहुत धीरे–धीरे हुई, किसी ने सुना नहीं मगर होठों के हिलने से चुम्पा कुछ–कुछ समझ गयी। यह नयी औरत जो आज आयी बड़ी खुश दिखायी देती थी। हाथ–पैर खुले थे। तुरन्त ही इसके वास्ते खाने को आया। इसने भी खूब लम्बे–चौड़े हाथ लगाये, बेखटके उड़ा गयी। दूसरी औरतों को सुस्त और रोते देख हँसती और चुटकियाँ लेती थी। चम्पा ने जी में सोचा, ''यह तो बड़ी भारी बला है, इसको अपने कैद होने और फँसने की कोई फिक्र ही नहीं! मुझे तो कुछ खुटका मालूम होता है!''

सोलहवाँ बयान

कल की तरह आज की भी रात बीत गयी। लौंडियों के साथ सुबह को सब औरतें पारी–पारी मैदान भेजी गयीं। महारानी और चम्पा आज भी नहीं गयीं। चम्पा ने महारानी से पूछा, ''आप जबसे इन लोगों के हाथ फँसी हैं कुछ भोजन किया या नहीं!'' उन्होंने जवाब दिया, ''महाराज के मिलने की उम्मीद में जान बचाने के लिए दूसरे–तीसरे कुछ खा लेती हूँ, क्या करूँ कुछ बस नहीं चलता।''

थोड़ी देर बाद दो आदमी इस डेरे में आये। महारानी और चम्पा से बोले, 'तुम दोनों बाहर चलो, आज हमारे सरदार का हुक्म है कि सब औरतें मैदान में पेड़ों के नीचे बैठायी जायें जिसमें मैदान की हवा लगे और तन्दुरुस्ती में फर्क न पड़ने पाये।'' यह कह दोनों को बाहर ले गये। वे औरतें जो मैदान में गयी थीं बाहर ही एक बहुत घने महुए के पेड़ तले बैठी हुई थीं। ये दोनों भी उसी तरह जाकर बैठ गयीं। चम्पा चारों तरफ निगाह दौड़ाकर देखने लगी।

दो पहर दिन चढ़ आया होगा। वही बुढ़िया जो कहल एक औरत ले आयी थी आज फिर एक जवान औरत कल से ज्यादे खूबसूरत लिए हुए पहुँची। उसे देखते ही बुड्ढे मियाँ ने बड़ी खातिर

से अपने पास बैठाया और उस औरत को भी उसी जगह भेज दिया जहाँ सब औरतें बैठी हुई थी। चम्पा ने आज इस औरत को भी बारीक निगाह से देखा। आखिर उससे न रहा गया, ऊपर की तरफ मुँह करके बोली, "मी समगता*।" वह औरत जो आज आयी थी चम्पा का मुँह देखने लगी। थोड़ी देर के बाद वह भी अपने पैर के अँगूठे की तरफ देखकर और हाथों से उसे मलती हुई बोली, "चपकला छट में बापरोफस**!" फिर दोनों में से कोई न बोली।

शाम हो गयी। सब औरतें उस रावटी में पहुँच गयीं। रात को खाने का सामना पहुँचा, महारानी और चम्पा के सिवाय सभी खाया। उन दोनों औरतों ने तो खूब ही हाथ फेरे जो गयी फँसकर आयी थीं।

रात बहुत चली गयी, सन्नाटा हो गया, रावटी के चारों तरफ पहरा फिरने लगा। रावटी में एक चिराग जल रहा है। सब औरतें सो गयीं, सिर्फ चार जाग रही हैं, महारानी चम्पा और वे दोनों जो नयी आयी हैं। चम्पा ने उन दोनों की तरफ देखकर कहा, "कड़ाक भी टेटी, नो से पारो फेसते***!" एक ने जवाब दिया, "तीमसे को****?" फिर चम्पा ने कहा, "रानी में सेंगी*****।"

उन दोनों औरतों ने अपनी कसर में कोई तेज औजार निकाला और धीरे चम्पा की हथकड़ी और बेड़ी काट थी। अब चमपा लापरवाह हो गयी, उसके होठों पर मुस्कुराहट मालूम होने लगी।

दो पहर रात बीत गयी। यकायक उस रावटी को चारों तरफ से बहुत से आदमियों ने घेर लिया। शोरगुल की आवाज आने लगी,

---

* हम पहिचान गए।

** चुप रहोगी तो तुम्हारी भी जान बच जायगी।

*** मेरी बेड़ी तो दो नहीं तो गुल मचाकर गिरफ्तार करा दूँगी।

**** तुम्हारी क्या दशा होगी?

***** रानी का साथ दूँगी।

'मारो, पकड़ो' की आवाज सुनायी देने लगी। बन्दूक की आवाज भी कान में पड़ी। अब, सब औरतों को यकीन हो गया कि डाका डड़ा और लड़ाई हो रही है। खलबली पड़ गयी। रावटी में जितनी औरतें थीं। इधर–उधर दौड़ने लगीं। महारानी घबड़ाकर 'चम्पा–चम्पा' पुकारने लगीं, मगर पता नहीं, चम्पा दिखायी न पड़ी। वे दोनों औरतें जो नयी आयी थीं आकर कहने लगीं, "मालूम होता है चम्पा निकल गयी, मगर आप मत घबराइए, यह सब आप ही के नौकर हैं जिन्होंने डाका मारा है। मैं भी आप ही का ताबेदार हूँ, औरत न समझिए। मैं जाता हूँ, आपके वास्ते कहीं डोली तैयार होगी, लेकर आता हूँ।" यह कह दोनो ने रास्ता लिया।

जिस रावटी में औरतें थीं उसके तीन तरफ आदमियों की आवाज कम हो गयी। सिर्फ़ चौथी तरफ जिधर और बहुत से घेरे थे लड़ाई की आहट मालूम हो रही थी। दो आदमी जिनका मुँ कपड़े या नकाब से ढँका हुआ था थोली लिये हुए पहुँचे और महारानी को उस पर बैठाकर बाहर निकल महारानी तो चली गयी थीं मगर और सब औरतें उसी रावटी में बैठी हुई थीं। डर के मारे चेहरा जर्द हो रहा था, एक का मुँह एक देख रही थीं। इतने में पन्नालाल, रामनारायण और चुन्नीलाल एक डोली, जिसपर किमख्वाब का पर्दा पड़ा हुआ था, लिये हुए उस रावटी के दरवाजे पर पहुँचे, डाली बाहर रखी थी, आप अन्दर गये और सब औरतों को अच्छी तरह देखने लगे, फिर पूछा—"तुम लोग में से दो औरतें दिखायी नहीं देतीं, वे कहाँ गयीं?"

सब औरतें डरी हुई थीं, किसी के मुँह से आवाज न निकली। पन्नालाल ने फिर कहा, "तुम लोग डरो मत, हम लोग डाकू नहीं हैं, तुम ही लोगों को छुड़ाने के लिए इतनी धूमधाम हुई हैं, बताओ वे दोनों औरतें कहाँ हैं!" अब उन औरतें गायब हैं जिनमें दो औरतें तो वे हैं जो कल और परसों फँसकर आयी थीं, वे दोनों तो एक औरत को यह कहकर चली गयीं कि आप डरिए मत, हम लोग आपके

ताबेदार हैं, डोली लेकर आते हैं तो आपको ले चलते हैं। इसके बाद डोली आयी जिस पर चढ़के वह चली गयी और चौथी तो सबसे पहिले ही निकल गयी थी।''

पन्नालाल के तो होश उड़ गये, रामनारायण और चुन्नीलाल के मुँह की तरफ देखने लगे। रामनारायण ने कहा, ''ठीक है, हम दोनों महारानी को ढाढ़स देकर तुम्हारी खोज में डोली लेने चले गये, जफील बजाकर तुमसे मुलाकात की और डोली लेकर चले आ रहे हैं, मगर दूसरा कौन डोली लेकर आया जो महारानी को लेकर चला गया। इन लोगों का यह कहना भी ठीक है कि चम्पा पहिले ही से गायब है। जब हम लोग औरत बने हुए उस रावटी में थे और लड़ाई हो रही थी, महारानी ने डर के 'चम्पा चम्पा' पुकारा, तभी उसका पता न था। मगर यह मामला क्या है कुछ समझ में नहीं आता! चलो बाहर चलकर इन बर्देफरोशों* की डोलियों को गिनें उतनी ही हैं या कम? इन औरतों को भी बाहर निकाले।''

सब औरतें उस डेरे के बाहर की गयीं। उन्होंने देखा कि चारों तरफ खून–ही–खून दिखायी देता है, कहीं–कहीं लाश भी नजर आती है। काफिले का बुड्ढ़ा सरदार और उसका खूबसूरत लड़का जंजीरों से जकड़े एक पेड़ के नीचे बैठे हुए हैं। दस आदमी नंगी तलवारें लिये उनकी निगहबानी कर रहे हैं और सैकड़ों आदमी हाथ–पैर बँधे दूसरे पेड़ों के नीचे बैठाये हुए हैं। रावटियाँ ओर डेरे सब उजड़े पड़े हैं।

पन्नालाल, रामनारायण और चुन्नीलाल उस जगह गये जहाँ बहुत सी डोलियाँ रखी थीं। रामनारायण ने पन्नालाल से कहा, ''देखो यह सोलह डोलियाँ हैं, पहले हमने सत्रह गिनी थीं, इससे मालूम होता है कि इन्हीं में की वह डोली थी जिसमें महारानी गयी

* 'बर्देफरोश' आदमियों की सौदागिरी करते हैं, अर्थात् लौंडी–गुलाम बेचते हैं।

हैं। मगर उनको ले कौन गया! चुन्नीलाल जाओ तुम दीवान साहब को यहाँ बुला लाओ, उस तरफ बैठे हैं, जहाँ फौज खड़ी है।''

दीवान साहब को लिये हुए चुन्नीलाल आये। पन्नालाल ने उनसे कहा, ''देखिए हम लोगों की चार दिन की मेहनत बिल्कुल खराब गयी। विजयगढ़ से तीन मंजिल पर इन लोगों का डेरा था। इस बुड्ढे सरदार को हम लोगों ने औरतों की लालच देकर रोका कि कहीं आगे न चला जाय और आपको खबर दी। आप काट दी और वह मौका पाकर निकल गयी, मगर महारानी को कौन ले गया!''

भी पूरे सामान से आये, इतना खून–खराबा हुआ, मगर महारानी और चम्पा हाथ न आयीं। भला चम्पा तो बदमाशी करके निकल गयी, उसने कहा कि हमारी बेड़ी काट दो नहीं तो हम सब भेद खोल देंगे कि मर्द हो, धोखा देने आये हों, पकड़ जाओगे, लाचार होकर उसकी बेड़ी दीवान साहब की अक्ल हैरान थी कि यह क्या हो गया। बोले, ''इन बदमाशों को बल्कि इनके बूढ़ढे मियाँ सरदार को मारपीट के पूछो, कहीं इन्हीं लोगों की बदमाशी तो नहीं है!''

पन्नालाल ने कहा, ''जब सरदार ही आपकी कैद में है तो मुझे यकीन नहीं आता कि उसके सबब से महारानी गायब हो गयी हैं। आप इन बर्देफरोशों और फौज को लेकर जाइए और राज्य का काम देखिए हम लोग फिर महारानी की टोह लेने जाते हैं, इसका और राज्य का काम देखिए, हम लोग फिर महारानी की टोह लेने जाते हैं, इसका तो बीड़ा ही उठाया है।''

दीवान साहब बर्देफरोश कैदियों को मय उनके माल–असबाब के साथ ले चुनार की तरफ रवाना हुए। पन्नालाल, रामनारायण और चुन्नीलाल महारानी की खोज में चले, रास्ते में आपुस में यों बातें करने लगेः—पन्नालाल : देखो आजकल चुनार राज्य की क्या दुर्दशा हो रही है, महाराज उधर फँसे, महारानी का पता नहीं, पता

लगा मगर फिर भी कोई उस्ताद हम लोगों को उल्लू बनाकर उन्हें ले ही गया।

रामनारायण : भाई बड़ी मेहनत की थी मगर कुछ न हुआ। किस मुश्किल से इन लोगों का पता पाया, कैसी–कैसी तरकीबों से दो दिन तक इसी जंगल में रोक रखा, कहीं जाने न दिया, दौड़ादौड़ चुनार से सेना सहित दीवान साहब को लाये, लड़े–भिड़े, अपनी तरफ से कई आदमी भी मरे, मगर वही पहिला दिन, शर्मिन्दगी मुनाफे में!

चुन्नी : हम तो बड़े खुश थे कि चम्पा ही हाथ आवेगी मगर वह तो और आफत निकली, कैसा हम लोगों को पहिचाना और बेबस करके धमका ने अपनी बेड़ी कटवा ही ली! बड़ी चालाक है, कहीं उसी का तो यह फसाद नहीं है!

पन्ना : नहीं जी अकेली चम्पा डोली में बैठाके महारानी को नहीं ले जा सकती!

राम : हम तीनों को महारानी की खोज में भेजने के बाद अहमद और नाजिम को साथ लेकर पण्डित बद्रीनाथ भी महाराज को कैद से छुड़ाने गये हैं, देखें वह क्या जस लगाकर आते हैं।

पन्ना : भला हम लोगों का मुँह भी तो हो कि चुनार जाकर उनका हाल सुनें और क्या जस लगाकर आते हैं इसको देखें। अगर महारानी न मिली तो कौन मुँह लेकर जायेंगे?

राम : बस मालूम हो गया कि आज जो शख्स महारानी को इस फुर्ती से चुरा ले गया, वह हम लोगों का ठीक उस्ताद है। अब तो इसी जंगल में खेती करो, लड़के–बाले लेकर आ बसो, महारानी का मिलना मुश्किल है।

पन्ना : वाह रे तेरा हौसला! किया पिनिक के औतार हुए हैं!

थोड़ी दूर जाकर ये लोग आपुस में कुछ बातें कर मिलने का ठिकाना ठहरा अलग हो गये।

सत्रहवाँ बयान

एक बहुत बड़े नाले में जिसके चारों तरफ बहुत ही घना जंगल था, पण्डित जगन्नाथ ज्योतिषी के साथ तेजसिंह बैठे हैं। बगल में एक साधारण–सी डोली रखी हुई है, पर्दा उठा हुआ है, एक औरत उसमें बैठी तेजसिंह से बातें कर रही हैं। यह औरत चुनार के महाराज शिवदत्त की रानी कलावती कुँअर हैं पीछे की तरफ एक हाथ डोली पर रखे चम्पा भी खड़ी है।

महारानी : मैं चुनार जाने में राजी नहीं हूँ, मुझको राज्य नहीं चाहिए, महाराज के पास रहना मेरे लिए स्वर्ग है। अगर वे कैद में हैं तो मेरे पैर में भी बेड़ी डाल दो मगर उन्हीं के चरणों में रखो।

तेज : नहीं मैं यह नहीं कहता कि जरूर आप भी उसी कैदखाने में जाइए उसमें महाराज हैं। आपकी खुशी हो तो चुनार जाइए, हम लोग हिफाजत से पहुँचा देंगे। कोई जरूरत आपके यहाँ लाने की नहीं थी, ज्योतिषीजी ने कई दफे आपके पतिव्रत धर्म की तारीफ की थी और कहा था कि महाराज की जुदाई में महारानी को बड़ा ही दुःख होता होगा, यही जान हम लोग आपको ले आये थे, नहीं तो खाली चम्पा को ही छुड़ाने गये थे। अब आप कहिए तो चुनार

पहुँचा दें नहीं तो महाराज के पास ले जायें क्योंकि सिवाय मेरे और किसी के जरिये आप महाराज के पास नहीं पहुँच सकतीं। और फिर महाराज क्या जाने कब तक कैद रहें।

महारानी : तुम लोगों ने मेरे ऊपर बड़ी कृपा की, सचमुच मुझे महाराज से इतनी जल्दी मिलानेवाला और कोई नहीं , जितनी जल्दी तुम मिला सकते हो। अभी मुझको उनके पास पहुँचाओ, देर मत करो, मैं तुम लोगों का बड़ा जस मानूँगी!

तेज : तो इस तरह डोली में आप नहीं जा सकतीं, मैं बेहोश करके आपको ले जा सकता हूँ।

महारानी 'मुझको यह भी मंजूर है, किसी तरह वहाँ पहुँचाओ।

तेज : अच्छा तब लीजिए इस शीशी को सूँघिए।

महारानी को अपने पति के साथ बड़ी ही मुहब्बत थी, अगर तेजसिंह उनको कहते कि तुम अपना सिर दे दो, तब महाराज से मुलाकात होगी तो वह उसको भी कबूल कर लेतीं।

महारानी बेखटके शीशी सूँघकर बेहोश हो गयीं। ज्योतिषीजी ने कहा, ''अब इनको ले जाइए उसी तहखाने में छोड़ आइए। जब तक आप न आवेंगे मैं इसी जंगल में रहूँगा। चम्पा को भी चाहिए कि विजयगढ़ जाय, हम लोग तो कुमारी चन्द्रकान्ता की खोज में घूम ही रहे हैं, ये क्यों दुःख उठाती है!''

तेजसिंह ने कहा, ''चम्पा, ज्योतिषीजी ठीक कहते हैं, तुम घर जाओ, कहीं ऐसा न हो कि फिर किसी आफत में फँस जाओ।''

चम्पा ने कहा, ''जब तक कुमारी का पता न लगेगा मैं विजयगढ़ कभी न जाऊँगी। अगर मैं इन बर्देफरोशों के हाथ फँसी तो अपनी ही चालाकी से छूट भी गयी, आप लोगों को मेरे लिए कोई तकलीफ न करनी पड़ी।''

तेजसिंह ने कहा "तुम्हारा कहना ठीक है, हम यह नहीं कहते कि हम लागों ने तुमको छुड़ाया! हम लोग तो कुमारी चन्द्रकान्ता को ढूँढ़ते हुए यहाँ तक पहुँच गये और उन्हीं की उम्मीद में वर्देफरोशों के डेरे देख डाले। उनका तो न पाया मगर महारानी और तुम फँसी हुई दिखायी पड़ीं, छुड़ाने की फिक्र हुई। पन्नालाल, रामनारायण और चुन्नीलाल को महारानी को छुड़ाने के लिए कोशिश करते देख हम लोग यह समझकर अलग हो गये कि मेहनत ये लोग करें, मौका हम लोगों को भी काम करने का मिल जाएगा! सो ऐसा ही हुआ भी, तुम अपनी चालाकी से छूटकर बाहर निकल गयीं, हमने महारानी को गायब किया। खैर, इन सब बातों को जाने दो, तुम यह बताओ कि घर न जाओगी तो क्या करोगी! कहाँ ढूँढ़ोगी! कहीं ऐसा न हो कि हम लोग तो कुमारी को खोजकर विजयगढ़ ले जायें और तुम महीनों तक मारी–मारी फिरो।"

चम्पा ने कहा, "मैं एकदम से ऐसी बेवकूफ नहीं, आप बेफिक्र रहें।"

तेजसिंह को लाचार होकर चम्पा को उसकी मर्जी पर छोड़ना पड़ा और ज्योतिषीजी को भी उसी जंगल में छोड़ महारानी की गठरी बाँध कैदखाने–वाले खोह की तरफ रवाना हुए जिसमें महाराज शिवदत्त बन्द थे। चम्पा भी एक तरफ को रवाना हो गयी।

अठारहवाँ बयान

तेजसिंह के जाने के बाद ज्योतिषीजी अकेले पड़ गये, सोचने लगे कि रमल के जरिए पता लगाना चाहिए कि चन्द्रकान्ता और चपला कहाँ हैं! बास्ता खोल, पटिया निकाल, रमल फेंक गिनने लगे। घड़ी–भर तक खूब गौर किया। एकाएक ज्योतिषीजी के चेहरे पर खुशी झलकने लगी और होठों पर हँसी आ गयी, झटपट रमल और पटिया बाँध उसी तहखाने की तरफ दौड़े जहाँ तेजसिंह महारानी को लिये जा रहे थे। ऐयार तो थे ही, दौड़ने में कसर न की, जहाँ तक बन पड़ा खूब तेजी से दौड़े।

तेजसिंह कदम–कदम झपटे हुए चले जा रहे थे। लगभग पाँच कोस के गये होंगे कि पीछे से आवाज आयी, "ठहरो–ठहरो।" फिर के देखा तो ज्योतिषी जगन्नाथजी बड़ी तेजी से चले आ रहे हैं, ठहर गये जी में खुटका हुआ कि यह क्यों दौड़े आ रहे हैं!

जब पास पहुँचे तो इनके चेहरे पर कुछ हँसी देख तेजसिंह का जी ठिकाने हुआ। पूछा, "क्यों क्या है जो आप दौड़े आये हैं?"

ज्योतिषी : है क्या, बस हम भी आपके साथ उसी तहखाने में चलेगें।

तेज : सो क्या?

ज्योतिषी : इसका हाल भी वहीं मालूम होगा यहाँ न कहेंगे।

तेज : तो वहाँ दरवाजे पर पट्टी बाँधनी पड़ेगी क्योंकि पहिलेवाले ताले का हाल जब से कुमार को धोखा देकर बद्रीनाथ ने मालूम कर लिया तब से एक और ताला हमने उसमें लगाया है जो पहिले ही से बना हुआ था मगर आसकत से उसको काम में नहीं लाते थे क्योंकि खोलने और बन्द करने में जरा देर लगती है। हम यह निश्चय कर चुके हैं कि इस ताले का भेद किसी को न बतावेंगे।

ज्योतिषी : मैं तो अपनी आँखों पर पट्टी न बँधाऊँगा और उस तहखाने में भी जरूर जाऊँगा। तुम झख मारोगे और ले चलोगे।

तेज : वाह क्या खूब! भला कुछ हाल तो मालूम हो!

ज्योतिषी : हाल क्या, बस पौ बाहर हैं! कुमारी चन्द्रकान्ता को वहीं दिखा दूँगा!!

तेज : हाँ? सच कहो!!

ज्योतिषी : अगर झूठ निकले तो उसी तहखाने में मुझको हलाल करके मार डालना।

तेज : खूब कहीं, तुम्हें मार डालूँगा तो तुम्हारा क्या बिगड़ेगा, ब्रह्महत्या तो मेरे सिर चढ़ेगी!

ज्योतिषी : इसका भी ढंग मैं बता देता हूँ, जिसमें तुम्हारे ऊपर ब्रह्महत्या न चढ़े।

तेज : वह क्या!

ज्योतिषी : कुछ मुश्किल नहीं है, पहिले मुसलमान कर डालना तब हलाल करना।

ज्योतिषीजी की बात पर तेजसिंह हँस पड़े और बोले, ''अच्छा भाई चलो, क्या करें, आपका हुक्म मानान भी जरूरी है।''

दूसरे दिन शाम को ये लोग उस तहखाने के पास पहुँचे। ज्योतिषीजी के सामने ही तेजसिंह ताला खोलने लगे। पहिले उस शेर के मुँह में हाथ डाल के उसकी जुबान बाहर निकाली, इसके बाद दूसरा ताला खोलने लगे।

दरवाजे के दोनों तरफ दो पत्थर संगमर्मर के दीवार के साथ जड़े हुए थे। दाहिनी तरफ संगमर्ररवाले पत्थर पर तेजसिंह ने जोर से लात मारी, साथ ही एक आवाज हुई और वह पत्थर दीवार के अन्दर घुसकर जमीन के साथ सट गया। छोटे से हाथ–भर के चबूतरे पर एक साँप चक्कर मारे बैठा देखा जिसकी गर्दन पकड़कर दो दफे पेंच की तरह घुमाया, दरवाजा खुल गया। महारानी की गठरी लिये हुए तेजसिंह और ज्योतिषीजी अन्दर गये, भीतर से दरवाजा बन्द कर लिया। भीतर दरवाजे के बाएँ तरफ दीवार में एक सूराख हाथ जाने लायक था, उसमें हाथ डाल के तेजसिंह ने कुछ किया जिसका हाल ज्योतिषीजी को मालूम न हो सका।

ज्योतिषीजी ने पूछा, "इसमें क्या है?" तेजसिंह ने जवाब दिया, " इसके भीतर एक किल्ली है जिसके घुमाने से वह पत्थर बन्द हो जाता है जिस पर बाहर मैंने लात मारी थी और जिसके अन्दर साँप दिखायी पड़ा था। इस सूराख से सिर्फ उस पत्थर के बन्द करने का काम चलता है खुल नहीं सकता, खोलते समय इधर भी वही तरकीब करनी पड़ेगी जो दरवाजे के बाहर की गयी थी।"

दरवाजा बन्द कर ये लोग आये बढ़े। मैदान में जाकर महारानी की गठरी खोल उन्हें होश में लाये और कहा, "हमारे साथ–साथ चली आइए आपको महाराज के पास पहुँचा दें।' महारानी इन लोगों के साथ–साथ आगे बढ़ीं, तेजसिंह ने ज्योतिषीजी से पूछा, "बताइए चन्द्रकान्ता कहा है?" ज्योतिषीजी ने कहा, "मैं पहिले कभी इसके अन्दर आया नहीं जो सब जगहें मेरी देखी हों, आप आगे चलिए महाराज शिवदत्त को ढूँढ़िए, चन्द्रकान्ता भी दिखायी दे जायेंगी।"

घूमते–फिरते महाराज शिवदत्त को ढूँढ़ते ये लोग उस नाले के पास पहुँचे जिसका हाल पहिले भाग में लिख चुके हैं। यकायक सभों की निगाह महाराज शिवदत्त पर पड़ी जो नाले के उस पार एक पत्थर के ढोंके पर खड़े ऊपर की तरफ मुँह किये कुछ देख रहे थे।

महारानी तो महाराज को देख दीवानी–सी हो गयी, किसी से कुछ न पूछा कि इस नाले में कितना पानी है या उस पार कैसे जाना होगा, झट कूद पड़ीं। पानी थोड़ा ही था, पार हो गयीं और दौड़कर रोती हुई महाराज शिवदत्त के पैरों पर गिर पड़ीं। महाराज ने उठकर गले में लगा लिया, तब तक तेजसिंह और ज्योतिषीजी भी नाले के पार हो महाराज शिवदत्त के पास पहुँचे।

ज्योतिषीजी को देखते ही महाराज ने पूछा, "क्योंजी, तुम यहाँ कैसे आये? क्या तुम भी तेजसिंह के हाथ फँस गये?" ज्योतिषीजी ने कहा, "नहीं तेजसिंह के हाथ क्यों फँसेंगे, हाँ इन्होंने कृपा करके मुझे अपनी मण्डली में मिला लिया है, अब हम बीरेन्द्रसिंह की तरफ हैं आपसे कुछ वास्ता नहीं।"

ज्योतिषीजी की बात सुनकर महाराज को बड़ा गुस्सा आया, लाल–लाल आँखें कर उनकी तरफ देखने लगे। ज्योतिषीजी ने कहा, "आप बेफायदा गुस्सा करते हैं, इससे क्या होगा? जहाँ जी में आया, तहाँ रहे। जो अपनी इज्जत करे उसी के साथ रहना ठीक है। आप खुद सोच लीजिए और याद कीजिए कि मुझको आपने कैसी–कैसी कड़ी बातें कहीं थीं। उस वक्त यह भी न सोचा कि ब्राह्मण है। अब क्यों मेरी तरफ लाल–लाल आँखें करके देखते हैं!"

ज्योतिषीजी की बातें सुन महाराज शिवदत्त ने सिर नीचा कर लिया और कुछ जवाब न दिया। इतने में एक बारीक आवाज आयी–"तेजसिंह!" तेजसिंह ने सिर उठाकर उधर देखा जिधर से आवाज आयी थी, चन्द्रकान्ता नजर पड़ी, जिसे देखते ही इनकी

आँखों से आँसू निकल पड़े। हाय, क्या सूरत हो रही है, सिर के बाल खुले हैं, गुलाब–सा मुँह कुम्हला गया है, बदन पर मैल चढ़ी हुई, कपड़े फटे हुए हैं, पहाड़ के ऊपर एक छोटी सी गुफा के बाहर खड़ी 'तेजसिंह' 'तेजसिंह' पुकार रही है।

तेजसिंह उस तरफ दौड़े और चाहा कि पहाड़ पर चढ़कर कुमारी के पास पहुँच जाएँ मगर न हो सका, कहीं रास्ता न मिला, बहुत परेशान हुए लेकिन कोई काम न चला, लाचार होकर ऊपर चढ़ने के लिए कमन्द फेंकी मगर वह चौथाई दूर भी न गयी, ज्योतिषीजी से कमन्द लेकर अपने कमन्द में जोड़कर फिर फेंका, आधी दूर भी न पहुँची। हर तरह की तरकीबें कीं मगर कोई मतलब न निकला, लाचार होकर आवाज दी और पूछा, "कुमारी आप यहाँ कैसे आयीं?"

तेजसिंह की आवाज कुमारी के कान तक बखूबी पहुँची मगर कुमारी की आवाज जो बहुत ही बारीक थी तेजसिंह के कानों तक पूरी–पूरी न आयी। कुमारी ने कुछ जवाब दिया, साफ–साफ तो समझ में न आया, हाँ इतना समझ पड़ा—"किस्मत...आयी...तरह निकालो!"

हाय हाय, कुमारी से अच्छी तरह भी नहीं कर सकते! यह सोच तेजसिंह बहुत घबराये मगर इससे क्या हो सकता था। कुमारी ने कुछ और कहा जो बिल्कुल समझ में न आया, हाँ यह मालूम होता था। कुमारी ने कुछ और कहा जो बिल्कुल समझ में न आया, हाँ यह मालूम होता था कि कोई बोल रहा है। तेजसिंह ने फिर आवाज दी और कहा, "आप घबराइए नहीं, कोई तरकीब निकालता हूँ जिसमें आप नीचे उतर आवें।" इसके जवाब में कुमारी मुँह से कुछ न बोली, उसी जगह एक जंगली पेड़ था जिसे पत्ते जरा बड़े और मोटे थे, एक पत्ता तोड़ लिया और एक छोटे नोकीले पत्थर की नोक से उस

पत्ते पर कुछ लिखा, अपनी धोती में से थोड़ा कपड़ा फाड़ उसमें वह पत्ता और एक छोटा–सा पत्थर बाँध इस अन्दाज से फेंका कि नाले के किनारे कुछ जल में गिरा। तेजसिंह ने उसे ढूँढ़कर निकाला और गिरह खोली, पत्ते पर गौर से निगाह डाली, लिखा था, ''तुम जाकर पहिले कुमार को यहाँ ले आओ।''

तेजसिंह ने ज्योतिषीजी को वह पत्ता दिखलाया और कहा, ''आप यहाँ ठहरिए मैं जाकर कुमार को बुला लाता हूँ, तब तक आप भी कोई तरकीब सोचिए जिसमें कुमारी नीचे उतर सके।'' ज्योतिषी ने कहा, ''अच्छी बात है तुम जाओ, मैं कोई तरकीब सोचता हूँ।''

इस कैफियत को महारानी ने भी बखूबी देखा मगर यह जान न सकीं कि कुमारी ने पत्ते पर क्या लिखकर फेंका और तेजसिंह कहाँ चले गये, तो भी महारानी को चन्द्रकान्ता की बेबसी पर रुलाई आ गयी और उसी तरफ टकटकी लगाकर देखती रहीं। तेजसिंह वहाँ से चलकर फाटक खोल खोह के बाहर हुए और फिर दोहरा ताला लगा विजयगढ़ की तरफ रवाना हुए।

उन्नीसवां बयान

जब से कुमारी चन्द्रकान्ता विजयगढ़ से गायब हुई और महाराज शिवदत्त से लड़ाई लगी, तब से महाराज जयसिंह और महल की औरतें तो उदास थीं ही, उनके सिवाय कुल विजयगढ़ की रिआया भी उदास थी, शहर में गम छाया हुआ था।

जब तेजसिंह और ज्योतिषीजी को कुमारी की खोज में भेज कुँअर बीरेन्द्रसिंह लौटकर देवीसिंह के साथ विजयगढ़ आये तब सभों को यह आशा हुई कि राजकुमारी चन्द्रकान्ता भी आती होगी, लेकिन जब कुमार की जुबानी महाराज जयसिंह ने पूरा–पूरा हाल सुना तो तबीयत और परेशान हुई। महाराज शिवदत्त के गिरफ्तार होने का हाल सुनकर तो खुशी हुई मगर जब नाले में से कुमारी का फिर गायब हो जाना सुना तो पूरा नाउम्मीदी हो गयी। दीवान हरदयालसिंह वगैरह ने बहुत समझाया और कहा कि कुमारी अगर पाताल में भी होंगी तो तेजसिंह खोज निकालेंगे, इसमें कोई सन्देह नहीं, फिर भी महाराज के जी को भरोसा न हुआ। महल में महारानी की हालत तो और भी बुरी थी, खाना–पीना, बोलना बिल्कुल छूट गया था, सिवाय रोने और कुमारी को याद करने के दूसरा कोई

काम न था। कई दिन तक कुमार विजयगढ़ में रहे, बीच में एक दफे नौगढ़ जाकर अपने माता–पिता से भी मिल आये मगर तबीयत उनकी बिल्कुल नहीं लगती थी, जिधर जाते थे उदासी ही दिखायी देती थी।

एक दिन रात को कुमार अपने कमरे में सोये थे, दरवाजा बन्द था, रात आधी से ज्यादे जा चुकी थी, चन्द्रकान्ता की जुदाई में पड़े–पड़े कुछ सोच रहे थे, नींद बिल्कुल नहीं आ रही थी, दरवाजे के बाहर किसी के बोलने की आहट मालूम पड़ी बल्कि किसी के मुँह से 'कुमारी' ऐसा सुनने में आया। झट पलंग पर से उठ दरवाजे के पास आये और किवाड़ के साथ कान लगा सुनने लगे, इतनी बातें सुनने में आयीं–

"मैं सच कहता हूँ, तुम मानो चाहे न मानो। महिले मुझे जरूर यकीन था कि कुमारी पर कुँअर बीरेन्द्रसिंह का प्रेम सच्चा है, मगर अब मालूम हो गया कि यह सिवाय विजयगढ़ का राज्य चाहने के कुमारी की मुहब्बत नहीं रखते, अगर सच्ची मुहब्बत होती तो जरूर खोज..."

इतनी बात सुनी थी कि दरबानों को कुछ चोर की आहट मालूम पड़ी, बातें करना छोड़ पुकार उठे, "कौन है?" मगर कुछ मालूम न हुआ। बड़ी बातें करना छोड़ पुकार उठे, "कौन है?" मगर कुछ मालूम न हुआ। बड़ी देर तक कुमार दरवाजे के पास बैठे रहे परन्तु फिर कुछ सुनने में न आया, हाँ इतना मालूम हुआ कि दरबानों में बातचीज हो रही थी।

कुमार और भी घबड़ा उठे, सोचने लगे कि जब दरबानों और सिपाहियों को यह विश्वास है कि कुमार चन्द्रकान्ता के प्रेमी नहीं हैं तो जरूर महाराज का भी यही ख्याल होगा, बल्कि महल में महारानी भी यही सोचती होंगी। अब विजयगढ़ में मेरा रहना ठीक

नहीं है, नौगढ़ जाने को भी जी नहीं चाहता क्योंकि वहाँ जाने से और भी लोगों के जी में बैठ जायगा कि कुमारी की मुहब्बत नकली और झूठी थी। तब कहाँ जाएँ क्या करें? इन्हीं सब बातों को सोचते सवेरा हो गया।

आज कुमार ने स्नान पूछा और भोजन से जल्दी छुट्टी कर ली। पहर दिन चढ़ा होगा, अपनी सवारी का घोड़ा मँगवाया और सवार हो किले के बाहर निकले। कई दिन आदमी साथ हुए मगर कुमार के मना करने से रुक गये, लेकिन देवीसिंह ने साथ न छोड़ा, इन्होंने हजार मना किया पर एक न माना, साथ चले ही गये। कुमार ने इस नीयत से घोड़ा तेज किया जिससे देवीसिंह पीछे छूट जाएँ और इनका भी साथ न रहे, मगर देवीसिंह ऐयारी में कुछ कम न थे, दौड़ने की आदत भी ज्यादे थी, अस्तु घोड़े का संग न छोड़ा, इसके सिवाय पहाड़ी जंगल की ऊबड़–खाबड़ जमीन होने से सबब कुमारा का घोड़ा भी उतना तेज नहीं जा सकता था जितना की वे चाहते थे।

देवीसिंह बहुत थक गये, कुमार को भी उन पर दया आ गयी। जी में सोचने लगे कि यह मुझसे बड़ी मुहब्बत रखता है। जब तक इसमें जान है मेरा संग न छोड़ेगा, ऐसे आदमी को जान–बूझकर दुःख देना मुनासिब नहीं, कोई गैर तो है नहीं कि साथ रखने में किसी तरह की कबाहट हो, आखिर कुमार ने घोड़ा रोका और देवीसिंह की तरफ देखकर हँसे।

हाँफते–हाँफते देवीसिंह ने कहा, "भला कुछ यह भी तो मालूम हो कि आपका इरादा क्या है, कहीं सनक तो नहीं गये?" कुमार घोड़े पर से उतर पड़े और बोले, "अच्छा इस घोड़े को चरने के लिए छोड़ो फिर हमसे सुनो कि हमारा क्या इरादा है।" देवीसिंह ने जीनपोश कुमार के लिए बिछाकर घोड़े को खेल चरने वास्ते छोड़

दिया और उनके पास बैठकर पूछा "अब बताइए आप क्या सोच कर विजयगढ़ से बाहर निकले?" इसके जवाब में कुमार ने रात का किस्सा कह सुनाया और कहा कि 'कुमारी का पता न लगेगा तो मैं बिल्कुल विजयगढ़ या नौगढ़ न जाऊँगा'।

देवीसिंह ने कहा, "यह सोचना बिल्कुल भूल है। हम लोगों से ज्यादे आप क्या पता लगायेंगे? तेजसिंह और ज्योतिषीजी खोजने गये ही हैं, मुझे भी हुक्म हो तो जाऊँ! आपके किये कुछ न होगा। अगर आपको बिना कुमारी का पता लगाये विजयगढ़ जाना पसन्द नहीं तो नौगढ़ जाना पसन्द नहीं तो नौगढ़ चलिए वहाँ रहिए, जब पता लग जायगा विजयगढ़ चले जाइयेगा। अब आप अपने घर के पास भी आ पहुँचे हैं।" कुमार ने कुछ सोच के कहा, "यहाँ से मेरा घर बनिस्बत विजयगढ़ के दूर होगा कि नजदीक? मैं तो बहुत आगे बढ़ आया हूँ।"

देवीसिंह ने कहा , "नहीं आप भूलते हैं, न मालूम किस धुन में आप घोड़ा फेंके चले आये, पूरब पश्चिम का ध्यान तो रहा ही नहीं, मगर मैं खूब जानता हूँ कि यहाँ से नौगढ़ केवल दो कोस है और वह देखिए वह बड़ा–सा पीपल का पेड़ जो दिखायी देता है, वह उस खोह के पास ही है जहाँ महाराज शिवदत्त कैद हैं। (तेजसिंह को आते देखकर) हैं यह तेजसिंह कहाँ से चले आ रहे हैं? देखिए कुछ–न–कुछ जरूर लगा होगा!"

तेजसिंह दूर से आते दिखायी पड़े मगर कुमार से रहा न गया, खुद उनकी तरफ चले। तेजसिंह ने भी इन दोनों को देखा और कुमार को अपनी तरफ आते देख दौड़कर उनके पास पहुँचे। बेसब्री के साथ पहिले कुमार ने यही पूछा, "क्यों कुछ पता चला?"

तेजसिंह : हाँ।

कुमार : कहाँ?

तेजसिंह : चलिए दिखाये देता हूँ।

इतना सुनते ही कुमार तेजसिंह से लिपट गये और बड़ी खुशी के साथ बोले, "चलो देखें।"

तेज : घोड़े पर सवार हो लीजिए, आप घबड़ाते क्यों है, मैं तो आप ही को बुलाने जा रहा था, मगर आप यहाँ आकर क्यों बैठे हैं?

कुमार : इसका हाल देवीसिंह से पूछा लेना, पहिले वहाँ तो चलो।

देवीसिंह ने घोड़ा तैयार किया, कुमार सवार हुए। आगे–आगे तेजसिंह और देवीसिंह, पीछे–पीछे कुमार रवाना हुए और थोड़ी ही देर में खोह के पास जा पहुँचे। तेजसिंह ने कहा, "लीजिए अब आपके सामने ही ताला खोलता हूँ क्या करूँ, मगर होशियार रहियेगा, कहीं ऐयार लोग आपको धोखा देकर इसका भी पता न लगा लें।" ताला खोला गया ओर तीनों आदमी अन्दर गये। जल्दी–जल्दी चलकर उस चश्मे के पास पहुँचे जहाँ ज्योतिषीजी बैठे हुए थे, उँगली के इशारे से बताकर तेजसिंह ने कहा, ज्योतिषीजी बैठे हुए थे, ऊँगली के इशारे से बताकर तेजसिंह ने कहा, "देखिए वह ऊपर चन्द्रकान्ता खड़ी है।"

कुमारी चन्द्रकान्ता ऊँची पहाड़ी पर थी, दूर से कुमार को आते देख मिलने के लिए बहुत घबरायी। यही कैफियत कुमार की भी थी, रास्ते के ख्याल तो किया नहीं, ऊपर चढ़ने को तैयार हो गये, मगर क्या हो सकता था। तेजसिंह ने कहा, "आप घबड़ाते क्यों हैं, ऊपर जाने के लिए रास्ता होता तो आपको यहाँ लाने की जरूरत ही क्या थी, कुमारी ही को न ले जाते?"

दोनों की टकटकी बँध गयी। कुँअर बीरेन्द्रसिंह कुमारी को देखने लगे और वह इनको, दोनों ही की आँखों से आँसू की नदी बह चली। कुछ करते नहीं बनता। हाय क्या टेढ़ा मामला है? जिसके

वास्ते घर–बार छोड़ा, जिसके मिलने की उम्मीद में पहिले ही जान से हाथ धो बैठे, जिसके लिए हजारों सिर कटे, जो महीनों से गायब रहकर आज दिखायी पड़ी उससे मिलना तो दूर रहा, अच्छी तरह बातचीत भी नहीं कर सकते, ऐसे समय में उन दोनों की क्या दशा थी वे ही जानते होंगे।

तेजसिंह ने ज्योतिषीजी की तरफ देखकर पूछा, ''क्यों आपने कोई तरकीब सोची?'' ज्योतिषीजी ने जवाब दिया, ''अभी तक कोई तरकीब नहीं सूझी मगर मैं इतना जरूर कहूँगा कि बिनाकोई भारी कार्रवाई किये कुमारी का ऊपर से उतरना मुश्किल है। जिस तरह से वे आयी हैं उसी तरह बाहर होंगी, दूसरी तरकीब कभी पूरी नहीं हो सकती। मैंने रमल से भी राय ले ली थी वह भी यही कहता है, सो अब जिस तरह हो सके कुमारी से यह पूछें और मालूम करें कि वह किस राह से यहाँ तक आयीं, तब हम लोग ऊपर चलकर कोई काम करें। यह मामला तिलिस्म का है, खेल नहीं है।''

तेजसिंह ने इस बात को पसन्द किया, कुमारी से पुकारकर कहा, ''आप घबरायें नहीं जिस तरह से पहिले आपने पत्ते पर लिखकर फेका था उसी तरह अब फिर मुख़्तसर में यह लिखकर फेंकिए कि आप किस राह से वहाँ पहुँची हैं।''

बीसवाँ बयान

चपला तहखाने में उतरी। नीचे एक लम्बी–चौड़ी कोठारी नजर आयी जिसमें चौखट के सिवाय किवाड़ के पल्ले नहीं थे। पहिले चपला ने उसे खूब गौर करके देखा फिर अन्दर गयी। दरवाजे के भीतर पैर रखते ही ऊपरवाले चौखटे के बीचोबीच से लोहे का तख्ता बड़े जोर के साथ गिर पड़ा। चपला ने चौंककर पीछे देखा तो दरवाजा बन्द पाया। सोचने लगी–"यह कोठरी है कि मूसेदानी? दरवाजा इसका बिल्कुल चूहेदानी की तौर पर है। अब क्या करें? और कोई रास्ता कहीं जाने का मालूम नहीं पड़ता, बिल्कुल अँधेरा हो गया, हाथ को हाथ कहीं जाने का मालूम नहीं पड़ता, बिल्कुल अँधेरा हो गया, हाथ को हाथ दिखायी नहीं पड़ता!" चपला अँधेरे में चारों तरफ घूमने और टटोलने लगी।

घूमते–घूमते चपला का पैर गड़हे में जा पड़ा, साथ ही इसके कुछ आवाज हुई और दरवाजा खुल गया। कोठरी में चाँदनी भी पहुँच गया। यह वह दरवाजा नहीं था जो पहिले बन्द हुआ था बल्कि एक दूसरा ही दरवाजा था, चपला ने पास जाकर देखा, इसमें भी कहीं किवाड़ा के पल्ले नहीं दिखायी पड़े आखिर उस दरवाजे की

राह से कोठरी के बाहर हो एक बाग में पहुँची। देखा कि छोटे–छोटे फूलों के पेड़ों में रंग–बिरंग के फूल लिखे हुए हैं, एक तरफ से छोटी नहर के जरिए से पानी अन्दर पहुँचकर बाग में छिड़काव का काम कर रहा है मगर क्यारियाँ इसमें की कोई भी दुरुस्त नहीं हैं। सामने एक बारहदरी नजर आयी। धीरे–धीरे घूमती वहाँ पहुँची।

यह बारहदरी बिल्कुल स्याह पत्थर से बनी हुई थी। छत, जमीन, खम्भे सब स्याह पत्थर के थे। बीच में संगमर्मर के सिंहासन पर हाथ–भर का एक सुर्ख चौखूटा पत्थर रखा हुआ था। चपला ने उसको देखा, उस पर यह खुदा हुआ था–''यह तिलिस्म है, इसमें फँसनेवाला कभी निकल नहीं सकता, हाँ अगर कोई इसको तोड़े तो सब क़ैदियों को छुड़ा ले और दौलत भी उसके हाथ लगे। तिलिस्म तोड़नेवाले के बदन में खूब ताकत भी होनी चाहिए नहीं तो मेहनत बेफायदे है।''

चपला को इसे पढ़ने के साथ ही यकीन हो गया कि अब जान गयी, जिस राह से मैं आयी हूँ, उस राह से बाहर जाना कभी नहीं हो सकता। कोठरी का दरवाजा बन्द हो गया, बाहरवाले दरवाजे को कमन्द से बाँधना व्यर्थ हुआ मगर शायद वह दरवाजा खुला हो जिससे इस बाग में आयी हूँ। यह सोचकर चपला फिर उस दरवाजे की तरफ गयी मगर उसका कोई निशान तक न मिला, यह भी नहीं मालूम हुआ कि किस जगह दरवाजा था। फिर लौअकर उसी बाहरदरी में पहुँची और सिंहासन के पास गयी, जी में आया कि इस पत्थर को उठा लूँ अगर किसी तरह बाहर निकालने का मौका मिला तो इसको भी साथ लेती जाऊँगी लोगों को दिखाऊँगी। पत्थर उठाने के लिए झुकी मगर उस पर हाथ रखा ही था कि बदन में सनसनाहट पैदा हुई और सिर घूमने लगा, यहाँ तक कि बेहोश होकर जमीन पर गिर पड़ी।

जब तक दिन बाकी था चपला बेहोश पड़ी रही। शाम होते–होते होश में आयी। उठकर नहर के किनारे गयी, हाथ–मुँह धोया, जी ठिकाने हुआ। उस बाग में अंगूर बहुत लगे हुए थे मगर उदासी और घबराहट के सबब चपला ने एक दाना भी न खाया, फिर उसी बारहदरी में पहुँची, रात हो गया और धीरे–धीरे वह बारहदरी चमकने लगी। जैसे–जैसे रात बीतती थी, बारहदरी की चमक भी बढ़ती जाती थी। छत, दीवार जमीन और खम्भे सब चमक रहे थे, कोई जगह उस बारहदरी में ऐसी न थी जो दिखायी न देती हो; बल्कि उसकी चमक से सामनेवाला थोड़ा हिस्सा बाग का भी उजाला हो रहा था।

यह चमक काहे की है इसको जानने के लिए चपला ने जमीन, दीवार, और खम्भों पर हाथ फेरा मगर कुछ समझ में न आया। ताज्जुब, डर और ना उम्मीदी ने चपला को सोने न दिया, तमाम रात जागते ही बीती। कभी दीवाल टटोलती, कभी उस सिंहासन ने पास जा उस पत्थर को गौर से देखती जिसके छूने से बेहोश हो गयी थी।

सवेरा हुआ, चपला फिर बाग में घूमने लगी। उस दीवार के पास पहुँची जिसके नीचे से बाग में नहर आयी थी। सोचने लगी, "दीवार बहुत चौड़ी नहीं है, नहर का मुँह भी खुला है, इस राह से बाहर हो सकती हूँ, आदमी के जाने लायक रास्ता बखूबी है।" बहुत सोचने और विचारने के बाद चपला ने यही किया, कपड़े सहित नहर में उतर गयी, दीवार से उस तरफ हो जाने के लिए गोता मारा। काम पूरा हो गया अर्थात् उस दीवार के बाहर हो गयी। पानी से सिर निकालकर देखा तो नहर को बाग के भीतर की बनिस्बत चौड़ा पाया। पानी के बाहर निकली और देखा कि दूर सब तरफ ऊँचे–ऊँ पहाड़ दिखायी देते हैं। जिनके बीचोबीच से यह नहर आयी है और दीवार के नीचे से होकर बाग के अन्दर गयी। है।

चपला ने अपने कपड़े धूप में सुखाये, ऐयारी का बटुआ भींगा न था क्योंकि उसका कपड़ा रोगनी था। जब, सब तरह से लैस हो चुकी, वहाँ से पारिजात के पेड़ लगे हुए, पहाड़ के ऊपर किसी तरफ चढ़ने की जगह नहीं, अगर चढ़े भी तो थोड़ी दूर ऊपर जाने के बाद फिर उतरना पड़े। चपला गयी। आगे जाने के लिए रास्ता न मिला, क्योंकि सामने से भी एक पहाड़ ने रास्ता रोक रखा था, जिसके ऊपर से गिरनेवाला पानी का झरना नीचे नाले में आकर बहता था। पहाड़ी के नीचे एक दालान था जो अन्दाज में दस गज लम्बा और गज–भर चौड़ा होगा। गौर के साथ देखने से मालूम होता था कि पहाड़ काट के बनाया गया है। इसके बीचोबीच में पत्थर का एक अजहदा था, जिसका मुँह खुला हुआ था और आदमी उसके पेट में बखूबी जा सकता था। सामने एक लम्बा–चौड़ा संगमर्मर का साफ चिकना पत्थर भी जमीन पर जमाया हुआ था।

अजहदे को देखने के लिए चपला उसके पास गयी। संगमर्मर के पत्थर पर पैर रखा हीथा कि धीरे–धीरे अजहदे ने दम खींचना शुरू किया, और कुछ ही देर बाद यहाँ तक तेजी से दम खींचा कि चपला का पैर न जम सका, वह खिंचकर उसके पेट में चली गयी, साथ ही बेहोश भी हो गयी।

जब चपला होश में आयी उसके अपने को एक कोठरी में पाया जो बहुत तंग सिर्फ दस–बारह आदमियों के बैठने लायक होगी। कोठरी के बगल में ऊपर जाने के लिए सीढ़ियाँ बनी हुई थीं। चपला थोड़ी देर तक अचम्भे में भरी हुई बैठी रही। तरह–तरह के ख्याल उसके जी में पैदा होने लगे, अक्ल चकरा गयी कि यह क्या मामला है। आखिर चपला ने अपने को सम्हाला और सीढ़ी के रास्त छत पर चढ़ गयी, जाते ही सीढ़ी का दरवाजा बन्द हो गया, नीचे उतरने की जगह न रही। इधर–उधर देखने लगी। चारों तरफ ऊँचे–ऊँचे पहाड़ सामने एक छोटी–सी खोह नजर पड़ी जो बहुत

अँधेरी न थी क्योंकि आगे की तरफ से उसमें रोशनी पहुँच रही थी। चपला लाचार होकर उस खोह में घुसी। थोड़ी ही दूर जाकर एक छोटा–सा दालान मिल, यहाँ पहुँचकर देखा कि कुमारी चन्द्रकान्ता बहुत से बड़े–बड़े पत्ते आगे रखे हुए बैठी है और पत्ते पर पत्थर की नोक से कुछ लिख रही है। नीचे झाँककर देखा तो बहुत ही ढालवीं पहाड़ी, उतरने की जगह नहीं, उसके नीचे कुँअर बीरेन्द्रसिंह और ज्योतिषीजी खड़े ऊपर की तरफ देख रहे हैं।

कुमारी चन्द्रकान्ता के काम में चपला के पैर की आहट पहुँची। फिरके देखा, पहिचानते ही उठ खड़ी हुई और बोली, "वाह सखी, खूब पहुँची। देख सब कोई नीचे खड़े हैं। कोई ऐसी तरकीब नजर नहीं आती कि मैं उन तक पहुँचूँ। उन लोगों की आवाज मेरे कान तक पहुँचती है मगर मेरी कोई नहीं सुनता। तेजसिंह ने पूछा है कि तुम किस राह से यहाँ आयी हो, उसी का जवाब इस पत्ते पर लिख रही हूँ, इसे नीचे फेंकूँगी।"

चपला ने पहिले खूब ध्यान करके चारों तरफ देखा, नीचे उतरने की कोई तरकीब नजर न आयी तब बोली, "कोई जरूरत पत्ते पर लिखने की नहीं है। मैं पुकार के कहे देती हूँ, मेरी आवाज वे लोग बखूबी सुनेंगे, पहिले यह बताओ तुम्हें बगुला निकल गया था या किसी दूसरी राह से आयी हो?"

कुमारी ने कहा, "हाँ मुझको वही निगल गया हो।" चपला ने कहा, "नहीं, मैं दूसरी राह से आयी हूँ, पहिले उस खँडहर का पता इन लोगों को दे लूँ तब बातें करूँ, जिसमें ये लोग भी कोई बन्दोबस्त हम लोगों के छुड़ाने का करें। जहाँ तक मैं सोचती हूँ मालूम होता है कि हम लोग कई दिनों तक यहाँ फँसे रहेंगे, खैर जो होगा देखा जायगा।"

इक्कीसवाँ बयान

कुमारी के पास आते हुए चपला को नीचे से कुँअर बीरेन्द्रसिंह वगैरह सभों ने देखा। ऊपर से चपला पुकारकर कहने लगी, "जिस खोह में हम लोगों को शिवदत्त ने कैद किया था उसके लगभग सात कोस दक्षिण एक पुराने खँडहर में एक बड़ा भारी पत्थर का करामाती बगुला है, वही कुमारी को निकल गया था। वह तिलिस्म किसी तरह टूटे तो हम लोगों की जान बचे, दूसरी कोई तरकीब हम लोगों के छूटने की नहीं हो सकती। मैं बहुत सम्हलकर उस तिलिस्म में गयी थी पर तो भी फँस गयी। तुम लोग जाओ तो बहुत होशियारी के साथ उसको देखना। मैं यह नहीं जानती कि वह खोह चुनार से किस तरफ है, हम लोगों को दुष्ट शिवदत्त ने कैद किया था।"

चपला की बात बखूबी सभी ने सुनी, कुमार को महाराज शिवदत्त पर बड़ा ही गुस्सा आया, सामने मौजूद ही थे, कहीं ढूँढ़ने जाना तो था ही नहीं, तलवार खैंच मारने के लिए झपटे। महाराज शिवदत्त की रानी जो उन्हीं के पास बैठी सब तमाशा देखती और बातें सुनती थी, कुँअर बीरेन्द्रसिंह को तलवार खैंच करके महाराज शिवदत्त की तरफ झपटते देख दौड़कर कुमार के पैरों पर गिर पड़ी

और बोली, ''पहिले मुझको मार डालिए, क्योंकि मैं विधवा होकर मुर्दों से बुरी हालत में नहीं रह सकती!'' तेजसिंह ने कुमार का हाथ पकड़ा लिया और बहुत कुछ समझा–बुझाकर ठण्डा किया। कुमार ने तेजसिंह से कहा, ''अगर मुनासिब समझो और हर्ज न हो तो कुमारी के माँ–बाप को भी यहाँ लाकर कुमारी का मुँह दिखला दो, भला कुछ उन्हें भी तो ढाढ़स हो।'' तेजसिंह ने कहा, ''यह कभी नहीं हो सकता, इस तहखाने को आप मामूली न समझिए, जो कुछ कहना चाहिए मुँहजबानी सब कुमारी की जान छूटे। चलिए सब कोई महाराज जयसिंह को यह हाल कहते हुए उस खँडहर तक चलें जिसका पता चपला ने दे दिया है।''

यह कह तेजसिंह ने चपला को पुकारकर कहा, ''देखो हम लोग उस खँडहर की तरफ जाते हैं। क्या जाने कितने दिन उस तिलिस्म के तोड़ने में लगें। तुम राजकुमारी को ढाढ़स देती रहना, किसी तरह की तकलीफ न होने पाये। क्या करें कोई ऐसी तरकीब नजर नहीं आती कि कपड़े या खाने–पीने की चीजें तुम तक पहुँचायी जायें।''

चपला ने ऊपर से जवाब दिया, ''कोई हर्ज नहीं खाने की कुछ तकलीफ न होगी क्योंकि इस जगह बहुत से मेवों के पेड़ हैं, और पत्थरों में से छोटे–छोटे कई झरने पानी के जारी हैं। आप लोग बहुत होशियारी से काम कीजियेगा। इतना मुझे मालूम हो गया कि बिना कुमार के यह तिलिस्म नहीं टूटने का, मगर तुम लोग भी इनका साथ मत छोड़ना, बड़ी हिफाजत रखना!''

महाराज शिवदत्त और उनकी रानी को उसी तहखाने में छोड़ कुँअर बीरेन्द्रसिंह, तेजसिंह, देवीसिंह और ज्योतिषीजी चारों आदमी वहाँ से बाहर निकले। दोहरा ताला लगा दिया। इसके बाद हाल कहने के लिए कुमार ने देवीसिंह को नौगढ़ अपने माँ–बाप के पास भेज दिया और यह भी कह दिया कि नौगढ़ से होकर कल ही तुम

लौट के विजयगढ़ आ जाना, हम लोग वहाँ चलते हैं तुम आओगे तब कहीं जायेंगे। यह सुन देवीसिंह नौगढ़ की तरफ रवाना हुए।

सवेरे ही से कुँअर बीरेन्द्रसिंह विजयगढ़ से गायब थे, बिना किसी से कुछ कहे चल पड़े थे इसलिए महाराज जयसिंह बहुत ही उदास हो गई जासूसों को चारों तरफ खोजने के लिए भेज चुके थे। शाम होते–होते ये लोग विजयगढ़ पहुँचे, महाराज से मिले। महाराज ने कहा, "कुमार तुम इस तरह बिना कहे सुने जहाँ जी में आता है वहाँ चले जाते हो, हम लोगों को इससे तकलीफ होती है, ऐसा न किया करो।"

इसका जवाब कुमार ने कुछ न दिया मगर तेजसिंह ने कहा, "महाराज जरूरत ही ऐसी थी कि कुमार को बड़े सवेरे यहाँ से जाना पड़ा, उस वक्त आप आराम में थे इसीलिए कुछ कह न सके।" बाद में इसके तेजसिंह ने कुल हाल, लड़ाई से चुनार जान, महाराज शिवदत्त की रानी को चुराना, खोह में कुमारी का पता लगाना, जयोतिषीजी की मुलाकात, बर्देफरोशों की कैफियत, उस तहखाने में कुमारी और चपला को देख उनकी जुबानी तिलिस्म का हाल सुनना आदि सब कुछ हाल पूरा–पूरा ब्योरेवार कह सुनाया, आखीर में यह भी कहा कि अब हम लोग तिलिस्म तोड़ने जाते हैं।

इतना लम्बा –चौड़ा हाल सुनकर महाराज हैरान हो गये। बोले, "तुम लोगों ने बड़ा ही काम किया इसमें कोई शक नहीं, हद के बाहर काम किया, अब तिलिस्म तोड़ने की तैयारी है, मगर वह तिलिस्म दूसरे के राज्य में है। चाहे वहाँ का राजा तुम्हारे यहाँ कैद हो तो भी पूरे सामान के साथ तुम लोगों को जाना चाहिए, मैं भी तुम लोगों के साथ चलूँ तो ठीक हो।"

तेजसिंह ने कहा, "आपको तकलीफ करने की कोई जरूरत नहीं है, थोड़ी फौज साथ जायगी वही बहुत है।" महाराज ने कहा,

''ठीक है, मेरे जाने की कोई जरूरत नहीं मगर इतना होगा कि चलकर उस तिलिस्म को मैं भी देख आऊँगा।'' तेजसिंह ने कहा, ''जैसी मर्जी ।'' महाराज ने दीवान हरदयालसिंह को हुक्म दिया कि हमारी आधी फौज कुमार की कुल फौज–रात–भर में तैयार हो रहे, कल यहाँ से चुनार की तरफ कूच होगा'।

बमूजिब हुक्म के सब इन्तजाम दीवान साहब ने कर दिया, दूसरे दिन नौगढ़ से लौटकर देवीसिंह भी आ गये। बड़ी तैयारी के साथ चुनार की तरफ तिलिस्म तोड़ने के लिए कूच हुआ। दीवान हरदयालसिंह विजयगढ़ में छोड़ दिये गये।

बाईसवाँ बयान

चार दिन रास्ते में लगे, पाँचवें दिन चुनार की सरहद में फौज पहुँची। महाराज शिवदत्त के दीवान ने यह खबर सुनी तो घबड़ा उठा, क्योंकि महाराज शिवदत्त तो कैद हो ही चुके थे, लड़ने की ताकत किसे थी। बहुत–सी नजर वग़ैरह लेकर महाराज जयसिंह से मिलने के लिए हाजिर हुआ खबर पाकर महाराज ने कहला भेजा कि 'मिलने के लिए हाजिर हुआ। खबर पाकर महाराज ने कहला भेजा कि 'मिलने की कोई जरूरत नहीं, हम चुनार फतह करने नहीं आये हैं क्योंकि जिस दिन तुम्हारे महाराज हमारे हाथ फँसे उसी रोज चुनार फतह हो गया, हो गया, हम दूसरे काम को आये हैं, तुम और कुछ मत सोचो'।

लाचार होकर दीवान साहब को वापस जाना पड़ा, मगर यह मालूम हो गया कि फलाने काम के लिए आये हैं। आज तक उस तिलिस्म का हाल किसी को भी मालूम न था, बल्कि किसी ने उस खँडहर को देखा तक न आज यह मशहूर हो गया कि इलाके कमें कोई तिलिस्म है जिसको कुँअर बीरेन्द्रसिंह तोड़ेंगे। उस तिलिस्मी खँडहर का पता लगाने के लिए बहुत–से जासूस इधर–उधर भेजे

गये। तेजसिंह और ज्योतिषीजी भी गये। आखिर उसका पता लग ही गया। दूसरे दिन मय फौज के सभी का डेरा उसी जंगल में जा लगा, जहाँ वह तिलिस्मी खँडहर था।

तेईसवाँ बयान

महाराज जयसिंह कुँअर बीरेन्द्रसिंह, तेजसिंह, देवीसिंह और ज्योतिषीजी खँडहर की सैर करने के लिए उसके अन्दर गये। जाते ही यकीन हो गया कि बेशक यह तिलिस्म है। हर एक तरफ वे लोग घुसे और एक–एक चीज को अच्छी तरह देखते–भालते। बीचवाले बगुले के पास पहुँचे। चपला की जुबानी यह तो सुन ही चुके थे कि वही बगुला कुमारी को निगल गया था, इसलिए तेजसिंह ने किसी को उसके पास जाने न दिया, खुद गये। चपला ने जिस तरह इस बगुले का आजमाया था उसी तरह तेजसिंह ने भी आजमाया।

महाराज इस बगुले का तमाशा देखकर बहुत हैरान हुए। इसका मुँह खोलना, पैर फैलाना, और अपने पीछेवाली चीज को उठाकर निगल जाना सभी ने देखा और अचम्भे में आकर बनानेवाले की तारीफ करने लगे। इसके बाद उस तहखाने के पास आये जिसमें चपला उतरी थी। किवाड़ के पल्ले को कमन्द से बँधा हुआ देख तेजसिंह को मालूम हो गया कि यह चपला की कार्रवाई है और जरूर यह कमन्द भी चपला की है, क्योंकि इसके एक सिरे पर उसका नाम खुदा हुआ है, मगर इस किवाड़ का बाँधना बे–फायदा

हुआ क्योंकि इसमें घुसकर चपला निकल न सकी। कुएँ को भी बखूबी देखते हुए उस चबूतरे के पास आये, जिस पर पत्थर का आदमी हाथ में किताब लिये सोया हुआ था। चपला की तरह तेजसिंह ने भी यहाँ धोखा खाया।

चबूतरे के ऊपर चढ़नेवाली सीढ़ी पर पैर रखते ही उसके ऊपर का पत्थर आवाज देकर पल्ले की तरह खुला और तेजसिंह धम्म से जमीन पर गिर पड़े। इनके गिरने पर कुमार को हँसी आ गयी मगर तेजसिंह बड़े गुस्से में आये। कहने लगे, ''सब शैतानी इसी आदमी की है जो इस पर सोया है, रहो मैं इसकी खबर लेता हूँ।'' यह कहकर उछल के बड़े जोर से एक धौल उसके सर पर जमाई। धौल का लगाना था कि वह पत्थर का आदमी उठ बैठा, मुँह खोल दिया, भाथी की तरह उसके मुँह से हवा निकलने लगी, थोड़ी ही देर में बड़ी भारी आवाज हुई और सारा मकान हिलने लगा मालूम होता था कि भूकम्प आया है, सभों की तबीयत घबड़ा गयी। ज्योतिषीजी ने कहा, ''जल्दी इस मकान से बाहर भागो, ठहरने का मौका नहीं है!''

इस दालान से दूसरे दालान में होते हुए सब–के–सब भागे। भागने के वक्त जमीन हिलने के सबब किसी का पैर सीधा नहीं पड़ता था। खँडहर के बाहर हो दूर से खड़े होकर उसकी तरफ देखने लगे। पूरे कमान को हिलते देखा। दो घण्टे तक यह कैफियत रही और तब तक खँडहर की इमारत का हिलना बन्द न हुआ।

तेजसिंह ने ज्योतिषीजी से कहा, ''आप रमल और नजूम से पता लगाइए कि यह तिलिस्म किस तरह और किसके हाथ से टूटेगा?'' ज्योतिषीजी ने कहा, ''आज दिन–भर आप लोग सब्र कीजिए और जो कुछ सोचना हो सोचिए, रात को मैं सब हाल रमल से दरियाफ्त कर लूँगा, फिर कल जैसा मुनासिब होगा किया जायगा। मगर यहाँ कई रोज लगेंगे, महाराज का रहना ठीक नहीं है, बेहतर है कि ये

विजयगढ़ जायँ।'' इस राय को सभों ने पसन्द किया। कुमार ने महाराज से कहा, ''आप सिर्फ इस खँडहर को देखने आये थे सो देख चुके अब जाइए। आपका यहाँ रहना मुनासिब नहीं।''

महाराज विजयगढ़ जाने पर राजी न थे मगर सभों के जिद्द करने से कबूल किया। कुमार की जितनी फौज थी उसको और अपनी जितनी फौज साथ आयी थी उसमें से भी आधी फौज उसी जगह छोड़ बाकी साथ ले विजयगढ़ की तरफ रवाना हुए।

चौबीसवाँ बयान

रात–भर जगन्नाथ ज्योतिषी रमल फेंकने और विचार करने में लगे रहे। कुँअर बीरेन्द्रसिंह तेजसिंह और देवीसिंह भी रात–भर पास ही बैठे रहे। सब बातों की देख–भालकर ज्योतिषीजी ने कहा, "रमल से मालूम होता है कि इस तिलिस्म के तोड़ने की तरकीब एक पत्थर पर खुदी हुई है और वह पत्थर भी इसी खँडहर में किसी जगह गड़ा हुआ है। उसकी तलाश करके निकालना चाहिए, तब सब पता लगेगा। स्नान पूजा से छुट्टी पा कुछ खा–पीकर इस तिलिस्म में घूमना चाहिए जरूर उस पत्थर का भी पता लगेगा।

सब कामों से छुट्टी पाकर दोपहर को सब लोग खँडहर में घूसे। देखते–भालते उसी चबूतरे के पास पहुँचे जिस पर पत्थर का वह आदमी सोया हुआ था जिसे देवीसिंह ने धौल जमायी थी। उस आदमी को फिर उसी जगह सोता पाया।

ज्योतिषीजी ने तेजसिंह से कहा, "यह देखो ईंटों का ढेर लगा हुआ है, शायद इसे चपला ने इकट्ठा किया हो और इसके ऊपर चढ़कर इस आदमी को देखा हो। तुम भी इस पर चढ़ के खूब गौर कर देखो तो सही किताब में जो इसके हाथ में है क्या लिखा है?"

तेजसिंह ने ऐसा ही किया और उस ईंट के ढेर पर चढ़कर देखा। उस किताब में लिखा था—

८ पहल—५—अंक

६ हाथ—४—अंगुल

जमा पूजी—०—जोड़ ठीक माप तोड़।

तेजसिंह ने ज्योतिषीजी को समझाया कि इस पत्थर की किताब में ऐसा लिखा है, मगर इसका मतलब क्या है कुछ समझ में नहीं आता। ज्योतिषीजी ने कहा, ''मतलब भी मालूम हो जायगा, तुम एक कागज पर इसकी नकल उतार लो।'' तेजसिंह ने अपने बटुए में से कागज—कलम—दावात निकाल उस पत्थर की किताब में जो लिखा था उसकी नकल उतार ली।

ज्योतिषीजी ने कहा, ''अब घूमकर देखना चाहिए कि इस मकान में कहीं आठ पहल का कोई खम्भा या चबूतर किसी जगह पर है या नहीं।'' सब कोई उस खँडहर में घूम—घूमकर आठ पहल का खम्भा या चबूतरा तलाश करने लगे। घूमते—फिरते उस दालान में पहुँचे जहाँ तहखाना था। एक सिरा कमन्द का तहखाने के किवाड़ के साथ और दूसरा सिरा जिस खम्भे के साथ बँधा हुआ था, उस खम्भे को आठ पहल का पाया। उस खम्भे के ऊपर कोई छत न थी, जयोतिषीजी ने कहा, ''इसकी लम्बाई हाथ से नापनी चाहिए।'' तेजसिंह ने नापा, ६ हाथ सात अंगुल हुआ, देवीसिंह ने नापा, ६ हाथ ५ अंगुल हुआ, बाद इसके ज्योतिषीजी ने नापा ६ हाथ १० अंगुल पाया, इसके बाद कुँअर बीरेन्द्रसिंह ने नापा, ६ हाथ ४ अंगुल हुआ।

ज्योतिषीजी ने खुश होकर कहा, ''बस यही खम्भा है, इसी का पता इस किताब में लिखा है, इसी के नीचे 'जमा पूँजी' यानी वह पत्थर जिसमें तिलिस्म तोड़ने की तरकीब लिखी हुई है गड़ा है। यह भी मालूम हो गया। कि यह तिलिस्म कुमार के हाथ से टूटेगा,

क्योंकि उसे किताब में जिसकी नकल पर लाये हैं। इसका नाप ६ हाथ ४ अंगुल लिखा है सो कुमार ही के हाथ से हुआ, इससे मालूम होता है कि यह तिलिस्म कुमार ही के हाथ से फतह भी होगा। अब इस कमन्द को खोल डालना चाहिए जो इस खम्भे और किवाड़ के पल्ले से बाँधी हुई है।''

तेजसिंह ने कमन्द खोलकर अलग किया, ज्योतिषीजी ने तेजसिंह की तरफ देख के कहा, ''सब बात तो मिल गयी, आठ पहल भी हुआ और नाप से ६ हाथ ४ अंगुल भी है, यह देखिए, इस तरफ ५ कर अंक भी दिखायी देता है, बाकी रह गया 'ठीक नाप तोड़' सो कुमार के हाथ से इसका नाप भी ठीक हुआ, अब यही इसको तोड़ें!''

कुँअर बीरेन्द्रसिंह ने उसी जगह से एक बड़ा भारी पत्थर (चूने का ढोंका) ले लिया जिसका मसाला सख्त और मजबूत था। इसी ढोंके को ऊँचा करके जोर से उस खम्भे पर मारा जिसके वह खम्भा हिल उठा, दो–तीन दफे में बिल्कुल कमजोर हो गया, तब कुमार ने बगल में दबाकर जोर किया और जमीन से निकाल डाला। खम्भा उखाड़ने पर उसके नीचे एक लोहे का सन्दूक निकला जिसमें ताला लगा हुआ था। बड़ी मुश्किल से इसका भी ताला तोड़ा। भीतर एक और सन्दूक निकला, उसका भी ताला तोड़ा। और एक सन्दूक निकला। इसी तरह दर्जे–ब–दर्जे सात सन्दूक उसमें से निकले। सातवें सन्दूक में एक पत्थर निकला जिस पर कुछ लिखा हुआ था, कुमार ने उसे निकाल लिया और पढ़ा, यह लिखा था :–

''सम्हाल के काम करना, तिलिस्म तोड़ने में जल्दी मत करना, अगर तुम्हारा नाम बीरेन्द्रसिंह है तो यह दौलत तुम्हारे ही लिये है।

''बगुले के मुँह की तरफ जमीन पर जो पत्थर संगमरमर का जड़ा है। वह पत्थर नहीं मसाला जमाया हुआ है। उसको उखाड़कर सिरके में खूब महीन पीसकर बगुले के सारे अंग पर लेप कर दो।

वह भी मसाले का ही बना हुआ है, दो घण्टे में बिल्कुल गलकर वह जायगा। उसके नीचे जो कुछ तार, चर्खे, पहिलये, पुर्जे हों सब तोड़ डालो। नीचे एक कोठरी मिलेगी जिसमें बगुले के बिगड़ जाने से बिल्कुल उजाला हो गया होगा। उस कोठारी से एक रास्ता नीचे उस कुएँ में गया है जो पूरब वाले दालान में है! वहाँ भी मसाले से बना एक बुड्ढ़ा आदमी हाथ में किताब लिये दिखायी देगा। इसके हाथ से किताब ले लो, मगर एकाएक मत छीनो, नहीं तो धोखा खाओगे। पहिले उसका दाहिना बाजू पकड़ो, वह मुँह खोल देगा। उसका मुँह काफूर से खूब भर दो, थोड़ी ही देर में वह भी गल के बह जायगा तब किताब ले लो। उसके सब पन्ने भोजपत्र के होंगे। जो कुछ उसमें लिखा हो वैसा करो।

—विक्रम।''

कुमार ने पढ़ा, सभों ने सुना। घण्टे–भर तक तो सिवाय तिलिस्म बनाने वाले की तारीफ के किसी की जुबान से दूसरी बात न निकली। बाद इसके यह राय ठहरी कि अब दिन भी थोड़ा रह गया है, डेरे में चलकर आराम किया जाय, कल सबेरे ही कुल कामों से छुट्टी पाकर तिलिस्म की तरफ झुकें।

यह खबर चारों तरफ मशहूर हो गयी कि चुनारगढ़ के इलाके में कोई तिलिस्म है जिसमें कुमारी चन्द्रकान्ता और चपला फँस गयी हैं, उनको छुड़ाने और तिलिस्म तोड़ने के लिए कुँअर बीरेन्द्रसिंह ने मय फौज के उस जगह डेरा डाला है।

तिलिस्म किसको कहते हैं? वह क्या चीज है? उसमें आदमी कैसे फँसता है? कुँअर बीरेन्द्रसिंह उसे क्यों कर तोड़ेंगे? इत्यादि बातों को जानने और देखने के लिए दूर–दूर के बहुत से आदमी उस जगह इकट्ठे हुए जहाँ कुमार का लश्कर उतरा हुआ था मगर खौफ के मारे खँडहर के अन्दर कोई पैर नहीं रखता था सब बाहर

से ही देखते थे।

कुमार के लश्करवालों ने घूमते–फिरते कई नकाबपोश सवारों को भी देखा जिनकी खबर उन लोगों ने कुमार तक पहुँचायी।

पण्डित बद्रीनाथ अहमद और नाजिम को साथ लेकर महाराज शिवदत्त को छुड़ाने गये थे, तहखाने में शेर के मुँह से जुबान खींच किवाड़ खोलना चाहा मगर न खुल सका, क्योंकि यहाँ तेजसिंह ने दोहरा ताला लगा दिया था। जब कोई काम न निकला तब वहाँ से लौटकर विजयगढ़ गये, ऐयारी की फिक्र में थे कि यह खबर कुँअर बीरेन्द्रसिंह की इन्होंने भी सुनी। लौटकर इसी जगह पहुँचे। पन्नालाल, रामनारायण और चुन्नीलाल भी उसी ठिकाने जमा हुआ और इन सभों की यह राय होने लगी कि किसी तरह तिलिस्म तोड़ने में बाधा डालनी चाहिए। इसी फिक्र में ये लोग भेष बदलकर इधर–उधर तथा लश्कर में घूमने लगे।

पचीसवाँ बयान

दूसरे दिन स्नान पूजा से छुट्टी पाकर बीरेन्द्रसिंह, देवीसिंह और ज्योतिषीजी फिर उस खँडहर में घूसे, सिरका साथ में लेते गये। कल जो पत्थर निकला था उस पर जो कुछ लिखा था फिर पढ़ के याद कर लिया और उसी लिखने के बमूजिब काम करने लगे। बाहर दरवाजे पर बल्कि खँडहर के चारों तरफ पहरा बैठा हुआ था।

बगुले के पास गये, उसके सामने की तरफ जो सुफेद पत्थर जमीन में गड़ा हुआ था जिस पर पैर रखने से बगुला मुँह खोल देता था, उखाड़ लिया। नीचे एक और पत्थर कमानी पर जड़ा हुआ पाया। सुफेद पत्थर को सिरके में खुब बारीक पीसकर बगुले के सारे बदन में लगा दिया। देखते–देखते वह पानी होकर बहने लगा, साथ ही इसके एक खुशबू–सी फैलने लगी। दो घण्टे में बगुला गल गया। जिस खम्भे पर बैठा था, वह भी बिल्कुल पिघल गया। नीचे की कोठरी दिखायी देने लगी। जिसमें उतरने के लिए सीढ़ियाँ थीं और इधर–उधर बहुत–से तार और पुर्जे वगैरह लगे हुए थे। सभों को तोड़ डाला और चारों आदमी नीचे उतरे, भीतर–ही–भीतर उस कुएँ में जा पहुँचे जहाँ हाथ में किताब लिये बुड्ढा आदमी बैठा था,

सामने एक पत्थर की चौकी पर पत्थर ही के बने रंग–बिरंगे फल रखे हुए देखा।

बाजू पकड़ते ही बुड्ढे ने मुँह खोल दिया, तेजसिंह से काफूर लेकर कुमार ने उसके मुँह में भर दिया। घण्टे–भर तक ये लोग उसी जगह बैठे रहे। तेजसिंह ने एक मशाल खूब मोटी पहिले ही से बाल ली थी। जब बुड्ढा गल गया, किताब जमीन पर गिर पड़ी, कुमार ने उठा लिया। उसकी जिल्द भी जिस पर कुछ लिखा हुआ था भोजपत्र ही की थी। कुमार ने पढ़ा, उस जगह यह लिखा पाया :–

"इन फूलों को भी उठा लो, तुम्हारे ऐयारों के काम आवेंगे। इसके गुण भी इसी किताब में लिखे हुए हैं, इस किताब को डेरे में जाकर पढ़ो, आज और कोई काम मत करो!"

तेजसिंह ने बड़ी खुशी से उन फूलों को उठा लिया जो गिनती में छः थे। उस कूएँ में से कोठरी में आकर ये लोग ऊपर निकले और धीरे–धीरे खँडहर के बाहर हो गये।

थोड़ा दिन बाकी था जब कुँअर बीरेन्द्रसिंह अपने डेरे में पहुँचे। यह राय ठहरी की रात में इस किताब को पढ़ना चाहिए, मगर तेजसिंह को यह जल्दी थी कि किसी तरह फूलों के गुण मालूम हों। कुमार से कहा, "इस वक्त इन फूलों के गुण पढ़ लीजिए बाकी रात को पढ़ियेगा।" कुमार ने हँस के कहा, "जब कुछ तिलिस्म टूट लेगा तब फूलों के गुण पढ़े जायेंगे।" तेजसिंह ने बड़ी खुशामद की, आखिर लाचार होकर कुमार ने जिल्द खोली। उस वक्त सिवाय इन चारों आदमियों के उस खेमे में और कोई न था, सब बाहर कर दिये गये थे। कुमार के पढ़ने लगे–

फूलों के गुण–गुलाब का फूल–अगर पानी में घिसकर किसी को पिलाया जाय उसे सात रोज तक किसी तरह की बेहोशी असर

न करेगी। **मोतियो का फूल**—अगर पानी में थोड़ा—सा घिसकर किसी कुएँ में डाल दिया जाय तो चार पहर तक उस कूएँ का पानी बेहोशी का काम देगा—जो पियेगा बेहोश हो जायगा, इसकी बेहोशी आध घण्टे बाद चढ़ेगी।

दो ही फूलों के गुण पढ़े थे कि तीनों ऐयार मारे खुशी के उछल पड़े, कुमार ने किताब बन्द कर दी और कहा, ''बस अब न पढ़ेंगे।''

अब तेजसिंह हाथ जोड़ रहे हैं, कसमें देते हैं कि किसी तरह परमेश्वर के वास्ते पढ़िए, आखिर यह सब आप ही के काम आवेगा, हम लोग आप ही के तो ताबेदार हैं। थोड़ी देर तक दिल्लगी करके कुमार ने फिर पढ़ना शुरू किया—

ओरहुर का फूल—पानी में घिसकर पीने से चार रोज तक भूख न लगे।

कनेर का फूल—पानी में घिसकर पैर धो ले तो थकावट या राह चलने की सुस्ती निकल जाय।

गुलदावदी का फूल—पानी में घिसकर आँखों के अ जन करे तो अँधेरे में दिखायी दे।

केवड़े का फूल—तेल में घिसकर लगावे तो सर्दी असर न करे, अगर पानी में रगड़कर लगावे तो गर्मी या धूप असर न करे, कत्थे के पानी में घिसकर किसी को पिलाये तो सात रोज तक किसी किस्म का जोश उसके बदन में बाकी न रहे।

इन फूलों को बड़ी खुशी से तेजसिंह ने अपने बटुए में डाल लिया, देवीसिंह और ज्योतिषीजी माँगते ही रहे मगर देखने को भी न दिया।

छब्बीसवाँ बयान

इन फूलों को पाकर तेजसिंह जितने उम्र में आज तक कभी ऐसे खुश न हुए होंगे। एक तो ही ऐयारी में बढ़े–चढ़े थे, आज इन फूलों ने इन्हें और बढ़ा दिया। अब कौन हो जो इनका मुकाबला करे? हाँ, एक चीज की कसर रह गयी, लोपा जन से गुटका इस तिलिस्म में से इनको ऐसा न मिला जिससे ये लोगों की नजरों से छिप जाते, और अच्छा ही हुआ जो न मिला नहीं तो इनकी ऐयारी की तारीफ न होती क्योंकि जिस आदमी के पास कोई ऐसी चीज हो, जिससे वह गायब हो जाय तो फिर ऐयारी सीखने की उसे जरूरत ही क्या रही? गायब होकर जो चाहा कर डाला!

आज की रात इन चारों को जागते ही बीती। तिलिस्म की तारीफ, फूलों के गुण, तिलिस्मी किताब के पढ़ने, सबेरे फिर तिलिस्म में जाने आदि की बातचीत में रात बीत गयी। सबेरा हुआ, जल्दी–जल्दी स्नान पूजा से चारों ने छुट्टी पा ली और कुछ भोजन करके तिलिस्म में जाने को तैयार हुए।

कुमार ने तेजसिंह से कहा, "हमारे पलँग पर से तिलिस्मी किताब उठा के तुम लेते चलो, वहाँ फिर एक दफे पढ़ के तब कोई

काम करेंगे।'' तेजसिंह तिलिस्मी किताब लेने गये मगर किताब नजर न पड़ी, चारपाई के नीचे हर तरफ देखा, कहीं पता नहीं, आखिर कुमार से पूछा, ''किताब कहाँ है? पलँग पर तो नहीं है!''

सुनते ही कुमार के होश उड़ गये, जी सन्न हो गया, दौड़े हुए पलँग के पास आये, खूब ढूँढ़ा, मगर कहीं किताब हो, तब तो मिले। कुमार 'हाय' करके पलँग के ऊपर गिर पड़े, बिल्कुल हौसला टूट गया, कुमारी चन्द्रकान्ता के मिलने से नाउम्मीद हो गये, अब तिलिस्मी किताब कहाँ जिसमें तिलिस्म तोड़ने की तरकीब लिखी है। तेजसिंह, देवीसिंह और जगन्नाथ ज्योतिषी भी घबरा उठे। दो घड़ी तक किसी के मुँह से आवाज तक न निकली बाद इसके तलाश होने लगी। लश्कर–भर में खूब शोर मचा कि कुमार के डेरे से तिलिस्मी किताब गायब हो गयी, पहरेवालों पर सख्ती होने लगी, चारों तरफ चोर की तलाश में लोग निकले।

तेजसिंह ने कुमार से कहा, ''आप जी मत छोटा कीजिए, मैं वादा करता हूँ कि चोर को जरूर पकड़ँगा, आपके सुस्त हो जाने से सभों का जी टूट जायगा, कोई काम करते न बन पड़ेगा!'' बहुत समझाने पर कुमार पलँग से उठे, उसी वक्त एक चोबदार ने आकर अजीब खबर सुनायी हाथ जोड़कर अर्ज किया कि ''तिलिस्म के फाटक पर पहरे के लिए जो लोग मुस्तैद किये गये हैं उनमें से एक पहरेवाला हाजिर हुआ है और कहता है कि तिलिस्म के अन्दर कई आदमियों की आहट मिली है, किसी को अन्दर जाने का हुक्म तो है ही नहीं जो ठीक मालूम करें, अब जैसा हुक्म हो किया जाय।''

इस खबर को सुनते ही तेजसिंह पता लगाने के लिए तिलिस्म में जाने को तैयार हुए। देवीसिंह से कहा, ''तुम भी मेरे साथ चलो, देख आवें क्या मामला है।'' ज्योतिषीजी बोले, ''हम भी चलेंगे।'' कुमार भी उठ खड़े हुए। आखिर ये चारों तिलिस्म में चले। बाहर

फतहसिंह सेनापति मिले, कुमार ने उनको भी साथ ले लिया। दरवाजे के अन्दर जाते ही इन लोगों के कान में भी चिल्लाने की आवाज आयी, आगे बढ़ने से मालूम हुआ कि उसमें कई आदमी हैं। आवाज की धुन पर ये लोग बराबर बढ़ते चले गये। उस दालान में पहुँचे जिसमें चबूतरे के ऊपर हाथ में किताब लिये पत्थर का आदमी सोया था।

देखा कि पत्थरवाला आदमी उठ के बैठा हुआ पण्डित बद्रीनाथ ऐयार को दोनों हाथों से दबाये है और वह चिल्ला रहे हैं। पन्नालाल, रामनारायण और चुन्नीलाल छुड़ाने की तरकीब कर रहे हैं मगर कोई काम नहीं निकलता। तिलिस्मी किताब के खो जाने का इन लोगों को बड़ा भारी गम था, मगर इस वक्त पण्डित बद्रीनाथ ऐयार की यह देखा सभों को हँसी आ यी, एकदम खिलखिला के हँस पड़े। उन ऐयारों ने पीछे फिरकर देखा तो कुँअर बीरेन्द्रसिंह मय तीनों ऐयारों के खड़े हैं, साथ में फतहसिंह सेनापति हैं।

तेजसिंह ने ललकार कर कहा, "वाह खूब, जैसी जिसकी करनी होती है उसको वैसा ही फल मिलता है, इसमें कोई शक नहीं। बेचारे कुँअर बीरेन्द्रसिंह को बेकसूर तुम लोगों ने सताया, इसी की सजा तुम लोगों को मिली! परमेश्वर भी बड़ा इन्साफ करनेवाला है। क्यों पन्नालाल, तुम लोग जान–बूझकर क्यों फँसते हो? तुम लोग जान–बूझकर क्यों फँसते हो? तुम लोगों को तो किसी ने पकड़ा नहीं है, फिर बद्रीनाथ के पीछे क्यों जान देते हो? इनको इसी तरह छोड़ दो और तुम लोग जाओ हवा खाओ!"

पन्नालाल ने कहा, "भला इनको ऐसी हालत में छोड़ के हम लोग कहीं जा सकते हैं? अब तो आपके जो दिल में आवे सो कीजिए, हम लोग हाजिर हैं।" तेजसिंह ने पण्डित बद्रीनाथ के पास जाकर कहा, "पण्डितजी परनाम! क्यों, मिजाज कैसा है? क्या आप

तिलिस्म तोड़ने को आये थे? अपने राजा को तो पहिले छुड़ा लिये होते? खैर शायद तुमने यह सोचा हो कि हम ही तिलिस्म तोड़कर कुल खजाना ले लें और खुद चुनार के राजा बन जाँय!''

देवीसिंह ने भी आगे बढ़के कहा, ''बद्रीनाथ भाई, तिलिस्म तोड़ना तो उसमें से कुछ मुझे भी देना, अकेले मत उड़ा जाना!'' ज्योतिषीजी ने कहा, ''बद्रीनाथजी अब तो तुम्हारे ग्रह बिगड़े हैं, खैरियत तभी है कि वह तिलिस्मी किताब हमारे अवाले करो जिसे आप लोगों ने रात को चुराया है!''

बद्रीनाथ सबकी सुनते मगर सिवाय जमीन देखने के जवाब किसी को नहीं देते थे। पन्नालाल, रामनारायण और चुन्नीलाल पण्डित ब्रदीनाथ को छोड़ अलग हो गये और कुमार से बोले, ''ईश्वर के वास्ते किसी तरह बद्रीनाथ की जान बचाइए!''

कुमार ने कहा, ''भला हम क्या कर सकते हैं, कुछ हाल तिलिस्म का मालूम नहीं, जो किताब तिलिस्म से मुझको मिली थी, जिसे पढ़कर तिलिस्म तोड़ते वह तुम लोगों ने गायब कर ली। अगर मेरे पास होती तो उसमें देखकर कोई तरकीब इनके छुड़ाने की करता। हाँ, अगर तुम लोग वह किताब मुझे दे दो तो जरूर बद्रीनाथ इस आफत से छुट सकते हैं।''

यह सुनकर पन्नालाल ने तिरछी निगाहों से बद्रीनाथ की तरफ देखा, उन्होंने भी कुछ इशारा किया। पन्नालाल ने कुमार से कहा, ''हम लोगों ने किताब नहीं चुराई है, नहीं तो ऐसी बेबसी की हालत में दे देते। या तो किसी तरह से पण्डित बद्रीनाथ को छुड़ाइए या हम लोगों के वास्ते यह हुक्म दीजिए कि बाहर जाकर इनके लिए कुछ खाने का सामान लाकर खिलावें बल्कि जब तक आपकी किताब न मिले, आप तिलिस्म न तोड़ लें और बद्रीनाथ इसी तरह बेबस रहें, तब तक हम लोगों में से किसी को खिलाने–पिलाने के लिए यहाँ

आने–जाने का हुकम हो।'' देवीसिंह ने कहा, ''पन्नालाल, भला यह तो कहो कि अगर कई रोज तब बद्रीनाथ इसी तरह कैद रह गये तो खाने–पीने का बन्दोबस्त तो तुम कर लोगे, जाकर ले आओगे, लेकिन अगर इनको दिशा मालूम पड़ेगी ता क्या उपाय करोगे उसको कहाँ ले जाकर फेंकोगे? या इसी तरह इनके नीचे ढेर लगा रहेगा?''

इसका जवाब पन्नालाल ने कुछ न दिया। तेजसिंह ने कहा, ''सुनो जी, ऐयारों को ऐयार लोग खूब पहिचानते हैं। अगर तुम्हारे आने–जाने के लिए कुमार हुक्म नहीं देते तो हम हुक्म देते हैं कि आया करो ओर जिस तरह बने बद्रीनाथ की हिफाजत करो। तुम लोगों ने हमारा बड़ा हर्ज किया, तिलिस्मी किताबी चुरा ली और अब मुकरते हो। इस वक्त हमारे अख्तियारें सब कोई हो, जिसके साथ जो चाहे करूँ, सीधी तरह से न दो तो डण्डों देता हूँ, किताब सम्हाल के रखना, मैं बिना लिये न छोडूँगा और तुम लोगों को गिरफ्तार भी न करूँगा।''

तेजसिंह की बात सुनकर पण्डित बद्रीनाथ लाल हो गये और बोले, ''इस वक्त हमको बेबस देख के शेखी करते हौ! यह हिम्मत तो तब जानें कि हमारे छूटने पर कह, बद के कोई ऐयारी करो और जीत जाओ! क्या तुम ही एक दुनिया में ऐयार हो?

हम भी जोर देकर कहते हैं कि हम ही ने तुम्हारी तिलिस्मी किताब चुरायी है, मगर हम लोगों में से किसी को क़ैद किये या सताये बिना तुम नहीं पा सकते। यह शेखी तुम्हारी न चलेगी कि ऐयारों को गिरफ्तार भी न करो बल्कि आने–जाने के लिए छुट्टी दे दो और किताब भी ले लो। ऐसा कर लो तो उसी दिन से हम लोग तुम्हारे हो जाँय और महाराज शिवदत्त को छोड़कर कुमार की ताबेदारी करें। मैं बता देता हूँ कि किताब भी न दूँगा और यहाँ से छूट के भी निकल जाऊँगा।''

तेजसिंह ने कहा, ''मैं भी कसम खाकर कहता हूँ कि बिना तुम लोगों को कैद किये अगर किताब न ले लूँ तो फिर ऐयारी का नाम न लूँ और सिर मुड़ाके दूसरे देश में निकल जाऊँ मुझको भी तुम लोगों से एक ही दफे में फैसला कर लेना है।''

इस बात पर तेजसिंह और बद्रीनाथ दोनों ने कसमें खायीं। बेचारे कुँअर बीरेन्द्रसिंह सभों का मुँह देखते थे, कुछ कहते बन नहीं पड़ता था। तेजसिंह ने देवीसिंह और ज्योतिषीजी को अलग ले जाकर कान में कुछ कहा और वे दोनों उसी वक्त तिलिस्म के बाहर हो गये। फिर तेजसिंह बद्रीनाथ के पास जाकर बोले, ''हम लोग जाते हैं, पन्नालाल रामनारायण और चुन्नीलाल को जहाँ जी चाहे भेजो और अपने छुड़ाने की जो तरकीब सूझे, करो। पहरेवालों को कह दिया जाता है, वे तुम्हारे साथियों को आते–जाते न रोकेंगे।''

कुमार को लिये हुए तेजसिंह अपने डेरे में पहुँचे, देखा तो ज्योतिषीजी बैठे हैं। तेजसिंह ने पूछा, ''क्यों ज्योतिषीजी, देवीसिंह गये?''

ज्योतिषी : हाँ वह तो गये।

तेज : आपने अभी कुछ देखा कि नहीं?

ज्योतिषी : हाँ पता लगा, पर आफत नजर आती है।

तेज : वह क्या?

ज्योतिषीजी : हाँ पता लगा, पर आफत पर आफत नजर आती है।

तेज : वह क्या?

ज्योतिषी : रमल से मालूम होता है कि उन लोगों के हाथ से भी किताब निकल गयी और अभी तक कहीं रक्खी नहीं गयी, देखें देवीसिंह क्या करके आते हैं, हम जाते तो अच्छा होता।

तेज : तो फिर आप राह क्या देखते हैं, हम भी अपनी धुन में लगते हैं।

यह सुन ज्योतिषी तुरत वहाँ से चले गये। कुमार ने कहा, "भला कुछ हमें भी तो मालूम हो कि तुम लोगों ने क्या सोचा, क्या कर रहे हो और क्या समझ के तुमने उन लोगों को छोड़ दिया। मैं तो जरूर यही कहूँगा कि इस वक्त तुम्हीं ने शेखी में आकर काम बिगाड़ा दिया, नहीं तो वे लोग हमारे हाथ फँस चुके थे।"

तेजसिंह ने कहा, "मेरा मतलब आप अभी तक नहीं समझे, किताब तो मैं उनसे ले ही लूँगा मगर जहाँ तक बने उस सभों को एक ही दफे में अपना चेला भी करूँ नहीं तो यह रोज–रोज की ऐयारी से कहाँ तक होशियारी चलेगी? सिवा जिद ओर बदाबदी के ऐयार कभी ताबेदारी कबूल नहीं करते, चाहे जान चली जाय, मालिक का संग कभी न छोड़ेंगे!" कुमार ने कहा "इससे तो हमको और तरद्दुद हुआ! ईश्वर न करे कहीं तुम हार गये ओर बद्रीनाथ छूट के निकल गये तो क्या तुम हमारा भी संग छोड़ दोगे?"

तेज : बेशक छोड़ दूँगा, फिर अपना मुँह न दिखाऊँगा!

कुमार : तो तुम आप भी गये और मुझे भी मारा, अच्छी दोस्ती अदा की! हाय अब क्या करूँ? भला यह तो बताओ कि देवीसिंह और ज्योतिषीजी कहाँ गये!

तेज : अभी न बताऊँगा। पर आप डरिए मत, ईश्वर चाहेगा तो सब काम ठीक होगा मेरा आपका साथ भी न छूटेगा। आप बैठिए, मैं दो घण्टे के लिए कहीं जाता हूँ।

कुमार : अच्छा जाओ।

तेजसिंह वहाँ से चले गये, फतसिंह को भी कुमार ने बिदा किया, अब देखा चाहिए, ये लोग क्या करते हैं और कौन जीतता है।

सत्ताइसवाँ बयान

तेजसिंह, देवीसिंह और ज्योतिषीजी के चले जाने पर कुमार बहुत देर तक सुस्त बैठे रहे। तरह–तरह के खयाल पैदा होते रहे, जरा खटका हुआ और दरवाज़े की तरफ देखने लगते कि शायद तेजसिंह या देवीसिंह आतें हों, जब किसी को नहीं देखते तो फिर हाथ पर गाल रखकर सोच–विचार में पड़ जाते। पहर–भर दिन बाकी रह गया पर तीनों ऐयारों में से कोई भी लौट के न आया, कुमार की तबीयत और भी घबड़ायी, बैठा न गया, डेरे के बाहर निकले।

कुमार को डेरे के बाहर होते देख बहुत से मुलाजिम सामने आ खड़े हुए। बगल ही में फतहसिंह सेनापति का डेरा था, सुनते ही कपड़े बदल हर्बों को लगाकर वह भी बाहर निकल आये और कुमार के पास आकर खड़े हो गये। कुमार ने फतहसिंह से कहा, "चलो, जरा घूम आवें, मगर हमारे साथ और कोई न आवे!" यह कह बागे बढ़े। फतहसिंह का हाथ पकड़ लिया और कहा, "सुनो फतहसिंह, तुम भी हमारे दोस्त हो, सचाथ ही पढ़े और बड़े हुए, तुमसे हमारी कोई बात छिपी नहीं रहती, तेजसिंह भी तुमको बहुत मानते हैं।

आज हमारी तबीयत बहुत उदास हो गयी, अब हमारा जीना मुश्किल समझो, क्योंकि आज तेजसिंह को न मालूम क्या सूझी कि बद्रीनाथ से जिद कर बैठे, हाथ में फँसे हुए चोर को छोड़ दिया, क्या जाने अब क्या होता है? किताब हाथ लगे या न लगे, तिलिस्म टूटे या न टूटे, चन्द्रकान्ता मिले या तिलिस्म ही में तड़प–तड़प कर मर जाय!''

फतहसिंह ने कहा, ''आप कुछ सोच न कीजिए। तेजसिंह ऐसे बेवकूफ नहीं हैं, उन्होंने जिद किया सो अच्छा किया। सब ऐयार एकदम से आपकी तरफ हो जाँयगे। आज का बिल्कुल हाल मुझको मालूम है, इन्तजाम भी उन्होंने बहुत अच्छा किया है। मुझको भी एक काम सुपुर्द कर गये हैं वह भी बहुत ठीक हो गया है, देखिए तो क्या होता है!''

बातचीत करते दोनों बहुत दूर निकल गये, यकायक इन लोगों की निगाहें कई औरतों पर पड़ी जो इनसे बहुत दूर न थीं। इन्होंने आपुस में बातचीत करना बन्द कर दिया और पेड़ों की आड़ से औरतों को देखने लगे।

अन्दाज से बीस औरतें होंगी, अपने घोड़ों की बाग थामें धीरे–धीरे उसी तरफ आ रही थीं। एक औरत के हाथ में दो घोड़ों की बाग थी। यों तो सभी औरतें एक–से–एक खूबसूरत थीं मगर सभों के आगे जो आ रही थी बहुत ही खूबसूरत और नाजुक थी। उम्र करीब पन्द्रह वर्ष के होगी, पौशाक और जेवरों के देखने से यही मालूम होता था कि यह जरूर किसी राजा की लड़की है। सिर से पाँव तक जवाहिरात से लदी हुई, हर एक अंग उसके सुन्दर और सुड़ौल, गुलाब–सा चेहरा दूर से दिखाई दे रहा था। साथवाली औरतें भी एक–ही–एक खूबसरत और बेशकीमत पौशाक पहिरे हुए थीं। कुँअर बीरेन्द्रसिंह एकटक उसी औरत की तरफ देखने लगे जो सभों के आगे थी। ऐसे तरद्दुद की हालत में भी कुमार के

मुँह से निकल पड़ा, ''वाह क्या सुडौल हाथ–पैर हैं। बहुत–सी बातें कुमारी चन्द्रकान्ता की इसमें मिलती हैं, नजाकत और चाल भी उसी ढंग की है, हाथ में कोई बात किताब है जिससे मालूम होता है कि पढ़ी–लिखी भी है।''

वे औरतें और पास आ गयीं। अब कुमार को बखूबी देखने का मौका मिला। जिस जगह पेड़ों की आड़ में ये दोनों छिपे हुए थे किसी की निगाह नहीं पड़ सकती थी। वह औरत जो सभों के आगे–आगे आ रही थी, जिसको हम राजकुमारी कह सकते हैं, चलते–चलते अटक गयी, उस किताब को खोलकर देखने लगी, साथ ही इसके दोनों आँखों से आँसू गिरने लगे।

कुमार ने पहिचाना कि यह वही तिलिस्मी किताब है, क्योंकि इसकी जिल्द पर एक तरफ मोटे–मोटे सुनहरे हरफों में 'तिलिस्म' लिखा हुआ है। सोचने लगे–''इस किताब को तो ऐयार लोग चुरा ले गये थे, तेजसिंह इसकी खोज में गये हैं। इसके हाथ में यह किताब क्योंकर लगी? यह कौन है और किताब देखकर रोती क्यों है!!''

तीसरा भाग

पहला बयान

वह नाजुक औरत जिसके हाथ में किताब है और जो सब औरतों के आगे–आगे आ रही है, कौन और कहाँ की रहने वाली है, जब तक यह न मालूम हो जाय तब तक हम उसको बनकन्या के नाम से लिखेंगे।

धीरे–धीरे चलकर बनकन्या, जब उन पेड़ो के पास पहुँची, जिधर आड़ में कुँअर बीरेन्द्रसिंह और फतहसिंह छिपे खड़े थे तो ठहर गयी और पीछे फिरके देखा। उसके साथ एक और जवान, नाजुक तथा चंचल औरत अपने हाथ में एक तस्वीर लिये हुए चल रही थी जो बनकन्या को अपनी तरफ देखते देख आगे बढ़ आयी। बनकन्या ने अपनी किताब उसके हाथ में दे दी और तस्वीर उससे ले ली।

तस्वीर की तरफ देख लम्बी साँस ली, साथ हील आँखें डबडबा आयीं, बल्कि कई बूँद आँसूओं के भी गिर पड़े। इस बीच में कुमार की निगाह भी उसी तस्वीर पर जा पड़ी, एकटक देखते रहे और जब बनकन्या बहुत दूर निकल गयी तब फतहसिंह से बातचीत करने लगे।

कुमार : क्यों फतहसिंह, यह कौन है कुछ जानते हो?

फतहसिंह : मैं कुछ भी नहीं जानता मगर इतना कह सकता हूँ कि किसी राजा की लड़की है।

कुमार : यह किताब जो इसके हाथ में है जरूर वही है जो मुझको तिलिस्म से मिली थी, जिसको शिवदत्त के ऐयारों ने चुराया था, जिसके लिए तेजसिंह और बद्रीनाथ में बदाबदी हुई, और जिसकी खोज में हमारे ऐयार गये हुए हैं!

फतहसिंह : मगर फिर वह किताब इसके हाथ कैसे लगी?

कुमार : इसका तो ताज्जुब हुई है मगर इससे भी ज्यादे ताज्जुब की एक बात और है, शायद तुमने खयाल नहीं किया।

फतह : नहीं, वह क्या?

कुमार : वह तस्वीर भी मेरी है जिसकी बगलवाली औरत के हाथ से उसने लिया था।

फतह : यह तो आपने और भी आश्चर्य की बात सुनायी!

कुमार : मैं तो अजब हैरानी में पड़ा हूँ, कुछ समझ में बात नहीं आता कि क्या मामला है! अच्छा चलो पीछे–पीछे देखें ये सब जाती कहाँ हैं!

फतह : चलिए!

कुमार और फतहसिंह उसी तरफ चले जिधर वे औरतें गयी थीं। थोड़ी ही दूर बढ़े होंगे कि पीछे से किसी ने आवाज दी। फिरके देखा तो तेजसिंह पर नजर पड़ी। ठहर गये, जब पास पहुँचे, उन्हें घबड़ाये हुए और बदहवास देखकर पूछा, ''क्यों क्या है जो ऐसी सूरत बनाये हो?''

तेजसिंह ने कहा, ''बस अब हम आपसे जिन्दगी–भर के लिए जुदा होते हैं।'' इससे ज्यादे न बोल सके, गला भर आया, आँखों

से आँसुओं की बूँदें टपाटप गिरने लगीं। तेजसिंह की अधूरी बात सुन और उनकी ऐसी हालत देख कुमार भी बेचैन हो गये मगर यह कुछ भी न जान पड़ा कि तेजसिंह के इस तरह बेदिल होने का क्या सबब है।

फतहसिंह से इनकी यह दशा देखी न गयी। अपने रूमाल से दोनों की आँखें पोछीं इसके बाद तेजसिंह से पूछा, ''आपकी ऐसी हालत क्यों हो रही है, कुछ मुँह से तो कहिए। क्या सबब है जो जन्म–भर के लिए कुमार से जुदा होंगे?'' तेजसिंह ने अपने को सभालकर कहा–

''तिलिस्मी किताब हम लोगों के हाथ न लगी और मिलने की कोई उम्मीद ही है इसलिए अपने कौल पर सिर मुड़ा के निकल जाना पड़ेगा।''

इसका जवाब कुँअर बीरेन्द्रसिंह और फतहसिंह कुछ दिया ही चाहते थे कि देवीसिंह और पण्डित जगन्नाथ ज्योतिषी भी घूमते हुआ आ पहुँचे। ज्योतिषीजी ने पुकारकर कहा, ''तेजसिंह घबड़ाइए मत, अगर आपको किताब न मिली तो उन लोगों के पास भी न रही, जो मैंने पहिले कहा था वही हुआ, इस किताब को कोई तीसरा ही ले गया।''

अब तेजसिंह का जी कुछ ठिकाने हुआ। कुमार ने कहार, ''वाह खूब, आप भी रोये और मुझको भी रुलाया। जिसके हाथ में किताब पहुँची उसे मैंने देखा मगर उसका हाल कहने का कुछ मौका तो मिला नहीं तुम पहिले से ही रोने लगे!!'' इतना कह के कुमार ने उस तरफ देखा, जिधर वे औरतें गयी थीं मगर कुछ दिखायी न पड़ा। तेजसिंह ने घबड़ाकर कहा, ::आपने किसके हाथ में किताब देखी? वह आदमी कहाँ है?'' कुमार ने जवाब दिया, ''मैं क्या बताऊँ कहाँ है, चलो उस तरफ दिखलायी दे जाय, हाय विपत–पर–विपत बढ़ती ही जाती है!''

आगे–आगे कुमार तथा पीछे–पीछे तीनों ऐयार और फतहसिंह उस तरफ चले जिधर वे औरतें गयी थीं, मगर तेजसिंह, देवीसिंह और ज्योतिषीजी हैरान थे कि कुमार किसको खोज रहे हैं, वह किताब किसके हाथ लगी, या जब देखा ही था तो छीन क्यों न लिया! कई दफे चाहा कि कुमार से इन बातों को पूछें मगर उनको घबड़ाये हुए इधर–उधर देखते हौर लम्बी साँसें लेते देख तेजसिंह पर निगाह न पड़ी। आखिर आँखें डबडबा आयीं और एक पेड़ के नीचे खड़े हो गये।

तेजसिंह ने पूछा, ''आप कुछ खुलासा कहिए भी कि क्या मामला है?'' कुमार ने कहा, ''अब इस जगह कुछ न कहेंगे। लश्कर में चलो, फिर जो कुछ है सुन लेना।''

सब कोई लश्कर में पहुँचे। कुमार ने कहा, ''पहिले तिलिस्मी खँडहर में चलो। देखें बद्रीनाथ की क्या कैफियत है!'' यह कहके खँडहर की तरफ चले, ऐयार सब–के–सब पीछे–पीछे रवाना हुए। खँडहर के दरवाजे के अन्दर पैर रखा ही था कि सामने से पण्डित बद्रीनाथ, पन्नालाल वगैरह आते दिखायी देता।

कुमार : यह देखो वह लोग इधर ही चले आ रहे हैं! मगर हैं, यह बद्रीनाथ छूट कैसे गये?

तेजसिंह : बड़े ताज्जुब की बात है!

देवीसिंह : कहीं किताब उन लोगों के हाथ तो नहीं लग गयी? अगर ऐसा हुआ तो बड़ी मुश्किल होगी!

फतह : इससे निश्चिन्त रहो, वह किताब इनके हाथ अब तक नहीं लगी। हाँ आगे मिल जाय तो मैं नहीं कह सकता, क्योंकि अभी थोड़ी ही देर हुई है, वह दूसरे के हाथ में देखी जा चुकी है।

इतने में बद्रीनाथ वगैरह पास आ गये। पन्नालाल ने पुकार के कहा, ''क्यों तेजसिंह, अब तो हार गये न!''

तेज : हम क्यों हारे!

ब्रदी : क्यों नहीं हारे, हम छूट भी गये और किताब भी न दी!

तेज : किताब तो हम पा गये, तुम चाहे आप–से–आप छूटो या मेरे छुड़ाने से छूटो! किताब पाना ही हमारा जीतना हो गया, अब तुमको चाहिए कि महाराज शिवदत्त को छोड़कर कुमार के साथ आ रहो।

बद्री : हमको वह किताब दिखा दो, हम अभी ताबेदारी कबूल करते हैं।

तेज : तो तुम ही क्यों नहीं दिखा देते, जब तुम्हारे पास नहीं है तो साबित हो गया कि हम पा गये।

बद्री : बस बस, हम बेफिक्र हो गये, तुम्हारी बातचीत से मालूम हो गया कि तुमने किताब नहीं पायी और उसे कोई तीसरा ही उड़ा ले गया, अभी तक हम डरे हुए थे।

देवी : फिर आखिर हारा कौन यह भी तो कहा।

बद्री : कोई भी नहीं हारा।

कुमार : यह कहो तुम छूटे कैसे?

बद्री : बस ईश्वर ने छुड़ा दिया, जान–बूझ के कोई तरकीब नहीं की गयी, पन्नालाल ने उसके सिर पर एक लकड़ी रखी, उस पत्थर के आदमी ने मुझको छोड़ लकड़ी पकड़ ली, बस मैं छूट गया, उसके हाथ में वह लकड़ी अभी तक मौजूद है।

कुमार : अच्छा हुआ, दोनों की ही बात रह गयी।

बद्री : कुमार मेरा जी तो चाहता है कि आपके साथ रहूँ मगर क्या करूँ निमकहरामी नहीं कर सकता, कोई तो सबब होना चाहिए। अब मुझे आज्ञा हो तो बिदा होऊँ।

कुमार : हाँ जाओ।

ज्योतिषी : अच्छा हमारी तरफ नहीं होते, नहीं सही मगर ऐयारी तो बन्द करो।

तेज : वाह ज्योतिषीजी, आखिर वेदपाठी ही रहे! ऐयारी से क्या डरना? ये लोग जितना जी चाहे जोर लगा लें।

पन्ना : खैर देखा जायगा, अब तो जाते हैं, जय माता की!

तेज : जय माया की!

बद्रीनाथ वगैरह वहाँ से चले गये। फिर कुमार भी तिलिस्म में न गये और अपने डेरे में चले आये। रात को कुमार के डेरे में सब ऐयार और फतहसिंह इकट्ठे हुए। दरबानों को हुक्म दे दिया कि कोई अन्दर न आने पावे। तेजसिंह ने कुमार से पूछा, ''अब बताइए किताब किसके हाथ में देखी थी, वह कौन है, और आपने किताब लेने की कोशिश क्यों न की?''

कुमार ने जवाब दिया, ''यह तो मैं नहीं जानता कि वह कौन है लेकिन जो भी हो, अगर कुमारी चन्द्रकान्ता से बढ़ के नहीं है तो किसी तरह कम भी नहीं है। उसके हुस्न ने उससे किताब छीनने न दिया।''

तेज : (ताज्जुब से) कुमारी चन्द्रकान्ता से और उस किताब से क्या सम्बन्ध! खुलासा कहिए तो कुछ मालूम हो।

कुमार : क्या कहें हमारी तो अजब हालत है! (ऊँची साँस लेकर चुप हो रहे)।

तेज : आपकी विचित्र ही दशा हो रही है, कुछ समझ में नहीं आता! (फतहसिंह की तरफ देखके) आप तो इनके साथ थे, आप ही खुलासा हाल कहिए, यह तो बारह दफे लम्बी साँस लेंगे तो डेढ़ बात कहेंगे! जगह–जगह तो इनको इश्क पैदा होता है, एक बला से छूटे नहीं, दूसरी खरीदने को तैयार हो गये।

फतहसिंह ने सब हाल खुलासा कह सुनाया। तेजसिंह बहुत हैरान हुए कि वह कौन थी और उसने कुमार को पहिले कब देखा, कब आशिक हुई, और तस्वीर कैसे उतरवा मँगायी?

ज्योतिषीजी ने कई दफे मगर खुलासा हाल मालूम न हो सका, हाँ इतना कहा कि किसी राजा की लड़की है। आधी रात तक सब कोई बैठे रहे मगर कोई काम न हुआ, आखिर यह बात तय ठहरी कि जिस तरह बने उन औरतों को ढँढ़ना चाहिए।

सब कोई अपने डेरे में आराम करने चले गये। रात–भर कुमार को बनकन्या की याद ने सोने न दिया। कभी उसकी भोली–भाली सूरत याद करते, कभी उसकी आँखों से गिरे हुए आँसुओं के ध्यान में डूबे रहते। इसी तरह करवटें बदलते और लम्बी साँस लेते रात बीत गयी बल्कि घण्टा–भर दिन चढ़ आया पर कुमार अपने पलँग पर से न उठे।

तेजसिंह ने आकर देखा तो कुमार चादर से मुँह लपेटे पड़े हैं, मुँह की तरफ का बिल्कुल कपड़ा गीला हो रहा है। दिल में समझ गये कि बनकन्या का इश्क पूरे तौर पर असर कर गया है, इस वक्त नसीहत करना भी उचित नहीं। आवाज दिया, ''आप सोते हैं या जागते!''

तेज : फिर उठे क्यों नहीं? आप तो रोज सवेरे ही स्नान–पूजा से छुट्टी पा लेते हैं, आज क्या हुआ?

''नहीं, कुछ नहीं'' कहते हुए कुमार उठ बैठे। जल्दी–जल्दी स्नान से छुट्टी पाकर भोजन किया। तेजसिंह वगैरह इनके पहिले से सब कामों से निश्चिन्त हो चुके थे, उन लोगों ने भी भोजन कर लिया और उन औरतों को ढूँढ़ने के लिए जंगल में जाने को तैयार हुए। कुमार ने कहा हम भी चलेंगे। सभों ने समझाया कि आप चलकर क्या करेंगे हम लोग पता लगाते हैं, आपके चलने से हमारे काम में

हर्ज होगा। कुमार ने कहा, "कोई हर्ज न होगा, हम फतहसिंह को अपने साथ ले चलते हैं, तुम्हारा जहाँ जी चाहे घूमना, हम उनके साथ इधर–उधर फिरेंगे।" तेजसिंह ने फिर समझाया कि कहीं शिवदत्त के ऐयार लोग आपको धोखे में न फँसा लें। मगर कुमार ने एक न मानी। आखिर लाचार होकर कुमार और फतहसिंह को साथ ले जंगल की तरफ रवाना हुए।

थोड़ी दूर जंगल में जाकर उन दोनों को एक जगह बैठाकर तीनों ऐयार अलग–अलग उन औरतों की खोज में रवाना हुए। ऐयारों के चले जाने बाद कुँअर बीरेन्द्रसिंह फतहसिंह से बातें करने लगे मगर सिवाय बनकन्या के कोई दूसरा जिक्ऱ कुमार की जुबान पर न था।

दूसरा बयान

कुँअर बीरेन्द्रसिंह बैठे फतहसिंह से बातें कर रहे थे कि एक मालिन जो जवान और कुछ खूबसूरत भी थी हाथ में जंगली फूलों की डलिया लिये कुमार के बगल से इस तरह निकली जैसे उसको यह मालूम नहीं कि यहाँ कोई है। मुँह से कहती जाती थी—"आज जंगली फूलों का गहना बनाने में देरी हो गयी, जरूर कुमारी खफा होंगी, देखें क्या दुर्दशा होती है।"

इस बात को दोनों ने सुना। कुमार ने फतहसिंह से कहा, "मालूम होता है उन्हीं की मालिन है, इसको बुला के पूछो तो सही।" फतहसिंह ने आवाज दी, उसने चौंककर पीछे देखा, फतहसिंह ने हाथ के इशारे से फिर बुलाया, वह डरती—काँपती उनके पास आ गयी। फतहसिंह ने पूछा, "तू कौन है और फूलों के गहने किसके वास्ते ले जा रही है?"

उसने जवाब दिया, "मैं मालिन हूँ, यह नहीं कह सकती कि किसके यहाँ रहती हूँ और ये फूलों के गहने किसके वास्ते लिये जाती हूँ। आप मुझको छोड़ दें, मैं बहुत गरीब हूँ, मेरे मारने से कुछ हाथ न लगेगा, हाथ जोड़ती हूँ, मेरी जान मत मारिए।"

ऐसी–ऐसी बातें कह मालिन रोने और गिड़गिड़ाने लगी। फूलों की डलिया आगे रखी हुई थी जिनकी तेज खुशबू फैल रही थी। इतने में एक नकाबपोश वहाँ आ पहुँचा और कुमार की तरफ मुँह करके बोला, ''आप इसके फेर में न पड़ें, यह ऐयार हैं, अगर थोड़ी देर और फूलों की खुशबू दिमाग में चढ़ेगी तो आप बेहोश हो जायेंगे।'' उस नक़ाबपोश ने इतना कहा ही था कि वह मालिन उठकर भागने लगी, पर फतहसिंह ने झट हाथ पकड़ लिया। सवार उसी वक्त चला गया। कुमार ने फतहसिंह से कहा, ''मालूम नहीं सवार कौन है और मेरे साथ यह नेकी करने की उसको क्या जरूरत थी?'' फतहसिंह ने जवाब दिया, ''इसका हाल मालूम होना मुश्किल है क्योंकि वह खुद अपने को छिपा रहा है, खैर जो हो यहाँ ठहरना मुनासिब नहीं, देखिए अगर यह सवार न आता तो हम लोग फँस ही चुके थे!''

कुमार ने कहा, ''तुम्हारा यह कहना बहुत ठीक है, खैर अब चलो और इसको अपने साथ लेते चलो, वहाँ चलकर पूछ लेंगे कि यह कौन है। जब कुमार अपने खेमे में फतहसिंह और उस ऐयार को लिये हुए पहुँचे तो बोले, ''अब इससे पूछो इसका नाम क्या है?'' फतहसिंह ने जवाब दिया, ''भला यह ठीक–ठीक अपना नाम क्यों बतावेगा, देखिए मैं अभी मालूम किये लेता हूँ।''

फतहसिंह ने गरम पानी मँगवाकर उस ऐयार का मुँह धुलाया, अब साफ पहिचाने गये कि यह पण्डित बद्रीनाथ हैं। कुमार ने पूछा, ''क्यों अब तुम्हारे साथ क्या किया जाए?'' बद्रीनाथ ने जवाब दिया, ''जो मुनासिब हो कीजिए।''

कुमार ने फतहसिंह से कहा, ''इनकी तुम हिफाजत करो, जब तेजसिंह आवेंगे तो वही इनका फैसला करेंगे!'' यह सुन फतहसिंह बद्रीनाथ को ले अपने खेमे में चले गये। शाम को बल्कि कुछ रात

जाते तेजसिंह, देवीसिंह और ज्योतिषीजी लौटकर आये और कुमार के खेमे में गये। उन्होंने पूछा, ''कहो, कुछ पता लगा?''

तेज : कुछ पता न लगा, दिन–भर परेशान हुए मगर कोई काम न चला।

कुमार : (ऊँची साँस लेकर) फिर अब क्या किया जायगा?

तेज : किया क्या जाएगा, आजकल में पता लगेगा ही।

कमार : हमने भी एक ऐयार को गिरफ्तार किया है।

तेज हैं, किसको! वह कहाँ है?

कुमार : फतहसिंह के पहरे में, उसको बुला के देखो कौन है!

देवीसिंह को भेजकर फतहसिंह को मय ऐयार को बुलवाया। जब बद्रीनाथ की सूरत देखी तो खुश हो गये ओर बोले–''क्यों, अब क्या इरादा है?''

बद्री : इरादा जो पहिले था वही अब भी है।

तेज : अब भी शिवदत्त का साथ क्यों छोड़ने लगे?

बद्री ' महाराज शिवदत्त का साथ क्यों छोड़ने लगे?

तेज : तो फिर कैद हो जाओगे।

बद्री : चाहे जो हो।

तेज : यह मत समझना कि तुम्हारे लोग छुड़ा ले जायेंगे, हमारा देखना ऐसा नहीं है।

बद्री : उस कैदखाने का हाल भी मालूम है, वहाँ भेजो भी तो सही!

देवी : वाह रे निडर!

तेजसिंह ने फतहसिंह से कहा, ''इनके ऊपर सख्त पहरा मुकर्रर कीजिए। अब रात हो गयी है, कल इनको बड़े घर पहुँचाया जाएगा।''

फतहसिंह ने अपने मातहत सिपाहियों को बुलवाकर बद्रीनाथ को उनके सुपुर्द किया। इतने ही में चोबदार ने आकर एक चीठी उनके हाथ में दी और कहा कि 'एक नकाबपोश सवार हर हाजिर है जिसने यह चीठी कुमार को देने के लिए दी है'! तेजसिंह ने लिफाफे को देखा, यह लिखा हुआ था—

''कुँअर बीरेन्द्रसिंह के चरण कमलों में—''

तेजसिंह ने चीठी कुमार के हाथ में दिया, उन्होंने खोलकर पढ़ा—

बरवा

''सुख सम्पति सब त्याग्यो जिनके हेतु।
वे निरमोही ऐसे, सुधिहुँ न लेत।।
राज छोड़ बन जोगी भसम रमाय।
विरह अनल की धूनी तापत हाय।।
—कोई वियोगिनी।''

पढ़ते ही आँखें डबडबा आयीं, बँधे गले से अटककर बोले, ''उसको अन्दर बुलाओ जो चीठी लाया है।'' हुक्म पाते ही चोबदार उस नकाबपोश सवार को लेने बाहर गया मगर तुरन्त वापस आकर बोला—''वह सवार तो मालूम नहीं कहाँ चला गया!''

इस बात को सुनते ही कुमार के जी को कितना दुःख हुआ, वे ही जानते होंगे। वह चीठी तेजसिंह के हाथ में दे दी, उन्होंने भी पढ़ा, कहा, ''इसके पढ़ने से मालूम होता है कि यह चीठी उसी ने भेजी है जिसकी खोज में दिनभर हम लोग हैरान हुए और यह तो साफ ही है कि वह भी आपकी मुहब्बत में डूबी हुई हैं फिर आपको इतना रंज न करना चाहिए।''

कुमार ने कहा, ''इस चीठी ने तो इश्क की आग में घी का काम किया। उसका ख्याल और भी बढ़ गया, घट कैसे सकता है! ख़ैर अब जाओ तुम लोग भी आराम करो, कल जो कुछ होगा देखा जायगा।''

तीसरा बयान

कल रात से आज की रात कुमार को और भी भारी गुजरी। बार–बार उस बरबे को पढ़ते रहे। सबेरा होते ही उठे, स्नान–पूजा कर जंगल में जाने के लिए तेजसिंह को बुलाया, वे भी आये। आज फिर तेजसिंह ने मना किया मगर कुमार ने न माना, तब तेजसिंह ने उन तिलिस्मी फूलों में से गुलाब का फूल पानी में घिसकर कुमार और फतहसिंह को पिलाया और कहा कि 'अब जहाँ जी चाहे घूमिए, कोई बेहोश करके आपको नहीं ले जा सकता, हाँ जबर्दस्ती पकड़ ले तो मैं नहीं कह सकता'। कुमार ने कहा, "ऐसा कौन है जो मुझको जबर्दस्ती पकड़ ले।"

पाँचों आदमी जंगल में गये, कुछ दूर पर कुमार और फतहसिंह को छोड़ तीनों ऐयार अलग हो गये। कुँअर बीरेन्द्रसिंह फतहसिंह के साथ इधर–उधर घूमने लगे। घूमते–घूमते कुमार बहुत दूर निकल गये, देखा कि दो नकाबपोश सवार सामने से आ रहे हैं। जब कुमार से थोड़ी दूर रह गये तो एक सवार घोड़े पर से उतर पड़ा और जमीन पर कुछ रखके फिर सवार हो गया। कुमार उसकी तरफ बढ़े, जब पास पहुँचे तो वे दोनों सवार यह कहके चले गये

कि "इस किताब और चीठी को ले लीजिए'। कुमार ने पास जाकर देखा तो वही तिलिस्मी किताब नजर पड़ी। उसके ऊपर एक चीठी और बगल में कलम–दावात और कागज भी मौजूद पाया। कुमार ने खुशी–खुशी उस किताब को उठा लिया और फतहसिंह की तरफ देखके बोले, "यह किताब देकर दोनों सवार चले क्यों गये सो कुछ समझ में नहीं आता, मगर बोली से मालूम होता है कि वह सवार औरत है जिसने मुझे किताब उठा लेने के लिए कहा। देखें चीठी में क्या लिखा है!" यह कह चीठी खोल पढ़ने लगे, यह लिखा था–

"मेरा जी तुमसे अटका है और जिसको तुम चाहते हो वह बेचारी तिलिस्म में फँसी है। अगर उसको किसी तरह की तकलीफ होगी तो तुम्हारा जी दुःखी होगा। तुम्हारी खुशी से मुझको भी खुशी है यह समझकर किताब तुम्हारे हवाले करती हूँ। खुशी से तिलिस्म तोड़ो और चन्द्रकान्ता को छुड़ाओ, मगर मुझको भूल न जाना, तुम्हें उसी की कसम जिसको ज्यादा चाहते हो। इस चीठी का जवाब लिखकर उसी जगह रख देना, जहाँ से किताब उठाओगे।"

चीठी पढ़कर कुमार ने तुरन्त जवाब लिखा–

"इस तिलिस्मी किताब को हाथ में लिये मैंने जिस वक्त तुमको देखा उसी वक्त से तुम्हारे मिलने को जी तरस रहा है। मैं उस दिन अपने को बड़ा भाग्यवान मानूँगा, जिस दिन मेरी आँखें दोनों प्रेमियों को देख–देख ठण्डी होंगी, मगर तुमको तो मेरी सूरत से नफरत है।

–तुम्हारा बीरेन्द्र।"

जवाब लिखकर कुमार ने उसी जगह पर रख दिया। वे दोनों सवार दूर खड़े दिखायी दिये, कुमार देर तक खड़े राह देखते रहे मगर वे नजदीक न आये, जब कुमार कुछ दूर हट गये तब उनमें से एक ने आकर चीठी का जवाब उठा लिया और देखते–देखते नजरों की ओट हो गया। कुमार भी फतहसिंह के साथ लश्कर में आये।

कुछ रात गये तेजसिंह भी वापस आकर कुमार के खेमे में इकट्‌ठे हुए। तेजसिंह ने कहा, ''आज भी किसी का पता न लगा, हाँ कई नकाबपोश सवारों को इधर–उधर घूमते जरूर देखा। मैंने चाहा कि उनका पता लगाऊँ मगर न हो सका क्योंकि वे लोग भी चालाकी से घूमते थे, मगर कल जरूर हम उन लोगों का पता लगा लेंगे।''

कुमार ने कहा, ''देखो तुम्हारे किये कुछ हुआ मगर मैंने कैसी ऐयारी की कि खोयी हुई चीज को ढूँढ़ निकाला, देखो यह तिलिस्मी किताब।'' यह कह कुमार ने किताब तेजसिंह के आगे रख दी।

तेजसिंह ने कहा, ''आप जो कुछ ऐयारी करेंगे वह तो मालूम ही है। मगर यह बताइए कि किताब कैसे हाथ लगी? जो बात होती है ताज्जुब की!''

कुमार ने बिल्कुल हाल किताब पाने का कह सुनाया, तब चीठी दिखायी और जो कुछ जवाब लिखा था वह भी कहा।

ज्योतिषीजी ने कहा, ''क्यों न हो, फिर तो बड़े घर की लड़की है, किसी तरह से कुमार को दुःख देना पसन्द न किया। सिवाय इसके चीठी पढ़ने से यह भी मालूम होता है कि वह कुमार के पूरे हाल से वाकिफ हैं, मगर हम लोग बिल्कुल नहीं जान सकते कि वह है कौन!''

कुमार ने कहा, ''इसकी शर्म तो तेजसिंह को होनी चाहिए कि इतने बड़े ऐयार होकर दो–चार औरतों का पता नहीं लगा सकते!''

तेजः पता तो ऐसा लगावेंगे कि आप भी खुश हो जावेंगे, मगर अब किताब मिल गयी है तो पहले तिलिस्म के काम से छुट्टी पा लेना चाहिए।

कुमार : तब तक क्या वे सब बैठी रहेंगी?

तेजः क्या अब आपको कुमारी चन्द्रकान्ता की फिक्र न रही?

कुमार : क्यों नहीं, कुमारी की मुहब्बत तो मेरे नस–नस में बसी हुई है, मगर तुम भी तो इन्साफ करो कि इसकी मुहब्बत मेरे साथ कैसी सच्ची है, यहाँ तक कि मेरे ही सबब से कुमारी चन्द्रकान्ता को मुझसे भी बढ़के समझ रखा है।

तेज : हम यह तो नहीं कहते कि उसकी मुहब्बत की तरफ ख्याल न करें, मगर तिलिस्म का भी तो ख्याल होना चाहिए,

कुमार : तो ऐसा करो जिसमें दोनों का काम चले।

तेज : ऐसा ही होगा, दिन को तिलिस्म तोड़ने का काम करेंगे, रात को उन लोगों का पता लगावेंगे।

आज की रात फिर उसी तरह कटी, सबेरे मामूली कामों से छुट्टी पाकर कुँअर बीरेन्द्रसिंह, तेजसिंह और ज्योतिषीजी तिलिस्म में घुसे, तिलिस्मी किताब साथ थी। जैसे–जैसे उसमें लिखा हुआ था उसी तरह ये लोग तिलिस्म तोड़ने लगे।

तिलिस्मी किताब में पहले ही यह लिखा हुआ था कि 'तिलिस्म तोड़नेवाले को चाहिए कि जब पहर दिन बाकी रहे तिलिस्म से बाहर हो जाय और उसके बाद कोई काम तिलिस्म तोड़ने का न करे'।

चौथा बयान

तिलिस्मी खँडहर में घुसकर पहिले वे लोग उस दालान में गये जहाँ पत्थर के चबूतरे पर पत्थर ही का आदमी सोया हुआ था। कुमार ने इसी जगह से तिलिस्म तोड़ने में हाथ लगाया।

जिस चबूतरे पर पत्थर का आदमी सोया था उसके सिरहने की तरफ पाँच हाथ हटकर कुमार ने अपने हाथ से जमीन खोदी। गज–भर खोजने के बाद एक सुफेद पत्थर की चट्टान दिखी जिसमें उठाने के लिए लोहे की मजबूत कड़ी लगी हुई भी दिखायी पड़ी। कड़ी में हाथ डाल के पत्थर उठा–के बाहर किया। तहखाना मालूम हुआ जिसमें उतरने के लिए सीढ़ियाँ बनी थीं।

तेजसिंह ने मशाल जला ली, उसी की रोशनी में सब कोई नीचे उतरे। खूब खुलासा कोठरी देखी, कहीं गर्द या कूड़े के नाम निशान नहीं, बीच में संगमर्मर की खूबसूरत पुतली एक हाथ में काँटी दूसरे हाथ में हथौड़ी लिये खड़ी थी।

कुमार ने उसके हाथ से हथौड़ी–काँटी लेकर उसी के बाएँ कान में काँटी डाल हथौड़ी से ठोंक दी, साथ ही उस पुतली के होंठ हिलने लगे और उसमें से बाजे की–सी आवाज आने लगी, मालूम

होता था मानों वह पुतली गा रही है।

थोड़ी देर तक यही कैफियत रही, यकायक पुतली के बाएँ–दाहिने दोनों अंग के दो टुकड़े हो गये और उसके पेट में से आठ अंगुल का छोटा–सा गुलाब का पेड़ जिसमें कई फूल भी लगे हुए थे और डाल में एक तालीलटक रही थी निकला, साथ ही इसके एक छोटा–सा ताँबे का पत्र भी मिला जिस पर कुछ लिखा हुआ था। कुमार ने उसे पढ़ा–

"इस पेड़ को हमारे यहाँ के बैद्य अजायबदत्त ने मसाले से बनाया है। इन फूलों से बराबर गुलाब की खूशबू निकलकर दूर–दूर तक फैला करेगी। दरबार में रखने के लिए यह एक नायाब पौधा सौगात के तौर पर वैद्यजी ने तुम्हारे वास्ते रखा है।"

इसको पढ़कर कुमार बहुत खुश हुए और ज्योतिषीजी की तरफ देखकर बोले, "यह बहुत अच्छी चीज मुझको मिली, देखिए इस वक्त भी फूलों में से कैसी अच्छी खुशबू निकलकर फैल रही है।"

तेज : इसमें तो कोई शक नहीं।

देवी : एक से एक कारीगरी दिखायी पड़ती है।

अभी कुमार बात कर रहे थे कि कोठरी के एक तरफ का दरवाजा खुल गया। अँधेरी कोठरी में अभी तक इन लोगों ने कोई दरवाजा या उसका निशान नहीं देखा था। पर इस दरवाजे के खुलने से कोठरी में बखूबी रोशनी पहुँची। मशाल बुझा दी गयी और ये लोग उस दरवाजे की राह से बाहर हुए। एक छोटा–सा खूबसूरत बाग देखा। यह बाग वही था जिसमें चपला आयी थी और जिसका हाल हम दूसरे भाग में लिख चुके हैं।

बमूजिब लिखे तिलिस्मी किताब के कुमार ने उस ताली में एक रस्सी बाँधी जो पुतली के पेट से निकली थी। रस्सी हाथ में थाम ताली की जमीन में घसीटते हुए कुमार बाग में घूमने लगे। हर एक

रविशों और क्यारियों में घूमते हुए एक फौहारे के पास ताली जमीन से चिपक गयी। उसी जगह ये लोग भी ठहर गये। कुमार के कहे मुताबिक सभों ने उस जमीन को खोदना शुरू किया, दो–तीन हाथ खोदा था कि ज्योतिषीजी ने कहा, ''अब पहर–भर दिन बाकी रह गया, तिलिस्म से बाहर होना चाहिए।''

कुमार ने ताली उठा ली और चारों आदमी कोठरी की राह से होते जुए ऊपर चढ़के उस दालान में पहुँचे जहाँ चबूतरे पर पत्थर का आदमी सोया था, उसके सिरहाने की तरफ जमीन खोदकर जो पत्थर की चट्टान निकली थी उसी को उलटकर तहखाने के मुँह पर ढाँक दिया। उसके दोनों तरफ उठाने के लिए कड़ी लगी हुई थी और उलटी तरफ पर ताला भी बना हुआ था। उसी ताली से जो पुतली के पेट से निकली थी यह ताला बन्द भी कर दिया।

चारों आदमी खँडहर से निकल कुमार के खेमे में आये। थोड़ी देर आराम कर लेने के बाद तेजसिंह, देवीसिंह और ज्योतिषीजी, कुमार से कहके बनकन्या की टोह में जंगल की तरफ रवाना हुए। इस समय दिन अनुमान दो घण्टे बाकी होगा।

ये तीनों ऐयार थोड़ी ही दूर गये होंगे कि एक नकाबपोश जाता हुआ दिखा, देवीसिंह वगैरह पेड़ों की आड़ दिये उसी के पीछे–पीछे रवाना हुए। वह सवार कुछ पश्चिम हटता हुआ सीधे चुनार की तरफ जा रहा था। कई दफे रास्ते में रुका, पीछे फिरके देखा और फिर आगे बढ़ा।

सूरज अस्त हो गया। अँधेरी रात ने अपना दखल कर लिया, घना जंगल अँधेरी रात में डरावना मालूम होने लगा। अब ये तीनों ऐयार सूखे पत्तों की आवाज पर, जो टापों के पड़ने से होती थी, जाने लगे। घण्टे–भर रात जाते–जाते उस जंगल के किनारे पहुँचे।

नकाबपोश सवार घोड़े पर से उतर पड़ा। उस जगह बहुत से

घोड़े बँधे थे। वहीं पर अपना घोड़ा भी बाँध दिया, एक तरफ घास का ढेर लगा हुआ था, उसमें से घास उठाकर घोड़े के आगे रख दी और वहाँ से पैदल रवाना हुआ।

उस नकाबपोश के पीछे–पीछे चलते हुए ये तीनों ऐयार पहर रात बीते गंगा किनारे पहुँचे। दूर से जल में दो रोशनियाँ दिखायी पड़ीं, मालूम होता था जैसे दो चन्द्रमा गंगाजी में उतर आये हैं। सुफेद रोशनी जल पर फैल रही थी। जब पास पहुँचे देखा कि एक सजी हुई नाव पर कई खूबसूरत औरतें बैठी हैं, बीच में ऊँची गद्दी पर एक कमसिन नाजुक औरत, जिसका रोआब देखनेवालों पर छा रहा है। बैठी है, चाँद–सा चेहरा दूर से चमक रहा है। दोनों तरफ दो माहताब जल रहे हैं।

नकाबपोश ने किनारे पहुँचकर जोर से सीटी बजायी, साथ ही उस नाव में से भी इस तरह सीटी की आवाज आयी जैसे किसी ने जवाब दिया हो। उन कई औरतों में से, जो उस नाव के साथ बँधी हुई थी, खोलकर किनारे ला नकाबपोश को उस पर चढ़ा ले गयीं।

अब ये तीनों ऐयार आपस में बातें करने लगे–

तेज : वाह, इस नाव पर छूटते हुए दो महताबों के बीच में औरतें कैसी भली मालूम होती हैं।

ज्योतिषी : परियों का अखाड़ा मालूम होता है, चलो तैर के उनके पास चलें।

देवी : ज्योतिषीजी, कहीं ऐसा न हो कि परियाँ आपको उड़ा ले जाँय, फिर हमारी मण्डली में एक दोस्त कम हो जायगा।

तेज : मैं जहाँ तग खयाल करता हूँ यह उन्हीं लोगों की मण्डली है जिन्हें कुमार ने देखा था।

देवी : इसमें तो कोई शक नहीं है।

ज्योतिषी : तो तौर के चलते क्यों नहीं? तुम तो जल से ऐसा डरते हो। आपको मालूम हुआ न कि मैं सच कहता था, इन लोगों ने हमारे नजूम को मिट्टी कर दिया है।

देवी : चलिए किनारे, इन्होंने तो बेढब छकाया, मालूम होता है किनारे पर कोई पहरेवाला खड़ा देखता था। जब हम लोग तेरके जाने लगे उसने सीटी बजायी बस अँधेरा हो गया, पहिले ही से इशारा बँधा हुआ था।

ज्योतिषी : इस नालायक को यह क्या सूझी कि हम लोग पानी में उतर चुके तब सीटी बजायी, पहिले ही बजाता तो हम लोग क्यों भींगते।

ये तीनों ऐयार लौटकर किनारे आये, पहिरने के वास्ते अपना कपड़ा खोजते हैं तो मिलता नहीं।

देवी : ज्योतिषीजी पालागी! लीजिए, कपड़े भी गायब हो गये! हाय, इस वक्त अगर इन लोगों में से किसी को पाऊँ तो कच्चा ही चबा जाऊँ?

तेज : हम तो उन लोगों की तारीफ करेंगे, खूब ऐयारी की।

देवी : हाँ हाँ, खूब तारीफ कीजिए जिसमें उन लोगों में से अगर कोई सुनता हो तो अब भी आप पर रहम करे और आगे न सतावे!

ज्योतिषी : अब क्या सताना बाकी रह गया! कपड़े तक तो उतरवा लिये।

तेज : चलिए अब लश्कर में चलें, इस वक्त और कुछ करते न बन पड़ेगा।

आधी रात जा चुकी होगी जब ये लोग ऐयारी को सताये बदन से नंगे–धड़ंगे काँपते–कलपते लश्कर की तरफ रवाना हुए।

पाँचवाँ बयान

तेजसिंह, देवीसिंह और ज्योतिषी के जाने बाद कुँअर बीरेन्द्रसिंह इन लोगों के वापस आने के इन्तजार में रात–भर जागते रह गये। ज्यों–ज्यों रात गुजरती थी कुमार की तबीयत घबराती थी। सबेरा हुआ ही चाहता था, जब ये तीनों ऐयार लश्कर में पहुँचे। तेजसिंह की राय हुई कि इसी तरह नंग–धड़ंग कुमार के पास चलना चाहिए, आखिर तीनों उसी तरह उनके खेमे से गये।

कुँअर बीरेन्द्रसिंह जाग रहे थे, शमादान जल रहा था, इन तीनों ऐयारों की विचित्र सूरत देखकर हैरान हो गये। पूछा, ''यह क्या हाल है?'' तेजसिंह ने कहा, ''अभी तो सूरत देख लीजिए बाकी हाल जरा दम लेके कहेंगे।''

तीनों ऐयारों ने अपने कपड़े मँगवाकर पहिरे, इतने में साफ सबेरा हो गया। कुमार ने तेजसिंह से पूछा, ''अब बताओ तुम लोग किस बला में फँस गये?''

तेज : ऐसा धोखा खाया कि जन्म–भर याद करेंगे।

कुमार : वह क्या?

तेज : जिनके ऊपर आप जाने दिये बैठे हैं, जिनकी खोज में हम लोग मारे–मारे फिरते हैं, इसमें तो कोई शक नहीं कि उनका भी प्रेम आपके ऊपर बहुत है, मगर न मालूम इतनी छिपी क्यों फिरती हैं और इसमें इनहोंने क्या फायदा सोचा है?

कुमार : क्या कुछ पता लगा?

तेज : पता क्या आँख से देख आये है तभी तो इतनी सजा मिली! उनके साथ भी एक–से–एक बढ़के ऐयार हैं, अगर ऐसा जानते हो होशियारी से जाते।

कुमार : भला खुलासा कहो तो कुछ मालूम भी हो।

तेजसिंह ने सब हाल कहा, कुमार सुनकर हँसने लगे और ज्योतिषीजी से बोले, "आपके रमल को भी उन लोगों ने धोखा दिया।"

ज्योतिषी : कुछ न पूछिए, सब–की–सब आफत हैं।

कुमार : उन लोगों का खुलासा हाल नहीं मालूम हुआ तो भला इतना ही विचार लेते कि शिवदत्त के ऐयारों की कुछ ऐयारी तो नहीं है?

ज्योतिषी : नहीं, शिवदत्त के ऐयारों से और इन लोगों से कोई वास्ता नहीं बल्कि उन लोगों को इनकी खबर भी न होगी, इस बात को मैं खूब विचार चुका हूँ।

तेज : इतनी ही खैरियत है।

ज्योतिषी : आज दिन ही को चलकर पता लगावेंगे।

तेज : तिलिस्म तोड़ने का काम कैसे चलो?

कुमार : एक रोज काम बन्द रहेगा तो क्या होगा?

तेज : इसी से तो मैं कहता हूँ कि चन्द्रकन्ता की मुहब्बत आपके दिल से कम हो गयी है।

कुमार : कभी नहीं, चन्द्रकान्ता से बढ़कर मैं दुनिया में किसी को नहीं चाहता मगर न मालूम क्या सबब है कि बनकन्या का हाल मालूम करने के लिए भी जी बेचैन रहता है।

तेज : (हँसकर) खैर पहिले तो पण्डित बद्रीनाथ ऐयार को ले जाकर उस खोह में कैद करना है फिर दूसरा काम देखेंगे, कहीं ऐसा न हो कि वह छुटके चल दें।

कुमार : आज ही ले जाकर छोड़ आओ।

तेज : हाँ अभी उनको ले जाता हूँ, वहाँ रखकर रातों–रात लौट आऊँगा, पन्द्रह कोस का मामला ही क्या है, तब तक देवीसिंह और ज्योतिषीजी बनकन्या की खोज में जाएँ।

तेजसिंह की राय पक्की ठहरी, वे स्नान–पूजा से छुट्टी पाकर तैयार हुए, खाने की चीजों में बेहोशी की दवा मिलाकर बद्रीनाथ को खिलायी ओर जब वे बेहोश हो गये तब तेजसिंह गट्ठर बाँधकर पीठ पर लाद खोह की तरफ रवाना हुए। कुमार ने देवीसिंह और ज्योतिषीजी को बनकन्या की टोह में भेजा।

तेजसिंह पण्डित बद्रीनाथ की गठरी लिये शाम होते–होते तहखाने में पहुँचे। शेर के मुँह में हाथ डाल जुबान खैंची और तब दूसरा ताला खोला, मगर दरवाजा न खुला। अब तो तेजसिंह के होश उड़ गये, फिर कोशिश की लेकिन किवाड़ न खुला। बैठके सोचने लगे, मगर कुछ समझ में न आया। आखिर लाचार हो बद्रीनाथ की गठरी लादे वापिस हुए।

छठवाँ बयान

देवीसिंह और ज्योतिषीजी बनकन्या की टोह में निकलकर थोड़ी ही दूर गये होंगे कि एक नकाबपोश सवार मिला जिसने पुकार के कहा—

"देवीसिंह, कहाँ जाते हो? तुम्हारी चालाकी हम लोगों से न लगेगी अभी कल आप लोगों की खातिर की गयी है और जल में गोते देकर कपड़े सब छीन लिये गये, अब क्या गिरफ्तार ही होना चाहते हो? थोड़े दिन सब्र करो, हम लोग तुम लोगों को ऐयारी सिखलाकर पक्का करेंगे तब काम चलेगा।" नकाबपोश सवार की बातें सुन देवीसिंह मन में तो हैरान हो गये पर ज्योतिषीजी की तरफ देखकर बोले, "सुन लीजिए! यह सवार साहब हम लोगों को ऐयारी सिखलावेंगे जो शर्म के मारे अपना मुँह तक नहीं दिखा सकते।"

नकाबपोश : ज्योतिषीजी क्या सुनेंगे, यह तो भी शर्माते होंगे क्योंकि इनके रमल को हम लोगों ने बेकार कर दिया, हजार दफें फेंके मगर पता खाक न लगेगा।

देवी : अगर इस इलाके में रहोगे तो बिना पता लगाये न छोड़ेंगे।

नकाबपोश : रहेंगे नहीं तो जायेंगे कहाँ? रोज मिलेंगे मगर पता न लगने देंगे।

बात करते–करते देवीसिंह ने चालाकी से कूदकर सवार के मुँह पर से नकाब खींच ली। देखा कि तमाम चेहरे पर रोली मली हुई है, कुछ पहिचान न सके।

सवार ने फुर्ती के साथ देवीसिंह की पगड़ी उतार ली और एक चीठी उनके सामने फेंक घोड़ा तेज कर निकल गया। देवीसिंह ने शर्मिन्दगी के साथ चीठी उठाकर देखा। लिफाफे पर लिखा हुआ था–

''कुँअर बीरेन्द्रसिंह''

ज्योतिषीजी ने देवीसिंह से कहा, ''न मालूम ये लोग कहाँ के रहनेवाले हैं! मुझे तो मालूम होता है कि इस मण्डली में जितने हैं सब ऐयार ही हैं!''

देवी : (चीठी जेब में रखकर) इसमें तो शक नहीं, देखिए हर दफे हम ही लोग नीचा देखते हैं, समझा था कि नकाब उतार लेने से सूरत मालूम होगी मगर उसकी चालाकी तो देखिए, चेहरा रँग के तब नकाब डाले हुए था।

ज्योतिषी : खैर देखा जायगा, इस वक्त फिर से लश्कर में चलना पड़ा क्योंकि चीठी कुमार को देनी चाहिए, देखें इससे क्या हाल मालूम होता है? अगर इस पर कुमार का नाम न लिखा होता तो हम लोग भी पढ़ लेने।

देवी : हाँ चलो, पहिले चीठी का हाल सुन लें तब कोई कार्रवाई सोचें।

दोनों आदमी लौटकर लश्कर में आये और कुँआर बीरेन्द्रसिंह के डेरे में पहुँचकर सब हाल कहके चीठी हाथ में दे दी। कुमार ने पढ़ा, यह लिखा हुआ था :–

"चाहे जो हो, पर मैं आपकी तब तक नहीं हो सकती, जब तक आप नीचे लिखी बातों का लिखकर इकरार न कर लें—

(१)चन्द्रकान्ता से और मुझसे एक ही दिन एक ही सायत में शादी हो।

(२)चन्द्रकान्ता से रुतबे में मैं किसी तरह कम न समझी जाऊँ क्योंकि मैं हर तरह पर दर्जे में उसके बराबर हूँ।

अगर इन दोनों बातों का इकरार आप न करेंगे तो कल ही अपने घर का रास्ता लूँगी। सिवाय इसके यह भी कहे देती हूँ कि बिना मेरी मदद के चाहे आप हजार बरस भी कोशिश करें अगर चन्द्रकान्ता को नहीं पा सकते।"

कुमार का इश्क बनकन्या पर पूरे दर्जे का है। चन्द्रकान्ता से किसी तरह बनकन्या की चाह कम न थी, मगर इस चीठी को पढ़ने से उनको कई तरह की फिक्रों ने आ घेरा। सोचने लगे कि यह कैसे हो सकता है कि कुमारी से और इससे एक ही सायत में शादी हो, वह कब मंजूर करेगी और महाराज जयसिंह ही कब इस बात को मानेंगे! सिवइसके यह क्या लिखा है कि बिना मेरी मदद के आप चन्द्रकान्ता से नहीं मिल सकते, यह क्या बात है? खैर सो सब जो भी हो बनकन्या के बिना मेरी जिन्दगी मुश्किल है, मैं जरूर उसके लिखे मुताबिक एकरारनामा लिख दूँगा पीछे समझा जायेगा। कुमारी चन्द्रकान्ता मेरी बात जरूर मान लेगी।

देवीसिंह और ज्योतिषीजी को भी कुमार ने वह चीठी दिखायी। वे जवाब दिया जाय। दूसरे दिन सुबह होते—होते तेजसिंह भी पण्डित बद्रीनाथ ऐयार की गठरी पीठ पर लादे हुए आ पहुँचे।

कुमार ने पूछा, "वापस क्यों आ गये?"

तेज : क्या बतावें मामला ही बिगड़ गया।

कुमार : सो क्या?

तेज : तहखाने का दरवाजा नहीं खुलता।

कुमार : किसी ने भीतर से बन्द तो नहीं कर लिया?

तेज : नहीं भीतर तो कोई ताला ही नहीं है!

ज्योतिषी : दो बातों में से एक बात जरूर है, या तो कोई नया आदमी पहुँचा जिसने दरवाजा खोजने की कल को बिगाड़ दिया, या फिर महाराज शिवदत्त ने भीतर से कोई चालाकी की।

तेज : भला शिवदत्त अन्दर के बन्द करके अपने को और बला में क्यों फँसावेगा? इसमें तो उसका हर्ज ही है कुछ फायदा नहीं।

कुमार : कहीं बनकन्या ने तो कोई तरकीब नहीं की!

तेज : आप भी गजब करते हैं! कहाँ बेचारी बनकन्या, कहाँ वह तिलिस्मी तहखाना।

कुमार : तुमको मालूम ही नहीं। उसने मुझे चीठी लिखी है कि बिना मेरी मदद के तुम चन्द्रकान्ता से नहीं मिल सकते। और भी दो बातें लिखी हैं। मैं इसी सोच में था कि क्या जवाब दूँ और वह कौन–सी बात है, जिससे मुझको बनकन्या के मदद की जरूरत पड़ेगी मगर अब तुम्हारे लौट आने से शक पैदा होता है।

देवी : मुझे भी कुछ उन्हीं का बखेड़ा मालूम होता है।

तेज : अगर बनकन्या को हमारे साथ कुछ फसाद करना होता तो तिलिस्मी किताब क्यों वापस देती? देखिए उस खत में क्या लिखा है जो किताब के साथ आया था!

ज्योतिषी : यह भी तुम्हारा कहना ठीक है।

तेज : (कुमार से) भला वह चीठी तो दीजिये जिसमें बनकन्या ने यह लिखा है कि 'बिना हमारी मदद के चन्द्रकान्ता से मुलाकात नहीं हो सकती'।

कुमार ने वह चीठी तेजसिंह के हाथ में दे दी, पढ़कर तेजसिंह बड़े सोच में पड़ गये कि यह क्या बात है, कुछ अक्ल काम नहीं करती। कुमार ने कहा, ''तुम लोग यह जानते ही हो कि बनकन्या की मुहब्बत मेरे दिल में कैसा असर कर गयी है, बिना देखे एक घड़ी चैन नहीं पड़ता, तो फिर उसके लिखे बमूजिब एकरारनामा लिख देने में क्या हर्ज है, जब वह खुश होगी तो उससे जरूर ही कुछ न कुछ भेद मिलेगा।''

तेज : जो मुनासिब समझिए, कीजिए, चन्द्रकान्ता बेचारी तो कुछ न बोलेगी मगर महाराज जयसिंह यह कब मंजूर करेंगे कि एक ही मड़वे में दोनों के साथ शादी हो! क्या जाने वह कौन, कहाँ की रहनेवाली है किसी लड़की है?

कुमार : उसकी चीठी में तो यह भी लिखा है कि मैं किसी तरह रुतबे में कुमारी से कम नहीं हूँ।

ये बातें हो ही रही थीं कि चोबदार ने आकर अर्ज किया, ''एक सिपाही बाहर आया है जो हाजिर होकर कुछ कहना चाहता है।'' कुमार ने कहा, ''उसे ले आओ।'' चोबदार उस सिपाही को अन्दर ले आया, सभों ने देखा कि अजीब रंग–ढंग का आदमी है। नाटा–सा कद, काला रंग, टाट का चपकन पायजामा जिसके ऊपर से लैस टँकी हुई, सिर पर दौरी की तरह बाँस की टोपी, ढाल–तलवार लगाये था। उसने झुककर कुमार को सलाम किया।

सभों को उसकी सूरत देखकर हँसी आयी मगर हँसी को रोक तेजसिंह ने पूछा, ''तुम कौन हो और कहाँ से आये?'' उस बाँके जवान ने कहा, ''मैं देवता हूँ, दैत्यों की मण्डली से आ रहा हूँ, कुमार से उस चीठी का जवाब चाहता हूँ जो कल एक सवार ने देवीसिंह और जगन्नाथ ज्योतिषी को दी थी।'' तेज : भला तुमने ज्योतिषीजी और देवीसिंह का नाम कैसे जाना?

बाँका : ज्योतिषीजी को तो मैं तब से जानता हूँ जब वे इस दुनिया में नहीं आये थे, और देवीसिंह तो हमारे चेले ही हैं।

देवी : क्यों बे शैतान, हम कब से तेरे चेले हुए? बेअदबी करता है?

बाँका : बेअदबी तो आप करते हैं कि ओस्ताद को बे–बे करके बुलाते हैं, कुछ इज्जत नहीं करते।

देवी : मालूम होता है तेरी मौत तुझको यहाँ ले आयी है।

बाँका : मैं तो स्वयं मौत हूँ।

देवी : इस बेअदबी का मजा चखाऊँ तुझको?

बाँका : मैं कुछ ऐसे–वैसे का भेजा नहीं आया हूँ, मुझको उसने भेजा है जिसको तुम दिन में साढ़े सत्रह दफा झुककर सलाम करोगे।

देवीसिंह और कुछ कहा ही चाहते थे कि तेजसिंह ने रोक दिया और कहा, "चुप रहो, मालूम होता है यह कोई ऐयार या मसखरा है, तुम खुद ऐयार होकर जरा दिल्लगी में रंज हो जाते हो!"

बाँका : अगर अब भी न समझोगे तो समझाने के लिए मैं चम्पा को बुला लाऊँगा।

उस बाँके टेढ़े जवान की बात पर सब लोग एकदम हँस पड़े, मगर हैरान थे कि यह कौन है? अजब तमाशा तो यह कि बनकन्या के कुल आदमी हमलोगों का रत्ती–रत्ती हाल जानते हैं और हम लोग कुछ नहीं समझ सकते कि वे कौन है!

तेजसिंह उस शैतान की सूरत को गौर से देखने लगे। वह बोला, "आप मेरी सूरत क्या देखते हैं, मैं ऐयार नहीं हूँ, अपनी सूरत मैंने रँगी नहीं है। गरम पानी मँगाइए, धोकर दिखा दूँ। मैं आज से काला नहीं हूँ, लगभग चार सौ वर्षों से मेरा यही रंग हो रहा है।"

तेजसिंह हँस पड़े और बोले, " जो हो अच्छे हो, मुझे और जाँचने की कोई जरूरत नहीं, अगर दुश्मन का आदमी होता तो ऐसा करते मगर तुमसे क्या? ऐयार हो तो, मसखरे हो तो, इसमें कोई शक नहीं कि दोस्त के आदमी हो?"

यह सुन उसने झुककर सलाम किया और कुमार की तरफ देखकर कहा, "मुझको जवाब मिल जाय क्योंकि बड़ी दूर जाना है।" कुमार ने उसी चीठी की पीठ पर यह लिख दिया, "मुझको सब कुछ दिलोजान से मंजूर है!" बाद इसके अपनी अँगूठी से मोहर कर उस बाँके जवान के हवाले किया, वह चीठी लेकर खेमे के बाहर हो गया।

सातवाँ बयान

आज तेजसिंह के वापस आने और बाँके–तिरछे जवान के पहुँचकर बातचीत करने और चीठी लिखने में देर हो गयी, दो पहर दिन चढ़ आया। तेजसिंह ने बद्रीनाथ को होश में लाकर पहरे में किया और कुमार से कहा, ''अब स्नान पूजा करें फिर जो होगा सोचा जायेगा, दो रोज से तिलिस्म का भी कोई काम नहीं होता है।''

कुमार ने दरबार बर्खास्त किया। स्नान–पूजा से छुट्टी पाकर खेमे में बैठे, ऐयार लोग और फतहसिंह भी हाजिर हुए। अभी किसी किस्म की बातचीत नहीं हुई थी कि चोबदार ने आकर अर्ज किया, ''एक बुड्ढी औरत बाहर हाजिर हुई है, कुछ कहना चाहती है। हम लोग पूछते हैं तो कुछ नहीं बताती। कहती है जो कुछ है कुमार से कहूँगी क्योंकि उन्हीं के मतलब की बात है।''

कुमार ने कहा, ''उसे जल्दी अन्दर लाओ।'' चोबदार ने उस बुड्ढी को हाजिर किया देखते ही तेजसिंह के मुँह से निकला, ''क्या पिशाचों और डाकिनियों का दरबा खुल पड़ा है?''

उस बुड्ढी ने भी यह बात सुन ली, लाल–लाल आँखें कर तेजसिंह की तरफ देखने लगी और बोली, ''बस अब कुछ न कहूँगी,

जाती हूँ, मेरा क्या बिगड़ेगा। जो कुछ नुकसान होगा कुमार का होगा।'' यह कह खेमे के बाहर चली गयी। कुमार का इशारा पा चोबदार समझा–बुझाकर उसे पुनः ले आया। यह औरत भी अजीब सूरत की थी। उम्र लगभग सत्तर वर्ष के होगी, बाल कुछ–कुछ सुफेद, आधे से ज्यादा दाँत गायब, लेकिन दो बड़े–बड़े और टेढ़े आगे वाले दाँत दो–दो अंगुल बाहर निकले हुए थे जिनमें जर्दी और कीट जमी हुई थी। मोटी कपड़े की साड़ी बदन पर थी जो बहुत ही मैली और सिर की तरफ से चिक्कट हो रही थी। बड़ी–सी पीतल की नथ नाक में और पीतल ही के घुँघरू पैर में पहिरे हुए थी।

तेजसिंह ने पूछा, ''क्यों क्या चाहती है?'

बुड्ढी : जरा दम ले लूँ तो कहूँ, फिर तुमसे क्यों कहने लगी, जो कुछ है खास कुमार ही से कहूँगी।

कुमार : अच्छा मुझ ही से कह, क्या कहती है?

बुड्ढी : तुमसे तो कहूँगी ही, तुम्हारे बड़े मतलब की बात है। (खाँसने लगती है)।

देवी : अब डेढ़ घण्टे तक खाँसेगी तब कहेगी!

बुड्ढी : फिर दूसरे ने दखल दिया!

कुमार : नहीं, नहीं, कोई न, बोलेगा।

बुड्ढी : एक बात है, मैं जो कुछ कहूँगी तुम्हारे मतलब की कहूँगी जिसको सुनते ही खुश हो जाओगे, मगर उसके बदले में मैं भी कुछ चाहती हूँ।

कुमार : हाँ हाँ, तुझे भी खुश कर देंगे।

बुड्ढी : पहिले तुम इस बात की कसम खाओ कि तुम या तुम्हारा कोई आदमी मुझको कुछ न कहेगा, और मारने–पीटने या कैद करने का तो नाम भी न लेगा!

कुमार : जब हमारे भले की बात है तो कोई तुमको क्यों मारने या कैद करने लगा!

बुड्ढी : हाँ यह तो ठीक है, मगर मुझे डर मालूम होता है क्योंकि मैंने आपके लिए वह काम किया है कि अगर हजार बरस भी आपके ऐयार लोग कोशिश करते तो वह न होता, इस सबब से मुझे डर मालूम होता कि कहीं आपके ऐयार लोग खार खाकर मुझे तंज न करें।

उस बुड्ढी की बात सुनकर सब दंग हो गये और सोचने लगे कि यह कौन–सा काम कर आयी है कि आसमान पर चढ़ी जाती है। आखिर कुमार ने कसम खायी कि 'चाहे तू कुछ कहे मगर हम या हमारा कोई आदमी तुझे कुछ न कहेगा'। तब वह फिर बोली, "मैं उस बनकन्या का पूरा पता आपको दे सकती हूँ और एक तरकीब ऐसी बता–सकती हूँ कि आप घड़ी–भर में बिल्कुल तिलिस्म कुमार चन्द्रकान्ता से जा मिलें।"

बुड्ढी की बात सुनकर सब खुश हो गये। कुमार ने कहा, "अगर ऐसा ही है तो जल्द बता कि वह बनकन्या कौन है और घड़ी–भर में तिलिस्म कैसे टूटेगा।"

बुड्ढी : पहिले मेरे इनाम की बात तो तय कर लीजिए!

कुमार : अगर तेरी बात सच हुई तो जो कहेगी वही इनाम मिलेगा।

बुड्ढी : तो इसके लिए कसम खाइए।

कुमार : अच्छा क्या इनाम लेगी, पहिले यह तो सुन लूँ।

बुड्ढी : बस और कुछ नहीं केवल इतना ही कि आप मुझसे शादी कर लें, बनकन्या और चन्द्रकान्ता से तो चाहे जब शादी हो मगर मुझसे आज ही हो जाय क्योंकि मैं बहुत दिनों से तुम्हारे इश्क

में फँसी हुई हूँ, बल्कि तुम्हारे मिलने की तरकीबें सोचते–सोचते बुड्ढी हो चली। आज मौका मिला कि तुम मेरे हाथ फँस गये। बस अब देर मत करो नहीं तो मेरी जवानी निकल जायगी, फिर पछताओगे। बुड्ढी की बातें सुन मारे गुस्से के कुमार का चेहरा लाल हो गया और उनके ऐयार लोग भी दाँत पीसने लगे मगर क्या करें लाचार थे। अगर कुमार कसम न खा चुके होते तो ये लोग उस बुड्ढी की पूरी दुर्गति कर देते।

तेजसिंह ने ज्योतिषीजी से पूछा, "आप बताइए यह कोई ऐयार है या सचमुच जैसी दिखायी देती है वैसी ही है? अगर कुमार कसम न खाये होते तो हम लोग किसी तरकीब से मालूम कर ही लेते।"

ज्योतिषीजी ने अपनी नाम पर हाथ रखकर स्वाँस का विचार करके कहा, "यह ऐयार नहीं है, जो देखते हो वही है।" अब तो तेजसिंह और भी बिगड़े, बुड्ढी से कहा, "बस तू यहाँ से चली जा, हम लोग कुमार के कसम खाने को पूरा कर चुके कि तुझे कुछ न कहा, अगर अब जान में देर करेगी तो कुत्तों से नुचवा डालूँगा। क्या तमाशा है। ऐसी–ऐसी चुड़ैलें भी कुमार पर आशक होने लगीं।"

बुड्ढी ने कहा, "अगर मेरी बात न मानोगे तो पछताओगे। तुम्हारा सब काम बिगाड़ दूँगी। देखो उस तहखाने में मैंने कैसा ताला लगा दिया कि तुमसे खुल न सका, आखिर बद्रीनाथ की गठरी लेकर वापस आये, अब जाकर महाराज शिवदत्त को छुड़ा देती हूँ फिर और फसाद करूँगी!"

यह कहती हुई गुस्से के मारे लाल–लाल आँखें किये खेमे के बाहर निकल गयी, तेजसिंह के इशारे से देवीसिंह भी उसके पीछे–पीछे चले गये।

कुमार : क्यों तेजसिंह, यह चुड़ैल तो अजब आफत मालूम पड़ती है, कहती है कि तहखाने में मैंने ही ताला लगा दिया था।

तेज : क्या मामला है कुछ समझ में नहीं आता।

ज्योतिषी : अगर इसका कहना सच है तो हम लोगों के लिए यह एक बड़ी भारी बला पैदा हुई।

तेज : इसकी सचाई–झुठाई तो शिवदत्त के छूटने ही से मालूम हो जायगी, अगर सच्ची निकली तो बिना जान से मारे न छोड़ूँगा।

ज्योतिषी : ऐसे को मारना ही जरूरी है।

तेज : कुमार ने कुछ यह कसम तो खायी नहीं है कि जन्म–भर कोई उसको कुछ न कहेगा।

कुमार : (लम्बी साँस लेकर) हाय, आज मुझको यह दिन भी देखना पड़ा।

तेज : आप चिन्ता न कीजिए, देखिए तो हम लोग क्या करते हैं। देवीसिंह उसके पीछे गये हैं, पता लिये बिना नहीं आते।

कुमार : आजकल तुम लोगों की ऐयारी में उल्ली लगी गयी हैं। कुछ बनकन्या का पता लगाया, कुछ अब डाकिनी की खबर लगाओगे!

कुमार की यह बात तेजसिंह और ज्योतिषीजी को तीर के समान लगी मगर कुछ बोले नहीं, सिर्फ उठके खेमे के बाहर चले गये।

इन लोगों के चले जाने बाद कुमार खेमे में अकेले रह गये, तरह–तरह की बातें सोचने लगे, कभी चन्द्रकान्ता की बेबसी ओर तिलिस्म में फँस जाने पर, कभी तिलिस्म टूटने में देर और बनकन्या की खबर या ठीक–ठीक हाल न पाने पर, कभी इस बुड्ढी चुड़ैल की बातों पर जो शादी करने आयी थी, अफसोस और गम करते रहे।

तबीयत बिल्कुल उदास थी। आखिर दिन बीत गया और शाम हुई।

कुमार ने फतहसिंह को बुलाया। जब वे आये तो पूछा, ''तेजसिंह कहाँ है '' उन्होंने जवाब दिया, ''कुछ मालूम नहीं, ज्योतिषीजी को साथ लेकर कहीं गये हैं।''

आठवाँ बयान

देवीसिंह उस बुड्ढी के पीछे रवाना हए। जब तक दिन बाकी रहा बुड्ढी चलती गयी। उन्होंने भी पीछा न छोड़ा। कुछ रात गये तक वह चुड़ैल एक छोटे से पहाड़ के दर्रे में पहुँची, जिसके दोनों तरफ ऊँची–ऊँची पहाड़ियाँ थीं। थोड़ी दूर इस दर्रे के अन्दर जा वह एक खोह में घुस गयी जिसका मुँह बहुत छोटा सिर्फ एक आदमी के जाने लायक था।

देवीसिंह ने समझा शायद यही इसका घर होगा, यह सोच एक पेड़ के नीचे बैठ गये। रात–भर उसी तरह बैठे रह गये मगर फिर वह बुढ़िया उस खोह में से बाहर न निकली। सबेरा होते ही देवीसिंह भी उसी खोह में घुसे।

उस खोह के अन्दर बिल्कुल अन्धकार था, देवीसिंह टटोलते हुए चले जा रहे थे। अगल–बगल जब हाथ फैलाते तो दीवार मालूम पड़ती जिससे जाना जाता कि यह खोह ऐ सुरंग के तौर पर है। इसमें कोई कोठरी या रहने की जगह नहीं है। लगभग दो मील के गये होंगे कि सामने की तरफ चमकती हुई रोशनी नजर आयी। जैसे–जैसे आगे जाते थे रोशनी बड़ी मालूम होती थी, जब पास

पहुँचे तो सुरंग के बाहर निकलने का दरवाजा देखा। देवीसिंह बाहर हुए, अपने को एक छोटी–सी नदी के किनारे पाया।

इधर–उधर निगाह दौड़ाकर देखा तो चारों तरफ घना जंगल, कुछ मालूम न पड़ा कि कहाँ चले आये और लश्कर में जाने की कौन राह है। दिन भी पहर–भर से ज्यादे जा चुका था, सोचने लगे कि उस बुड्ढी ने खूब छकाया, न मालूम वह किस राह से निकलकर कहाँ चली गयी, अब उसका पता लगना मुश्किल है, फिर इसी सुरंग की राह से फिरना पड़ा क्योंकि ऊपर से जंगल–जंगल लश्कर में जाने की राह मालूम नहीं, कहीं ऐसा न हो कि भटक जाँय तो और भी खराबी हो। बड़ी भूल हुई कि रात ही को बुड्ढी के पीछे–पीछे हम भी इस सुरंग में न घुसे, मगर यह क्या मालूम था कि इस सुरंग में दूसरी तरफ निकल जाने के लिए रास्ता है।

देवीसिंह मारे गुस्से के दाँत पीसने लगे मगर कह ही क्या सकते थे, बुड्ढी तो मिली नहीं कि कसर निकालते, आखिर लाचार हो उसी सुरंग की राह से वापस हुए और शाम होते–होते लश्कर में पहुँचे।

कुमार के खेमे में गये, देखा कि कई आदमी बैठे हैं और बीरेन्द्रसिंह फतहसिंह से बातें कर रहे हैं। देवीसिंह को देख सब कोई खेमे के बाहर चले गये, सिर्फ फतहसिंह रह गये। कुमार ने पूछा, "क्यों उस बुड्ढी की क्या खबर लाये?"

देवी : बुड्ढी ने तो बेहिसाब धोखा दिया।

कुमार : (हँसकर) क्या धोखा दिया?

देवीसिंह ने बुड्ढी के पीछे जाकर परेशान होने का सब हाल कहा जिसे सुनकर कुमार और भी उदास हुए।

देवीसिंह ने फतहसिंह से पूछा, "हमारे ओस्ताद और ज्योतिषीजी कहाँ हैं?"

उन्होंने जवाब दिया कि 'बुड्ढी चुड़ैल के आने से कुमार बहुत रंज में थे, उसी हालत में तेजसिंह से कह बैठे कि तुम लोगों की ऐयारी में इन दिनों उल्ली लग गयी है। इतना सुन गुस्से में आकर ज्योतिषीजी को साथ ले कहीं चले गये, अभी तक नहीं आये'।

देवी : कब गये।

फतह : तुम्हारे जाने के थोड़ी देर बाद।

देवी : इतने गुस्से में ओस्ताद का जाना खाली न होगा, जरूर कोई अच्छा काम करके आवेंगे!

कुमार : देखना चाहिए।

इतने में तेजसिंह और ज्योतिषीजी वहाँ आ पहुँचे। इस वक्त उनके चेहरे पर खुशी और मुस्कुराहट झलक रही थी जिससे सब समझे कि जरूर कोई काम कर आये हैं। कुमार ने पूछा, ''क्यों क्या खबर है?''

तेज : अच्छी खबर है।

कुमार : कुछ कहोगे भी कि इसी तरह!

तेज : आप सुनके क्या कीजियेगा?

कुमार : क्या मेरे सुनने लायक नहीं है?

तेज : आपके सुनने लायक क्यों नहीं है मगर अभी न कहेंगे।

कुमार : भला कुछ तो कहो?

तेज : कुछ भी नहीं।

देवी : भला ओस्ताद हमें भी बताओगे या नहीं!

तेज : क्या तुमने ओस्ताद कहकर पुकारा, इससे तुमको बता दें।

देवी : झख मारोगे और बताओगे!

तेज : (हँसकर) तुम कौन–सा जस लगा आये पहिले यह तो कहा!

देवी : मैं तो आपकी शागिर्दी में बट्टा लगा आया!

तेज : तो बस हो चुका।

ये बातें हो ही रही थीं कि चोबदार ने आकर हाथ जोड़ अर्ज किया कि 'महाराज शिवदत्त के दीवान आये हैं।' सुनकर कुमार ने तेजसिंह की तरफ देखा फिर कहा, "अच्छा आने दो उनके साथवाले बाहर ही रहें।"

महाराज शिवदत्त के दीवान खेमे में हाजिर हुए और सलाम करके बहुत–सा जवाहिर नजर दिया। कुमार ने हाथ से छू दिया। दीवान ने अर्ज किया, "यह नजर महाराज शिवदत्त की तरफ से ले आया हूँ। ईश्वर की दया और आपकी कृपा से महाराज कैद से छूट गये हैं। आत ही दरबार करके हुक्म दे दिया कि आज से हमने कुँअर बीरेन्द्रसिंह की ताबेदारी कबूल ही, हमारे जितने मुलाजिम या ऐयार हैं वे भी आज से कुमार को अपना मालिक समझें, बाद इसके मुझको यह नजर और अपने हाथ की लिखी चीठी देकर हजूर में भेजा है, इस नजर को कबूल किया जाय!"

कुमार ने नजर कबूल कर तेजसिंह के हवाले की और दीवान साहब को बैठने का इशारा किया, वे चीठी देकर बैठ गये।

कुछ रात जा चुकी थी, कुमार ने उसी वक्त दरबार आम किया, जब अच्छी तरह दरबार भर गया तब तेजसिंह को हुक्म दिया कि चीठी जोर से पढ़ो। तेजसिंह ने पढ़ना शुरु किया। लम्बे–चौड़े सिरनामे कें बाद यह लिखा था :–

"मैं किसी ऐसे सबब से उस तहखाने की कैद से छूटा जो आप ही की कृपा से छूटना कहला सकता है। आप जरूर इस बात को सोचेंगे कि आपकी दया से कैसे छूटा, आपने तो कैद ही किया

था, तो ऐसा सोचना न चाहिए। किसी सबब से मैं अपने छूटने का खुलासा हाल नहीं कह सकता और न हाजिर ही हो सकता हूँ कि आप मेरे बिल्कुल कसूरों को माफ करके यह नजर कबूल करेंगे। आज से हमारा कोई ऐयार या मुलाजिम आपसे ऐयारी या दगा न करेगा। और आप भी इस बात का ख़्याल रखें।

आपका—शिवदत्त''

इस चीठी को सुनकर सब खुश हो गये। कुमार ने हुक्म दिया कि पण्डित बद्रीनाथ जो हमारे यहाँ कैद हैं लाये जावें। जब वे आये, कुमार के इशारे से उनके हाथ–पैर खोल दिये गये। उन्होंने भारी खिलहत पहिराकर दीवान साहब के हवाले किया और हुक्म दिया कि आप दो रोज यहाँ रहकर तब चुनार जाँय। फतहसिंह को उनकी मेहमानी के लिए हुक्म देकर दरबार बर्खास्त किया।

नौवाँ बयान

जब दरबार बर्खास्त हुआ आधी रात जा चुकी थी। फतहसिंह दीवान साहब को लेकर अपने खेमे में गये। थोड़ी देर बाद कुमार के खेमे में तेजसिंह, देवीसिंह और ज्योतिषीजी फिर इकट्ठ हुए। उस वक्त सिवाय इन चार आदमियों के और कोई यहाँ न था।

कुमार : क्यों तेजसिंह बुढ़िया की बात तो ठीक निकली!

तेज : जी हाँ, मगर महाराज शिवदत्त की चीठी से तो कुछ और है बात पायी जाती है।

देवीसिंह : उसके लिखने का कौन ठिकाना, कहीं वह धोखा न देता हो।

ज्योतिषी : इस वक्त बहुत सोच–विचारकर काम करने का मौका है। चाहे शिवदत्त कैसी ही सफाई दिखाये मगर दुश्मन का विश्वास कभी न करना चाहिए।

तेज : आप ज्योतिषी हैं, विचारिए तो यह चीठी शिवदत्त ने सच्चे दिल से लिखी है या खुटाई रखके?

ज्योतिषी : (कुछ विचाकर) यह चीठी तो उसने सच्चे दिल से लिखी है मगर यह विश्वास नहीं होता कि आगे भी उसका दिल साफ बना रहेगा।

तेज : आजकल तो ऐसे–ऐसे मामले हो रहे हैं कि किसी के सिर–पैर का कुछ पता ही नहीं लगता! अगर यह चीठी उसने सच्चे दिल से ही लिखी है तो अपने छूटने का खुलासा हाल क्यों नहीं लिखा?

ज्योतिषी : इसका भी जरूर कोई सबब होगा।

कुमार : क्या आप रमल से नहीं बता सकते कि वह कैसे छूटा?

ज्योतिषी : जी नहीं, तिलिस्म में रमल काम नहीं करता और वह तहखाना तिलिस्मी है जिसमें महाराज शिवदत्त कैद किये गये थे।

तेज : कुछ समझ में नहीं आता!

देवी : वह चुड़ैल भी कोई पूरी ऐयार मालूम होती है।

ज्योतिषी : कभी नहीं, मैं सोच चुका हूँ, ऐयारी का तो वह नाम नहीं जानती।

कुमार : खैर जो कुछ होगा, देखा जायगा, अब कल से तिलिस्म तोड़ने में जरूर हाथ लगाना चाहिए।

तेज : हाँ कल जरूर तिलिस्म की कार्रवाई शुरू हो।

कुमार : अच्छा, अब तुम लोग भी जाओ।

तीनों ऐयार कुमार से बिदा हो अपने–अपने डेरे में गये। दूसरे दिन कुँअर बीरेन्द्रसिंह तीनों ऐयारों को साथ ले तिलिस्म में गये, तिलिस्मी किताब और ताली भी साथ ले ली। दालान में पहुँचकर तहखाने का ताला खोल पत्थर की चट्टान निकालकर अलग किया और नीचे उतरकर कोठरी में होते हुए बाग में पहुँचे जहाँ थोड़ी–सी जमीन खोदकर छोड़ आये थे।

उसी जमीन को ये लोग मिलकर फिर खोदने लगे। आठ–नौ हाथ जमीन खोदने के बाद एक सन्दूक मालूम पड़ा जिसके ऊपर का पल्ला बन्द था और ताले का मुँह एक छोटे से ताँबे के पत्थर

से ढँका हुआ था जिसमें अन्दर मिट्टी न जाने पावे। कुमार ने चाहा कि सन्दूक को बाहर निकाल लें मगर न हो सका, ज्यों–ज्यों चारों तरफ से मिट्टी हटाते थे नीचे से सन्दूक चौड़ा निकला आता था। कोशिश करने पर भी इसका पता न लग सका कि वह जमीन आता था। कोशिश करने पर भी इसका पता न लग सका कि वह जमीन में कितने नीचे तक गड़ा हुआ है। आखिर लाचार होकर कुमार ने तिलिस्मी किताब खोली और पढ़ने लगी। यह लिखा हुआ था :–

"ताली में रस्सी बाँधकर जब बाग में उसे घसीटते फिरोगे तो एक जगह वह ताली जमीन से चिपक जायगी। यहाँ की थोड़ी मिट्टी हटाकर ताली उठा लेना, बाद इसके उस जमीन को खोदना जब तक कि एक सन्दूक का मुँह न दिखायी पड़े। जब सन्दूक के ऊपर का हिस्सा निकल आवे खोदना बन्द कर देना क्योंकि असल में वह सन्दूक नहीं दरवाजा है। बाग के बीचोबीच जो फौवारा है उसके पूरब तरफ ठीक सात हाथ हटकर जमीन खोदना, एक हाँडी निकलेगी, उसी में उसकी ताली है, उसे लाकर उस तहखाने का ताला खोलना, सीढ़ियाँ दिखलायी पड़ेंगी, उसी रास्ते से नीचे उतरना।

"भीतर से वह तहखाना बहुत अँधेरा और धूएँ से भरा हुआ होगा, खबरदार कोई रोशनी मत करना, क्योंकि आग या मशाल के लगने ही से...धुआँ बल उठेगा जिससे बड़ा उपद्रव होगा और तम लोगों की जान न बचेगी। मुँह पर कपड़ा लपेटकर उस तहखाने में उतरना, टटोलते हुए जिधर रास्ता मिले जल्दी–जल्दी चले जाना जिसमें नाक के रास्ते धुआँ दिमाग में न चढ़ने पावे। थोड़ी ही दूर जाकर एक चमकती कोठरी मिलेगी जिसमें कि कुछ चीजें दिखायी पड़ती होंगी। तमाम कोठरी में नीचे से ऊपर तक तार लगे होंगे। बहुत खोज करने की कोई जरूरत नहीं, तलवार से जल्दी–जल्दी उन तारों को काटकर बाहर निकल आना।"

इतना पढ़कर कुमार ने छोड़ दिया। लिखे बमूजिब बाग के बीचोबीच वाले फौवारे से सात हाथ पूरब हटकर जमीन खोदी। हाँडी निकाल, उसमें से ताली निकालकर तहखाने से मुँह खोला। देवीसिंह ने कहा, "अब अपने–अपने मुँह पर कपड़ा लपेटते जाओ। तिलिस्म क्या है, जान जोखम है। रोशनी मत करो, अँधेरे में टटोलकर चलो, आँ रहते अन्धे बनो और जल्दी चलो, दिमाग में धूआँ भी न चढ़ने पावे।"

देवीसिंह की बात सुनकर कुमार हँस पड़े। सभों ने मुँह पर कपड़े लपेटे और अन्दर घुसकर चमकती हुई कोठरी में पहुँचे। जहाँ तक हो सका जल्दी–जल्दी उन तारों को काटकर तहखाने के बाहर निकल आये।

मुँह पर कपड़ा तो लपेटे हुए थे फिर भी थोड़ा बहुत धुआँ दिमाग में चढ़ ही गया जिससे सभों की तबीयत घबड़ा गयी। तहखाने के बाहर निकलकर दो घण्टे तक चारों आदमी बेसुध पड़े रहे, जब होश हवास ठिकाने हुए तब तेजसिंह ने ज्योतिषीजी से पूछा, "अब दिन कितना बाकी है।" उन्होंने जवाब दिया, "अभी चार घण्टे बाकी हैं।"

कुमार ने कहा, "अब कोई काम करने का वक्त नहीं रहा। एक घण्टे में क्या हो सकता?" ज्योतिषीजी की भी यही राय ठहरी। आखिर चारों आदमी बाग के बाहर रवाना हुए और कोठरी तथा तहखाने के रास्ते होकर अपने खेमे में चले आये।

थोड़ी देर आराम करने बाद कुमार के जी में आया कि जरा जंगल में इधर–उधर घूमकर हवा खानी चाहिए। तेजसिंह से कहा, वह भी इस बात पर मुस्तैद हो गये, आखिर तीनों ऐयारों को साथ लेकर लश्कर के बाहर हुए। कुमार घोड़े पर और तीनों ऐयार पैदल थे।

कुमार धीरे–धीरे जा रहे थे। कोस–भर के करीब गये होंगे कि एक मोटे से साखू के पेड़ में कुछ लिखा हुआ एक कागज चिपका नजर पड़ा। तेजसिंह ने कहा, ''देखो यह कैसा कागज चिपका है। और क्या लिखा है?'' यह सुनकर देवीसिंह ने उस पेड़ के पास जाकर पढ़ा, यह लिखा हुआ था–

''क्यों, अब तुमको मालूम हुआ कि मैं कैसी आफत हूँ! कहती थी कि मुझसे शादी कर लो तो एक घण्टे में तिलिस्म तोड़कर चन्द्रकान्ता से मिलने की तरकीब बता दूँ। किन्तु तुमने न माना, आखिर मैंने भी गुस्से में आकर महाराज शिवदत्त को छुड़ा दिया। अब क्या इरादा है? शादी करोगे या नहीं? अगर मंजूर हो तो जवाब लिखकर इसी पेड़ से चिपका दो, मैं तुरन्त तुम्हारे पास चली आऊँगी और अगर ना मंजूर हो तो साफ जवाब दे दो। अबकी दफे मैं चन्द्रकान्ता और चपला को जान से मार कलेजा ठण्डा करूँगी। मुझे तिलिस्म में जाते कितनी देर लगती है, दिन में तेरह दफे जाऊँ और आऊँ। अपनी भलाई और मेरी जवानी की तरफ खयाल करो। मेरे सामने तुम्हारे ऐयारों की ऐयारी कुछ न चलेगी। उस दिन देवीसिंह ने मेरा पीछा किया था मगर क्या कर सके? मानो, मानो, जिद्द मत करो, मेरे ही कहने से शिवदत्त तुम्हारा दोस्त बना है, अब भी समझ जाओ।

तुम्हारी–सूरजमुखी।''

इसे पढ़ देवीसिंह ने हाथ के इशारे से सभों को अपने आप बुलाया और कहा, ''आप लोग भी इसे पढ़ लीजिए।''

आखीर में 'सूरजमुखी' पढ़कर सभों को हँसी आ गयी। कुमार ने कहा, ''देखो चुड़ैल ने अपना नाम कैसे मजे का लिखा है!'' तेजसिंह ने ज्योतिषीजी से कहा, ''देखिए यह सब क्या लिखा है।'' ज्योतिषीजी ने जवाब दिया, ''चाहे जो हो मगर मैं भी ठीक कह देता

हूँ कि वह चुड़ैल कुमार का कुछ बिगाड़ नहीं सकती। इस लिखावट की तरफ खयाल न कीजिए।''

कुमार ने कहा, ''आपका कहना ठीक है, मगर वह जो कहती है उसे कर दिखाती है।'' इतना कह कुमार आगे बढ़े। घूमते समय कई पेड़ों पर इसी तरह के लिखे हुए कागज चिपके दिखायी पड़े। ज्योतिषीजी के कहने से कुमार की तबीयत न भरी, उदास होकर अपने लश्कर में लौट आये और तीनों ऐयारों के साथ अपने खेमे में चले गये।

थोड़ी देर उसी सूरजमुखी की बातचीत होती रही। पहर रात गयी होगी जब तेजसिंह ने कुमार से कहा, ''हम लोग इस वक्त बालादवी को जाते हैं, शायद कोई नयी बात नजर पड़ जाय।'' कहकर तेजसिंह, देवीसिंह और ज्योतिषीजी कुमार से बिदा हो गश्त लगाने चले गये। कुमार भी कुछ भोजन की बेबसी, बनकन्या को चाह और बुड्ढी चुड़ैल की शैतानी को सोचते की आहट मिली, दरवाजे की तरफ देखा तो तेजसिंह नजर पड़े। बोले, ''कहो तेजसिंह, कोई नयी खबर लाये क्या?''

तेज : हाँ एक बढ़िया चीज हाथ लगी हैं?

कुमार : क्या है? कहाँ है? देखूँ!

तेज : चलिए!

कुँअर बीरेन्द्रसिंह तेजसिंह के पीछे–पीछे खेमे के बाहर हुए। देखा कि कुछ दूर पर रोशनी हो रही है और बहुत से आदमी इकट्ठे हैं। पूछा, ''यह भीड़ कैसी है?'' तेजसिंह ने कहा, ''चलिए देखिए, बड़ी खुशी की बात है!''

कुमार के पास पहुँचे ही भीड़ हटा दी गयी। कई मशाल जल रहे थे जिनकी रोशनी में कुमार ने देखा कि क्रूरसिंह की खून से भरी हुई लाश पड़ी है, कलेजे में एक खंजर घुसा हुआ अभी तक

मौजूद है। कुमार ने तेजसिंह से कहा, ''क्यों तेजसिंह, आखिर तुमने इसको मार ही डाला।''

तेज : भला हम लोग एकाएक इस तरह किसी को मारते हैं?

कुमार : तो फिर किसने मारा?

तेज : मैं क्या जानूँ?

कुमार : फिर लाश को कहाँ से लाये?

तेज : बालावदी करते (गश्त लगाते) हम लोग इस तिलिस्मी खँडहर के पिछवाड़े चले गये। दूर से देखा कि तीन–चार आदमी खड़े हैं। जब तक हम लोग पास जाँय वे सब भाग गये। देख तो क्रूरसिंह की लाश पड़ी थी। तब देवीसिंह को भेज यहाँ से डोली और कहार मँगवाये और इस लाश को ज्यों–का–त्यों उठवा लाये, अभी मरा नहीं है, बदन गर्म है, मगर बचेगा नहीं।

कुमार : बड़े ताज्जुब की बात है! इसे किसने मारा? अच्छा वह खंजर तो निकालो जो इसके कलेजे में घुसा है।

तेजसिंह ने खंजर निकाला और पानी से धोकर कुमार के पास लाये। मशाल की रोशनी में उसके कब्जे पर निगाह की तो कुछ खुदा हुआ मालूम पड़ा। खूब गौर करके देखा तो बारीक हरफों में 'चपला' नाम खुदा हुआ था। तेजसिंह ने ताज्जुब से कहा, ''देखिए इस पर तो चपला का नाम खुदा है और इस खंजर को बखूबी पहिचानता भी हूँ, यह बराबर चपला की कमर में बँधा रहता था मगर फिर यहाँ कैसे आया? क्या चपला की कमर में बँधा रहता था मगर फिर यहाँ कैसे आया? क्या चपला ने इसे मारा है?''

देवी : चपला बेचारी तो खोह में कुमारी चन्द्रकान्ता के पास बैठी होगी जहाँ चिराग भी न जलता होगा।

कुमार : तो वहाँ से इस खंजर को कौन लाया?

तेज : इसके सिवाय यह भी सोचना चाहिए कि क्रूरसिंह यहाँ क्यों आया? वह तो महाराज शिवदत्त के साथ था और उसका दीवान खुद ही आया हुआ है जो कहता है कि महाराज अब आपसे दुश्मनी नहीं करेंगे।

कुमार : किसी को भेजकर महाराज शिवदत्त के दीवान को बुलवाओ।

तेजसिंह ने देवीसिंह को कहा कि तुम ही जाकर बुला लाओ। देवीसिंह गये, उन्हें नींद से उठाकर कुमार का सन्देश, दिया, वे बेचारे भी घबड़ाये हुए जल्दी–जल्दी कुमार के पास आये। फतहसिंह भी उसी जगह पहुँचे। दीवान साहब क्रूरसिंह की लाश को देखते ही बोले, ''बस यह बदमाश तो अपनी सजा को पहुँच चुका, मगर इसके साथी अहमद और नाजिम बाकी हैं, उनकी भी यही गति होती तो कलेजा ठण्डा होता!'' कुमार ने पूछा, ''क्या यह आपके यहाँ अब नहीं है!'' दीवान साहब ने जवाब दिया, ''नहीं, जिस रोज महाराज तहखाने से छूटकर आये और हुक्म दिया कि हमारे यहाँ का कोई भी आदमी कुमार के साथ दुश्मनी का खयाल न रखे उसी वक्त क्रूरसिंह अपने बाल–बच्चों तथा नाजिम और अहमद को साथ लेकरर चुनार से भाग गया, पीछे महाराज ने खोज भी करायी मगर कुछ पता न लगा।''

देखते–देखते क्रूरसिंह ने तीन–चार दफे हिचकी ली और दम तोड़ दिया। कुमार ने तेजसिंह से कहा, ''अब यह मर गया, इसको ठिकाने पहुँचाओ और खंजर को तुम अपने पास रखों, सुबह देखा जायगा।'' तेजसिंह ने क्रूरसिंह की लाश को उठवा दिया और सब अपने खेमे में गये।

दसवाँ बयान

सुबह को कुमार ने स्नान–पूजा से छुट्टी पाकर तिलिस्मी तोड़ने का इरादा किया और तीनों ऐयारों को साथ ले तिलिस्म में घुसे। कल की तरह तहखाने और कोठरियों में से होते हुए उसी बाग में पहुँचे। स्याह पत्थर के दालान में बैठ गये और तिलिस्मी किताब खोलकर पढ़ने लगे, यह लिखा हुआ था :

"जब तुम तहखाने में उतर धूएँ से जो उसके अन्दर भरा होगा दिमाग को बचाकर तारों का काट डालोगे तब उसके थोड़ी देर बाद कुल धुआँ जाता रहेगा। स्याह पत्थर की बारहदरी में संगमर्मर के सिंहासन पर चौखूटे सुर्ख पत्थर पर कुछ लिखा हुआ तुमने देखा होगा, उसके छूने से आदमी के बदन में सनसनाहट पैदा होती है बल्कि उसे छूनेवाला थोड़ी देर में बेहोश होकर गिर पड़ता है, मगर ये कुल बातें उन तारों के काटने से जाती रहेंगी क्योंकि अन्दर ही अन्दर यह तहखाना उस बारहदरी के नीचे तक चला गया है और उसी सिंहासन से उन तारों का लगाव है जो नीचे मसालों और दवाइयों में घुसे हुए हैं। दूसरे दिन फिर धुएँवाले तहखाने में जाना, धुआँ बिल्कुल न पाओगे, मशाल जला लेना और

बेखौफ जाकर देखना कि कितनी दौलत तुम्हारे वास्ते वहाँ रखी हुई है। बाहर निकाल लो और जहाँ मुनासिब समझो रखो। जब तक बिल्कुल दौलत तहखाने में से निकल न जाय तब तक दुसरा काम तिलिस्म का मत करो। स्याह बारहदरी में संगमर्मर के सिंहासन पर जो चौखूटा सूर्ख पत्थर रखा है। उसको भी ले जाओ। असल में वह एक छोटा–सा सन्दूक है जिसके भीतर नायाब चीजें हैं। उसकी ताली इसी तिलिस्म में तुमको मिलेगी।''

कुमार ने इस सब बातों को फिर दोहरा के पढ़ा, इसके बाद उस धुएँवाले तहखाने में जाने को तैयार हुए। तेजसिंह, देवीसिंह और ज्योतिषीजी तीनों ने मशालें बाल लीं और कुमार के साथ उस तहखाने में उतरे। अन्दर उसी कोठरी में गये जिसमें बहुत–सी तारें काटी थीं। इस वक्त रोशनी में मालूम हुआ कि सब तारें कटी हुई इधर–उधर फैल रही हैं। कोठरी खूब लम्बी–चौड़ी है। सैकड़ों लोहे और चाँदी के बड़े–बड़े सन्दूक चारों तरफ पड़े हैं। एक तरफ दीवार में खूँटी के साथ तालियों का गुच्छा भी लटका रहा है।

कुमार ने उस ताली के गुच्छे को उतार लिया। मालूम हुआ कि इन्हीं सन्दूकों की यह तालियाँ हैं। एक सन्दूक को खोलकर देखा तो हीरे के जड़ाऊ जाननेजेवरों से भरा पाया, तुरन्त बन्द कर दिया और दूसरे सन्दूक को खोला, कीमती हीरों से जड़ी नायाब कब्जों की तलवारें और खंजर नजर आये। कुमार ने उसे भी बन्द कर दिया और बहुत खुश होकर तेजसिंह से कहा–

''बेशक इस कोठरी में बड़ा भारी खजाना है। अब इसको यहाँ खोलकर देखने की कोई जरूरत नहीं, सन्दूकों का यहाँ से निकलना मुश्किल है। अगर आप एक–एक को देखकर नौगढ़ भेजने लगेंगे तो बहुत दिन लग जायँगे और तिलिस्म तोड़ने का काम अटका रहेगा, इससे मेरी समझ में यही बेहतर है कि इन सन्दूकों को बिना देखे

ज्यों–का–त्यों नौगढ़ भेजवा दिया जाय। जब सब कामों से छुट्टी मिलेगी तब खोलकर देख लिया जायगा। ऐसा करने से किसी को मालूम भी न होगा कि इनमें क्या निकला और दुश्मनों की आँ भी न पड़ेगी। न मालूम कितनी दौलत इनमें भरी हुई है जिसकी हिफाजत के लिए इतना बड़ा तिलिस्म बनाया गया!''

इस राय को कुमार ने पसन्द किया और देवीसिंह और ज्योतिषीजी ने भी कहा कि ऐसा ही होना चाहिए। चारों आदमी उस तहखाने के बाहर हुए और उसी मामूली रास्ते खँडहर के दालान में आकर पत्थर की चट्टान से ऊपर वाले तहखाने का मुँह ढाँप तिलिस्मी ताले से बन्द कर खँडहर से बाहर हो अपने खेमे में चले आये।

आज ये लोग बहुत जल्दी तिलिस्म के बाहर हुए। अभी कुल दो पहर दिन चढ़ा था। कुमार ने तिलिस्म की और खजाने की तालियों का गुच्छा कर नौगढ़ भेजवाने का इन्तजाम करो'।

ग्यारहवाँ बयान

तेजसिंह को तिलिस्म में से खजाने के सन्दूकों को निकलवाकर नौगढ़ भेजवाने में कई दिन लग गये क्योंकि उसके साथ पहरे वगैरह का बहुत कुछ इन्तजाम करना पड़ा। रोज तिलिस्म में जाते और पहर दिन जब बाकी रहता तिलिस्म से बाहर निकल आया करते। जब तक कुल असबाब नौगढ़ रवाना नहीं कर दिया गया तब तक तिलिस्म तोड़ने की कार्रवाई बन्द रही।

एक रात कुमार अपने पलँग पर सोये हुए थे। आधी रात जा चुकी थी, कुमारी चन्द्रकान्ता और बनकन्या की याद में अच्छी तरह नींद नहीं आ रही थी, कभी जागते, कभी सोते जाते। आखिर एक गहरी नींद ने अपना असर यहाँ तक जमाया कि सुबह क्या बल्कि दो घड़ी दिन चढ़े तक आँख खुलने न दी।

जब कुमार की नींद खुला तो अपने को उस खेमे में न पाया जिसमें सोये थे अथवा जो तिलिस्म के पास जंगल में था, बल्कि उसकी जगह एक बहुत सजे हुए कमरे को देखा जिसकी छत में कई बेशकीमत झाड़ और शीशे लटक रहे थे। ताज्जुब में पड़ इधर–उधर देखने लगे। मालूम हुआ कि यह एक बहुत भारी दीवानखाना है

जिसमें दिन निकल आने पर भी अभी तक मोम बत्तियाँ जल रही हैं। उनके ऊपर चारों तरफ बड़ी–बड़ी बीचोबीच में एक तस्वीर आदमी के कद के बराबर सोने के चौखटे में जड़ी दीवार के साथ लगी हुई थी।

कुमार की निगाह तमाम तस्वीरों पर से दौड़ती हुई उस बड़ी तस्वीर पर आकर अटक गयी। सोचने लगे बल्कि धीमी आवाज में इस तरह बोलने लगे जैसे अपने बगल में बैठे हुए किसी दोस्त को कोई कहता हो–

"अहा! इस तस्वीर से बढ़कर इस दीवानखाने में कोई चीजें नहीं है और बेशक यह तस्वीर भी उसी की है, जिसके इश्क ने मुझे तबाह कर रखा है! वाह, क्या साफ भोली सूरत दिखलायी है!"

कुमार झट से उठ बैठे और उस तस्वीर के पास जाकर खड़े हो गये। दीवानखाने के दरवाजे बन्द थे मगर यह एक दरवाजे के ऊपर छोटे–छोटे मोखे (सूराख) बने हुए थे जिनमें शीशे की टट्टियाँ लगी हुई थीं; उन्हीं में से सीधी रोशनी ठीक उसी लम्बी–चौड़ी तस्वीर पर पड़ रही थी, जिसके देखने के लिए कुमार पलँग पर से उतरकर उसके पास गये थे। असल में वह तस्वीर कुमारी चन्द्रकान्ता की थी।

कुमार उस तस्वीर के पास जाकर खड़े हो गये और फिर उसी तरह बोलने लगे जैसे किसी दूसरे को जो पास खड़ा हो रहे हैं।

"अहा, क्या अच्छी और साफ तस्वीर बनी हुई है, इसमें ठीक उतना ही बड़ा कद है, वैसी ही बड़ी–बड़ी आँखें हैं, जिनमें कागज की लकीरें कैसी साफ मालूम हो रही हैं। आहा, गालों पर गुलाबीपन कैसा दिखलाया है, बारीक होठों में पान की सुर्खी और मुस्कुराहट साफ मालूम हो रही है, कानों में कानबाले, माथे में बेंदी और नाक में नथ तो हुई है मगर यह गले की गोप क्या ही अच्छी और साफ

बनायी है जिसके बीच में चमकते हुए मानिक और अगल–बगल के कुन्दन की उभाड़ में तो हद दर्जे की कारीगरी खर्च की गयी है। गोप क्या सभी गहने अच्छे हैं। गले की माला, हाथों में बाजूबन्द, कंगन, छन्द, पहुँची, अँगूठी, सभी चीजें अच्छी बनायी हैं, और देखो एक बगल चपला और दूसरी तरफ चम्पा क्या मजे में अपनी ठुड्डियों पर उँगली रखे खड़ी हैं!''

''हाय, चन्द्रकान्ता कहाँ होगी!'' इतना कह एक लम्बी साँस ले एकटक उस तस्वीर की तरफ देखने लगे।

ऊपर की तरफ कहीं से पायजेब की छन्न से आवाज आयी जिसे सुनते ही कुमार चौंक पड़े। ऊपर की तरफ कई छोटी–छोटी खिड़कियाँ थीं जो सब–की–सब बन्द थीं। तब यह आवाज कहाँ से आयी! इस घर में कौन औरत है! इतनी देर तक तो कुमार अपने पूरे होशहवास में न थे मगर अब चौंके और सोचने लगे–

''हैं, इस जगह मैं कैसे आ गया? कौन मुझे उठा लाया उसने मेरे साथ बड़ी नेकी की जो प्यारी चन्द्रकान्ता की तस्वीर मुझे दिखला दीं, मगर कहीं ऐसा न हो कि यह सब बातें स्वप्न में देखता होऊँ? जरूर यह स्वप्न है, चलो फिर उसी पलँग पर सो रहें।''

यह सोच कुमार फिर उसी पलँग पर आके लेट गये, आँखे बन्द कर लीं, मगर नींद कहाँ आती है! इतने में फिर पायजेब की आवाज ने कुमार को चौंका दिया। अबकी दफे उठते ही सीधे दरवाजे की तरफ गये और सातों दरवाजों को धक्का दिया, सब खुल गये। एक छोटा–सा हरा–भरा बाग दिखायी पड़ा। दिन अनुमान पहर–भर के चढ़ चुका होगा।

यह बाग बिल्कुल जंगली फूलों और लताओं से भरा हुआ था, बीच में एक छोटा–सा तालाब भी दिखायी पड़ा। कुमार सीधे तालाब के पास चले गये जो बिल्कुल पत्थर का बना हुआ था। उसके एक

तरफ खूबसूरत सीढ़ियाँ उतरने के लिए बनी हुई थी और दोनों पेड़ों के नीचे छोटे–छोटे संगमर्मर के चबूतरे बने हुए थे। बायें तरफ के चबूतरे पर नरम गालीचा बिछा हुआ था, बगल में एक टोंटीदार चाँदी का गड़वा, उसके पास ही शहतूत के पत्तों पर बना–बनाया दातून एक तरफ से चिरा हुआ था, बगल में एक छोटी–सी चाँदी की चौकी पर धोती, गमछा और पहिरने के खूबसूरत और कीमती कपड़े भी रखे हुए थे।

दाहिनी तरफवाले संगमर्मर के चबूतरे पर चाँदी की एक चौकी थी जिस पर पूजा का सामान धरा हुआ था। छोटे–छोटे कई जड़ाऊ पंचपात्र, तष्टी, कटोरियाँ सब साफ की हुई रखी थीं और नरम ऊनी आसन बिछा हुआ था जिस पर एक छोटा–सा बेल भी पड़ा था।

कुमार इस बात पर गौर कर रहे थे कि वे कहाँ आ पहुँचे, उन्हें कौन लाया इस जगह का नाम क्या है, तथा वह बाग और कमरा किसका है? इतने में ही उस पेड़ की तरफ निगाह जा पड़ी जिसके नीचे पूजा का सब सामान सजाया हुआ था। एक कागज चिपका हुआ नजर पड़ा। उसके पास गये, देखा कुछ लिखा हुआ है। पढ़ा, यह लिखा था :–

"कुँअर बीरेन्द्रसिंह, यह सब सामान तुम्हारे ही वास्ते है। इसी बावली में नहाओ और इन चीजों को बरतो, क्योंकि आज के दिन तुम हमारे मेहमान हो।"

कुमार और भी सोच में पड़े गये कि यह क्या, सामान तो इतना लम्बा–चौड़ा किया गया है मगर आदमी कोई भी नजर नहीं पड़ता। जरूर यह जगह परियों के रहने की है और वे लोग भी इसी बाग में फिरती होंगी मगर दिखायी नहीं पड़तीं। अच्छा इस बाग में पहिले घूमकर देख लें कि क्या–क्या है फिर नहाना–धोना होगा, आखिर इतना दिन तो चढ़ ही चुका है। अगर कहीं दरवाजा नजर पड़ा तो

इस बाग के बाहर हो जाँयगे, मगर नहीं इस बाग का मालिक कौन है और वह मुझे यहाँ क्यों लाया जब तक इसका हाल मालूम न हो, इस बाग से जाने को जी कैसे चाहेगा? यही सोचकर कुमार उस बाग में घूमने लगे।

जिस कमरे में नींद से कुमार की आँख खुली थी वह बाग के पश्चिम तरफ था। पूरब तरफ कोई इमारत न थी क्योंकि निकलता हुआ सूरज पहिले ही से दिखायी पड़ा था जो इस वक्त नेजे के बराबर ऊँचा आ चुका होगा। घूमते हुए बाग के उत्तर तरफ पहुँचे जहाँ एक और कमरा नजर पड़ा जो पूरब तरफ वाले कमरे के साथ सटा हुआ था।

कुमार ने चाहा कि उस कमरे की भी सैर करें मगर न हो सका क्योंकि उसके सब दरवाजे बन्द थे, अस्तु आगे बढ़े और जंगली फूलों, बेलों ओर खूबसूरत क्यारियों को देखते हुए बाग के दक्षिण तरफ पहुँचे। एक छोटी सी कोठरी नजर पड़ी जिसकी दीवार पर कुछ लिखा हुआ था, पढ़ने से मालूम हुआ कि पाखाना है। उस जगह पर लकड़ी की चौकी पर पानी भरा हुआ एक लोटा भी रखा था।

दिन डेढ़ पहर से ज्यादे चढ़ चुका होगा, कुमार की तबीयत घबरायी हुई थी। आखिर सोच–विचारकर चौकी पर से लोटा उठा लिया और पाखाने गये, इसके बाद बावली में हाथ–मुँह धोया। सीढ़ियों के ऊपर जामुन के पेड़ के तले चौकी पर बैठकर दातून किया, बावली में स्नान करके उन्हीं कपड़ों को पहिरा जो उनके लिए संगमर्मर के चबूतरे पर रखे हुए थे, दूसरे पर बैठकर सन्ध्या–पूजा की।

जब इन सब कामों से छुट्टी पा चुके तो फिर उसी कमरे की तरफ आये जिसमें सोते से आँख खुली थी और कुमारी चन्द्रकान्ता की तस्वीर देखी थी मगर उस कमरे के कुल किवाड़ बन्द पाये,

खोलने की कोशिश की मगर खुल न सके। बाहर दालान में खूब कड़ी धूप फैली हुई थी। धूप के मारे तबीयत घबरा उठी, यही जी चाहता था कि कहीं ठण्डी जगह मिले तो आराम किया जाय। आखिर उस जगह से हट कुमार घूमते हुए उस दूसरी तरफ वाले कमरे को देखने चले जिसके किवाड़ पहर–भर पहिले बन्द पाये थे। वे अब खुले हुए दिखलायी पड़े अन्दर गये।

भीतर से यह कमरा बहुत साफ संगमर्मर के फर्श का था, मालूम होता था कि अभी कोई धोकर इसे साफ कर गया है। बीच में एक कश्मीरी गालीचा बिछा हुआ था। उसके आगे कई तरह की भोजन की चीजें चाँदी और सोने के बरतनों में सजायी हुई रखी थीं। आसन पर एक चीठी भी पड़ी हुई थी जिसे कुमार ने उठाकर पढ़ा यह लिखा हुआ था :–

"आप किसी तरह घबरायें नहीं, यह मकान आपने एक दोस्त का है, जहाँ हर तरह से आपकी खातिर की जायगी। इस वक्त आप भोजन करके बगल की कोठरी में जहाँ आपके लिए पलँग बिछा है कुछ देर आराम करें'।

इसे पढ़कर कुमार जी में सोचने लगे कि अब क्या करना चाहिए? भूख जोर की लगी है पर बिना मालिक के इन चीजों के खाने को जी नहीं चाहता और कुछ पता भी नहीं लगता कि इस मकान का मालिक कौन है जो छिप–छिपकर हमारी खातिरदारी की चीजें तैयार कर रहा है पर मालूम नहीं होता कि कौन, किधर से आता है, कहाँ खाने को बनता है, मालिक मकान या उसके नौकर–चाकर किस जगह रहते हैं किस राह से आते–जाते हैं? उन लोगों को जब इसी तरह छिपे रहना मंजूर था तो मुझे यहाँ लाने की जरूरत क्या थी? उसी आसन पर बैठे हुए बड़ी देर तक कुमार तरह–तरह की बातें सोचते रहे, यहाँ तक कि भूख ने उन्हें बेताब कर

दिया। आखिर कब तक भूखे रहते? चलकर भोजन की तरफ हाथ बढ़ाया, मगर फिर कुछ सोचकर रुक गये और हाथ खींच लिया।

भोजन करने के लिए तैयार होकर फिर कुमार के रुक जाने से बड़े जोर के साथ हँसने की आवाज आयी जिसे सुनकर कुमार और भी हैरान हुए। इधर–उधर देखने लगे मगर कुछ पता न लगा, ऊपर की तरफ कई खिड़कियाँ दिखायी पड़ीं मगर कोई आदमी नजर न आया।

कुमार ऊपरवाली खिड़कियों की तरफ गौर से देख ही रहे थे कि एक आवाज आयी–

''आप भोजन करने में देर न कीजिए, कोई खतरे की जगह नहीं है।''

भूख के मारे कुमार विकल हो रहे थे, लाचार होकर खाने लगे। सब चीजें एक–से–एक स्वादिष्ट बनी हुई थीं। अच्छी तरह से भोजन करने के बाद कुमार उठे, एक तरफ हाथ धोने के लिए लोटे में जल रखा हुआ था। अपने हाथ से लोटा उठा, हाथ धोया और बगलवाली कोठरी की तरफ चले। जैसा कि पुरजे में लिखा हुआ था उसी में मुताबिक सोने के लिए उस कोठरी में निहायत खूबसूरत पलँग बिछा हुआ पाया।

मसहरी पर लेटकर तरह–तरह की बातें सोचने लगे। इस मकान का मालिक कौन है और मुलाकात न करने में उसे क्या फायदा सोचा है, यहाँ कब तक पड़े रहना होगा, वहाँ लश्करवालों की हमारी खोज में क्या दशा होगी इत्यादि बातों को सोचते–सोचते कुमार को नींद आ गयी और बेखबर सो गये।

दो घण्टे रात बीते तक कुमार सोये रहे। इसके बाद बीन की और उसके साथ ही किसी के गाने की आवाज कान में पड़ी, झट आँखें खोल इधर–उधर देखने लगे। मालूम हुआ कि यह वह कमरा

नहीं है, जिसमें भोजन करके सोये थे, बल्कि इस वक्त अपने को एक निहायत खूबसूरत सजी हुई बारहदरी में पाया, जिसके बाहर से बीन और गाने की आवाज आ रही थी।

कुमार पलँग पर से उठे और बाहर आकर देखने लगे। रात बिल्कुल अँधेरी थी मगर रोशनी खूब हो रही थी जिससे मालूम पड़ा कि यह बाग भी वह नहीं है जिसमें दिन को स्नान और भोजन किया था।

इस वक्त यह नहीं मालूम होता था कि बाग कितना बड़ा है क्योंकि इसके दूसरे तरफ की दीवार बिल्कुल ही नजर नहीं आ रही थी। बड़े–बड़े दरख्त भी इस बाग में बहुत थे। रोशनी खूब हो रही थी। कई औरतें जो कमसिन और खूबसूरत थी, टहलतीं और कभी–कभी गाती या बजाती हुई नजर पड़ीं जिनका तमाशा दूर से खड़े होकर कुमार देखने लगे। वे सब आपुस में हँसती और ठिठोली करती हुई एक रविश से दूसरी और दूसी से तीसरी पर घूम रही थीं। कुमार का दिल न माना और ये धीरे–धीरे उनके पास जाकर खड़े हो गये।

वे सब कुमार को देखकर रुक गईं और आपुस में कुछ बातें करने लगीं, जिसे कुमार बिल्कुल नहीं समझ सकते थे, मगर उनके हाव–भाव से मालूम होता था कि वे कुमार को देखकर ताज्जुब कर रही हैं। इतने में एक औरत आगे बढ़कर कुमार के पास आई और उनसे बोलीं, "आप कौन हैं और बिना हुक्म इस बाग में क्यों चले आए?" कुमार ने उसे नजदीक से देखा तो निहायत हसीन और चंचल पाया। जवाब दिया, "नहीं नहीं जानता कि वह बाग किसका है, अगर हो सके तो बताओ कि यहाँ का मालिक कौन है?"

औरत : हमने जो कुछ पूजा है पहिले उसका जवाब दे लो, फिर हमसे जो पूछोगे से बता देंगे।

कुमार : मुझे कुछ भी मालूम नहीं है कि मैं यहाँ क्योंकर आ गया!

औरत : क्या खूब! कैसे सीधे–सादे आदमी हैं! (दूसरी औरत की तरफ देखकर) बहिन, जरा इधर आना, देखो कैसे भोले–भाले चोर इस बाग में आ गए हैं जो अपने आने का सबब भी नहीं जानते!

उस औरत के आवाज देने पर सभों ने आकर कुमार को घेर लिया और पूछना शुरू किया, "सच बताओ, तुम कौन हो और यहाँ क्यों आए?"

दूसरी औरत : इनके कमर में तो हाथ डालो, देखों कुछ चुराया नहीं है।

तीसरी 'जरूर कुछ–न–कुछ चुराया होगा।

चौथी अपनी सूरत इन्होंने कैसी बना रखी है, मालूम होता है किसी राजा ही के लड़के हैं।

पहली : भला यह तो बताइए कि ये कपड़े अपने कहाँ से चुराए?

इन सभों की बातें सुनकर कुमार बड़े हैरान हुए। जी में सोचने लगे कि अजब आफत में आ फँसे, कुछ समझ में नहीं आता, जरूर इन्हीं लोगों की बदमाशी से मैं यहाँ तक पहुँचा और यही लोग अब मुझे चोर बनाती हैं। यों ही कुछ देर तक सोचते रहे, इसके बाद फिर बातचीत होने लगी।

कुमार : मालूम होता है कि तुम्हीं लोगों ने मुझे यहाँ लाकर रखा है।

एक औरत : हम लोगों को क्या गरज थी जो आपकी यहाँ लाते या आप ही खुश होकर हमें क्या दे देंगे जिसकी उम्मीद से हम लोग ऐसा करते। यह कहने से क्या होता है, जरूर चोरी की नीयत से आप आए हैं।

कुमार : मुझको यह भी मालूम नहीं कि यहाँ आने या यहाँ से जाने का रास्ता कौन है। अगर यह भी बतला दो तो मैं यहाँ से चलाआ जाऊँ।

दूसरी : वाह, बेचारे कया अनजान बनते हैं। यहाँ तक आए भी और रास्ता भी नहीं मालूम।

तीसरी : बहिन, तुम नहीं समझतीं, यह चालाकी से भगाना चाहते हैं।

चौथी : अब इनको गिरफ्तार करके ले चलना चाहिए।

कुमार : भला मुझे कहाँ ले चलोगी?

एक औरत : अपने मालिक के सामने।

कुमार : तुम्हारे मालिक के सामने।

कुमार : तुम्हारे मालिक का क्या नाम है?

एक : ऐसी किसकी मजाल है जो हमारे मालिक का नाम ले!

कुमार : क्या अपने मालिक का नाम बताने में भी कुछ हर्ज है?

दूसरी : हर्ज! नाम लेते ही जुबान कटकर गिर पड़ेगी!

कुमार : तो तुम लोग अपने मालिक से बातचीत करती होओगी?

दूसरी : मालिक की तस्वीर से बातचीत करते हैं, सामना नहीं होता।

कुमार : अगर कोई पूछे कि तुम किसकी नौकर हो तो कैसे बताओगी?

तीसरी : हम लोग अपना मालिक राजकुमारी की तस्वीर अपने गले में लटकाए रहती हैं, जिससे मालूम हो कि हम सब फलाने की लौण्डी हैं।

कुमार : तो कया यहाँ कई राजकुमारियाँ हैं जो लौण्डियों की पहिचान में गड़बड़ी हो जाने का डर है?

पहिली : नहीं, यहाँ सिर्फ दो राजकुमारियाँ हैं और दोनों के यहाँ यही चाल है, कोई अपने मालिक का नाम नहीं ले सकता। जब पहिचान की जरूरत होती है तो गले की तस्वीर दिखा दी जाती है।

कुमार : भला मुझे भी वह तस्वीर दिखाओगी?

"हाँ हाँ, लो देख लो!" कहकर एक ने अपने गले की छोटी–सी तस्वीर जो धुकधुकी की तरह लटक रही थी, निकालकर कुमार को दिखायी जिसे देखते ही उनके होश उड़ गये। "हैं यह तस्वीर तो कुमारी चन्द्रकान्ता है! तो क्या ये सब उन्हीं की लौंडी हैं। नहीं नहीं, कुमार चन्द्रकान्ता यहाँ भला कैसे आवेगी! उनका राज्य तो विजयगढ़ है। अच्छा पूछें तो यह मकान किस शहर में है?'

कुमार : भला यह तो बताओ इस शहर का क्या नाम है जिसमें हम इस वक्त हैं!

एक : इस शहर का नाम चित्र नगर है क्योंकि सभों के गले में कुमारी की तस्वीर लटकती रहती है।

कुमार : और इस शहर का यह नाम कब से पड़ा।

एक : हजारों बरस से यही नाम है और इसी ढंग की तस्वीर कई पुश्त से हमलोगों के गले में है। पहिले मेरी परदादी को सरकार से मिली थी, होते–होते अब मेरे गले में आ गयी।

कुमार : क्या अब से ही यही राजकुमारी यहाँ का राज्य करती आयी हैं, कोई इनका माँ–बाप नहीं है?

दूसरी : अब यह सब हम लोग क्या जानें, कुछ राजकुमारी से तो मुलाकात होती नहीं जो मालूम हो कि यही हैं या दूसरी, जवान हैं या बुड्ढी हो गयीं।

कुमार : तो कचहरी कौन करता है?

दूसरी : एक बड़ी–सी तस्वीर हम लोगों के मालिक राजकुमारी की है, उसी के सामने दरबार लगता है। जो कुछ हुक्म होता है उसी तस्वीर से आवाज आती है।

कुमारः तुम लोगों की बातों ने मुझे पागल बना दिया। ऐसी बातें करती हो जो कभी मुमकिन ही नहीं, अक्ल में नहीं आ सकतीं। अच्छा, उस दरबार में मुझे भी ले जा सकती हो!

औरत : इसमें कहने की कौन–सी बात है! आखिर आपको गिरफ्तार करके उसी दरबार में तो चलना है, आप खुद ही देख लीजिएयेगा।

कुमार : जब तुम लोगों का मालिक कोई भी नहीं या अगर है भी तो एक तस्वीर, तब हमने उसका क्या बिगाड़ा? क्यों हमें बाँध के ले चलोगी?

औरत : हमारी राजकुमारी सभों की नजरों से छिपकर अपने राज्यभर में घूमा करती और अपने कमान और बगीचों की सैर किया करती हैं मगर किसी की निगाह उन पर नहीं पड़ती। हम लोग रोज बाग और कमरों की सफाई करती हैं और रोज ही कमरों के सामान फर्श, पलँग के बिछौने वगैरह ऐसे ही जाते हैं जैसे किसी के मसरफ में आये हों। वह रौंदे जाते और मैले भी हो जाते हैं, इससे मालूम होता है कि हमारी राजकुमारी सभों की नजरों से छिपकर घूमा करती हैं, जिनकी हजारों बरस की उम्र हैं, और इसी तरह हमेशा जीती रहेंगी।

दूसरी : बहिन तुम इनकी बातों का जवाब कब तक देती रहोगी? ये तो इसी तरह जान बचाना चाहते हैं।

पहिली : नहीं नहीं, ये जरूर किसी रईस बल्कि राजा के लड़के हैं, इनकी बातों का जवाब देना मुनासिब है और इनको इज्जत के साथ कैद करके दरबार में ले चलना चाहिए।

तीसरी : भला इनका और इनके बाप का नाम–धाम भी तो पूछ लो कि इसी तरह राजा का लड़का समझ लोगी। (कुमार की तरफ देखकर) क्यों जी, आप किसके लड़के हैं और आपका क्या नाम है?

कुमार : मैं नौगढ़ के महाराज सुरेन्द्रसिंह का लड़का बीरेन्द्रसिंह हूँ।

इनका नाम सुनते ही वे खुश होकर आपुस में कहने लगीं, ''वाह इनको तो जरूर पकड़ के ले चलना चाहिए, बहुत कुछ इनाम मिलेगा, क्योंकि इन्हीं को गिरफ्तार करने के लिए सरकार की तरफ से मुनादी की गयी थी, इन्होंने बड़ा भारी नुकसान किया है, सरकारी तिलिस्म तोड़ डाला और खजाना लूटकर घर ले गये। अब इनसे बात न करनी चाहिए। जल्दी इनके हाथ–पैर बाँधो और इसी वक्त सरकार के पास ले चलो। अभी रात नहीं गयी है, दरबार होता होगा, देर हो जायगी तो कल दिन–भर इनकी हिफाजत करनी पड़ेगी क्योंकि हमारे सरकार का दरबार रात को होता है।''

इन सभों की ये बातें सुन कुमार की तो अक्ल चकरा गयी। कभी ताज्जुब, कभी सोच, घबराहट से इनकी अजब हालत हो गयी। आखिर उन औरतों की तरफ देखकर बोले, ''फसाद क्यों करती हो, हम तो आप ही तुम लोगों की साथ चलने को तैयार हैं, चलो देखें तुम्हारी राजकुारी का दरबार कैसा है!''

एक : जब एक खुद ही चलने को तैयार हैं तब हम लोगों को ज्यादे बखेड़ा की क्या जरूरत है, चलिए।

कुमार : चलो।

वे सब औरतें गिनती में नौ थीं, चार कुमार के आगे, चार पीछे हो उनको लेकर रवाना हुईं और एक यह कहकर चली गयी कि 'मैं पहिले जाकर खबर करती हूँ कि फलाने डाकू को हम लोगों ने गिरफ्तार किया है, जिसको साथ वाली सखियाँ लिये आती हैं'!

वे सब कुमार को लिये बाग के एक कोने में गयीं जहाँ दूसरी तरफ निकल जाने के लिए छोटा–सा दरवाजा नजर पड़ा, जिसमें शीशे की सिर्फ एक सुफेद हाँडी जल रही थी। वे सब कुमार को

लिये हुए इसी दरवाजे में घुसीं। थोड़ी दूर जाकर, दूसरा बाग जो बहुत सजा था नजर पड़ा, जिसमें हद्द से ज्यादे रोशनी हो रही थी और कई चोबदार हाथों में सोने–चाँदी के आसे लिये हुए इधर–उधर टहल रहे थे। उनके अलावे और भी बहुत–से आदमी घूमते दिखायी पड़े।

उन औरतों से किसी ने कुछ बातचीत या रोक–टोक न की। ये सब कुमार को लिये हुए बराबर धड़धड़ाती हुई एक बड़े भारी दीवानखाने में पहुँचीं, जहाँ की सजावट और कैफियत देखकर कुमार के होश जाते रहे।

सबसे पहिले कुमार की निगाह उस बड़ी तस्वीर के ऊपर पड़ी जो ठीक सामने सोने के जहाज सिंहासन पर रखी हुई थी। मालूम होता था कि सिंहासन पर कुमारी चन्द्रकान्ता सिर पर मुकुट धरे बैठी हैं, ऊपर छत्र लगा हुआ है, और सिंहासन के दोनों तरफ दो जिन्दा शेर बैठे हुए हैं जो कभी–कभी डकारते और गुर्राते भी थे। बाद इसके बड़े–बड़े सरदार बेशकीमत पोशाकें पहिने सिंहासन के सामने दोपट्टी कतार बाँधे सिर झुकाये बैठे थे। दरबार में सन्नाटा छाया हुआ था, सब चुप मारे बैठे थे।

चन्द्रकान्ता तो तस्वीर और ऐसे दरबार को देखकर एक दफे तो कुमार पर भी रोब छा गया। चुपचाप सामने खड़े हो गये, उनके पीछे और दोनों बगल वे सब औरतें खड़ी हो गयीं जिन्होंने कुमार के चोरों की तरह हाजिर किया था।

तस्वीर के पीछे से आवाज आयी, "ये कौन हैं?"

उन औरतों में से एक ने जवाब दिया, "ये सरकारी बाग में घूमते हुए पकड़े गये हैं और पूछने से मालूम हुआ कि इनका नाम बीरेन्द्रसिंह है, विक्रमी तिलिस्म इन्होंने ही तोड़ा है।" फिर आवाज आयी, "अगर यह सच है तो इनके बारे में बहुत कुछ विचार करना

पड़ेगा, इस वक्त ले जाकर हिफाजत से रखो फिर हुक्म पाकर दरबार में हाजिर करना।''

उन लौंडियों ने कुमार को एक अच्छे कमरे में ले जाकर रखा जो हर तरह से सजा हुआ था मगर कुमार अपने ख्याल में डूबे हुए थे। नये बाग की सैर और तस्वीर के दरबार ने उन्हें और भी अचम्भे में डाल दिया था। गर्दन झुकाये सोच रहे थे। पहिले बाग में जो ताज्जुब की बातें देखीं उनका तो पता लगा ही नहीं, इस बाग में तो और भी बातें देखीं उनका तो पता लगा ही नहीं, इस बाग में तो और भी बातें दिखायी देती हैं, जिसमें कुमारी चन्द्रकान्ता की तस्वीर और आगे दरबार का लगना और भी हैरान कर रहा है। इसी सोच–विचार में गर्दन झुकाये लौंडियों के साथ चले गये, इसका कुछ भी खयाल नहीं कि कहाँ जाते हैं, कौन लिये जाता है, कैसे सजे हुए मकान में बैठाये गये हैं।

जमीन पर फर्श बिछा हुआ और गद्दी लगी हुई थी, बड़े तकिए के सिवाय और भी कई तकिए पड़े हुए थे। कुमार उस गद्दी पर बैठे गये और दो घण्टे तक सिर झुकाये ऐसा सोचते रहे कि तनोबदन की बिल्कुल खबर न रही। प्यास मालूम हुई तो पानी के लिए इधर–उधर देखने लगे। एक लौंडी सामने खड़ी थी उसने हाथ जोड़कर पूछा, ''क्या हुक्म होता है?'' जिसके जवाब में कुमार ने हाथ के इशारे से पानी माँगा। सोने के कटोरे में पानी भर के लौंडी ने कुमार के हाथ में दिया, पीते ही एकदम उनके दिमाग तक ठण्डक पहुँच गयी साथ ही आँखों में झपकी आने लगी ओर धीरे–धीरे बिल्कुल बेहोश होकर उस गद्दी पर लेट गये।

बारहवाँ बयान

कुँअर बीरेन्द्रसिंह के गायब होने से उनके लश्कर में खलबली पड़ गयी। तेजसिंह और देवीसिंह ने घबड़ाकर चारों तरफ खोज की मगर कुछ पता न लगा। दिन–भी बीत जाने पर ज्योतिषीजी ने तेजसिंह से कहा, "मुझे रमल से जाना पड़ता है कि कुमार को कई औरतें बेहोशी की दवा सुँघा, बेहोश करके उठा ले गयी हैं और नौगढ़ के इलाके में अपने मकान के अन्दर कैद कर रखा है, इससे ज्यादे कुछ मालूम नहीं होता।"

ज्योतिषीजी की बात सुन तेजसिंह बोले, "नौगढ़ में तो अपना ही राज्य है, वहाँ कुमार के दुश्मनों का कहीं ठिकाना नहीं। महाराज सुरेन्द्रसिंह की अमलदारी से उनकी रियाय बहुत खुश तथा उनके और अनेक खानदान के लिए वक्त पर जान देने को तैयार है, फिर कुमार को वहाँ ले जाकर कैद करनेवाला कौन हो सकता है?"

बहुत देर तक सोच–विचार करते रहने के बाद तेजसिंह कुमार की खोज में जाने के लिए तैयार हुए। देवीसिंह और ज्योतिषीजी ने भी उनका साथ दिया और ये तीनों नौगढ़ की तरफ रवाना हुए। जाते वक्त महाराज शिवदत्त के दीवान को चुनार बिदा करते गये

जो कुँअर बीरेन्द्रसिंह की मुलाकात को महाराज शिवदत्त की तरफ से तोहफा और सौगात लेकर आये हुए थे, और तिलिस्मी किताब फतहसिंह सिपहसालार के सुपुर्द कर दी जो कुँअर बीरेन्द्रसिंह के गायब हो जाने के बाद उनके पलँग पर पड़ी हुई पायी थी।

ये तीनों ऐयार आधी रात गुजर जाने बाद नौगढ़ की तरफ रवाना हुए। पाँच कोस तक बराबर चले गये, सवेरा होने पर तीनों एक घने जंगल में रुके और अपनी–अपनी सूरतें बदलकर फिर रवाना हुए। दिन–भर चलकर भूखे–प्यासे शाम को नौगढ़ की सरहद पर पहुँचे। इन लोगों ने आपुस में यह राय ठहरायी कि किसी से मुलाकात न करें बल्कि जाहिर भी न होकर छिपे–ही–छिपे कुमार की खोज करें।

तीनों ऐयारों ने अलग–अलग होकर कुमार का पता लगाना शुरु किया। कहीं मकान में घुसकर, कहीं बाग में जाकर, कहीं बाग में जाकर, कहीं आदमियों से बातें करके उन लोगों ने दरियाफ्त किया मगर कहीं पता न लगा, दूसरे दिन तीनों इकट्ठे होकर सूरत बदले हुए राजा सुरेन्द्रसिंह के दरबार में गये और एक कोने में खड़े हो बातचीत सुनने लगे।

उसी वक्त कई जासूस दरबार में पहुँचे जिनकी सूरत से घबराहट और परेशानी साफ मालूम होती थी। तेजसिंह के बाप दीवान जीतसिंह ने उन जासूसों से पूछा, "क्या बात है जो तुम लोग इस तरह घबड़ाये हुए आये हो?"

एक जासूस ने कुछ आगे बढ़ के जवाब दिया, "लश्कर से कुमार की खबर लाया हूँ।"

जीत : क्या हाल है, जल्द कहो।

जासूस : दो रोज से उनका पता नहीं लगता।

जीत : क्या कहीं चले गये?

जासूस : जी नहीं, रात को खेमे में सोये हुए थे, उसी हालत में कुछ औरतें उन्हें उठा ले गयीं। मालूम नहीं, कहाँ कैद कर रखा है।

जीत : (घबड़कर) यह कैसा मालूम हुआ कि उन्हें कई औरतें ले गयीं?

जासूस : उनके गायब हो जाने बाद ऐयारों ने बहुत तलाश किया। जब कुछ पता न लगा तो ज्योतिषी जगन्नाथजी ने रमल से पता लगाके कहा कि कई औरतें उन्हें ले गयी हैं और इस नौगढ़ के इलाके में ही कहीं कैद कर रखा है?

जीत : (ताज्जुब से) इसी नौगढ़ के इलाके में! यहाँ तो हम लोगों का कोई दुश्मन नहीं है।

जासूस : जो कुछ हो, ज्योतिषीजी ने तो ऐसा ही कहा है।

जीत : फिर तेजसिंह कहाँ गया?

जासूस : कुमार की खोज में कहीं गये हैं, देवीसिंह और ज्योतिषीजी भी उनके साथ हैं। मगर उन लोगों के जाते ही हमारे लश्कर पर आफत आयी?

जीत : (चौंककर) हमारे लश्कर पर क्या आफत आयी?

जासूस : मौका पाकर महाराज शिवदत्त ने हमला कर दिया।

हमले का नाम सुनते ही तेजसिंह बगैरह ऐयार लोग जो सूरत बदले हुए एक कोने में खड़े थे आगे की सब बातें बड़े गौर से सुनने लगे।

जीत : पहिले तो तुम लोग यह खबर लाये थे कि महाराज शिवदत्त ने कुमार की दोस्ती कबूल कर ली और उनका दीवान बहुत कुछ नजर लेकर आया है, अब क्या हुआ?

जासूस : उस वक्त की वह खबर बहुत ठीक थी पर आखिर में उसने धोखा दिया और बेईमानी पर कमर बाँध ली।

जीत : उसके हमले में क्या हुआ?

जासूस : पहर–भर तक तो फतहसिंह सिपहसालार खूब जूझे, आखिर शिवदत्त के हाथ से जख्मी होकर गिरफ्तार हो गये। उनके गिरफ्तार होते ही बेसिर की फौज छितिर–बितिर हो गयी।

अभी तक सुरेन्द्रसिंह चुपचाप बैठे इन बातों को सुन रहे थे। फतहसिंह के गिरफ्तार हो जाने और लश्कर के भाग जाने का हाल सुन आँखें लाल हो गयीं, दीवान जीतसिंह की तरफ देखकर बोले, ''हमारे यहाँ इस वक्त फौज तो है नहीं, थोड़े बहुत सिपाही जो कुछ हैं उनको लेकर इसी वक्त कूच करूँगा। ऐसे नामर्द को मारना कोई बड़ी बात नहीं है।''

जीत : ऐस ही होना चाहिए। सरकार के कूच की बात सुन भागी हुई फौज भी इक्ट्ठी हो जायगी।

ये सब बातें हो ही रही थीं कि दो जासूस और दरबार में हाजिर हुए।

पूछने से उन्होंने कहा, ''कुमार के गायब होने, ऐयारों के उनकी खोज में जाने, फतहसिंह के गिरफ्तार हो जाने और फौज के भाग जाने की खबर सुनकर महाराज जयसिंह अपनी कुल फौज लेकर चुनार पर चढ़ गये हैं। रास्ते में खबर लगी कि फतहसिंह के गिरफ्तार होने के दो ही पहर बाद रात को महाराज शिवदत्त भी कहीं गायब हो गये और उनके पलँग पर एक पुर्जा पड़ा हुआ मिला जिसमें लिखा हुआ था कि 'इस बेईमान को पूरी सजा दी जायगी, जन्म–भर कैद से छुट्टी न मिलेगी'। बाद इसके सुनने में आया कि फतहसिंह भी छूटकर तिलिस्म के पास आ गये और कुमारी की फौज फिर इकट्ठा हो रही है।''

इस खबर को सुनकर राजा सुरेन्द्रसिंह ने दीवान जीतसिंह की तरफ देखा।

जीत : जो कुछ भी हो महाराज जयसिंह ने चढ़ाई कर ही दी, मुनासिब है कि हम भी पहुँचकर चुनार का बखेड़ा ही तय कर दें, यह रोज–रोज की खटपट अच्छी नहीं।

राजा : तुम्हारा कहना ठीक है, ऐसा ही किया जाय। क्या कहें हमने सोचा था कि लड़के ही के हाथ से चुनार फतह हो, जिससे उसका हौंसला बढ़े, मगर अब बर्दाश्त नहीं होता।

इन सब बातों और खबरों को सुन तीनों ऐयार वहाँ से रवाना हो गये और एकान्त में जाकर आपुस में सलाह करने लगे।

तेज : अब क्या करना चाहिए?

देवी : चाहे जो भी हो पहिले तो कुमार को खोजना चाहिए।

तेज : मैं कहता हूँ कि तुम लश्कर की तरफ जाओ। हम दोनों कुमार की खोज करते हैं।

ज्योतिषी : मेरी बात मानों तो पहिले एक दफे उस तहखाने (खोह) में चलो जिसमें महाराज शिवदत्त को कैद किया गया था।

तेज : उसका तो दरवाजा भी नहीं खुलता।

ज्योतिषी : भला चलो तो सही शायद किसी तरकीब से खुल जाय!

तेज : इसकी कोशिश तो आप बेफायदे करते हैं, अगर दरवाजा खुला भी तो क्या काम निकलेगा?

ज्योतिषी : अच्छा, चलो तो!

तेज : खैर चलो!

तीनों ऐयार तहखाने की तरफ रवाना हुए।

तेरहवाँ बयान

कुँअर बीरेन्द्रसिंह धीरे–धीरे बेहोश होकर उस गद्दी पर लेट गये। जब आँख खुली, अपने को एक पत्थर की चट्टान पर सोये पाया। घबराकर इधर–उधर देखने लगे। चारों तरफ ऊँची–ऊँची पहाड़ियाँ, बीच में बहता चश्मा, किनारे–किनारे जामुन के दरख्तों की बहार, देखने से मालूम हो गया कि यह वही तहखाना है, जिसमें ऐयार लोग कैद किये जाते थे, जिस तरह तेजसिंह ने महाराज शिवदत्त को मय उनकी रानी को कैद किया था, या कुमार ने पहाड़ी के ऊपर चन्द्रकान्ता और चपला को देखा था मगर पास न पहुँच सके थे।

कुमार घबराकर पत्थर की चट्टान पर से उठ बैठे और उस खोह को अच्छी तरह पहिचानने के लिए चारों तरफ घूमने और हरएक चीज को देखने लगे। अब शक जाता रहा और बिल्कुल यकीन हो गया कि यह वही खोह है, क्योंकि उसी तरह कैदी महाराज शिवदत्त को जामुन के पेड़ के नीचे पत्थर की चट्टान पर लेटे और पास ही उसकी रानी को बैठे और पैर दबाते देखा। इन दोनों का रुख दूसरी तरफ था, कुमार ने उनको देखा मगर उनको कुमार का गुमान तक भी न हुआ।

कुँअर बीरेन्द्रसिंह दौड़े हुए उस पहाड़ी के नीचे गये जिसके ऊपर वाले दालान में कुमारी चन्द्रकान्ता और चपला को छोड़ तिलिस्म तोड़ने खोह के बाहर गये थे। इस वक्त भी कुमारी को उस दिन की तरह वही मैली और फटी साड़ी पहिने उसी तौर से चेहरे और बदन पर मैल चढ़ी और बालों की लट बाँधे बैठे हुए देखा।

देखते ही फिर वही मुहब्बत की बला सिर पर सवार हो गयी। कुमारी को पहिले की तरह बेबसी की हालत में देख आँखों में आँसू भर आये, गला रुक गया और कुछ शर्मा के सामने से हट पेड़ की आड़ में खड़े हो जी में सोचने लगे, "हाय, अब कौन मुँह लेकर कुमारी चन्द्रकान्ता के सामने जाऊँ और उससे क्या बातचीत करूँ? पूछने पर क्या यह कह सकूँगा कि तुम्हें छुड़ाने के लिए तिलिस्म तोड़ने गये थे लेकिन अभी तक वह नहीं टूटा।

हा! मुझसे तो यह बात कभी नहीं कही जायगी। क्या करूँ, बनकन्या के फेर में तिलिस्म तोड़ने की भी सुध जाती रही और कई दिन का हर्ज भी हुआ। जब कुमारी पूछेगी क तुम यहाँ कैसे आये तो क्या जवाब दूँगा? शिवदत्त भी यहाँ दिखायी देता है, लश्कर में तो सुना था कि वह छूट गया बल्कि उसका दीवान खुद नजर लेकर आया था, यह सब क्या मामला है?"

इन सब बातों को कुमार सोच ही रहे थे कि सामने से तेजसिंह आते दिखायी पड़े जिनके कुछ दूर पीछे देवीसिंह और पण्डित जगन्नाथ ज्योतिषी भी थे।

कुमार उनकी तरफ बढ़े। तेजसिंह सामने से कुमार को अपनी तरफ आते देख दौड़े और उनके पास जाकर पैरों पर गिर पड़े। उन्होंने उठाकर गले से लगा लिया। देवीसिंह से भी मिले और ज्योतिषी को दण्डवत किया। अब ये चारों एक पेड़ के नीचे पत्थर पर बैठकर बातचीत करने लगे।

कुमार : देखो तेजसिंह वह सामने कुमारी चन्द्रकान्ता उसी दिन की तरह उदास और फटे कपड़े पहिने बैठी है और बगल में उनकी सखी चपला बैठी अपने आँचल से उनका मुँह पोछ रही है।

तेज : आपसे कुछ बातचीत भी हुई?

कुमार : नहीं कुछ नहीं, अभी मैं यही सोच रहा था कि उनके सामने जाऊँ या नहीं।

तेज : कै दिन से आप यह सोच रहे हैं?

कुमार : अभी मुझको इस घाटी में आये दो घड़ी भी नहीं हुई।

तेज : (ताज्जुब से) क्या आप अभी इस खोह में आये हैं? इतने दिनों तक कहाँ रहे? आपको लश्कर से आये तो कई दिन हुए! इस वक्त आपको यकायक यहाँ के मैंने सोचा कि कुमारी के इश्क में चुपचाप लश्कर से निकलकर इस जगह आ बैठे हैं।

कुमार : नहीं मैं अपनी खुशी से लश्कर से नहीं आया, न मालूम कौन उठा ले गया था।

तेज : (ताज्जुब से) हैं, क्या अभी तक आपको यह भी मालूम नहीं हुआ कि लश्कर से आपको कौन उठा ले गया था?

कुमार : नहीं, बिल्कुल नहीं।

इतना कहकर कुमार ने अपना बिल्कुल हाल पूरा–पूरा कह सुनाया। जब तक कुमार अपनी कैफियत कहते रहे तीनों ऐयार अचम्भे में भरे सुनते रहे। जब कुमार ने अपनी कथा समाप्त की तब तेजसिंह ने ज्योतिषीजी से पूछा, ''यह क्या मामला है आप कुछ समझे?''

ज्योतिषी : कुछ नहीं बिल्कुल खयाल में ही नहीं आता कि कुमार कहाँ गये थे और उन्हें ऐसे तमाशे दिखलानेवाला कौन था!

कुमार : तिलिस्म तोड़ने के वक्त जो ताज्जुब की बातें देखी थी उनसे बढ़कर इन दो–तीन दिनों से दिखायी पड़ीं!

देवी : किसी छोटे दिल के डरपोक आदमी को ऐसा मौका पड़े तो घबरा के जान ही दे दे।

ज्योतिषी : इसमें क्या सन्देह है।

कुमार : और एक ताज्जुब की बात सुनो, शिवदत्त भी यहाँ दिखायी पड़ रहा है।

तेज : सो कहाँ?

कुमार : (हाथ का इशारा करके) वह, उस पेड़ के नीचे नजर दौड़ाओ।

तेज : हाँ ठीक तो है, मगर यह क्या मामला है! चलो उससे बात करें शायद कुछ पता लगे।

कुमार : उसके सामने ही कुमारी चन्द्रकान्ता, पहाड़ी के ऊपर है, पहिले उससे कुछ हाल पूछना चाहिए। मेरा जी तो अजब पेच में पड़ा हुआ है, कोई बात बैठती ही नहीं कि वह क्या पूछेगी और मैं क्या जवाब दूँगा।

तेज : आशिकों की यही दशा होती है, कोई बात नहीं है। चलिए, मैं आपकी तरफ से बात करूँगा।

चारों आदमी शिवदत्त की तरफ चले। पहिले उस पहाड़ी के नीचे गये जिसके ऊपर छोटे दलान में कुमारी चन्द्रकान्ता और चपला बैठी थी कुमारी की निगाह दूसरी तरफ थी, चपला ने इन लोगों को देखा, वह उठ खड़ी हुई ओर आवाज देकर कुमार के राजी–खुशी का हाल पूछने लगी जिसका जवाब खुद कुमार ने देकर कुमारी चन्द्रकान्ता के मिजाज का हाल पूछा।

चपला ने कहा, ''इसकी हालत तो देखने हीसे मालूम होती होगी, कहने की जरूरत ही नहीं।''

कुमारी अभी तक सिर नीचा किये बैठी थी चपला के बातचीत की आवाज सुन चौंक कर उसने सिर उठाया। कुमार को देखते ही हाथ जोड़कर खड़ी हो गयी और आँखों से आँसू बहाने लगी।

कुँअर बीरेन्द्रसिंह ने कहा, ''कुमारी तुम थोड़े दिन और सब्र करो। तिलिस्म टूट गया, थोड़ा काम बाकी है। कई सबबों में मुझे यहाँ आना पड़ा, अब मैं फिर उसी तिलिस्म की तरफ जाऊँगा!''

चपला : कुमारी कहती हैं कि मेरा दिल यह कह रहा है कि इन दिनों या तो मेरी मुहब्बत आपके दिल से कम हो गयी है या फिर मेरी जगह किसी और ने दखल कर ली। मुद्दत से इस जगह तकलीफ उठा रही हूँ, जिसका ख्याल मुझे कुछ भी न था। मगर कई दिनों से यह नया खयाल जी में पैदा होकर मुझे बेहद सता रहा है।''

चपला इतना कहके चुप हो गयी। तेजसिंज ने मुस्कुराते हुए कुमार की तरफ देख और बोले, ''क्यों, कहो तो भण्डा फोड़ दूँ!'' कुमार इसके जवाब में कुछ कह न सके, आँखों से आँसू की बूँद गिरने लगीं और हाथ जोड़ के उनकी तरफ देखा। हँसकर तेजसिंह ने कुमार के जुड़े हुए हाथ छुड़ा दिये और उनकी तरफ से खुद चपला को जवाब दिया—

''कुमारी को समझा दो कि कुमार की तरफ से किसी तरह का अन्देशा न करें, तुम्हारे इतना ही कहने से कुमार की हालत खराब हो गयी।''

चपला : आप लोग आज यहाँ किसलिए आये?

तेज : महाराज शिवदत्त को देखने आये हैं, वहाँ खबर लगी थी कि ये छूटकर चुनार पहुँच गये।

चपला : किसी ऐयार ने सूरत बदली होगी, इन दोनों को तो मैं बराबर यहीं देखती रहती हूँ।

तेज : जरा, मैं उससे बातचीत कर लूँ।

तेजसिंह और चपला की बातचीत महाराज शिवदत्त कान लगाकर सुन रहे थे। अब ये कुमार के पास आये, कुछ कहना चाहते थे कि ऊपर चन्द्रकान्ता और चपला की तरफ देखकर चुप हो रहे।

तेज : शिवदत्त, हाँ क्या कहने को थे। कहो, रुक क्यों गये?

शिवदत्त : अब न कहूँगा।

तेज : क्यों?

शिवदत्त : शायद न कहने से जान बच जाय!

तेज : अगर कहोगे तो तुम्हारी जान कौन मारेगा?

शिवदत्त : जब इतना ही बता दूँ तो बाकी क्या रहा?

तेज : न बताओगे तो मैं तुम्हें कब छोड़ूँगा।

शिवदत्त : जो चाहो कहो मगर मैं कुछ न बताऊँगा।

इतना सुनते ही तेजसिंह ने कमर से खंजर निकाल लिया, साथ ही चपला ने ऊपर से आवाज दी, ''हाँ हाँ, ऐसा मत करना!'' तेजसिंह ने हाथ रोककर चपला की तरफ देखा।

चपला : शिवदत्त के ऊपर खंजर खैंचने का क्या सबब है?

तेज : यह कुछ कहने को आये थे मगर तुम्हारी तरफ देखकर चुप हो रहे, अब पूछता हूँ तो कुछ बताते नहीं, बस कहते हैं 'कुछ बोलूँगा तो जान चली जायगी'। मेरी समझ में नहीं आता कि यह क्या मामला है। एक तो इनके बारे में हम लोग आप ही हैरान थे, दूसरे कुछ कहने के लिए हम लोगों के पास आना और फिर तुम्हारी तरफ देखकर चुप हो रहना और पूछने से जवाब देना कि कहेंगे तो जान चली जायगी, इन सब बातों से तबीयत और परेशान होती है।

चपला : आजकल ये पागल हो गये हैं, मैं देखा करती हूँ कि कभी–कभी चिल्लाया और इधर–उधर दौड़ा करते हैं। बिल्कुल हालत पागलों की–सी पायी जाती है, इधर–उधर दौड़ा करते हैं।

बिल्कुल हालत पागलों की–सी पायी जाती है, इनकी बातों का खयाल मत करो।

शिवदत्त : उल्टे मुझी को पागल बनाती है!

तेज : (शिवदत्त से) क्या कहा, फिर तो कहो?

शिवदत्त : कुछ नहीं तुम चपला से बात करो, मैं तो आजकल पागल हो गया हूँ।

देवी : वाह, क्या पागल बने हैं!

शिवदत्त : चपला का कहना बहुत सही है, मेरे पागल होने में कोई शक नहीं।

कुमार : ज्योतिषीजी, जरा इन नयी गढ़न्त के पागल को देखना!

ज्योतिषी : (हँसकर) जब आकाशवाणी ही हो चुकी कि ये पागल हैं तो अब क्या बाकी रहा?

कुमार : दिल में कई तरह के खुअके पैदा होते हैं।

तेज : इसमें जरूर कोई भारी भेद हैं न मालूम वह कब खुलेगा, लाचारी यह है कि हम कुछ कर नहीं सकते!

देवी : हमारी ओस्तादिन इस भेद को जानती हैं मगर उनको भी इसे खोलना मंजूर नहीं है।

कुमार : यह बिल्कुल ठीक है।

देवीसिंह की बात पर तेजसिंह हँसकर चुप हो रहे। महाराज शिवदत्त भी वहाँ से उठकर अपने ठिकाने जा बैठे। तेजसिंह ने कुमार से कहा, ''अब हम लोगों को लश्कर में चलना चाहिए। सुनते हैं कि हम लोगों के पीछे महाराज शिवदत्त ने लश्कर पर धावा मारा जिससे बहुत कुछ खराबी हुई। मालूम नहीं पड़ता, वह कौन शिवदत्त था। मगर फिर सुनने में आया कि शिवदत्त भी गायब हो गया। अब यहाँ आकर फिर शिवदत्त को देख रहे हैं!''

कुमार : इसमें तो कोई शक नहीं कि ये सब जुब की हैं। खैर, तुमने किसकी जुबानी सुना है, साफ कहो।

तेजसिंह ने अपने तीनों आदमियों का कुमार की खोज में लश्कर से बाहर निकलना, नौगढ़ राज्य में राजा सुरेन्द्रसिंह के दरबार में भेष बदले हुए पहुँचकर दो जासूसों की जुबानी लश्कर का हाल सुनना, महाराज जयसिंह और राजा सुरेन्द्रसिंह का चुनार पर चढ़ाई करना इत्यादि सब हाल कहा जिसे सुन कुमार परेशान हो गये, खोह के बाहर चलने के लिए तैयार हुए। कुमारी चन्द्रकान्ता से फिर कुछ बातें कर और धीरज दे आँखों से आँसू बहाते कुँअर बीरेन्द्रसिंह उस खोह के बाहर हुए।

शाम हो चुकी थी जब ये चारों खोह के के बाहर आये। तेजसिंह ने देवीसिंह से कहा कि हम लोग यहाँ बैठते हैं, तुम नौगढ़ जाकर सरकारी अस्तबल में से एक उम्दा घोड़ा खोल लाओ जिस पर कुमार को सवार कराके तिलिस्म की तरफ ले चलें, मगर देखो किसी को मालूम न हो कि देवीसिंह घोड़ा ले गये हैं।

देवी : जब किसी को मालूम हो ही गया तो मेरे जाने से फायदा क्या है?

तेज : कितनी देर में आओगे?

देवी : यह कोई भारी बात तो है नहीं जो देर लगेगी, पहर—भर के अन्दर आ जाऊँगा।*

यह कह देवीसिंह नौगढ़ की तरफ रवाना हुए, उनके जाने के बाद ये तीनों आदमी घने पेड़ों के नीचे बैठकर बातें करने लगे।

कुमार : क्यों ज्योतिषीजी, शिवदत्त का भेद कुछ न खुलेगा?

ज्योतिषी : इससे तो कोई शक नहीं कि वह असल में शिवदत्त

---

* उस खोह से नौगढ़ सिर्फ डेढ़ या दो कोस होगा।

ही था जिसने कैद से छुटकर अपने दीवान के हाथ आपके पास तोहफा भेजकर सुलह के लिए कहलाया था, और विचार से मालूम होता है कि यह भी असली शिवदत्त ही है, जिसे आप इस वक्त खोह में छोड़ आये हैं, मगर बीच का हाल कुछ मालुम नहीं होता कि क्या हुआ।

कुमार : पिताजी ने चुनार पर चढ़ाई की है, देखें इसका नतीजा क्या होता है, हम लोग भी वहाँ जल्दी पहुँचते तो ठीक था।

ज्योतिषी : कोई हर्ज नहीं वहाँ बोलनेवाला कौन है। आपने सुना ही है कि शिवदत्त फिर गायब हो गया बल्कि उस पुरजे से जो उसके पलँग पर मिला मालूम होता है, फिर गिरफ्तार हो गया।

तेज : हाँ चुनार दखल होने में शक नहीं हैं, क्योंकि सामना करनेवाला कोई नहीं, मगर उनके ऐयारों को जरा खौफ बना रहता है।

कुमार : बद्रीनाथ वगैरह भी गिरफ्तार हो जाते तो बेहतर था।

तेज : अबकी चलकर जरूर गिरफ्तार करूँगा।

इसी तरह की बात करते इनको पहर—भर से ज्यादे गुजर गया। देवीसिंह घोड़ा लेकर आ पहुँचे जिस पर कुमार सवार हो तिलिस्म की तरफ रवाना हुए। साथ—साथ तीनों ऐयार पैदल बातें करते जाने लगे।

चौदहवाँ बयान

कुमार के गायब हो जाने के बाद तेजसिंह, देवीसिंह और ज्योतिषीजी उनकी खोज में निकले हैं, इस खबर को सुनकर महाराज शिवदत्त के जी में फिर बेईमानी पैदा हुई। एकान्त में अपने ऐयारों और दीवान को बुलाकर उसने कहा, ''इस वक्त कुमार लश्कर से गायब हैं और उनके ऐयार लोग भी उन्हें ढूँढ़ने गये हैं, मौका अच्छा है। मेरे जी में आता है कि चढ़ाई करके कुमार के लश्कर को खत्म कर दूँ और उस खजाने को भी लूट लूँ जो तिलिस्म में से उनको मिला है।''

इस बात को सुन दीवान तथा बद्रीनाथ, पन्नालाल, रामनारायण और चुन्नीलाल ने बहुत कुछ समझाया कि आपको ऐसा न करना चाहिए क्योंकि आप कुमार से सुलह कर चुके हैं, अगर इस लश्कर को आप जीत ही लेंगे तो क्या हो जायगा, फिर दुश्मनी पैदा होने में ठीक नहीं है, ऐसी–ऐसी बहुत–सी बातें करके इन लोगों ने समझाया मगर शिवदत्त ने एक न मानी। इन्हीं ऐयारों में नाजिम और अहमद भी थे जो शिवदत्त की राय में शरीफ और उसे हमला करने के लिए उकसाते थे।

आखिर महाराज शिवदत्त ने कुँअर बीरेन्द्रसिंह के लश्कर पर हमला किया और खुद मैदान में आ फतहसिंह सिपहसालार को मुकाबिले के लिए ललकारा। वह भी जवाँमर्द था, तुरत मैदान में निकल आया और पहरभर तक खूब लड़ा, लेकिन आखिर शिवदत्त के हाथ से जख्मी होकर गिरफ्तार हो गया।

सेनापति के गिरफ्तार होते ही फौज बेदिल होकर भाग गयी। सिर्फ खेमा वगैरह महाराज शिवदत्त के हाथ लगा, तिलिस्मी खजाना उसके साथ कुछ भी न लगा क्योंकि तेजसिंह ने बन्दोबस्त करके उसे पहिले ही नौगढ़ भेजवा दिया था, हाँ तिलिस्मी किताब उसके कब्जे में जरूर पड़ गयी जिसे पाकर वह बहुत खुश हुआ और बोला, "अब इस तिलिस्म को मैं खुद तोड़ कुमारी चन्द्रकान्ता को उस खोह से निकालकर ब्याहूँगा।"

फतहसिह को केद में भेजकर शिवदत्त ने जलसा किया। नाच की महफिल से उठकर अपने खास दीवानखाने में आकर पलँग पर सो रहा। उसी रोज वह पलँग पर से गायब हुआ, मालूम नहीं कौन कहाँ ले गया, सिर्फ वह पुर्जा पलँग पर मिला जिसका हाल ऊपर लिख चुके हैं। उसके गायब होने पर फतहसिंह सिपहसालार भी कैद से छूट गया, उसकी आँख सुनसान जंगल में खुली। यह कुछ मालूम न हुआ कि उसको कैद से किसने छुड़ाया बल्कि उसके उन जख्मों पर जो शिवदत्त के हाथ सेलगे थे, पट्टी भी बाँधी गयी थी, जिससे बहुत आराम और फायदा मालूम होता था।

फतहसिंह फिर तिलिस्म के पास आये जहाँ उनके लश्कर के कई आदमी मिले बल्कि धीरे–धीरे वह सब फौज इकट्ठी हो गयी जो भाग गयी थी। इसके बाद ही यह खबर लगी कि महाराज शिवदत्त को भी कोई गिरफ्तार कर ले गया। अकेले फतहसिंह ने सिर्फ़ थोड़े ही बहादुरों पर भरोसा कर चुनार पर चढ़ाई कर दी। दो कोस गया

होगा कि लश्कर लिये हुए महाराज जयसिंह के पहुँचने की खबर मिली। चुनार का जाना छोड़ जयसिंह के इस्तकबाल (अगुवानी) को गया और उनका भी इरादा अपने ही से सुन उनके साथ चुनार की तरफ बढ़ा।

जयसिंह की फौज ने पहुँचकर चुनार का किला घेर लिया। शिवदत्त की फौज ने किले के अन्दर घुसकर दरवाजा बन्द कर लिया, फसीलों पर तोपें चढ़ा दीं और कुछ रसद का सामान कर फसीलों और बुर्जों पर से लड़ाई करने लगे।

पन्द्रहवाँ बयान

चुनार के पास दो पहाड़ियों के बीच के एक नाले के किनारे शाम के वक्त पण्डित बद्रीनाथ, रामनारायण, पन्नालाल, नाजिम और अहमद बैठे आपुस में बातें कर रहे हैं।

नाजिम : क्या कहें हमारा मालिक तो बिहिश्त में चला गया, तकलीफ उठाने को हम रह गये।

अहमद : अभी तक इसका पता नहीं लगा कि उन्हें किसने मारा।

बद्रीनाथ : उन्हें उनके पापों ने मारा और तुम दोनों की भी बहुत जल्द वही दशा होगी। कहने लिए तुम लोग ऐयार कहलाते हो मगर बेईमान दशा होगी। कहने लिए, तुम लोग ऐयार कहलाते हो मगर बेईमान और हरामखोर पूरे दर्जे के हो, इसमें कोई शक नहीं।

नाजिम : क्या हम लोग बेईमान हैं?

बद्री : जरूर, इसमें भी कुछ कहना है? जब तुम अपने मालिक महाराज जयसिंह के न हुए तो किसके होवेगे? आप भी गारत हुए, क्रूरसिंह की भी जान ली, और हमारे राजा को भी चौपट बल्कि कैद

कराया। यही जी में आता है कि खाली जूतियाँ मार–मारकर तुम दोनों की जान ले लूँ।

अहमद : जुबान सम्हालकर बात करो, नहीं तो कान पकड़ के उखाड़ लूँगा।

अहमद का इतना कहना था कि मारे गुस्से के बद्रीनाथ काँप उठे, उसी जगह से पत्थर का टुकड़ा उठाकर इस जोर से अहमद के सर में मारा कि वह तुरन्त जमीन सूँघकर दोजख (नर्क) की तरफ रवाना हो गया।

उसकी यह कैफियत देख नाजिम भाग मगर बद्रीनाथ तो पहिले ही से उन दोनों की जान का प्यासा हो रहा था, कब जाने देता! बड़ा–सा पत्थर छागे में रखकर मारा जिसकी चोट से वह भी जमीन पर गिर पड़ा और पन्नालाल वगैरह ने पहुँचकर मारे लातों के भरता करके उसे भी अहमद के साथ क्रूर की ताबेदारी को रवाना कर दिया। इन दोनों के मरने, बाद फिर चारों ऐयार उसी जगह आ बैठे और आपुस में बातें करने लगे।

पन्ना : अब हमारे दरबार की झंझट दूर हुई।

बद्री : महाराज को जरा भी रंज न होगा।

पन्ना : अब किसी तरह गद्दी बचाने की फिक्र करनी चाहिए। महाराज जयसिंह ने बेतरह आ घेरा है और बिना महाराज के फौज मैदान में निकलकर लड़ नहीं सकती।

चुन्नी : आखिर किले में भी रहकर कब तक लड़ेंगे। हम लोगों के पास सिर्फ दो महीने के लायक गल्ला किले के अन्दर है, इसके बाद क्या करेंगे।

राम : यह भी मौका न मिला कि कुछ गल्ला बटोर के रख लेते।

बद्री : एक बात है, किसी तरह महाराज जयसिंह को उनके लश्कर से उड़ान चाहिए। अगर वह हम लोगों की कैद में आ जाँय तो मैदान में निकलकर उनकी फौज को भगाना मुश्किल न होगा।

*छागा—एक किम का छीका (ढेलवाँस) होता है। छीके में चारों तरफ डोरी रहती है मगर छागे में दो ही तरफ। एक तरफ की डोरी कलाई में पहिर लेते हैं और दूसरी डोरी चुटकी में थामकर बीच में से घुमाकर निशाना मारते हैं।

पन्ना : जरूर ऐसा करना चाहिए। जिसका नमक खाया उसके साथ जान देना हम लोगों का धर्म है।

राम : हमारे राजा ने भी तो बेईमानी पर कमर बाँधी है। बेचारे कुँअर बीरेन्द्रसिंह का क़्या दोष है?

चुन्नी : चाहे जो हो मगर हम लोगों को मालिक का साथ देना जरूरी है।

बद्री : नाजिम और अहमद ये ही दोनों हमारे राजा पर क्रूर ग्रह थे, सो निकल गये। अबकी दफे जरूर दोनों राजों से सुलह कराऊँगा। तब बीरेन्द्रसिंह की ताबेदारी नसीब होगी। वाह, क्या जवाँमर्द और होनहार कुमार है?

पन्ना : अब रात भी बहुत गयी, चलों कोई ऐयारी करके महाराज जयसिंह को गिरफ्तार करें और गुप्त राह से किले में ले जाकर कैद करें।

बद्री : हमने एक ऐयारी सोची है, वही ठीक होगी।

पन्ना : वह क्या?

बद्री : हम लोग चल के पहिले उनके रसोइए को फाँसें। मैं उसकी शक्ल बनकर रसोई बनाऊँ ओर तुम लोग रसोई के खिदमतगारों को फँसकर उनकी शक्ल बन हमारे साथ काम करो।

में खाने की चीजों में बेहोशी की देवा मिलाकर महाराज और बाद में उन लोगों को भी खिलाऊँगा जो उनके पहरे पर होंगे, बस फिर हो गया।

पन्ना : अच्छी बात है, तुम रसोइया बनो कयोंकि ब्राह्मण हो, तुम्हारे हाथ का महाराज जयसिंह खायेंगे तो उनका धर्म भी न जायगा, इसका भी खयाल जरूर होना चाहिए, मगर एक बात का ध्यान रहे कि चीजों में तेज बेहोशी की दवा न पड़ने पाये।

बद्री 'नहीं–नहीं, क्या मैं ऐसा बेवकूफ हूँ, क्या मुझे नहीं मालूम कि राजे लोग पहिले दूसरे को खिलाकर देख लेते हैं! ऐसी नरम दवा डालूँगा कि खाने के दो घण्टे बाद तक बिल्कुल मालूम न पड़े कि हमने बेहोशी की दवा मिली हुई चीज़ें खायी हैं।

राम : बस यह राय पक्की हो गयी, अब यहाँ से उठो।

सोलहवाँ बयान

राजा सुरेन्द्रसिंह भी नौगढ़ से रवाना हो दौड़ा–दौड़ा बिना मुकाम किये दो रोज में चुनार के पास पहुँचे। शाम के वक्त महाराज जयसिंह को खबर लगी। फतहसिंह सेनापति को, जो उनके लश्कर के साथ थे, इस्तकबाल के लिए रवाना किया।

फतहसिंह की जुबानी राजा सुरेन्द्रसिंह ने सब हाल सुना। सुबह होते–होते इनका लश्कर भी चुनार पहुँचा और जयसिंह के लश्कर के साथ मिलकर पड़ाव डाला गया। राजा सुरेन्द्रसिंह ने फतहसिंह को महाराज जयसिंह के पास भेजा कि जाकर मुलाकात के लिए बातचीत करें!

फतहसिंह राजा सुरेन्द्रसिंह के खेमे से निकलकर कुछ ही दूर गये होंगे कि सामने से महाराज जयसिंह के दीवान हरदयालसिंह सरदारों को साथ लिये परेशान और बदहवास आते दिखायी पड़े, जिन्हें देख यह अटक गये, कलेजा धक–धक करने लगा। जब वे लोग पास आ गये तो पूछा, ''क्या हाल है जो आप लोग इस तरह घबराये हुए आ रहे हैं?''

एक सरदार : कुछ मत पूछो, बड़ी आफत आ पड़ी!

फतह : (घबड़ाकर) से क्या?

दूसरा सरदार : राजा साहब के पास चलो, वहीं सब कुछ कहेंगे।

इन सभों के लिए हुए फतहसिंह राजा सुरेन्द्रसिंह के खेमे में आये। कायदे के माफिक सलाम किया। बैठने के लिए हुक्म पाकर बैठ गये।

राजा सुरेन्द्रसिंह को भी इन लोगों के बदहवास आने से खुटका हुआ। हाल पूछने पर हरदयालसिंह ने कहा, ''आज बहुत सवेरे किले के अन्दर से तोप की आवाज आयी जिसे सुन खबर करने के लिए मैं महाराज के खेमे में गया। दरवाजे पर पहरेवालों को बेहोश पड़े हुए। देखकर ताज्जुब मालूम हुआ मगर मैं बराबर खेमे के अन्दर चला गया। अन्दर जाकर देखा तो महाराज का पलँग खाली पाया। देखते ही जी सन्न हो गया, पहरेवालों को देखकर कविराजजी ने कहा कि इन लोगों को बेहोशी की दवा दी गयी है तुरन्त ही कई जासूस महाराज का पता लगाने के लिए इधर–उधर भेजे गये मगर अभी तक कुछ भी खबर न मिली।''

यह हाल सुनकर सुरेन्द्रसिंह ने जीतसिंह की तरफ देखा जो उनके बायीं तरफ बैठे हुए थे।

जीतसिंह ने कहा, ''अगर खाली महाराज गायब हुए होते तो मैं कहता कि कोई ऐयार किसी दूसरी तरकीब से ले गया, मगर जब कई आदमी अभी तक बेहोश पड़े हैं तो विश्वास होता है कि खास महाराज के खाने–पीने की चीजों में बेहोशी की दवा दी गयी हैं अगर उनका रसोइया आवे तो पूरा पता लगा सकता है।''

कई चोबदार दौड़ गये। बहुत दूर जाने की जरूरत न थी, दोनों लश्करों का पड़ाव–साथ–ही–साथ पड़ा था। चोबदार खबर लेकर बहुत जल्दी लौट भी खबर दी कि महाराज के रसोइए और

खिदमतगार लश्कर के बाहर पाये गये जिनको डोली पर लादकर लोग यहाँ लिये आते हैं। दीवान जीतसिंह ने कहा, "सब डोलियाँ बाहर रखी जायँ, सिर्फ एक रसोइए की डोली यहाँ लायी जाय।"

बेहोश रसोइया खेमे के अन्दर लाया गया जिसे जीतसिंह लखलखा सुँघाकर होश में लाये और उससे बेहोश होने का सबब पूछा। जवाब में उसने कहा कि "पहर रात गये हम लोगों के पास एक हलवाई खोमचा लिये हुए आया जो बोलने में बहुत ही तेज और अपने सौदे की बेहद तारीफ करता था। हम लोगों ने उससे कुछ सौदा खरीद कर खाया, उसी समय सर घूमने लगा, दाम देने की भी सुध न रही, इसके बाद क्या हुआ मालूम नहीं।"

यह सुन दीवान जीतसिंह ने कहा, "बस सब हाल मालूम हो गया, अब तुम अपने डेरे पर जाओ।" इसके बाद थोड़ा–सा लखलखा देकर उन सरदारों को भी बिदा किया और यह कह दिया कि इसे सुँघाकर आप उन लोगों को होश में लाइए जो बेहोश हैं, और दीवान हरदयालसिंह को कहा कि अभी आप यहीं बैठिए।

सब आदमी बिदा कर दिये गये। 'राजा सुरेन्द्रसिंह, जीतसिंह और दीवान हरदयालसिंह रह गये।

राजा सुरेन्द्र : (दीवान जीतसिंह की तरफ देखकर) महाराज को छुड़ाने की कोई फिक्र होनी चाहिए।

जीत : क्या फिक्र की जाय, कोई ऐयार भी यहाँ नहीं है, जिससे कुछ काम लिया जाय। तेजसिंह और देवीसिंह कुमार की खोज में गये हुए हैं, अभी तक उनका भी कुछ पता नही!

राजा : तुम ही कुछ तरकीब करो।

जीत : भला मैं क्या कर सकता हूँ मुद्दत हुई ऐयारी छोड़ दी। जिस दिन तेजसिंह को इस फन में होशियार करके सरकार के नजर किया, उसी दिन सरकार ने ऐयारी करने से ताबेदार को छुट्टी दे

दी, अब फिर यह काम लिया जाता है। ताबेदार को यकीन था कि अब जिन्दगी भर ऐयारी करने की नौबत न आयेगी, इसी खयाल से अपने पास ऐयारी का बटुआ तक भी नहीं रखता।

राजा : तुम्हारा कहना ठीक है मगर इस वक्त दब जाना या ऐयारी से इनकार करना मुनासिब नहीं, और मुझे यकीन है कि चाहे तुम ऐयारी का बटुआ न भी रखते हो मगर उसका कुछ–न–कुछ सामान जरूर अपने साथ लाये होंगे।

जीत : (मुस्कराकर) जब सरकार के साथ हैं और इस फन को जानते हैं तो सामान क्यों न रखेंगे, तिस पर सफर में!

राजा : तब फिर क्या सोचते हो, इस वक्त अपनी पुरानी कारीगरी याद करो और महाराज जयसिंह को छुड़ाओ।

जीत : जो हुक्म! (हरदयालसिंह की तरफ देखकर) आप एक काम कीजिए, इन बातों को जो इस वक्त हुई हैं छिपाये रहिए और फतहसिंह को लेकर शाम होने के बाद लड़ाई छेड़ दिजिए। चाहे जो हो मगर आज रात–भर लड़ाई बन्द न होने पावे यह काम आपके जिम्मे रहा।

हरदयाल : बहुत अच्छा, ऐसा ही होगा।

जीत : आप जाकर लड़ाई का इन्तजाम कीजिए, मैं भी महाराज से बिदा हो अपने डर में जाता हूँ क्योंकि समय कम और काम बहुत है।

दीवान हरदयालसिंह राजा सुरेन्द्रसिंह से बिदा हो अपने डेरे की तरफ रवाना हुए। दीवान जीतसिंह ने फतहसिंह को बुलाकर लड़ाई के बारे में गये। पहिले पूजा–भोजन इत्यादि से छुट्टी पायी, तब ऐयारी का सामान दुरुस्त करने लगे। दीवान जीतसिंह का एक बहुत पुराना बुढ्ढा खिदमतगार था जिसको ये बहुत मानते थे। इनका ऐयारी का सामान इसी के सुपुर्द रहा करता था। नौगढ़ से

रवाना होती दफे अपना ऐयारी का असबाब दुरुस्त करके चलने का इन्तजाम इसी बुढ्ढे के सुपुर्द किया था।

इनको ऐयारी छोड़े मुद्दत हो चुकी थी मगर जब इन्होंने अपने राजा को लड़ाई पर जाते देखा और यह भी मालूम हुआ कि हमारे ऐयार लोक कुमार की खोज में गये हैं, शायद कोई जरूरत पड़ जाय, तब बहुत–सी बातों को सोच उन्होंने अपना सब सामान दुरुस्त करके साथ ले लेना ही मुनासिब समझा था। उसी बुड्ढ़े खिदमतगार से ऐयारी का सन्दूक मँगवाया और सामान दुरुस्त करके बटुए में भरने लगे। इन्होंने बेहोशी की दवाओं का तेल उतारा था, उसे भी एक शीशी में बन्द कर बटुए में रख लिया। पहर दिन बाकी रहे तब सब सामान दुरुस्त कर एक जमींदार की सूरत बन अपने खेमे के बाहर निकल गये।

जीतसिंह लश्कर से निकलकर किले के दक्खिन की एक पहाड़ी की तरफ रवाना हुए और थोड़ी दूर जाने के बाद सुनसान मैदान में जाकर एक पत्थर की चट्टान पर बैठ गये। बटुए में से कलम, दवात और कागज निकाला और कुछ लिखने लगे जिसका मतलब यह था :—

"तुम लोगों की चालाकी कुछ काम न आयी और आखिर मैं किले के अन्दर घुस ही आया। देखों क्या ही आफत मचाता हूँ। तुम चारों ऐयार हो और मैं ऐयारी नहीं जानता, तिस पर भी तुम लोग मुझे गिरफ्तार नहीं कर सकते, लानत है तुम्हारी ऐयारी पर।"

इस तरह के बहुत–से पुरजे लिखकर और थोड़ी सी गोंद तैयार कर बटुए में रख ली और किले की तरफ रवाना हुए। पहुँचते–पहुँचते शाम हो गयी, अस्तु किले के इधर–उधर घूमने लगे। जब खूब अँधेरा हो गया, मौका पाकर एक दीवार पर, जो नीची और टूटी हुई थी, कमन्द लगाकर चढ़ गये।

अन्दर सन्नाटा पाकर उतरे और घूमने लगे। किले के बारह दीवान हरदयालसिंह और फतहसिंह ने दिल खोलकर लड़ाई मचा रक्खी थी, दनादन तोपों की आवाजें आ रही थीं, किले की फौज बुर्जियों या मीनारों पर चढ़कर लड़ रही थीं, किले की फौज दरवाजे की तरफ खड़े घबड़ाये हुए लड़ाई का नतीजा देख रहे थे, इस सबब से जीतसिंह को घूमने का बहुत कुछ मौका लिया।

उन पुर्जों को जिन्हें पहिले से लिखकर बटुए में रख छोड़ा था इधर–उधर दीवारों और दरवाजों पर चिपकाना शुरू किया, जब किसी को आते देखते, हटकर छिप रहते और सन्नाटा होने पर फिर अपना काम करते, यहाँ तक कि सब कागजों को चिपका दिया।

किले के फाटक पर लड़ाई हो रही है, जितने अफसर और ऐयार हैं सब उसी तरफ जुटे हुए हैं, किसी को यह खबर नहीं कि ऐयारों के सिरताज जीतसिंह किले के अन्दर आ घुसे और अपनी ऐयारी की फिक्र कर रहे हैं। वे चाहते हैं कि इतने लम्बे–चौड़े किले में महाराज जयसिंह कहाँ कैद हैं इस बात का पता लगावें और फिर उन्हें छुड़ावें, और साथ ही शिवदत्त के ऐयारों को भी गिरफ्तार करके लेते चलें, एक ऐयार भी बचने न पावे जो फँसे हुए ऐयारों को छुड़ाने की फिक्र करे या छुड़ावे।

सत्रहवाँ बयान

फतहसिंह सेनापति की बहादुरी ने किलेवालों के छक्के छुड़ा दिये। यही मालूम होता था कि अगर इसी तरह रात–भर लड़ाई होती रही तो सबेरे तक किला हाथ से जाता रहेगा और फाटक टूट जायेगा। तरद्‌दुद में पड़े बद्रीनाथ वगैरह ऐयार इधर–उधर घबराये घूम रहे थे कि इतने में एक चोबदार ने आकर गुल शोर मचाना शुरू किया जिससे बद्रीनाथ और भी घबरा गये। चोबदार बिल्कुल जख्मी हो रहा था और उसके चेहरे पर इतने जख्म लगे हुए थे कि खून निकलने से उसका पहिचानना मुश्किल हो रहा था।

बद्री : (घबराकर) यह क्या, तुम किसने जख्मी किया?

चोबदार : आप लोग तो इधर के ख्याल में ऐसे भूलें हैं कि और बातों की कोई सुध ही नहीं। पिछवाड़े की तरफ घूम–घूमकर न मालूम क्या कर रहे हैं। मैंने एक का मुकाबला भी किया मगर वह बहुत ही चालाक और फुर्तीला था, मुझे इतना जख्मी किया कि दो घण्टे तक बदहवास जमीन पर पड़ा रहा, मुश्किल से यहाँ तक खबर देने आया हूँ। आती छफे रास्ते में उसे फिर दीवारों पर कागज चिपकाते देखा मगर खौफ के मारे कुछ न बोला।

पन्ना : यह बुरी खबर सुनने में आयी।

बद्री : वे लोग कै आदमी मालूम होती हैं मगर मुझे एक ही वास्ता पड़ा था।

बद्री : तुम उसे पहिचान सकते हो?

चोबदार : हाँ जरूर लूँगा क्योंकि मैंने रोशनी में उसकी सूरत बखूबी देखी है।

बद्री : मैं उन लोगों को ढूँढ़ने चलता हूँ, तुम साथ चल सकते हो?

चोबदार : क्यों न चलूँगा, मुझे उसने अधमूआ कर डाला था, अब बिना गिरफ्तार कराये कब चैन पड़ता है।

बद्री : अच्छा चलो।

बद्रीनाथ, पन्नालाल, रामनारायण और चुन्नीलाल चारों आदमी अन्दर की तरफ चले, साथ–साथ जख्मी चोबदार भी रवाना हुआ। जनाने महल के पास पहुँचकर देखा कि एक आदमी जमीन पर बदहवास पड़ा है, एक मशाल थोड़ी दूर पर पड़ी है जो कुछ जल रही है, पास ही तेल की कुप्पी भी नजर पड़ी, मालूम हो गया कि कोई मशालची है।

चोबदार ने चौंककर कहा, "देखों देखों, एक और आदमी उसने मारा!" यह कह मशाल और कुप्पी झट से उठा ली और उस कुप्पी से मशाल में तेल छोड़ उसके चेहरे के पास ले गया। बद्रीनाथ ने देखकर पहिचाना कि यह अपना ही मशालची है। नाक पर हाथ रख के देखा, समझ गये कि इसे बेहोशी की दवा दी गयी है। चोबदार ने कहा, "आप इसे छोड़िए, चलकर पहिले उस बदमाश को ढूढ़िए, मैं यही मशाल लिए आपके साथ चलता हूँ, कहीं ऐसा न हो कि वे लोग महाराज जयसिंह को छुड़ाकर ले जायं।"

बद्रीनाथ ने कहा, "पहिले उसी जगह चलना चाहिए जहाँ महाराज जयसिंह कैद हैं।" सभों की यही राय हुई और सब सीधे उसी जगह पहुँचे। देखा तो महाराज जयसिंह कोठरी में हथकड़ी बेड़ी पहिने लेटे हैं। चोबदार ने खूब गौर से उस कोठरी और दरवाज़े को देखकर कहा, "नहीं वे लोग यहाँ तक नहीं पहुँचते, चलिए दूसरी तरफ ढूँढ़ें।" चारों सब तरफ ढूँढ़ने लगे।

घूमते–घूमते दीवारों और दरवाजों पर सटे हुए कई पुर्ज़े दिखाई पड़े जिसे पढ़ते ही इन ऐयारों के होश जाते रहे, खड़े ही सोच ही रहे थे कि चोबदार चिल्ला उठा और एक कोठरी की तरफ इशारा करके बोला, "देखो–देखो अभी एक आदमी उस कोठरी में घुसा है, जरूर वही है, जिसने मुझे जख्मी किया था।" यह कह उस कोठरी की तरफ दौड़ा मगर दरवाजे पर रुक गया, तब तक ऐयार लोग भी पहुँच गये।

बद्री : (चोबदार से) चलो, अन्दर चलो।

चोबदार : पहिले तुम लोग हाथों में खंजर या तलवार ले लो, क्योंकि वह जरूर वार करेगा।

बद्री : हम लोग होशियार हैं, तुम अन्दर चलो क्योंकि तुम्हारे हाथ में मशाल है।

चोबदार : नहीं बाबा, मैं अन्दर नहीं जाऊँगा, एक दफे किसी तरह जान बची, अब कौन–सी कम्बख्ती सवार है कि जान–बूझकर भाड़ में जाऊँ।

बद्रीनाथ : वाह रे डरपोक! इसी जीवट पर महाराजों के यहाँ नौकरी करता है? ला मेरे हाथ में मशाल दे, मत जा अन्दर!

चोबदार : लो मशाल लो, मैं डरपोक सही, इतने जख्म खाये अभी डरपोक ही रह गया, अपने को लगती तो मालूम होता, इतनी मदद कर दी यही बहुत है!

इतना कह चोबदार मशाल और कुप्पी बद्रीनाथ के हाथ में देकर अलग हो गया। चारों ऐयार कोठरी के अन्दर घुसे। थोड़ी दूर होंगे कि बाहर से चोबदार ने किवाड़ बन्द करके जंजीर चढ़ा दी, तब अपने कमर से पथरी निकाल आग झाड़कर बत्ती जलायी और चौखट के नीचे जो एक छोटी–सी बारूद की चुपड़ी हुई पतीली निकली हुई थी उसमें आग लगा दी। वह रस्सी जलकर सुरसुराती हुई अन्दर घुस गयी।

पाठक समझ गये होंगे कि यह चोबदार साहब कौन थे। ये ऐयारों के सिरताज जीतसिंह थे। चोबदार बन ऐयारों को खौफ दिलाकर अपने साथ ले आये और घुमाते–फिराते वह जगह देख ली जहाँ महाराज जयसिंह कैद थे, फिर धोखा देकर इन ऐयारों को उस कोठरी में बन्द कर दिया, जिसे पहिले ही से अपने ढंग का बना रखा था।

इस कोठरी के अन्दर पहिले ही बेहोशी की बारूद* पाव–भर के अन्दाज कोने में रख दी और लम्बी पतीली बारूद के साथ लगाकर चौखट के बाहर निकाल दी थी।

पतीली में आग लगा और दरवाजों को उसी तरह बन्द छोड़ उस जगह गये जहाँ महाराज जयसिंह क़ैद थे। वहाँ बिल्कुल सन्नाटा था, दरवाजा खोलकर कहा, "जल्दी, यहाँ से चलिए।"

जिधर से जीतसिंह कमन्द लगाकर किले में आये थे उसी राह से महाराज को नीचे उतारा तब कहा, "आप नीचे टहरिये, मैंने ऐयारों को भी बेहोश किया है, एक–एक करके कमन्द से बाँधकर उन लोगों को लटकाता जाता हूँ, आप खोलते जाइये। अन्त में मैं

---

* बेहोशी की बारूद से आग लगने या मकान उड़ जाने का खौफ नहीं होता, उसमें धुआँ बहुत होता है और जिसके दिमाग में वह धुआँ चढ़ जाता है, वह फौरन बेहोश हो जाता है।

भी उतरकर आपके साथ लश्कर में चलूँगा।'' महाराज जयसिंह ने खुश होकर इसे मंजूर किया।

जीतसिंह ने लौटकर उस कोठरी की ज़ंजीर खोली जिसमें बद्रीनाथ वगैरह चारों ऐयारों को फँसाया था। अपने नाक में लखलखे से तर की हुई रूई डाली और कोठरी के अन्दर घुसे, तमाम धुएँ से भरा हुआ पाया, बत्ती जला बद्रीनाथ वगैहर बेहोश ऐयारों को घसीटकर बाहर लाये और किले की पिछली दीवार की तरफ ले जाकर एक–एक करके सभों को नीचे उतार आप भी उतर आये। चारों ऐयारों को एक तरफ छिपा महाराज जयसिंह को लश्कर में पहुँचाया, फिर कई कहारों को साथ ले उस जगह जा ऐयारों को उठवा लाये, हथकड़ी–बेड़ी डालकर खेमे में कैद कर पहरा मुकर्रर कर दिया।

महाराज जयसिंह और सुरेन्द्रसिंह गले–गले मिले, जीतसिंह की बहुत कुछ तारीफ करके दोनों राजों ने कई इलाक़े उनको दिये, जिनकी सनद भी उसी वक्त मुहर करके उनके हवाले की गयी।

रात बीत गयी, पूरब तरफ से धीरे–धीरे सुफेदी निकलने लगी और लड़ाई बन्द कर दी गयी।

अठारहवाँ बयान

तेजसिंह वगैरह ऐयारों के साथ कुमार खोह से निकलकर तिलिस्म की तरफ रवाना हुए। एक रात रास्ते में बिताकर दूसरे दिन सवेरे जब रवाना हुए तो एक नकाबपोश दूर से दिखायी पड़ा जो कुमार की तरफ ही आ रहा था। जब इनके करीब पहुँचा, घोड़े से उतर जमीन पर कुछ रख, दूर जा खड़ा हुआ। चीठी पायी जिसे वे बहुत खुश होकर तेजसिंह से बोले—

"तेजसिंह, क्या करें यह बनकन्या मेरे ऊपर बराबर अपने अहसान के बोझ डाल रही है। इसमें कोई शक नहीं कि यह उसी का आदमी है जो तिलिस्म किताब मेरे रास्ते में रख दूर जा खड़ा हुआ है! हाय, इसके इश्क ने भी मुझे निकम्मा कर दिया है! देखें इस चीठी में क्या लिखा है।"

यह कहकर कुमार ने चीठी पढ़ी—

"किसी तरह वह तिलिस्म किताब मेरे हाथ लग गयी जो तुम्हें देती हूँ। अब जल्दी तिलिस्म तोड़कर कुमारी चन्द्रकान्ता को छुड़ाओ, वह बेचारी बड़ी तकलीफ में पड़ गयी होगी। चुनार में लड़ाई हो रही है, तुम भी वहीं जाओ और अपनी जवाँमर्दी दिखाकर फतह अपने नाम लिखाओ।

तुम्हारी दासी—

वियोगिनी!''

कुमार : तेजसिंह तुम भी इसे पढ़ लो।

तेजसिंह : (चीठी पढ़कर) न मालूम यह बनकन्या मनुष्य है या अप्सरा, कैसे—कैसे काम इसके हाथ से होता हैं।

कुमार : (ऊँची साँस लेकर) हाय, एक बला हो तो सिर से टले?

देवी : मेरी राय है कि आप लोग यहीं ठहरें, मैं चुनार जाकर पहिले सब हाल दरियाफ्त कर आता हूँ!

कुमार : ठीक है, अब चुनार सिर्फ पाँच कोस होगा, तुम वहाँ की खबर ले आओ तब हम चलें क्योंकि बहादुरी का काम करके हम लोगों का जाहिर होना ज्यादा मुनासिब होगा।

देवीसिंह चुनार की तरफ रवाना हुए। कुमार को रास्ते में एक दिन और अटकना पड़ा, दूसरे दिन देवीसिंह लौटकर कुमार के पास आये और चुनार की लड़ाई का हाल, महाराज जयसिंह के गिरफ्तार होने की खबर और जीतसिंह की ऐयारी की तारीफ करके बोले—''लड़ाई अभी हो रही है, हमारी फौज कई दफे चढ़कर किले के दरवाजे तक पहुँची मगर वहाँ अटककर दरवाजा नहीं तोड़ सकी, किले की तोपों की मार ने हमारा बहुत नुकसान किया।''

इन खबरों को सुनकर कुमार ने तेजसिंह से कहा, ''अगर हम लोग किसी तरह किले के अन्दर पहुँचकर फाटक खोल सकते तो बड़ी बहादुरी का काम होता।''

तेज : इसमें तो कोई शक नहीं कि यह बड़ी दिलावरी का काम है, या तो किले का फाटक ही खोल देंगे, या फिर जान से हाथ धोयेंगे।

कुमार : हम लोगों के वास्ते लड़ाई से बढ़कर मरने के लिए और कौनसा मौका है? या चुनार फतह करेंगे या बैकुण्ठ की ऊँची गद्दी दखल करेंगे, दोनों हाथ लड्डू हैं।

तेज : शाबाश, इससे बढ़कर और क्या बहादुरी होगी, तो चलिए हम लोग भेष बदलकर किले में घुस जायें। मगर यह काम दिन में नहीं हो सकता।

कुमार : क्या हर्ज़ है, रात ही को सही। रात–भर किले के अन्दर छिपे रहेंगे, सुबह जब लड़ाई खूब रंग पर आवेगी उसी वक्त फाटक पर टूट पड़ेंगे। सब ऊपर फसीलों पर चढ़े होंगे, फाटक पर सौ–पचास आदमियों में घुसकर दरवाजा खोल देना कोई बात नहीं है।

देवी : कुमार की राय बहुत सही है, मगर ज्योतिषीजी को बाहर ही छोड़ देना चाहिए।

ज्योतिषी : सो क्यों?

देवी : आप ब्राह्मण है, वहाँ क्यों है ब्रह्महत्या के लिए आपको ले चलें, यह काम क्षत्रियों का है, आपका नहीं।

कुमार : हाँ ज्योतिषीजी, आप किले में मत जाइए।

ज्योतिषी : अगर मैं ऐयारी न जानता होता तो आपका ऐसा कहना मुनासिब था, मगर जो ऐयारी जानता है उसके आगे जवाँमर्दी और दिलावरी हाथ जोड़े खड़ी रहती हैं।

देवी : अच्छा चलिए फिर, हमको क्या, हमें तो और फायदा ही है।

कुमार : फायदा क्या?

देवी : इसमें तो कोई शक नहीं कि ज्योतिषीजी हम लोगों के पूरे दोस्त हैं, कभी संग न छोड़ेंगे। अगर यह मर भी जायेंगे तो ब्रह्मराक्षस होंगे, और भी हमारा काम इनसे निकला करेगा।

ज्योतिषी : क्या हमारी ही अवगति होगी? अगर ऐसा हुआ तो तुम्हें कब छोड़ूँगा! तुम्हीं से तो ज्यादे मुहब्बत है।

इनकी बातों पर कुमार हँस पड़े और घोड़े पर सवार हो ऐयारों को साथ ले चुनार की तरफ रवाना हुए। शाम होते–होते ये लोग चुनार पहुँचे और रात को मौका पा, कमन्द लगा, किले के अन्दर घुस गये।

उन्नीसवाँ बयान

दिन चनुमान पहर–भर के आ गया होगा कि फतहसिंह की फौज लड़ती हुई फिर किले के दरवाज़े तक पहुँची। शिवदत्त की फौज बुर्जियों पर से गोलों की बौछार मारकर इन लोगों को भागना ही चाहती थी कि यकायक किले का दरवाजा खुल गया और जर्द रंग की चार झण्डियाँ दिखायी पड़ीं जिसे देखा राजा सुरेन्द्रसिंह अपनी फौज के साथ धड़धड़ाकर फाटक के अन्दर घुस गये और बाद इसके धीरे–धीरे कुल फौज किले में दाखिल हुई। फिर किसी को मुकाबिले की ताब न रही, साथवाले चारों तरफ दिखायी देने लगे। फतहसिंह ने बुर्ज़ पर से महाराज शिवदत्त का सब्ज झण्डा गिराकर अपना जर्द झण्डा खड़ा कर दिया और हाथ से चोब उठाकर जोर से तीन चोट डंके पर लगायी जो उसी झण्डे के नीचे रक्खा हुआ था। 'क्रूम घूम फतह' की आवाज निकली जिसके साथ ही किलेवाला का जी टूट गया और कुँअर बीरेन्द्रसिंह की मुहब्बत दिल में असर कर गयी।

अपने हाथ से कुमार ने फाटक पर चालीस आदमियों के सिर काटे थे, मगर ऐयारों के सहित वे भी बहुत जख्मी हो गये थे।

राजा सुरेन्द्रसिंह किले के अन्दर घुसे ही थे कि कुमार तेजसिंह और देवीसिंह झण्डियाँ लिए चरणों पर गिर पड़े, ज्योतिषीजी ने आशीर्वाद दिया। इससे ज्यादे न ठहर सक, जख्मों क़े दर्द से चारों बेहोश होकर जमीन पर गिर पड़े और बदन से खून निकलने लगा।

जीतसिंह ने पहुँचकर चारों के जख्मों पर पट्टी बाँधी, चेहरा धुलने से ये चारों पहिचाने गये। थोड़ी देर में सब होश में आये। राजा सुरेन्द्रसिंह अपने प्यारे लड़के को देर तक छाती से लगाये रहे और तीनों ऐयारों पर भी बहुत मेहरबानी की। महाराज जयसिह कुमार की दिलावरी पर मोहित हो तारीफ करने लगे, कुमार ने उनके पैरों को भी हाथ लगाया और खुशी–खुशी दूसरे लोगों से मिले।

चुनार का किला फतह हो गया। महाराज जयसिंह और सुरेन्द्रसिंह दोनों ने मिलकर उसी रोज कुमार को राजगद्दी पर बैठाकर तिलक दे दिया। शुरू हुआ और मुहताजों को खैरात बँटने लगी। सात रोज तक जश्न रहा। महाराज शिवदत्त की कुल फौज ने दिलोजान से कुमार की ताबेदारी कबूल की।

हमारा कोई आदमी जनाने महल में नहीं गया बल्कि इन्तजाम करके पहरा मुकर्रर कर दिया गया।

कई दिन बाद महाराज जयसिंह सुरेन्दसिंह कुँअर बीरेन्दसिंह को तिलिस्म तोड़ने की ताकीद करके खुशी–खुशी विजयगढ़ और नौगढ़ रवाना हुए। उनके जाने के बाद कुँअर बीरेन्द्रसिंह अपने ऐयारों और कुछ फौज को साथ ले तिलिस्म की तरफ रवाना हुए।

बीसवाँ बयान

तिलिस्म के दरवाजे बीरेन्द्रसिंह का डेरा खड़ा हो गया। खजाना पहिले ही निकाल चुके थे, अब कुल दो टुकड़े तिलिस्म के टूटने को बाकी थे, एक तो बहुत चबूतरा जिस पर पत्थर का आदमी सोया था, दूसरे अजदहे वाले दरवाज़े को तोड़कर वहाँ पहुँचना, जहाँ कुमारी चन्द्रकान्ता और चपला थीं। तिलिस्मी किताब कुमार के हाथ लग ही चुकी थी, उसके कई पन्ने बाकी रह गये थे, आज उसे बिल्कुल पढ़ गये। कुमारी चन्द्रकान्ता के पास पहुँचने तक जो–जो काम इनको करने थे सब ध्यान में चढ़ा लिये, मगर उस चबूतरे के तोड़ने की तरकीब किताब में न देखी जिस पर पत्थर का आदमी सोया हुआ था। हाँ, उसके बोरमें इतना लिखा था कि वह चबूतरा एक दूसरे तिलिस्म का दरवाजा है जो इस तिलिस्म से कहीं बढ़–चढ़ के है और माल खजाने की तो इन्तहा नहीं कि उसमें कितना रक्खा हुआ है। वहाँ की एक–एक चीज ऐसे ताज्जुब की है कि जिसके देखने से बड़े–बड़े दिमागवालों की अक्ल चकरा जाय। उसके तोड़ने की तरकीब दूसरी ही है, ताली भी उसकी उसी आदमी के कब्जे में है जो उस पर साया हुआ है'।

कुमार ने ज्योतिषीजी की तरफ देखकर कहा, "क्यों ज्योतिषीजी, क्या यह चबूतरेवाला तिलिस्म मेरे हाथ से न टूटेगा?"

ज्योतिषी : देखा जायगा, पहिले आप चन्द्रकान्ता को छुड़ाइए।

तीनों ऐयारों को साथ लेकर कुँअर बीरेन्द्रसिंह उस तिलिस्म में घुसे। जो कुछ उस तिलिस्मी किताब में लिखा हुआ था खूब खयाल कर लिया और उसी तरह काम करने लगे।

खँडहर के अन्दर जाकर उस मामूली दरवाजे* को खोला जो उस पत्थर वाले चबूतरे के सिरहाने की तरफ था। नीचे उतरकर कोठरी में से होते हुए उसी

बाग में पहुँचे जहाँ खजाने और बारहदरी के सिंहासन का वह पत्थर हाथ लगा था जिसको छूकर चपला बेहोश हो गयी थी और जिसके बारे में तिलिस्मी किताब में लिखा हुआ था कि 'वह एक डिब्बा है और उसके अन्दर एक नायाब चीज रक्खी है'।

चारों आदमी नहर के रास्ते गोता मारकर उसी तरह बाग के उस पार हुए जिस तरह चपला उसके बाहर गयी थी और उसी तरह पहाड़ी के नीचेवाली नहर के किनारे–किनारे चलते हुए उस छोटे से दालान में पहुँचे जिसमें वह अजहदा था, जिसके मुँह में चपला घुसी थी।

एक तरफ दीवार में आदमी के कद के बराबर काला पत्थर जड़ा हुआ था। कुमार ने उस पर जोर से लात मारी, साथ ही वह पत्थर पल्ले की तरह खुल के बगल में हो गया और नीचे उतरने को सीढ़ियाँ दिखायी पड़ीं।

मशाल बालकर चारों आदमी नीचे उतरे, यहाँ उस अजदहे की बिल्कुल कारीगरी नजर पड़ी। कई चर्खी और पुर्जों के साथ लगी हुई भोजपत्र की बनी भाथी उसके नीचे थी जिसको देखने से कुमार समझ गये कि अब अजदहे के सामनेवाले पत्थर पर कोई पैर रखता

है तो यह भी चलने लगती है और इसके हवा की तेजी सामनेवाले आदमी को खींचकर अजदहे के मुँह में डाल देती है।

बगल में एक खिड़की थी जिसका दरवाजा बन्द था। सामने ताली रक्खी हुई थी जिससे ताला खोलकर चारों आदमी उसके अन्दर गये। यहाँ से वे लोग छत पर चढ़ गये जहाँ से गली की तरह एक खोह दिखायी पड़ी।

किताब से पहिले ही मालूम हो चुका था कि यही खोह की–सी गली उस दालान में जाने के लिए राह है जहाँ चपला और चन्द्रकान्ता बेबस पड़ी हैं।

अब कुमारी चन्द्रकान्ता से मुलाकात होगी इस ख्याल से कुमार का जी धड़कने लगा; चपला की मुहब्बत ने तेजसिंह के पैर हिला दिये। खुशी–खुशी ये लोग आगे बढ़े कुमार सोचते जाते थे कि 'आज जैसे निराले में कुमारी चन्द्रकान्ता से मुलाकात होगी वैसे पहिले कभी न हुई थी। मैं अपने हाथों से उसके बाल सुलझाऊँगा; अपनी चादर से उसके बदन की गर्द झाड़ूँगा। हाय, बड़ी भारी भूल हो गयी, वह फटे कपड़ों में कैसी दुखी होगी? मैं उसके लिए कोई कपड़ा नहीं लाया इसलिए वह जरूर खफा होगी और मुझे खुदगर्ज़ समझेगी।

नहीं–नहीं वह कभी रंज न होगी, उसको मुझसे बड़ी मुहब्बत है, देखते ही खुश हो जायगी, कपड़े का कुछ खयाल न करेगी। हाँ खूब याद पड़ा, मैं अपनी चादर अपने कमर में लपेट लूँगा और अपनी धोती उसे पहिराऊँगा, इस वक्त का काम चल जायगा। (चौंककर) यह क्या, सामने से कई आदमियों के पैर की चाप सुनाई पड़ती है! शायद मेरा आना मालूम करके चन्द्रकान्ता और चपला आगे से मिलने को चली आ रही है। नहीं नहीं, उनका मालूम कि मैं यहाँ आ पहुँचा।

ऐसी–ऐसी बातें सोचते धीरे–धीरे कुमार बढ़ रहे थे कि इतने में ही आगे दो भेड़ियों के लड़ने की आवाज आयी जिसे सुनते ही कुमार के पैर दो–दो मन के हो गये। तेजसिंह की तरफ देखकर कुछ कहना चाहते थे मगर मुँह से आवाज न निकली। चलते–चलते उस दालान में पहुँचे जहाँ नीचे खोह के अन्दर से कुमारी और चपला को बैठे देखा था।

पूरी उम्मीद थी कि कुमारी चन्द्रकान्ता और चपला को यहाँ देखेंगे, मगर वे कहीं नजर न आयी, हाँ जमीन पर पड़ी दो लाशें जरूर दिखायी दीं जिनमें मांस बहुत कम था, सिर से पैर तक नुची हड्डी दिखायी देती थी, चेहरे किसी के भी दुरुस्त न थे।

इस वक्त कुमार की कैसी दशा थी वे ही जानते होंगे! पागलों की–सी सूरत हो गयी, चिल्लाकर रोने और बकने लगे–"हाय चन्द्रकान्ता, तुझे कौन ले गया? नहीं ले नहीं बल्कि मार गया! जरूर उन्हीं भेड़ियों ने तुझे मुझसे जुदा यिका जिनकी आवाज यहाँ पहुँचने के पहिले मैंने सुनी थी। हा! वह भेड़िया बड़ा ही बेवकूफ था जो उसने तेरे खाने में जल्दी की, उसके लिए तो मैं पहुँच ही गया था, मेरा खून पीकर वह बहुत खुश होता क्योंकि इसमें मुहब्बत की मिठास भरी हुई है! तेरे में क्या बचा था, सूख के पहिले ही काँटा हो रही थी। मगर क्या सचमुच तुझे भड़िया खा गया या मैं भूलता हूँ? क्या यह दूसरी जगह तो नहीं है?

नहीं–नहीं यह सामने दुष्ट शिवदत्त बैठा है। हाय अब मैं जीकर क्या करूँगा, मेरी जिन्दगी किस काम आवेगी, मैं कौन मुँह लेकर महाराज जयसिंह के सामने जाऊँगा! जल्दी मत करो, धीरे–धीरे चलो, मैं भी आता हूँ, तुम्हारा साथ मरने पर भी न छोड़ूँगा! आज नौगढ़ विजयगढ़ और चुनारगढ़ तीनों राज्य ठिकाने लग गये। मैं तो तुम्हारे पास आता ही हूँ, मेरे साथ ही और कई आदमी आवेंगे जो

तुम्हारी खिदमत के लिए बहुत होंगे। हाय, इस सत्यनाशी तिलिस्म ने, इस दुष्ट शिवदत्त ने, इन भेड़ियों ने आज बड़े–बड़े दिलावरों को खाक में मिला दिया। बस हो गया, दुनिया, इतनी ही बड़ी थी अब खत्म हो गयी। हाँ हाँ, दौड़ी क्यों जाती हो! लो मैं भी आया!''

इतना कह और पहाड़ी के नीचे की तरफ देख कुमार कूद के अपनी जान दिया ही चाहते थे और तीनों ऐयार सन्न खड़े देख ही रहे थे कि यकायक भारी आवाज के साथ दालान के एक तरफ की दीवार फट गयी और उसमें से एक वृद्ध महापुरुष ने निकलकर कुमार का हाथ पकड़ लिया।

कुमार ने फिरकर देखा लगभग अस्सी वर्ष की उम्र, लम्बी–लम्बी सुफेद रूई की तरह दाढ़ी नाभी तक आयी हुई, सिर की लम्बी जटा जमीन तक लटकती हुई, तमाम बदन में भस्म लगाये, लाल बड़ी–बड़ी आँखें निकाले, दाहिने हाथ में त्रिशूल उठाये, बायें हाथ से कुमार को थामें, गुस्से से बदन कँपाते तामसी रूप शिवाजी की तरह दिखायी पड़े जिन्होंने कड़क के आवाज दी और कहा, ''खबरदार जो किसी को विधवा करेगा!''

यह आवाज इस जोर की थी कि सारा मकान दहल उठा, तीनों ऐयारों के कलेजे काँप उठे। कुँअर बीरेन्द्रसिंह का बिगड़ा हुआ दिमाग फिर ठिकाने आ गया। देर तक उन्हें सर से पैर तक देखकर कुमार ने कहा–

''मालूम हुआ, मैं समझ गया कि आप साक्षात् शिवजी या कई योगी हैं, मेरी भलाई के लिए आये हैं। वाह–वाह, खूब किया जो आ गये। अब मेरा धर्म बच गया, मैं क्षत्री होकर आत्महत्या न कर सका। एक हाथ आप से लड़ूँगा और इस अद्‌भुत त्रिशूल पर अपनी जान न्योछावर करूँगा? आप जरूर इसीलिए आये हैं, मगर महात्मा होकर झूठ क्यों बोलते हैं? मेरा है कौन? मैंने किसके साथ शादी की है?

हाय, कहीं यह बात कुमारी सुनती तो उसको जरूर यकीन हो जाता, ऐसे महात्मा की बात भला कौन काट सकता है?''

वृद्ध योगी ने फिर कड़ककर कहा, ''क्या मैं झूठा हूँ? क्या तू क्षत्री है? क्षत्रियों के यही धर्म होते हैं? क्या वे अपनी प्रतिज्ञा को भूल जाते हैं? क्या तूने किसी से विवाह की प्रतिज्ञा नहीं की? ले देख, पढ़ किसका लिखा हुआ है?''

यह कह अपनी जटा के नीचे से एक चीठी निकालकर कुमार के हाथ में दे दी। पढ़ते ही कुमार चौंक उठे। ''हैं, यह तो मेरा ही लिखा है! क्या लिखा है? 'मुझे सब कुछ मंजूर है'! इसके दूसरी तरफ क्या लिखा है? हाँ अब मालूम हुआ, यह तो उस बनकन्या की चीठी है, इसी में उसने अपने साथ ब्याह करने के लिए मुझे लिखा था, उसी के जवाब में मैंने उसकी बात कबूल की थी। मगर यह चीठी इनके हाथ कैसे लगी! बनकन्या से इनसे क्या वास्ता?''

कुछ ठहरकर कुमार ने पूछा, ''क्या इस बनकन्या को आप जानते हैं?'' इसके जवाब में फिर कड़क के वृद्ध योगी बोले, ''अभी तक जानने को कहता है! क्या उसे तेरे सामने कर दूँ?''

इतना कहकर एक लात जमीन पर मारी, जमीन फट गयी और उसमें से बनकन्या ने निकलकर कुमार का पाँव पकड़ लिया।

चौथा भाग

पहला बयान

बनकन्या को यकायक जमीन से निकल पैर पकड़ते देख कुँअर बीरेन्द्रसिंह एकदम घबरा उठे। देर तक सोचते रहे कि यह क्या मामला है, यहाँ बनकन्या क्योंकर आ पहुँची और यह योगी कौन हैं जो इसकी मदद कर रहे हैं?

आखिर बहुत देर तक चुप रहने के बाद कुमार ने योगी से कहा, "मैं इस बनकन्या को जानता हूँ। इसने हमारे साथ बड़ा भारी उपकार किया है और मैं इससे बहुत कुछ वादा भी कर चुका हूँ, लेकिन मेरा वह वादा बिना कुमारी चन्द्रकान्ता के मिले पूरा नहीं हो सकता।

देखिए इसी चीठी में जो आपने दी है क्या शर्त है? खुद इन्होंने लिखा है कि 'मुझसे और कुमारी चन्द्रकान्ता से एक ही दिन शादी हो, और इस दुनिया से चली गयी तब मैं किसी से ब्याह नहीं कर सकता, इकरार दोनों से एक साथ ही शादी करने का है।"

योगी : (बनकन्या की तरफ देखकर) क्यों रे, तू मुझे झूठा बनाना चाहती है?

बनकन्या : (हाथ जोड़कर) नहीं महाराज, मैं आपको कैसे झूठा बना सकती हूँ? आप इनसे यह पूछें कि इन्होंने कैसे मालूम किया कि चन्द्रकान्ता मर गयी?

योगी : (कुमार से) कुछ सुना! यह लड़की क्या कहती है? तुमने कैसे जाना कि कुमारी मर गयी?

कुमार : (कुछ चौकन्ने होकर) क्या कुमारी जीती है?

योगी : जो मैं पूछता हूँ पहिले उसका तो जवाब दे लो?

कुमार : पहिले जब मैं इस खोह में आया था तब इस जगह मैंने कुमारी चन्द्रकान्ता और चपला को देखा था, बल्कि बातचीत भी की थी। आज उन दोनों की जगह इन दो लाशों को देखने से मालूम हुआ कि ये दोनों...(इतना कहा था कि गला भर आया)।

योगी : (तेजसिंह की तरफ देखकर) क्या तुम्हारी अक्ल भी चरने चली गयी? इन दोनों लाशों को देखकर इतना भी न पहिचान सके कि ये मर्दों की लाशें हैं या औरतों की? इनकी लम्बाई और बनावट पर भी कुछ खयाल न किया!

तेज : (घबड़ाकर तथा दोनों लाशों की तरफ गौर से देख और शर्माकर) मुझसे बड़ी भूल हुई कि मैंने इन दोनों लाशों पर गौर नहीं किया, कुमार के साथ ही मैं भी घबरा गया। हकीकत में दोनों लाशें मर्दों की हैं औरतों की नहीं।

योगी : ऐयारों से ऐसी भूल का होना कितने शर्म की बात है! इस जरा–सी भूल में कुमार की जान जा चुकी थी! (ऊँगली से इशारा करके) देखो, उस तरफ उन दोनों पहाड़ियों के बीच में! इतना कहना बहुत है, क्योंकि तुम इस तहखाने का हाल जानते हो, अपने ओस्ताद से सुन चुके हो।

तेजसिंह उस तरफ देखा, साथ ही टकटकी बँध गयी। कुमार भी उस तरफ देखने लगे, देवीसिंह और ज्योतिषीजी की निगाह भी

उधर ही जा पड़ी। यकायक तेजसिंह घबराकर बोले, "ओह यह क्या हो गया?" तेजसिंह के इतना कहने से और भी सभों का खयाल उसी तरफ चला गया।

कुछ देर बाद योगीजी से और बातचीत करने के लिए तेजसिंह उनकी तरफ घूमे मगर उनको न पाया, बनकन्या भी दिखाई न पड़ी, बल्कि यह भी मालूम न हुआ कि वे दोनों किस राह से आये थे और कब चले गये। जब तक बनकन्या और योगीजी कहाँ थे, उनके आने का रास्ता भी खुला हुआ था, दीवार में दरार मालूम पड़ती थी, जमीन फटी हुई दिखायी देती थी, मगर अब कहीं नहीं था।

दूसरा बयान

आखिर कुँअर बीरेन्द्रसिंह ने तेजीसिंह से कहा, "मुझे अभी तक यह न मालूम हुआ कि योगीजी ने उँगली के इशारे से तुम्हें क्या दिखलाया और इतनी देर तक तुम्हारा ध्यान कहाँ अटका रहा, तुम क्या देखते रहे और अब वे दोनों कहाँ गायब हो गये!"

तेज : क्या बतावें कि वे दोनों कहाँ चले गये, कुछ खुलासा हाल उनसे न मिला सका, अब बहुत तरद्दुद करना पड़ेगा।

बीरेन्द्र : आखिर तुम उस तरफ क्या देखने लगे थे?

तेज : हम क्या देखते थे इस हाल के कहने में बड़ी देर लगेगी और अब यहाँ इन मुर्दों की बदबू में रुका नहीं जाता। इन्हें इसी जगह छोड़ इस तिलिस्म के बाहर चलिए, वहाँ जो कुछ हाल है, कहूँगा। मगर यहाँ से चलने के पहिले उसे देख लीजिए जिसे इतनी देर तक मैं ताज्जुब से देख रहा है सो पहिले बन्द था, यही ताज्जुब की बात थी।

अब चलिए, मगर हम लोगों को कल फिर यहाँ लौटना पड़ेगा। यह तिलिस्म ऐसे राह पर बना हुआ है कि अन्दर–अन्दर यहाँ तक आने में लगभग पाँच कोस का फासला मालूम पड़ता है और बाहर

की राह से अगर इस तहखाने तक आवें तो पन्द्रह कोस चलना पड़ेगा।

कुमार : ख़ैर यहाँ से चलो, मगर इस हाल को खुलासा सुने बिना तबीयत घबड़ा रही है।

जिस तरह चारों आदमी तिलिस्म की राह से यहाँ तक पहुँचे थे उसी तरह तिलिस्म के बाहर हुए। आज इन लोगों को बाहर आने तक आधी रात बीत गयी। इनके लश्करवाले घबड़ा रहे थे कि पहिले तो पहर दिन बाकी रहते बाहर निकल आते थे, आज क्यों देर हुई? जब वे लोग अपने खेमे में पहुँचे तो सभी का जी ठिकाने हुआ। तेजसिंह ने कुमार से कहा, "इस वक्त आप सो रहें, कल आपसे जो कुछ कहना है, कहूँगा।"

तीसरा बयान

यह तो मालूम हुआ कि कुमारी चन्द्रकान्ता जीती है, मगर कहाँ है और उस खोह में से क्योंकर निकल गयी, बनकन्या कौन है, योगीजी कहाँ से आये, तेजसिंह को उन्होंने क्या दिखाया इत्यादि बातों को सोचते और खयाल दौड़ते कुमार ने सुबह कर दी, घडी भी नींद न आयी। अभी सबेरा नहीं हुआ था। कि पलँग से उतर जल्दी के मारे खुद तेजसिंह के डेरे में गये। वे अभी तक सोये थे, उन्हें जगाया।

तेजसिंह ने उठकर कुमार को सलाम किया। जी में तो समझ ही गये थे कि वही बात पूछने के लिए कुमार बेताब हैं और इसी से इन्होंने आकर मुझे इतनी जल्दी उठाया है मगर फिर भी पूछा, ''कहिए क्या है जो इतने सबेरे आप उठे हैं?''

कुमार : रात–भर नींद नहीं आयी, अब जो कुछ कहना हो जल्दी कहो, जी बेचैन है।

तेज : अच्छा आप बैठ जाइए, मैं कहता हूँ।

कुमार बैठ गये और देवीसिंह तथा ज्योतिषीजी को भी उसी जगह बुलवा भेजा। जब वे आ गये, तेजसिंह ने कहना शुरू किया,

"यह तो मुझे अभी तक मालूम नहीं हुआ कि कुमारी चन्द्रकान्ता को कौन ले गया या वह योगी कौन थे और बनकन्या की मदद क्यों करने लगे, मगर उन्होंने जो कुछ मुझे दिखाया वह इतने ताज्जुब की बात थी कि मैं उसे देखने में ही इतना डूबा कि योगीजी से कुछ पूछ न सका और वे भी बिना कुछ खुलासा हाल कहे चलते बने। उस दिन पहिले पहिल जब आपको खोह में ले गया तब वहाँ का हाल जो कुछ मैंने अपने गुरुजी से सुना था सो आपसे कहा था, याद है?"

कुमार : बखूबी याद है।

तेज : मैंने क्या कहा था?

कुमार : तुमने यही कहा था कि उसमें बड़ा भारी खजाना है, मगर उस पर एक छोटा–सा तिलिस्म बँधा हुआ है जो बहुत सहज में टूट सकेगा, क्योंकि उसके तोड़ने की तरकीब तुम्हारे ओस्ताद तुम्हें कुछ बता गये हैं।

तेज : हाँ ठीक है, मैंने यही कहा था। उस खोह में मैंने आपकी एक दरवाजा दो पहाड़ियों के बीच में दिखाया था, जिसे योगी ने मुझे इशारे से बताया था।

उस दरवाजे को खुला मुझे मालूम हो गया कि उस तिलिस्म को किसी ने तोड़ डाला और वहाँ का खजाना ले लिया, उसी वक्त मुझे यह खयाल आया कि योगी ने उस दरवाजे की तरफ इसलिए इशारा किया कि जिसने तिलिस्म तोड़कर वह खजाना लिया है, वही कुमारी चन्द्रकान्ता को भी ले गया। इस सोच और तरद्दुद में डूबा हुआ मैं एकटक उस दरवाजे की तरफ देखता रह गया और योगी महाराज चलते बने।

तेजसिंह की इतनी बात सुनकर बड़ी देर तक कुमार चुप बैठे रहे बदहवासी–सी आ गयी, इसके बाद सम्हलकर बैठे और फिर बोले—

कुमार : तो कुमारी चन्द्रकान्ता फिर एक नयी बला में फँस गयी?

तेज : मालूम तो ऐसा ही पड़ता है।

कुमार : तब इसका पता कैसे लगे? अब क्या करना चाहिए?

तेज : पहिले हम लोगों को उस खोह में चलना चाहिए। वहाँ चलकर उस तिलिस्म को देखें जिसे तोड़कर कोई दूसरा वह खजाना ले गया है। शायद वहाँ कुछ मिले या निशान पाया जाय, इसके बाद जो कुछ सलाह होगी किया जायगा।

कुमार : अच्छा चलो, मगर इस वक़्त एक बात का खयाल और मेरे जी में आता है।

तेज : वह क्या?

कुमार 'जब बद्रीनाथ को कैद करने उस खोह में गये थे और दरवाजा ने खुलने पर वापस आये, उस वक्त भी शायद उस दरवाजे को भीतर से उसी ने बन्द कर लिया हो जिसने उस तिलिस्म को तोड़ा है। वह उस वक्त उसके बन्दर रहा होगा।

तेज : आपका खयाल ठीक है, जरूर यही बात है, इसमें कोई शक नहीं। बल्कि उसी ने शिवदत्त को भी छुड़ाया होगा।

कुमार : हो सकता है, मगर जब छूटने पर शिवदत्त ने बेईमानी पर कमर बाँधी और पीछे मेरे लश्कर पर धावा मारा तो क्या उसी ने फिर शिवदत्त को गिरफ्तार करके उस खोह में डाल दिया? और क्या व पुर्जा भी उसी का लिखा था जो शिवदत्त के गायब होने के बाद उसके पलँग पर मिला था?

तेज : हो सकता है।

कुमार : तो इससे मालूम होता है कि वह हमारा दोस्त भी है, मगर दोस्त है तो फिर कुमारी को क्यों ले गया?

तेज : इसका जवाब देना मुश्किल है, कुछ अक्ल काम नहीं करती, सिवाय इसके शिवदत्त के छूटने के बाद भी तो आपको उस खोह में जाने का मौका पड़ा था और हम लोग भी आपको खोजते हुए उस खोह में पहुँचे, उस वक्त चपला ने तो नहीं कहा कि इस खोह में कोई आया था, जिसने शिवदत्त को एक दफे छुड़ा के फिर कैद कर लिया। उसने इसका कोई जिक्र नहीं किया, बल्कि उसने तो कहा था कि इस शिवदत्त को बराबर इसी खोह में देखते हैं, न उसने और कोई खौफ की बात बतायी।

कुमार : मामला तो बहुत ही पेचीदा मालूम पड़ता है, मगर तुम भी कुछ गलती कर गये।

तेज : मैंने क्या गलती की?

कुमार : कल योगी ने दीवार से निकलकर मुझे कूदने से रोका, इसके बाद जमीन पर लात मारी और वहाँ की जमीन फट गयी और बनकन्या निकल आयी, तो योगी कोई देवता तो थे ही नहीं कि लात मार के जमीन फाड़ डालते। जरूर वहाँ पर जमीन के अन्दर कोई तरकीब है। तुम्हें भी मुनासिब था कि उसी तरह लात मार के देखते कि जमीन फटती है या नहीं!

तेज : यह अपने बहुत ठीक कहा, तो अब क्या करें?

कुमार : आज फिर चलो, शायद कुछ काम निकल जाय, अभी खोह में जाने की क्या जरूरत है?

तेज : ठीक है, चलिए।

आज फिर कुमार और तीनों ऐयार उस तिलिस्म में गये। मामूली राह से घूमते हुए उसी दालान में पहुँचे जहाँ योगी निकले थे। जाकर देखा तो वे दोनों सड़ी और जानवरों की खायी हुई लाशें वहाँ न थीं, जमीन धोयी–धोयी साफ मालूम पड़ती थी। थोड़ी देर तक ताज्जुब में भरे ये लोग खड़े रहे, इसके बाद तेजसिंह ने गौर

करके उसी जगह जोर से लात मारी जहाँ योगी ने लात मारी थी। फौरन उसी जगह से जमीन फट गयी और नीचे उतरने के लिए छोटी–छोटी सीढ़ियाँ नजर पड़ीं।

खुशी–खुशी ये चारों आदमी नीचे उतरे। वहाँ एक अँधेरी कोठरी में घूम–घूमकर इन लोगों को कोई दूसरा दरवाजा खोजना पड़ा मगर पता न लगा। लाचार होकर फिर बाहर निकल आये, लेकिन वह फटी हुई जमीन फिर न जुटी उसी तरह खुली रह गयी। तेजसिंह ने कहा, "मालूम होता है कि भीतर से बन्द करने की कोई तरकीब इसमें है तो हम लोगों को मालूम नहीं। खैर जो भी हो काम कुछ न निकला, अब बिना बाहर की राह इस खोह में आये कोई मतलब सिद्ध न होगा।"

चोरों आदमी तिलिस्म के बाहर हुए। तेजसिंह ने ताला बन्द कर दिया।

एक रोज टिककर कुँअर बीरेन्द्रसिंह ने फतहसिंह सेनापति को नायब मुकर्रर करके चुनार भेज देने के बाद नौगढ़ की तरफ कूच किया और वहाँ पहुँचकर अपने पिता से मुलाकात की। राजा सुरेन्द्रसिंह ने इशारे पर जीतसिंह ने रात को एकान्त में तिलिस्म का हाल कुँअर बीरेन्द्रसिंह से पूछा। उसके जवाब में जो कुछ ठीक–ठीक हाल था कुमार ने उनसे कहा।

जीतसिंह ने उसी जगह तेजसिंह को बुलवाकर कहा, "तुम दोनों ऐयार कुमार को साथ लेकर खोह में जाओ और उस छोटे तिलिस्म को कुमार के हाथ से फतह करवाओ जिसका हाल तुम्हारे ओस्ताद ने तुमसे कहा था। जो कुछ हुआ है सब इसी बीच में खुल जायेगा। लेकिन तिलिस्म फतह करने के पहिले दो काम करो, एक तो थोड़े आदमी ले आओ और महाराज शिवदत्त को उनकी रानी समेट यहाँ भेजवा दो, दूसरे जब खोह के अन्दर जाना तो दरवाजा

भीतर से बन्द कर लेना। अब महाराज से मुलाकात करने और कुछ पूछने की जरूरत नहीं, तुम लोग इसी वक्त यहाँ से कूच कर जाओ और रानी के वास्ते एक डोली भी साथ लिवाते जाओ।''

कुँअर बीरेन्द्रसिंह ने तीनों ऐयारों और थोड़े–से आदमियों को साथ ले खोह की तरफ कूच किया। सुबह होते–होते ये लोग वहाँ पहुँचे। सिपाहियों को कुछ दूर छोड़ चारों आदमी खोह का दरवाजा खोलकर अन्दर गये।

सबेरा हो गया था, तेजसिंह ने महाराज शिवदत्त और उनकी रानी को खोह के बाहर लाकर सिपाहियों के सुपुर्द किया और महाराज शिवदत्त को पैदल और उनकी रानी को डोली पर चढ़ाकर जल्दी नौगढ़ पहुँचाने के लिए ताकीद करके फिर खोह के अन्दर पहुँचे।

चौथा बयान

राजा सुरेन्द्रसिंह के सिपाहियों ने महाराज शिवदत्त और उनकी रानी नौगढ़ पहुँचाया। जीतसिंह की राय से उन दोनों को रहने के लिए सुन्दर मकान दिया गया। उनकी हथकड़ी–बेड़ी खोल दी गयी, मगर हिफाजत के लिए मकान के चारों तरफ सख्त पहरा मुकर्रर कर दिया गया।

दूसरे दिन राजा सुरेन्द्रसिंह और जीतसिंह आपस में कुछ राय करके पण्डित बद्रीनाथ, पन्नालाल, रामनारायण और चुन्नीलाल इन चारों कैदी ऐयारों को साथ ले उस मकान में गये जिसमें महाराज शिवदत्त और उनकी महारानी को रक्खा था।

राजा सुरेन्द्रसिंह के आने की खबर सुनकर महाराज शिवदत्त अपनी रानी को साथ लेकर दरवाजे तक इस्तकबाल (आगवानी) के लिए आये और मकान में जाकर आदर के साथ बैठाया। इसके बाद खुद दोनों आदमी सामने बैठे। हथकड़ी और बेड़ी पहिरे ऐयार भी एक तरफ बैठाये गये। महाराज शिवदत्त ने पूछा, ''इस वक्त आपने किसलिए तकलीफ की?'' राजा सुरेन्द्रसिंह ने इसके जवाब में कहा, ''आज तक आपके जी में जो कुछ आया कि, क्रूरसिंह के बहकाने से

हम लोगों को तकलीफ देने के लिए बहुत कुछ उपाय किया, धोखा दिया, लड़ाई ठानी, मगर अभी तक परमेश्वर ने हम लोगों की रक्षा की। क्रूरसिंह, नाजिम और अहमद भी अपनी सजा को पहुँच गये और हम लोगों की बुराई सोचते–सोचते ही मर गये। अब आपका क्या इरादा है? इसी तरह कैद में पड़े रहना मंजूर है या और कुछ सोचा है?''

महाराज शिवदत्त ने कहा, ''आपकी और कुँअर बीरेन्द्रसिंह की बहादुरी में कोई शक नहीं, जहाँ तक तारीफ की जाय थोड़ी है। परमेश्वर आपको खुश रखे और पाते का मुख दिखलावे, उसे गोद में लेकर आप खिलावें और मैंने जो कुछ किया उसे माफ करें। मुझे राज्य की अब बिल्कुल अभिलाषा नहीं है। चुनार को आपने जिस तरह फतह किया और वहाँ जो कुछ हुआ मुझे मालूम है। मैं अब सिर्फ एक बात चाहता हूँ, परमेश्वर के लिए तथा अपनी जवाँमर्दी और बहादुरी कर तरफ खयाल करके मेरी इच्छा पूरी कीजिए।'' इतना कह हाथ जोड़कर खड़े हो गये।

राजा सुरेन्द्र : जो कुछ आपके जी में हो कहिए, जहाँ तक हो सकेगा मैं उसे पूरा करूँगा।

शिवदत्त : जो कुछ मैं चाहता हूँ आप सुन लीजिए। मेरे आगे कोई लड़का नहीं है जिसकी मुझे फिक्र हो। हाँ, चुनार के किले में मेरे रिश्तेदारों की बेवाएँ हैं, जिनकी परवरिश मेरे ही सबब से होती थी, उनके लिए आप कोई ऐसा बन्दोबस्त कर दें, जिससे उन बेचारियों की जिन्दगी आराम से गुजर।

और भी रिश्ते के कई आदमी हैं, लेकिन मैं उनके लिए सिफारिश न करूँगा बल्कि उनका नाम भी न बताऊँगा, क्योंकि वे मर्द हैं, हर तरह से कमा–खा सकते हैं, और हमको अब आप कैद से छुट्टी दीजिए। अपनी स्त्री को साथ ले जंगल में चला जाऊँगा

किसी जगह बैठकर ईश्वर का नाम लूँगा, अब मुँह किसी को दिखाना नहीं चाहता, बस और कोई आरजू नहीं है!

सुरेन्द्र : आपके रिश्ते की जितनी औरतें चुनार में हैं, सभी की अच्छी तरह से परवरिश होगी, उनके लिए आपको कुछ कहने की जरूरत नहीं, मगर आपको छोड़ देने में कई बातों का खयाल है।

शिवदत्त : कुछ नहीं, (जनेऊ हाथा में लेकर) मैं धर्म की कसम खाता हूँ अब जी में किसी तरह की बुराई नहीं है, कभी आपकी बुराई न सोचूँगा।

सुरेन्द्र : अभी आपकी उम्र भी इस लायक नहीं हुई है कि आप तपस्या करें।

शिवदत्त : जो हो, अगर आप बहादुर हैं तो मुझे छोड़ दीजिए।

सुरेन्द्र : आपकी कसम का तो मुझे कोई भरोसा नहीं, मगर आप जो यह कहते हैं कि अगर आप बहादुर हैं तो मुझे छोड़ दें तो मैं छोड़ देता हूँ, जहाँ जी चाहे जाइए और जो कुछ आपको खर्च के लिए चाहिए ले लीजिए।

शिवदत्त : मुझे खच्र की कोई जरूरत नहीं बल्कि रानी के बदन पर जो कुछ जेवर है, वह भी उतार के दिये जाता हूँ।

यह कहकर रानी की तरफ देखा, उसे बेचारी ने फौरन अपने बदन के बिल्कुल गहने उतार दिये।

सुरेन्द्र : रानी के बदन से गहने उतरवा दिये, यह अच्छा नहीं किया।

शिवदत्त : जब हम लोग जंगल में ही रहा चाहते हैं तो यह हत्या क्यों लिये जायँ? कया चारों ओर डकैतों के हाथों से तकलीफ उठाने के लिए और रात–भर सुख की नींद न सोने के लिए?

सुरेन्द्र : (उदासी से) देखो शिवदत्तसिंह, तुम हाल ही तक चुनार की गद्दी के मालिक थे। आज तुम्हारे इस तरह से जाना मुझे

बुरा मालूम होता है। चाहे तुम हमारे दुश्मन थे तो भी मुझको इस बेचारी तुम्हारी रानी पर दया आती है। मैंने तो तुम्हें छोड़ दिया, चाहे जहाँ जाओ, मगर एक दफे फिर कहता हूँ कि अगर तुम यहाँ रहना कबूल करो तो मेरे राज्य का कोई काम जो चाहो मैं खुशी से तुमको दूँ, तुम यहीं रहो।

शिवदत्त : नहीं अब यहाँ न रहूँगा, मुझे छुट्टी दे दीजिए। इस मकान के चारों तरफ से पहरा हटा लीजिए, रात को जब मेरा जी चाहेगा चला जाऊँगा।

सुरेन्द्र : अच्छा, जैसी तुम्हारी मर्जी।

महाराज शिवदत्त के चारों ऐयार चुप बैठे सब बातें सुन रहे थे। बात खतम होने पर दोनों राजाओं के चुप हो जाने के बाद महाराज शिवदत्त की तरफ देखकर पडित बद्रीनाथ ने कहा, ''आप तो अब तपस्या करने जाते हैं, हम लोगों के लिए क्या हुक्म होता है?''

शिवदत्त : जो तुम लोगों के जी में आवे करो, जहाँ चाहो जाओ, हमने अपनी तरफ से तुम लोगों को छुट्टी दे दी, बल्कि अच्छी बात हो कि तुम लोग कुँअर बीरेन्द्रसिंह के साथ रहना पसन्द करो, क्योंकि ऐसा बहादुर और धार्मिक राजा तुम लोगों को न मिलेगा।

बद्री : ईश्वर आपको कुशल से रक्खे। आज से हम लोग कुँअर बीरेन्द्रसिंह के हुए, आप अपने हाथों से चारों ऐयारों की हथकड़ी–बेड़ी खोल दीजिए।

महाराज शिवदत्त ने अपने हाथों से चारों ऐयारों की हथकड़ी–बेड़ी खोल दी। राजा सुरेन्द्रसिंह और जीतसिंह ने कुछ भी न कहा कि आप इनकी बेड़ी क्यों खोलते हैं? हथकड़ी–बेड़ी खुलने के बाद चारों ऐयार राजा सुरेन्द्रसिंह के पीछे जा खड़े हुए। जीतसिंह ने कहा, ''अभी एक दफे आप लोग चारों ऐयार मेरे सामने आइए फिर वहाँ जाकर खड़े होइए—पहिले अपनी मामूली रस्म तो अदा कर लीजिए।''

मुस्कुराते हुए पण्डित ब्रदीनाथ, पन्नालाल, रामनारायण और चुन्नीलाल जीतसिंह के सामने आये और बिना कहे जनेऊ और ऐयारी का बटुआ हाथ में लेकर कसम खाकर बोले—"आज से मैं राजा सुरेन्द्रसिंह और उनके खानदान का नौकर हुआ। ईमानदारी और मेहनत से अपना काम किया करूँगा। तेजसिंह, देवीसिंह और ज्योतिषी जी को अपना भाई समझूँगा। बस, अब तो रस्म पूरी हो गयी?"

"बस और कुछ बाकी नहीं!" इतना कहकर जीतसिंह ने चारों को गले से गला लिया, फिर ये चारों ऐयार सुरेन्द्रसिंह के पीछे जा खड़े हुए।

राजा सुरेन्द्रसिंह ने महाराज शिवदत्त से कहा, "अच्छा अब मैं बिदा होता हूँ। पहरा अभी उठाता जाता हूँ, रात को जब जी चाहे चले जाना, मगर आओ गले तो मिल लें।"

शिवदत्त : (हाथ जोड़कर) नहीं मैं इस लायक नहीं रहा कि आपसे गले मिलूँ।

"नहीं, जरूर ऐसा करना होगा!" कहकर सुरेन्द्रसिंह ने शिवदत्त को जबरदस्ती गले लगा लिया और उदास मुख से बिदा हो, अपने महल की तरफ रवाना हुए। मकान के चारों तरफ से पहरा उठाते गये।

जीतसिंह, बद्रीनाथ, पन्नालाल, रामनारायण और चुन्नीलाल को साथ लिये राजा सुरेन्द्रसिंह अपने दीवानखाने में जाकर बैठे। घण्टों तक महाराज शिवदत्त के बारे में अफसोस—भरी बातचीत होती रही। मौका पाकर जीतसिंह ने अर्ज किया, "अब तो हमारे दरबार में और चार ऐयार हो गये हैं, जिसकी बहुत ही खुशी है। अगर ताबेदार को पन्द्रह दिन की छुट्टी मिल जाती तो अच्छी बात थी, यहाँ से दूर बेरादरी में कुछ काम है, जाना जरूरी है।"

सुरेन्द्र : इधर एक–एक दो–दो रोज की कई दफे तुम छुट्टी ले चुके हो।

जीत : जी हाँ, घर ही में कुछ काम था, मगर अबकी तो दूर जाना है इसलिए पन्द्रह दिन की छुट्टी माँगता हूँ। मेरी जगह पर पण्डित बद्रीनाथजी काम करेंगे, किसी बात का हर्ज न होगा।

सुरेन्द्र : अच्छा जाओ, लेकिन जहाँ तक हो सके जल्द होना।

राजा सुरेन्द्रसिंह से बिदा हो जीतसिंह अपने घर गये और बद्रीनाथ वगैरह चारों ऐयारों को भी कुछ समझाने–बुझाने के लिए साथ लेते गये।

पाँचवाँ बयान

कुँअर बीरेन्द्रसिंह तीनों ऐयारों के साथ खोह के अन्दर घूमने लगे। तेजसिंह ने इधर–उधर के कई निशानों को देखकर कुमार से कहा, "बेशक यहाँ का छोटा तिलिस्म तोड़, कोई खजाना ले गया। जरूर कुमारी चन्द्रकान्ता को भी उसी ने कैद किया होगा। मैंने अपने ओस्ताद की जुबानी सुना था कि इस खोह में कई इमारतें और बाग देखने बल्कि रहने लायक हैं। शायद वह चोर इन्हीं में कहीं मिल जाय तो ताज्जुब नहीं।"

कुमार : अब जहाँ तक हो सके काम में जल्दी नहीं चाहिए।

तेज : बस हमारे साथ चलिए, अभी से काम शुरू हो जाय। यह कह तेजसिंह कुँअर बीरेन्द्रसिंह को उसी पहाड़ी के नीचे ले गये, जहाँ से पानी का चश्मा शुरु होता था। उस चश्मे से उतर चालीस हाथ नापकर कुछ जमीन खोदी।

कुमार से तेजसिंह ने कहा था कि 'इस छोटे तिलिस्म के तोड़ने और खजाना पाने की तरकीब किसी धाते के पत्र पर खुदी हुई यहीं जमीन में गड़ी है'—मगर इस वक्त यहाँ खोदने से उसका कुछ पता न लगा। हाँ, एक चीठी उसमें से जरूर मिली जिसको कुमार ने निकालकर पढ़ा। यह लिखा था—

"अब क्या खोदते हो! मतलब की कोई चीज नहीं है, जो था सो निकल गया, तिलिस्म टूट गया। अब हाथ मल के पछताओ!"

तेज : (कुमार की तरफ देखकर) देखिए यह पूरा सबूत तिलिस्म टूटने का मिल गया!

कुमार : जब तिलिस्म टूट ही चुका है तो उसके हर एक दरवाजे भी खुले होंगे।

"हाँ जरूर खुले होंगे" कहकर तेजसिंह पहाड़ियों पर चढ़ाते घुमाते–फिराते कुमार को एक गुफा के पास ले गये जिसमें सिर्फ एक आदमी के जाने ायक राह थी।

तेजसिंह के कहने से एक–एक करके चारों आदमी उस गुफा में घुसे। भीतर कुछ देर जाकर खुली–सी जगह मिली, यहाँ तक कि चारों आदमी खड़े होकर चलने लगे मगर टटोलते हुए क्योंकि बिल्कुल अँधेरा था, हाथ तक नहीं दिखायी देता था। चलते–चलते कुँअर बीरेन्द्रसिंह का हाथ एक बन्द दरवाजे पर लगा जो धक्का देने से खुल गया और भीतर बखूबी रोशनी मालूम होने लगी।

चारों आदमी अन्दर गये, छोटा–सा बाग देखा जो चारों तरफ से साफ, कहीं तिनके तक का नाम–निशान नहीं। मालूम होता था, अभी कोई झाड़ू देकर गया है। इस बाग में कोई इमारत न थी, सिर्फ एक फौवारा बीच में था, मगर यह नहीं मालूम होता था कि इसका हौज कहाँ है।

बाग में घूमने और इधर–उधर देखने से मालूम हुआ कि ये लोग पहाड़ी के ऊपर चले आये हैं। जब फौवारे के पास पहुँचे तो एक बात ताज्जुब की दिखायी पड़ी। उस जगह जमीन पर जनाने हाथ एक जोड़ा कंगन नजर पड़ा, जिसे देखते ही कुमार ने पहिचान लिया कि कुमारी चन्द्रकान्ता के हाथ का है। झट उठा लिया आँखों से आँसू की बूँदें टपकने लगीं, तेजसिंह से पूछा—"यह कंगन यहाँ

क्योंकर पहुँचा? इसके बारे में क्या खयाल किया जाय?'' तेजसिंह कुछ जवाब दिया ही चाहते थे कि उनकी निगाह एक कागज पर जा पड़ी जो उसी जगह चीठी का तरह मोड़ा हुआ पड़ा था। जल्दी से उठा लिया और खोलकर पढ़ा, यह लिखा था—

''बड़ी ही होशियारी से जान, ऐयार लोग पीछा करेंगे, ऐसा न हो कि पता लग जाय नहीं तो तुम्हारा और कुमार दोनों ही का बड़ा भारी नुकसान होगा। अगर मौका मिला तो कल आऊँगा। वही।''

इस पुर्जे को पढ़कर तेजसिंह किसी सोच में पड़ गये—देर तक चुपचाप खड़े न जाने क्या—क्या विचार करते रहे। आखिर कुमार से न रहा गया, पूछा, ''क्यों क्या सोच रहे हो? इस चीठी में क्या लिखा है?''

तेजसिंह ने वह चीठी कुमार के हाथ में दे दी, वे भी पढ़कर हैरान हो गये, बोले, ''इसमें जो कुछ लिखा है उस पर गौर करने से तो मालूम होता है कि हमारे बनकन्या के मामले में ही कुछ है, मगर किसने लिखा यह पता नहीं लगता।

तेज : आपका कहना ठीक है पर मैं एक और बात सोच रहा हूँ जो इससे भी ताज्जुब की है।

कुमार : वह क्या है?

तेज : इन हरूफों को मैं कुछ—कुछ पहिचानता हूँ मगर साफ समझ में नहीं आता क्योंकि लिखनेवाले ने अपना हर्फ छिपाने के लिए कुछ बिगाड़कर लिखा है।

कुमार : खैर इस चीठी को रख छोड़ो, कभी—न—कभी कुछ पता लग ही जायगा, अब आगे का काम करो।

फिर ये लोग घूमने लगे, बाग के कोने में इन लोगों को छोटी—छोटी चार खिड़कियाँ नजर आयीं जो एक के साथ एक

बराबर सटी बनी हुई थीं। पहिले चारों आदमी बायीं तरफवाली खिड़की में घुसे। थोड़ी दूर जाकर एक दरवाजा मिला जिसके आगे जाने की बिल्कुल राह न थी क्योंकि नीचे बेढब खतरनाक पहाड़ी दिखायी देती थी।

इधर–उधर देखने और खूब गौर करने से मालूम हुआ कि यह वही दरवाजा है। जिसको इशारे से उस योगी ने तेजसिंह को दिखाया था। इस जगह से वह दालान बहुत साफ दिखायी देता था, जिसमें कुमारी चन्द्रकान्ता और चपला बहुत दिनों तक बेबस पड़ी थीं।

ये लोग वापस होकर फिर उसी बाग में चले आये और उसके बगलवाली दूसरी खड़की में घुसे जो बहुत अँधेरी थी, कुछ दूर जाने पर उजाला नजर पड़ा बल्कि हद तक पहुँचने पर एक बड़ा–सा खुला फाटक मिला, जिससे बाहर होकर ये चारों आदमी खड़े हो चारों ओर निगाह दौड़ाने लगे।

लम्बे–चौड़े मैदान के सिवाय और कुछ नजर न आया। तेजसिंह ने चाहा कि घूमकर इस मैदान का हाल मालूम करें मगर कई सबबों से वे ऐसा न कर सक। एक तो धूप कड़ी थी दूसरे कुमार ने घूमने की राय न दी और कहा, "फिर जब मौका होगा इसको देख लेंगे। इस वक्त तीसरी व चौथी खिड़की में चलकर देखा चाहिए, क्या है।"

चारों आदमी लौट आये और तीसरी खिड़की में घुसे। एक बाग में पहुँचते ही देखा कि बनकन्या कई साथियों को लिये घूम रही है, लेकिन कुँअर बीरेन्द्रसिंह वगैरह को देखते ही तेजी के साथ बाग के एक कोने में जाकर गायब हो गयी।

चारों आदमियों ने उसका पीछा किया और घूम–घूमकर तलाश भी किया मगर कहीं कुछ भी पता न लगा। हाँ, जिसे कोने में जाकर वे सब गायब हुई थीं वहाँ जाने पर एक बन्द दरवाजा जरूर देखा

जिसके खोलने की बहुत तरकीब का मगर न खुला। उस बाग के एक तरफ छोटी–सी बारहदरी थी।

लाचार होकर ऐयारों के साथ कुँअर बीरेन्द्रसिंह उस बारहदरी में एक ओर बैठकर सोचने लगे–"यह बनकन्या यहाँ कैसे आयी? क्या उसके रहने का यही ठिकाना है? फिर हम लोगों को देखकर भाग क्यों गयी? क्या अभी हमसे मिलना उसे मंजूर नहीं?" इन सब बातों को सोचते–सोचते शाम हो गयी मगर किसी की अक्ल ने कुछ काम न दिया। इस बाग में मेवों के दरख़्त बहुत थे और एक छोटा–सा चश्मा भी था। चारों आदमियों ने मेवों से अपना पेट भरा और चश्मे का पानी पीकर उसी बारहदरी में जमीन पर ही लेट गये। यह राय ठहरी कि रात को इस बारहदरी में गुजारा करेंगे, सबेरे जो कुछ होगा देखा जायेगा।

देवीसिंह ने अपने बटुए में से सामान निकालकर चिराग जलाया, इसके बाद बैठकर आपुस में बातें करने लगे।

कुमार : चन्द्रकान्ता की मुहब्बत में हमारी दुर्गति हो गयी, तिस पर भी अब तक कोई उम्मीद नहीं मालूम पड़ती।

तेज : कुमारी यही सलामत हैं और आपको मिलेंगी इसमें कोई शक नहीं जितनी मेहनत से जो चीज मिलती है, उसके साथ उतनी ही खुशी में जिन्दगी बीतती है।

कुमार : तुमने चपला के लिए कौन–सी तकलीफ उठायी?

तेज : तो चपला ही ने मेरे लिए कौन–सा दुख भोगा? जो कुछ किया कुमारी चन्द्रकान्ता के लिए।

ज्योतिषी : क्यों तेजसिंह, क्या यह चपला तुम्हारी ही जाति की है?

तेज : इसका हाल तो कुछ मालूम नहीं कि यह कौन जात है लेकिन जब मुहब्बत हो गयी तो फिर चाहे कोई जात हो।

ज्योतिषी : लेकिन क्या उसका कोई बली, वारिस भी नहीं है? अगर तुम्हारी जाति की न हुई तो उसके माँ–बाप कब कबूल करेंगे?

तेज : अगर कुछ ऐसा–वैसा हुआ तो उसको मार डालूँगा और अपनी भी जान दे दूँगा।

कुमार : कुछ इनाम दो तो हम चपला का हाल तुम्हें बता दें।

तेज : इनाम में यह चपला ही को आपके हवाले कर देंगे।

कुमार : खूब याद रखना, चपला फिर हमारी हो जायगी।

तेज : जी हाँ, जी हाँ, आपकी हो जायगी...जायगी।

कुमार : चपला हमारी ही जाति की है। इसका बाप बड़ा भारी जमीदार और पूरा ऐयार था। इसको सात दिन का छोड़कर इसकी माँ मर गयी। इसके बाप ने इसे पाला और ऐयारी सिखायी, अभी कुछ ही वर्ष गुजरे हैं कि इसका बाप भी मर गया। महाराज जयसिंह उसको बहुत मानते थे, उसने इनके बहुत बड़े–बड़े काम किये थें मरने के वक्त अपनी बिल्कुल जमा–पूँजी और चपला को महाराज के सुपुर्द कर गया, क्योंकि उसका कोई वारिस नहीं था। महाराज जयसिंह इसको अपनी लड़की की तरह मानते हैं और महारानी भी इसे बहुत चाहती हैं। कुमारी चन्द्रकान्ता का और इसका लड़कपन ही से साथ होने के सबब दोनों में बड़ी मुहब्बत है।

तेज : आज तो आपने बड़ी खुशी की बात सुनायी, बहुत दिनों से इसका खटका लगा हुआ था पर कई बातों को सोचकर आपसे नहीं पूछा। भला यह बातं आपको मालूम कैसे हुईं?

कुमार : खास चन्द्रकान्ता की जुबानी।

तेज : तब तो बहुत ठीक है।

तमाम रात बातचीत में गुजर गयी, किसी को नींद न आयी। सबेरे भी उठकर जरूरी कामों से छुट्टी पा उसी चश्मे में नहाकर

सन्ध्या–पूजा की और कुछ मेवा खा जिस राह से उस बाग में गये थे, उसी राह से लौट आये और चौथी खिड़की के अन्दर क्या है यह देखने के लिए उसमें घुसे! उसमें जी जाकर एक हरा–भरा बाग देखा जिसे देखते ही कुमार चौंक पडें।

छठवाँ बयान

तेजसिंह ने कुँअर बीरेन्द्रसिंह से पूछा : आप इस बाग को देखकर चौंक क्यों? इसमें कौन–सी अद्‌भुत चीज आपको नजर पड़ी?

कुमार : मैं इस बाग को पहिचान गया।

तेज : (ताज्जुब से) आपने इसे कब देखा था?

कुमार : यह वही बाग है जिसमें मैं लश्कर से लाया गया था। इसमें में मेरी आँखें खुली थीं तो कुमारी चन्द्रकान्ता की तस्वीर देखी थी और इसी बाग में खाना भी मिला था जिसे खाते ही मैं बेहोश होकर दूसरे बाग में पहुँचाया गया था। वह देखो सामने वह छोटा–सा तालाब है, जिसमें मैंने स्नान किया था, दोनों तरफ दो जामुन के पेड़ कैसे ऊँचे दिखायी दे रहे हैं।

तेज : हम लोग भी इस बाग की सैर कर लेते तो बेहतर था।

कुमार : चलो घूमो, मैं खयाल करता हूँ कि उस कमरे का दरवाजा भी खुला होगा, जिसमें कुमारी चन्द्रकान्ता की तस्वीर देखी थी।

चारों आदमी उस बाग में घूमने लगे। तीसरे हिस्से में इस बाग की पूरी कैफियत लिखी जा चुकी है, दोहराकर लिखना पढ़नेवालों का समय खराब करना है।

कमरे के दरवाजे खुले हुए थे। जो–जो चीजें पहिले कुमार ने देखी थीं आज भी नजर पड़ीं। सफाई भी अच्छी थी, किसी जगह गर्द या कतबार का नाम निशान न था।

पहिले दफे जब कुमार इस बाग में आये थे तब इनकी दूसरी ही हालत थी, ताज्जुब में भरे हुए थे, तबीयत घबरा रही थी, कई बातों का सोच घेरे हुए था, इसलिए इस बाग की सैर पूरी तरह से नहीं कर सके थे। पर आज अपने ऐयारों के साथ हैं, किसी बात की फिक्र नहीं बल्कि बहुत से अरमानों के पूरा होने की उम्मीद बँध रही है। खुशी–खुशी ऐयारों के साथ घूमने लगे। आज इस बाग की कोई कोठरी कोई कमरा, कोई दरवाजा बन्द नहीं है, जगहों को देखते अपने ऐयारों को दिखाते और मौके–मौके पर यह भी कहते जाते हैं–"इस जगह हम बैठे थे–इस जगह भोजन किया था। इस जगह सो गये थे कि दूसरे बाग में पहुँचे।"

तेजसिंह ने कहा, "दोपहर को भोजन करके सो रहने के बाद आप जिस कमरे में पहुँचे थे जरूर उस बाग का रास्ता भी कहीं इस बाग में से ही होगा, अच्छी तरह घूम के खोजना चाहिए।"

कुमार : मैं भी यही सोचता हूँ।

देवी : (कुमार से) पहिले दफे जब आप इस बाग में आये थे तो खूब खातिर की गयी थी–नहाकर पहिनने के पकड़े मिले, पूजा–पाठ का सामान दुरुस्त था, भोजन करने के लिए अच्छी–अच्छी चीजें मिली थीं पर आज तो कोई बात भी नहीं पूछता, यह क्या?

कुमार : यह तुम लोगों के कदमों की बरकत है।

घूमते–घूमते एक दरवाजा इन लोगों को मिला जिसे खोल ये लोग दूसरे बाग में पहुँचे। कुमार ने कहा, "बेशक यह वही बाग है,

जिसमें दूसरी दफे मेरी आँख खुली थी, या जहाँ कई औरतों ने मुझे गिरफ्तार कर लिया था, लेकिन ताज्जुब है कि आज किसी की भी सूरत दिखायी नहीं देती। वाह रे चित्रनगर, पहिले तो कुछ और था आज कुछ और ही है। खैर चलो इस बाग में चलकर देखें कि किया कैफियत है, वह तस्वीर का दरबार और रौनक बाकी है या नहीं। रास्ता याद है और मैं इस बाग में बखूबी जा सकता हूँ।'' इतना कह कुमार आगे हुए और उसके पीछे–पीछे चारों ऐयार भी तीसरे बाग की तरफ बढ़े।

सातवाँ बयान

विजयगढ़ के महाराज जयसिंह को पहिले यह खबर मिली थी कि तिलिस्म टूट जाने पर भी कुमारी चन्द्रकान्ता का खबर न लगी। इसके बाद यह मालूम हुआ कि कुमारी जीती–जागती है और उसी की खोज में बीरेन्द्रसिंह फिर खोह के अन्दर गये हैं। इन सब बातों को सुन–सुनकर महाराज जयसिंह बराबर उदास रहा करते थे। महल में महारानी की भी बुरी दशा थी। चन्द्रकान्ता की जुदाई में खाना–पीना बिल्कुल छूटा हुआ था, सूख के काँटा हो रही थीं। और जितनी औरतें महल में थीं सभी उदास और दुःखी रहा करती थीं।

एक दिन महाराज जयसिंह दरबार के बैठे थे। दीवान हरदयालसिंह जरूरी अर्ज़ियाँ पढ़कर सुनाते और हुक्म लेते जाते थे। इतने में एक जासूस हाथ में एक छोटा–सा लिखा हुआ कागज लेकर हाजिर हुआ।

इशारा पाकर चोबदार ने उसे पेश किया। दीवान हरदयालसिंह ने उससे पूछा, ''यह कैसा कागज लाया और क्या कहता है?''

जासूस ने अर्ज किया, ''इस तरह के लिख हुए कागज शहर में बहुत जगह चिपके हुए दिखायी दे रहे हैं। तिरमुहानियों पर, बाजार

में बड़ी–बड़ी सड़कों पर इसी तरह के कागज नजर पड़ते हैं। मैंने एक आदमी से पढ़वाया था जिसके सुनने से जी में डर पैदा हुआ और एक कागज उखाड़ कर दरबार में ले आया हूँ। बाजार में इन कागजों को पढ़–पढ़कर लोग बहुत घबड़ा रहे हैं।''

जासूस के हाथ से कागज लेकर दीवान हरदयालसिंह ने पढ़ा और महाराज को सुनाया। यह लिखा हुआ था–

''नौगढ़ और विजयगढ़ के राजा आजकल बड़े जोर में आये होंगे। दोनों को इस बात की बड़ी शेखी होगी कि हम चुनार फतह करके निश्चिन्त हो गये, अब हमारा कोई दुश्मन नहीं रहा। इसी तरह बीरेन्द्रसिंह भी फूले न समाते होंगे, आजकल मजे में खोह की हवा खा रहे हैं। मगर यह किसी को मालूम नहीं कि उन लोगों का बड़ा भारी दुश्मन मैं अभी तक जीता हूँ आज से मैं अपना काम शुरू करूँगा, दोनों राज्य मिट्टी से मिला दूँगा और फिर भी गिरफ्तार न होऊँगा। यह न समझना कि हमारे यहाँ बड़े–बड़े ऐयार हैं, मैं ऐसे–ऐसे ऐयारों को कुछ भी नहीं समझता। मैं भी एक बड़े–बड़े ऐयार हैं, मैं ऐसे–ऐसे ऐयारों को कुछ भी नहीं समझता। मैं भी एक बड़ा भारी ऐयार हूँ लेकिन मैं किसी को गिरफ्तार न करूँगा, बस जान से मार डालना मेरा काम होगा। अब अपनी–अपनी जान की हिफाजत चाहो तो यहाँ से भागते जाओ। खबरदार! खबरदार!! खबरदार!!!

ऐयारों का गुरुघंटाल–जालिम खाँ''

इस कागज को सुन महाराज जयसिंह घबड़ा उठे। हरदयालसिंह के भी होश जाते रहे और दरबार में जितने आदमी थे सभी काँप उठे। मगर सभों को ढाढ़स देने के लिए महाराज ने गम्भीर भाव से कहा, ''हम ऐसे लुच्चों के डराने से नहीं डरते। कोई घबड़ाने की जरूरत नहीं। अभी शहर में मुनादी करा दी जाय कि जालिम खाँ के गिरफ्तार करने की फिक्र सरकार से की जाती है! यह किसी का

कुछ न बिगाड़ सकेगा। कोई आदमी घबड़ाकर या डरकर अपना मकान न छोड़े। मुनादी के बाद शहर में पहरे का इन्तजाम पूरा–पूरा किया जाय और बहुत से जासूस उस शैतान की टोह में रवाना किये जायें।''

थोड़ी देर बाद महाराज ने दरबार बरखास्त किया। दीवान हरदयालसिंह भी सलाम करके घर जाना चाहते थे, मगर महाराज का इशारा पाकर रूक गये।

दीवान को साथ ले महाराज जयसिंह दीवानखाने में गये और एकान्त में बैठकर उसी जालिम खाँ के बारे में सोचने लगे। कुछ देर तक सोच–विचारकर हरदयालसिंह ने कहा, ''हमारे यहाँ कोई ऐयार नहीं है, जिसका होना बहुत जरूरी है।'' महाराज जयसिंह ने कहा, ''तुम इसी वक्त एक चीठी यहाँ के हालचाल की राजा सुरेन्द्रसिंह को लिखो। वह विज्ञापन (इश्तिहार) भी उसी के साथ भेज दो जो जासूस लाया था।''

महाराज के हुक्म के मुताबिक हरदयालसिंह ने चीठी लिखकर तैयार की और एक जासूस को देकर उसे पोशीदा तौर पर नौगढ़ की तरफ रवाना किया इसके बाद महाराज ने महल के चारों तरफ पहरा बढ़ाने के लिए हुक्म देकर दीवान को बिदा किया।

इन सब कामों से छुट्टी पा महाराज महल में गये। रानी से भी यह हाल कहा। वह भी सुनकर बहुत घबरायी। औरतों में इस बात की खलबली पड़ गयी। आज का दिन और रात तरद्दुद में गुजर गयी।

दूसरे दिन दरबार में फिर एक जासूस ने कल की तरह एक और कागज चिपके दिखायी देते हैं।'' दीवान हरदयालसिंह ने जासूस के हाथ से वह कागज ले लिया ओर पढ़कर महाराज को सुनाया, यह लिखा था—

"वाह वाह वाह! आपके किये कुछ न बन पड़ा तो नौगढ़ से मदद माँगने लगे! यह नहीं जानते कि नौगढ़ में मैंने उपद्रव मचा रखा है। क्या आपका जासूस मुझसे छिपकर कहीं जा सकता था? मैंने उसे खतम कर दिया। किसी को भेजिए उसकी लाश उठा लाये। शहर के बाहर कोस भर पर उसकी लाश मिलेगी।

वही—जालिम खाँ"

इस इश्तिहार के सुनने से महाराज का कलेजा काँप उठा। दरबार में जितने आदमी बैठे थे सभों के छक्के छूट गये। अपनी—अपनी फिक्र पड़ गयी। महाराज के हुक्म से कई आदमी शहर के बाहर उस जासूस की लाश उठा लाने के लिए भेजे गये, जब तक उसकी लाश दरबार के बाहर लायी जाय एक धूम—सी मच गयी। हजारों आदमियों की भीड़ लग गयी। सभों की जुबान पर जालिम खाँ सवार था। नाम से लोगों के रोएँ खड़े होते थे। जासूस के सिर का पता न था और जो चीठी वह ले गया था वह उसके बाजू से बँधी हुई थी।

जाहिर में महाराज ने सभों को ढाढ़स दिया मगर तबीयत में अपनी जान का भी खौफ मालूम हुआ। दीवान से कहा, "शहर में मुनादी करा दी जाय कि जो इस जालिम खाँ को गिरफ्तार करेगा, उसे सरकार से दस हजार रुपया इनाम मिलेगा, और यहाँ के कुल हाल—चाल की चीठी पाँच सवारों के साथ नौगढ़ रवाना की जाय।"

यह हुक्म देकर महाराज ने दरबार बर्खास्त किया। पाँचों सवार जो चीठी लेकर नौगढ़ रवाना हुए, डर के मारे काँप रहे थे। अपनी जान से हाथ धो बैठे थे। आपुस में इरादा कर लिया कि शहर के बाहर होते ही बेतहाशा घोड़े फेंके निकल जायँगे मगर न हो सका।

दूसरे दिन सवेरे ही फिर इश्तिहार लिये एक पहरेवाला दरबार में हाजिर हुआ। हरदयालसिंह ने इश्तिहार लेकर देखा, यह लिखा था—

"इन पाँचों सवारों की क्या मजाल थी जो मेरे हाथ से बचकर निकल जाते। आज तो इन्हीं पर गुजरी, कल से क्या तुम्हारे महल में खेल मचाऊँगा। ले अब खूब सम्हलकर रहना। तुमने यही मुनादी करायी है कि जालिम खाँ को गिरफ्तार करनेवाला दस हजार इनाम पावेगा। मैं भी कहे देता हूँ कि जो कोई मुझे गिरफ्तार करेगा उसे बीस हजार इनाम दूँगा!!

वहीं—जालिम खाँ"

आज का इश्तिहार पढ़ने से लोगों की जो स्थिति हुई वे ही जानते होंगे। महाराज के तो होश उड़ गये। उनको अब उम्मीद न रही कि हमारी खबर नौगढ़ पहुँचेगी। ऐक चीठी के साथ पूरी पल्टन को भेजना यह भी जवाँमर्दी से दूर था। सिवाय इसके दरबार में जासूसों ने यह खबर सुनायी कि जालिम खाँ के खौफ से शहर काँप रहा है, ताज्जुब नहीं कि दो या तीन दिन में तमाम रिआया शहर खाली कर दे। यह सुनकर और भी तबीयत घबड़ा उठी।

महाराज ने कई आदमी उन सवारों की लाशों को लाने के लिए रवाना किया। वहाँ जाते उन लोगों की जान काँपती थी मगर हाकिम का हुक्म था क्या करते लाचार जाना पड़ता था।

पाँचों आदमियों की लाशें आयीं। उन सभों के सिर कटे हुए न थे, मालूम होता था फाँसी लगाकर जान ली गयी है क्योंकि गर्दन में रस्सी के दाग थे।

इन कैफियत को देखकर महाराज हैरान हो, चुपचाप बैठे थे। कुछ अक्ल काम नहीं करती थी। इतने में सामने से पण्डित बद्रीनाथ आते दिखायी दिये।

आज पण्डित बद्रीनाथ का ठाठ देखने लायक था। पोर–पोर से फुर्तीलापन झलक रहा था। ऐयारी के पूरे ठाठ से सजे थे, बल्कि उससे फाजिल तीर–कमान लगाये, चुस्त जाँघिया कसे, बटुआ और

खंजर कमर से, कमन्द पीठ पर लगाये, पत्थरों की झोली गले मं लटकती हुई, छोटा–सा डण्डा हाथ में लिये कचहरी में आ मौजूद हुए।

महाराज को यह खबर पहिले ही लग चुकी थी कि राजा शिवदत्त अपनी रानी को लेकर तपस्या करने के लिए जंगल की तरफ चले गये और पण्डित बद्रीनाथ, पन्नालाल, वगैरह राजा सुरेन्द्रसिंह के साथ हो गये हैं।

ऐसे वक्त में पण्डित बद्रीनाथ का पहुँचना महाराज के वास्ते ऐसा हुआ जैसे मरते हुए पर अमृत का बरसना। देखते ही खुश हो गये, प्रमाण करके बैठने का इशारा किया। बद्रीनाथ आशीर्वाद देकर बैठ गये।

जयसिंह : आज आप बड़े मौके पर पहुँचे!

बद्रीनाथ : जी हाँ, अब आप कोई चिन्ता न करें। दो ही एक दिन में जालिम खाँ को गिरफ्तार कर लूँगा।

जयसिंह : आपको जालिमखाँ की खबर कैसे लगी?

बद्रीनाथ : इसकी खबर तो नौगढ़ ही में लग गयी थी, जिसका खुलासा हाल दूसरे वक्त कहूँगा। यहाँ पहुँचने पर शहरवालों को मैंने बहुत उदास और डर के मारे काँपते देखा। रास्ते में जो भी मुझको मिलता था, उसे बराबर ढाढ़स देता था कि 'घबड़ाओ मत अब मैं आ पहुँचा हूँ'। बाकी हाल एकान्त में कहूँगा और जो कुछ काम करना होगा। उसकी राय भी दूसरे वक्त एकान्त में ही आपके और दीवान हरदयालसिंह के सामने पक्की होगी, क्योंकि अभी तक मैंने स्नान–पूजा कुछ भी नहीं किया। इससे छुट्टी पाकर तक कोई काम करूँगा।

अब महाराज जयसिंह के चेहरे पर कुछ खुशी दिखायी देने लगी। दीवान हरदयालसिंह को हुक्म दिया कि 'पण्डित बद्रीनाथ को

आप अपने मकान में उतारिये और इनके आराम की कुल चीजों का बन्दोबस्त कर दीजिए जिससे किसी बात की तकलीफ न हो, मैं भी अब उठता हूँ'।

बद्रीनाथ : शाम को महाराज के दर्शन कहाँ होंगे? क्योंकि उसी वक्त मेरी बातचीत होगी?

जयसिंह : जिस वक्त चाहो मुझसे मुलाकात होगी।

महाराज जयसिंह ने दरबार बर्खास्त किया, पण्डित बद्रीनाथ को साथ ले दीवान हरदयालसिंह अपने मकान पर आये और उनकी जरूरत की चीजों का पूरा–पूरा इन्तजाम कर दिया।

जो कुछ दिन बाकी था पण्डित बद्रीनाथ ने जालिम खाँ के गिरफ्तार करने की तरकीब सोचने में गुजारा। शाम के वक्त दीवान हरदयालसिंह को साथ ले महाराज जयसिंह से मिलने गये। मालूम हुआ कि महाराज बाग की सैर कर रहे हैं, वे दोनों बाग में गये।

उस समय वहाँ महाराज के पास बहुत–से आदमी थे, पण्डित बद्रीनाथ के आते ही वे लोग बिदा कर दिये गये, सिर्फ बद्रीनाथ और हरदयालसिंह महाराज के पास रह गये।

पहिले कुछ देर तक चुनार के राजा शिवदत्तसिंह के बारे में बातचीत होती रही, इसके बाद महाराज ने पूछा कि 'नौगढ़ में जालिम खाँ की खबर कैसे पहुँची?'

बद्रीनाथ : नौगढ़ में भी उसने इसी तरह के इश्तिहार चिपकाये हैं, जिनके पढ़ने से मालूम हुआ कि विजयगढ़ में उपद्रव मचावेगा, इसीलिए महाराज ने मुझे यहाँ भेजा है।

महाराज : इस दुष्ट जालिम खाँ ने वहाँ तो किसी की जान न ली?

बद्रीनाथ : नहीं, वहाँ अभी उसका दाँव नहीं लगा, ऐयार लोग भी बड़ी मुस्तैदी से उसकी गिरफ्तारी की फिक्र में लगे हुए हैं।

महाराज : यहाँ तो उसने कई खून किये।

बद्रीनाथ : शहर में आते ही मुझे खबर लग चुकी है, खैर देखा जायगा।

महाराज : अगर ज्योतिषीजी को भी साथ लाते तो उनके रमल की मदद से बहुत जल्द गिरफ्तार हो जाता।

बद्रीनाथ : महाराज, जरा इसकी बहादुरी की तरफ खयाल कीजिए कि इश्तिहार देकर डंके की चोट काम कर रहा है! ऐसे शख़्स की गिरफ्तारी भी उसी तरह होनी चाहिए। ज्योतिषीजी की मदद की इसमें क्या जरूरत है?

महाराज : देखें वह कैसे गिरफ्तार होता है, शहर–भर उसके खौफ से काँप रहा है।

बद्रीनाथ : घबराइए नहीं, सुबह शाम में किसी–न–किसी को गिरफ्तार करता हूँ।

महाराज : क्या ये लोग कई आदमी हैं?

बद्रीनाथ : जरूर कई आदमी होंगे। यह अकेले का काम नहीं है कि यहाँ से नौगढ़ तक की खबर रखे और दोनों तरफ नुकसान पहुँचाने की नीयत करे।

महाराज : अच्छा जो चाहो करो, तुम्हारे आ जाने से बहुत कुछ ढाढ़स हो गयी। नहीं तो बडी ही फिक्र लगी हुई थी।

बद्रीनाथ : अब मैं रुखसत होऊँगा, बहुत कुछ काम करना है।

हरदयाल : क्या आप डेरे की तरफ नहीं जायँगे?

बद्रीनाथ : कोई जरूरत नहीं, मैं पूरे बन्दोबस्त से आया हूँ और जिधर जी चाहेगा चल दूँगा।

कुछ रात आ चुकी थी, जब महाराज से बिदा हो बद्रीनाथ जालिमखाँ की टोह में रवाना हुए।

आठवाँ बयान

बद्रीनाथ जालिमखाँ की फिक्र में रवाना हुए। वह क्या करेंगे या कैसे जालिमखाँ को गिरफ्तार करेंगे इसका हाल किसी को मालूम नहीं। जालिमखाँ ने आखिरी इश्तिहार में महाराज को धमकाया था कि अब तुम्हारे महल में डाका मारूँगा!

महाराज पर इश्तिहार का बहुत कुछ असर हुआ। पहरे पर आदमी चौगुने कर दिये गये। आप भी रात–भर जागने लगे, हरदम तलवार का कब्जा हाथ में रहताथा।

बद्रीनाथ के आने से कुछ तसल्ली हो गयी थी, मगर जिस रोज वह जालिमखाँ को गिरफ्तार करने चले गये उसके दूसरे ही दिन फिर इश्तिहार शहर में हर चौमुहानी और सड़कों पर चिपका हुआ लोगों के नजर पड़ा, जिसमें का एक कागज जासूस ने लाकर दरबार में महाराज के सामने पेश किया और दीवान हरदयालसिंह ने पढ़कर सुनाया—यह लिखा हुआ था—

"महाराज जयसिंह, होशियार रहना, पण्डित बद्रीनाथ की ऐयारी के भरोसे मत भूलना, वह कल का छोकरा क्या कर सकता है? पहिले तो जालिमखाँ तुम्हारा दुश्मन था, अब मैं भी पहुँच गया हूँ

पन्द्रह दिन के अन्दर इस शहर को उजाड़ कर दूँगा और आज के चौथे दिन बद्रीनाथ का सिर लेकर बारह बजे रात को तुम्हारे महल में पहुँचूँगा। होशियार!

उस वक्त भी जिसका जी चाहे मुझे गिरफ्तार कर ले। देखूँ तो माई का लाल कौन निकलता है? जो कोई महाराज का दुश्मन हो और मुझसे मिलना चाहे वह 'टेटी–चोटी' में बारह बजे रात को मिल सकता है।

आफतखाँ खूनी''

इस इश्तिहार ने तो महाराज के बचे–बचाये होश भी उड़ दिये। बस यही जी में आता था कि इसी वक्त विजयगढ़ छोड़कर भाग जायें, मगर जवाँमर्दी और हिम्मत ऐसा करने से रोकती थी।

जल्दी से दरबार बर्खास्त किया, दीवान हरदयालसिंह को साथ ले दीवानखाने में चले गये और इस नये आफतखाँ खूनी के बारे में बातचीत करने लगे!

महाराज : अब क्या किया जाय! एक न आफत मचा ही रखी थी अब दूसरे इस आफतखाँ ने आकर और भी जान सुखा दी। अगर ये दोनों गिरफ्तार करेंगे, मगर अब तो उनकी जान भी बचती नजर नहीं आती।

महाराज : किसी तरकीब से आज की यह खबर नौगढ़ पहुँचती तो बेहतर होता। वहाँ से बद्रीनाथ की मदद के लिए कोई और ऐयार आ जाता।

हरदयाल : नौगढ़ जिस आदमी को भेजेंगे उसी की जान जायगी, हाँ सौ–दौ सौ आदमियों के महरे में कोई खत जाय तो शायद पहुँचे।

महाराज : (गुस्से में आकर) नाम को हमारे यहाँ पचासों जासूस हैं। बरसों से हरामखोरों की तरह बैठे खा रहे हैं मगर आज एक

काम उनके किये नहीं हो सकता! न कोई जालिमखाँ की खबर लाता है न कोई नौगढ़ खत पहुँचाने लायक है!

हरदयाल : एक ही जासूस के मरने से सभों के छक्के छूट गये।

महाराज : खैर आज शाम को हमारे कुल जासूसों को लेकर बाग आओ, या तो कुछ काम ही निकालेंगे या सारे जासूस तोप के सामने रखकर उड़ा दिये जायेंगे, फिर जो कुछ होगा देखा जायगा। मैं खुद उस हरामजादी को पकड़ूँगा।

हरदयाल : जो हुक्म।

महाराज : बस अब आओ, जो हमने कहा है उसकी फिक्र करो।

दीवान हरदयालसिंह महाराज से बिदा हो अपने मकान पर गये, मगर हैरान थे कि क्या करें, क्योंकि महाराज को बेतरह क्रोध चढ़ आया था उम्मीद तो यही थी कि किसी जासूस के किये कुछ न होगा और वे बेचारे मुफ्त में तोप के आगे उड़ा दिये जायँगे। फिर वे यह भी सोचते थे कि जब महाराज खुद उन दुष्टों की गिरफ्तारी की फिक्र में घर से निकलेंगे तो मेरी जान भी गयी, अब जिन्दगी की क्या उम्मीद है।

नौवाँ बयान

कुँअर बीरेन्द्रसिंह तीसरे बाग की तरफ रवाना हुए, जिसमें राजकुमारी चन्द्रकान्ता की दरबारी तस्वीर देखी थी और जहाँ कई औरतें कैदियों की तरह इन्हीं गिरफ्तार करके ले गयी थीं।

उसमें जान का रास्ता इनको मालूम था। जब कुमार उस दरवाजे के पास पहुँचे, जिसमें से होकर ये लोग उस बाग में पहुँचते तो वहाँ एक कमसिन औरत नजर पड़ी जो इन्हीं की तरफ आ रही थी।

देखने में खूबसूरत और पोशाक भी उसकी बेशकीमत थी। हाथ में एक चीठी लिये कुमार के पास आकर खड़ी हो गयी, चीठी कुमार के हाथ में दे दी। उन्होंने ताज्जुब में आकर खुद उसे पढ़ा, लिखा हुआ था—

"कई दिनों से आप हमारे इलाके में आये हुए हैं, इसलिए आपकी मेहमानी हमको लाजिम है। आज सब सम्मान दुरुस्त किया है। इस लौंडी के साथ आइए और झोंपड़ी को पवित्र कीजिए। इसका अहसान जन्म भर न भूलूँगा।

सिद्धनाथ योगी।"

कुमार ने चीठी तेजसिंह के हाथ में दे दी। उन्होंने पढ़कर कहा, "साधु हैं, योगी हैं, इसी से इस चीठी में कुछ हुकूमत झलकती है।" देवीसिंह और ज्योतिषीजी ने भी चीठी को पढ़ा।

शाम हो चुकी थी, कुमार ने अभी उसी उस चीठी का कुछ जवाब नहीं दिया। था कि तेजसिंह ने उस औरत से कहा, "हम लोगों को महात्माजी की खातिर मंजूर है, मगर अभी तुम्हारे साथ नहीं जा सकते, घड़ी–भर के बाद चलेंगे, क्योंकि सन्ध्या करने का समय हो चुका है।

औरत : तब तक मैं ठहरती हूँ। आप लोग सन्ध्या कर लीजिए, अगर हुक्म हो तो सन्ध्या के लिए जल और आसन ले आऊँ?

देवी : नहीं कोई जरूरत नहीं।

औरत : तो फिर यहाँ सन्ध्या कैसे कीजियेगा? इस बाग में कोई नहर नहीं, बावली नहीं।

तेज : उस दूसरे बाग में बावली है।

औरत : तो फिर यहाँ सन्ध्या कैसे कीजियेगा? इस बाग में कोई नहर नहीं, बावली नहीं।

तेज : उस दूसरे बाग में बावली है।

औरत : इतनी तकलीफ करने की क्या जरूरत है, मैं अभी सब सामान लिये आयी हूँ फिर मेरे साथ चलिए, उस बाग में सन्ध्या कर लीजियेगा अभी तो उसका समय भी नहीं बीत चला है।

तेज : नहीं, हम लोग इसी बाग में सन्ध्या करेंगे, अच्छा जल ले आओ।

इतना सुनते ही वह औरत लपकती हुई तीसरे बाग में चली गयी।

कुमार : इस चीठी के भेजनेवाले अगर वे ही योगी हैं, जिन्होंने मुझे कूदने से बचाया था तो बड़ी खुशी की बात है, जरूर वहाँ

बनकन्या से भी मुलाकात होगी। मगर तुम रुक क्यों गये? उसी बाग में चलकर सन्ध्या कर लेते! मैं तो उसी वक्त कहने को था मगर यह समझकर चुप हो रहा कि शायद इसमें भी तुम्हारा कोई मतलब हो।

तेज : जरूर ऐसा ही है।

देवी : क्यों ओस्ताद, इसमें क्या, मतलब है?

तेज : देखो मालूम ही हुआ जाता है!

कुमार : तो कहते क्यों नहीं, आखिर कब बतलाओगे?

तेज : हमने यह सोचा कि कहीं योगीजी हम लोगों से धोखा न करें कि खाने–पीने में बेहोशी की दवा मिलकार खिला दें, जब हम लोग बेहोश हो जायें तो उठवाकर खोह के बाहर रखवा दें और यहाँ आने का रास्ता बन्द करा दें, ऐसा होगा तो कुल मेहनत की बर्बाद हो जायगी। देखिए आप भी इसी बाग में बेहोश किये गये थे; जब कैदी बनकर आये थे और प्यास लगने पर एक कटोरा पानी पीया था, उसी वक्त बेहोश हो गये और खोह में ले जाकर रख दिये गये थे।

अगर ऐसा न हुआ होता तो उसी समय कुछ–न–कुछ हाल यहाँ जाकर भोजन से इनकार करेंगे तो ठीक न होगा क्योंकि ज्याफत कबूल करके मौके पर खाने से इनकार कर जाना उचित नहीं है।

देवी : तो फिर इसकी तरकीब क्या सोची?

तेज : (हँसकर) तरकीब क्या, बस वही तिलिस्मी गुलाब का फूल घिसकर सभों को पिलाऊँगा और आप भी पीऊँगा, फिर सात दिन तक बेहोश करनेवाला कौन है?

कुमार : हाँ ठीक है, पर वह वैद्य भी कैसा चतुर होगा जिसने दवाइयों से ऐसे काम के नायाब फूल बनाये।

तेज : ठीक ही है।

इतने में वही औरत सामने से आती दिखायी पड़ी, उसके पीछे तीन लौंडिया आसन पचपात्र, जल इत्यादि हाथों में लिये आ रही थीं।

उस बाग में एक पेड़ के नीचे कई पत्थर बैठने लायक रखे हुए थे। औरतों ने उन पत्थरों पर सामान दुरुस्त कर दिया। इसके बाद तेजसिंह ने उन लोगों से कहा, "अब थोड़ी देर वास्ते तुम लोग अपने बाग में चली जाओ क्योंकि औरतों के सामने हम लोग सन्ध्या नहीं करते।"

"आप ही लोगों की खिदमत करते जनम बीत गया, ऐसी बातें करते–करते हैं, सीधी तरह से क्यों नहीं कहते कि हट जाओ! लो, मैं जाती हूँ। कहती हुई वह औरत लौंडियों को साथ ले चली गयी। उसकी बात पर लोग हँस पड़े और बोले, "जरूर ऐयारों के संग रहने वाली है!"

सन्ध्या करने के बाद तेजसिंह ने तिलिस्मी गुलाब का फूल पानी घिसकर सभों को पिलाया तथा आप भी पीया और तब राह देखने लगे। फिर वह औरत आये तो उसके साथ हम लोग चलें।

थोड़ी देर बाद वही औरत फिर आयी और उसने उन लोगों को चलने के लिए कहा। ये लोग भी तैयार थे, उठ खड़े हुए और उसके पीछे रवाना होकर तीसरे बाग में पहुँचे। ऐयारों ने अभी तक इस बाग को नहीं देखा था मगर कुँअर बीरेन्द्रसिंह इसे खूब पहिचानते थे। इसी बाग में कैदियों की तरह लाये गये थे और यहीं पर कुमारी चन्द्रकान्ता की तस्वीर का दरबार देखा था मगर आज इस बाग को वैसा नहीं पाया।

न तो वह रोशनी ही थी, न उतने आदमी ही। हाँ, पाँच–सात इधर–उधर घूमती–फिरती दिखायी पड़े उन तीन–पेड़ों के नीचे। कुछ रोशनी भी थी, जहाँ उसका होना जरूरी था।

शाम हो गयी थी बल्कि कुछ अँधेरा भी हो चुका था। वह औरत इन लोगों को लिये उस कमरे की तरफ चली, जहाँ कुमार ने तस्वीर का दरबार देखा था। रास्ते में कुमार सोचते जाते थे, ''चाहे जो हो आज सब भेद मालूम किये बिना योगी का पिण्ड न छोड़ूँगा। आज मालूम हो जायेगा कि बनकन्या कौन है, तिलिस्मी किताब उसने क्योंकर पायी थी, हमारे साथ उसने इतनी भलाई क्यों की और कुमारी चन्द्रकान्ता कहाँ चली गयी?''

दीवानखाने में पहुँचे। आज वहाँ तस्वीर का दरबार न था बल्कि उन्हीं योगी का दरबार था जिन्होंने पहाड़ी से पूछते हुए कुमार को बचाया था। लम्बा–चौड़ा फर्श बिछा हुआ था और उसके ऊपर एक मृगछाला बिछाये योगीजी बैठे हुए थे। बायीं तरफ कुछ पीछे हटकर बनकन्या बैठी थी और सामने की तरफ चार–पाँच लौंडियाँ हाथ जोड़े खड़ी थीं।

कुमार को आते देख योगीजी उठ खड़े हुए, दरवाजे तक आकर उनका हाथ पकड़ अपनी गद्दी के पास ले गये और बगल में दाहिनी ओर मृगछाले पर बैठाया। बनकन्या उठकर कुछ दूर जा खड़ी हुई और प्रेम–भरी निगाहों से कुमार की तरफ देखने लगी।

सब तरफ से हटकर कुमार की निगाह भी बनकन्या की तरफ जा डटी। इस वक्त इन दोनों की निगाहों से मुहब्बत, हमदर्दी और शर्म टपक रही थी। चारों आँखें आपुस में खुल रही थीं। अगर योगी का खयाल न होता तो दोनों दिल खोलकर मिल लेते, मगर नहीं दोनों ही को इस बात का खयाल था कि इन प्रेम की निगाहों को योगी न जानने पावें कुछ ठहरकर योगी और कुमार में बातचीत होने लगी–

योगी : आप ओर आपकी मण्डली के लोग कुशल मंगल से तो हैं?

कुमार : आपकी दया से हर तरह से प्रसन्न हैं, परन्तु...

योगी : परन्तु क्या?

कुमार : परन्तु कई बातों का भेद न खुलने से तबीयत को चैन नहीं हैं, फिर भी आशा है कि आपकी कृपा से हम लोगों का यह दुःख भी दूर हो जायगा।

योगी : परमेश्वर की दया से अब कोई चिन्ता न रहेगी और आपके सब सन्देह छूट जायेंगे। इस समय आप बीच बातचीत होती रहेगी, जो कुछ पूछना हो पूछियेगा। ईश्वर चाहेंगे तो अब किसी तरह का दुःख उठाना न पड़ेगा और आज ही से आपकी खुशी का दिन शुरु होगा।

योगी की अमृत–भरी बातों ने कुमार और उनके ऐयारों के सूखे दिलों को हरा कर दिया। तबीयत प्रसन्न हो गयी, उम्मीद बँध गयी कि अब सब काम पूरा हो जायगा। थोड़ी देर बाद भोजन का सामान दुरुस्त किया गया। खाने की जितनी चीजें थीं, सभी ऐसी थीं कि सिवाय राजे–महाराजे के और किसी के यहाँ न पायी जायें। खाने–पीने से निश्चिन्त होने बाद बाग के बीचोबीच में पत्थर के खूबसूरत चबूतरे पर पर्श बिछाया गया और उसके ऊपर मृगछाला बिछाकर योगीजी बैठ गये, अपने बगल में कुमार को बैठा लिया, कुछ दूर पर हटकर बनकन्या अपनी दो सिखयों के साथ बैठी, और जितनी औरतें थीं, हटा दी गयीं।

रात पहर–भर से ज्यादा जा चुकी थीं, चन्द्रमा अपनी पूर्ण किरण ाों से उदय हो रहे थे। ठण्डी हवा चल रही थी, जिसमें सुगन्धित फूलों की मीठी महक उड़ रही थी। योगी ने मुस्कुराकर कुमार से कहा–

''अब जो कुछ पूछना हो पूछिए, मैं सब बातों का जवाब दूँगा और जो कुछ काम आपके अभी तक अटके हैं, उनको भी करा दूँगा''

कुँअर बीरेन्द्रसिंह के जी में बहुत–सी ताज्जुब की बातें भरी हुई थीं, हैरान थे कि पहिले क्या पूछूँ। आखिर खूब सम्हालकर बैठे और योगी से, पूछने लगे।

दसवाँ बयान

जो कुछ दिन बाकी था दीवान हरदयालसिंह ने जासूसों को इकट्ठा करने और समझाने–बुझााने में बिताया। शाम को जासूसों को साथ ले हुक्म के मुताबिक महाराज जयसिंह के पास आग में हाजिर हुए।

खुद महाराज जयसिंह ने जाूससों से पूछा, ''तुम लोग जालिमखाँ का पता क्यों नहीं लगा सकते?'' इसके जवाब में उन्होंने अर्ज किया, ''महाराज, हम लोगों से जहाँ तक बनता है कोशिश करते हैं, उम्मीद है कि पता लग जायगा।''

महाराज ने कहा, ''आफतखाँ एक नया शैतान पैदा हुआ है! इसने अपने इश्तिहार में अपने मिलने का पता भी लिखा है, फिर क्यों नहीं तुम लोग उसी ठिकाने मिलकर उसे गिरफ्तार करते हो?'' जासूसों ने जवाब दिया, ''महाराज आफतखाँ ने अपने मिलने का ठिकाना 'टेटी–चोटी' लिखा है, अब हम लोग क्या जानें 'टेटी–चोटी' कहाँ है, कौन–सा महल्ला है या किस जगह को उसने इस नाम से लिखा है, इसका क्या अर्थ है तथा हम लोग कहाँ जायं?'' यह सुनकर महाराज भी 'टेटी–चोटी' के फेर में पड़ गये। कुछ भी

समझ में न आया। जासूसों को बेकसूर समझ कुछ न कहा। हाँ डरा–धमका के और ताकीद करके रवाना किया।

अब महाराज को अपने जीने की उम्मीद कम रह गयी। खौफ के मारे रात–भर हाथ में तलवार लिये जागा करते, क्योंकि थोड़ा–बहुत जो कुछ भरोसा था अपनी बहादुरी ही का था।

दूसरे दिन एक इश्तिहार फिर शहर में चिपका हुआ पाया गया जिसे पहरेवालों ने लाकर हाजिर किया। दीवान हरदयालसिंह ने पढ़कर सुनाया, यह लिखा था :–

''देखना, खूब सम्हले रहना! बद्रीनाथ को गिरफ्तार कर चुका हूँ। अपने पहिले वादे के बमूजिब कल बारह बजे रात को उसका सिर लेकर तुम्हारे महल में हम लोग कई आदमी पहुँचेंगे। देखें, कैसे गिरफ्तार करते हो!!

आफतखाँ।''

ग्यारहवाँ बयान

विजयगढ़ के पास भयानक जंगल में नाले के किनारे एक पत्थर की चट्टान पर चार आदमी सिपाहियाना पोशाक पहिरे बैठे हैं। उनके पास ही दूसरी चट्टान पर दो आदमी बैठे आपुस में धीरे–धीरे बातें कर रहे हैं। चाँदनी खूब छिटकी हुई है, जिसमें इन लोगों की सूरत और पोशाक साफ दिखायी पड़ती है। इन दोनों आदमियों में से जो दूसरे पत्थर पर बैठे हुए हैं एक की उम्र लगभग चालीस वर्ष की होगी। काला रंग, लम्बा कद, काली दाढ़ी, सिर्फ जाँघिया और चुस्त कुर्ता पहिने हुए, तीर–कमान और ढाल–तलवार आगे रक्खे एक घुटना जमीन के साथ लगाये बैठा है। बड़ी–बड़ी काली और कड़ी मोंछे ऊपर को चढ़ी हुई हैं, भूरी और खूँखार आँखें चमक रही हैं, चेहरे से बदमाशी और लुटेरापन झलक रहा है। इसका नाम जालिमखाँ हैं।

दूसरा शख्स जो उसी के सामने वीरासन बैठा है, उसका नाम आफत–खाँ है। मेयान कद, लम्बी दाढ़ी, चुस्त पायजामा और कुर्ता पहिने, गड़ाँसा सामने और एक छोटी सी गठरी बायीं तरफ रखे जालिमखाँ की बात खूब गौर से सुनता और जवाब दोता है।

जालिम : तुम्हारे मिल जाने से बड़ा सहारा हो गया।

आफत : इसी तरह मुझको तुम्हारे मिलने से! देखो यह गड़ाँसा, (हाथ में लेकर) इसी से हजारों आदमियों की जानें जायेंगी। मैं सिवाय इसके कोई दूसरा हर्बा नहीं रखता। यह जहर से बुझाया हुआ है, जिसे जरा भी इसका जख्म लग जाय फिर उसके बचने की कोई उम्मीद नहीं।

जालिम : बहुत हैरान होने पर तुमसे मुलाकात हुई!

आफत : मुझे तुमसे जरूर मिलना था, इसलिए इश्तिहार चिपका दिये क्योंकि तुम लोगों का कोई ठिकाना तो था नहीं जहाँ खोजता, लेकिन मुझे यकीन था कि तुम ऐयारी जरूर जानते होगे, इसलिए ऐयारी बोली में अपना ठिकाना लिख दिया कि जिससे दूसरे की समझ में न आवे कि कहाँ बुलाया है!

जालिम : ऐसे ही कुछ थोड़ी–सी ऐयारी सीखी थी, मगर तुम इस फन में ओस्ताद मालूम होते हो, तभी तो बद्रीनाथ को झट गिरफ्तार कर लिया!

आफतः ओस्ताद तो मैं कुछ भी नहीं, मगर हाँ बद्रीनाथ ऐसे छोकरे के लिए बहुत हूँ।

जालिम : जो चाहो कहो मगर मैंने तुमको अपना ओस्ताद मान लिया, जरा बद्रीनाथ की सूरत तो दिखा दो।

आफत : हाँ हाँ, देखो, धड़ तो उसका गाड़ दिया मगर सर गठरी में बँधा है, लेकिन हाथ मत लगाना क्योंकि इसको मसाले में तर किया है, जिसमें कल तक सड़ न जाय।

इतना कह आफतखाँ ने अपने बगलवाली गठरी खोली जिसमें बद्रीनाथ का सिर बँधा हुआ था। कपड़ा खून से तर हो रहा था। जितने आदमी उसके साथियों में से उस जगह थे, बद्रीनाथ की खोपड़ी देख खुशी के मारे उछलने लगें

जालिम : यह शख्स बड़ा शैतान था।

आफत : लेकिन मुझसे बच के कहाँ जाता!

जालिम : मगर ओस्ताद, तुम एक बात बड़े बेढब कहते हो कि कल बाहर बजे रात को महल में चलना होगा।

आफत : बेढब क्या है, देखो कैसा तमाशा होता है!

जालिम : मगर ओस्ताद तुम्हारे इश्तिहार दे देने से उस वक्त, वहाँ बहुत से आदमी इकट्ठे होंगे, कहीं ऐसा न हो कि हम लोग गिरफ्तार हो जायँ?

आफत : ऐसा कौन है जो हम लोगों को गिरफ्तार करे?

जालिम : तो इसमें क्या फायदा है कि अपनी जान जोखिम में डाली जाय! वक्त टाल के क्यों नहीं चलते?

आफत : तुम तो गदहे हो, कुछ खबर भी है कि हमने ऐसा क्यों किया?

जालिम : अब यह तो तुम जाना!

आफत : सुनो मैं बताता हूँ। मेरी नीयत यह है कि जहाँ तक हो सके जल्दी से उन लोगों को मार–पीट सब मामला खतम कर दूँ। उस वक्त वहाँ जितने आदमी मौजूद होंगे सभों को बस तुम मुर्दा ही समझ लो, बिना हाथ–पैर हिलाये सभों का काम तमाम करूँ तो सही।

जालिम : भला ओस्ताद यह कैसा हो सकता है!

आफत : (बटुए में से एक गोला निकालकर और दिखाकर) देखो इस किस्म के बहुत में गोले मैंने बना रखे हैं जो एक–एक तुम लोगों के हाथ में दे दूँगा। बस वहाँ पहुँचते ही तुम लोग इन लोगों को उन लोगों के हजूम (भीड़) में फेंक देना जो हम लोगों को गिरफ्तार करने के लिए मौजूद होंगे। गिरते ही ये गोले भारी

आवाज देकर फूट जायँगे और इनमें से बहुत–सा धुआँ निकलेगा जिसमें वे लोग छिप जायँगे, आँखों में धुआँ लगते ही अन्धे हो जायँगे और नाक के' अन्दर जहाँ गया कि उन लोगों की जान गयी, ऐसा जहरीला यह धुआँ होगा।

आफतखाँ की बात सुनकर सब–के–सब मारे खुशी के उछल पड़ें जालिमखाँ ने कहा, ''भला ओस्ताद एक गोला यहाँ पटक के दिखाओ, हम लोग भी देख लें तो दिल मजबूत हो जायगा।''

''हाँ देखो।'' यह कह के आफतखाँ ने वह गोला जमीन पर पटक दिया, साथ ही एक आवाज देकर गोला फट गया और बहुत–सा जहरीला धूआँ फैला जिसको देखते ही आफतखाँ, जालिमखाँ और उनके साथी लोग जल्दी से हट गये तिस पर भी उन लोगों की आँखें सूज गयीं और सर घूमने लगा। यह देखकर आफतखाँ ने अपने बटुए में से मरहम की एक डिबिया निकाली और सभों की आँखों में वह मरहम लगाया तथा हाथ में मलकर सुँघाया, जिससे उन लोगों की तबीयत कुछ ठिकाने हुई और वे आफतखाँ की तारीफ करने लगे।

जालिम : वाह ओस्ताद, यह तो तुमने बहुत ही बढ़िया चीज बनायी है।

आफत : क्यों, अब तो महल में चलने का हौसला हुआ?

जालिम : शुक्र है, उस पाक परवरदिगार का जिसने तुम्हें मिला दिया! जो काम हम साल–भर में करते सो तुम एक रोज में कर सकते हो। वाह ओस्ताद वाह, अब तो हम लोग उछलते–कूदते महल में चलेंगे और सभों को दोजख में पहुँचायेंगे, ल ओ एक–एक गोला सभों को दे दो।

आफत : अभीक्यों, जब चलने लगेंगे दे देंगे, कल का दिन जो काटना है।

जालिम : अच्छा, लेकिन ओस्ताद, तुमने इतने दिन पीछे का इश्तिहार क्यों दे दिया? आज ही का दिन अगर मुकर्रर किया होता तो मजा हो जाता।

आफत : हमने समझा था कि बद्रीनाथ जरा चालाक हैं, शायद जल्द हाथ न लगे इसलिए ऐसा किया, मगर यह तो निरा बोदा निकला!

जालिम : अब क्या करना चाहिए?

आफतः इस वक्त तो कुछ नहीं, मगर कल बारह बजे रात को महल में चलने के लिए तैयार रहना चाहिए!

जालिम : इसके कहने की कोई जरूरत नहीं, अब तो हम और तुम साथ ही हैं, जब जो कहोगे करेंगे।

आफत : अच्छा तो आज यहाँ से टलकर किसा दूसरी जगह आराम करना मुनासिब है। कल देखो खुदा क्या करता है। मैं तो कसम खा चुका हूँ कि महल में जाकर बिना सभों का काम तमाम किये एक दाना मुँह नहीं डालूँगा।

जालिम : ओस्ताद ऐसा नहीं करना चाहिए, तुम कमजोर हो जाओगे ।

आफत : बस चुप रहो, बिना खाये हमारा कुछ नहीं बिगड़ सकता। इसके बाद सब वहाँ से उठकर एक तरफ को रवाना हो गये।

बारहवाँ बयान

वह दिन आ गया जब बारह बजे रात को बद्रीनाथ का सिर लेकर आफत खाँ महल में पहुँचेगा। आज शहर–भर में खलबली मची हुई थी। शाम ही महाराज जयसिंह खुद सब तरह का इन्तजाम कर रहे थे। बड़े–बड़े बहादुर और फुर्तीले जवाँमर्द महल के अन्दर इकट्ठा किये जा रहे थे। सभों में जोश फैलता जाता था।

महाराज खुद हाथ में तलवार लिये इधर–से–उधर टहलते और लोगों के बहादुरी की तारीफ करके कहते थे कि सिवाय अपने जान–पहिचान के किसी गैर को किसी वक्त कहीं देखों गिरफ्तार कर लो; और बहादुर लोग आपस में डींग हाँक रहे थे कि यों पकड़ूँगा, यों काटँगा।

महल के बाहर पहरे का इन्तजाम कम कर दिया गया क्योंकि महाराज को पूरा भरोसा था कि महल में आते ही आफतखाँ को गिरफ्तार कर लेंगे और जब बाहर पहरा कम रहेगा तो वह बखूबी महल में चला आवेगा नहीं तो दो–चार पहरेवालों को मारकर भाग जायगा। महल के अन्दर रोशनी भी खूब कर दी गयी, तमाम मकान दिन की तरह चमक रहा था।

आधी रात बीता ही चाहती थी कि पूरब की छत से छः आदमी, जधाधम कूदकर धड़धड़ाते हुए उस भीड़ के बीच में आकर खड़े हो गये, जहाँ बहुत से बहादुर बैठे और खड़े थे। सबके आगे वही आफतखाँ बद्रीनाथ का सर हाथ में लटकाये हुए था।

तेरहवाँ बयान

खोह वाले तिलिस्म के अन्दर बाग से कुँअर बीरेन्दसिंह और योगी से बात-चीत होने लगी जिसे बनकन्या और इनके ऐयार बखूबी सुन रहे थे।

कुमार : पहिले यह कहिए चन्द्रकान्ता जीती है या मर गयी?

योगी : राम राम, चन्द्रकान्ता को कोई मार सकता है? वह बहुत अच्छी तरह से इस दुनिया में मौजूद है।

कुमार : क्या उससे और मुझसे फिर मुलाकात होगी?

योगी : जरूर होगी।

कुमार : कब?

योगी : (बनकन्या की तरफ इशारा करके) जब यह चाहेगी।

इतना सुन कुमार बनकन्या की तरफ देखने लगे। इस वक्त उसकी अजीब हालत थी बदन में घड़ी-घड़ी कँपकँपी हो रही थी, घबरायी-सी नजर पड़ती थी। उसकी ऐसी गति देखकर एक दफे योगी ने अपनी कड़ी और तिरछी निगाह उस पर डाली, जिसे देखते ही वह सम्हल गयी।

कुँअर बीरेन्द्रसिंह ने भी इसे अच्छी तरह से देखा और फिर कहा।

कुमार : अगर आपकी कृपा होगी तो मैं चन्द्रकान्ता से अवश्य मिल सकूँगा।

योगी : नहीं, यह काम बिल्कुल (बनकन्या को दिखाकर) इसी के हाथ में है, मगर यह मेरे हुक्म में है। अस्तु आप घबराते क्यों हैं, और जो–जो बातें आपको पूछना हो पूछ लीजिए, फिर चन्द्रकान्ता से मिलने की तरकीब भी बता दी जायगी।

कुमार : अच्छा यह बताइए कि यह बनकन्या कौन है?

योगी : यह एक राजा की लड़की है।

कुमार : मुझ पर इसने बहुत उपकार किये इसका क्या सबब है?

योगी : इसका यही सबब है कि कुमार चन्द्रकान्ता से और इससे बहुत प्रेम है।

कुमार : अगर ऐसा है तो मुझसे शादी क्यों करना चाहती हैं?

योगी : तुम्हारे साथ शादी करने की इसकी कोई जरूरत नहीं है और न यह तुमको चाहती ही है। केवल चन्द्रकान्ता की जिद से लाचार है, क्योंकि उसको यही मंजूर है।

योगी की आखिरी बात सुनकर कुमार मन में बहुत खुश हुए और फिर योगी से बोले—

कुमार : जब चन्द्रकान्ता से और इनसे इतनी मुहब्बत है तो यह उसे मेरे सामने क्यों नहीं लाती?

योगी : अभी उसका समय नहीं है।

कुमार : क्यों?

योगी : जब राजा सुरेन्द्रसिंह और जयसिह को आप यहाँ लायेंगे, तब यह कुमारी चन्द्रकान्ता को लाकर उनके हवाले कर देगी।

कुमार : तो मैं अभी यहाँ से जाता हूँ, जहाँ तक होगा उन दोनों को लेकर बहुत जल्द आऊँगा।

योगी : मगर पहिले हमारी एक बात का जवाब दे लो।

कुमार : वह क्या?

योगी : (बनकन्या की तरफ इशारा करके) इस लड़की ने तुम्हारी बहुत कुछ मदद की है और तुमने तथा तुम्हारे ऐयारों ने इसे देखा भी इसका हाल और कौन–कौन जानता है और तुम्हारे ऐयारों के सिवाय और किसने देखा है?

कुमार : मेरे और फतहसिंह के सिवाय इन्हें आज तक किसी ने नहीं देखा। हाँ, मगर शायद वह हाल इन्होंने आपसे न कहा हो, क्योंकि मैंने कसम दे दी थी।

यह सुनकर कुमार ने तेजसिंह की तरफ देखा। उन्होंने कहा, "जी यह उस वक्त की बात है, जब आपने मुझसे कहा था कि आजकल तुम लोगों की ऐयारी में उल्ली लग गयी है। तब मैंने कोशिश करके इनसे मुलाकात की और कहा कि 'अपना पूरा हाल मुझसे जब तक न कहेंगी मैं न मानूँगा और आपका पीछा न छोड़ूँगा।' तब इन्होंने कहा कि एक दिन वह आवेगा कि चन्द्रकान्ता और मैं कुमार की कहलाऊँगी मगर इस वक्त तुम मेरा पीछा मत करो नहीं तो तुम्हीं लोगों के काम का हर्ज होगा।' तब मैंने कहा कि 'अगर आप इस बात की कसम खायें कि चन्द्रकान्ता कुमार को मिलेंगी तो इस वक्त मैं यहाँ से चला जाऊँ।' इन्होंने कहा कि 'तुम भी इस बात की कसम खाओ कि आज का हाल तब तक किसी से न कहोगे जब तक मेरा और कुमार का सामना न हो जाय।' आखिर

इस बात की हम दोनों ने कसम खायी। यही सबब है कि पूछने पर भी मैंने यह सब हाल किसी से नहीं कहा, आज इनका और आपका पूरी तरह से सामना हो गया इसलिए कहता हूँ!"

योगी : (कुमार से) अच्छा तो इस लड़की को सिवाय तुम्हारे तथा ऐयार लोगों के और किसी ने नहीं देखा, मगर इसका हाल तो तुम्हारे लश्करवाले जानते होंगे कि आजकल कोई नयी औरत आयी है जो कुमार की मदद कर रही है।

कुमार : नहीं, यह हाल भी किसी को मालूम नहीं, क्योंकि सिवाय ऐयारों के मैं और किसी से इनका हाल कहता ही न था और ऐयार लोग सिवाय अपनी मण्डली के दूसरे को किसी बात का पता क्यों देने लगे? हाँ, इनके नकाबपोश सवारों को हमारे लश्करवालों ने कई दफे देखा है। और इनका खत लेकर भी जब–जब कोई हमारे पास गया, तब–तब हमारे लश्कर वालों ने देखकर शायद कुछ समझा हो।

योगी : इसका कोई हर्ज नहीं, अच्छा यह बताओ कि तुम्हारी जुबानी राजा सुरेन्द्रसिंह और जयसिंह ने भी कुछ इसका हाल सुना है?

कुमार : उन्होंने तो नहीं सुना। हाँ, तेजसिंह के पिता जीतसिंह से मैंने सब हाल जरूर कह दिया था, शायद उन्होंने मेरे पिता से कहा हो।

योगी : नहीं जीतसिंह यह सब हाल तुम्हारे पिता से कभी न कहेंगे। मगर अब तुम इस बात का खूब हाल तुम्हारे पिता से कभी न कहेंगे।

मगर अब तुम इस बात का खूब ख्याल रखो कि बनकन्या ने जो–जो काम तुम्हारे साथ किये हैं उनका हाल किसी को न मालूम हो।

कुमार : मैं कभी न कहूँगा, मगर आप यह तो बतावें कि इनका हाल किसी से न कहने में क्या फायदा सोचा है! अगर मैं किसी से कहूँगा तो इसमें इनकी तारीफ ही होगी।

योगी : तुम लोगों के बीच में चाहे इसकी तरीफ हो मगर यहसब हाल इसके माँ–बाप सुनेंगे तो उन्हें कितना रंज होगा? क्योंकि एक बड़े घर की लड़की का पराये मर्द से मिलना और पत्र–व्यवहार करना तथा, ब्याह का सन्देश देना इत्यादि कितने ऐब की बात है।

कुमार : हाँ, यह तो ठीक है। अच्छा इनके माँ–बाप कौन हैं और कहीं रहते हैं?

योगी : इसका हाल भी तुमको तब मालूम होगा जब राजा सुरेन्द्रसिंह और महाराज जयसिंह यहाँ आवेंगे और कुमारी चन्द्रकान्ता उनके हवाले कर दी जायगी।

कुमार : तो आप मुझे हुक्म दीजिए कि मैं इसी वक्त उन लोगों को लाने के लिए यहाँ से चला जाऊँ।

योगी : यहाँ से जाने का भला यह कौन–सा वक्त है? क्या शसहर का मामला है? रात–भर ठहर जाओ, सुबह को जाना, रात भी अब थोड़ी रह गयी है, कुछ आराम कर लो।

कुमार : जैसी आपकी मर्जी।

गर्मी बहुत थी, इस वजह से उसी मैदान में कुमार ने सोना पसन्द कि। इन सभों के सोने का इन्तजाम योगी जी के हुक्म से उसी वक्त कर दिया गया। इसके बाद योगीजी अपने कमरे की तरफ रवाना हुए और बनकन्या भी एक तरफ को चली गयी।

थोड़ी–सी रात बाकी थी, वह भी उन लोगों को बातचीत करते बीत गयी। अभी सूरज नहीं निकला था कि योगी जी अकेले फिर कुमार के पास आ मौजूद हुए और बोले, "मैं रात को एक बात

कहना भूल गया था जो इस वक्त समझाये देता हूँ। जब राजा जयसिंह इस खोह में आने के लिए तैयार हो जायँ बल्कि तुम्हारे पिता और जयसिंह दोनों मिलकर इस खोह के दरवाजे तक आ जायँ, तब पहिले तुम उन लोगों को बाहर ही छोड़कर अपने ऐयारों के साथ यहाँ आकर हमसे मिल जाना, इसके बाद उन लोगों को यहाँ लाना, और इस वक्त स्नान–पूजा से छुट्टी पाकर तब यहाँ से जाओ।'' कुमार ने ऐसा ही किया, मगर योगी की आखिरी बात से इनको और भी ताज्जुब हुआ कि हमें पहिले क्यों बुलाया?

कुछ खाने का सामना हो गया। कुमार और उनके ऐयारों का खिला–पिलाकर योगी ने विदा कर दिया।

दोहरा के लिखने की कोई जरूरत नहीं, खोह में घूमते–फिरते कुँअर बीरेन्द्रसिंह और उनके ऐयार जिस तरह इस बाग तक आये थे उसी तरह इस बाग से दूसरे और दूसरे से तीसरे में होते सब लोग खोह के बाहर हुए और एक घने पेड़ के नीचे सभों को बैठा देवीसिंह कुमार के लिए घोड़ा लाने नौगढ़ चले गये।

थोड़ा दिन बाकी था जब देवीसिंह घोड़ा लेकर कुमार के पास पहुँचे, जिस पर सवार होकर कुँअर बीरेन्द्रसिंह अपने ऐयारों के साथ नौगढ़ की तरफ रवाना हुए।

नौगढ़ पहुँचकर अपने पिता से मुलाकात की और महल में जाकर अपनी माता से मिले। अपना कुल हाल किसी से नहीं कहा। हाँ, पन्नालाल वगैरह की जुबानी इतना हाल इनको मिला कि कोई जालिमखाँ इन लोगों का दुश्मन पैदा हुआ है जिसने विजयगढ़ में कई खून किये हैं और वहाँ की रिआया उसके नाम से काँप रही है, पण्डित बद्रीनाथ उसको गिरफ्तार करने गये हैं, उनके जाने के बाद यह भी खबर मिली है कि एक आफतखाँ नामी दूसरा शख्स पैदा हुआ है जिसने इस बात का इश्तिहार दे दिया है कि फलाने रोज

बद्रीनाथ का सिर लेकर महल में पहुँचूँगा, देखूँ, मुझे कौन गिरफ्तार करता है।

इन सब खबरों को सुनकर कुँअर बीरेन्द्रसिंह, तेजसिंह, देवीसिंह और ज्योतिषीजी बहुत घबराये और सोचने लगे कि जिस तरह हो विजयगढ़ पहुँचना चाहिए क्योंकि अगर ऐसे वक्त में वहाँ पहुँचकर महाराज जयसिंह की मदद न करेंगे और उन शैतानों के हाथ से वहाँ की रिआया को न बचावेंगे तो कुमारी चन्द्रकान्ता को हमेशा के लिए ताना मारने की जगह मिल जायगी और हम उनके सामने मुँह दिखाने लायक भी न रहेंगे।

इसके बाद यह भी मालूम हुआ कि जीतसिंह पन्द्रह दिनों की छुट्टी लेकर कहीं गये हैं। इस खबर ने तेजसिंह को परेशान कर दिया। वह इस सोच में पड़ गये कि उनके पिता कहाँ गये, क्योंकि उनकी बिरादरी में कहीं कुछ काम न था, जहाँ जाते, तब इस बहाने से छुट्टी लेकर क्यों गये?

तेजसिंह ने अपने घर में जाकर अपनी माँ से पूछा कि हमारे पिता कहाँ गये हैं? जिसके जवाब में बेचारी ने कहा, ''बेटा, क्या ऐयारों के घर औरतें इस लायक होती हैं कि उनके मालिक अपना ठीक–ठीक हाल उनसे कहा करें!''

इतना ही सुनकर तेजसिंह चुप हो रहे। दूसरे दिन राजा सुरेन्द्रसिंह के पूछने पर तेजसिंह ने इतना कहा कि 'हम लोग कुमारी चन्द्रकान्ता को खोजने के लिये खोह में गये थे, वहाँ एक योगी से मुलाकात हुई जिसने कहा कि अगर महाराज सुरेन्द्रसिंह और महाराज जयसिंह को लेकर यहाँ आओ तो मैं चन्द्रकान्ता को बुलाकर उसके बाप के हवाले कर दूँ। इसी सबब से हम लोग आपको और महाराज जयसिंह को लेने आये हैं।

राजा सुरेन्द्रसिंह ने खुश होकर कहा, ''हम तो अभी चलने को तैयार हैं मगर महाराज जयसिंह तो ऐसी आफत में फँस गये हैं कि

कुछ कह नहीं सकते। पण्डित बद्रीनाथ यहाँ से गये हैं, देखें क्या होता है। तुमने तो वहाँ का हाल सुना ही होगा।''

तेज : मैं सब हाल सुन चुका हूँ, हम लोगों को वहाँ पहुँचकर मदद करना मुनासिब है।

सुरेन्द्रसिंह : मैं खुद यह हाल कहने को था। कुमार की क्या राय है, वे जायँगे या नहीं?

तेज : आप खुद जानते हैं कि कुमार काल से भी डरनेवाले नहीं, वह जालिमखाँ क्या चीज है!

राजा : ठीक है, मगर किसी वीर पुरुष का मुकाबला करना हम लोगों का धर्म है और चोर तथा डाकुओं या ऐयारों का मुकाबला करना तुम ल, क्या जाने वह छिपकर कहीं कुमार पर ही घात कर बैठे!

तेज : वीरों और बहादुरों से लड़ना कुमार का काम है सही, मगर दुष्ट चोर, डाकू या और किसी की भी क्या मजाल है कि हम लोगों के रहते कुमार का बाल भी बाँका कर जाय!

राजा : हम तो नाम के आगे जान कोई चीज नहीं समझते, मगर दुष्ट घातियों से बचे रहना भी धर्म है। सिवाय इसके कुमार के वहाँ गये बिना कोई हर्ज भी नहीं है, अस्तु तुम लोग जाओ और महाराज जयसिंह की मदद कोई करो। जब जालिमखाँ गिरफ्तार हो जाय हो महाराज को सब हाल कह करो। जब जालिमखाँ गिरफ्तार हो जाय हो महाराज को सब हाल कह सुना कर यहीं लेते आना, फिर हम भी साथ होकर खोह में चलेंगे।

राजा सुरेन्द्रसिंह की मर्जी कुमार को इस वक्त विजयगढ़ जाने देने की नहीं समझकर और राजा से बहुत जिद्द करना भी बुरा ख्याल करके तेजसिंह उनके खास हाथ की लिखी हुई चीठी की खलीता लेकर विजयगढ़ की तरफ रवाना हुए।

कुछ दूर जाकर दोपहर की धूप घने जंगल के पेड़ों की झुरमुट में काटी और ठण्डे हो रवाना हुए। विजयगढ़ पहुँचकर महल में आधी रात को ठीक उस वक्त पहुँचे जब बहुत से जवाँमर्दों की भीड़ बटुरी हुई थी और हर एक आदमी चौकन्ना होकर हर तरफ देख रहा था। यकायक पूरब की छत धमाधम छः आदमी कूदकर बीचो–बीच भीड़ में आ खड़े हुए, जिनके आगे–आगे बद्रीनाथ का सर हाथ में लिये आफतखाँ था।

तेजसिंह को अभी तक किसी ने नहीं देखा था, इस वक्त इन्होंने ललकारकर कहा, ''पकड़ो इन नालायकों को, अब देखते क्या हो?'' इतने कहकर आप की कमन्द फैलाकर उन लोगों की तरफ फेंका, तब तक बहुत से आदमी टूट पड़े। उन लोगों के हाथ में जो गेंद मौजूद थे, जमीन पर पटकने लगे मगर कुछ नहीं, वहाँ तो मामला ही ठण्डा था, गेंद क्या थे, धोखे की टट्टी थी। कुछ करते–धरते न बन पड़ा और सब–केसब गिरफ्तार हो गये।

अब तेजसिंह को सभों ने देखा, आफतखाँ ने भी इनकी तरफ देखा और कहा, ''तेज, मेमचे बद्री।'' इतना सुनते ही तेजसिंह ने आफतखाँ का हाथ पकड़कर इनको सभों से अलग कर लिया और हाथ–पैर खोले गले से लगा लिया। सब गुल मचाने लगे, ''हाँ हाँ, क्या करते हो, यह तो बड़ा भारी दुष्ट है, इसी ने तो बद्रीनाथ को मारा है। देखो, इसी के हाथ में बेचारे बद्रीनाथ का सर है, तुम्हें क्या होगया कि इसके साथ नेकी करते हो?'' पर तेजसिंह ने घुड़कर कहा–''चुप रहो, कुछ खबर भी है कि यह कौन है? बद्रीनाथ का मारना क्या खेल हो गया है?''

तेजसिंह की इज्जत को सभी जानते थे। किसी की मजाल न थी कि उनकी बात काटता। आफतखाँ को उनके हवाले करना ही पड़ा, मगर बाकी पाँचों आदमियों को खूब मजबूती से बाँधा।

आफतखाँ का हाथ भी तेजसिंह ने छोड़ दिया और साथ–साथ लिये हुए महाराज जयसिंह की तऱ चले। चारों तरफ धूम मची थी जालिमखाँ और उसके साथियों के गिरफ्तार हो जाने पर भी लोग काँप रहे थे, महाराज भी दूर से सब तमाशा देख रहे थे। तेजसिंह को आफतखाँ के साथ अपनी तरफ आते देख घबरा गये। म्यान (नयाम) से तलवार खींच लिया। तेजसिंह ने पुकारकर कहा, ''घबराइये नहीं, हम दोनों आपके दुश्मन नहीं हैं। ये जो हमारे साथ हैं और जिन्हें आप कुछ और समझे हुए हैं, वास्तव में पण्डित बद्रीनाथ हैं।'' यह कह आफतखाँ की दाढ़ी हाथ से पकड़कर झटक दी जिससे बद्रीनाथ कुछ पहिचाने गये।

अब महाराज जयसिंह का जी ठिकाने हुए। पूछा, ''बद्रीनाथ उनके साथ क्यों थे?''

बद्री ' महाराज, अगर मैं उनका साथी न बनता तो उन लोगों को यहाँ तक लाकर गिरफ्तार कौन करता?

महाराज : अगर मैं उनका साथी न बनता तो उन लोगों को यहाँ तक लाकर गिरफ्तार कौन कराता?

महाराज : तुम्हारे हाथ में यह सिर किसका लटक रहा है?

बद्री : मोम का, बिल्कुल बनावटी!

अब तो धूम मच गयी कि जालिमखाँ को बद्रीनाथ ऐयार ने गिरफ्तार कराया। इनके चारों तरफ भीड़ लग गयी, एक पर एक टूटा पड़ता था। बड़े ही मुश्किल से बद्रीनाथ उस झुण्ड से अलग किये गये। जालिमखाँ वगेरह को भी मालूम हो गया। कि आफतखाँ कृपानिधान बद्रीनाथ ही थे जिन्होंने हम लोगों को बेढब धोखा देकर फँसाया, मगर इस वक्त क्या कर सकते? हाथ–पैर सभी के बँधे थे, कुछ जोर नहीं चल सकता था, लाचार होकर बद्रीनाथ को गालियाँ देने लगे। सच है, जब आदमी की जान पर आ बनती है, तब जो जी में आता है बकता है।

बद्रीनाथ ने उनकी गालियों का कुछ भी ख्याल न किया बल्कि उन लोगों की तरफ देखकर हँस दिया। इसके साथ बहुत से आदमी बल्कि महाराज तक हँस पड़े।

महाराज के हुक्म से सब आदमी महल के बाहर कर दिये गये, सिर्फ थोड़े से मामूली उमरा लोग रह गये और महल के अन्दर ही कोठरी में हाथ–पैर जकड़कर जालिमखाँ और उसके साथ बन्द कर दिये गये। पानी मँगवाकर बद्रीनाथ का हाथ–पैर धुलवाया गया, इसके बाद दीवानखाने में बैठकर बद्रीनाथ से सब खुलासा हाल जालिमखाँ के गिरफ्तार करने का पूछने लगे जिसके सुनने के लिए तेजसिंह भी ब्याकुल हो रहे थे।

बद्रीनाथ ने कहा, ''महाराज, इस दुष्ट जालिमखाँ से मिलने की पहिली तरकीब मैंने यह की कि अपना नाम आफतखाँ रखकर इश्तिहार दिया और अपने मिलने का ठिकाना ऐसी बोली में लिखा कि सिवाय उसके या ऐयारों के किसी की समझ में न आवे। यह तो मैं जानता ही था कि यहाँ इस वक्त कोई ऐयार नहीं है जो मेरी इस लिखावट को समझेगा।''

महाराज : हाँ ठीक है, तुमने अपने मिलने का ठिकाना 'टेटी–चोटी लिखा था, इसका क्या अर्थ है?

बद्री ' ऐयारी बोली मैं 'टेटी–चोटी' भयानक नाले को कहते हैं।

इसके बाद बद्रीनाथ ने जालिमखाँ से मिलने का और गेंद का तमाशा दिखला के धोखे का गेंद उन लोगों के हवाले कर भुलावा दे महल में ले आने का पूरा–पूरा हाल कहा, जिसको सुनकर महाराज बहुत ही खुश हुए और इनाम में बहुत–सी जागीर बद्रीनाथ को देना चाहा, मगर उन्होंने उसके लेने से बिल्कुल इन्कार किया और कहा कि बिना मालिक की आज्ञा के मैं आपसे कुछ नहीं ले सकता, उनकी तरफ से मैं जिस काम पर मुकर्रर किया गया था, जहाँ तक हो सका उसे पूरा कर दिया।

इसी तरह के बहुत से उज्र बद्रीनाथ ने किये जिनको सुन महाराज और भी खुश हुए और इरादा कर लिया कि किसी और मौके पर बद्रीनाथ को बहुत कुछ देंखे जब कि ये लेने से इनकार न कर सकेंगे।

बात–ही बात में सबेरा हो गया। तेजसिंह और बद्रीनाथ महाराज ने बिदा हो दीवान हरदयालसिंह के घर आये।

चौदहवाँ बयान

सुबह को खुशी–खुशी महाराज ने दरबार किया। तेजसिंह और बद्रीनाथ भी बड़ी इज्जत से बैठाये गये। महाराज के हुक्म से जालिमखाँ और उनके चारों साथी दरबार में लाये गये जो हथकड़ी–बेड़ी से जकड़े हुए थे। हुक्म पा तेजसिंह जालिमखाँ से पूछने लगे–

तेजसिंह : क्यों जी, तुम्हारा नाम ठीक–ठीक जालिमखाँ है या और कुछ?

जालिम : इसका जवाब मैं पीछे दूँगा, पहिले यह बताइये कि आप लोगों के यहाँ ऐयारों को मार डालने का कायदा है या नहीं?

तेज : हमारे यहाँ क्या हिन्दुस्तान–भर में कोई धर्मिष्ट हिन्दू राजा ऐयार को कभी जान से न मारेगा। हाँ, वह ऐयार जो अपने कायदे के बाहर काम करेगा जरूर मारा जायगा।

जालिम : तो क्या हम लोग मारे जायँगे?

तेज : यह खुशी महाराज की, मगर क्या तुम लोग ऐयार हो जो ऐसी बातें पूछते हो?

जालिम : हाँ, हम लोग ऐयार है।

तेज : राम राम, क्यों ऐयारी का नाम बदनाम करते हो! तुम लोग तो पूरे डाकू हो, ऐयारी से तुम लोगों का क्या वास्ता?

जालिम : हम लोग कई पुश्त से ऐयार होते आ रहे हैं, कुछ आज नये ऐयार नहीं बने।

तेज : तुम्हारे बाप–दादा शायद ऐयार हुए हों, मगर तुम लोगों तो खासे दुष्ट डाकुओं में से हो।

जालिम : जब आपने हमारा नाम डाकू की रखा है तो बचने की कौन उम्मीद हो सकती है?

तेज : जो हो, खैर यह बताओ कि तुम हो कौन?

जालिम : जब मारे ही जाना है तो नाम बताकर बदनामी क्यों ले और अपना पूरा हाल भी किसलिए कहें! हाँ, इसका वादा करो कि जान से न मारोगे तो कहें।

तेज : यह वादा कभी नहीं हो सकता और अपना ठीक–ठीक हाल भी तुमको झक मार के कहना ही होगा।

जालिम : कभी नहीं कहेंगे।

तेज : फिर जूते से तुम्हारे सिर की खबर खूब ली जायेगी।

जालिम : चाहे जो हो!

बद्री : वाह रे जूतीखोर!

जालिम : (बद्रीनाथ से) ओस्ताद, तुमने बड़ा धोखा दिया, मानता हूँ तुमको!

बद्री : तुम्हारे मानने से होता ही क्या है, आज नहीं तो कल तुम लोगों के सिर धड़ से अलग दिखलायी देंगे।

जालिम : अफसोस कुछ करने न पाये।

तेजसिंह ने सोचा कि इस बकवाद से कोई मतलब न निकलेगा, हजार सिर पटकेंगे पर जालिमखाँ अपना ठीक–ठीक हाल कभी न कहेगा, इससे बेहतर है कि कोई तरकीब की जाय, अस्तु कुछ सोचकर महाराज से अर्ज किया, "इन लोगों को कैदखाने में भेजा जाय, अस्तु कुछ सोचकर महाराज से अर्ज किया, "इन लोगों को कैदखाने में भेजा जाय फिर जैसा होगा देखा जायगा और इनमें से वह एक आदमी (हाथ से इशारा करके) इसी जगह रखा जाय।" महारा के हुक्म से ऐसा ही किया गया।

तेजसिंह के कहे मुताबिक उन डाकुओं में से एक को उसी जगह छोड़ बाकी सभों को कैदखाने की तरफ रवाना किया गया। जाती दफे जालिमखाँ ने तेजसिंह की तरफ देखकर कहा, "ओस्ताद, तुम बड़े चालाक हो। इसमें कोई शक नहीं कि चेहरे से आदमी के दिल का हाल खूब पहिचानते हो, अच्छे डरपोक को चुन के रख लिया, अब तुम्हारा काम निकल जायगा।"

तेजसिंह ने मुस्कुराकर जवाब दिया, "पहिले इसकी दुर्दशा कर ली जाय फिर तुम लोग भी एक–एक करके इसी जगह लाये जाओगे।"

जालिमखाँ और उसके तीन साथी तो कैदखाने की तरफ भेज दिये गये। पर एक उसी जगह रह गया। हकीकत में वह बहुत डरपोक था। अपने को उसी जगह रहते और साथियों को दूसरी जगह जाते देख घबरा उठा। उसके चेहरे से उस वक्त और भी बदहवासी बरसने लगी जब तेजसिंह ने एक चोबदार को हुक्म दिया कि "अँगीठी में कोयला भरकर तथा दो–तीन लोहे की सीखें जल्द ले आओ, जिनके पीछे लकड़ी की मूठ लगी हो।" दरबार में जितने थे सब हैरान थे कि तेजसिंह ने लोहे की सलाख और अँगीठी क्यों मँगायी और उस डाकू की तो जो कुछ हालत थी लिखना मुश्किल है।

चार–पाँच लोहे के सींखचे और कोयले से भरी हुई अँगीठी लायी गयी। तेजसिंह ने एक आदमी से कहा, ''आग सुलगाओ और इन लोहे की सीखों को उसमें गरम करो।'' अब उस डाकू से न रहा गया, उसने डरते हुए पूछा, ''क्यों तेजसिंह, इन सीखों को तपाकर क्या करोगे?''

तेज : इनको लाल करके दो तुम्हारी दोनों आँखों में, दो दोनों कानों में और एक सलाख मुँह खोलकर पेट के अन्दर पहुँचाया जायगा।

डाकू : आप लोग तो रहमदिल कहलाते हैं, फिर इस तरह तकलीफ देकर किसी को मारना क्या आप लोगों की रहमदिली में बट्टा लगावेगा।

तेज : (हँसकर) तुम लोगों को छोड़ना बड़े संगदिली का काम है, जब तक तुम जीते रहोगे, हजारों की जानें लोगे, इससे बेहतर है कि तुम्हारी छुट्टी कर दी जाय। जितनी तकलीफ देकर तुम लोगों की जान ली जायगी उतना ही डर तुम्हारे शैतान भाइयों को होगा।

डाकू : तो क्या अब किसी तरह हमारी जान नहीं बच सकती?

तेज : सिर्फ एक तरह से बच सकती है।

डाकू : कैसे?

तेज : अगर अपने साथियों का हाल ठीक–ठीक कह दो तो अभी छोड़ दिये जाओगे।

डाकू : मैं ठीक–ठीक हाल कह दूँगा।

तेज : हम लोग कैसे जानेंगे कि तुम सच्चे हो?

डाकू : साबित कर दूँगा कि मैं सच्चा हूँ।

तेज : अच्छा कहो।

डाकू : सुनो कहता हूँ।

इस वक्त दरबार में भीड़ लगी हुई थी। तेजसिंह ने आग की अँगीठी क्यों मँगायी? ये लोहे की सलाइएँ किस काम आवेंगी? यह डाकू अपना ठीक–ठीक हाल कहेगा या नहीं? यह कौन है? इत्यादि बातों को जानने के लिए सभों की तबीयत घबड़ा रही थी। सभी की निगाहें उस डाकू के ऊपर थीं। जब उसने कहा कि मैं ठीक–ठीक हाल कह दूँगा।' तब और भी लोगों का ख्याल उसी की तरफ जम गया और बहुत से आदमी उस डाकू की तरफ कुछ आगे बढ़ आये।

उस डाकू ने अपने साथियों का हाल कहने के लिए मुस्तैद होकर मुँह खोला ही था कि दरबारी भीड़ में से एक जवान आदमी म्यान से तलवार खैंचकर उस डाकू की तरफ झपटा और इस जोर से एक हाथ तलवार का लगाया कि उस डाकू का सिर धड़ से अलग होकर दूर जा गिरा तब उसी खून–भरी तलवार को घुमाता और लोगों को जख्मी करता वह बाहर निकल गया।

उस घबराहट में किसी ने भी उसे पकडने का हौसला न किया, मगर बद्रीनाथ कब रुकनेवाले थे, साथ ही वह भी उसके पीछे दौड़े।

बद्रीनाथ के जाने बाद सैकड़ों आदमी उस तरफ दौड़े, लेकिन तेजसिंह ने उसका पीछा न किया। वे उठकर सीधे उस कैदखाने की तरफ दौड़ गये जिसमें जालिमखाँ वगैरह कैद किये गये थे। उनको इस बात का शक हुआ कि कहीं ऐसा न हो कि उन लोगों को किसी ने ऐयारी करके छुड़ा दिया हो। मगर नहीं वे लोग उसी तरफ कैद थे। तेजसिंह ने कुछ और पहरे का इन्तजाम कर दिया और फिर तुरन्त लौटकर दरबार में चले आये।

पहले बार में जितनी भीड़ लगी हुई थी अब उससे चौथाई रह गयी। कुछ तो अपनी मर्जी से बद्रीनाथ के साथ दौड़ गये, कितनों ने महाराज का इशारा पाकर उसका पीछा किया था। तेजसिंह के वापस आने पर महाराज ने पूछा "तुम कहाँ गये थे?"

तेज : मुझे यह फिक्र पड़ गयी थी कि कहीं जालिमखाँ वगैरह तो नहीं छूट गये, इसलिए कैदखाने की तरफ दौड़ा गया था। बारे में लोग कैदखाने में ही पाये गये।

महाराज देखें बद्रीनाथ कब तक लौटते हैं और क्या करके लौटते हैं?

तेज : बद्रीनाथ बहुत जल्द आवेंगे क्योंकि दौड़ने में वे बहुत ही तेज हैं। आज महाराज जयसिंह मामूली वक्त से ज्यादे देर तक दरबार में बैठे रहे। तेजसिंह ने कहा भी—"आज दरबार में महाराज को बहुत देर हुई?" जिसका जवाब महाराज ने यह दिया कि 'जब तक बद्रीनाथ लौटकर नहीं आते या उनका कुछ हाल मालूम न हो ले हम इसी तरह बैठे रहेंगे।'

पन्द्रहवाँ बयान

दो घण्टे बाद दरबार के बाहर से शोरगुल की आवाज आने लगी। सभों का ख्याल उसी तरफ गया। एक चोबदार ने आकर अर्ज किया कि पण्डित बद्रीनाथ उस खूनी को पकड़े लिये आ रहे हैं।

उसी खूनी को कमन्द से बाँधे, साथ लिये हुए पण्डित बद्रीनाथ आ पहुँचे।

महाराज : बद्रीनाथ, कुछ यह भी मालूम हुआ कि यह कौन है?

बद्रीनाथ : कुछ नहीं बताता कि कौन है, और न बतायेगा।

महाराज : फिर?

बद्रीनाथ : फिर क्या? मुझे तो मालूम होता है कि इसने अपनी सूरत बदल रखी है।

पानी मँगवाकर उसका चेहरा धुलवाया गया, अब तो उसकी दूसरी ही सूरत निकल आयी।

भीड़ लगी थी, सभों में खलबली पड़ गयी, मालूम होता था कि इसे सब कोई पहिचानते हैं। महाराज चौंक पड़े और तेजसिंह की तरफ देखकर बोले, 'बस, बस मालूम हो गया, यह तो नाजिम का

साला है, मैं खयाल करता हूँ कि जालिमखाँ वगैरह जो क़ैद हैं वे भी नाजिम और अहमद के रिश्तेदार ही होंगे। उन लोगों को फिर यहाँ लाना चाहिए।''

महाराज के हुक्म से जालिमखाँ वगैरह भी दरबार में लाये गये।

बद्रीनाथ : (जालिमखाँ की तरफ देखकर) अब तो तुम लोग पहिचाने गये कि नाजिम और अहमद के रिश्तेदार हो, तुम्हारे साथी ने बता दिया।

जालिमखाँ इसका जवाब दिया ही चाहता था कि वह खूनी (जिसे बद्रीनाथ के फेर में मत पड़ना। यह झूठे हैं, तुम्हारे साथी को हमने कुछ कहने का मौका नहीं दिया, वह बड़ा ही डरपोक था, मैंने उसे दोजख में पहुँचा दिया। हम लोगों की जान चाहे जिस दुर्दशा से जाय मगर अपने मुँह से अपना कुछ हाल कभी न कहना चाहिए।''

जालिम : (जोर से) ऐसा ही होगा।

इन दोनों की बातचीत से महाराज को बड़ा ही क्रोध आया। आँख लाल हो गयीं, बदन काँपने लगा। तेजसिंह और बद्रीनाथ की तरफ देखकर बोले, ''बस हमको इन लोगों का हाल मालूम करने की कोई जरूरत नहीं, चाहे जो हो, अभी इसी वक्त, इसी जगह मेरे सामने इन लोगों का सिर धड़ से अलग कर दिया जाय।''

हुक्म की देर थी, तमाम शहर इन डाकुओं के खून का प्यासा हो रहा था, उछल–उछल के लोगों ने अपने–अपने हाथों की सफायी दिखायी। सभों की लाशें उठाकर फेंक दी गयीं। महाराज उठ खड़े हुए। तेजसिंह ने हाथ जोड़कर अर्ज किया–

''महाराज, मुझे अभी तक यह कहने का मौका नहीं मिला कि यहाँ किस काम के लिए आया था और न अभी बात करने का वक्त है।''

महाराज : अगर कोई जरूरी मगर इस समय कहने को जी नहीं चाहता क्योंकि महाराज को अभी तक गुस्सा चढ़ा हुआ है और मेरी भी तबीयत खराब हो रही है, मगर इस वक्त इतना कह देना मुनासिब समझता हूँ कि जिस बात के सुनने से आपको बेहद खुशी होगी मैं वह बात कहूँगा।

तेजसिंह की आखिरी बात ने महाराज का गुस्सा एकदम ठण्डा कर दिया और उनके चेहरे पर खुशी झलकने लगी। तेजसिंह का हाथ पकड़ लिया और महल में ले चले, बद्रीनाथ भी तेजसिंह के इशारे से साथ हुए।

तेजसिंह और बद्रीनाथ को साथ लिये हुए महाराज अपने खास कमरे में गये और कुछ देर बैठने के बाद तेजसिंह के आने का कारण पूछा।

सब हाल खुलासा कहने के बाद तेजसिंह ने कहा—''अब आप और महाराज सुरेन्द्रसिंह खोह में चलें और सिद्धनाथ योगी की कृपा से कुमारी को साथ लेकर खुशी—खुशी लौट आवें।''

तेजसिंह की बात से महाराज को कितनी खुशी हुई इसका हाल लिखना मुश्किल है।

लपककर तेजसिंह को गले लगा लिया और कहा, ''तुम अभी बाहर जाकर हरदयालसिंह को हमारे सफर की तैयारी करने का हुक्म दो और तुम लोग भी स्नान—पूजा करके कुछ खाओ—पीओ। मैं जाकर कुमारी की माँ को यह खुशखबरी सुनाता हूँ।''

आज के दिन का तीन हिस्सा तरद्दुद, रंज, गुस्से और खुशी में गुजर गया, किसी के मुँह में एक दाना अन्न का नहीं गया था।

तेजसिंह और बद्रीनाथ महाराज से विदा हो दीवान हरदयालसिंह के मकान पर गये और महाराज ने महल में जाकर कुमारी चन्द्रकान्ता की माँसी दिखायी देने लगी।

होते–होते यह बात हजारों घरों में फैल गयी कि महाराज कुमारी चन्द्रकान्ता को लाने के लिए जाते हैं।

यह भी निश्चय हो गया कि आज थोड़ी–सी रात रहते महाराज जयसिंह नौगढ़ की तरफ कूच करेंगे।

सोलहवाँ बयान

पाठक, अब वह समय आ गया कि आप भी चन्द्रकान्ता और कुँअर बीरेन्द्रसिंह को खुश होते देख खुश हों। यह तो आप समझते ही होंगे कि महाराज जयसिंह विजयगढ़ से रवाना होकर नौगढ़ जायेंगे और वहाँ से राजा सुरेन्द्रसिंह और कुमार को साथ लेकर कुमारी से मिलने की उम्मीद में तिलिस्मी खोह के अन्दर जायेंगे। आपको यह भी याद होगा कि सिद्धनाथ योगी ने तहखाने (खोह) से बाहर होते वक्त कुमार को कह दिया था कि जब अपने पिता और महाराज जयसिंह को लेकर इस खोह में आना तो उन लोगों को खोह के बाहर छोड़कर पहिले तुम आकर एक दफे हमसे मिल जाना। उन्हीं के कहे मुताबिक कुमार करेंगे। खैर इन लोगों को तो आप अपने काम से छोड़ दीजिए और थोड़ी देर के लिए आँखें बन्द करके हमारे साथ उस खोह में चलिए और किसी कोने में छिपकर वहाँ रहने वालों की बातचीत सुनिए। शायद आप लोगों के जी का भ्रम यहाँ निकल जाय और दूसरे तथा तीसरे हिस्से के बिल्कुल भेदों की बातें भी सुनते–ही–सुनते खुल जायें बल्कि कुछ खुशी भी हासिल हो।

कुँअर बीरेन्द्रसिंह और महाराज जयसिंह वगैरह तो आज वहाँ तक पहुँचते नहीं मगर आप इसी वक्त हमारे साथ उस तहखाने (खोह) में बल्कि उस बाग में पहुँचिए जिसमें कुमार ने चन्द्रकान्ता की तस्वीर का दरबार देखा था और जिसमें सिद्धनाथ योगी और बनकन्या से मुलाकात हुई थी।

आप उसी बाग में पहुँच गये। देखिए अस्त होते हुए सूर्य भगवान अपनी सुन्दर लाल किरणों से मनोहर बाग के कुछ ऊँचे–ऊँचे पेड़ों के ऊपरी हिस्सों को चमका रहे हैं। कुछ–कुछ ठण्डी हवा खुशबूदार फूलों की महक चारों तरफ फैल रही है। देखिए इस बाग के बीचवाले संगमर्मर के चबूतरे पर तीन पलँग रखे हुए हैं। जिनके ऊपर खूबसूरत लौंडियाँ अच्छे–अच्छे बिछौने बिछा रही हैं खास करके बीचवाले जड़ाऊ पलँग की सजावट पर सभों का ज्यादा ध्यान है। उधर देखिए वह घास का छोटा–सा रमना कैसा खुशनुमा बना हुआ है। उसमें हरी–हरी दूब कैसी खूबसूरती से कटी हुई है, यकायक सब्ज मखमली फर्श में और इसमें कुछ भेद नहीं मालूम होता, और देखिए उसी सब्ज दूब के रमने के चारों तरफ रंग–बिरंग के फूलों से खूब गुँथे हुए सीधे–सीधे गुलमेंहदी के पेड़ों की कतार पल्टनों की तरह कैसी शोभा दे रही है।

उसके बगल की तरफ खयाल कीजिए, चमेली का फूल हुआ तख्त क्या ही रँग जमा रहा है और कैसे घने पेड़ हैं कि हवा को भी उसके अन्दर जाने का रास्ता मिलता मुश्किल है, और इन दोनों तख्तों के बीच वाला छोटा खूबसूरत बँगला क्या मजा दे रहा है तथा उसके चारों तरफ नीचे से ऊपर तक मालती की लता कैसी घनी चढ़ी हुई और फूल भी कितने ज्यादे फूले हुए हैं। अगर जी चाहे तो किसी एक तरफ खड़े होकर बिना इधर–उधर हटे हाथ–भर का चंगेर भर लीजिए। पश्चिम की तरफ निगाह दौड़ाइए, फूली हुई मेंहदी की टट्टी के नीचे जंगली रंग–बिरंग के पत्तोवाले हाथ–डेढ–हाथ ऊँचे

दरख्तों (करोटन) की चौहरी कतार क्या भली मालूम होती है, और उसके बुँदकीदार, सुर्खी लिये हुए सफेद लकीरोंवाले, सब्ज धारियों, लम्बे घूँघरवाले बालों की तरफ तिरकोनिया तख्तों की भी रंगत देखिए जो सिर्फ हाथ–भर के ऊँचे रँगीन छिकटती हुई धारियोंवाले पत्तों के जंगली पेड़ों (कोलियस) के गमलों से पहाड़ीनुमा सजाये हुए हैं और जिनके चारों तरफ रंग–बिरंग के देशी फूल खिले हुए हैं।

अब तो हमारी निगाह इधर–उधर और खूबसूरत क्यारियों, फूलों और छूटते हुए फौवारों का मजा नहीं लेती, क्योंकि उन तीन औरतों के पास जाकर छटक गयी है, जो मेंहदी के पत्ते तोड़–तोड़कर अपनी झोलियों में बटोर रही है! यहाँ निगाह की अदब करती है, क्योंकि उन तीनों औरतों में से एक तो हमारे उपन्यास की ताज बनकन्या है और बाकी दोनों उसकी प्यारी सखियाँ हैं।

बनकन्या की पोशाक तो सफेद हैं, मगर उसकी दोनों सखियों की सब्ज और सुर्ख।

वे तीनों मेंहदी की पत्तियाँ तोड़ चुकीं, अब इस संगमर्मर के चबूतरे की तरफ चली आ रही हैं। शायद इन्हीं तीनों पलँगों पर बैठने का इरादा हो।

हमारा सोचना ठीक हुआ। बनकन्या मेंहदी की पत्तियाँ जमीन पर उझलकर थकावट की मुद्रा से बिचले जड़ाऊ पलँग पर लेट गयी और दोनों सखियाँ अलग–बगलवाले दोनों पलँगों पर बैठ गयीं। पाठक, हम और आप भी एक तरफ चुपचाप खड़े होकर इन तीनों की बातचीत सुनें।

बनकन्या : ओफ थकावट मालूम होती है।

सब्ज कपड़ेवाली सखी : घूमने में क्या कम आया है!!

सूर्ख कपड़े वाली सखी : (दूसरी सखी से) क्या तू भी थक गयी है?

सब्ज सखी : मैं क्यों थकने लगी? दस–दस कोस का रोज चक्कर लगाती रही, तब तो थकी ही नहीं।

सुर्ख सखी : ओफ, उन दिनों भी कितना दौड़ना पड़ता था। कभी इधर तो कभी उधर, कभी जाओ तो कभी आओ।

सब्ज सखी : आखिर कुमार के ऐयार हम लोगों का पता नहीं ही लगा सके।

सुर्ख सखी : खुद ज्योतिषीजी की अक्ल चकरा गयी जो बड़े रम्माल और नजूमी कहलाते थे, दूसरों की कौन कहे!

बनकन्या : ज्योतिषीजी के रमल को तो इन इन्त्रों ने बेकार कर दिया जो सिद्धनाथ बाबा ने हम लोगों के गले में डाल दिया है और अभी तक जिसे उतारने नहीं देते।

सब्ज सखी : मालूम नहीं इस ताबीज (यन्त्र) में कौन–सी ऐसी चीज है जो रमल को चलने नहीं देती!

बनकन्या : मैंने यही बात एक दफे सिद्धनाथ बाबाजी से पूछी थी जिसके जवाब में वे बहुत कुछ बक गये। मुझे सब तो याद नहीं कि क्या क्या कह गये। हाँ, इतना याद है कि रमल जिस धातु से बनायी जाती है। और रमल के साथी ग्रह राशि, नक्षत्र, तारे वगैरह के असर पड़नेवाली जितनी धातुएँ हैं, उन सभों को एक साथ मिलाकर यह यन्त्र बनाया गया है, इसलिए जिसके पास यह रहेगा उसके बारे में कोई नजूमी या ज्योतिषी रमल के जरिये से कुछ नहीं देख सकेगा।

सुर्ख सखी : इसमें बहुत कुछ असर है, देखिए मैं सूरजमुखी बनकर गयी थी, तब भी ज्योतिषीजी रमल से न बता सके कि यह ऐयार है।

बनकन्या : कुमार तो खूब ही छके होंगे?

सुर्ख सखी : कुछ न पूछिए, वे बहुत हो घबड़ाये कि यह शैतान कहाँ से आयी और क्या शर्त करा के अब क्या चाहती है?

सब्ज सखी : उसी के थोड़ी देर पहिले मैं प्यादा बनकर खत का जवाब लेने गयी थी और देवीसिंह को चेला बनाया था। यह कोई नहीं कह सका कि इस मैं पहिचानता हूँ।

सुर्ख सखी : यह सब तो सही है, मगर किस्मत भी कोई भारी चीज है!

देखो जब शिवदत्त के ऐयारों ने तिलिस्मी किताबी चुरायी थी और जंगल में ले जाकर जमीन के अन्दर गाड़ रहे थे, उसी वक्त इत्तिफाक से हम लोगों ने पहुँचकर दूर से देख लिया कि कुछ गाड़ रहे हैं, उन लोगों के जाने के बाद खोदकर देखा तो तिलिस्मी किताब है।

बनकन्या : ओफ बड़ी मुश्किल से सिद्धनाथ ने हम लोगों को घूमने का हुक्म दिया था तिस पर भी कसम दे दी थी कि दूर–दूर से कुमार को देखना, पास मत जाना।

सुर्ख सखी : इसमें तुम्हारा ही फायदा था, बेचारे सिद्धनाथ कुछ अपने वास्ते थोड़े ही कहते थे।

बनकन्या : यह सब सच है मगर क्या करें बिना देखे जी जो नहीं मानता।

सब्ज सखी : हम दोनों को तो यही हुक्म दे दिया था कि बराबर घूम घूमकर कुमार की मदद किया करो। मालिन रूपी बद्रीनाथ से कैसा बचाया था!

सुर्ख सखी : क्या ऐयार लोग पता लगाने की कम कोशिश करते थे? मगर यहाँ तो ऐयारों के गुरुघण्टाल सिद्धनाथ हरदम मदद पर थे, उनके किये ही क्या सकता था? देखो गंगाजी के नाव के

पास आते वक्त तेजसिंह, देवीसिंह और ज्योतिषीजी कैसा ठके, हम लोगों ने सभों के कपड़े तक ले लिये।

सब्ज सखी : हम लोग तो जान–बूझकर उन लोगों को अपने साथ लाये ही थे।

बनकन्या : चाहे वे लोग कितने ही तेज हों मगर हमारे सिद्ध नाथ को नहीं पा सकते। हाँ, उनके लोगों में तेजसिंह बड़ा चालाक है।

सुर्ख सखी : तेजसिंह बहुत चालाक हैं तो क्या हुआ, मगर हमारे सिद्धनाथ तेजसिंह के भी बाप हैं।

बनकन्या : (हँसकर) इसका हाल तो तुम ही जानो!

सुर्ख सखी : आप तो दिल्लगी करती हैं।

सब्ज सखी : हकीकत में सिद्धनाथ ने कुमार और उनके ऐयारों को बड़ा भारी धोखा दिया। उन लोगों को इस बात का ख्याल तक न आया कि इस खोहवाले तिलिस्म को सिद्धनाथ बाबा हम लोगों के हाथ से फतह कर रहे हैं।

सुर्ख सखी : जब हम लोग अन्दर से इस खोह का दरवाजा बन्द कर तिलिस्म तोड़ रहे थे तब तेजसिंह बद्रीनाथ की गठरी लेकर इसमें आये थे, मगर दरवाज बन्द पाकर लौट गये।

बनकन्या : बड़ा ही घबड़ाये होंगे कि अन्दर से इसका दरवाजा किसने बन्द कर दिया।

सुर्ख सखी : जरूर घबड़ाये होंगे! इसी में क्या और कई बातों में हम लोगों ने कुमार और उनके ऐयारों को धोखा दिया था। देखिए, मैं उधर सूरजमुखी बनकर कह आयी कि शिवदत्त को छुड़ा दूँगी और इधर इस बात की कसम खिलाकर कि कुमार से दुश्मनी न करेगा, शिवदत्त को छोड़ दिया।

उन लोगों ने भी जरा सोचा होगा कि सूरजमुखी कोई भारी शौतान है!

बनकन्या : मगर फिर भी हरामजादे शिवदत्त ने धोखा दिया और कुमार से दुश्मनी करने पर कमर बाँधी, उसके कसम का कोई एतबार नहीं।

सुर्ख सखी : इसी से फिर हम लोगों ने गिरफ्तार भी तो कर लिया और तिलिस्मी किताब पाकर फिर कुमार को दे दी। हाँ, क्रूरसिंह ने एक दफे हम लोगों को पहिचान लिया था। मैंने सोचा कि अब अगर यह जीता बचा तो सब भण्डा फूट जायेगा, बस लड़ ही तो गयी। आखिर मेरे हाथ से उसकी मौत लिखी थी, मारा गया।

सब्ज सखी : उस मूए को धुन सवार थी कि हम ही तिलिस्म फतह करके खजाना ले लें।

बनकन्या : मुझको तो इसी बात की खुशी है कि यह खोहवाला तिलिस्म मेरे हाथ से फतह हुआ।

सुर्ख सखी : इसमें काम ही कितना था, तिस पर सिद्धनाथ बाबा की मदद।

बनकन्या : खैर, एक बात तो है।

सत्रहवाँ बयान

अपनी जगह पर दीवान हरदयालसिंह को छोड़, तेजसिंह और बद्रीनाथ को साथ लेकर महाराज जयसिंह विजयगढ़ से नौगढ़ की तरफ रवाना हुए। साथ में सिर्फ पाँच सौ आदमियों का झमेला था। एक दिन रास्ते में लगा, दूसरे दिन नौगढ़ के करीब पहुंचकर डेरा डाला।

राजा सुरेन्द्रसिंह को महाराज जयसिंह के पहुँचने की खबर मिली। उसी वक्त अपने मुसाहबों और सरदारो को साथ ले इस्तकबाल के लिए गये और अपने साथ शहर में आये।

महाराज जयसिंह के लिये पहिले से ही मकान सजा रक्खा था, उसी में उनका डेरा दिलवाया और ज्याफत के लिए कहा, मगर महाराज जयसिंह ने ज्याफत से इनकार किया और कहा कि 'कई वजहों से मैं आपकी ज्याफत मंजूर नहीं कर सकता, आप मेहरबानी करके इसके लिए जिद्द न करें बल्कि इसका सबब भी न पूछें कि ज्याफत से क्यों इनकार करता हूँ'।

रात को ही यह राय पक्की हो गयी थी कि सवेरे सूरज निकलने से पहिले तिलिस्मी खोह में सिद्धनाथ बाबा से मिलने

के लिए जयसिंह, राजा सुरेन्दसिंह, कुँअर बीरेन्द्रसिंह, तेजसिंह, देवीसिंह, पण्डित बद्रीनाथ, पन्नालाल, रामनारायण और चुन्नीलाल वगैरह रवाना हुये। तहखाना बहुत दूर न था, सूरज निकलने तक उस खोह (तहखाने) के पास जा पहुँचे।

कुँअर बीरेन्द्रसिह ने महाराज जयसिंह और रजा सुरेन्द्रसिंह से हाथ जोड़कर अर्ज़ किया, "जिस वक्त सिद्धनाथ योगी ने मुझे आप लोगों को आने के लिए भेजा था, उस वक्त यह भी कह दिया था कि 'जब वे लोग इस खोह के पास पहुँच जायँ तब अगर हुक्म दें तो तुम उन लोगों को छोड़कर पहिले अकेले आकर हमसे मिल जाना'।

अब आप कहें तो योगीजी के कहे मुताबिक पहिले मैं जाकर उनसे मिल आऊँ।" महाराज जयसिंह और राजा सुरेन्द्रसिंह ने कहा, "योगीजी की बात जरूर माननी चाहिए, तुम जाओ उनसे मिलकर आओ, तब तक हमारा डेरा भी इसी जंगल में पड़ता है।"

कुँअर बीरेन्द्रसिंह अकेले सिर्फ तेजसिंह को साथ लेकर खोह में गये। जिस तरह हम पहिले लिख आये हैं, उसी तरह खोज का दरवाजा खोल कई कोठरियों, मकान और बागों में घूमते हुए दोनों आदमी उस बाग में पहुँचे, जिसमें सिद्धनाथ रहते थे या जिसमें कुमारी चन्द्रकान्ता की तस्वीर का दरबार कुमार ने देखा था।

बाग के अन्दर पैर रखते ही सिद्धनाथ योगी से मुलाकात हुई जो दरवाज़े के पास पहिले ही से खड़े कुछ सोच रहे थे। कुँअर बीरेन्द्रसिंह और तेजसिंह को आते देख उनकी तरफ बढ़े और पुकार के बोले, "आप लोग आ गये?"

पहिले दोनों ने दूर से प्रणाम किया और पास पहुँचकर उनकी बात का जवाब दिया—

कुमार : आपके हुक्म के मुताबिक महाराज जयसिंह और अपने पिता को खोह के बाहर छोड़कर आपसे मिलने आया हूँ।

सिद्धनाथ : बहुत अच्छा किया जो उन लोगों को ले आये, आज कुमारी चन्द्रकान्ता से आप लोग जरूर मिलेंगे।

तेज : आपकी कृपा है तो ऐसा ही होगा।

सिद्धनाथ : कहो और तो सब कुशल है? विजयगढ़ और नौगढ़ में किसी तरह का उत्पात तो नहीं हुआ?

तेज : (ताज्जुब से उनकी तरफ देखकर) हाँ उत्पात तो हुआ था, कोई जालिमखाँ नामी दोनों राजाओं का दुश्मन पैदा हुआ था।

सिद्धनाथ : हाँ, यह तो मालूम है, बेशक पण्डित बद्रीनाथ अपने फन में बड़ा ओस्ताद है, अच्छी चालाकी से उसे गिरफ्तार किया। खूब हुआ जो वे लोग मारे गए, अब उनके संगी–साथियों का दोनों राज्यों से दुश्मनी करने का हौसला न पड़ेगा। आओ टहलते हुए हम लोग बात करें।

कुमार : बहुत अच्छा।

तेज : जब आपको यह सब हाल मालूम है तो यह भी जरूर मालूम होगा कि जालिमखाँ कौन था!

सिद्धनाथ : यह तो नहीं मालूम कि वह कौन था मगर अन्दाज से मालूम होता है कि शायद नाजिम और अहमद के रिश्तेदारों से कोई होगा।

कुमार : ठीक है, जो आप सोचते हैं वही होगा।

सिद्धनाथः महाराज शिवदत्त तो जंगल में चले गये?

कुमार : जी हाँ, वे तो हमारे पिता से कह गये हैं कि अब तपस्या करेंगे।

सिद्धनाथ : जो हो, मगर दुश्मन का विश्वास कभी न करना चाहिए।

कुमार : क्या वह फिर दुश्मनी पर कमर बाँधेंगे?

सिद्धनाथ : कौन ठिकाना।

कुमार : अब हुक्म हो तो बाहर जाकर अपने पिता और महाराज जयसिंह को ले आऊँ!

सिद्धनाथ : हाँ, मगर पहिले यह तो सुन लो कि हमने तुमको उन लोगों से पहिले क्यों बुलाया।

कुमार : कहिए।

सिद्धनाथ : कायदे की बात है कि जिस चीज को जी बहुत चाहता है अगर वह खो गयी हो और बहुत मेहनत करने या बहुत हैरान होने पर यकायक ताज्जुब के साथ मिल जाय तो उसका चाहनेवाला उस पर, इस तरह टूटता है जैसे अपने शिकार पर भूखा बाज। यह हम जानते हैं, इस चन्द्रकान्ता से और तुमसे बहुत ज्यादा मुहब्बत है, अगर अकायक दोनों राजाओं के सामने तुम उसे देखोगे या वह तुम्हें देखेगी तो ताज्जुब नहीं कि उन लोगों के सामने तुमसे या कुमारी चन्द्रकान्ता से किसी तरह की बेअदबी हो जाय या जोश में आकर तुम उसके पास ही जा खड़े हो तो भी मुनासिब न होगा। इसलिए मेरी राय है कि उन लोगों के पहिले ही तुम कुमारी से मुलाकात कर लो। आओ हमारे साथ चले आओ!

अहा, इस वक्त तो कुमार के दिल की भई। मुद्दत के बाद सिद्ध नाथ बाबा की कृपा से आज उस कुमारी चन्द्रकान्ता से मुलाकात होगी जिसके वास्ते दिन–रात परेशान थे, राजपाट जिसकी एक मुलाकात पर न्यौछावर कर दिया था, जान तक से हाथ धो बैठे थे। आज यकायक उससे मुलाकात होगी–सो भी ऐसे वक्त पर जब किसी तरह खुटका नहीं, किसी तरह का रज या अफसोस नहीं, कोई दुश्मन बाकी नहीं। ऐसे वक्त में कुमार की खुशी का क्या कहना! कलेजा उछलने लगा। मारे खुशी के सिद्धनाथ योगी की बात का जवाब तक न दे सके और उनके पीछे–पीछे रवाना हो गये।

थोड़ी दूर कमरे की तरफ गये होंगे कि एक लौंडी फूल तोड़ती हुई नजर पड़ी जिसे बुलाकर सिद्धनाथ ने कहा, ''तू अभी कुमारी चन्द्रकान्ता के पास जा और कह कि कुँअर बीरेन्द्रसिंह तुमसे मुलाकात करने आ रहे हैं, तुम अपनी सखियों के साथ अपने कमरे में जाकर बैठो।''

यह सुनते ही, वह लौंडी दौड़ती हुई एक तरफ चली गयी और सिद्धनाथ, कुमार तथा तेजसिंह को साथ ले बाग में इधर–उधर घूमने लगे। कुँअर बीरेन्द्रसिंह और तेजसिंह दोनों अपनी–अपनी फिक्र में लग गये। तेजसिंह को चपला से मिलने की बड़ी खुशी थी। दोनों यह सोचने लगे कि किस हालत में मुलाकात होगी, उससे क्या बातचीत करेंगे, क्या पूछेंगे? वह हमारी शिकायत करेगी तो क्या जवाब देंगे? इसी सोच में दोनों ऐसे लीन हो गये कि फिर सिद्धनाा‍ि योगी से बात न की, चुपचाप बहुत देर तक योगीजी के पीछे–पीछे घूमते रह गये।

घूम–फिरकर इन दोनों को साथ लिये हुए सिद्धनाथ योगी उस कमरे के पास पहुंचे जिसमें कुमारी चन्द्रकान्ता को तस्वीर का दरबार देखा था। वहाँ पर सिद्धनाथ की तरफ देखकर कहा–

''जाओ इस कमरे में कुमारी चन्द्रकान्ता और उसकी सखियों से मुलाकात करो, मैं तब तक दूसरा काम करता हूँ।''

अठारहवाँ बयान

कुँअर बीरेन्द्रसिंह उस कमरे के अन्दर घूसे। दूर से कुमारी चन्द्रकान्ता को चपला और चम्पा के साथ खड़े दरवाजे की तरफ टकटकी लगाये देखा।

देखते ही कुँवर बीरेन्द्रसिंह कुमारी की तरफ झपटे और चन्द्रकान्ता, कुमार की तरफ। अभी एक–दूसरे से कुछ दूर ही थे। कि दोनों जमीन पर गिरकर बेहोश हो गयें।

तेजसिंह और चपला की भी आपुस में टकटकी बँध गयी। बेचारी चम्पा कुँअर बीरेन्द्रसिंह और कुमारी चन्द्रकान्ता की यह दशा देख दौड़ी हुई दूसरे कमरे में गयी और हाथ में बेदमुश्क के अर्क से भरी हुई सुराही और दूसरे हाथ में सूखी चिकनी मिट्टी का ढेला लेकर दौड़ी हुई आयी।

दोनों के मुँह पर अर्क का छींटा दिया और थोड़ा–सा अर्क उस मिट्टी के ढेले पर डाल हलका लखलखा बनाकर दोनों को सुँघाया।

कुछ देर बाद तेजसिंह और चपला की भी टकटकी टूटी और ये भी कुमार और चन्द्रकान्ता की हालत देख उनको होश में लाने की फिक्र करने लगे।

कुँअर बीरेन्द्रसिंह और चन्द्रकान्ता दोनों होश में आये, दोनों एक दूसरे की तरफ देखने लगे, मुँह से बात किसी के नहीं निकलती थी। क्या पूछें, कौन–सी शिकायत करें, किस जगह से बात उठावें, दोनों के दिल में यही सोच था। पेट से बात निकलती थी, मगर गले में जाकर रुक जाती थी, बातों की भरावट से लगा फूलता था, दोनों की आँखें डबडबा आयी थीं बल्कि आँसू की बूँदें बाहर गिरने लगीं।

घण्टों बीत गये, इेखादेखी में ऐसे लीन हुए कि दोनों को तनोबदन की सुध न रही। कहाँ है, क्या कर रहे हैं, सामने कौन है, इसका ख्याल तक किसी को नहीं।

कुँअर बीरेन्द्रसिंह और कुमारी चन्द्रकान्ता के दिन का हाल अगर कुछ मालूम है तो तेजसिंह और चपला को–दूसरा कौन जाने, कौन उनकी मुहब्बत का अन्दाजा कर सके, सो वे दोनों भी अपने आपे में नहीं थे, हाँ बेचारी चम्पा इन लोगों का हद दर्ज़े तक पहुँचा हुआ प्रेम देखकर घबड़ा उठी, जी में सोचने लगी कि कहीं ऐसा न हो कि इसी देखा–देखी में इन लोगों का दिमाग बिगड़ जाय। कोई ऐसी तरकीब करनी चाहिए, जिसमें इनकी यह दशा बदले और आपुस में बातचीत करने लगें। आखिर कुमारी का हाथ पकड़ चम्पा बोली–

"कुमारी, तुम तो कहती थीं कि कुमार जिस रोज मिलेंगे उनसे पूछूँगी कि बनकन्या किसका नाम रक्खा था? वह कौन औरत है? उससे क्या वादा किया है? अब कसके साथ सादी करने का इरादा है? क्या ये सब बातें भूल गयीं, अब इनसे न कहोगी?"

किसी तरफ किसी की लौ तभी तक लगी रहती है, जब तक कोई दूसरा आदमी किसी तरह की चोट दिमाग पर न दे और उसके ध्यान को छेड़कर न बिगाड़े, इसलिए योगियों को एकान्त में बैठना कहा है। कुँअर बीरेन्द्रसिंह और कुमारी चन्द्रकान्ता की

मुहब्बत बाजारू न थी, वे दोनों एक रूप हो रहे थे, दिल–ही–दिल में अपनी जुदाई का सदमा एक ने दूसरे से कहा और दोनों समझ गये मगर किसी पासवाले को मालूम न हुआ, क्योंकि जुबान दोनों की बन्द थी। हाँ चम्पा की बात ने दोनों को चौंका दिया, दोनों की चार आँखें जो मिलजुलकर एक हो रही थीं हिल–डोलकर नीचे की तरफ हो गयीं और सिर नीचा किये दोनों कुछ बोलने लगे। क्या जाने वे दोनो क्या बोलते थे और क्या समझते, उनकी वे ही जानें। बेसिर पैर की टूटी–फूटी चन्द्रकान्ता से कुमार की शिकायत करते बनी और न कुमार उनकी तकलीफ पूछ सके।

वे दोनों पहरों आमने–सामने बैठे रहते तो शायद कहीं जुबान खुलती, मगर यहाँ दो घण्टे बाद सिद्धनाथ योगी ने दोनों को फिर अलग कर दिया। लौंडी ने बाहर से आकर कहा, ''कुमार आपको सिद्धनाथ बाबाजी ने बहुत जल्द बुलाया है, चलिए देर मत कीजिए।''

कुमार की मजाल न थी कि सिद्धनाथ योगी की बात टालते, घबराकर उसी वक्त चलने को तैयार हो गये। दोनों के दिल–की–दिल ही में रह गयी। कुमारी चन्द्रकान्ता को उसी तरह छोड़ कुमार उठ खड़े हुए, कुमारी को कुछ कहा ही चाहते थे तब तक दूसरी लौंड़ी ने पहुँचकर जल्दी मचा दी।

आखिर कुँअर बीरेन्द्रसिंह और तेजसिंह उस कमरे के बाहर आये। दूर से सिद्धनाथ बाबा दिखायी पड़े जिन्होंने कुमार को अपने पास बुलाकर कहा–

''कुमार, हमने तुमको यह नहीं कहा था कि दिन–भर चन्द्रकान्ता के पास बैठे रहो। दोपहर हुआ चाहती है, जिन लोगों को खोह के बाहर छोड़ आये हो वे बेचारे तुम्हारी राह देखते होंगे।''

कुमार : (सूरज की तरफ देखकर) हाँ दिन तो...

बाबा : दिन तो क्या?

कुमार : (सकपकाने से होकर) देर तो जरूर हो गयी, अब हुक्म हो तो जाकर अपने पिता और महाराज जयसिंह को जल्दी से ले आऊँ?

बाबा : हाँ जाओ, उन लोगों को यहां ले आओ। मगर मेरी तरफ से दोनों राजाओं को कह देना कि इस खोह के अन्दर उन्हीं लोगों को अपने साथ लायें जो कुमारी चन्द्रकान्ता को देख सकें या, जिनके सामने वह हो सके।

कुमार : बहुत अच्छा।

बाबा : जाओ अब देर न करो।

कुमार : प्रणाम करता हूँ!

बाबा : इसकी कोई जरूरत नहीं, क्योंकि आज ही तुम फिर लौटोगे।

तेज : दण्डवत्।

बाबा : तुमको तो जन्म–भर दण्डवत् करने का मौका मिलेगा मगर इस वक्त इस बात का खयाल रखना कि तुम लोगों की जुबानी कुमारी से मिलने का हाल खोह के बाहरवाले न सुनें और आते वक्त अगर दिन थोड़ा रहे तो आज मत आना।

तेज : ही नहीं, हम लोग क्यों कहने लगे।

बाबा : अच्छा जाओ।

दोनों आदमी सिद्धनाथ बाबा से विदा हो उसी मामूली राह से घूमते–घूमते खोह के बाहर आये।

दिन दोपहर से कुछ ज्यादे जा चुका था। उस वक्त तक कुमार ने स्नान–पूजा कुछ नहीं की थी।

लश्कर में जाकर कुमार राजा सुरेन्द्रसिंह और महाराज जयसिंह से मिले और सिद्धनाथ योगी का सन्देशा दिया। दोनों ने पूछा कि

बाबाजी ने तुमको सबसे पहिले क्यों बुलाया था? इसके जवाब में जो कुछ मुनासिब समझा कहकर दोनों अपने–अपने डेरे में आये और स्नान–पूजा करके भोजन किया।

राजा सुरेन्द्रसिंह तथा महाराज जयसिंह एकान्त में बैठकर इस बात की सलाह करने लगे कि हम लोग अपने साथ किस–किस को खोह के अन्दर ले चलें?

सुरेन्द्र : योगीजी ने कहला भेजा है कि उन्हीं लोगों को अपने साथ खोह में लाओ जिनके सामने कुमारी हो सके।

जयसिंह : हम, आप, कुमार और तेजसिंह तो जरूर ही चलेंगे। बाकी जिस–जिस को आप चाहें लें!

सुरेन्द्र : बहुत आदमियों को साथ ले चलने की कोई जरूरत नहीं, हाँ ऐयारों को जरूर ले चलना चाहिए क्योंकि इन लोगों से किसी किस्म का पर्दा रह नहीं सकता, बल्कि ऐयारों से पर्दा रखना ही मुनासिब नहीं।

जयसिंह : आपका कहना बहुत ठीक है, इन ऐयरों के सिवाय और कोई इस लायक नहीं जिसे अपने साथ खोह में ले चलें!

बातचीत और राय पक्की करते दिन थोड़ा रह गया, सुरेन्द्रसिंह ने तेजसिंह को उसी जगह बुलाकर पूछा कि 'यहाँ से चलकर बाबाजी के पास पहुँचने तक राह में कितनी देर लगती है'? तेजसिंह ने जवाब दिया, "अगर इधर–उधर खयाल न करके सीधे ही चले तो पाँच छः घड़ी में उस बाग तक पहुँचेंगे जिसमें बाबाजी रहते हैं, मगर मेरी राय इस वक्त वहाँ चलने की नहीं है क्योंकि दिन बहुत थोड़ा रह गया है और इस खोह में बड़े बेढ़ब रास्ते से चलना होगा। अगर अँधेरा हो गया तो एक कदम आगे चल नहीं सकेंगे।"

कुमारी को देखने के लिए महाराज जयसिंह बहुत घबरा रहे थे, मगर इस वक्त तेजसिंह की राय उनको कबूल करनी पड़ी और दूसरे दिन सुबह को खोह में चलने की ठहरी।

उन्नीसवाँ बयान

बहुत सवेरे महाराज जयसिंह, राजा सुरेन्द्रसिंह और कुमार अपने कुल ऐयारों को साथ ले खोह के दरवाजे पर आये। तेजसिंह ने दोनों ताले खोले जिन्हें देख महाराज जयसिंह और सुरेन्द्रसिंह बहुत हैरान हुए। खोह के अन्दर जाकर तो इन लोगों की और ही कैफियत हो गयी, ताज्जुब भरी निगाहों से चारों तरफ देखते और तारीफ करते थे।

घुमाते–फिराते कई ताज्जुब की चीजों को दिखाते और कुछ हाल समझाते, सभों का साथ लिये हुए तेजसिंह उस बाग के दरवाजे पर पहुँचे जिसमें सिद्धनाथ रहते थे। इन लोगों के पहुँचने के पहिले से सिद्धनाथ इस्तकबाल (अगवानी) के लिए द्वार पर मौजूद थे। तेजसिंह ने महाराज जयसिंह और सुरेन्द्रसिंह को उँगली के इशारे से बताकर कहा, "देखिए सिद्धनाथ बाबा दरवाजे पर खड़े हैं।"

दोनों राजा चाहते थे कि जल्दी से पास पहुँचकर बाबाजी को दण्डवत् करें मगर इसके पहिले ही बाबाजी ने पुकारकर कहा, "खबरदार, मुझे कोई दण्डवत न करना नहीं तो पछताओगे और मुलाकात भी न होगी।"

इरादा करते हुए गये, किसी की मजाल न हुई कि दण्डवत् करता। महाराज जयसिंह और राजा सुरेन्द्रसिंह हैरान थे कि बाबाजी ने दण्डवत करने से क्यों रोका। पास पहुँचकर हाथ मिलाना चाहा, मगर बाबाजी ने इसे भी मंजूर न करके कहा, "महाराज, मैं इस लायक नहीं, आपका दर्जा मुझसे बहुत बड़ा है।"

सुरेन्द्र : साधुओं से बढ़कर किसी का दर्जा नहीं हो सकता।

बाबाजी : आपका कहना बहुत ठीक है मगर आपको मालूम नहीं कि मैं किस तरह का साधु हूँ।

सुरेन्द्र : साधु चाहे किसी तरह का हो पूजने योग्य है।

बाबाजी : किसी तरह का हो, मगर साधु हो तब तो।

सुरेन्द्र : तो आप कौन हैं?

बाबाजी : कोई भी नहीं।

जयसिंह : आपकी बातें ऐसी हैं कि कुछ समझ ही में नहीं आती और हर बात ताज्जुब, तरद्दुद, सोच और घबराहट बढ़ाती है।

बाबाजी : (हँसकर) अच्छा आइए इस बाग में चलिए।

सभों को अपने साथ लिये सिद्धनाथ बाग के अन्दर गये।

पाठक, घड़ी–घड़ी बाग की तारीफ करना तथा हर एक गुल–बूटे और पत्तियों की कैफियत लिखना मुझे मंजूर नहीं, क्योंकि इस छोटे से ग्रंथ को शुरू से इस वक्त तक मुख्तसर ही में लिखता चला आया हूँ।

सिवाय इसके खोह के बाग कौन बड़े लम्बे–चौड़े हैं जिनके लिए कई पन्ने कागज के बरबाद किये जाँय, लेकिन इतना कहना जरूरी है कि इस खोह में जितने बाग हैं चाहे छोटे भी हों मगर सभी की सजावट अच्छी है और फूलों के सिवाय पहाड़ी खुशनुमा पत्तियों की बहार कहीं बढ़ी–चढ़ी है।

महाराज जयसिंह राजा सुरेन्द्रसिंह कुँअर बीरेन्द्रसिंह और उनके ऐयारों को साथ लिये घूमते हुए बाबाजी उसी दिवानखाने में पहुँचे जिसमें कुमारी का दरबार कुमार ने देखा था बल्कि ऐसा क्यों नहीं कहते कि अभी कल ही जिस कमरे में कुमार खास कुमारी चन्द्रकान्ता से मिले थे।

जिस तरह की सजावट आज इस दीवानखाने की है, इसके पहिले कुमार ने नहीं देखी थी। बीच में एक कीमती गद्दी बिछी हुई थी, बाबाजी ने उस पर राजा सुरेन्द्रसिंह, महाराजा जयसिंह और कुँअर बीरेन्द्रसिंह को बैठाकर उनके दोनों तरफ दर्जे–ब–दर्जे ऐयारों को बैठाया और आप भी उन्हीं लोगों के सामने एक मृगछाला पर बैठ गये जो पहिले ही से बिछा हुआ था, इसके बाद बातचीत होने गली।

बाबाजी : (महाराज जयसिंह और राजा सुरेन्द्रसिंह की तरफ देखकर) आप लोग कुशल से तो हैं?

दोनों राजा : आपकी कृपा से बहुत आनन्द है, और आज तो आपसे मिलकर बहुत प्रसन्नता हुई।

बाबाजी : आप लोगों को यहाँ तक आने में तकलीफ हुई उसे माफ कीजियेगा।

जयसिंह : यहां आने के खयाल ही से हम लोगों की तकलीफ जाती रही। आपकी कृपा न होती और यहाँ तक आने की नौबत न पहुँचती तो न मालूम कब तक कुमारी चन्द्रकान्ता के वियोग का दुःख हम लोगों को सहना पड़ता।

बाबा : (मुस्कुराकर) अब कुमारी की तलाश में आप लोग तकलीफन उठावेंगे।

जयसिंह : आशा है कि आज आपकी कृपा से कुमारी को जरूर देखेंगे।

बाबा : शायद किसी वजह से अगर आज कुमारी को देख न सके तो कल जरूर आप लोग उससे मिलेंगे। इस वक्त आप लोग स्नान–पूजा से छुट्टी पाकर कुछ भोजन कर लें, तब हमारे आपके बीच बातचीत होगी।

बाबाजी ने एक लौंडी को बुलाकर कहा कि 'हमारे मेहमान लोगों के नाहने का सामान उस बाग में दुरुस्त करो, जिसमें बावली है'।

बाबाजी सभों को लिये उस बाग में गये जिसमें बावली थी। उसी में सभों ने स्नान किया और उत्तर तरफवाले दालान में भोजन करने के बाद उस कमरे में बैठक, जिसमें कुँअर बीरेन्द्रसिंह की आँख खुली थी। आज भी वह कमरा वैसा ही सजा हुआ है। जैसा पहिले दिन कुमार ने देखा था, हाँ इतना फर्क है कि आज कुमारी चन्द्रकान्ता की तस्वीर उसमें नहीं है।

जब सब लोग निश्चिन्त होकर बैठे तब राजा सुरेन्द्रसिंह से सिद्धनाथ योगी ने पूछा–

"यह खूबसूरत पहाड़ी जिसमें छोटे–छोटे कई बाग हैं हमारे ही इलाके में है, मगर आज तक कभी इसे देखने की नौबत नहीं पहुँची। क्या इस बाग से ऊपर–ही–ऊपर कोई और रास्ता भी बाहर जाने का है?"

बाबा : इसकी राह गुप्त होने के सबब से यहाँ कोई आ या जा नहीं सकता था, हाँ जिसे इस छोटे से तिलिस्म की कुछ खबर है, वह शायद आ सके।

एक रास्ता तो इसका वही है, जिससे आप आये हैं, वह शायद आ सके। जाने की इस बाग में से है, लेकिन वह उससे भी ज्यादे छिपी हुई है।

सुरेन्द्र : आप कब से इस पहाड़ी में रह रहे हैं?

बाबाजी : मैं बहुत थोड़े दिनों से इस खोह में आया हूँ सो भी अपनी खुशी से नहीं आया, मालिक के काम से आया हूँ।

सुरेन्द्र : (ताज्जुब से) आप किसके नौकर हैं?

बाबाजी : यह भी आपको बहुत जल्दी मालूम हो जाएगा।

जयसिंह : (सुरेन्द्रसिंह की तरफ इशारा करके) महाराज की जुबानी मालूम होता है कि यह दिलचस्प पहाड़ी चाहे इनके राज्य में हो मगर इन्हें इसकी खबर नहीं और यह जगह भी ऐसी नहीं मालूम होती जिसका कोई मालिक न हो, आप यहाँ के रहनेवाले नहीं हैं तो इस दिलचस्प पहाड़ी और सुन्दर–सुन्दर मकानों और बगीचों का मालिक कौन है?

महाराज जयसिंह की बात का जवाब अभी सिद्धनाथ बाबा ने नहीं दिया था कि सामने से बनकन्या आती दिखायी पड़ी। दोनों बगल उसके दो सखियाँ और पीछे–पीछे दस–पन्द्रह लौंडियों की भीड़ थी।

बाबा : (बनकन्या की तरफ इशारा करके) इस जगह की मालिक यही है।

सिद्धनाथ बाबा की बात सुनकर दोनों महाराज और ऐयार लोग ताज्जुब से बनकन्या की तरफ देखने लगे। इस वक्त कुँअर बीरेन्द्रसिंह और तेजसिंह भी हैरान हो बनकन्या की तरफ देख रहे थे। सिद्धनाथ की जुबानी यह सुनकर कि इस जगह की मालिक यही हैं, कुमार और तेजसिंह को पिछली बातें याद आ गयीं। कुँअर बीरेन्द्रसिंह सिर नीचा कर सोचने लगे कि बेशक कुमारी चन्द्रकान्ता, इसी बनकन्या की कैद में है। वह बेचारी तिलिस्म की राह से आकर जब इस खोह में फंसी तब इन्होंने कैद कर लिया, तभी तो इस जोर की चीठी लिखी थी कि बिना हमारी मदद से तुम कुमारी चन्द्रकान्ता को नहीं देख सकते, और उस दिन सिद्धनाथ बाबा ने भी यही कहा

था कि जब यह चाहेगी तब चन्द्रकान्ता से तुमसे मुलाकात होगी। बेशक कुमारी को इसी ने कैद किया है हम इसे अपना दोस्त कभी नहीं कह सकते, बल्कि यह हमारी दुश्मन है क्योंकि इसने बेफायदे कुमारी चन्द्रकान्ता को कैद करके तकलीफ में डाला और हम लोगों को भी परेशान किया।

नीचे मुँह किये इसी किस्म की बातें सोचते–सोचते कुमार को गुस्सा चढ़ आया और उन्होंने सिर उठाकर बनकन्या की तरफ देखा।

कुमार के दिल में चन्द्रकान्ता की मुहब्बत चाहे कितनी ही ज्यादे हो मगर बनकन्या की मुहब्बत भी कम न थी। हाँ, इतना फर्क़ जरूर था कि जिस वक्त कुमारी चन्द्रकान्ता की याद में मग्न होते थे उस वक्त बनकन्या का ख्याल भी जी में नहीं आता था, मगर सूरत देखने से मुहब्बत की मजबूत फांसी गले में पड़ जाती थी। इस वक्त भी उनकी यही दशा हुई। यह सोचकर कि कुमारी को इसने क़ैद किया है एकदम गुस्सा चढ़ आया मगर कब तक? जब तक कि जमीन की तरफ सोचते रहे, जहाँ सिर उठाकर बनकन्या की तरफ देखा गुस्सा बिलकुल जाता रहा, ख्याल ही दूसरे हो गये, पहिले कुछ सोचा था अब कुछ और ही सोचने लगे–

"नहीं नहीं, यह बेचारी हमारी दुश्मन नहीं है। राम राम, न मालूम क्यों ऐसा ख्याल मेरे दिन में आ गया! इससे बढ़कर तो दोस्त दिखायी ही नहीं देता। अगर यह हमारी मदद न करती तो तिलिस्म का टूटना मुश्किल हो जाता, कुमारी के मिलने की उम्मीद जाती रहती, बल्कि मैं खुद दुश्मनों के हाथ पड़ जाता।"

कुमार क्या सभों के ही दिल में एकदम यह बात पैदा हुई कि इस बाग और पहाड़ी की मालिक अगर यह है तो इसी ने कुमारी को भी कैद कर रक्खा होगा। आखिर महाराज जयसिंह से न रहा गया,

सिद्धनाथ की तरफ देखकर पूछा—"बेचारी चन्द्रकान्ता इस खोह में फंसकर इन्हीं की क़ैद में पड़ी होगी?"

बाबा : नहीं जिस वक्त कुमारी चन्द्रकान्ता इस खोह में फंसी थी उस वक्त यहाँ का मालिक कोई न था, इसके बाद यह पहाड़ी बाग और मकान इनको मिला!

सिद्धनाथ बाबा की इस दूसरी बात ने और भ्रम में डाल दिया, यहाँ तक कि कुमार का जी घबराने लगा। अगर महाराज जयसिंह और सुरेन्द्रसिंह यहाँ न होते जो जरूर कुमार चिल्ला उठते, मगर नहीं—शर्म ने मुँह बन्द कर दिया और गम्भीरता से दोनों मोढ़ों पर हाथ धरके नीचे की तरफ दबाया।

महाराज जयसिंह और सुरेन्द्रसिंह से न रहा गया, सिद्धनाथ की तरफ देख और गिड़गिड़ाकर बोले, "आप कृपा करके पेचीदी और बहुत से मानी पैदा करनेवाली बातों को छोड़ दीजिये और साफ कहिय कि यह लड़की जो सामने खड़ी है कौन है, यह पहाड़ी इसे किसने दी और चन्द्रकान्ता कहाँ है?"

महाराज जयसिंह और सुरेन्द्रसिंह की बात सुनकर चन्द्रकान्ता मुस्कुराने लगे और बनकन्या की तरफ देख इशारे से उसे अपने पास बुलाया। बनकन्या अपनी अलग–बगलवानी दोनों सखियों को, जिनमें से यक की पोशाक सुर्ख और दूसरी की सब्ज थी, साथ लिये हुय सिद्धनाथ के पास आयी। बाबाजी ने उसके चेहरे पर से एक झिल्ली–जैसी कोई चीज जो तमाम चेहरे के साथ चिपकी हुई थी, खींच ली और हाथ पकड़कर महाराज जयसिंह के पैर पर डाल दिया और कहा, "लीजिये, यही आपकी चन्द्रकान्ता है!"

चेहरे पर से झिल्ली उतर जाने से सभों ने कुमारी चन्द्रकान्ता को पहिचान लिया, महाराज जयसिंह पैर से उसका सिर उठाकर देर तक अपनी छाती से लगाये रहे और खुशी से गद्गद् हो गये।

सिद्धनाथ योगी ने उसकी दोनों सखियों के मुँह पर से भी झिल्ली उतार दी। लाल पोशाकवाली चपला और सब्ज पोशाकवाली चम्पा साफ पहिचानी गयीं।

मारे खुशी के सभों का चेहरा उठा, आज की–सी खुशी कभी किसी ने नहीं पायी थी। महाराज जयसिंह के इशारे से कुमारी चन्द्रकान्ता ने राजा सुरेन्द्रसिंह के पैर पर सर रक्खा, उन्होंने उसका सिर उठाकर सूँघा।

घण्टों तक मारे खुशी के सभों की अजब हालत रही। कुँअर बीरेन्द्रसिंह की दशा तो लिखनी ही मुश्किल है। अगर सिद्धनाथ योगी इनको पहिले ही कुमारी से न मिलाये हरते तो इस समय इनको शर्म और हया कभी न दबा सकती, जरूरी कोई बेअदबी हो ही जाती।

महाराज जयसिंह की तरफ देखकर सिद्धनाथ बाबा बोले, ''आप कुमारी को हुक्म दीजिये कि अपनी सखियों के साथ घूमे–फिरे या दूसरे कमरे में चली जाय और आप लोग इस पहाड़ी और कुमारी का विचित्र हाल मुझ से सुनें।''

जयसिंह : बहुत दिनों के बाद इसकी सूरत देखी है, अब कैसे अपने से अलग करूँ, कहीं ऐसा न हो कि फिर कोई आफत आये और इसका देखना मुश्किल हो जाय।

बाबा : (हँसकर) नहीं नहीं, अब यह आपसे अलग नहीं हो सकती।

जयसिंह : खैर जो हो, इसे मुझसे अलग मत कीजिये और कृपा करके इसका हाल शुरू से कहिये।

बाबा : अच्छा, जैसी आपकी मर्जी।

बीसवाँ बयान

महाराज जयसिंह और सुरेन्द्रसिंह के पूछने पर सिद्धनाथ बाबा ने इस दिलचस्प पहाड़ी और कुमारी चन्द्रकान्ता का हाल कहना शुरू ककिया।

बाबाजी : मुझे मालूम था कि यह पहाड़ी एक छोटा–सा तिलिस्म है और चुनार के इलाके में भी कोई तिलिस्म है। जिसके हाथ से वह तिलिस्म टूटेगा उसकी शादी जिसके साथ होगी उसी के दहेज के सामान पर यह तिलिस्म बँधा है और शादी होने के पहिले वह इसकी मालिक होगी।

सुरेन्द्र : पहिले यह बताइये कि तिलिस्म किसे कहते हैं और वह कैसे बनाया जाता है?

बाबा : तिलिस्म वही शख्स तैयार करता है जिसके पास बहुत माल–खजाना हो और वारिस न हो। तब वह अच्छे–अच्छे ज्योतिषी और नजूमियों से दरियाफ्त करता है कि उसके या उसके भाइयो के खानदान में कभी कोई प्रतापी या लायक पैदा होगा या नहीं? आखिर ज्योतिषी या नजूमी इस बात का पता देते हैं कि इतने दिनों के बाद आपके खानदान में एक लड़का प्रतापी होगा, बल्कि उसकी एक

जन्मपत्री लिखकर तैयार कर देते हैं। उसी के नाम से खजाना और अच्छी–अच्छी कीमती चीजों को रखकर उस पर तिलिस्म बाँधते हैं।

आजकल तो तिलिस्म बाँधने का यह कायदा है कि थोड़ा–बहुत खजाना रखकर उसकी हिफाजत के लिये दो एक बलि दे देते हैं, वह प्रेत या साँप होकर उसकी हिफाजत करता है और कहे हुये आदमी के सिवाय दूसरे को एक पैसा लेने नहीं देता, मगर पहिले यह कायदा नहीं था। पुराने जमाने के राजाओं को जब तिलिस्म बाँधने की जरूरत पड़ती थी तो बड़े–बड़े ज्योतिषी, नजूमी, वैद्य, कारीगर और तान्त्रिक लोग इकट्ठे किये जाते थे। उन्हीं लोगों के कहे मुताबिक तिलिस्म बाँधने के लिए जमीन खोदी जाती थी, उसी जमीन के अन्दर खजाना रखकर ऊपर तिलिस्मी इमारत बनायी जाती थी। उसमें ज्योतिषी, नजूमी, वैद्य, कारीगर और तन्त्रिक लोग अपनी ताकत के मुताबिक उसके छिपाने की बन्दिश करते थे मगर साथ ही इसके उस आदमी के नक्षत्र और ग्रहों का भी खयाल रखते थे जिसके लिए वह खजाना रखा जाता था। कुँअर बीरेन्द्रसिंह ने एक छोटा–सा तिलिस्म तोड़ा है, उनकी जुबानी आप वहाँ का हाल सुनिए और हर एक बात खूब गौर से सोचिए तो आप ही मालूम हो जायगा कि ज्योतिषी, नजूमी, कारीगर और दर्शनशास्त्र के जानने वाले क्या–क्या काम कर सकते थे।

जयसिंह : खैर, इसका हाल कुछ–कुछ मालूम हो गया, बाकी मार की जुबानी तिलिस्म का हाल सुनने और गौर करने से मालूम हो जायगा। अब आप इस पहाड़ी और मेरी लड़की का हाल कहिए और यह भी कहिए कि महाराज शिवदत्त इस खोह से क्योंकर निकल भागे और फिर क्योंकर कैद हो गये?

बाबा : सुनिए मैं बिल्कुल हाल आपसे कहता हूँ। जब कुमारी चन्द्रकान्ता चुनार के तिलिस्म में फँसकर इस खोह में आयी तो दो

दिनों तक तो इस बेचारी ने तकलीफ से काटा। तीसरे रोज खबर लगने पर मैं वहाँ पहुँचा और कुमारी को उस जगह से छुड़ाया जहाँ वह फँसी हुई थी और जिसको मैं आप लोगों को दिखाऊँगा।

सुरेन्द्र : सुनते हैं कि तिलिस्म तोड़ने में ताकत की जरूरत पड़ती है?

बाबा : यह ठीक है; मगर इस तिलिस्म में कुमारी को कुछ भी तकलीफ न हुई और न ताकत की जरूरत पड़ी, क्योंकि इसका लगाव उस तिलिस्म से था जिसे कुमार ने तोड़ा है। वह तिलिस्म या उसके कुछ हिस्से अगर न टूटते तो यह तिलिस्म भी न खुलता।

कुमार : (सिद्धनाथ की तरफ देखकर) आपने यह तो कहा ही नहीं कि कुमार के पास किस राह से पहुँचे? हम लोग जब इस खोह में आये थे और कुमारी को बेबस देखा था तथा बहुत सोचने पर भी कोई तरकीब ऐसी न मिली थी जिससे कुमारी के पास पहुँचकर इन्हें उस बला से छुड़ाते।

बाबा : सिर्फ सोचने से तिलिस्म का हाल नहीं मालूम हो सकता है। मैं भी सुन चुका था कि इस खोह में कुमारी चन्द्रकान्ता फँसी पड़ी हैं और आप छुड़ाने की फिक्र कर रहे हैं मगर कुछ बन नहीं पड़ता। मैं यहाँ पहुँचकर कुमारी को छुड़ा सकता था लेकिन मुझे मंजूर न था, मैं चाहता था कि यहाँ का माल–असबाब कुमारी के हाथ लगे।

कुमार : आप योगी हैं, योगबल से हर जगह पहुँच सकते हैं, मगर मैं क्या कर सकता था!

बाबा : आप लोग इस बात को बिल्कुल मत सोचिए कि मैं योगी हूँ। जो काम आदमी के या ऐयारों के किये नहीं हो सकता, उसे मैं भी नहीं कर सकता। मैं जिस राह से कुमारी के पास पहुँचा और जो–जो किया सो कहता हूँ, सुनिए।

इक्कीसवाँ बयान

सिद्धनाथ योगी ने कहा, ''पहिले इस खोह का दरवाजा खोल मैं इसके अन्दर पहुँचा, पहाड़ी के ऊपर एक दर्रे में बेचारी चन्द्रकान्ता को बेबस पड़े हुए देखा। अपने गुरु से मैं सुन चुका था कि इस खोह में कई छोटे–छोटे बाग हैं जिनका रास्ता उस चश्मे में है जो खोह में बह रहा है, खोह के अन्दर आने पर आप लोगों ने उसे जरूर देखा होगा, क्योंकि खोह में उस चश्मे की खूब सूरती भी देखने के काबिल है।''

सिद्धनाथ की इतनी बात सुनकर सभी ने ''हाँ हाँ'' कहके सिर हिलाया, इसके बाद सिद्धनाथ योगी कहने लगे–

सिद्धनाथ : मैं लँगोटी बाँधकर चश्मे में उतर गया और चश्मे में इधर–से–उधर और उधर–से–इधर घूमने लगा। यकायक पूरब तरफ जल के अन्दर एक छोटा–सा दरवाजा मालूम हुआ, गोता लगाकर उसके अन्दर घुसा। आठ–दस हाथ तक बराबर जल मिला इसके बाद धीरे–धीरे जल कम होने लगा। यहाँ तक कि कमर तक जल हुआ। तब मालूम पड़ा कि यह कोई सुरंग है, जिसमें चढ़ाई के तौर पर ऊँचे की तरफ चला जा रहा हूँ।

आधा घण्टा चलने के बाद मैंने अपने को इस बाग के (जिसमें आप बैठे हैं) पश्चिम और उत्तर के कोण में पाया और घूमता–फिरता इस कमरे में पहुँचा। (हाथ से इशारा करके) यह देखिए दीवार में जो आलमारी है असल में यह आलमारी नहीं दरवाजा है, लात मारने से खुल जाता है। मैंने लात मारकर यह दरवाजा खोला और इसके अन्दर घुसा। भीतर बिल्कुल अन्धकार था, लगभग दो सौ कदम जाने के बाद दीवार मिली। इस तरह वहाँ भी लात मारकर दरवाजा खोला और ठीक उसी जगह पहुँचा जहाँ कुमारी चन्द्रकान्ता और चपला बेबस पड़ी रो रही थीं। मेरे बगल से ही एक दूसरा रास्ता उस चुनारगढ़वाले तिलिस्म को गया था, जिसके एक टुकड़े को कुमार ने तोड़ा है।

मुझे देखते ही ये दोनों घबरा गयीं। मैंने कहा, "तुम लोग डरो मत, मैं तुम दोनों को छुड़ाने आया हूँ।" यह कहकर जिस राह से मैं गया था उसी राह से कुमारी चन्द्रकान्ता और चपला को साथ ले इस बाग में लौट आया। इतना हाल, इतनी कैफियत, इतना रास्ता तो मैं जानता था, इससे ज्यादे इस खोह के बाहर कर देना या घर पहुँचा देना मेरे लिए कोई बड़ी बात न थी, मगर मुझको यह मंजूर था कि यह छोटा–सा तिलिस्म कुमारी के हाथ से टूटे और यहाँ के माल असबाब इनके हाथ लगे।

मैं क्या सभी कोई इस बात को जानते होंगे और सभी को यकीन होगा कि कुमारी चन्द्रकान्ता को इस कैद से छुड़ाने के लिए ही कुमार चुनारगढ़ वाले तिलिस्म को तोड़ना बन्द कर देते और वहाँ का खजाना भी यों ही रह जाता। मैं आप लोगों की बढ़ती चाहनेवाला हूँ। मुझे कब यह मंजूर हो सकता था कि इतना माल–असबाब बरवाद जाये कि कुमार या कुमारी चन्द्रकान्ता को न मिले।

मैंने अपने जी का हाल कुमारी और चपला से कहा और यह भी कहा कि अगर मेरी बात न मानोगी तो तुम्हें इसी बाग में छोड़कर मैं चला जाऊँगा। आखिर लाचार होकर कुमारी ने मेरी बात मंजूर की और कसम खायी कि मेरे कहने के खिलाफ कोई काम न करेगी।

मुझे यह तो मालूम ही न था कि यहाँ का माल असबाब क्योंकर हाथ लगेगा और इस खजाने की ताली कहाँ है मगर यह यकीन हो गया कि कुमारी जरूर तिलिस्म की मालिक होगी। इसी फिक्र में दो रोज तक परेशान रहा। इन बागों की हालत बिल्कुल खराब थी, मगर दो–चार फलों के पेड़ ऐसे थे कि हम तीनों ने भूख की तकलीफ न पायी।

तीसरे दिन पूर्णिमा थी। मैं इस बावली के किनारे बैठा कुछ सोच रहा था, कुमारी और चपला इधर–उधर टहल रही थीं, इतने में चपला दौड़ी हुई मेरे पास आयी और बोली, ''जल्दी चलिए, इस बाग में एक ताज्जुब की बात दिखायी पड़ी है।''

मैं सुनते ही उठ खड़ा हुआ और चपला के साथ वहाँ गया जहाँ कुमारी चन्द्रकान्ता पूरब की दीवार तले खड़ी गौर से कुछ देख रही थी। मुझे देखते ही कुमारी ने कहा, ''बाबाजी देखिए इस दीवार की जड़ में एक सूराख है, जिसमें से सुफेद रंग की बड़ी–बड़ी चिउँटियाँ निकल रही हैं। यह क्या मामला है?''

मैंने अपने ओस्ताद से सुना था कि सुफेद चिउँटियाँ जहाँ नजर पड़ें, समझना कि वहाँ जरूर कोई खजाना या खजाने की ताली है। यह खयाल करके मैंने अपनी कमर से खंजर निकाल कुमारी के हाथ में दिया और कहा कि तुम इस जमीन को खोदो। अस्तु मेरे कहे मुताबिक कुमारी ने उस जमीन को खोदा। हाथ ही भर के बाद काँच की छोटी–सी हाँडी निकली जिसका मुँह बन्द था। कुमारी के ही हाथ वह हाँडी मैंने तोड़वायी। उसके भीतर किसी किस्म का

तेल भरा हुआ था जो हाँडी के टूटते ही वह गया और ताली का एक गुच्छा उसके अन्दर से मिला जिसे पाकर मैं बहुत खुश हुआ।

दूसरे दिन कुमारी चन्द्रकान्ता के हाथ में ताली का गुच्छा देकर मैंने कह, "चारों तरफ घूम–घूमकर देखो, जहाँ ताला नजर पड़े, इन तालियों में से किसी ताली को लगाकर खोलो, मैं भी तुम्हारे साथ चलता हूँ।"

मुख्तसर ही में बयान करके इस बात को खत्म करता हूँ। उस गुच्छे में तीस तालियाँ थीं, कई दिनों में खोजकर हम लोगों ने तीसों ताले खोले। तीन दरवाजे तो ऐसे मिले जिनसे हम लोग ऊपर–ही–ऊपर इस तिलिस्म के बाहर हो जाँय। चार बाग और तेईस कोठरियाँ असबाब और खजाने की निकलीं। जिनमें हर एक किस्म का अमीरी का सामान और बेहद खजाना मौजूद था।

जब ऊपर–ही–ऊपर तिलिस्म से बाहर हो जाने का रास्ता मिला, तब मैं अपने घर गया और कई लौंडियाँ और जरूरी चीजें कुमारी के वास्ते लेकर फिर यहाँ आया। कई दिनों में यहाँ के सब ताले खोले गये, तब तक यहाँ रहते–रहते कुमारी की तबीयत घबरा गयी, मुझसे कई दफ़े उन्होंने कहा कि 'मैं इस तिलिस्म के बाहर घूमा–फिरा चाहती हू।'

बहुत जिद्द करने पर मैंने इस बात को मंजूर किया। अपनी कारीगरी से इन लोगों की सूरज बदली और दो–तीन घोड़े भी ला दिये जिन पर सवार होकर ये लोग कभी–कभी तिलिस्म के बाहर घूमने जाया करती थी।

इस बात की ताकीद कर दी थी कि अपने को छिपाये रहें जिसमें कई पहिचानने न पाये। इन्होंने भी मेरी बात पूरे तौर पर मानी और जहाँ तक हो सका अपने को छिपाया। इसी बीच में धीरे–धीरे इन बागों की भी दुरुस्ती की गयी।

कुँअर बीरेन्द्रसिंह ने उस तिलिस्म का खजाना हासिल किया और यहाँ का माल असबाब जो कुछ छिपा था कुमारी को मिल गया। (जयसिंह की तरफ देखकर) आज तक यह कुमारी चन्द्रकान्ता मेरी लड़की या मालिक थी, अब आपकी जमा आपके हवाले करता हूँ।

महाराज शिवदत्त की रानी पर रहम खाकर कुमारी ने दोनों को छोड़ दिया था और इस बात की कसम खिला ली थी कि कुमार से किसी तरह की दुश्मनी न करेगा।

मगर उस दुष्ट ने न मानी, पुराने साथियों से मुलाकात होने पर बदमाशी पर कमर बाँधी और कुमार के पीछे लश्कर की तबाह करने लगा। आखिर लाचार होकर मैंने उसे गिरफ्तार किया और इस खोह में उसी ठिकाने फिर ला रखा जहाँ कुमार ने उसे कैद करके डाल दिया था।

अब और जो कुछ आपको पूछना हो पूछिए, मैं सब हाल कह आप लोगों की शंका मिटाऊँ।

सुरेन्द्र : पूछने को तो बहुत–सी बातें थीं मगर इस वक्त इतनी खुशी हुई है कि वे तमाम बातें भूल गया हूँ, क्या पूछूँ? खैर फिर किसी वक्त पूछ लूँगा। कुमारी की मदद आपने क्यों की?

जयसिंह : हाँ यही सवाल मेरा भी है, क्योंकि आपका हाल जब तक नहीं मालूम होता तबीयत की घबराहट नहीं मिटती, तिस पर आप कई दफे कह चुके हैं कि 'मैं योगी या महात्मा नहीं हूँ' यह सुनकर हम लाग और भी घबरा रहे हें कि अगर आप वह नहीं हैं जो सूरत से जाहिर है तो फिर कौन हैं!

बाबा : खैर यह भी मालूम हो जायगा।

जयसिंह : (कुमारी चन्द्रकान्ता की तरफ देखकर) बेटी क्या तुम भी नहीं जानतीं कि यह योगी कौन हैं?

चन्द्रकान्ता : (हाथ जोड़कर) मैं तो सबकुछ जानती हूँ मगर कहूँ क्योंकर, इन्होंने तो मुझसे सख्त कसम खिला ली है, इसी से मैं कुछ भी नहीं कह सकती।

बाबा : आप जल्दी क्यों करते हैं! अभी थोड़ी देर में मेरा हाल आपको मालूम हो जायगा, पहिले चलकर उन चीजों को तो देखिए जो कुमारी चन्द्रकान्ता को इस तिलिस्म से मिली हैं।

जयसिंह : जैसी आपकी मर्जी।

बाबा जी उस वक्त खड़े हुए और सभों को साथ ले दूसरे बाग की तरफ चले।

बाइसवाँ बयान

बाबाजी यहाँ से उठकर महाराज जयसिंह वगैरह को साथ ले दूसरे बाग में पहुँचे और वहाँ घूम–फिरकर तमाम बाग इमारत खजाना और सब असबाबों को दिखलाने लगे तो इस तिलिस्म में से कुमारी ने पाया था।

महाराज जयसिंह उन सब चीजों को देखते ही एकदम बोले उठे, "वाह वाह, धन्य थे वे लोग जिन्होंने इतनी दौलत इकट्ठी की थी। मैं अपना बिल्कुल राज्य बेचकर भी अगर इसी तरह के दहेज का सामना इकट्ठा करना चाहता तो इसका चौथाई भी न कर सकता!!"

सबसे ज्यादा खजाना और जवाहिरखाना उस बाग और दीवानखाने के तहखाने में नजर पड़ा जहाँ कुँअर बीरेन्द्रसिंह ने कुमारी चन्द्रकान्ता की तस्वीर का दरबार देखा था।

तीसरे और चौथे भाग के शुरू में इस पहाड़ी बाग कोठरियों और रास्ते का कुल हाल हम लिख चुके हैं। दो–तीन दिनों से सिद्ध बाबा ने इन लोगों को उन जगहों की पूरी सैर करायी। जब इन सब कामों से छुट्टी मिली और सब कोई दीवानखाने में बैठे उस

वक्त महाराज जयसिंह ने सिद्धबाबा से कहा—''आपने जो कुछ मदद कुमारी चन्द्रकान्ता की करके उसकी जान बचायी उसका एहसान तमाम उम्र हम लोगों के सिर रहेगा। आज जिस तरह हो आप अपना हाल बतलाकर हम लोगों के तरद्दुद को दूर कीजिए, अब सब्र नहीं किया जाता।''

महाराज जयसिंह की बात सुन सिद्धबाबा मुस्कुराकर बोले, ''मैं अभी अपना हाल आप लोगों पर जाहिर करता हूँ जरा सब्र कीजिए।'' इतना कह जोर से जफील (सीटी) बजायी। उसी वक्त तीन—चार लौंडियाँ दौड़ती हुई आकर उनके पास खड़ी हो गयीं। सिद्धनाथ बाबा ने हुक्म दिया, ''हमारे नहाने के लिए जल और पहिरने के लिए असली कपड़ों को सन्दूक 'उँगली का इशारा करके) इस कोठरी में लाकर जल्द रखो! आज मैं इस मृगछाले और लम्बी दाढ़ी को इस्तीफा दूँगा।''

थोड़ी ही देर में सिद्ध बाबा के हुक्म की तामील हो गयी। तब तक इधर—उधर की बातें होती रहीं। इसके बाद सिद्ध बाबा उठकर उस कोठरी में चले गये जिनमें उनके नहाने का जल और पहिने के कपड़े रखे हुए थे।

थोड़ी ही देर में नहा—धो और पहिनकर सिद्ध बाबा उस कोठरी के बाहर निकले। अब तो उनको सिद्ध बाबा कहना मुनासिब नहीं, आज तक बाबाजी कह चुके बहुत कह, अब तो तेजसिंह ने बाप जीतसिंह कहना ठीक है।

अब पूछने या हाल—चाल मालूम करने की फुरसत कहाँ! महाराज सुरेन्द्रसिंह तो जीतसिंह को पहिचानते ही उठे और यह कहके कि 'तुम मेरे भाई से भी हजार दर्जे बढ़ के हो' गले लगा लिया और कहा, ''जब महाराज शिवदत्त और कुमार से लड़ाई हुई तब तुमने सिर्फ पाँच—सौ सवार लेकर कुमार की मदद की थी*।

आज तो तुमने कुमार से भी बढ़कर नाम पैदा किया और पुश्तहापुश्त के लिए नौगढ़ और विजयगढ़ दोनों राज्यों के ऊपर अपने एहसान का बोझ रखा।'' देर तक गले लगाये रहे, इसके बाद महाराज जयसिंह ने भी उन्हें बराबरी का दर्जा देकर गले लगाया। तेजसिंह और देवीसिंह वग़ैरह ने भी बड़ी खुशी से उनकी पूजा की।

अब मालूम हुआ कि कुमारी चन्द्रकान्ता की जान बचानेवाले, नौगढ़ और विजयगढ़ दोनों की इज्जत रखनेवाले, दोनों राज्यों की तरक्की करनेवाले, आज तक अच्छे–अच्छे ऐयारों को धोखे में डालनेवाले, कुँअर बीरेन्द्रसिंह को धोखे में डालकर विचित्र तमाशा दिखानेवाले, पहाड़ी से कूदते हुए कुमार को रोककर जान बचाने और चुनार राज्य में फतह का डंका बजानेवाले सिद्ध बाबा योगी बने हुए यही महात्मा जीतसिंह थे।

इस वक्त की खुशी का क्या अन्दाजा है! अपने–अपने में से ऐसे मग्न हो रहे हैं कि त्रिभुवन की सम्पत्ति की तरफ हाथ उठाने को जी नहीं चाहता। कुँअर बीरेन्द्रसिंह को कुमारी चन्द्रकान्ता से मिलने की खुशी भी जैसी थी, आप खुद ही सोच–समझ सकते हैं, इसके सिवाय इस बात की खुशी बेहद हुई कि सिद्धनाथ का एहसान किसी के सर न हुआ, या अगर हआ तो जीतसिंह का, सिद्धनाथ बाबा तो कुछ थे ही नहीं।

इस वक्त महाराज जयसिंह और सुरेन्द्रसिंह का आपस में दिली प्रेम कितना बढ़–चढ़ रहा हे, वे ही जानते होंगे। कुमारी चन्द्रकान्ता को घर ले जाने के बाद शादी के लिए खत भेजने की ताब किसे? जयसिंह ने उसी वक्त कुमारी चन्द्रकान्ता का हाथ पकड़ के राजा सुरेन्द्रसिंह के पैर पर डाल दिया और डबडबायी आँखों को पोंछकर कहा, "आप आज्ञा कीजिए कि इस लड़की को मैं अपने घर ले जाऊँ और जात, बेरादरी तथा पण्डित लोगों के सामने कुँअर बीरेन्द्रसिंह

की लौंडी बनाऊँ।'' राजा सुरेन्द्रसिंह ने कुमारी को अपने पैर से उठाया और बड़ी मुहब्बत के साथ महाराज जयसिंह को गले लगाकर कहा, ''जहाँ तक जल्दी हो सके आप कुमारी को लेकर विजयगढ़ जायं क्योंकि इसकी माँ बेचारी मारे गम के सूखकर काँटा हो रही होगी!''

इसके बाद महाराज सुरेन्द्रसिंह ने पूछा, ''अब क्या करना चाहिए?''

जीतसिंह : अब सभों को यहाँ से चलना चाहिए, मगर मेरी समझ में यहाँ से माल–असबाब और खजाने को ले चलने की कोई जरूरत नहीं, क्योंकि औवत तो 'यह माल–असबाब सिवाय कुमारी चन्द्रकान्ता के किसी के मतलब का नहीं, इसलिए कि दहेज का माल है, इसकी तालियाँ भी पहिले हीं से इनके कब्ज़े में हो रही हैं, यहाँ से उठकर ले जाने और फिर इनके साथ भेजकर लोगों को दिखाने की कोई जरूरत नहीं, दूसरे यहाँ की आबोहवा कुमारी को बहुत पसन्द हे, जहाँ तक मैं समझता हूँ कुमारी चन्द्रकान्ता फिर यहाँ आकर कुछ दिन जरूर रहेगी। इसलिए हम लोगों को यहाँ से खाली हाथ सिर्फ कुमारी चन्द्रकान्ता को लेकर बाहर होना चाहिए।

बहादुर और पूरे ऐयार जीतसिंह की राय को सभों ने पसन्द किया और वहाँ से बाहर होकर नौगढ़ जाने के लिए तैयार हुए।

जीतसिंह ने कुछ लौंडियो को जिन्हें कुमारी की खिदमत के लिए वहाँ लाये थे बुलाकर कहा, ''तुम लोग अपने–अपने चेहरे को साफ करके असली सूरत में उस पालकी को लेकर जल्द यहाँ आओ जो कुमारी के लिए मैंने पहिले से मँगा रखी है।''

जीतसिंह का हुक्म पाकर वे लौंडियाँ जो गिनती में बीस होंगी दूसरे बाग में चली गयीं और थोड़ी ही देर बाद अपनी असली सूरत में एक निहयत उम्दा सोने की जड़ाऊ पालकी अपने कन्धे पर लिये

हाजिर हुईं। कुँअर बीरेन्द्रसिंह और तेजसिंह ने अब इन लौंडियों को पहिचाना। तेजसिंह ने कहा, "वाह–वाह, अपने घर की लौंडियों को पहिचाना। तेजसिंह ने कहा, "वाह–वाह, अपने घर की लौंडियों को आज तक मैंने न पहिचाना! मेरी माँ ने भी यह भेद मुझसे न कहा।"

तेइसवाँ बयान

जिस राह से कुँअर बीरेन्द्रसिंह वगैरह आया—जाया करते थे और महाराज जयसिंह आये थे, वह राह इस लायक नहीं थी कि कोई हाथी या घोड़ा या पालकी पर सवार होकर आये, और ऊपरवाली दूसरी राह से खोह के दरवाजे तक जाने में कुछ चक्कर पड़ता था, इसलिए जीतसिंह ने कुमारी के वास्ते पालकी मँगायी मगर दोनों महाराज और कुँअर बीरेन्द्रसिंह किस पर सवार होंगे अब वे सोचने लगे। वहाँ खोह में दो घोड़े भी थे जो कुमारी की सवारी के वास्ते लाये गये थे। जीतसिंह ने उन्हें महाराज जयसिंह और राजा सुरेन्द्रसिंह की सवारी के लिए तजबीज करके कुमार के वास्ते एक हवादार मँगवाया, लेकिन कुमार ने उस पर सवार होने से इनकार करके पैदल चलना कबूल किया।

उसी बाग के दक्खिन तरफ बड़ा फाटक था, जिसके दोनों बगल लोहे की दो खूबसूरत पुतलियाँ थीं। बायीं तरफवाली पुतली के पास जीतसिंह पहुँचे और उसकी दाहिनी आँख में उँगली डाली, साथ ही उसका पेट दो पल्लों की तरह खुल गया और बीच में चाँदी का एक मुट्ठा नजर पड़ा जिसे जीतसिंह ने घुमाना शुरु किया।

जैसे–जैसे मुट्ठा घुमाते थे तैसे–तैसे वह फाटक जमीन में घुसता जाता था। यहाँ तक कि तमाम फाटक जमीन के अन्दर चला गया और बाहर खुशनुमा सब्ज भरा हुआ मैदान नजर पड़ा।

फाटक खुलने के बाद जीतसिंह इन लोगों के पास आकर बोले, ''इसी राह से हम लोग बाहर चलेंगे।''

दिन आधी घड़ी से ज्यादा न बीता होगा जब महाराज जयसिंह और सुरेन्द्रसिंह घोड़े पर सवार हो कुमारी चन्द्रकान्ता की पालकी आगे और फाटक के बाहर हुए*। दोनों महाराजों के बीच दोनों हाथों से घोड़ों की रिकाब पकड़े हुए जीतसिंह बातें करते और इनके पीदे कुँअर बीरेन्द्रसिंह अपने ऐयारों को चारों तरफ लिये कन्हैया बने खोह के फटक की तरफ रवाना हुए।

पहर–भर चलने के बाद ये लोग उस लश्कर में पहुँचे जो खोह के दरवाजे पर उतरा हुआ था। रात–भर उसी जगह रहकर सुबह को कूच किया। यहाँ से खुबसूरत और कीमती कपड़े पहिरे कहारों ने कुमारी की पालकी उठायी और महाराज जयसिंह के साथ विजयगढ़ रवाना हुए मगर वे लौंडियाँ भी जो आज तक कुमारी के साथ थीं और यहाँ तक उनकी पालकी उठाकर लायी थीं, मुहब्बत की वजह और महाराज सुरेन्द्रसिंह के हुक्म से कुमारी के साथ गयीं।

राजा सुरेन्द्रसिंह कुमार को साथ लिये हुए नौगढ़ पहुँचे, कुँअर बीरेन्द्रसिंह पहिले महल में जाकर अपनी माँ से मिले और कुलदेवी की पूजा कर बाहर आये।

अब तो बड़ी खुशी के दिन गुजरने लगे, आठवें ही रोज महाराज जयसिंह का भेजा हुआ तिलक पहुँचा और धूमधाम से बीरेन्द्रसिंह को चढ़ाया गया।

पाठक, अब तो कुँअर बीरेन्द्रसिंह और चन्द्रकान्ता का वृत्तान्त समाप्त ही हुआ समझिए। बाकी रह गयी सिर्फ कुमार की शादी,

सो इस वक्त तक सब किस्म को मुख्तसर में लिखकर सिर्फ़ बारात के लिए कई वर्कद्व कागज के रँगना मुझे मंजूर नहीं। मैं यह नहीं लिखना चाहता कि नौगढ़ से विजयगढ़ तक रास्ते की सफाई की गयी, केवड़े के जल से छिड़काव किया गया, दोनों तरफ बिल्लौरी हाँड़ियाँ रोशन की गयीं, इत्यादि। आप खुद खयाल कर सकते हैं कि ऐसे आशिक–माशूक की बारात किस धूमधाम की होगी, तिस पर दोनों ही राजा और दोनों ही को एक–एक औलाद! तिलिस्म फतह करने और माल खजाना पाने की खुशी ने और भी दिमाग बढ़ा रखा था। मैं सिर्फ इतना ही लिखना पसन्द करता हूँ कि अच्छी सायत में कुँअर बीरेन्द्रसिंह की बारात बड़े धूमधाम से विजयगढ़ की तरफ रवाना हुई।

बारात को मुख्तसर ही में लिखकर बला टाली मगर एक आखिरी दिल्लगी लिखे बिना जी नही मानता, क्योंकि वह पढ़ने के काबिल है।

विजयगढ़ में जनवासे की तैयारी सबसे बढ़ी–चढ़ी थी। बारात पहुँचने के पहिले ही से समाँ बँधा हुआ था, अच्छी–अच्छी खूबसूरत और गाने के इल्म को पूरे तौर पर जाननेवाली रण्डियों से महफिल भरी हुई थी, मगर जिस वक्त बारात पहुँची अजब झमेला मचा।

बारात के आगे–आगे महाराज शिवदत्त बड़ी तैयारी से घोड़े पर सवार सरपेच बाँधे कमर में दोहरी तलवार लगाये, हाथ में झण्डा लिये जनवासे के दरवाजे पर पहुँचे इसके बाद धीरे–धीरे जलूस पहुँचा। दूल्हा बने हुए कुमार घोड़े से उतरकर जनवासे के अन्दर गये।

कुमार बीरेन्द्रसिंह का घोड़े से उतरकर जनवासे के अन्दर जाना ही था कि बाहर ही हल्लामच गया। सब कोई देखने लगे कि दो महाराज शिवदत्त आपुस में लड़ रहे हैं। दोनों की तलवारें तेजी

के साथ चल रही हैं और दोनों ही के मुँह से यही आवाज निकल रही हैं कि 'हमारी मदद को कोई न आवे, सब दूर से तमाशा देखें'। एक महाराज शिवदत्त तो वही थे जो अभी–अभी सरपेच बाँधे हाथ में झण्डा लिये घोड़े पर सवार आये थे और दूसरे महाराज शिवदत्त मामूली पोशाक पहिर हुए थे मगर बहादुरी के साथ लड़ रहे थे।

थोड़ी ही देर में हमारे महाराज शिवदत्त को (जो झण्डा उठाये घोड़े पर सवार आये थे) इतना मौका मिला कि कमर में से कमन्द निकाल अपने मुकाबले वाले दुश्मन महाराज शिवदत्त को बाँध लिया और घसीटते हुए जनवासे के अन्दर चले। पीछे–पीछे बहुत से आदमियों की भीड़ भी इन दोनों को ताज्जुब–भरी निगाहों से देखती हुई अन्दर पहुँची।

हमारे महाराज शिवदत्त ने दूसरे साधारण पोशाक पहिरे हुए महाराज शिवदत्त कोएक खम्भे के साथ खूब कसकर बाँध दिया और एक मशालची के हाथ से जो उसी जगह मशाल दिखा रहा था मशाल लेकर उनके हाथ में थमा आप कुँअर बीरेन्द्रसिंह के पास जा बैठे। उसी जगह सोने का जड़ाऊ बर्तन गुलाबजल से भरा हुआ रक्खा था, उसी से रूमाल तर करके हमारे महाराज शिवदत्त ने अपना मुँह पोंछ डाला। पोशाक वही, सरपेच वही, मगर सूरत तेजसिंह बहादुर की!!

अब तो मारे हँसी के पेट में बल पड़ने लगा। पाठक, आप तो इस दिल्लगी को खूब समझ गये होंगे, लेकिन अगर कुछ भ्रम हो गया हो तो लिखे देता हूँ।

हमारे तेजसिंह अपने कौल के मुताबिक महाराज शिवदत्त की सूरत बन सरपेच (फतह का सरपेच जो देवीसिंह लाये थे) बाँध झण्डा ले कुमार की बारात के आगे–आगे थे, उधर असली महाराज शिवदत्त भी जो महाराज सुरेन्द्रसिंह से जान बचा तपस्या का बहाना

कर जंगल में चले गये थे, कुँअर बीरेन्द्रसिंह की बारात की कैफियत देखने आये। फकीरी करने का तो बहाना ही था असल में तो तबीयत से बदमाशी और खुटाई गयी नहीं थी।

महाराज शिवदत्त बारात की कैफियत देखने आये मगर आगे–आगे झण्डा हाथ में लिये अपनी सूरत देख समझ गये कि किसी ऐयार की बदमाशी है। क्षत्रीपन का खून जोश में आ गया, गुस्से को सम्हाल न सके, तलवार निकालकर लड़ ही तो गये। आखिर नतीजा यह हुआ कि उनको महफिल में मशालची बनना पड़ा और कुँअर बीरेन्द्रसिंह की शादी खुशी–खुशी कुमारी चन्द्रकान्ता के साथ हो गयी।